वह मणियारा साँप

वह मणियारा साँप

आलोचनात्मक संस्मरण

विजय बहादुर सिंह

वाणी प्रकाशन

वाणी प्रकाशन

4695, 21-ए, दरियागंज, नयी दिल्ली 110 002

शाखा

अशोक राजपथ, पटना 800 004

फ़ोन : +91 11 23273167 फ़ैक्स : +91 11 23275710

www.vaniprakashan.in
vaniprakashan@gmail.com
sales@vaniprakashan.in

WAH MADIYARA SANP
by Vijay Bahadur Singh

ISBN : 978-93-87409-87-3
Memoirs

प्रथम संस्करण

मूल्य : ₹ 695

सिटी प्रेस, दिल्ली-110 095 में मुद्रित

वाणी प्रकाशन का लोगो मक़बूल फ़िदा हुसेन की कूची से

लेखक बनने की कहानी

कविता सत्तरह-अठारह और आलोचना चौबीस-पच्चीस की उम्र में शुरू हुई। बखूबी याद है पहली कविता दिनकर की 'कस्मै देवाय' पढ़ने के बाद उसी के प्रभाव में लिखी। यों गद्य बोलना और लिखना आठवीं-नौवीं कक्षा में शुरू हुआ। निश्चय ही इसमें भाषणबाज आर्यसमाजी पिता की संगति प्रेरक रही होगी। उम्र तब चौदह-पन्द्रह की थी। छपा भी सबसे पहले कॉलेज की पत्रिका में। यों बोलने की कला तो नहीं पर आदत पहले से थी। स्कूल में इसीलिए नाटकों में लीड रोल मिले।

संस्मरण और जीवनी लेखन के बारे में तो कभी सपने में भी नहीं सोचा था। हाँ, पढ़ना ज़रूर अच्छा लगता था। प्रसाद-निराला आदि पर लिखे गये महादेवी के संस्मरणों की विचार-गरिमा, अर्थ-वैभव और भाषा-संस्कार ने एक प्रकार से डरा भी दिया था कि तुम्हारी कलम इसके लायक नहीं। एक और संस्मरण रामविलास शर्मा का लिखा याद है जो उन्होंने अपने कथाकार मित्र अमृतलाल नागर को लेकर लिखा है।

संस्मरण-लेखन किस तरह केवल व्यक्ति नहीं, इस बहाने उन विरल जीवन-मूल्यों, अभिनव-लोकदृष्टि और व्यक्ति-विशेष की दुस्साहसिक अतिक्रामक भंगिमा और विशिष्टता का न केवल बोध कराता है बल्कि पाठक को भी नये सिरे से जीवन को देखने, व्यौपरने और औसत कर्मकाण्डी साँसों से निजात पाने की शक्ति देता है। यह अलक्षित से रह गये किन्तु दुर्लभ गद्यकार और संस्मरण-लेखक वसन्त पोतदार की पुस्तक 'मेरे प्रियजन' पढ़कर जाना। आज से पैंतीस-चालीस साल पहले यह दिल्ली के पल्लवन प्रकाशन, शाहदरा से छपी थी, 1982 में। वसन्त पोतदार यों तो मराठी मातृभाषी था और इन्दौर के मार्तण्ड चौक में सपरिवार रहता था पर था एकदम यायावर। केवल जीवन में नहीं कलाओं और भाषाओं में भी। क्या फ़िल्म, क्या नाटक, संगीत, या फिर मराठी, हिन्दी और बँगला लेखन में। वह हर जगह जिस अदा से प्रवेश करता था उसमें उसकी जन्मजात आवारगी एक मूल्य बनकर सामने आती थी। जन्मना ब्राह्मण, विदिशा के धर्माचार्यों और धर्मगुरुओं के यहाँ ननिहाल और इस सबकी खूबसूरत ऐसी-तैसी करता हुआ वह न केवल भाषा बल्कि जीवन में भी ऐसी इबारतें रचता चलता था कि आसपास के लोगों के लिए एक

विस्मयकारी चमत्कार-सा घटित हो जाया करता था। उनकी संवेदना में झनझनाहट व्याप्त हो जाती थी। हिन्दी प्रदेश में विवेकानन्द, शिवाजी और अठारह सौ सत्तावन को नाटक के मंचों पर वन्देमातरम् शीर्षक से रचता हुआ वह स्थानीय सहृदय-मण्डलियों और दूरदर्शन के छोटे परदों तक अपनी छाप छोड़ता चला जाता। संगीत-निर्देशक सी. रामचन्द्र, भीमसेन जोशी, कुमार गन्धर्व, विष्णु चिंचालकर, सुलभा देशपाण्डे तो उसकी आत्मीयता में थे ही, अपराध जगत के शफी भाई भी थे। उसकी अदा की यह रेंज उसके शब्दों को ऐसी अर्थ-सम्पदा से भरती चली गयी कि विश्वविद्यालयीन हिन्दी मण्डलों के पुरोहिती आचार्यों के लिए भय का कारण बन गयी। तब भी अगर उसका 'ताई' पर लिखा एक संस्मरण जो उसने अपनी 'माँ' पर लिखा है, पढ़ लिया जाय तो पता चलेगा कि वह किन सामाजिक मूल्यों का आग्रही था। जीवन में भी। किसी ज़माने में 'दिनमान' के अवसान के बाद कलकत्ते से प्रकाशित 'रविवार' में उसकी 'यायावर की डायरी' अपनी लोकप्रियता में परसाई और शरद जोशी से कम न थी। पढ़ने वाले शायद ही भुला पाए हों।

वसंत के बाद मेरे सीनियर और गुरुभाई डॉ. कान्तिकुमार ने अपने संस्मरणों से पाठकों को तरह-तरह से आन्दोलित किया। उनका हँसता-गाता, जहाँ-तहाँ, मौके-बेमौके अपनी ही रची मूरतों को पटकनी दे चारो खाने चित्त कर, पाठकों की चेतना को भइ गति साँप-छछुन्दर केरी की मनोदशा में डालना उनकी अपनी भंगिमा है। तब भी, इसके अपवाद भी उनके यहाँ हैं। फिर उनका शिल्प और उनकी पल-पल स्वयं को अनेक सर्जनात्मक स्तरों पर रचती और प्रकट करती भाषा मेरे जैसों के मन में स्पर्धा तो कम पर ईर्ष्या अधिक जगाती है। नये शब्दों को रचना, रसात्मकता से भरपूर काव्य-कौशल, लक्षित चरित्रों की रंगारंग झाँकियों से वे शैली की जैसी विलक्षणता को जन्म देते हैं, वह कई कथाकारों को भी लुभाता होगा। शिक्षित तो करता ही होगा। यह कला उनसे पहले रेणु में है, जो इस वक्त याद आ रही है।

इसमें भी कोई शक नहीं कि संस्मरणों में वे अपने कतिपय चरित्रों से बेहद निजी स्तर पर निपटते भी हैं। संस्मरण की शायद यह भी कोई खासियत हो या फिर भंगिमा।

कान्ति भाई और मित्रवर काशीनाथ सिंह जैसे धुरन्धर सर्जकों को पढ़ चुकने पर कइयों की तो हिम्मत जवाब ही दे जायगी। मेरे जैसे लेखक का तब सवाल ही कहाँ?

इस विधा में मुझे घसीट लाने का अपराध या फिर श्रेय मेरे दूसरे सीनियर कमला भाई का है जिन्हें त्रैमासिक 'वसुधा' के लिए युयुत्सावादी कवि, नवगीतकार, ग़ज़ल और नज़्मकार शलभ श्रीराम सिंह पर संस्मरण चाहिए था। हम दोनों सागर में, क्रमशः फाइनल-प्रीवियस में थे। फिर निराला नगर, भोपाल में भी पड़ोसी बने। रातों को खा-पी चुकने पर टहलकदमी के वक्त उन्होंने मुझसे कहा—"आप शलभ के अन्तरंग दोस्तों में रहे। 'वसुधा' के लिए उन पर लिख दीजिए।" मैं इसके लिए दो

अहम कारणों से एकदम तैयार नहीं था। पहला तो यही कि बाईस-चौबीस सालों की लँगोटिया यारी में आखिर के दो-तीन साल हमारे बेहद बुरे, शर्मनाक और भरोसे की कब्र खोद डालने वाले थे। तब अगर मैं यह करता भी तो सिवाय निपटने के और करता क्या। मुझे नहीं लगता था कि अब जब वह दुनिया छोड़ जा चुका है, तब निपटना क्या अर्थ रखता है। आखिर मेरी उसकी बाईस सालों की जानदार दोस्ती भी तो है। मैंने कमला भाई को बता भी दिया कि अगर मैंने लिखा तो उसकी अब तक की छवियों को ध्वस्त कर डालूँगा। कमला भाई ने मुस्कुराते हुए पन्द्रहवीं रात को कहा—"मैं उसे ही छाप दूँगा। लिखने का उस पर अधिकार तो सिर्फ़ आपका है।" यह सन् दो हज़ार का साल था।

सोलहवीं सुबह मैं निराला नगर के अपने अधबसे घर में एक दरी बिछा लिखने बैठ गया जीवन का वह पहला संस्मरण—'वह मणियारा साँप'। ठीक-ठाक कागज भी उस वक्त मेरे पास नहीं था। कमला भाई ने उसे जस का तस छापा। 'हंस' में भारत भारद्वाज ने उसका उल्लेखनीय रचनाओं के रूप में नोटिस लिया। अचरज यह कि मेरा नाम पहले और कान्ति (कुमार) भाई का दूसरे पर था। फिर भी मैं यह नहीं भूल पाया कि कान्ति भाई तो कान्ति भाई हैं। कुछेक दिनों में ही प्रसिद्ध कथाकार और 'अकार' (कानपुर) सम्पादक गिरिराज जी का फ़ोन आया—शरद जोशी पर। वह भी लिखा पर...। बाद में 'पहल' सम्पादक—ज्ञानरंजन ने बगैर किसी औपचारिक लहजे के 'वेणुगोपाल' पर लिख भेजने को कहा। इसमें मैंने शरद जी पर हुई चूकों से बचने की कोशिश की और जी-भरकर अपने को व्यक्त किया। वेणु को शलभ की ही तरह मैं जी चुका था। फिर तो कई प्रयोगों सहित मैंने कोशिशें कीं।

अब जो लोग याद आते हैं उनमें 'नया ज्ञानोदय' के रवीन्द्र कालिया, कथा-सम्पादक मार्कण्डेय जी भी मुख्य हैं। फिर तो 'वागर्थ', 'पाखी' कइयों ने छापा। एकदम चर्चित-कुचर्चित 'लहक', 'पूर्वग्रह' सम्पादक प्रेमशंकर शुक्ल, 'आलोचना' सम्पादक कवि मित्र अरुण कमल, 'भाषा-भारती' (सागर) के सम्पादक छबिल कुमार—इन सबने मिलकर मुझे संस्मरणकार भी बना ही दिया। मैं इन सबके प्रति आभारी हूँ। भाई कांतिकुमार ने जब-तब फ़ोन करके मेरे पाण्डित्य प्रदर्शन पर आगाह किया। यह भी कि मेरा आलोचक भी वहाँ क्यों उभर आता है। वे मुझ पर स्नेह बरसाते ही रहते हैं। तब क्या उन्हें भी धन्यवाद देने से बात बनेगी। एक और नाम मेरे अन्तरंग मित्र सूर्यनारायण रणसुभे (लातूर) का है, जो मेरे ठीक लिखे पर फ़ोन कर मेरा आत्मविश्वास दुगुना करते रहते हैं।

अब जो बात कह सकता हूँ बस यही कि मन-प्राण तक उतर कर, बुद्धि को चौकस रख और इस सबसे भी अधिक ईमानदारी बरत कर ही इस तरफ आया जा सकता है। एक रचनाकार अपनी रचना में ही पैदा होता और ज़िन्दा रहता है। पाठकों का समाज अगर उसके लिखे पर भरोसा करता है और बार-बार पढ़ना चाहता

है, तभी तो सार्थकता है। तभी लेखक का जीवन है। मुझे यह पहले मंजूर कर लेना चाहिए कि यह सब एक आलोचक के लिखे संस्मरण हैं।

अन्ततः मैं अपने प्रकाशक अरुण माहेश्वरी की भूमिका को भूल नहीं सकता जिन्होंने मेरे इस लेखन को छापने में रुचि दिखाई और खतरा जैसा भी उठाया। वे इसमें स्वभावतः पारंगत हैं और शब्द, उसे रचने वाली प्रतिभा में पैठ रखने की वृत्ति रखते हैं।

वृहत्तर हिन्दी पाठक द्वारा इनका पढ़ा जाना मेरे लेखक का सबसे बड़ा पुरस्कार होगा।

–विजय बहादुर सिंह

29, निराला नगर,

दुष्यन्त कुमार मार्ग,

भोपाल-462003

मोबाइल : 094250-30392

अनुक्रम

एक पूरे आदमी का अधूरा चरित्र : वसन्त पोतदार

मेरी जिन्दगी के मधुवनों और कुंजों के अगल-बगल से होकर निकलने वाली कालिन्दियों के कछारों पर प्रतिभा-गोपों की एक ऐसी असाधारण और अतिक्रामक बिरादरी हमेशा रही आयी जिसके साथ जीवन-लीलाओं के पुराण इस तरह पैबस्त और वाबस्ता हैं कि सिर्फ अपने या उनके बारे में लिखे पन्नों को अलगाना चाहूँ तो फटे बिना वे रहेंगे नहीं। साली जिन्दगी है कि समूची रासलीला। बगैर किसी पूर्व नियोजन और घोषणा के निरन्तर नृत्य करती रही। छपने से पहले ही विमोचित और किसी चर्चित और विवादग्रस्त किताब सी जो सुनी और पढ़ी जाती रही है।

वो, हम सबके बॉस, उस्तादों के उस्ताद, अक्खड़-फक्कड़ नागार्जुन। कविवर भवानी भाई से पंक्ति उधार लूँ तो 'नाग की तरह टेढ़े और अर्जुन की तरह सरल'। वो आधुनिक दुर्वासा। उनका सबसे लाड़ला बिगड़ैल बेटानुमा शागिर्द, शलभ श्रीराम सिंह, यानी कि अराजकता-सम्राट। चाहें तो आप अराजकता को परिभाषित कर लें और उसी से उदाहरण भी दे लें। कविता और अराजकता का ऐसा अनहोना मेल-जोल कि आज भी कुछ भाखना कठिन।

शलभ अगर मुखपृष्ठ था तो वसन्त समूची किताब। दोनों ही अपने होने के एहसासों से इतने भरे हुए कि जब भी मिलते, सारा वातावरण गरजते, भिड़ते और आपस में टकराते मेघ-खण्डों के आसमान जैसा हो उठता। पुरुलिया के एक सम्मेलन में शलभ किस तरह देवदास-सा ओव्हरलोड होकर आया था और अपनी खुदाई का रौब ग़ालिब करने की कोशिशों में सबका मूड चौपट कर पूरी सभा बिगाड़ गया था। मैंने जब इसको लेकर एक बार शलभ से दरयाप्त करने की कोशिश की तो उसका संक्षिप्त सा उत्तर था—"वसन्त भी कुछ कम नहीं।"

आज जबकि दोनों इस धरती से कूच कर गये हैं, बल्कि सबके बॉस, नागार्जुन यानी तीनों ही, तब यह कहना कि कौन उन्नीस था, कौन बीस या फिर कौन लास्य करता था कौन ताण्डव—बेमानी सा लगता है। परिपूर्ण नर्तक तो वही है जो लास्य भी करे और ताण्डव भी।

यह कहने में भी कोई झूठ नहीं कि वसन्त अगर एक ज्वार आन्दोलित समुद्र था तो शलभ सरापा समुद्री तूफान।

शलभ से मेरी भेंट और दोस्ती तो सन 64 में एम.ए. कर चुकने के तत्काल बाद ही हो गयी थी पर वसन्त से तो तब हुई जब हम दोनों चालीस पार कर चुके थे। मैं थोड़ा-थोड़ा ही 'जेनुइन' बचा था। अध्यापक का जीवन स्वीकारने के चलते 'टाइप' तो हो ही चुका था। आज यह मंजूर करने में कृतज्ञता का बोध होता है कि नागार्जुन, शलभ और वसन्त मेरे जीवन में न आये होते तो 'टाइप' होकर फॉसिल होने तक मुझे शायद ही कोई रोक पाता बल्कि कहूँ कि वसन्त से तो मेरी भेंट ही तब हुई जब शलभ भी कुछ दिनों के लिए मेरा साथ छोड़ बिहार के वैशाली जिले के एक अखबार में चला गया था। विदिशा के हमारे यार रघुनाथ सिंह छठे हृदयाघात में जा चुके थे और मैं लगभग अपनी बरबादी के उत्सवों में डूबा अपने ही बचे-खुचे अस्तित्व के प्रेतकर्म में व्यस्त था। वसन्त ने ही थोड़ा-बहुत मुझे इस प्रेत-कर्म से मुक्त करते हुए इंगित किया—"तुम्हारी कल्पनाओं की शख्सियत इतनी छोटी क्यों है?" "तुम उछाल क्यों नहीं मार पाते? चाँद-सूरज भी तुम्हारे छूने से अपनी ऊँचाइयाँ क्यों खो बैठते हैं? तुम क्या इसी विराट विश्व का हिस्से नहीं हो?" उन्हीं दिनों मैंने समझा कि एक लेखक को अपनी तबीयत की सार-सम्हाल कैसे करनी चाहिए। अपने भीतर के विराट 'स्व' की खोज-खबर किस स्तर पर करनी और रखनी चाहिए।

यह तब की बात है जब वो कलकत्ता से प्रकाशित होने वाले हिन्दी साप्ताहिक रविवार में 'यायावर की डायरी' जैसा कॉलम लिखते हुए परसाई और शरद जोशी के लोक प्रभावी लेखन से भिन्न प्रभाव पैदा करता हुआ, अपना एक स्वतन्त्र पाठक-समाज बना चुका था। उसका यह लेखन न तो हास्य-व्यंग्य था, न व्यंग्य। इसे हम ठेठ रस-बोधी लेखन भी नहीं कह सकते। फिर भी इसमें जीवन का ऐसा बेजोड़ और उन्मुक्त बोध था जिसे ग्रहण और आत्मसात कर चुकी उसकी भाषा, पाठकों में एक ऐसी दृष्टि विकसित कर रही थी, जो न परसाई के पास थी, न शरद जोशी के। न ही महीयसी महादेवी वर्मा के ही पास। इस भाषा में दूसरों की चमड़ी उधेड़ने वाला कौशल तो खैर था ही नहीं, दूसरों को दीन-हीन और सहानुभूति का पात्र समझ गहरी करुणा बहाने वाली मुद्रा भी नहीं थी। इसमें लेखक का व्यक्तित्व नहीं बल्कि वह लोक-यथार्थ निर्णायक और सर्वोपरि था, जो सैकड़ों लेखकों की फौज के बाद भी न कभी चुकता है, न धूमिल पड़ता है। ऐसा भी नहीं कि वसन्त के यहाँ असंगतियों और विषमताओं का बोध नहीं था, पर इन सबसे ज्यादा थी वह जिजीविषा और मर्दानगी, जिसके सामने व्यवस्था और तन्त्र की तमाम घुड़कियाँ निहत्थी हो उठा करती हैं।

यह वह लेखक था जो अपनी बेजोड़ और विरल उपस्थिति के दमामे बजाता मेरी चेतना के आकाश में संगीत की किसी अनूठी तान की अनुगूँज बन छाता जा रहा था। उसे पढ़ते हुए हमें अनुभवों के एक ऐसे परिदृश्य की खोज-खबर लगती चल रही थी, जिसमें पाप-पुण्य, सुख-दुख, स्याह और सफेद के खाने बँटे हुए नहीं

थे, जिससे रूबरू होकर हम किसी पूर्व निश्चित दार्शनिक निचोड़ या तयशुदा राह को लेकर निश्चिन्त नहीं हो सकते थे। हमें मिलने जैसा कुछ मिलता नहीं था। विपरीत इसके जिन्दगी हर बार एक और नयी किताब बन हमारे हाथों में खुल रही होती और हमारे हौसलों का आसमान कुछ ज्यादा ही फैलता दिखाई देता।

यह लेखक अपने पाठकों को जीवन-सम्बन्धी किसी जाने-पहचाने विचार का अनुगामी नहीं बना रहा था। उनके भीतर तन्त्र और व्यवस्था की करतूतों के चलते रोज-रोज मरते जाते उस कद्दावर मनुष्य से हमारी जान-पहचान करा रहा था जिसे कोई भी सत्ता या सत्ता-संस्थान गुलाम नहीं बना पाते, मारना तो बड़ी दूर की बात है। उसके लेखन में यही मनुष्य अपने लाजवाब अन्दाज में हमें भी अपने साथ चलने को पुकारता मिलता। जड़ हो चुकी मर्यादाओं के बीच अपनी असीम स्वाधीनता की उद्घोषणाएँ करता वह चारों ओर के कीचड़ और दलदल में किसी दर्पस्वी महावाराह सा धँसता चला जाता। समय की सारी विष्ठा और कर्दम से लिपटे अपने ताकतवर थूथनों को दसों दिशाओं वाले आकाश में किसी तूर्य सा उठाए, वह जिन्दगी की दिग्विजयी मुस्कानों की घोषणा-सा करता हमें दिखाई देता।

एक ऐसा लेखक जो रंगाराचुरे जैसे चरित्रों को अपने प्रियजनों में शामिल करता हुआ लिख रहा था—"शायद लम्बी गुलामी ने इस देश की अस्मिता की रीढ़ की हड्डी का कचूमर कर दिया और उसमें तमाम मूल्य बदल गये होंगे। शोषक शोषण कर रहे हैं, शोषित उसे सुखनैव सह रहे हैं। उस सहनशक्ति को 'क्षमाभाव' नामक सद्गुण से अलंकृत करना एक आला दर्जे का ढोंग और कायर नाटक है।...राम-राम। जिन्हें किसी हालत में बख्शा नहीं जा सकता उन मुट्ठीभर धन-सत्ता के दलालों को बहुमत माफ करता चला आया है। इस विडम्बना की सत्य स्थिति पर एक साथ हँसी भी आती है और आँसू भी निकलते हैं।" इन पंक्तियों को पढ़ते हुए कहना पड़ता है कि वसन्त का समूचा लेखन इसी हँसी और आँसू का लेखन है। आवेगों का एक ऐसा ज्वारदीप्त समुद्र, जो अपने शब्दों की तरंगों से एक ऐसी विद्रोही वीणा बजा रहा था, जिसे सिर्फ वे ही सुन पा रहे थे जिन्हें अपने चारों ओर के वैचारिक दलदलों और सांस्थानिक मर्यादाओं वाले कीचड़ों का कुछ-कुछ अन्दाज हो चला था।

याद पड़ता है हमारे आमन्त्रण पर पहली बार विदिशा पधारे कवि नागार्जुन ने कहा था—साहित्यकार का काम विष्टा शोधक जैसा है। नारकीय से हो उठे जीवन के बीच गन्दगी और मैले को जहर की तरह अपने संवेदनों के कण्ठों में धारण कर चेतना की प्रसन्न छवियों के ऐसे चित्र उकेरते चलना जिससे समय का नर्क पाठकों के स्वर्ग में तब्दील हो उठे।

वसन्त को पढ़ते हुए जीवन के ये नर्क सचमुच स्वर्ग में बदल उठते हैं। सोचता हूँ तो आज भी यही कहना पड़ता है कि जीवन का स्वर्ग तो सचमुच उसकी जिजीविषा में है। जिजीविषा ही रस है।

वसन्त जैसे लेखकों के यहाँ यह कैसे जन्म लेती है, इस सवाल की खोज में निकलता हूँ तो दिशाओं तक आक्षितिज खुला-फैला, किसी आकाशी वितान सा तना, भाषा के इन्टरनेट पर मुस्कराता एक खुला आमन्त्रण है—यहाँ चले आओ। डरना नहीं। झिझकना नहीं। रुकना भी कहीं नहीं। ये वे पगडण्डियाँ हैं जो अभी बनी जरूर नहीं हैं पर तुम एक बार चलना शुरू कर दोगे तो ये अपने आप बनती चली जायेंगी। ठहरो मत, बस चलते चले चलना। एक यायावर की तरह। केवल चौरासी लाख योनियों में नहीं इस योनि में भी चौरासी लाख योनियों की तरह ही नाचते-गाते। यही तो यायावरी है। गुरुदेव रवीन्द्रनाथ ठाकुर ने लिखा—"यात्री आमि ओ रे। पारबे ने केऊ अमाके धरे।" जन्मजात यात्री हूँ मैं। कोई एक भी अपने खूँटे से मुझे बाँध नहीं पाएगा।

मुझे तो जब से यह मन्त्र मिला है, मैं अपने रास में मगन हूँ। वसन्त को यह मुझसे भी पहले नसीब हो चुका था। न हुआ होता तो वह इस यायावरी पर निकलता कैसे? और निकलता भी तो बगैर जिजीविषा के अपने सारे ठौर-ठिकानों और पड़ावों को ऊब और उदासी की घुटन से हलकान जरूर कर डालता।

पर नहीं। एक लेखक कोई गैस चैम्बर नहीं होता। वह या तो अमृत कुण्ड होता है या फिर चौबीसों घण्टे जलता अग्नि कुण्ड। या तो आत्म-रस में लहराता या फिर अपने अनुभवों की लपटों से घिरा और समय की चेतना में धधकता। वसन्त में आग भी खूब थी और अमृत भी। अपनी यायावरी से उसने यह दुर्लभ कमाई जिस तरह की थी, उसी अन्दाज में वह हमें परोसने का साहस और कमाल भी दिखा रहा था। लिखा भी उसने—"पगडण्डी जैसे अपने आप बन जाती है, बस वैसी ही बनी है मेरी यायावर जिन्दगी। ...कितने ही प्रलोभनों ने आँख मारकर बुलाया...आदर्शों ने आवाहन किया लेकिन मैं बढ़ता ही चला गया।"

वो हम सब उस्तादों के उस्ताद, पूरे शहर की निगाह में हम सांस्कृतिक लफंगों के आला कमान, शलभ जिन्हें 'राणा' और बाबा नागार्जुन 'अपने रघुनाथ सिंह' कहा करते, अक्सर शाम किसी गर्म पछुवा हवा से आते और शुरू हो जाते—"वाह क्या लिखा है इस बार वसन्त पोतदार ने।" हम फिर भी जब अपनी किसी भिन्न प्रकार की तरंग में डूबे होते तो कवि वेणुगोपाल के वही 'ठाकुर साहब' हम सबों का नशा बुरी तरह उतारते हुए कह रहे होते—"क्या लिखते हो यार कि जिन्दा तबीयत भी बैठ जाय। अरे लिखना हो तो अपने वसन्ता की तरह लिखो कि बड़ी से बड़ी उदासी और थकान भी उतर जाय। आत्महत्या पर उतारू तबीयत एक बार फिर से जीवन जीने की ललक, उमंग से भर उठे। निराशा और हताशाओं के क्षण जीवन के नन्दन कानन में बदल जायें। अरे लिखना हो तो ऐसा लिखकर दिखाओ।"

ठाकुर साहब थे तो यों प्राइमरी स्कूल टैगोरशाला के हेडमास्टर, पर गोर्की, तुर्गनेव, अज्ञेय, निर्मल वर्मा के गहरे मुरीद। विजयदान देथा और वसन्त पोतदार

उनके प्रिय लेखकों में थे। कुबेरनाथ राय की 'निषाद-बाँसुरी' वाले निबन्धों में डूबे और खोये हुए। किसके लेखन में जीवन के नये अनुभवों के अँखुवें, कहाँ और कैसे फूट रहे हैं, कल्पनाओं की कोंपलें किस रूप में मुस्करा रही हैं, अनुभवों की किस अनूठी शाख पर कौन-सी बुलबुल चहक रही है या फिर कोकिल का गगनभेदी पंचम सुर कहाँ सधा हुआ है, इसे ठाकुर साहब से बढ़कर हममें से और कौन जानता था?

कवि नागार्जुन से मैंने एक बार पूछा—"बाबा! आपकी निगाह में सहृदय कौन है?" थोड़ी देर सोचने के बाद उन्होंने कहा था—चो आपके छोटे भाई बुद्धदेव हैं न, अपने होंठों पर उँगली रखे मुस्कराते रहते हैं या फिर अपने रघुनाथ सिंह जी। सम्भव है ये बहुत पढ़े-लिखे न हों पर अनुभव करने की ताकत इनमें पढ़े-लिखों से कहीं भी ज्यादा है। मेरी निगाह में ये ही सच्चे रसिक हैं। ठाकुर साहब, यानी रघुनाथ सिंह की इस रसिकता को लेकर हममें से किसी एक को भी रत्ती-भर भी सन्देह कभी नहीं रहा, यहाँ तक कि कविवर भवानी मिश्र को भी जो विदिशा आते तो ठाकुर साहब की खोज-खबर लेना नहीं भूलते। आखिर उनमें ऐसा क्या था? कोई अगर पूछे तो जवाब होगा, एक कभी न चुकने और मन्द पड़ने वाली रसिकता। वे हर ताजगी पर रीझ उठने का अद्भुत रहस्यमय अक्षय कोष लिए हुए थे। हर नयी भंगिमा उनमें रस का एक नया आन्दोलन पैदा किया करती। वही ठाकुर साहब शाम पाँच बजे स्कूल से जब घर लौटते, थोड़ा-बहुत दिन-भर से खाली पेट में कुछ डाल उन दिनों कलकत्ता से प्रकाशित होने वाले आनन्द बाजार पत्रिका समूह के हिन्दी साप्ताहिक 'रविवार' के उन पन्नों में खो जाते ज़िन पर वसन्त पोतदार द्वारा प्रति सप्ताह लिखी जाती 'यायावर की डायरी' छपी होती।

वसन्त को हम सब इसी साप्ताहिक कॉलम के मार्फत पहचान रहे थे। हमें हर बार लगता कि कैसा जानदार लेखक है जो अपने पाठकों के भीतर नयी जान पैदा कर रहा है। हिन्दी भाषा अपनी समूची सरसता और सजगता के साथ वहाँ नये सिरे से खड़ी थी। थोड़ी-बहुत मराठी मुद्राओं के बावजूद शब्द तो लगभग वही हैं, पर अर्थ एकदम नये और तरोताजा। हम यह देख-देख बुरी तरह तंग आ चुके थे कि समकालीन लेखन में शब्दों की जमातें बिल्कुल नयी, किन्तु अर्थों का संसार वही पुराना और बेजान, यहाँ तक कि नकली, अनूदित और छद्म रूप वाली हिन्दी भाषा भी अपने तमाम शोर-शराबों के बावजूद कुछ ऐसा नया नहीं कर पा रही थी जिसे अज्ञेय और शमशेर आदि खासतौर से जीवन के अर्थों के सन्दर्भ में करना चाह रहे थे। इस सन्दर्भ में अगर नागार्जुन, मुक्तिबोध और धूमिल जैसे कवियों को देखें तो जन और लोकभाषा का एक मरदाना ठाठ हमें वहाँ दिख जाता है। वसन्त की भाषा में भी यह मर्दानगी खूब थी और हम सब जो निम्न और मध्य मध्यम वर्ग के लोग थे, अपनी-अपनी जीवन शैलियों के चलते धीरे-धीरे इतने चुकते और

तबाह होते जा रहे थे कि वसन्त जैसे लेखकों का होना हमारे लिए जहरमोहरे का काम कर रहा था। उसके अनजाने ही हम सब उसकी 'डायरी' के नशे में डूबे हुए थे, तभी उसकी एक और किताब हमारे हाथ आ लगी—'मेरे प्रियजन'। किताब के भीतर कुछ जाने लेकिन बेहद अनजाने चेहरे अपनी अनोखी अदाओं के साथ मौजूद थे। इनको देखती निगाह भी इतनी जबरदस्त और भाषा इतनी जानदार और बेतकल्लुफी से भरी हुई कि शिष्ट और सुसंस्कृत जीवन की अभिव्यक्तियाँ इसके सामने फूहड़ और बेजान लगें।

किताब पढ़ते हुए जब मैं उसकी आखिरी रचना 'ताई' पर पहुँचा तो इस अप्रत्याशित खुशी से भर उठा कि वसन्त नामक जिस लेखक के पीछे हमारी मण्डली दीवानी है, उसकी ननिहाल तो विदिशा में है। 'ताई' वाले संस्मरण में वसन्त ने लिखा—"मेरी माँ राधा बाई विदिशा की। मूल परिवार लोकरे, लेकिन मेरे नाना नवाथे परिवार द्वारा गोद लिए गये थे। लोकरे परिवार के बाड़े में संस्कृत भाषा पानी भरती थी और नवाथे परिवार में रानी छापदार कलदार रुपये तराजू में तौले जाते थे।" वृत्तान्त पढ़कर ऐसा लगा अरे इस वसन्त को तो जाने कितने बरसों से जानता हूँ मैं। लोकरे परिवार में मेरा आना-जाना था। उसके मुखिया पं. केशव शास्त्री लोकरे विवेकानन्द मित्र मण्डल की गोष्ठियों से घर लौटते अक्सर रास्ते में पड़ते मेरे निवास पर आ बैठा करते। वसन्त ने ठीक ही लिखा—"ताई संस्कृति और सम्पन्नता के सायों में दस वर्ष पली तथा गरीब और व्यावहारिक पोतदारों के घर में ब्याह कर आयी।" सागर जिले के मढ़ी गाँव के पोतदार। संयोग कैसा अद्भुत कि पूरे छह साल सागर विश्वविद्यालय में गुजार चुकने के बाद मैं विदिशा में अपनी जिन्दगी को किसी जमा पूँजी की तरह खर्च रहा था, किन्तु यह भी पूरा सच कहाँ। जितना खर्च रहा था, उतना ही नया कुछ कमा भी तो रहा था। विदिशा तो मेरे अनुभवों का महाभारत है ही।

यह वसन्त ही था जिसने मेरी आँखें खोलीं—'मुझे' टाइप नहीं व्यक्तित्व चाहिए। आगे लिखा—जब हजार मिलने वालों के दिल में मेरे प्रति ठोस घृणा जागती है, तब मुझे एक 'जेनुइन' प्रियजन प्राप्त होता है। मैंने सोचा, तो क्या ताई भी उसके लिए मात्र प्रियजन हैं? वसन्त को इसका बाकायदा होश था और उसने तेरह संस्मरणों में से बारह को छोड़ ताई पर लिखे तेरहवें को लेकर अपनी सजगता रेखांकित की—"एक ऐसा भी चरित्र है जो अब तक सिर्फ मेरी जिन्दगी में आया था और अब सीधा इस किताब में आ रहा है—मेरी माँ।"

'ताई' वाली रचना पढ़ मैं वसन्त से मिलने को बेताब हो उठा। याद नहीं कि इन्दौर के मार्तण्ड चौक वाला पता मुझे कैसे मिला पर कार्ड डालने में मैंने कोई देरी नहीं की। वसन्त का जवाब भी उसी फुरती से आया—

विजय जी,

पत्र पढ़कर मजा आ गया। जल्दी मिलेंगे। विदिशा या इन्दौर में। वैसे भोपाल में मिलना हम दोनों के वास्ते सोईस्कर (मराठी शब्द) है। आगे लिखा—मैं बुधवार 3 अप्रैल की रात निश्चित भोपाल में हूँ...अब बातें 3 अप्रैल को ही।

वसन्त

इकतीस मार्च पचासी का अन्तर्देशीय मुझे चार अप्रैल को मिला। फिर भी मैंने एक कोशिश की और फोन पर पता-ठिकाना लग ही गया। बातचीत के बाद तय हुआ कि अब जल्दी ही मिलेंगे। थोड़े दिन बाद भोपाल के साथियों से खबर मिली कि वसन्त पोतदार फलाँ तारीख को रवीन्द्र भवन के स्टेज पर अपना एकल अभिनय 'वन्देमातरम्' प्रस्तुत करेंगे। मैं तो मौके के इन्तजार में ही था। यों भी इस तरह कार्यक्रमों में भाग लेने मैं विदिशा से भोपाल आते रहने की अपनी आदतों के लिए बुरी तरह बदनाम हो चुका था। बिलासपुर-भोपाल एक्सप्रेस चार बजे विदिशा से छूटती और पाँच-सवा पाँच तक आराम से भोपाल प्लेटफार्म छू लेती।

स्टेशन से ऑटो पकड़ रवीन्द्र भवन पहुँचा तो शो शुरू होने में कुछ देर थी। दर्शकों की आवाजाही की गति भी थोड़ी धीमी थी। फिर भी लोग-बाग आते जा रहे थे। हाल भरता जा रहा था। मैं भी भीतर घुस बीच की एक रो में बैठ गया। स्टेज के परदे पहले से ही खुले हुए थे। वहाँ नीम अँधेरा था। समूचे मंच पर फाँसी का एक बड़ा सा फन्दा अकेला लटकता हुआ दर्शकों में दहशत पैदा कर रहा था। वातावरण में एक गम्भीर खामोशी थी। पीछे वाले काले परदे पर न कोई दृश्य था न किसी प्रकार की कोई अन्य संरचना।

थोड़ी देर बाद कुछ हलचल सी हुई और वसन्त स्टेज के बीचोबीच लटकते उस फन्दे के बगल आ खड़ा हुआ। मेरे लिए यह बेहद रोमांचक क्षण था। ऊँट जैसी ऊँचाई लिए एक स्वस्थ सुडौल देह जैसे सचमुच किसी यूनानी योद्धा की हो। खनकती करिश्माई आवाज। उसके अपने शब्दों में पहाड़ी। गले में लिपटा एक छोटा-सा गमछा। आधी बाँह का कुरता और कमर से नीचे पायजामा। जैसे कि यह शख्स उन्हीं तीन अमर शहीदों—सुखदेव, राजगुरु और भगत सिंह में से कोई एक हो। प्रदर्शन में डेढ़-दो घण्टे कैसे गुजरे, पता ही नहीं चला। पूरे नब्बे-सौ सालों का क्रान्तिकारी इतिहास जज्बातों से भरा हुआ। आलम यह जैसे कोई जबरदस्त फिल्म चल रही हो। वसन्त की आवाज का जादू तो था ही, उसकी कथा-भाषा का नाटकीय रोमांच भी कुछ कम नहीं था। ऐसा सम्मोहन कि सब अपनी सुध-बुध भूल क्रान्तिकारी पुरखों की स्मृतियों में डूब गये थे। वसन्त उस दौरान कभी न भुलाये

जा सकने वाले इतिहास का एक खास काल खण्ड तो था ही, अभिनेता, अभिनय, संवाद और रंगमंच भी था। खुद ही सूत्रधार और रूपक भी।

धीरे-धीरे मुझे पता चला कि उसका असली कर्मक्षेत्र तो मराठी रंगमंच और संस्कृतिकर्मी संसार है पर वह बंगला भाषा की 'देश' आदि प्रतिष्ठित पत्रिकाओं का भी लेखक था। आलोचना की भाषा में कहूँ तो एक बहुभाषी, बहुकर्मी, दुर्द्धर्ष लोक प्रतिभा किन्तु परम्परा और इतिहास की गवाही से भरपूर।

स्टेज पर तो उस दिन वह इतिहास के जीवन्त दस्तावेजों की ऐसी किताब लगा कि चेतना में झनझनाहट सी व्याप गयी। उसकी भाषा में घटनाओं और व्यक्तियों को साकार करने की अद्‌भुत सामर्थ्य थी। एक ऐसी तूफानी चित्रमाला जिसमें हमारा स्वाधीनता-संग्राम नये सिरे से जीवित हो उठा था। वह हमारी विस्मृत या सो चुकी स्मृतियों को झकझोर कर उठा और जगा रही थी। उसमें एक ऐसी तड़प और लोक गुहार थी जो वर्तमान सत्ता राजनीति के अनचाहे विचलनों और रोज-रोज खूँखार होते चले जाते उसके पंजों और जबड़ों से लहूलुहान हो दर्द से चीख रही थी।

यह आवाज याद दिला रही थी कि आजादी इस देश के हजारों नौजवानों के बलिदानों के बाद मिली है। वे जिनमें स्वदेशाभिमान तो था ही, स्वाधीनता बोध भी कुछ कम नहीं था। अब इसे बचा कर रख पाने की सजगता और योग्यता भी वे ही दिखा पायेंगे जो अगली कुर्बानियों के लिए तैयार हों। वसन्त के कथन में यह चुनौती भरा अन्दाज भी था, गूँज और अनुगूँज भी।

इस रूप में उसे स्टेज पर देखना। बाप रे बाप! एक सुलगते हुए आँवें को देखना या फिर धधक कर फट पड़ने वाले ज्वालामुखी की लपेट में आ जाने जैसा था। लोग थे कि जैसे इस लावा-स्नान के लिए मन ही मन तैयार हों।

आयोजकों में से अधिकांश बाएँ बाजू के लोग थे पर यह गुहार तो उन सबको लगाई जा रही थी जिनमें देशभक्ति का जज्बा बचा था और स्वाधीनता बोध भी। यह वह देशी क्रान्तिकारिता थी, जिसे किसी परदेशी इतिहास के सहारे की जरूरत नहीं थी।

वसन्त को इस तरह स्टेज पर देख मैं उसके सबसे बड़े भाई रामचन्द्र पोतदार बाबू की 1930 की कुर्बानियों में खो गया जो जबलपुर के द्वारिका प्रसाद मिश्र और सेठ गोविन्ददास जैसे मैदानी कार्यकर्ताओं और नेताओं में भी उन दिनों अव्वल थे।

'ताई' वाले संस्मरण में 'बाबू यानी अपने सबसे बड़े भाई का जिक्र करते हुए वसन्त ने लिखा—"बाबू पर वारंट और पन्द्रह सौ का इनाम था और इसी के चलते घर पर चौबीसों घण्टे ब्रिटिश राज की पुलिस का पहरा। पिताजी दौरे पर और पास-पड़ोस की कायर महिलाएँ ताई को बड़ा बेटा 'सुराजी' होने के कारण कोसती रहतीं। एक रात वह पकड़ा गया और महीने भर बाद रायपुर के जेलर का एक्सप्रेस तार मिला कि रामचन्द्र मृत्यु-शैया पर है, उसे मिलने आओ। तब गोद में खेलती बेटी सुमन (अक्का) को लेकर ताई जबलपुर से रायपुर पहुँची और वहाँ से ताँगा

कर जेल, तो जेलर ने उनसे कहा—"माता जी, आप सही समय पर आ गयी हैं। देरी करतीं तो बच्चे का मरा मुँह देखतीं। अब जल्दी उसकी कोठरी में जाइए और नीबू-शरबत के दो चम्मच मुँह में डाल दीजिए।"

ताई ने मासूमियत से पूछा कि उसे पित्त हो गया है क्या? नीबू-शरबत तो वह कभी लेता नहीं। तो अधिक पूछने पर पता लगा कि राजनीतिक बन्दियों के साथ सरकार के दुर्व्यवहारों को लेकर बाबू ने आमरण अनशन कर रखा है। सरकार के अत्याचारों के खिलाफ एक सुराजी बेटे की इस मोर्चाबन्दी की खबर पा ताई बिटिया सुमन को गोद में उठा जेलर से कह उठी—"बच्चों की प्रतिज्ञा और विग्रह को सुरंग लगाना मुझे कतई पसन्द नहीं। उसका अनशन तोड़ने के लिए मुझे बुलाया गया है, यह मैं जबलपुर में ही जान जाती तो यहाँ तक आती ही नहीं। उससे मिलना भी नहीं चाहूँगी। बेहतर है, शपथ निभाने के लिए वह दम तोड़ दे।" और ताई अपने बेटे से बगैर मिले ही जबलपुर लौट आयी।

वसन्त का 'कुल' यही था, जिसे 'वन्देमातरम्', 'योद्धा संन्यासी विवेकानन्द' और अपने अन्तिम दिनों में महाराष्ट्र के लोकसेवी सन्त बाबा घाटगे के जीवन को आधार बना 'साधू भले न मानो' जैसी लोकग्राही नाट्य-कथाओं के 'शील' से वह समृद्ध और विकसित कर रहा था, किन्तु यह सिर्फ भाषिक आहुति नहीं थी। मंच पर लगातार दो घण्टे बगैर किसी मध्यान्तर और चाय-पानी के उसका धाराप्रवाह बोलना देख संगीत-महफिलों में घण्टों अपनी आवाज का जादू बिखेरने वाले उस्ताद अमीर खाँ तो दंग हो उठे थे—"क्या करता है यार। हम गायक तो पानी-चाय पीते रहते हैं। थकान महसूस हुई तो साजिन्दों को बजाने का इशारा करते हैं। तेरे साथ तो तू अकेला, न सहयोगी न कुछ और। मर जायेगा साले।" खाँ साहब ने उसके जीवन की हिफाजत-सी करते कहा था—"सिगरेट और शराब नहीं पीना। औरत से भी बचना।" लेकिन वसन्त तो इन कार्यक्रमों के मार्फत रोज-रोज होती तमाम मौतों को नये-नये जन्मों में बदल रहा था।

वसन्त का कोई खानदान अगर था तो यही था। प्रत्येक साँस में जिन्दा होने का प्रमाण पेश करने वाला घराना। जीवन एक उन्मुक्त यज्ञकुण्ड और अग्निभोज।

आज तो खाँ साहब भी नहीं हैं। वसन्त भी इस दुनिया से हमेशा के लिए कूच कर गया है। खाँ साहब क्या करते थे क्या नहीं, कहने का प्रसंग नहीं, पर वसन्त से तो कुछ भी छूटा नहीं था, सिवाय एक सिगरेट के। इसके बदले वह तम्बाकू खाता और पीकदान बगल में रख उसमें थूका करता।

उस दिन का कार्यक्रम खत्म हुआ तो वह ग्रीन रूम में चला गया। थोड़ी देर इन्तजार कर चुकने के बाद जब बाहर नहीं आया तो मैं भी वहीं जा पहुँचा। वो अपने प्रशंसकों से घिरा हुआ था। थोड़ी गुंजाइश मिली तो उस भीड़ में सेंध लगा मैं उसके ठीक सामने था—"मैं विजय बहादुर सिंह, विदिशा।"

सुनना था कि अपने लम्बे हाथों को बढ़ा उसने मुझे अपने करीब ले लिया और अपने प्रशंसकों से पहले की तरह बातें करता रहा। मैं किंचित् खिसक कर ससंकोच खड़ा हुआ तो सबसे अलग-थलग, चेचक के दागवाले एक औसत कद और गहरे गन्दुमी रंग के आदमी की ओर इशारा कर जैसे मुझे उसकी ओर ठेलते हुए कहा—"ये खानवलकर है। इसके साथ रुकना। जाना नहीं।" और वह फिर उन्हीं लोगों से बातचीत में मशगूल हो गया।

थोड़ी ही देर में वह स्टेज की सीढ़ियाँ उतर मेरे और खानवलकर के साथ आगे बढ़ने लगा। रात के नौ-साढ़े नौ का समय हो रहा होगा। उसकी हरक्यूलीस उसे पुकार रही थी। वन्देमातरम् का जोश अपनी जगह और दारू की बोतल अपनी जगह। क्रान्ति और रोमांस का मुहावरा तो पहले से ही बन चुका था। यहाँ तो दारू और देश अब आमने-सामने थे। वसन्त उसमें गर्क होने पर उतारू और वह उसे अपने आगोश में लेने को बेताब।

भोपाल की यह मुलाकात बहुत मुख्तसर थी। हम दोनों एक-दूसरे को बस सूँघ भर पाये थे। हमारे इस परिचय को कौन सा ठौर-ठिकाना मिलना है, इसे तजबीज करना अभी बाकी था। हाँ, उसे इतना तो पता चल ही गया था कि मैं वामपन्थी लेखकों के अखिल भारतीय संगठन जनवादी लेखक संघ का प्रादेशिक अध्यक्ष हूँ और मेरी ज्यादातर किताबें हिन्दी आलोचना पर हैं। कविताएँ भी जब-तब लिख लेता हूँ।

कुछ ही दिनों बाद जब मैं जनवादी लेखक संगठन के किसी प्रसंग में इन्दौर पहुँच अपने कलकतिया दोस्त महेश गुप्ता की बेटी डॉली के यहाँ जा रुका तो चाय वगैरह होने के बाद सोचा क्यों न वसन्त को फोन कर लूँ। फोन किया तो उधर से आवाज आयी—उधर क्या कर रहे, आ जाओ।

"कल आता हूँ। सोचा फोन करके पता तो लगा लूँ कि तुम हो भी या नहीं?"

"वहाँ क्या शाकाहार कर रहे हो? अटैची उठा सीधे मार्तण्ड चौक चले आओ। मैं तुम्हारा इन्तजार कर रहा हूँ।"

उसकी आवाज में गहरा अधिकार भाव और आत्मीयता की जबर्दस्त ऊष्मा थी। फिर भी मुझे इस तरह अटैची उठा चल देना डॉली और उसके पति का अपमान लग रहा था पर वो तो जिद पकड़ चुका था।

"नहीं-नहीं, तुम तो चले आओ। कोई बहाना नहीं चलेगा। दारू तुम्हारा इन्तजार कर रही है।" उसका अन्दाज निर्णायक था।

मैंने उससे इन्दौर शहर को लेकर अपनी अजनबियत जताई तो उधर से मार्ग-निर्देश करते हुए बोला—"मार्तण्ड चौक सब जानते हैं। ऑटो दस-बारह रुपये लेगा। इन्दौर के ऑटो वाले तुम्हारे भोपाल वालों की तरह लुटेरे नहीं हैं। तुम तो आ जाओ।"

मेरी स्थिति बहुत असमंजसपूर्ण हो उठी थी। डॉली और उसके पति समझ ही

नहीं पा रहे थे कि हो क्या रहा है। मेरे लिए भी, किन्तु कोई दूसरा रास्ता बचा नहीं था। गलती मैंने ही की थी फोन करके। अब तो उसकी पकड़ में आ चुका था। उसकी इस पकड़ का बयान करूँ तो अंग्रेजी कवि कॉलरिज की विश्वविख्यात कविता रॉइम आफ द एन्शियेन्ट मेरीनर' के उस बूढ़े नाविक जैसी थी जो तभी ढीली पड़ती, जब वह खुद ढीली करना चाहे।

दो-एक पत्राचारों और इनीगिनी मुलाकातों के बाद मैं शायद 'टाइप्ड' की श्रेणी से निकल उसकी 'जेनुइन' वाली सूची में आ गया था नहीं तो इस तरह वो मुझे साधिकार बुलाता नहीं।

बहरहाल, ऑटो कर जब मैं 22 मार्तण्ड चौक की सीढ़ियाँ चढ़ रहा था तो वहीं से दो लोगों की बतकही की गूँज सुनाई देने लगो। मकान .की निचली मंजिल से बीचो-बीच उठने वाली सीढ़ियाँ ऊपर जाकर जिस कमरे की चौखट पर समाप्त होती थीं, उसी कमरे में वो अपने एक दोस्त के साथ पालथी मारे मलंग सा बैठा था। आधी बाँह की जेबदार सफेद कुरती और पायजामा। आखिरी सीढ़ी खत्म कर जैसे ही मैं कमरे के सामने पहुँचा, उसने बगैर किसी सम्बोधन के आवाज दी—चप्पलें वहीं उतार, भीतर आ जाओ। अटैची वहीं रहने दो। दारू कब से तुम्हारा इन्तजार कर रही है। मैंने वैसा ही किया।

कमरा बेहद साफ-सुथरा पर ग्लैमर-विहीन। न कोई सोफासेट, न कालीन। बस एक पुरानी मजबूत बिछात (दरी) पूरे कमरे में बिछी हुई। उसके ऊपर एक सफेद चाँदनी, बगैर नील या टिनोपाल की चमक लिए हुए।

वह दरवाजे के ठीक सामने वाली दीवार से लगभग सटकर बैठा था। उसकी दाईं तरफ पीतल का एक बड़ा सा पीकदान। बाईं ओर हरक्यूलीस दारू की बोतल और सामने स्टील का एक गिलास उसी से भरा हुआ। स्टील के गिलास में वह दारू क्यों पीता है, इसका भी कोई तो रहस्य होगा, पर मैंने कभी पूछा नहीं। इतना तो हर बार पाया कि वह काँच के गिलास की जगह स्टील का ही गिलास इस्तेमाल कर रहा है।

कमरे में घुस मैं दाईं दीवार से सटकर बैठ गया तो उसका सवाल था—"ऑटो वाले ने ज्यादा पैसे तो नहीं माँगे?" मेरे 'नहीं' कहने पर वह इन्दौर के ऑटो वालों के प्रति अपनी राय को लेकर आश्वस्त हुआ और इस खयाल से प्रसन्न भी कि इन्दौर के बारे में मेरी धारणा भी ठीक-ठाक बनी। मकान ढूँढ़ने और परेशान होने जैसे छोटे-मोटे सवालों के सन्तोषप्रद उत्तर पा लेने के बाद वह बाईं ओर बैठे एक साँवले प्रौढ़ चेहरे की ओर मुड़ा जिसकी शख्सियत बहुत कुछ औसत से भी सामान्य थी। दाएँ हाथ की तर्जनी को इंगित करने की मुद्रा में ले उसने कहा—"ये वसन्त चिंचवड़कर है। कुछ दिनों के लिए भारत आया हुआ है, अपने वतन। घर-परिवार और दोस्तों से मिलने। 'मेरे प्रियजन' में तुमने इसके बारे में पढ़ा होगा। उसके इस परिचय देने में एक दोस्ताना अन्दाज था। वसन्त को लेकर प्रियजन में लिखी

ये पंक्तियाँ मुझे याद हो आयीं–'हम सभी सात मंजिला हँसने वाले थे और आज भी हैं। मगर वसन्त चिंचवड़कर की हँसी परवीन सुल्ताना के तार-सप्तक के षड्ज को छूने सरीखी कर्कश थी...वह उद्धत हँसी...।' और वसन्ता का रूप? वसन्त ने वह भी लिख रखा था–"वसन्ता का व्यक्तित्व वैसे भी आदिवासियों से मेल खाता है। किन्तु वह कहीं से भी किसी भी बन्धन में नहीं है और अगर है भी तो है वह मुक्ति का बन्धन।" मैंने हर मुलाकात के बाद महसूस किया कि यह जितना वसन्त चिंचवड़कर के लिए सही था, उतना ही खुद वसन्त के लिए भी। रीति-रिवाज और शिष्टाचारों के बुर्कों को ओढ़ने से शायद इस पूरी मण्डली को न केवल परहेज बल्कि चिढ़ भी थी।

यह तो मैं उस महफिल में प्रवेश करते ही महसूस करने लग गया कि वहाँ कैसी भी औपचारिकता नहीं। अगर कुछ था तो एक तरल आत्माचार जो उन दोनों की आँखों, होठों और चेहरे की किंचित बढ़ सी गयी रौनक से महसूस हो रहा था। वे दोनों पहले ही की तरह ज्यों के त्यों बैठे रहे। उनके पहले के मूड में कोई परिवर्तन नहीं आया। उस बैठक में मेरा शामिल होना जैसे किसी हवा का धूप के साथ शामिल होना भर था।

इसी बीच मेरे लिए भी स्टील का ही एक और गिलास मँगाया गया। उसने बगैर कुछ कहे बोतल मेरी ओर कर दी। मैंने भी उसी सहजता से बोतल उठा अपने पात्र में ढाल ली। वे दोनों बातचीत वाली अपनी दुनिया में फिर से लौटने लगे। वो दुनिया लेकिन न तो चिंचवड़कर के चित्रों या इंग्लैण्ड में उसके द्वारा चलाई जा रही योग की कक्षाओं की थी, न खुद वसन्त की उस आर्थिक कशमकश की जिससे निपटने के लिए उसने किसी एक के साथ मुर्गीखाने (पोल्टीफार्म) का काम शुरू किया था। वो तो राग-रागनियों, धुनों और तानों की दुनिया थी। वसन्त उस सागर में किसी मनमौजी लहर सा विचर रहा था। यह सागर सी. रामचन्द्र, मदन मोहन का होता या फिर अनिल विश्वास का होता। कभी सचिनदेव बर्मन, ओ.पी. नैयर, जयदेव तो कभी सी. रामचन्द्र की बनाई धुनों में जहाँ-तहाँ से उठा और दुहरा कर वह अपना आनन्द दुगुना कर रहा था।

रिन्दों की ऐसी बैठक का यह मेरा पहला अनुभव था। गीत-संगीत और शराब का रिश्ता यों भी कोई नया नहीं था पर इस तरह जमाने भर में डूबने, उतराने और तैरने का अन्दाज उसका बिल्कुल अपना था। वह जब बोतल लेकर अकेले भी बैठता, तब भी ये सब उसके साथ हुआ करते। तो क्या वह संगीत का कोई बहुत बड़ा जानकार था? शायद था भी, शायद नहीं भी। पर संगीत रसिक तो वह बेजोड़ था।

उसके प्रिय गायक कुमार गन्धर्व पर जो किताब छपकर आयी है, उसमें लिखा एक वाकया इस सन्दर्भ में मजेदार है–

"हुआ यों कि बालकेश्वर के रुइया सेठ के यहाँ बेगम अख्तर की महफिल

थी। दाते (रामू भैया) साहब के साथ मैं भी गया था। लौटते वक्त टैक्सी में बैठते हुए मैंने पूछा, 'बाबा! बना-बना के तमन्ना ये ग़ज़ल अख्तरी बाई ने क्या लाजवाब गायी। वो राग कौन सा था?'

" 'राग-वाग के चक्कर में मत पड़ यार।'

" 'फिर भी बताइए न बाबा।'

" 'अरे रास्ते में कोई खूबसूरत लड़की गुजरती है तो उसका रूप निहारता है या उसका नाम पूछने के लिए दौड़ पड़ता है? राग गाया कैसे जाता है, यह है मुद्दा, उसका नाम कतई नहीं। यह बात अच्छी तरह याद रखना। क्या बात है?'

अप्रतिम बोले—" 'बाबा' अब कभी रागों के नाम जानने के झंझट में नहीं पड़ूँगा, मगर कृपया आप उस 'तमन्ना' राग का नाम बताए, ये मेरी तमन्ना है। बताइए।'

"बाबा का जवाब था लाजवाब। वे बोले—'मुझे भी नहीं मालूम।' " वसन्त ने उन्हीं दाते साहब की याद करते हुए डायरी में लिखा—"संगीत ही क्यों, सभी कलाओं के व्याकरण के गोबर में फँसे हुए व्याकरण कीटों से मुझे बचाने का श्रेय है बाबा यानी दाते साहब को।" उसकी इस स्वीकृति नें यह घोषणा भी थी कि कला तो अपने सम्प्रेषण के राग में निवास करती है। सर्जक के अनुभवों के अनोखेपन और उसकी तल्लीनता में बसती है। उसके लिए बार-बार व्याकरण की कसमें खाना और गिनतियाँ गिनना बेमतलब है।

चित्रकला हो या संगीत, अभिनय हो या नृत्य उसका ध्यान इसी सम्प्रेषण के राग पर टिका रहता था और सबसे बड़ी बात तो यह कि वह कला में अनुभवों की ईमानदारी और सच्चाई पर बहुत जोर देता था। इसका एक कारण यह भी हो सकता है कि वह जितना कलाओं में बसता था, उससे कहीं अधिक कला सर्जकों के यथार्थ संसार में। कइयों के साथ तो वह साक्षी भाव से जुटा रहता। उनकी अनुपस्थिति में तो उसका यह साक्षी भाव और भी प्रबल हो उठता।

मैं उस बैठक में इतनी जल्दी किसी पुराने यार सा शामिल कर लिया जाऊँगा, ऐसी उम्मीद नहीं थी। पर उसके व्यवहारों से यह अन्दाजा तो हो चला था कि उसने मेरे लिए दिल के दरवाजे खोल और खिड़कियों पर लगे सारे परदे उतार दिये हैं। वह महफिल थी या दोस्त की बैठक। एक तरफ से मन्ना डे, दूसरी तरफ से मुकेश। एक ओर से लता मंगेशकर तो दूसरी ओर से आशा भोंसले और मुहम्मद रफी, रोजमर्रा के आने-जाने वालों की तरह आ-जा रहे थे। तभी मुझे लगा कि क्यों न मैं इन दोनों को हाल ही में लिखी अपनी कविता 'जुगलबन्दी' सुनाऊँ जिसमें कविता और संगीत आमने-सामने थे। मैंने पाया कि वे दोनों मेरे इस प्रस्ताव पर सहर्ष तैयार हो गये।

इस बीच वसन्त की इकलौती बेटी सारस कई बार आकर उसकी गोद में किसी खिलौने सा खेल जाती थी और इसी क्रम में वह एक बार धीरे से यह खबर भी रख गयी कि खाना तैयार है। वसन्त ने पहले भी रेखा भाभी को आवाज दी

थी कि आ जाओ पर वे किचन में ही लगी रहीं। मैंने कविता शुरू की तो उन दोनों को उसकी बारीकियाँ पकड़ में आने लगीं। रेखा भाभी इस बीच खुद चलकर आयीं यह कहने कि खाने में विलम्ब हो रहा है। तभी उसने इस व्यवधान का रास्ता भी ढूँढ़ निकाला। रेखा भाभी को आवाज दे बगल में बिठा लिया और मुझसे कहा—अब वो कविता तुम फिर से सुनाओ। वाह! क्या बात है। रेखा, सुनो तो। कविता की पंक्तियों पर तो वे दोनों मुझे पहले ही शाबाशी दे चुके थे। इस बार भी नहीं चूके। रेखा भाभी अधूरे मन से मुस्कराकर अपनी प्रतिक्रियाएँ प्रकट करती रहीं। यह सब उनके लिए शायद रोज का अनुभव था। मुझे यह भी मालूम हो चुका था कि भीमसेन जोशी, पु.ल. देशपाण्डे और सुलभा देशपाण्डे भी इस महफिल के रजिस्टर्ड सदस्य जैसे थे।

कविता कुछेक महीनों पहले ही सागर की एक यात्रा के अनुभव की देन थी। मुक्तिबोध सृजन पीठ सागर के एक आयोजन में त्रिलोचन जी ने बुलाया था। अपने भाषण के दौरान एक आकर्षक चेहरे को मन्त्रमुग्ध पा यह मेरे भीतर से अपने आप फूट पड़ी थी। निस्सन्देह साँवले सौन्दर्य का यह एक यथार्थ अनुभव था जो कल्पना की भाषा के पंख लगा उड़ रहा था। कविता की कुछ पंक्तियाँ थीं—

थी अगर कुछ तो एक वही स्त्री
वही हलकान किये हुए थी जी को
सोने नहीं देती थी
न देती थी जगने

एक अजीब सी तनातनी थी
नींद और स्वप्न में
नींद जरा सी तन्द्रा में आती
कि स्वप्न आकर
उसका दरवाजा पीटने लगते
'उठो और चलो मेरे साथ'
कहना था उनका
अलसाई हुई वह बेचारी
जब कपड़े पहन चलने को होती
वे उसे जरा देर ठहरने को कह
भाग जाते...।

वसन्त को कविता बहुत पसन्द आयी थी। मैं तो उसके समूचे गद्य पर यों भी फिदा हो चुका था। सामान्य से लगने वाले शब्दों में जान भरने की अद्भुत और

अकूत ताकत थी उसमें। भाषा को जीवन के अनुभवों का साक्षात अवतार बना वह अपने लेखन को जितना विश्वसनीय और लोकग्राही बना चुका था, उसका अनुभव कर मेरे मन में यह साध जाग गयी थी कि काश! वसन्त मेरी कविताओं के हवाले से मुझ पर भी कभी कुछ लिखता।

एक बार यह प्रसंग उठा भी। उसके उत्साह को देख मैंने ढेर सारी कविताएँ उसे भेज दीं। प्रत्येक कविता को उसने गम्भीरता से पढ़ा और अपने नोट दर्ज किये किन्तु पैकेट वापस करते हुए लिखा—'तुम्हारी कल्पनाओं का कद बहुत औसत और विचारों का चेहरा मामूली क्यों है? तुम्हारा कवि इतना संकोची क्यों है? वह झिझक में क्यों पड़ा रहता है? वह चीते की तरह लम्बी छलाँग और शेर सी जबरदस्त दहाड़ क्यों नहीं लगा पाता? अपनी कल्पनाओं का कद तुम बढ़ाते क्यों नहीं?' मुझे उसकी यह बात बुरी नहीं लगी। मैं महीनों क्या, बरसों उसके इस कहे पर सोचता रहा।

बात उसकी एक हद तक ठीक भी थी पर मैं क्या करता। मुझे तो हिमालय और गंगा या ताजमहल बहुत दूर के अनुभव लगते थे। बचपन गाँव, खेत-खलिहान, छोटे तालाबों की संगत में गुजरा। कलकत्ता जैसे महानगरों में रहना भी हुआ तो बड़ा बाजार वाले तंग मुहल्ले में जिस पर या तो नागार्जुन का 'कुम्भीपाक' लिखा जा सकता था या फिर अलका सरावगी के कलिकथा वाले किशोर बाबू जैसे औसत मामूली लोगों की जीवन कथा। वसन्त को भला यह मैं कैसे बताता कि मदनलाल धींगरा, चाफेकर बन्धु, मंगल पाण्डे, भगतसिंह या फिर विवेकानन्द के अलावा वे लाखों जाने-पहचाने चेहरे तुम्हारे उस इतिहास में कहीं जगह पा सकें जिनकी कुर्बानियाँ आज तक अलिखित रह गयी हैं। जनता का साहित्य विशिष्टों और असाधारण जनों का साहित्य क्योंकर लगे। जनता नायकों को पैदा जरूर करती है पर यह नायकों का नहीं, जनता की अन्तर्निहित शक्तियों के सामूहिक उदय का प्रतिबिम्ब है। सर्जक का दायित्व अब इन्हीं मामूली लोगों के मामूली किन्तु मानवीय अनुभवों को बयान करने का है। तब भी मैं वसन्त को यह सब कभी नहीं लिख सका। इस तरह की बहसें उसके स्वभाव को देखते हुए खतरनाक साबित होतीं। हाँ, एक बार जब ऐसा एक प्रसंग मेरे और शलभ के ताजा छपकर आये संग्रह 'राहे-हयात' और 'मौसम की चिट्ठी' को लेकर कविवर भवानी मिश्र के सामने आया तो उन्होंने दोनों के मुखपृष्ठों को देख यह टिप्पणी की थी कि इनसे दोनों कवियों के स्वभाव का पता लगता है। वसन्त से मैंने यह भी कहाँ कहा?

हिन्दी में तो उसकी कई चीजें पुस्तकाकार छपकर आ चुकी थीं पर यह जानकर मैं हैरत में रह गया कि मराठी में उसकी कोई किताब तब तक आयी नहीं है। अन्ततः हम इस किताब के नाम पर सोचने बैठे तो अनेक शब्दों की भीड़ के बीच उसने एक नाम फेंका—'नाल' क्यों नहीं? 'नाल' मैंने सुन तो रखा था कि घोड़ों के खुरों में ठोंकी जाती है जिससे वे घिसें नहीं पर उसने जो अर्थ बताया, उसका सम्बन्ध

गर्भ-नाल से था। हिन्दी में कमलनाल शब्द तो था, संस्कृत में गर्भ-नाल भी। पर वो तो सिर्फ–'नाल' चुनने के आग्रह पर अड़ा हुआ था।

तब तक धर्मपाल जैसे लेखकों की बहुचर्चित लेखमाला 'अँग्रेजों से पहले का भारत' तो पढ़ चुका था पर 'भारतीय चित्त मानस और काल' शीर्षक वह गम्भीर और विचारोत्तेजक पुस्तिका हाथ नहीं लग पाई थी जिसका एक शीर्षक ही मुझे चौंका गया था–"हम किसी और संसार में रहने लगे हैं।" हम विस्मृतियों की चपेट में हैं। धर्मपाल और वसन्त पोतदार जैसे लेखक हमारी इस विच्छिन्न नाल को फिर से उसकी जमीन में रोपने का अघोषित अभियान चला रहे थे।

उन दिनों विदेशी विचारों और तकनीकों की आँधी जोरों पर थी। आज तो कहना ही क्या। पश्चिमी ढंग से आधुनिकीकरण का मुहावरा हर ऐरे-गैरे हिन्दुस्तानी का सबसे ताजा फैशन बना हुआ था। इस आँधी के बीच वह एक आजाद हुए मुल्क की 'नाल' खोजने की जिद पाले बैठा था।

अन्ततः मराठी में वह किताब 'नाल' नाम से ही छपकर आयी। पढ़ी भी खूब गयी। पर हाय रे हिन्दी! तू अब भी उन्हीं नकली आधुनिकों के हाथ का मोहरा बनी हुई है। केवल उधार के विचार और उन्हीं से चिपकी पराई दृष्टि। हिन्दी भाषा का अपना वैचारिक स्वदेश जो छायावादियों तक संघर्षरत और विकासशील था, कहीं लुप्त हो गया, क्यों लुप्त हो गया? क्यों साहित्य और कलाओं की पारम्परिक गम्भीर पदावली और पारिभाषिकी को दरकिनार कर आँख मूँद पश्चिमी साहित्य-चिन्तन और कला की पारिभाषिकी को अपना लिया गया? इस पर अब तक शायद ही कोई तुलनात्मक विमर्श हुआ हो। वसन्त ने सीधे-सीधे इन मुद्दों पर कहीं कुछ लिखा हो, याद नहीं पड़ता पर इतना जरूर है कि वह स्वदेशी चिन्तन धाराओं और उनकी क्रान्तिकारी विरासतों के पुनर्सृजन और रेखांकन में एक अनन्य शोधी साधक की तरह लगा हुआ था। हाँ, कभी-कभी जुनून में वह इतने अतिवादों तक चला जाता कि भ्रम होने लगता कि वह पहले हिन्दुस्तानी है या हिन्दू या सिर्फ एक मराठी ब्राह्मण।

उसके इस तेवर को लेकर एकाध बार मेरे-उसके झगड़े भी हुए। हम दोनों यहाँ तक जा पहुँचे कि बेकाबू हो उठे और मेरे मुँह से जो कभी नहीं निकलना था, बरबस निकल पड़ा–'साला। कढ़चट्ट। उठा अपनी बोतल और चला जा"। इस तरह के अश्लील और गन्दे वाक्य मैंने कितने और कहे होंगे, याद नहीं पड़ते।

यह दोपहर की ढलान का वक्त था। हममें से किसी एक ने भी तब तक खाना नहीं खाया था। वह आधी बोतल डकार चुकने के बाद के नशे में था। ढक्कन जिस फुर्ती से बन्द कर बोतल को बैग में उसने डाला और कन्धे पर बैग टाँग बाहर वाले कमरे से होकर घर के दरवाजे के सामने गली में खड़े अपने काइनेटिक तक जा पहुँचा, मुझे तो उस वक्त यही लगा जैसे शैतान टल गया। स्कूटर एकदम नया था।

एक ही स्ट्रोक में घुर्रा कर गली के मोड़ तक जा पहुँचा और मैं भी अपना गुस्सा थूकने के खयाल से भीतर आँगन की नाली तक आ गया।

शलभ, नागार्जुन, वेणुगोपाल और नरेन्द्र जैन की अतियों को जब-तब झेलते हुए मेरे जीवन के शॉक-अप अब काफी कमजोर और ढीले तो वैसे ही हो चुके थे। वसन्त के सन्दर्भ में तो वे बेमानी ही साबित हुए। गुस्सा थमने के बाद भी मैंने यह सोचना नहीं चाहा कि आखिर वो इस अपरिचित बस्ती में गया कहाँ होगा। शायद भोपाल निकल गया हो।

दूसरे दिन मैं जब ग्यारह-साढ़े ग्यारह पर कॉलेज से लौटा तो टेलीफोन की घण्टी टनटना उठी—"मैं, वसन्त। आ जाओ। यहीं बस स्टैण्ड पर, रूपमती लॉज में ठहरा हूँ।"

'रूपमती लॉज' बस स्टैण्ड के ठीक सामने अभी-अभी बनकर तैयार हुआ था। वो सीधे भोपाल या इन्दौर न जा यहीं ठहर गया था। गुस्से से पैदा तनाव के चलते पैदा हुई थकान अब भी बरकरार थी। मेरा संक्षिप्त सा उत्तर था—"हाँ।" तो उसकी आवाज फिर सुनाई पड़ी—"हाँ। आ जाओ। कब तक आ रहे हो?" मैंने कहा—"अभी तो खाना खाकर एक झपकी लूँगा।" तो उसने जैसे आखिरी वाक्य कहा—"तुम्हारे विदा किये बगैर मैं इन्दौर जाऊँगा कैसे?" और मैं जब दोपहर बाद ढाई-तीन पर गया तो वह उसी तरह बैठा पी रहा था। भीतरी मन ने तो कहा—"इसे उठाकर घर ले चलो पर बाहरी मन ने सचेत किया—अब जाने दो इसे," नहीं तो तुम भी नहीं बचोगे। और मैंने उसे वहीं से विदा कर दिया और वह चला भी गया। हमारे सम्बन्ध स्थगित क्या मरणासन्न जैसे हो गये तब।

लेकिन उसे उसके समूचे जीवन व्यवहारों में देख लेने के बाद इस तरह सोचना उसके प्रति एक बड़ा अपराध करना होगा। वह न तो ब्राह्मण था, न हिन्दू या मुसलमान। ग़ालिब के लफ़्जों में कहूँ तो एक ऐसा 'आदमी' जिसने इन्सान बनने की तमाम दुश्वारियाँ पूरी कर ली थीं। मैं ऐसा हूँ कि नहीं, था भी कि नहीं, यह तो वही बता सकता है। पर जो आदमी मौका मिलते ही स्वभाव, व्यवहार और भाषा द्वारा दुश्मनी की फसल बोने वाला था, उसी की यह भी एक विलक्षणता थी। 'विचारों की विभिन्नता के बावजूद' अन्तरंगता की अदृश्य शृंखलाएँ रचना। 'मेरे प्रियजन' में शफी भाई पर लिखते हुए उसने लिखा—"हम दोनों में कोई समानता नहीं थी। वैसे, किसी भी अन्तरंग मित्र से पसन्दगी-नापसन्दगी में मेरा तालमेल बैठता ही नहीं। शायद विचारों की विभिन्नता ही हमारी अन्तरंगता की एक अदृश्य शृंखला हो। शफी भाई और मैं जन्म, संस्कार, शिक्षा सभी मामलों में दो ध्रुवों का फासला रखते थे, फिर भी गहरे दोस्त रहे। वे राजस्थानी थे और मीराबाई उनकी प्रिय कवयित्री थी।... शफी भाई एक बेजोड़ प्रियजन। सी. रामचन्द्र, सुनील गंगोपाध्याय आदि के इन्दौर आते ही पहले मैं उन्हें शफी भाई से मिलवाता।" लेकिन शफी भाई कौन? वही न जो इन्दौर शहर में जुए का अड्डा चलवाते थे

और किसी भी प्रकार की प्रतिकूल टिप्पणी पर माफिया उस्तादों की तरह बगैर यह माकूल जवाब दिये चूकते नहीं थे कि असली अण्डरवर्ल्ड तो तुम्हारे सफेदपोशों की दुनिया ही है यार वसन्त।

वसन्त की दोस्त चुनने की अदाएँ सचमुच ऐसी ही थीं। उसकी इन अदाओं में तर्क भी होता पर वह जाना-पहचाना सूचीबद्ध तर्क तो कतई नहीं, जो औसत तौर पर एक सफल जीवन जीने में मदद किया करता है। वो तो बस या तो फिदा होता था या फिर झटके से नकार दिया करता। आवेगों का कौन सा महानद उसके भीतर किसी न्याग्राप्रपात या नर्मदा के धुँआधार की तरह झरता या बहता रहता, उसे कभी भी मापना मुश्किल रहा। सारे मापदण्ड हर बार छोटे ही साबित होते चले जाते। इस तुलना में वो हर बार अपने कद को और बड़ा कर पाने का एक और मौका पा लेता। अपना कद ऊँचा रखने का उसका यह कोई नियोजित कारोबार हो, ऐसा भी नहीं।

याद पड़ता है, उसी दूसरी मुलाकात में ही, जब मैंने उसके घर पहली रात गुजारी, सुबह होते ही वह फिर उसी रौ में बहने लगा। एकाध घण्टे के लिए जरूर अपने मुर्गीखाने की तरफ गया और मैंने देखा कि उधर से भारी झुँझलाहट लिए लौटा था। बाद में तो उस काम से उसने तौबा ही कर लिया। इस काम ने उसके स्वास्थ्य को बुरी तरह तोड़ा भी।

उस दिन लौटा तो मैंने महसूस किया वह काफी पस्त-पस्त सा था। धीरे-धीरे अपने को नार्मल करने के खयाल से दारू की बोतल लेकर वह बैठ गया। थोड़ी देर बाद जब बेटी सारस स्कूल और रेखा भाभी एयर इण्डिया के दफ्तर चली गयी तो वह मुझे साथ ले इन्दौर की सड़कों पर निकल पड़ा। उसके पास उन दिनों एक पुरानी सी मोपेड विकी थी जिस पर वो अरबी घोड़े का सा डील-डौल लिए बैठता तो अजीब लगता, पर उसे इस सबकी परवाह कहाँ थी?

उसकी मोपेड जिस एक पुराने मोहल्ले के दरवाजे पर रुकी, वह घर उसकी एक युवा सहेली का था। अपने सम्बोधनों में वो उसे छोताबाला कहा करता। सहेली की बूढ़ी हो चली माँ ने हम दोनों को चाय पिलाई। फिर हम तीनों इन्दौर की सड़कों पर निकल पड़े। हमारी मोपेड और 'उसकी' वह साइकिल। कहाँ जाकर रुकेगी, मुझे नहीं मालूम। पर हम तीनों जैसे किसी सुनिश्चित लक्ष्य और ठिकाने की तरफ बढ़े चले जा रहे थे।

वो खिलती हुई कली फूल बनने की राह पर थी और वसन्त उसकी देखभाल माली तो कम भौंरे की तरह कुछ ज्यादा ही कर रहा था। इन्दौर की कई यात्राओं के दौरान मैंने पाया कि वह उसे बगल में बिठाता। उसके बालों में अपनी उँगलियों को खेलने के लिए छोड़ देता। फिर उसे और करीब लेकर किसी बच्चे सा दुलराता और जब-तब चूम भी लेता। उसके मुँह से बार-बार वह शब्द 'छोताबाला, छोताबाला' कुछ इस तरह उच्चरित होता रहता जैसे किसी खास डायलॉग का रिहर्सल चल रहा

हो, और कुछ ही दिनों बाद उसे स्टेज्ड होना हो। बाद मैं मैंने मार्क किया कि वो अक्सर दोपहरों के वक्त अपनी मोपेड उठा वसन्त के पास आ बैठती और ढेर सारे सवालों पर प्रबुद्धता से बातचीत करती हुई अपनी पंखुड़ियों जैसे कोमल कपोलों पर उसके चुम्बनों का इतिहास रचा करती।

इसके बाद कई सालों तक हमारे सम्बन्ध नदारद से रहे।

'गाडगे बाबा की जीवन गाथा' पर 'साधु भले न मानो' जैसी स्क्रिप्ट तैयार कर उसकी पहली हिन्दी प्रस्तुति, भोपाल के एन.के. तिवारी जैसे अपने मित्रों के सहयोग से रवीन्द्र भवन में कर चुकने के बाद, उसने 29 सितम्बर, 95 को पुस्तक की प्रति डाक से भेजते हुए मुझे लिखा—"भोगी भले न मानो मगर है। ऐसे विजय को, फख्र के साथ—वसन्त।" लगा वसन्त फिर भी मुझे भुला नहीं पाया है।

अब सोचता हूँ तो विचार आता है कि क्या बगैर भोग के भी रचना हो सकती है? दलित लेखकों का सबसे बड़ा तर्क तो यही है कि सवर्णों ने जब हमारा दर्द भोगा ही नहीं तो वे लिखेंगे कैसे। यह भी खयाल आता है "कर्म का भोग, भोग का कर्म यही जड़ का चेतन आनन्द" वाली पंक्ति भी तो 'कामायनी' की है। भोग के इस लोक में अभोग का पाखण्ड कितना छलपूर्ण है। वसन्त ने इस बहाने उस हिन्दू दृष्टि की ही ओर इशारा किया था जिसे जीते हुए अकसर लोग छद्म अध्यात्म का संसार रचते रहते हैं। गाडगे बाबा की जीवन गाथा को आखिरी दिनों में अपनी कला साधना की परम गाथा बना, उसने जो किया, उसे वे तो कम से कम नहीं कर सके जो प्रायः वंचितों के पक्ष में बैनर लिए भाषा की जानी-पहचानी सड़कों पर खड़े रहते हैं।

गाडगे बाबा जाति के धोबी थे। महाराष्ट्र भर में उन्होंने धर्मशालाएँ, अन्न-छत्र, गौ शालाएँ और शैक्षणिक संस्थाएँ शुरू करवाईं। एक जमीनी लोकसेवी। वसन्त जैसे लोकभोगियों ने वन्देमातरम् के शहीदों, स्वामी विवेकानन्द और शिवाजी के साथ, गाडगे बाबा जैसे अल्पज्ञात किन्तु क्रान्तिकारी चरित्रों की याद भी इस देश के लोगों को दिलाई। इस तरह वह एक चलित सन्देशवाही संस्थान की तरह आजीवन गतिशील रहा।

मध्यप्रदेश के हिन्दी भाषी इन्दौर शहर में जन्मा, पला-पुसा वसन्त, अपनी मातृभाषा मराठी के अलावा, बंगला भाषा में भी किसी बंगदेशी की तरह स्वयं को साधिकार व्यक्त करता रहा। उसके मित्रों में मराठी गायक, वादक, चित्रकार थे तो बंगभाषी लेखक—कलाकार भी।

याद आता है जनवादी लेखक संघ का प्रादेशिक अधिवेशन जो इन्दौर में हुआ था उससे भी माइक पर आकर कुछ कहने का आग्रह आयोजकों से अधिक श्रोता लेखकों ने किया तो बहुत बेमन से वो आया था माइक पर। माइक को भी खींच-खाँच

कर किसी तरह उसके कद का किया गया तो उसने जो कविता सुनाई वो बंगला की थी। कविता का सार था कि वायदे तो सबने किये पर किसी ने भी अपना वचन पूरा नहीं किया। उसके पाठ में काफी दर्द था। वो सभा जो बड़े ऊँचे विचारों और हौसलों में डूबी हुई थी, अचानक गमगीन हो, सकते में आ गयी। उसकी वाणी में ऐसा गहरा अवसाद और जादू था, खयालों में ऐसी भारी तड़प और मार्मिकता जिसे वो लेखन में ही नहीं, अपनी एकल प्रस्तुतियों के मार्फत भी प्रकट किया करता था।

उसके आवेगों को लेकर सोचता हूँ तो इधर लिखी फिर अपनी ही एक कविता की ये पंक्तियाँ सामने आ खड़ी होती हैं, जो उसकी कल्पना सम्बन्धी सोच के करीब जाकर खड़ी होती हैं—

हिमालय की तरह पिघलें,
गंगा-यमुना सा बहें?

पिघलने में तो सचमुच उसका कोई जवाब नहीं था। न जाने कितने ग्लैशियर उसमें से एक साथ फूट पड़ते। यही कारण था कि उसने ढेर सारी स्थूल सीमाओं का अतिक्रमण कर डाला था और द्रव भर बचा था। न वह ब्राह्मण बचा था, न अछूत, न पण्डित बचा था, न मूर्ख। न लेखक, न अभिनेता, न सर्जक, न भोक्ता। वह या तो सब कुछ था या फिर कुछ भी नहीं। किन्तु ऐसा कुछ भी कहकर क्या उससे छुट्टी पाई जा सकती है? शायद कभी नहीं।

मैं उसे क्यों भा गया, क्यों वह मेरे अनुरोध पर जनवादी लेखक संघ का सदस्य बनने पर इस शर्त पर राजी हुआ कि उसकी मेम्बरी की प्रस्तावना पर पहला दस्तखत मैं करूँगा, क्यों वह जब-तब या फिर किसी कार्यक्रम के बुलावे पर झट विदिशा चला आता और प्रोग्राम शुरू करने से पहले मुझे हिदायतें देते हुए कहता, स्टेज पर जाकर मुझे इन्ट्रोड्यूस (प्रारम्भिक निवेदन) कर—"ऐसा किक मार कि मैं चेतक की तरह उड़ता चला जाऊँ।" न जाने कितना भरोसा था उसका मुझ पर। भोपाल के किसी भी कार्यक्रम में मैंने उसके आगे-पीछे किसी को भी स्टेज पर चढ़ते कभी नहीं देखा। भोपाल के उसके मित्रों ने 'वन्देमातरम्' वाली पुस्तिका छपवाई और उसका लोकार्पण उसने विदिशा के एक प्रोग्राम में न जाने क्यों मुझसे ही करवाया।

लेकिन जब मेरी उससे चिक-चिक शुरू हुई तो जलेस की सदस्यता से इस्तीफा देते हुए उसने मुझे ताबड़तोड़ दो पत्र लिखे, एक ही तारीख यानी 22 मई, 88 को—

अध्यक्ष महाराज,

ये मेरे इस्तीफे का पत्र है। जब तक असंगठित था, मेरी कलम खुली थी। आपकी संघटना में आते ही उस पर बन्धन लद गये। क्षमा करें।

—वसन्त पोतदार, 22 मई, 88

उसके गुस्से का तूफान यहीं थमा नहीं। उसने मेरी अपनी दोस्ती के त्याग-पत्र का भी दस्तावेज लिखा–

विजय प्रिय,

अपेक्षित होगा ही कि मैं जनवादी छोड़ सकता था। और एक बात। मेरी किताब का सम्पादन भी छोड़ दो यार। हम दोनों का नाम जुड़ना भी ठीक नहीं। उस किताब को अगर कोई प्रिय व्यक्ति दूर से भी देखना न चाहेगा तो क्या फायदा प्रकाशन का?

–वसन्त, 22 मई, 88

दोनों पत्रों को पढ़ मुझे शफी भाई से कहा उसका वाक्य याद आया, "मैं हवा नहीं आँधी हूँ शफी भाई।"

उसके आँधी होने का अनुभव तो मुझे दो साल पहले जलेस के इन्दौर वाले प्रादेशिक अधिवेशन के बाद हो ही गया था। वो हम तीनों को टैक्सी में बिठा माण्डू दिखाने ले गया। अपनी योजना के अनुसार वो तो पूरी तरंग में था। मेरे साथ गयी दो युवतियों में से एक को उसने मन ही मन रूपमती और खुद को बाजबहादुर मान लिया था। पूरी यात्रा में वे दोनों इसी लहर में थे। माण्डू से लौट रात दस बजे जब इन्दौर से भोपाल रवाना होने का वक्त हुआ तो वो हीले-हवाले करने लग गया। अन्ततः हम जिद करके बस में बैठ ही गये, लेकिन जैसे ही हमारी बस इन्दौर-भोपाल का लगभग आधा सफर पार कर चाय-पानी के लिए आष्टा रुकी, वो हमें किसी गुमी हुई चीज सा ढूँढ़ता पीछे से टैक्सी लिए हाजिर। उसकी जिद थी कि रूपमती इन्दौर लौट चले। बस में घुस उसे सबके सामने उतार वो एक ऐसे कोने में ले गया जहाँ नीम अँधेरा था। सवारियाँ चाय वगैरह से निपट अपनी सीटों पर बैठ चुकी थीं। ड्राइवर हार्न पर हार्न मारे जा रहा था और वो था कि प्रणय-निवेदन के नशे में सब कुछ को ताक पर किये अपनी जिद पर अड़ा था। अन्ततः मैं झुँझलाकर उसके पास गया–

'क्या करते हो यार!' मैंने नसीहत के अन्दाज में कहा।

'नहीं। विजय। एक बार कह दो, ये लौट चले।' मैं उसे दुनियादारों की भाषा सिखा रहा था और वो लोक व्यवहार की जमीनों से काफी ऊपर आकाश में पतंग सा उड़ा जा रहा था। आखिरकार उसने महसूस किया कि आरजुएँ और उम्मीदें बेकार। वो लौटने पर राजी नहीं थी। मैं भी यह जहमत मोल लेने के लिए कहाँ तैयार था। जब उसे लगा कि उसकी जिद फेल हो गयी तो मेरा हाथ पकड़ मुझे एक तरफ ले गया और कहने लगा–'आसमान की ओर तो देखो, तारे कैसे छिटके

हुए हैं।' उसका मूड नाटकीय अन्दाज में बदला हुआ था। मैं इस सन्दर्भ को न समझते हुए जैसे ही आसमान ताकने लगा, वह बिजली की फुर्ती से मेरे पाँवों की तरफ झुका और उन्हें अपनी उँगलियों से छू फिर मेरे कन्धे पर अपना रुआँसा चेहरा रख कहने लगा–"तुम महान हो यार! उसने तो मुझे मना कर दिया। मैं तुमसे हार गया विजय।" यह तो मैं जानता था कि वह हारने वाला नहीं है। सच तो यह है कि वह हार-जीत के तमान खेलों से ऊपर था। पर उसका कहा वह वाक्य अब तक याद है मुझे।

उसकी इस अदा को देख लेने के बाद ही मैं कविवर निराला की 'जुही की कली' कविता का यह यथार्थ समझ सका। निराला लिखते हैं–

किसी दूर देश में था पवन...
उपवन-सर-सरित गहन-गिरि-कानन
कुञ्ज-लता-पुंजों को पार कर
पहुँचा जहाँ उसने की केलि
कली-खिली-साथ।

अन्तर यहाँ बस इतना था कि यह 'कली' भय और लाज के मारे मुरझा गयी थी और नायक पहुँचकर भी नहीं पहुँच पा रहा था। यों नायक तो समूचे वातावरण को झकझोर डालने की शक्ति रखता था और आतुर भी था पर वह नम्रमुखी तो किसी भी स्थिति में राजी होने को तैयार न थी। कहीं उसकी उद्दामता से भयभीत तो नहीं हो चुकी थी वह?

बहरहाल, भोपाल तक हम तीनों एक-दूसरे से बगैर कुछ बोले अपने-अपने चेहरों पर शर्मिन्दगी और भय की चादर डाले बैठे आये कि कहीं वो पीछे से फिर न आ धमके।

किस्सा फिर भी यहीं खत्म नहीं हुआ। पाँच-सात रोज बाद ही बाजार में नया-नया आया काइनेटिक स्कूटर लिए वह विदिशा हाजिर। न चिट्ठी, न कोई फोन। उसे इस रूप में देख मैं चकित भी कम नहीं हुआ।

अपनी रूपमती से मिलने के लिए उसने विकी (मोपेड) एक तरफ की। नया-नया काइनेटिक खरीदा और सिन्दबाद जहाजी की तरह अपनी भावनाओं का बेड़ा लेकर इन्दौर से विदिशा के लिए चल पड़ा। पैण्ट-बुशर्ट, एक हवाई बैग और वो नीला-सफेद स्कूटर। मैंने देखा तो अचकचा उठा। थोड़ी खुशी भी हुई कि चलो एक दोस्त इन्दौर से स्कूटर चलाकर विदिशा आया है। पर बात कुछ और थी। वो तो अपनी रूपमती से मिलने आया था और रूपमती ऐसी लज्जित और डरी हुई कि सामने आने को भी तैयार नहीं।

उससे अनुकूलता न पा वो बहुत गुस्से में गालियाँ देता लौटा और भीतर वाले

कमरे में दारू की पूरी बोतल खोल कर बैठ गया था। आज उसके मुँह से गीतों के मुखड़े कम, गालियों के टुकड़े कुछ ज्यादा ही निकल रहे थे। वह अपने दुर्दम आवेगों के चरम पर था। फिर निराला की ही पंक्ति उधार लूँ तो 'शत घूणावर्त, तरंग-भंग उठते पहाड़...जल-राशि राशि-जल पर चढ़ता खाता पछाड़।' फिर भी निरुपाय। दिन तो दिन, देर रात तक वह पीता और बगल की खिड़कियों की जालियों से तम्बाकू खा-खाकर थूकता रहा। उसका गुस्सा दारू के साथ भीतर और थूक के साथ बाहर की ओर पेंगे...मार रहा था। यह एक आहत सिंह का विक्षुब्ध क्रोध नहीं, एक अचूक शिकारी का ऐसा चूका हुआ निशाना था जिसके लिए वो किसी भी तरह खुद को माफ करने को तैयार नहीं था।

उसने स्वयं को कैसे सम्हाला, कैसे सम्हला, यह किस्सा आज होता तो शायद वही बताता। बाद में जब वो विदिशा के लोगों के बुलावे पर अपना कार्यक्रम देने आया तो काफी संयत था। 'चित्रलेखा' उपन्यास के सामन्त बीजगुप्त के उत्तर जीवन में जैसी निरासक्ति भगवती चरण वर्मा ने चित्रित की है, उसमें दिखाई दी। पर इस बार उसका एक और रूप देखने को मिला। ननिहाल के लोकरे परिवार को उसके आने की सार्वजनिक खबर लग चुकी थी और अपना प्रोग्राम देने के दूसरे दिन जब वो दारू की बोतल खोले मेरे शयन-कक्ष में बैठा था, उसके ममेरे भाई उसे लिवाने के लिए आ धमके। मैंने उसे भीतर जाकर खबर की कि वो तुम्हारे रिश्तेदार आये हैं, तो वह भड़क उठा—"इनको किसने खबर की?"

"इसमें खबर का क्या सवाल। विदिशा छोटा सा तो शहर है।"

"मैं तो नहीं जाऊँगा।" उसने कहा।

"मत जाना पर मिल तो लो। वे आये हैं।"

"यार। साले आकर मूड खराब करते हैं।"

उसका यह सब कहना बाहर भी साफ सुनाई दे रहा था। उसके ममेरे भाई भी अधिकारपूर्वक अन्दर वाले कमरे में आकर खड़े हो गये। सफेद मटमैला कुरता, मराठी शैली में पहनी धोती, काली कुछ गोल कुछ तिकोनी टोपी। मँझोले से भी कम औसत कद किन्तु गठा हुआ किसानी बदन।

वो तो हमेशा की तरह पालथी मारे मलंग बना बैठा रहा। उसने उन्हें पलंग पर बैठने को भी नहीं कहा। वो खड़े-खड़े ही कहते रहे—"चल न वसन्ता। मामा ने बुलाया है।" हर बात के जवाब में उसका एक ही उत्तर था—"हाँ तू चल, मैं आ जाऊँगा।" और यह कह वह एक और सिप लेने लग जाता। जब उनका आग्रह जिद में बदल गया तो उसकी जबान थोड़ी सख्त हो उठी और मुझे लगा कि कहीं यह उनके लिए अपशब्दों पर न उतर आये, तो मैंने उनसे कहा—"आप चलो। मैं इसे भेज दूँगा।" तो उन्होंने अनसुनी सी करते हुए कहा—"तेरे लिए ताँगा ले कर आया हूँ।" मामा-मामी तुझे देखना चाहते हैं। चल न?" तो वह एकदम से उखड़ते

हुए बोला—"तू जा यहाँ से। मुझे पीने दे। मेरे चलने से क्या मामा का चौका गन्दा नहीं हो जायेगा? क्या वो लोग वहाँ बैठकर मुझे पीने देंगे?" फिर थोड़ा रुककर कहा—"जा और कह देना मैं नहीं आ रहा हूँ। तू अपना ताँगा ले जा।"

उसके इस रूप की कल्पना मैंने नहीं की थी। "तो क्या ये लोग इसके प्रियजनों में से नहीं हैं," मैं सोचने लगा। क्या ये लोग 'जेनुइन' नहीं हैं? या फिर टाइप किस्म के लोग हैं? उसे 'टाइप' किस्म के लोगों से इतनी छड़छड़ी क्यों छूटती है, चाहे वे साहित्य और कला की दुनिया के ही क्यों न हों? पर असल बात तो यह नहीं है। सारा सवाल उसके मूड का है। उसके उस रहस्यमय गहन अन्तःराग का, जो संवेदनों से कहीं अधिक प्रेरित और संचालित होता है। जहाँ कहीं भी कुछ असामान्य और विलक्षण है, घिसे-पिटे से भिन्न है, जिसमें अभिनव और स्वतन्त्र प्रभाव उत्पन्न करने की शक्ति है, एक मौलिक वक्रता और व्यक्तिगत विदग्धता है, उसका मन वहीं-वहीं रमता। एक छायान्तर स्पर्शी कांतिमयी वक्रता ही उसे भावप्रवण बना पाती थी और इसे वह सबसे ज्यादा उस जीवन में खोजा करता जो उसके आसपास था और सचमुच था। 'साधु भले न मानो' की प्रस्तावना में उसने लिखा—"कार्यक्रम की संहिता तैयार करने में मैं दन्त कथाओं को कतई स्थान नहीं देता। मेरे नायकों से परिचित लोगों की मुलाकातें लेते वक्त भी वे जहाँ असत्य का सहारा लेते हैं, वह भाग भी संहिता में सम्मिलित नहीं करता। श्रोताओं में मुझे व्यक्ति पूजा के अभिशाप को अंकुरित नहीं करना होता है, वरन् उनकी सत्यकथाओं से प्रेरणा को पुनर्जीवित करने का ध्येय होता है।"

आज यह कहने का आधार हमारे पास है कि वह कल्पना लोक का वासी नहीं था। तो क्या वह इतिहास का गायक या इतिवृत्तकार था? शायद दोनों नहीं। न तो वह कल्पनावादी था, न इतिहासवादी। आदर्श और यथार्थवाद के सैद्धान्तिक झगड़ों और प्रतिपादनों में भी उसकी कोई रुचि कभी दिखी नहीं। उसके लेखक की सबसे बड़ी समस्या थी—लोगों की संवेदनहीनता। यायावर की डायरी में उसका अपना लिखा वाक्य है—"संवेदनहीनता आज की महान उपलब्धि है"। इस व्यंग्य में गहरी पीड़ा है।

अपने एकल मंचीय कार्यक्रमों—'योद्धा संन्यासी विवेकानन्द', 'वन्देमातरम्' और 'साधु भले न मानो'—जैसे लेखन से वह अपने समय की इस कठिन और नीच ट्रैजेडी से भिड़ कर उसे संवेदनशीलता में बदलने की पुरजोर कोशिश में लगा था।

उसमें जितनी क्षमता और सामर्थ्य थी, वह किसी भी प्रचलित ढर्रे में अँटने वाली नहीं थी। उसमें जैसी आग और तड़प थी, उसके लिए कोई भी संगठन या मंच अपर्याप्त था। वह एक ऐसा सरापा तूफानी कलाकार था जिसकी दृष्टि चौतरफा खुली हुई थी और जिसका हृदय लोक की प्रत्येक समूची और लड़खड़ाती साँस पर धड़का करता था। वह विचारधारा या कलावाद का सँकरा साम्प्रदायिक सत्यों वाला हृदय नहीं था। बाहरी दुनिया वाला वह दिखावटी हृदय भी नहीं जिसके बारे

में उसने एक चरित्र से कहलवाया कि आँखें बन्द करके दूध पीने वाली बिल्ली की तरह है तुम्हारी यह दुनिया।

एक कलाकार के रूप में वह न वाम था न दक्षिण। न किसी नीतिमत्ता और विचार-सम्प्रदाय का हम्माल। इन तमाम संकीर्णताओं और सीमाओं से मुक्त एक परम स्वाधीन, अपने अनुभवों की समाधि में लीन, वैयक्तिक अहंकारों को काफी पीछे छोड़, उदात्तता के तरल विश्व में किसी बर्फ के टुकड़े सा धुल-घुल कर लीन होता हुआ। रवीन्द्रनाथ यों ही नहीं कहते–'आमार माथा नत करे दाउ हे तोमार चरण-धूलार तले।' वसन्त ने एक और जगह लिखा है–"कलाकार एक बर्फ के टुकड़े के समान है, जो बर्फ की तरह ही पानी में थोड़ा सा ऊपर रहता है। कलाकार की अस्मिता भी बर्फ के समान थोड़ी सी ऊपर रहनी चाहिए और उसे यह तो कदापि नहीं भूलना चाहिए कि वह जन-सामान्य के जल द्वारा ही बर्फ का टुकड़ा बनाया गया है।" 'जनता' और रूढ़ार्थ में गुम 'आम आदमी' के कारोबार का वह बाहरी आदमी भले ही हमारे बीच आज सदेह उपस्थित न हो पर उसकी भाव-सृष्टि समूची ताजगी और कोमल प्रखरता के साथ हमारे पास अब भी मौजूद है।

अपने समय के तमाम साहित्यिक गोरखधन्धों के बीच स्वयं को स्वयं ही आत्मनिर्वासित कर उसने जो कठिन और अनन्य लोक-साधना की, उसका मूल्यांकन चाहे जब हो, उसकी साधना की अमन्द सुगन्धें तो आज भी जहाँ-तहाँ व्याप्त हैं और वे सब अपने होने के एहसास से भरी हुई हैं। यह एहसास जितना उसका है उतना ही उस भाषा और सृजनशीलता का भी है जो लोक संस्कारों को ग्रहण और धारण करना जानती है। जिसे न केवल लोक संवाद की कला आती है, वरन उसका सृजन और पुनर्सृजन करने का रहस्य भी ज्ञात है।

कुमार गन्धर्व का जीवन चरित्र लिखने की आकांक्षा लेकर वसन्ता जब उस महान गायक के पास एक बार सपत्नीक गया तो कुमार जी ने कहा था–"वसन्ता, पेड़ गिरने पर ही उसकी ऊँचाई नापी जाती है ना?" आज जब वसन्ता खुद वैसे ही एक पेड़ की तरह गिर पड़ा है, तब फिर कुमार जी को लेकर उसकी ही लिखी पंक्तियाँ जितनी उनके लिए सटीक थीं, वसन्ता के लिए भी सटीक बैठती हैं। वसन्त ने लिखा है–"कुमार जी की सृजन-सरिता का पाट विशाल, प्रवाह गतिमान। उनकी आन्तरिक दृष्टि हर घड़ी विकसित होती रहने वाली। ऐसे आदमी का चरित्र जब भी लिखा जायेगा, अधूरा ही रहेगा।"

यह कथन जितना कुमार जी के बारे में सच है, उतना ही खुद वसन्त के बारे में भी। उसकी जितनी भी छवियाँ मैं बनाता हूँ कि तस्वीर अब पूरी हो गयी उतनी ही छवियाँ दूर खड़ी जैसे मुझ पर कटाक्ष-सा करती हुई कहती रहती हैं–"और अब हमारे बारे में क्या ख्याल है तुम्हारा?"

शायरे इन्क्लाब की सुर्ख अदाएँ

उस पर लिखते समय ढेर सारे खतरे सामने हैं जैसे कि समकालीनों के बीच उसकी प्रतिभा का आलम। यह कहना ही अपराध होगा कि वह तमाम लोगों के बीच बिल्कुल अपने जैसा था। उसमें ग़ालिब और निराला एक साथ मौजूद थे। केवल भाषा-परम्परा की दृष्टि से नहीं, उसकी सोच, अनुभव-प्रक्रिया और जीवन को देखने वाली दृष्टि के हिसाब से। वह इतनी उर्दू जानता था कि उर्दू दां लोगों से बहस-तलब होकर उनके छक्के छुड़ा देता था। मशहूर शायर कैफ़ भोपाली और प्रतिष्ठित कवि शमशेर से उसकी बहसें मैंने सुनी हैं। शमशेर जी तो बेहद शालीन किस्म के आदमी थे। उनके शेरों की शेरियत पर उसने कुछ सवाल खड़े किये थे। कैफ़ साहब ने तो प्रतिरक्षात्मक तेवर अपनाते हुए जो वाक्य कहा था अब तक याद है—तू साला मुझसे ज्यादा उर्दू जानता है? पर वह चुप होने पर राजी नहीं था। कैफ़ उसे बेहद प्यार करते थे और प्रायः बेटे के तौर पर देखा करते। वह उनसे किंचित सम्मान का भाव बनाये रहता। उसका कारण उनकी फक्कड़ाना तबीयत थी। शराब की बोतल सड़कों पर भी प्रायः उनके हाथों में होती और वे किसी गली के अँधेरे मोड़ और धुँधलके में दो-एक घूँट डाल आगे बढ़ लेते। शलभ यह नहीं कर पाता था इसलिए उनकी डाँट और घुड़की के सामने खामोशी साध लिया करता। फिर भी दबने जैसा कोई भाव मन में कभी नहीं आया।

मुशायरों और कवि सम्मेलनों के मंचों पर कैफ़ साहब एक वातावरण बनकर छा जाते और वह लाल कपड़ा देखकर बिदक उठने वाले बैल-सा बेकाबू हो उठता। चाहता रहता कि सब उसकी शायरी की बारीकियों और संजीदगी की तारीफ करें पर यह सबके बूते की बात कहाँ? रसज्ञ श्रोता तो हमेशा ही विरल और दुर्लभ रहे हैं। कैफ़ साहब की शायरी में भाषा का ऐसा मिला-जुला जादू और आम आदमी के दिलों की धड़कन थी कि वह अपने श्रोताओं को झूम उठने पर मजबूर कर दिया करती। 'कैफ़ पैदा कर समन्दर की तरह उसअतें खामोशियाँ गहराइयाँ।' वे विदिशा आते तो एकाध गोष्ठी प्रायः होती ही होती। शलभ में नये-नये मुल्ले की तरह प्याज खाने की आदत कुछ ज्यादा ही थी। उसके शेरों में उर्दू तो कम किन्तु फारसीपना कुछ ज्यादा होता। संगीत की नाजुक आवाजों की जगह विचारों की तीखी आँच अधिक

हुआ प्रबल। हिन्दी कविता के आम कथित रसिक के लिए यह एक मुश्किल-तलब सी बात थी। कैफ़ तो इसे समझते थे पर वह इसे समझने पर राजी नहीं था। उसमें एक ऐसी जिद थी जो सारी दुनिया को झुकाना चाहती थी पर खुद एक इंच भी झुकने को तैयार न थी। इसका दूसरा छोर भी था और बड़ा अजीब। वह कब आग के गोले से बर्फ के टुकड़े में तब्दील हो जाये—कहना मुश्किल।

कवि-जीवन की शुरुआत उसने इसी शायरी से की थी। तब जिगर मुरादाबादी से बहुत प्रभावित था और उनके जैसे शेर लिखा करता। आज तो हम यह भी कह सकते हैं कि वह हिन्दी में उर्दू अदब से चलकर आया था। पर हिन्दी तो उसके चारों ओर थी—धूप-हवा और पानी की तरह। जिन स्कूलों में वह पढ़ा-लिखा, जिन स्कूली कक्षाओं को आखिरी नमस्कार कर भागा, उनमें उर्दू कहीं नहीं थी। हिन्दी ही हिन्दी थी। चाहे इतिहास हो या स्वास्थ्य विज्ञान या फिर अर्थशास्त्र। पर नाम जो उसने अख्तियार किया वह शायरों वाला शलभ फैजाबादी। फैजाबादी जैसा प्रयोग ग़ज़ल गायिकी की मलका अख्तरीबाई किया करती थीं, जो बाद में बेगम अख्तर के नाम से मशहूर हुई। यो उसी फैजाबाद के आचार्य नरेन्द्र देव भी थे। फैजाबाद की ही तहसील अकबरपुर के डॉ. राम मनोहर लोहिया। अकबरपुर से ही कुछ ही दूर मसोढ़ा गाँव का शलभ। अकबरपुर तहसील तो अब भी है पर कुछ और इलाकों को जोड़-जाड़कर उसे अम्बेडकर नगर जैसे जिले का रुतबा दे दिया गया है।

अठारह सौ सत्तावन की क्रान्ति की शुरुआत करने वाले मंगल पाण्डेय भी जिस सुरहुरपुर गाँव के थे, वह भी इसी अकबरपुर तहसील के अतर्गत है। समाजवाद, ग़ज़ल गायिकी और क्रान्ति की त्रिवेणी। यह भी कि वाजिद अली शाह के दादा भी तो इसी फैजाबाद की गुलाबबाड़ी के बाशिंदे थे। लखनऊ तो वे सब बाद में आये और उमरावजान अदा जैसी नर्तकी भी।

यह वही फैजाबाद है जो मुगलों से पहले अयोध्या के नाम से जाना जाता है। राम-रहीम उपन्यास में राजा राधिका रमण प्रसाद सिंह ने ठीक ही लिखकर पूछा कि क्या पाटलिपुत्र को पटना और अयोध्या को फैजाबाद कह देने से वहाँ की धरती और आसमान बदल जाते हैं? अब तो यह भी पूछने को मन होता है कि बाबरी मस्जिद को ढहा देने के बाद क्या इबादतों की पवित्रता भी ढहाई जा सकी? क्या उस जगह सर्वव्यापी खुदा ने रहना बन्द कर दिया होगा? क्या राम-रहीम दो अलग और विरोधी सत्ताएँ हैं? शलभ फैजाबादी का असली नाम तो श्रीराम सिंह ही था। फिर यह मुसलमानीपन दिखाने की जरूरत क्या? लेकिन क्या यह मुसलमानीपन है? कल्चर में इस तरह के सवालों का जवाब क्या होता होगा? पं. राम प्रसाद अपना तखल्लुस 'बिस्मिल' रखा करते थे। गोरखपुर के रहने वाले रघुपति सहाय, 'फ़िराक़ गोरखपुरी' हो गये। मध्यकाल में रहीम और रसखान, उनसे भी पहले अमीर खुसरो

क्यों हिन्दी ब्रजी और राम-कृष्ण में डूबे पाये गये? किसी के पास इसका कोई जवाब है? संस्कृति के राक्षसों के जवाब तो सबको मालूम हैं।

आज जब अति प्रतिष्ठित उच्चतर वर्ण और वर्ग के लोग अंग्रेजियत और अंग्रेजी भाषा में डूबे हुए हैं तब क्या किया जाय? क्या यह सब गड्ड-मड्ड मामला है या इन सब बातों के पीछे कोई और कई जरूरी कारण हैं? संस्कृति के सवाल हमेशा से बड़े पेचीदा रहे हैं। फिर भी ये सवाल हैं। देर-सबेर इनका जवाब हमें देना होगा अन्यथा इतिहास के पन्नों पर हमारी कोई वकत न होगी।

बात शलभ फैजाबादी की चल रही थी। मैंने पूछा—तू शायरी की ओर कैसे आ गया तो उसका जवाब था—कलकता के मूनलाइट थियेटर में निर्देशक और कलाकारों को चाय पिलाते-पिलाते मेरे भीतर से यह आवाज उठी कि ऐसे गीत-वीत तो तू भी लिख सकता है। लिखा और सन्मार्ग (स्थानीय दैनिक) में भेजा तो वह छपकर आ गया। लोगों ने पूछा कि किसका है तो मुझे बताना पड़ा और मैं उसी थियेटर में टी-ब्याय से लेखक की हैसियत में पहुँच गया। जिन्दगी एक नये ढंग से शुरू हुई।

सच यह भी है कि उसकी ये हैसियतें उठती-गिरती रहती थीं। कभी हंगामेदार तो कभी भयानक तनहाइयों के अँधेरों में डूबी हुई। आखिरी दिनों में जब मुझसे उसकी खटकी तो उसने लिखा—'मैं अकेला ही भला था।' कल के लिए सम्पादक डॉ. जय नारायण ने इसी पंक्ति को शीर्षक बनाकर उसकी कविताएँ छापीं और बहराइच पहुँचने पर हम दोनों का मजा लेते हुए मुझे दिखायीं। उन कविताओं में कोई पछतावा जैसा बहुत कम था। ग्लानि भी नहीं जैसी। पर उसका ही मुहावरा उधार लेकर कहूँ तो खटकता अकेलापन बहुत ज्यादा था। बेहद तीखा।

आप जब किसी को दोस्त बनाते हैं तब वह घर बनाने से भी कई गुना ज्यादा मुश्किल काम हुआ करता है। घर काफी मुश्किलों से बनता है पर रहना उसके बाद काफी आसान हो जाता है। दोस्ती बनने को तो बन भी जाय पर उसे निभाना हमेशा से एक मुश्किल तलब काम रहा है। अपने को काफी काटना-छाँटना पड़ता है। संवेदनाएँ रोज-रोज गहरी, तीव्र और नाजुक होती चली जाती हैं। दो आदमी कभी-कभी तो संवेग-मात्र बचते हैं और जब कभी इन संवेगों के सिर आपस में भिड़ते और टकराते हैं तब कितनी टूट-फूट होती है, कितना खून बहता है, इसका न तो पहले से अन्दाजा रहता है न ही बाद में कोई हिसाब-किताब सम्भव है। खुद अपने सन्दर्भ में मैं यह कहना चाहूँ तो और भी बेमतलब। इससे भी कहीं ज्यादा बेमानी।

दोस्ती कुरबानियाँ माँगती होगी। उसे मिलती भी होगी। पर वह दो अखण्ड और सम्पूर्ण अस्तित्वों का संविधान-स्वच्छन्द मिलन है। कोई कायदा-कानून होकर भी नहीं होता। फिर भी, होता भी है। इसे वे ही जानते और निभाते हैं जो इसके प्रजापति और रचयिता होते हैं। आप क्यों किसी के प्रति आकृष्ट हुए हैं, क्यों उसके बगैर आप कुछ खोया-खोया महसूस कर रहे हैं, अकस्मात उसके साथ जीकर

आपको लगता है यदि भराव और कामना की तृप्ति कहीं होती है तो वह दोस्ती ही है। बीबी-बच्चे तक भी चले जाते हैं। पर जब दोस्त चला जाता है तब लगता है आप कुछ बचे ही नहीं।

मेरी-उसकी दोस्ती कुछ इसी तरह की थी। हम दोनों झगड़ते और वह अपनी अटैची और कलकतिया झोला कन्धे पर डाल स्टेशन की ओर निकल जाता। कभी दिल्ली तो कभी हाजीपुर (वैशाली) से कार्ड आता—मैं अब यहाँ आ गया हूँ। तुम आ जाओ। मैं पहुँचता तो वह मेरे आने को समारोह की तरह मनाता। पूरे शहर में लेकर मुझे घूमता और शाम को एक अच्छी सी शराब की बोतल और चिकवे के यहाँ से शानदार गोश्त लेकर लौटता। रोटी-सब्जी बनाने में उसकी कोई रुचि नहीं थी। गोश्त पकाना और चुन-चुनकर परोसना उसे अच्छा लगता था। जैसे शब्दों को चुना जाता है और छन्द का ठाट बिठाया जाता है, वह बोटियाँ चुनता और शोरबे के साथ प्लेट में उनका ठाट बिठाता। मजाल नहीं कि आप कोई नुक्स निकाल दें। हाँ! यह उसे किसी भी स्थिति में बर्दाश्त न था। तुर्रमखाँ तो अपने आगे वह खैर किसी को मानता ही नहीं था। अगर आप हों, तो भी नहीं।

कवि श्री नागार्जुन और वह दोनों एक ही कमरे में अगल-बगल तखत डालकर महीनों रहे। मुझे पौने आठ बजे ही कॉलेज के लिए निकल जाना पड़ता। लौटने तक दोपहर हो जाती। मैंने उससे कहा—तुम बाबा के लिए एकाध रोटी ठोंक दिया करो। बूढ़े आदमी हैं, भूख लग जाती होगी। घर के काम करने वाली बाई तब शायद बीमार थी। उसने मेरा अनुरोध स्वीकार कर लिया, किन्तु बेमन से। कॉलेज से दोपहर बारह के आस-पास लौटा तो देखा बाबा गली में कुर्सी डाले कोई पत्रिका पलट रहे हैं और वह अन्दर तख्त पर लेटा बीड़ी के कश ले रहा है।

मुझे लगा कि वातावरण में कुछ तनाव है। मैंने बाबा से कहा—'अन्दर चलिए। यहाँ काफी धूप है। फरवरी है तो क्या पर धूप तो कड़ी हो चुकी है। मैंने देखा—उनके झुर्रीदार माथे पर किरणों की आँच ने पसीने की चुकचुकाहट पैदा कर दी है। मेरे कहे की अनसुनी करते हुए वे खामोश बैठे रहे। तब घबराकर मैं अन्दर गया—'क्या बात हो गयी?' तो वह कुछ इस तरह उठकर बैठा जैसे कोई फैसला लेने जा रहा हो—तुम्हारे कहने पर मैंने इन्हें रोटी बनाकर नाश्ता कराया और कहते हैं कि तुम्हें रोटी बनानी नहीं आती तो कविता क्या करोगे। मैंने तो अपने बाप की नहीं सुनी। अब रूठे हैं तो रूठे रहें। मैं पलटकर फिर बाहर गया तो नागार्जुन ने कहा—'या तो वो साला रहेगा या मैं। मुझे कच्ची रोटियाँ खिला दीं।' मैं परेशान। क्या करूँ। किसी तरह उन्हें समझा-बुझाकर भीतर ले आया। उसके पुराने संस्कारों को जगाते हुए कहा—तुम्हें वे अपना पाँचवाँ बेटा मानते हैं। कभी-कभी दामाद भी। अगर तुमने रोटियाँ बनाकर एक बूढ़े ब्राह्मण की भूख मिटायी तो इसमें बुरा क्या है तो उसने कहा—नहीं, तुम नहीं जानते ये बुड्ढा बहुत नखरेबाज़ है। एक बार कल्याणी

(श्रीमती शलभ) ने गोश्त पकाकर खिलाया तो कहने लगा—कैसा रद्दी गोश्त है यह। दूसरों का अपमान करने में इसे जरा भी शरम नहीं। मैंने कहा—अब वो बुढ़ा गये हैं, तुम्हें प्यार भी तो कितना करते हैं तो बोला—तो क्या मेरी जान लेंगे। दो तीन घण्टे दोनों की बातचीत बन्द। खाना पका। बगैर किसी बातचीत के बाद लुंगी और कुरता पहन उँगलियों में चारमीनार की सिगरेट दबा वह किसी ओर निकल गया। शहर में उसके जाने-अनजाने न जाने कितने ठिकाने थे। नगरपालिका के अध्यक्ष, शहर कोतवाल, कई जाने-माने वकील, डॉक्टर और धनी-मानी किसान। पर दूसरा छोर भी था। वह पगली औरत जिसे साथ बिठाकर कई बार वह ताँगे में विदिशा से सांची तक घूमा या फिर शहर का वह कुख्यात गुण्डा जिसके ठिकाने तक जाकर उसने पंगा लेने की अनावश्यक जहमत मोल ली। घर से बाहर निकल वह किसके पास जायेगा और किनको लिए-दिये लौटेगा, उसकी दोनों जेबों में शराब के पौए भरे होंगे या देशी कट्टे और विदेशी पिस्तौलें—कहना मुश्किल। यह सब वह कैसे जुटाता था आज तक मेरी समझ में नहीं आया। उसे इसकी क्या जरूरत पड़ती थी—वह भी। मैं तब कॉलेज से लौटकर खाना खा रहा था जब वह किसी का कोट पहने जल्दबाजी में आया और खाने की मेज की बगल में खड़े होकर कोट के बटन खोल मुझे दिखाने लगा—देखो इन में क्या है।

मैंने देखा उसकी दोनों जेबें पिस्तौलों से भरी हुई थीं। इनका क्या करना है, मैंने पूछा? उसने बैंक से ले जायी जाती रकम लूटने की एक पूरी योजना ही मेरे सामने रख दी। बोला—मैं कब तक तुम्हारी तनख्वाह के भरोसे रहूँगा। कुछ मुझे भी तो करना चाहिए। मैं तो उसके इस व्यवहार से चकित था। कलकता के दोस्तों ने मुझे बताया तो था कि वह यह भी कर सकता है पर मैं इस पर भरोसा करने को राजी नहीं था। अब सब कुछ सामने था। मैंने पूछा—तुम्हें कैसे पता कि खजाना इतने बजे यहाँ तक फलाँ-फलाँ लोग लेकर जायेंगे? विस्तार से पूरा किस्सा बताना उसने मुझे मुनासिब नहीं समझा। इतना जरूर इशारा किया कि वो जो अपना एक कवि है और दूसरा कथाकार; दोनों बैंक में ही तो हैं। मैंने बातों-बातों में उनसे दरियाफ्त कर लिया है। मैंने कहा—इसमें तो वे दोनों भी चले जायेंगे। तो बोला—तो क्या हुआ। उन्हें नौकरी की जरूरत ही नहीं पड़ेगी। मुझे जल्दी है। गाड़ी रवाना होने वाली है। मैं तो यह खबर देने आया था कि खाने पर मेरा इन्तजार नहीं करना। उसकी बातों को सुनते हुए मुझे इतना भर समझ में आया कि कविता करना और खजाना लूटना सब एक जैसा सहज काम है। मैंने घुड़की दी—कल से तुम मेरे साथ नहीं रहोगे। अपना सामान उठाओ और वापस कलकत्ता लौट जाओ। तुम तो मुझे भी नहीं बख्श पा रहे हो। बात उसकी समझ में आयी और वह उलटे पाँव लौट गया। पत्नी चौके में थी। सब देख-सुन रही थी। खा-पीकर वह भी स्कूल चली गयी और वह शाम तक लौटा तो एकदम सामान्य। जैसे कुछ हुआ ही न हो।

चाय पीते वक्त बताने लगा—मैंने सोचा था इतना पैसा लाया जाय कि तुम और तुम्हारा परिवार ये दिन-रात की भाग-दौड़ न करे। मेरे जैसे आदमी का बोझ उठाता है तो मेरा भी तो कोई फर्ज बनता है। उसने सफाई दी।

क्या कोई फर्ज इसी तरह निभाया जाता है। तुम जानते हो मैं उतना ही खाता-पहनता हूँ जितनी मेरी कमाई है। तुम हो या वेणुगोपाल या फिर कवि नागार्जुन क्या मैंने कोई अलग बिस्तर लगवाया या पकवान खिलाए। फिर तुम्हें चिन्ता करने की क्या जरूरत? तुम तो लिखो और सब कुछ भूल जाओ।

मेरी बातों से वह कुछ-कुछ आश्वस्त हुआ। धीरे-धीरे 'राहे हयात' की ग़ज़लें लिखी जाने लगीं। गीत लिखना उसने लगभग छोड़ दिया था। दुष्यन्त कुमार के 'साये में धूप' की ग़ज़लों के आने के बाद उसे अपना शलभ फैजाबादी वाला रूप फिर याद आने लगा था। हम दोनों रोज सुबह चार-सवा चार पर उठ जाते। घूमने निकल पड़ते और लौटकर चाय बनाते। दोनों बच्चियाँ (गुड़िया, पप्पी) और पत्नी बीच वाले कमरे में सोते रहते। उनकी सुबह सात के आस-पास शुरू होती। तब तक हम दोनों काफी कुछ लिख-पढ़ लिया करते।

'राहे-हयात' की ग़ज़लें इसी क्रम में तैयार होती चली गयीं। वह मीर, ग़ालिब, फ़ैज और फ़िराक़ के चुनिन्दा बयानों और बहरों में डूबा रहता। पर फ़िराक़ (साहब) को आधुनिक उर्दू शायरी की सबसे बड़ी शख्सियत मानता। इकबाल को आदर की निगाह से देखते हुए भी उन्हें कभी माफ करने को तैयार नहीं दिखता कहता देश को तकसीम कराने वालों में वे जिन्ना के साथ थे। वह उनकी प्रसिद्ध नज़्म हिन्दोस्ताँ हमारा की उस पंक्ति को मेरे सामने पटकता और कहता—इससे पूछो कि यह कारवाँ क्या महमूद गजनवी का है। मुहम्मद गोरी का या फिर बाबर का? आखिर यह किस कारवाँ की बात कर रहा है? क्या आर्य विजय का कारवाँ है यह या इस्लाम विजय का? ये इकबाल शायर तो कम मुसलमान कुछ ज्यादा है। उसका मानना था कि शायर का सबसे बड़ा धर्म उसकी शायरी है। शायरी की निगाह में जो विराटता और उदारता है, पशु-प्राणी, स्थावर-जंगम के प्रति जैसी गहरी और सूक्ष्म सहृदयता है, वह क्या किसी धर्म में होगी?

धर्म को जाति और भूगोल-इतिहास के खानों में बाँटा जा सकता है पर शायरी तो किसी भी खाने में बाँटी नहीं जा सकती। जैसे कि प्रेम न हिन्दू होता है न मुसलमान, न सिक्ख और न ईसाई।

ग़ालिब को वह बड़ा शायर मानता था। ग़ालिब की चर्चा चलती तो वह अक्सर निराला की यादों में खो जाता। उनकी फ़ाकामस्ती, फक्कड़पन, अराजकता, आत्माभिमान सब उसे बेहद प्रिय थे। इनसे नीचे उतरता तो सबसे ज्यादा बातें वो जिगर मुरादाबादी के जीवन-संघर्षों और उनके इंसानी बड़प्पनों की किया करता। जिगर साहब को लेकर उसके मन में बड़ी गहरी श्रद्धा और इससे भी ज्यादा प्यार

था—तुमने नहीं देखा उन्हें। वो चश्मा बेचा करते थे। रंग बिल्कुल आबनूसी। पर स्वभाव बेहद कोमल और गम्भीर। इश्क में डूबी हुई एक पूरी खिलवत।

मजरूह और साहिर भी उसे प्रिय थे। पर मजरूह कुछ ज्यादा ही। उसने अपनी शायरी का रास्ता इसी के बीच से बनाया था। फ़िराक़ गोरखपुरी की तरह उसे हिन्दू फिलासफी पसन्द थी पर तर्जे-बयाँ में उसकी रुझानें उर्दू क्लासिकी की ओर जाती थीं। वह जब-तब उस परम्परा से भिड़ने और टकराने की कोशिशें किया करता। एक लड़की पर फिदा हुआ तो कुछ ऐसे कि हर दो-चार कलाम के बाद एकाध शेर उस पर कहता। कल्पनाओं के अतिवादी छोरों को पंच करने में उसे बड़ा मजा आता जैसे कि वह व्हिस्की के पेग में जिन की बोतल ढाल रहा हो—

नाज शहजादिये-गुलशन की अदा सहराई
गोया कि मीर से ग़ालिब की ग़ज़ल टकराई।

पूछा कि यह क्या बात हुई तो मीर की नाजुकी और ग़ालिब की मर्दानगी की ओर इशारा करके रह गया। ग़ालिब का अर्थ जबरदस्त भी तो होता है। यों भी ग़ालिब अब मीर पर कुछ भारी पड़ने लगे हैं। ये सब बातें कहीं उर्दू शायरी की महान परम्परा से उसके खुद के टकराने से सम्बन्धित थीं। वह उस नाजुक खयाली में ग़ालिब की तरह कुछ अलग ढंग के 'अन्दाज' पैदा करना चाहता था—कहते हैं कि ग़ालिब का है अन्दाजे बयाँ और...। अब इस पर बातचीत होगी कि नहीं, हिन्दी वाले करेंगे कि नहीं, उर्दू वाले तो शायद ही देवनागरी में छपी राहे-हयात और निगाह-दर-निगाह की ग़ज़लों पर गौर करें।

हिन्दी में तो दुष्यन्त को ही अनदेखा करने की कोशिश की गयी जबकि ग़ज़ल की हिन्दुस्तानी विरासत में दुष्यन्त का अपना एक मुकाम है। शलभ में विचार का तत्त्व कुछ ज्यादा है दुष्यन्त में संवेदना का। पर दोनों एक ही यथार्थ-फलक के कारीगर हैं। दुष्यन्त में हिन्दी का रचाव और उसके मुहावरों का नया संस्कार मुस्कराता है। शलभ एक प्रतिबद्ध कामरेड शायर की तरह पेश आता है। उसकी पार्टीलाइन बहुत साफ है। लगभग दो टूक। पर दोनों ही बदलाव के लिए लिखते हैं। दोनों ही अवाम को अपनी ताकत मानते हैं। दोनों में सत्ता और व्यवस्था के यथास्थितिवाद को लेकर भयानक असन्तोष और आक्रामकता है। दोनों की रुचि शायरी के हंगामे में नहीं, उसकी खामोश जहनियतों में है। यह और बात है कि शलभ की शायरी में क्लासिकता और उर्दू शायरी की जानी-पहचानी सुगन्ध भी है जबकि दुष्यन्त लगभग नयी राह पर हैं। वे हिन्दी की शायरी लिख रहे हैं। शलभ उर्दू दाँ हैं। इससे भी ज्यादा यह कि शलभ प्रतिद्वन्द्विता से भरे हुए हैं। दुष्यन्त भी यह करते हैं पर हिन्दी के कवियों से। शलभ में अपनी खुदी को लेकर एक खास तरह की क्लासिक सजगता है।

वो दुष्यन्त में कम दिखती है। वे तो अपने भावों के जबरदस्त उफान में डूबे

हुए शायर हैं और ये भाव बुनियादी तौर पर राष्ट्रीय है। जहाँ-तहाँ थोड़ी-बहुत निजता भी। रुमानियत दोनों का विषय नहीं पर रोमाण्टिक हुए बगैर तो शायरी सम्भव भी नहीं। विद्रोह और क्रान्ति के सिद्धान्तकार अपने लिए इस रोमाण्टिकता को अनिवार्य मानते हैं। परम्परा को ठहरावों से बचाने के लिए रोमाण्टिकता जरूरी है। शलभ और दुष्यन्त या दुष्यन्त और शलभ दोनों ही बुनियादी तौर पर रोमाण्टिक हैं। पर शलभ कुछ अधिक परम्परावादी, दुष्यन्त हिन्दी की ताजगी और मार्मिकता से सराबोर।

यहाँ यह कह देना भी जरूरी है कि रोमाण्टिक का सम्बन्ध आदर्शपरक कल्पनाओं से ही नहीं यथार्थ से भी होता है। कल्पनाओं का विकास फैण्टसियों में होता है और फैण्टसियाँ यथार्थ की कोख से पैदा होती हैं। शलभ ने इस यथार्थ का जैसा तीखा अनुभव किया था, उसका बयान उसकी वो लोकप्रिय नज़्म करती है—घिरे हैं हम सवाल से हमें जवाब चाहिए। जवानियाँ आयें और इन जलते हुए शब्दों को अपने होठों पर रखें या फिर परचम की तरह फहराएँ। शायर ने तो जो करना था वह कर दिखाया। उसका काम भाषा को मन्त्र में ढाल देना है। समाज का फर्ज क्या है, इसे कौन बताएगा? कोई लेनिन, गाँधी, मोओत्सेतुंग या फिर चारू मजूमदार। इनमें से कोई एक बात या राह तो कभी न कभी चुननी ही पड़ती है। शलभ ने तो अपने समय के मौजूदा निजाम को नामंजूर करते हुए लिखा—'तू इनकी झूठी बात पर न और एतबार कर।' दुष्यन्त ने चौहत्तर में लिखा—कहाँ चिराग मयस्सर नहीं शहर के लिए। शलभ ने थोड़ा और पहले लिखकर पूछा—'किधर गये वो वायदे सुखों के ख्वाब क्या हुए, तुझे था जिनका इन्तजार वो जवाब क्या हुए? जहाँ पर लब्ज अम्न एक खौफनाक राज हो। जहाँ कबूतरों का सरपरस्त एक बाज हो। वहाँ न चुप रहेंगे हम। कहेंगे हाँ कहेंगे हम। हमारा हक हमारा हक हमें जनाब चाहिए। सवाल-दर-जवाब है कि इन्कलाब चाहिए।' झख मार कर कहना पड़ता है तब शायरे इन्कलाब के सिवाय वो और क्या था?

भाषा और छन्द की कई-कई परतों को रचने और उनमें अर्थ की नयी भंगिमाओं को पैदा करने की जैसी समर्थ और दुर्लभ प्रतिभा थी उसमें, काव्य-संगीत का जैसा सरल और अनूठा बोध था, समय, समाज, राजनीति, धर्म को लेकर उसकी जो सजग संवेदनाएँ थीं, वह उन पेशेवर फैशनपरस्त कवियों से मेल नहीं ही खातीं जो क्रान्ति और प्रतिबद्धता के जलते हुए मुद्दों को अपनी कविता का व्यवस्थित व्याकरण बनाते हुए तेजस्वी ऐतिहासिक भाव-बोध का तर्पण करते रहते हैं। कविता का काम विचारधारा की रीति निभाना नहीं, उसकी आग से भाषा में उजाला पैदा करना है। यह आग और उजाला उसमें है कि नहीं, उसे सिर्फ पढ़ कर जाना जा सकता है।

उसकी ढेर सारी अराजकताओं और आत्मध्वंसकारी व्यावहारिकताओं का उल्लेख करते हुए हम यह कहना भूल जाते हैं कि वह केवल कवि बनकर जीने पर आमादा हो चुका था। नौकरियाँ उसने छोटी-बड़ी कई कीं। जब पाया कि वे उसके योग्य

नहीं हैं तो उन्हें चालाकी या बेईमानी से ढोते हुए निभाने से बेहतर उन्हें छोड़ देना समझा। हर प्रलोभन उसे अपनी तरफ खींचता था और वह उसे धक्के मार कर अपनी जिन्दगी से बाहर निकाल देता था। घर हो, बीबी-बच्चे और दोस्त हों, आर्थिक संरक्षण हो या उसके काव्य-यश में चार चाँद लगाने वाले साहित्यिक पत्रिकाओं के सम्पादक या आलोचक, वह सबको धता बताने के गुर में माहिर था। एक पूरे जमाने को उसने उसी तरह नाराज कर रखा था जिस तरह कुछ अल्प प्रतिभाधर खुश किये हुए रहते हैं। इसलिए नाराज जमाने ने कभी उसकी कविता पर बात नहीं की। उसकी शराबनोशी, उसकी जानी-बूझी, सोची-समझी अराजकताओं पर खूब सोचा-विचारा। वह कइयों से असहमत होकर अपनी बातों को कहता था पर उसकी बातों का जवाब देने के बजाय वे सब लोग संगठित होकर उसकी निन्दनीय सामूहिक उपेक्षा करते रहते। ये वो लोग थे जो संगठन चलाते थे, अकादमियों में बैठे थे, पत्र-पत्रिका सम्पादित करते थे, पुरस्कारों को जुगाड़ते और कबाड़ते थे। अहो रूपं-अहो ध्वनिः के इस माहौल में उसने खुद को आत्म-निर्वासित सा कर दिया था।

असाधारण प्रतिभाओं की शायद यही नियति होती है। उसके खिलाफ कहने लायक इतना था कि कहा ही जाता रहा पर उसकी कविता के पक्ष में सुनियोजित चुप्पी साधी जाती रही। उसके भाव-संसार का विवेचन कभी नहीं किया गया। उसकी वैचारिक प्रतिबद्धताओं पर गौर नहीं किया गया। उसकी गहरी और सूक्ष्म संवेदनाओं पर निगाह नहीं डाली जा सकी। भाषा की ताकत और संजीदगी पर ख्याल नहीं किया गया। न ही उसकी कल्पनाओं की उड़ानों और मौलिकता पर।

एक वाकया याद आता है जब उसका कविता-संग्रह 'ध्वंस का स्वर्ग' प्रकाशित हुआ। मैं दिल्ली के बालभवन में ठहरा हुआ था। हिन्दी के प्रतिष्ठित लेखक और बोल-शोयिनका की कविताओं के अनुवादक श्री वीरेन्द्र कुमार बरनवाल सुबह-सुबह आ जाते और हम दोनों एकाध घण्टे साथ-साथ टहलते। 'ध्वंस का स्वर्ग' की कविताएँ उन्होंने उन्हीं दिनों पढ़ी थीं। एक सुबह भाव-विभोर होकर कहने लगे—डॉक्टर साहब! यह कवि तो अनोखा है। परम्परा में इसकी जड़ें इतनी गहरी हैं और सूझ इतनी नयी कि चकित रह जाना पड़ता है। आपने वह कविता पढ़ीं—हमारी पृथ्वी हमारे हाथों ही मारी जायेगी एक दिन। बाँस के फूल साबित हुए। साबित हुए हम केले के फल। अपनी प्यारी पृथ्वी के लिए। मैंने हामी भरी तो कहने लगे—अन्य कवियों के पास यह दृष्टि नहीं है। मैंने कहा—वे बेजमीन हैं। वे यह शायद ही पकड़ पायें कि लोकप्रज्ञा का रूप क्या होता है। वे सब एक खास दायरे को बनाकर उससे बाहर शायद ही निकल पाते हों।

शलभ में यह लोकप्रज्ञा विकट थी। वह भाषा को पदार्थमय संसार में ढाल सकने की अद्‌भुत क्षमता से भरा हुआ था। जहाँ से खड़ा होकर वह अपनी दुनिया और काल को देखता था, वह जगह परम्परा और इतिहास की थी। विरोधी सभ्यताओं

के बीच वह एक ऐसे भारतीय कवि की आवाज थी जिसमें तन्त्र और व्यवस्था के छद्म को भेदने और उनके पार जा सकने का मनोबल और साहस था। वह उन कवियों में से था जो खुद अपने खिलाफ भी जाने से नहीं घबड़ाते। यह बात हमको ग़ालिब में मिलती है। निराला, नागार्जुन आदि में तो दिखती ही है। सच्चे और ईमानदार कवि को इस प्रकार की निर्मम आत्म-समीक्षा से गुजरना ही चाहिए। मुक्तिबोध इसके दिलचस्प उदाहरण हैं—'ओ मेरे आदर्शवादी मन।' शलभ की कई कविताएँ उसके इस साहस का प्रमाण हैं। कविता से बाहर वो चाहे जैसा पातकी या कुख्यात रहा हो, कविता के भीतर उसकी स्थिति उस इनसान जैसी है जो फरिश्ते से भी बेहतर माना जाता रहा है। ग़ालिब का ही मुहावरा लें तो कहें—शायर तो वो अच्छा है पर बदनाम बहुत है।

मैं जब शुरू-शुरू में उससे मिला तो देखा कि उसमें लोक की परिचित ताकतवर सुगन्ध लबालब है। महानगर कलकत्ता में रहते हुए वो जिन अतिवादों को जी रहा था, उनमें कोमल संवेदना को खरोंचें लगनी ही थीं और लगीं भी। कहाँ वह परिचय-सघन गाँव और कहाँ अपरिचयों का जंगल लिए यह महानगर। फिर भी उसकी स्मृतियाँ धुँधली नहीं पड़ीं। महानगर कलकत्ता, बम्बई, दिल्ली जाति का महानगर है भी नहीं। बंग-संस्कृति की गन्ध से सराबोर वह नगर कदम-कदम पर उन सारे प्रवासियों को उनके अपने-अपने अंचलों की याद दिलाता रहता है। श्रम की गरिमा, सौन्दर्य और देशी ठाट-बाट के साथ-साथ अपने निवासियों में एक ऐसा आत्मविश्वास पैदा किया करता है जिसका विस्फोट शिकागो वाले विवेकानन्द के भाषण में ही नहीं, नोबुल पुरस्कार वाले गीतों में भी हुआ था। शलभ अपनी जमीन की इन ताकतों के प्रति बेहद सजग था। स्मृति और आधुनिकता के विरल द्वन्द्वों को वह जितनी सहजता से जीता था, उससे उसकी प्रतिभा के सामर्थ्य का अन्दाजा मात्र लगाया जा सकता है। अगर 'स्मृति' कविता नहीं है तो आधुनिकता भी कविता नहीं है। उसे पढ़ते हुए किन्तु यह अनुभव किया जा सकता है कि जीवन एक अविच्छिन्न सत्ता है जिसकी पत्तियाँ आकाश में लहरा रही हैं किन्तु जड़ें जमीन में दूर-दूर तक फैली हुई हैं। लोक-विच्छिन्न कवियों की बिरादरी में वह लोक-प्रसूत कवि था। पर कैसा लोक प्रसूत? तुलना करनी हो तो नागार्जुन का खयाल आये। समानांतर उदाहरण ढूँढ़ना हो तो आधुनिक भारतीय संगीत के कुमार गन्धर्व। उसकी मुश्किल ही यही थी कि वह कविता में एक ऐसा मोर्चा बाँधे हुए था जो था तो वामपन्थी किन्तु ठेठ-देशी। उसने इसे नाम भी दे रखा था—युयुत्सावाद।

मेरी उसकी बहस इस पर होती रही। वह गाँधी से सहमत नहीं था। कभी-कभी तो लोकतान्त्रिक वामपन्थवाद को वह पूँजीपतियों की रखैल करार देकर उन्हें खुलेआम गरियाता। फिर भी वो जनवादी लेखक संघ के स्थापना सम्मेलन (12 फरवरी, 82) में हम सबके आग्रह को देखते हुए दिल्ली गया था। संयोजकों ने उसे महत्त्व देते हुए

उससे कुछ बोलने और काव्य-पाठ करने का अनुरोध किया जिसे उसने इस सवालिया बयान के साथ मंजूर किया कि हमें अपनी पालिटिक्स का चेहरा साफ करना चाहिए।

मुझे याद है उसने वहाँ एक शेर भी पढ़ा था, जिसे दिल्ली के अखबारों ने उस सम्मेलन की रपट देते हुए शीर्षक के तौर पर इस्तेमाल किया था—'दर्दसाजी का है कारखाना ग़ज़ल। हम उसी कारखाने के मजदूर हैं।' उस सम्मेलन का उद्घाटन पद्मश्री काजी अब्दुर्रसत्तार ने किया था। भैरव प्रसाद गुप्त, महादेव साहा, चन्द्र बली सिंह, अयोध्या सिंह आदि तो थे ही। इन सब दिग्गजों के बीच उसने अपने कद को काफी बड़ा कर लिया था। अपने होने का अहसास उसे हमेशा बना रहता था। शब्द को वह ब्रह्म मानता था पर यह भी कि वह भी खुदा से कम कुछ भी नहीं है।

अपनी कविता को लेकर इतना आत्मविश्वास, अपनी चेतना को लेकर ऐसी विरल सजगता, अपने पाठ को लेकर इतनी ऊष्मा और आँचदार लपट विरलों में ही दिखती है। उसमें यह खूब थी। सुधी रसिकों के बीच उसकी कविता का पाठ समूचे वातावरण को झनझना देता था। वह बगूले की तरह उठता और तूफान की तरह छा जाता था। छोटी-मोटी अन्तरंग गोष्ठियों में जब वह अपनी कुछ अलग ढंग की कविताएँ पढ़ता तो उसके शिल्प पर चकित रह जाना पड़ता था। अपनी कविताओं के स्थापत्य को खड़ा करते हुए वह जिन उद्यमों की मदद लेता उनमें विचार और सूझ की भूमिका काफी प्रबल होती। इन्हें वह जिस तरह परदे के पीछे रखकर अपनी कविताओं का चेहरा गढ़ता तो लगता जैसे किसी चतुर किसान ने बंजर जमीन पर लहलहाती फसल खड़ी कर दी हो। असल में वो जिस प्रकार का शख्स था, वो सरापा कवि, जो शायद ही कभी अपनी अनदेखी करता हो। अपनी कविता में वह सबसे ज्यादा खुद उपस्थित रहने का कायल था। जगह-जगह से झाँकना और व्यक्त होना चाहता था। इसलिए उसमें यथार्थ की तहें जैसी हैं, अद्वितीय हैं। वो चाहे संवेदनाओं के सघन जंगलों में से होकर गुजरे या फिर विरल कोमल घाटियों से, उसकी निजता कहीं भी तिरोहित नहीं होती। अपनी कविता और कवि-जीवन में जो फाँक प्रायः इन दिनों दिख जाती है, वह उसे कैसे भी मंजूर नहीं थी। वस्तुमूलक प्रतिरूपता के सिद्धान्त को अस्वीकार करते हुए आत्ममूलक तादात्म्य में उसका गहरा विश्वास था। वह मानता था कि दुर्गा और काली वाले इस देश में, महामाया के इस समाज में कल्पना और यथार्थ दो विरोधी शत्रु खेमे नहीं हैं। यथार्थ की खूबसूरती कल्पना में और कल्पना की जड़ें कहीं यथार्थ जीवन में हैं जिस तरह कि हमारे सपनों का सम्बन्ध हमारे यथार्थ जीवन से होता है। उसकी काव्य मनीषा को समझने की जो बुनियादी प्रतिज्ञाएँ हैं, उनमें ये बातें जरूरी हैं।

'ध्वंस का स्वर्ग' की कविताएँ छपकर आयीं तो बाबा नागार्जुन ने पूछा—यह क्या नाम हुआ? मैंने हँसते हुए कहा—यही हो सकता था। जब कुछ भी नहीं बचता तब शब्द बचता है। अनुभव बचा रहता है। स्मृतियाँ बची रहती हैं। आदमी की

सोच बची रहती है। दो-दो महायुद्धों, साम्प्रदायिक महाभारतों और शीतयुद्धों के बावजूद आदमी के सपने फिर भी बचे रहते हैं। शलभ यह तो देख पा रहा था कि चारों ओर ध्वंसलीला है किन्तु आदमी के सपनों का स्वर्ग फिर भी निर्मूल होने वाला नहीं। उम्मीदें कभी भी खत्म नहीं होतीं। कई बार वह लिख चुका था–'हौसले ही हौसले हैं आजमाने के लिए।' ये हौसले उसकी कविता में बेइन्तहा हैं। उसके पास सचमुच एक जिद्दी पुरुषार्थी तबीयत थी। यही उसकी कविताओं में तेज धूप की तरह फैली हुई है। निदा फाजली ने जब लिखा कि 'कभी किसी को मुकम्मिल जहाँ नहीं मिलता' तो उसने जवाब में लिखा–'अगर लिया तो मुकम्मिल जहाँन लूँगा मैं, यही ज़मीन यही आसमान लूँगा मैं' उन दिनों वह मुझे परेशान कर डालने में एक खास तरह के सुख का अनुभव कर रहा था जबकि परेशान वो खुद था। मैं उसे जिस-तिस तरह सहज और संयत करने में जुटा था तो उसने लिखा–'मुझे पता है मेरे साथ चल रहा है तू। कदम कदम पर तेरा इम्तहान लूँगा मैं। शलभ का और भी कोई खुदा है दुनिया में। यही जो तू भी कहेगा तो मान लूँगा मैं।' सच जबकि यह नहीं था। ज्यादा सही यह था कि हम दोनों एक-दूसरे के आधे-आधे खुदा थे। कभी ज्यादा कभी कम। उसके चुपचाप चले जाने से पहले ही यह खुदाई ध्वस्त हो गयी थी। सम्बन्धों में भूचाल आ चुका था। हमारी दोस्ती सरस्वती नदी की तरह विलुप्त हो चुकी थी। हम अब कभी न मिलने वाली रेल की समानान्तर पटरियाँ मात्र बचे थे और वह गाँव जाकर दुखद रूप से वहाँ चला गया जहाँ जाना तय तो मेरा भी है पर न वह मुझे साथ ले जाने की जिम्मेदारियाँ उठा सका न मैं उसका साथ देने को राजी हो सका। वह जीवन और मौत को जिस तरह जीता था मैं उस 'तरह' से असहमत था। मैं जैसा जी रहा था, उसके लिए यह बेमानी था। फिर भी हम दोस्त तो थे। एक-दूसरे के खिलाफ फिर भी एक-दूसरे के लिए। हम खिलाफ थे इसीलिए हम हो सके। अन्यथा हमारा दोस्त होना भी बेमतलब हो उठता।

वह एक मणियारा साँप : शलभ श्रीराम सिंह

छह-सात सालों की गहरी घृणा और विमुखता या फिर इसी सबसे पैदा हुई उदासीनता, लगभग तीस सालों (सही-सही उनतीस) की दाँत काटी रोटी और लँगोटिया यारी का हिसाब-किताब अपनी जगह और भावनाओं की अफरा-तफरी और उनके तूफानी दौरे अपनी जगह, कमबख्त यह जमाना भी खूब है। आपको इस तरह वाच किया करता है जैसे आप किसी संगीन जुर्म के तहत नजर कैद किये गये हों। हिलने-डुलने, बोलने-चालने तक पर भी निगाह रखी जा रही हो। आप बोल सकते हैं, रो सकते हैं, बोलने और रोने लायक अगर बचे भी हैं तो। इसकी योग्यता भी रखते हैं या नहीं, इनके हकदार भी हैं या नहीं हैं, सब बातों पर अपने फैसले सुरक्षित रखता है। शलभ पर कलम उठाने से पहले मेरे आगे, मेरी जिन्दगी में दर्ज हो जाने वाली ये परेशानियाँ और पेशियाँ भी हैं। मुझे लगता है मैं कठघरे में हूँ। मेरी पेशी होनी है, होने ही वाली है। फैसला कुछ भी हो सकता है, मेरे पक्ष में या फिर मेरे खिलाफ। क्योंकि मैं ही तो हूँ जो अपने तमाम गवाहों और वकीलों के साथ बचा हुआ और वह जो भीष्म पितामह और कर्ण की तरह अपना धर्म निबाह कर जा चुका, अब उसे किसी भी वकील या गवाह की जरूरत नहीं बची। उसने पहले भी कभी इन चीजों की परवाह नहीं की और जब तब नहीं की तो अब क्या? अब तो सब कुछ एक अर्थ में समाप्त, किन्तु दूसरे और अन्य अर्थ में पूरा सा हो चुका है। ये असमंजस तो मेरे अपने हैं जिनके चलते मेरी कलम बार-बार हिचकिचा रही है। कभी दो कदम आगे तो कभी चार कदम पीछे। यह आगा-पीछा तब तक चलेगा जब-तक कि मैं हूँ। इस स्मृति-लेख में और इससे बाहर भी।

उससे अपनी दोस्ती की याद करता हूँ तो कई-कई जमाने सामने आ खड़े होते हैं। सातवाँ, फिर आठवाँ, फिर नौवाँ और दुश्मनी कहूँ और मानूँ तो बीसवीं सदी का आखिरी दशक जिसमें वह सबसे कम काम कर पाया और अपने ठिकानों, सारी जगहों को नेस्तनाबूद करता फिर उसी मिट्टी और धूल के वीराने में एक अकवि की तरह लौटने पर मजबूर हुआ, जिसने उसे पैदा किया और ढेर सारी खूबसूरत और भयानक फितरतें दी थी। फितरतें इसलिए कह रहा हूँ कि उसने खुद इसके मार्फत अपना बयान किया है–

ये रही शलभ की फितरत बचपन से अहले-आलम
शम्अ को प्यार करना तूफ़ाँ को मुँह लगाना॥

जरा इस पर गौर करिए—तूफ़ाँ को मुँह लगाना। जैसे कि तूफान की हैसियत मनुष्य से कुछ कम हो। लोग-बाग इस मुहावरे का प्रयोग तब करते हैं जब तुलनात्मक तौर पर वे सामने वाले की औकात अपने से कम बताना चाहते हैं। तूफान चाहे समुद्र का हो या जिन्दगी का, फिर भी तूफान है। जो लोग इसकी ध्वनि का अर्थ समझते हैं, इसके जिक्र से ही थरथराने लगते हैं। शलभ है कि अपनी तुलना में यानी कि आदमी की तुलना में तूफान की औकात को कमतर अनुभव करना और कराना चाहता है। आदमी के सामने की बात तो छोड़िए उसके बराबर खड़े रहकर आँख में आँखें डालने की न सही तो आँख से आँख मिलाकर बातचीत करने की औकात भी तूफान को नहीं बख्शना चाहता। ये जो मुँह लगाने वाला मुहावरा है, उसका तूफान के सन्दर्भ में प्रयोग कर यह तो बता ही दिया गया है कि आदमी की हैसियत सबसे ऊपर और सबसे ऊँची है। वह सबसे ज्यादा ताकतवर है।

वह उन्यासी-अस्सी का साल था जब वह कलकत्ता और घर-परिवार को लगभग अलविदा कह मेरे साथ विदिशा आ गया था। उसकी मानसिक स्थिति तब इस कदर गड़बड़ थी कि बाईं कलाई जलती सिगरेटों के दागने से दाग-दाग हो चुकी थी। वह कुछ याद करता और जलती सिगरेट किचकिचा कर कलाई पर रख देता। मैं उसे किसी तरह सहज करने में लगा था। धीरे-धीरे वह कुछ सहज हुआ भी। फिर भी उसका गुस्सा किसी ज्वालामुखी सा फूटकर अपने ही शरीर पर जब-तब बरसने लगता। धीरे-धीरे यह सब जब कमतर हुआ तो 'राहे-हयात' की ग़ज़लों का सिलसिला चल पड़ा।

शेर में एक बात और है। आदमी की फितरत की खूबसूरती। वह भला क्या नहीं जानता कि तूफान को अपना करीबी अगर बनाया गया तो शम्अ का क्या होने वाला है। अपने यहाँ तो गाय और शेर, साँप और नेवले के साथ रहने वाली तपोवनी जगहें भी हैं जहाँ प्रकृति प्रदत्त शत्रुताएँ भी डाइल्यूट हो जाती हैं। इसलिए शलभ ने अगर यह कह डाला है तो कोई असम्भव कथन नहीं किया है। आदमी का इतिहास असम्भव को सम्भव करने का ही तो इतिहास है। शलभ जैसे पारम्परिक और सचेत कवियों को यह कभी नहीं भूलता।

हम दोनों ठीक चार बजे प्रायः उठ जाया करते थे। मेरी पत्नी और बच्चियाँ अपनी गहरी नींद के बावजूद इसे बर्दाश्त करते रहते थे। अड़तालीस, स्वर्णकार कॉलोनी का यह निवास जिसका जिक्र उसने मजाज की नज़्मों में किया है वही। वह एक ग़ज़ल प्रायः रोज ही लिख डाला करता था। यह उन्यासी-अस्सी का साल रहा होगा पाँच-साढ़े पाँच तक हम लोग वह ग़ज़ल पूरी कर लेते और चाय पी चुकने

के बाद घूमने निकल पड़ते। एक बार मतला उसने ढूँढ़ लिया था—'बेकरारी बजुज करार तो है।' मुझे उसकी चुनौती सुनाई पड़ी अब काफिया तुम लगाओ। मैं कुछ कहूँ इसका इन्तजार किये बगैर ही वह बोल उठा—जानते हो अच्छे कहे जाने वाले शायर भी क्या करेंगे। वे करार का तुक इन्तजार से लगा बैठेंगे पर मैं नहीं। वह कहूँगा तो फिर काहे का शलभ। उसने साँस को सहज किया और कहा—

बेकरारी बजुज करार तो है
तेरे आने का ऐतबार तो है

'इन्तजार' इसका सबसे आम-फहम काफिया या रदीफ है। मैं आम-फहम कहूँ तो फिर मैं क्या? जो और लोग नहीं कर सकते, मैं वही तो करता हूँ।

निस्सन्देह यही उसकी सबसे बड़ी खूबी थी पर इसी का दम्भ सबसे बड़ा आत्मघात। उसके रचना जगत की परिपूर्णता और समृद्धि को देखते हुए यह तो कहा ही जा सकता है कि वह सारस्वत-ऐश्वर्य में हुआ करता था पर उस ऐश्वर्य को भोगने की जो तरकीबें उसके पास थीं, वे ढेर सारी खामियाँ लिए हुए थीं। प्रतिभा सरस्वती उस पर रीझी हुई जो थी पर गहन-गम्भीर अध्ययन और साधनात्मक तप का स्वभाव उसका नहीं था। वह यह तो जानता था कि उसकी काव्य शक्ति प्रथम या उसके भी ऊपर विशिष्ट या असाधारण-कोटि की है पर यह शायद ही कभी जान पाया कि वह फूलती-फलती कैसे है। कैसे सींची और हरी-भरी रखी जाती है। वह तो यही माने बैठा था कि वह शक्ति सम्पन्न कवि सारस्वत है और उसे किसी भी प्रकार के अन्य साधन या विद्याभ्यास की जरूरत नहीं है। उसे कौन बताता कि तुलसी जैसे कवि भी नाना पुराण निगमागम का उल्लेख कर विद्याभ्यास की ओर संकेत करते हैं। पर उसे यह सिरे से नापसन्द था। इसे उसका मिथ्या दम्भ कहें या फिर भोलापन या अहम्मन्यता। फिर भी जब पढ़ता, चीजों को समझने में देर न लगती।

हम दोनों के अलग होने के जो कुछ आधारभूत कारण थे, उनमें से एक बुनियादी तौर पर तो शुद्ध साहित्यिक था। मैं उससे प्रायः कहा करता था कि वह शिव या दुर्गा को लेकर एक छोटा-मोटा प्रबन्ध लिखे। उसे मेरा सुझाव पसन्द भी आता। हम दोनों इस पर सहमत थे कि दुर्गा जैसे मिथ में अनन्त सम्भावनाएँ हैं। वह हमारी परम्परा का श्रेष्ठतम प्रतीक है। देवताओं ने उत्पीड़ित होकर अपनी लाचारी में उसे एक-एक बूँद का सामूहिक दान देकर महिषासुर जैसे राक्षसों के संहार के लिए रचा था। अन्याय के विरुद्ध लोक की यह सूझ और सामूहिक चिन्ता से पैदा की गयी शक्ति सो भी नारी रूप में—अद्‌भुत है। उसे मेरा सुझाव पसन्द आया। मैंने उसके लिए दुर्गा सप्तशती खरीद कर ला दी। शिव पुराण भी। मैं जब भी कहीं बाहर जाता, वापस लौटकर देखता कि किताब जहाँ की तहाँ पड़ी है। पूछने पर जवाब मिलता—मैंने उसे पलट लिया है। तब मैं उसके कलम उठाने का इन्तजार करने लगता। इसी बीच

दशहरा आया तो वह गाँव चला गया और वहाँ से दो-चार माह में लौटा तो उसके पास लाइनदार तीन-चार फुलस्केप पन्ने थे। सहज होकर हम दोनों बैठे तो वह उन पन्नों पर दुर्गा वाले प्रबन्ध की शुरुआती पंक्तियाँ सुनाने लगा। जहाँ तक मुझे याद है कविता पारम्परिक-गेय छन्द में थी और उसकी लय बड़ी थी। सुन चुकने के बाद वह मेरी प्रतिक्रियाओं का इन्तजार करने लगा। मैंने जो कहा—उसके लिए वह बिल्कुल तैयार नहीं था। मेरी दृष्टि में शुरुआत बिल्कुल कमजोर थी—भाषा, भाव और कल्पना सभी दृष्टियों से। दुर्गा जैसे बिम्ब के लिए जैसी प्रखर भावभूमि और वैचारिक तेज चाहिए था, वह वहाँ नहीं था। मेरी प्रतिक्रिया सुन वह आपे से बाहर जैसा तो नहीं हुआ पर यह तो जरूर ही कहा—अब देखता हूँ तुम मेरा मोरल डाउन करते हो। उसकी यह बात मुझे भी अच्छी नहीं लगी, क्योंकि इसमें जरा भी सच्चाई नहीं थी। हम दोनों तब दोस्त थे और हमारे पास एक-दूसरे के लिए सन्देह करने जैसी कोई गुंजाइश नहीं थी। मैं उसके इस वाक्य से बुरी तरह आहत हो उठा था फिर भी अपने को सँभाल कर कहा—तुम जैसे कवि से इतनी औसत और कमजोर शुरुआत की उम्मीद मैं कैसे करूँ? पर वह अपनी बात पर न जाने क्यों अड़ा हुआ था। उसे यह पक्का भरोसा हो चला था कि मैं उसका आत्मविश्वास कम करने के खयाल से यह कह रहा हूँ। मुझे अपनी दोस्ती के वे बीस-पच्चीस बरस याद आये जब वह ताजी लिखी कविताओं को सुनाने के बाद मेरी छिटपुट आपत्तियों और संशोधनों के लिए अपनी कलम मेरे हाथ दे दिया करता था। मुझे जैसा-जैसा ठीक लगता है, कर दूँ। एक ओर इतनी अन्तरंगता और भरोसेमन्दी, दूसरी ओर यह आरोप। मुझे भी कुछ कम पीड़ा नहीं हुई। तभी मुझे लगा कि कोई गहरी खाई हमारे बीच जरूर खुद चुकी है जिसका पाट भी कुछ कम चौड़ा नहीं है।

उसकी बढ़ती अराजकताएँ और कदम-कदम पर मेरी दोस्ती और अनथक धीरज का इम्तहान लेते रहने की उसकी हरकतों ने एक दिन हमें मजबूर कर डाला कि अब दोनों को अलग-अलग रहना चाहिए, नहीं तो इस रोज-रोज के टण्टे में हाथापाई—सो भी बुढ़ापे में—कभी भी हो सकती है। इससे पहले भी हमारे झगड़े हुए, होते रहते थे। रूठना, मनाना, एक ही घर में साथ-साथ चाय बनाते, पीते, खाना खाते, महीनों की चुप्पियाँ भी चलीं पर विश्वास टूट जाने जैसा कोई वाकया हमारे अनुभव में नहीं था। इस बार हम दोनों आहत हुए थे और अलग होना अब हमारी नियति में किसी समापन की तरह टँक चुका था और हम अलग हुए। ठीक वैसे जैसे भारत और पाकिस्तान लगभग खून-खराबे के साथ दुःस्वप्नों में डूबे, दुःस्वप्नों से बातें करते।

आज अगर विश्वास-अविश्वास की बात करूँ तो सम्भव है कुछ लोग गवाहियाँ भी दें पर दोस्तों के जैसे-जैसे इम्तहान वो लिया करता था, उसमें शायद ही दोस्ती नाम की चीज बचे। पता नहीं कहना भी चाहिए या नहीं कि दोस्ती उसके लिए किसी मँजे हुए खिलाड़ी का खेल थी। जिस शहर में भी जाता, अलबर्टो मोराविया

की कहानी के पात्र की तरह वह किसी न किसी को अपने मोहपाश में बाँध ही डालता। फिर तो सारा परिवार उसके लिए बिछ सा जाता। खाना-पीना, कपड़ा-लत्ता सब हाजिर। पर वह इतने भर से शायद ही कभी सन्तुष्ट हुआ हो। इससे भी आगे जाने की इच्छाएँ वह रखता और अनपेक्षित हरकतें करने के अवसर ढूँढ़ा करता। यही कारण है कि जिन परिवारों से उसने नाता तोड़ा फिर शायद ही कभी उनमें दुबारा लौट सका हो। मैं खुद को अपवाद माना करता पर यह मेरा भी भ्रम निकला। यद्यपि वह अपने आखिरी दिनों में मेरे जिस-तिस ठिकाने पर बैठा मेरे इन्तजार में होता, पर मैं उसे वहाँ बैठा पाता तो उल्टे पाँव तेज गति में लौट जाता। मेरी यादों में खुद उसका ही एक शेर कौंध उठता—

जिस घर से निकलने की शलभ सोच रहे हो।
लौटे किसी दिन और तो ताले भी पड़ेंगे॥

पीछे से एक थकी हुई आहत और अशक्त सी आवाज सुनाई देती वि...ज...य सुनो तो...। पर वो तो मेरे लिए अब सम्भव बात बची ही नहीं थी।

कई बार यह आवाज फोन पर भी कुछ और ढंग से जैसे कि मैं वही तुम्हारा प्रिय और पुराना अन्तरंग दोस्त 'मैं शलभ बोल रहा हूँ।' रिसीवर उठाकर रखता कि फिर घण्टी सुनाई पड़ती और हारकर रिसीवर अलग ही रख देना पड़ता। यह उसका बड़प्पन हो सकता है कि सारे कडुवेपन को थूक कर वह दुबारा मेरे साथ एक दोस्त की तरह जीना चाहता था पर मेरी सहिष्णुता का शाकअप अब बेहद कमजोर हो चुका था। मैं ऐसे किसी भी दोस्त को झेलने की स्थिति में नहीं था जो मेरी बची-खुची, टूटी-बिखरी किन्तु किसी तरह जैसे-तैसे सम्हली जिन्दगी को फिर दलदल में डाल कर बेसम्हाल बना दे। मैं तैयार नहीं था तो फिर नहीं था। सो नहीं ही हुआ। हाँ, सच यह भी है कि भाई दूधनाथ सिंह और सत्यप्रकाश मिश्र के अत्यन्त अनुरोध और दबाव पर मैंने उसके विरुद्ध दायर कोर्ट-केस उठा लिया और हमेशा के लिए चैप्टर क्लोज करके अपने कामों में लग गया।

अलग होने के बाद रामकृष्ण प्रकाशन से उसकी किताबें छपीं तो देखा भूमिकाओं में बाकायदा सादर मेरा जिक्र है। मैं उन पंक्तियों को पढ़ता और शब्दों की तासीर समझने की कोशिशें करता रहता। मुझे यह भी याद आता कि कल्याणी भाभी को हमेशा-हमेशा के लिए अकेला कर चुकने के बाद वह कुछ इसी तरह की भाव-अदायगी अपने शब्दों में करता था। यहाँ तक कि उन बेटियों को लेकर जो बचपन का आँगन पार कर जवानी के कुरुक्षेत्र में आ रही थीं। पर जब भी उसके पास पैसे होते शायद ही कभी यह इच्छा करे कि मनीआर्डर भेज दे। बड़ी बेटी के विवाह में तो वह गया ही नहीं जिसके चलते मैं भी नहीं जा सका। छोटी बेटी प्रज्ञा की खबर ही नहीं कि कलकत्ता की सड़कों पर वह किस जिम्मेदारी के बोझ से हाँफ

रही होगी। कल्याणी भाभी तो पहले भी यातना में थीं...। लेकिन हाँ, उनके चेहरे का तेज और आत्मविश्वास शायद ही कभी मतिन पड़ा हो। उनका जिक्र उठा तो ताज भोपाली साहब का यह शेर याद आया—

दर्द से चेहरे की ताबानी बढ़ी।
घर जला तो आसमाँ रौशन हुआ॥

बातें बेहद व्यक्तिगत हो गयीं; न चाहते हुए भी। इस जहर को भी निकलना था, सो निकल गया पर उसमें जितना तीखा और खतरनाक जहर था, उससे कई गुनी अधिक मूल्यवान मणि उसके पास थी। सचमुच वह मणियारा साँप था। कविता से बाहर की उसकी जिन्दगी में जहाँ-तहाँ जहरीलापन है पर कविता में लौटते हैं तो पाते हैं ढेर सारी मणियाँ फैली बिखरी पड़ी हैं। मुक्तिबोध की बहुख्यात कविता 'ओ नागात्मक फणिश्वर' याद आती है। उस कविता में तो सरसराहट भी है, हरहराहट भी। संगीत भी है, शोर और चीख-पुकार भी। व्याकुलता भी है, निर्व्याकुलता भी। समुद्री ज्वार-भाटे का उतार-चढ़ाव और कल-कल बहती नदी की गति और अनुगूँज भी। उसमें अवध के मैदानी इलाकों की खुशबू और स्वाद है तो बंगाली माटी की गति, लय और आर्दता भी।

बुनियादी तौर पर तो वह प्रेम और प्रकृति का कवि है पर जहाँ यह सब नहीं है, वहाँ वह उस संक्रमण का कवि है जिसकी चपेट में ढेरों लोग अपना रास्ता या तो भूल गये हैं या फिर तदर्थ और तात्कालिक बोध की शरण में जा चुके हैं। लिखने को ऐसी कविताएँ भी उसने कम नहीं लिखी हैं पर, यह उसका मुख्य कथ्य नहीं है। न रचना ही।

हिन्दी के पाठकों को यह शायद ही याद हो कि सबसे पहले वह शलभ फैजाबादी था, ठीक अख्तरी बाई फैजाबादी मरहूम बेगम अख्तर की तरह। वह तब बुरी तरह उर्दू शायरी के प्रभाव में था और अपने को जिगर जैसे शायरों की शागिर्दी में माना करता था। जल्दी ही वह यह इलाका छोड़ हिन्दी गीत लेखन में नया उभार पाने वाले नवगीत आन्दोलन के प्रमुख हस्ताक्षरों में आ गया। उमाकान्त मालवीय, ओमप्रभाकर, नईम, रवीन्द्र भ्रमर, नरेश सक्सेना और शलभ श्रीरामसिंह।

शलभ श्रीरामसिंह तो खैर चौंसठ के बाद हुआ, पहले तो श्रीरामसिंह शलभ ही था। हिन्दी में एक जमाने में सुमनों की बहुतायत थी। वो जमाना उत्तर छायावाद का था। छायावादोत्तर काल में शलभों की संख्या बढ़ी तो श्रीराम सिंह ने उपनाम आगे और नाम को पीछे धकेल दिया—शलभ श्रीरामसिंह। धर्मयुग के पृष्ठों पर यह इतिहास आज भी सुरक्षित होगा। नाम और उपनाम में उपनाम ही तो वह पहचान है, जिसे कोई संज्ञा अपने लोकार्थ में प्राप्त करती है। शलभ नहीं तो फिर कविता के सन्दर्भ में श्रीराम नामक कवि की क्या हैसियत रह जाती है। मेरे गुरुदेव आचार्य

नन्ददुलारे वाजपेयी ने सहज भाव में एक बार कहा था—'तुम्हारे ये मित्र भी अपने उपनाम में तो मुझे छायावादी ही दिखते हैं, और जब उन्होंने शलभ की पहली पुस्तक पर मेरे आग्रह पर दस-पाँच पंक्तियाँ मुझे डिक्टेट कराईं तो उसी के साथ यह भी कहा कि इस कवि में प्रकृति और जीवन के कोमल संवेदन तो हैं पर आधुनिक जीवन की चुनौतियों को अंगीकार करने की जैसी उन्मुक्तता होनी चाहिए वह इसमें नहीं है। यह कवि भावुक ज्यादा और यथार्थोन्मुख कुछ कम है। संवेगों की प्रथम सतह पर रहकर यह उस वस्तु-सन्तुलन का खयाल नहीं रख पाता जिसकी कि आज के कवि से अपेक्षा है। अपने परवर्ती लेखन में शलभ ने इसका कितना खयाल रखा, यह अध्ययन का विषय है।

मूनलाइट थियेटर (कलकत्ता) में टी-ब्वाय की नौकरी से गीत लेखक बन जाने तक यह तो साबित हो ही चुका था कि उसमें कविता के जबर्दस्त बीज हैं। पर जैसे-जैसे उसकी काव्य-प्रतिभा का विकास होता गया, उसका आत्मविश्वास और उसकी अराजकता भी उसी मात्रा में बढ़ती चली गयी। वे उसके उभार और जवानी के दिन थे जब वह मूनलाइट की नौकरी छोड़ परम्परा पत्रिका के सम्पादकीय विभाग में आ गया था। यही समय था जब वह कल्याणी भाभी से विवाह कर अपने काव्यप्रेमी और अन्तरंग मित्र अशोक जैन की मदद से बेलूर के एक क्वार्टर में घर बसा कर रहने लगा था। अपने विद्यार्थीकाल में, खासतौर से कॉलेज-दिनों में अशोक के पास बहुत ही खूबसूरत कैमरा हुआ करता था। अशोक खुद भी बेहद आकर्षक और खूबसूरत किशोर था। वे दोनों अक्सर शाम को कलकत्ता के सत्यनारायण पार्क के पास की एक भाँग की दुकान पर मिला करते। अशोक भाँग और पान का शौकीन था। देखादेखी तो पहले से थी पर शलभ के मार्फत हमारी भी घनिष्ठता अशोक से हुई। मेरा एक स्कूली सहपाठी देबू अशोक का दोस्त था तो इस घनिष्ठता में देर भी नहीं लगी।

मेरी-उसकी पहली मुलाकात सन् 64 में हुई जब मैं सागर विश्वविद्यालय से एम.ए. फाइनल का इम्तहान देकर गर्मियों में कलकत्ता गया हुआ था। डॉ. कृष्ण बिहारी मिश्र (हिन्दी के ललित गद्यकार और कलकत्ता की हिन्दी पत्रकारिता पर अपने शोधकार्य के लिए ख्यात) जो उन दिनों मुझे अपने साहित्यिक अनुज की तरह साथ रखा करते थे, उन्हीं के साथ मैं भी चौरंगी होटल पहुँचा था। 'वंशी और मादल' संग्रह के कवि ठाकुर प्रसाद सिंह को सुनने के लिए। ठाकुर साहब सपत्नीक बनारस से आये थे। उन दिनों 'वंशी और मादल' के चलते उनकी बड़ी प्रतिष्ठा थी। शलभ ने जो दो-एक नवगीत वहाँ बतौर स्वागत में पढ़े, उसकी भाषा और बिम्बों में खास तरह की अभिनवता और ताजगी थी। उसके पाठ से शब्द बोलने लगते थे और अर्थों की ध्वनियाँ श्रोताओं के मन में प्रतिध्वनित होने लगती थीं। शम्भूनाथसिंह, बालस्वरूप राही, रामावतार त्यागी या फिर सुमित्रा कुमारी सिन्हा

और नीरज जैसा सहज सपाटपन या फिर सरल गम्भीरता उनमें नहीं थी। वे हमारे उन संवेदनों के बेहद करीब थे जिन्हें हम अपनी महानगरीय मध्यमवर्गीयता और निम्नवर्गीयता में कसक, असमंजस, लाचारी और तरह-तरह की जद्दोजहद के बीच जी रहे थे। इन गीतों में 'शेखर एक जीवनी' और 'रोज' कहानी की मालती जैसों की ऊब और एकरसता के साथ-साथ आदमी के भीतर झाँकने और गहराई में पैठ जाने की प्रवृत्ति थी। सबसे बड़ी बात तो यह कि ये नयी कविता की अति बौद्धिकता और छायावादोत्तर गीतों के आसमानी यथार्थ और गलदश्रु भावुकता से काफी अलग-अलग थे। आदमी थका-हारा परेशान तो यहाँ भी था पर नयी कविता के कवियों की तरह कुण्ठित फिर भी नहीं था। उनमें समूह से अलग हो जाने, घर-परिवारों के टूटने और उसके चलते अकेले होते चले जाने की पीड़ा और बेचैनी थी। यथार्थ तो था पर गीतात्मक और देशी या घर-गाँव, बाल-बच्चे, बूढ़े माँ-बाप के अलगाव को महसूस करते हुए उस ऐतिहासिक संक्रमण को रेखांकित करता जिसके चलते पारिवारिक बन्धनों की बनावट में टूट-फूट और अफरा-तफरी मची हुई थी। कवियों का सृजनात्मक मानस सांस्कृतिक मूल-समूहों से छिटक कर जिस तरह की आरोपित आधुनिकता को जी और रच रहा था, नवगीत उससे असहमत था। अब मुझे लगता है नवगीत या तो नयी कविता का काउण्टर-पार्ट था या फिर उसकी ठहरी हुई संवेदनाओं का विस्तार। उसे हम किसी भी स्थिति में नयी कविता का प्रतिपक्ष नहीं कहना चाहेंगे। शलभ तो शलभ, नरेश सक्सेना, ओम प्रभाकर, नईम ने बाद में जैसा प्रदर्शित किया, उससे इसकी पुष्टि भी हो जाती है। यह आन्दोलन था या नहीं, यह चर्चा यहाँ अप्रासंगिक ही होगी।

मेरी-उसकी चौरंगी होटल की यही मुलाकात तेजी से दोस्ती में बदलती चली गयी। इसके कई एक मोटे कारण भी थे। हम दोनों एक ही अंचल और मिली-जुली रिश्तेदारियों के निकले। मेरे एक रिश्तेदार चाचा जो चित्रकार थे, उसके अध्यापक रहे। उनका नाम जयराजसिंह था। उनके बड़े भाई जगदम्बा सिंह उस इलाके के बहुत बड़े वैद्य थे। पं. विद्यानिवास मिश्र भी अपनी कई तकलीफों को लेकर उनसे मिलते रहते थे। दोनों भाई रिश्ते में हमारे चाचा लगते थे। जयराज चाचा की शोहरत तो अन्य कई कारणों से भी थी। वे शूद्रों को अपनी कक्षा में कभी भी बेंच पर नहीं बैठने दिया करते थे। बहुत सफाई पसन्द और खर मिजाज। मिलते ही हम दोनों इन यादों में डूबते ही चले गये। मैं तब चौबीस और वह छब्बीस का था। जवानी की सीमारेखा में एक साल आगे वह, एक साल पीछे मैं। दोस्ती होते ही उसने सबसे पहले अपना पोस्टल पता बदला और अपनी सारी डाक मेरी दूकान 'आर्यपुस्तक भवन' के पते पर मँगानी शुरू की। मनीआर्डर भी इसी पते पर आता। पिताजी रिटायर हो चुके थे। वे ही उसका मनीआर्डर भी छुड़ाते और वह बहुत चिरौरी विनती के बाद ही अपनी वह रकम उनसे ले पाता। पचास रुपयों की राशि

उसे ज्यादा नहीं तो तीन-चार किश्तों में ही उसे मिल पाती। पिताजी उसकी सिगरेट चारमीनार से सख्त नफरत करते थे और मेरी वकालतों के बावजूद यह मानने को तैयार नहीं थे कि कवियों को इतनी छूट मिलनी चाहिए। उनमें एक खास प्रकार का आर्यसमाजी ठस्सपन था। वे यह भी नहीं पसन्द करते थे कि बार-बार चाय पी जाये पर चाय उसके लिए अखण्ड पेय जैसी थी। फिर भी दोनों की जुगलबन्दी देखते ही बनती थी। जिस दिन कोई मनीआर्डर 'धर्म-युग' या अन्य किसी पत्रिका से आया होता पिताजी उसे बिठाकर चाय इस तरह पिलाते जैसे वह कोई दूरस्थ अतिथि या रिश्तेदार हो। उसे ताड़ते देर नहीं लगती और वह पूछ बैठता—'चाचा! मनीआर्डर आनेवाला था, आ गया क्या?' वे कहते, 'हाँ आया तो है पर कल ले लेना।' बहुत जोर लगाने और मीठी हुज्जत करने पर उसे दस-पाँच रुपये मिल भी जाया करते। फिर भी उसने अपना पता 75-76 तक यही रखा।

अपने शोधकार्य के दिनों में मैं जब सागर से कलकत्ता लौटता तो वो दो-तीन दिन और रातें मेरे साथ कुछ इस तरह गुजारता कि कल्याणी भाभी परेशान हो उठतीं। उसके पीछे पत्नी और बच्चियाँ भी हैं, इसे भूला ही रहता। हम दोनों देर रात तक क्या बातें करते इतना तो याद नहीं पर वह अपनी नयी रचनाओं में जरूर डूबा रहता। उन दिनों नयी से नयी पत्रिकाएँ निकालने का उसे जैसे नशा सा था। एकाध में उसने बगैर मुझसे पूछे सम्पादकों में मेरा नाम डाल दिया। एकाध में मेरे नवसिखिए लेखक को छाप डाला। वह पत्रिका त्रिकोण नाम से थी, जिसमें मेरा पहला गद्य छपा—धर्मवीर भारती पर। उसी के परिचय से 'ज्ञानोदय' में मेरी पहली कविता छपी रमेश बक्षी के सम्पादन में। रमेश बक्षी से उसकी घुटती थी। शलभ को छोड़ अधिकांश कलकतिया रचनाकार उनके लिए चपरकनाती थे। उसके पास स्वभावतः कुछ ज्यादा ही अनुभव थे। प्रतिभा तो ऐसी थी कि वह लिखता ही चला गया। 79-80 के आस-पास विदिशा को स्थायी निवास जैसा बना लेने पर उसका जो सबसे पहला संग्रह आया, वह ग़ज़लों का था 'राहे-हयात'। इससे पहले 'कल सुबह होने से पहले' और 'अतिरिक्त पुरुष' आ चुके थे। 'राहे-हयात' को शिवकुमार सहाय ने परिमल प्रकाशन से छापा। सहाय जी के बाइण्डर ने अकस्मात मुलाकात में मुझसे कहा—'साहब ये तो उर्दू ग़ज़ल है फिर हिन्दी में क्यों छप रही है। इसकी सारी जुबान तो उर्दू है।' वह ठीक भी था। ये दुष्यन्त कुमार जैसी ग़ज़लें तो नहीं थीं। मीर, ग़ालिब, फैज, फ़िराक़ और जिगर या मजाज जैसी थीं। शलभ एक और शलभ की तरह यहाँ मौजूद है जिसमें उर्दू की क्लासिक ग़ज़ल का तेवर है पर दृष्टि तो उसकी वामपन्थी और प्रगतिशील है। कहीं-कहीं यह नमक की तरह कुछ ज्यादा ही तेज हो गयी है। जहाँ इससे बचा जा सका है, वहाँ सचमुच यह ग़ज़ल क्लासिक के उस्ताद शायरों का मुकाबला करती है। त्रिलोचन जी ने एक बातचीत में, जिसमें नागार्जुन भी मौजूद थे, कहा—'शलभ की ग़ज़ल उस्तादी लिए हुए है। शमशेर कुछ-कुछ

डरते हुए से, संकोच के साथ हैं अपनी ग़ज़ल में। शलभ तो ताल ठोंक उनके आँगन में खड़ा हो जाता है। शलभ की ग़ज़लों पर अगर अब तक हिन्दी में चुप्पी साधी गयी तो कारण यही सब रहा होगा कि वे छपी देवनागरी में हैं और लिखी उर्दू में गयी हैं। उर्दू-हिन्दी का यह मसला भी अजीब है। देर-सबेर इस पर भी हम सबको किसी ठिकाने तो आना होगा। हमें कौन-सी बोली चाहिए और क्यों और किसके लिए चाहिए। एक गतिशील, बीहड़ समय में मानक भाषा के औपचारिक रूपों से काम नहीं चलने वाला। हमें जुबान में आना ही होगा। जुबान में आये बिना हिन्दी जनता का स्वभाव और उसकी गहराई प्रकट नहीं होगी। सफेदपोश हिन्दी से काम नहीं चलने का।

शलभ की लम्बी और क्रान्तिकारी नज़्मों में यह जुबान खूब अच्छी तरह मौजूद है। नफस-नफस, कदम-कदम, बस एक फिक्र दम-ब-दम के ठीक पीछे, घिरे हैं हम सवाल से हमें जवाब चाहिए, में आखिर वह हिन्दी तो खैर नहीं ही है जिसके लिए सरकारें 14 सितम्बर को हिन्दी दिवस मनाती हैं। 'निगाह-दर-निगाह' में उसकी इस तरह की नज़्मों के साथ मजाज की नज़्में शीर्षक से एक बिल्कुल अलग किस्म की चीज है। शलभ की जिन्दगी के कुछ ब्यौरे भी वहाँ हैं और उन ब्यौरों का कोई सन्दर्भ मजाज से जुड़ता भी है। उसके पाठकों को इस शोध की तरफ आना चाहिए। उस संग्रह में उसके कुछ फिल्मी गीत और लोकप्रिय गीतनुमा नज़्में भी हैं जिन्हें पढ़ते हुए दिलचस्प, किन्तु विचारशील शायरी का एहसास होता है। पर इसमें उसके कुछ खूबसूरत प्रयोग भी हैं जो भाषा, छन्द, लय आदि के हिसाब से किये गये हैं।

शलभ से अपनी दोस्ती के चलते मैं जितना अपने घर और विदिशा शहर में बदनाम रहा, उससे भी कहीं अधिक उन लोगों के कोप का शिकार बना जो मेरे और शलभ के समकालीन थे और हैं। मुझे अभी इस विषय में कुछ नहीं कहना। इस सबका मूल्यांकन अभी होना है। स्फुट आलोचनात्मक टिप्पणियों पर अपनी प्रतिभा की सज-धज और सवारी निकालने वाले कवियों या फिर पुरस्कारों, जुगाडू रैलियों से अपनी धाक जमाने वालों की भीड़ में खामोश रहना ही बेहतर। इतिहास देवता (मुहावरा आचार्य द्विवेदी का) अपना फैसला करेगा ही करेगा। फिर भी यह तो कहा ही जा सकता है कि अपनी तमाम अराजकताओं और आत्मध्वंसकारी प्रवृत्तियों के बावजूद वह उन सारे लोगों से अलग था जो समझौतों और अवसरों के घण्टों से बँधने और लाभकारी अवसरपरस्त जिन्दगी जीने की चतुराइयाँ बरत कर सफल होते चले जाते हैं। वह कदम-कदम पर सुविधाओं और सुअवसरों की इन अच्छी-भली डालों को काट डालता था। नागार्जुन अक्सर मुझे सुनाकर कहते—विजय बाबू, शलभ का अपना अलग गोत्र है। वह किसी जैसा नहीं है। मैं उसकी रचनाओं में इस प्रवर-कथन को महसूस किया करता। अशोक जैन ने उसके लिए सबसे ज्यादा किया और मैंने उस तुलना में बहुत थोड़ा। हो सकता है मुझसे और अशोक जैन से ज्यादा कुछ

और लोगों ने किया और निभाया हो। उसमें कुछ महिला मित्र भी हो सकती हैं। पर वह सबकी ऐसी-तैसी कर चुका था। जो बचकर निकल जाने की शिफ्त रखते थे, उनकी भी कर डाली। पता नहीं वह जानता था या नहीं कि ऐसी-तैसी करने वाले की भी ऐसी-तैसी कभी होती है। पर इसके लिए उसने शायद ही कभी सोचा हो।

अब जब वो अपने गाँव में रहते हुए खामोशी से पीते-पीते बगैर किसी पश्चाताप, ग्लानि या घोषणा या फिर मृत्युपूर्व हलफिया बयान के चुपचाप जा चुका है, उसकी कविताएँ ही बता सकेंगी कि इन सब चीजों के बारे में वह सोचता क्या था। सोचता तो जरूर रहा होगा। आखिर आदमी था। पर वह बुद्धि से कम और प्रवृत्ति से अधिक जीता था। छोटी-मोटी बचकानी हरकतें और चालाकियाँ अपने पास रख घाघ साथियों से प्रतिस्पर्धा करने पर जब-तब उतारू रहता था। तब हारना तो उसका लाजिमी था। वह इसी तरह अपने सारे स्वार्थ-समर हारता रहा। उसके बारे में सोचते हुए मुझे किन्वदन्तियों वाले कालिदास याद आते हैं—जिस डाल पर बैठना, उसे ही काट डालना। उसके सन्दर्भ में यह सच से भी कुछ ज्यादा ही सच है। कालिदास भी शायद इतना पौरुष न दिखा पाये हों। कल्याणी भाभी का मुगालता तो टूटा ही, मेरा भी कुछ कम नहीं टूटा। अब तो कल्याणी भाभी के घाव भी भर चुके होंगे, मेरे भी देर-सबेर भर ही जायेंगे। उन्हें भरना ही होता है। यही सृष्टि की प्रकृति है। आदमी का जीवन इसी खालीपन और भराव की कहानी है।

हम सबको उससे बहुत ज्यादा उम्मीदें थीं। 'अपराधी स्वयं' 'ध्वंस का स्वर्ग' 'उन हाथों से परिचित हूँ मैं', 'उँगली में बँधी हुई नदियाँ', 'कविता की पुकार' आदि संग्रहों के मार्फत वह अपने कामों का इतिहास छोड़ गया है। कोई पाठक या आलोचक शायद उस इतिहास से कभी रू-ब-रू होने की पहल करे। समकालीन जीवन और साहित्य में उसकी भूमिका क्या रही, यह उसी इतिहास के विवरण में जाने पर स्पष्ट होगी। हमारे मित्र वीरेन्द्र कुमार बरनवाल ने 'ध्वंस का स्वर्ग' की एक कविता पर मुग्ध होकर मुझसे कहा था—शलभ में जातीय स्मृति बोध और उसके गहरे सांस्कृतिक अर्थ-संकेत मिलते हैं। जो लोग इस देश के जीवन, इसकी आम सोच और बोलचाल के मुहावरों को नहीं जानते, वे शायद ही कभी इस कवि को पकड़ पायें। शलभ इसी अर्थ में ठेठ देशी, गहरा किन्तु एक और अर्थ में जुझारू और तेजस्वी कवि था जो समकालीनता के तमाम दायरों को लाँघता हुआ उनका अतिक्रमण कर जाता था। यह अतिक्रामकता उसमें किस कोटि की थी, इस पर फिर कभी।

ठाकुर साहब

वो अश्विन मास की साँझ थी। मिर्जापुर गाँव के कवि-मित्र श्याम मिर्जापुरी के ज्वार का खेत। खेत के चारों तरफ भी खेत ही खेत। जिस सड़क से चलकर हम साइकिल पर सवार होकर पहुँचे थे, वो भी उस गहराती साँझ के हलके अँधेरे में कहीं खो चुकी थी। हम चार-पाँच जने एक मचान पर बैठे, पंछियों की आवाजों का धीरे-धीरे खामोश होना महसूस कर रहे थे। वह एक शख्स, जिसे हम सब बाद में प्रायः 'ठाकुर साहब' कह सम्बोधित करने लगे थे, इस वक्त दारू की नन्ही-सी गिलसिया दाएँ हाथ में उठाये बाएँ से मुझे ललकार रहा था—"तुम क्या खाते हो, कहाँ हगते हो, दुनिया इसका हिसाब नहीं रखती। अगर रखती तो इतिहास की किताब के पन्ने पढ़े नहीं जा पाते। तुम तो गिलास उठाओ और खैंचो।"

वे सब पुराने यार थे विदिशा की प्राचीन स्मृतियों के धुन्ध में जुगनुओं से जलते-बुझते। मैं उस मण्डली में दीक्षित होने के लिए एक नये स्नातक की तरह ले आया गया था। शहर से करीब चार किलोमीटर दूर मिर्जापुर गाँव के उन खेतों में। चारों तरफ ज्वार ही ज्वार के खेत और बीच में खड़े किये गये जब-तब हिल उठते मचान। दो कवि, एक चित्रकार, एक हाईस्कूल का अध्यापक और चौथा कालेज का अध्यापक मैं। जाते समय हलकी-सी भनक तो थी कि आज मेरे स्वागत में कुछ न कुछ खास घटित होगा पर इस तरह होगा और किया जायेगा इसकी कल्पना तक नहीं थी। मुझे एकबारगी अपनी झिझक तोड़ मेरे हिस्से की उपेक्षित-सी पड़ी गिलसिया उठा लेनी पड़ेगी, यह तो नहीं ही सोचा था।

मन पर बरसों के ढेर सारे आवरण और संस्कारों की वर्जनाएँ थीं। ठीक कवच की तरह। और वह शख्स बैमुरौव्वती से उन्हें भेदने और उतारने में लगा था। भेदना तो प्रतिद्वन्द्विता का कौशल है पर उतारना और अहिंसक ढंग से निष्कवच करते चले जाना, न रणनीति कही जा सकती है, न कौशल। वह कुछ और है, जो उस साँझ मेरे साथ घट रहा था। सच यह भी कि मेरे कवच इतने कमजोर भी नहीं थे। पर उसकी भाषा में आक्रामकता से कहीं अधिक प्यार की अधिकृत व्याकुलता थी। अभिन्नता की एक ऐसी पुकार जहाँ सूत बराबर दूरी भी असह्य हो उठा करती है।

तुलना करते हुए रीतिवादियों की याद करूँ तो 'तब हार पहार से लागत है

अब आनि के बीच पहार परे।' लगभग निर्वस्त्र हो उठी केलि सखी के गले में पड़ा स्वर्णहार तक जहाँ बर्दाश्त नहीं। दो देह जैसे दो निसर्ग हों जिनके बीच कोई भी कृत्रिम आवरण असह्य हो उठता है।

वर्जनाओं का बोझ भी पर कुछ कम नहीं होता। वे पहाड़ों की तरह होती हैं। आक्रमण से तो नहीं ही टूटतीं। हाँ, प्रेम की गहरी भाषा और व्याकुलता से जरूर टूट जाती है। 'अंजुरी भर प्यार में पहाड़ भर' रस्मों के डूबने की कहानियाँ अनेक हैं। ठाकुर साहब की वह ललकार किसी आक्रामक योद्धा की ललकार नहीं थी। पर इसे समझने में मैं जो वक्त ले रहा था उसमें दारू की बोतल जितनी खाली हो रही थी, पीनेवालों का नशा मेरे असहयोग के चलते, चढ़ने के बजाय उतना ही उतरता जा रहा था। अन्त में हार कर उन्होंने जो कुछ कहा वह एक ऐसे विक्षुब्ध और निराश हो उठे प्रेमी की आवाज थी जिसकी चपेट में आये बिना वहाँ बैठ पाना मेरे लिए मुश्किल था—'हमारे साथ आये हो तो हमारी तरह जियो। और हाँ! हम कहाँ अपने साथ सबको आने या बैठने देते हैं।' इस आवाज में जितना अपने होने का अहसास था, उतना ही जबरदस्त आत्मविश्वास भी। इससे भी कहीं अधिक वह वर्जनामुक्त जीवन-बोध जो इन दिनों प्रायः आम हो चला है।

हम सब यानी कि ठाकुर साहब के बालसखा और जिगरी श्रीनन्दन जैन, मैं और श्याम मिर्जापुरी—कवि, लेखक। ठाकुर साहब थे हमारे श्रोता और पाठक। तृप्त हुए तो ऐसी शाबाशी कि कोई क्या देगा और निराश हुए तो ऐसी प्रताड़ना कि झेलना मुश्किल।

वह नदी बेतवा, जिसकी चंचल उर्मियों में 'मेघदूत' के कवि का मन कहीं किसी भँवरे की तरह नाचा करता था, उसी की सौतेली बहन बेस की पथरीली चट्टानों पर खादी का अपना धोती-कुरता और बनियान उतार वह जिस तरह नंगे बदन उसमें उतरा करता, क्या कोई किसान अपने खेत में उतरता होगा। इतना तो हम सब भी कर ही लेते थे पर कमर-भर पानी में पहुँच वह खादी की चड्ढी भी हाथ में ले लेता और साँझ के उस झुटपुटे में हमें उसकी घोषणा-सी सुनाई दे जाती—'लेट द स्किन ब्रीथ।' वह कितनी अँग्रेजी जानता था, हमने कभी नहीं पूछा। यह पूछने की हमारी हिम्मत ही कब हुई। पर उसके पास भाषा से कहीं अधिक कई गुना ज्यादा अर्थ थे। इसीलिए शब्द उसके पास आकर प्रायः ठिठक जाया करते। वह अपनी व्यस्तताएँ दिखा, मुस्कराकर उनसे बैठकर इन्तजार करने को कहता। यह भी कि तुम्हारी भी पारी आयेगी। पारी तो आने दो...। देखूँगा कि तुममें कितना दम है। सच तो यह कि वह खुद कई-कई अर्थों का अलीबाबा था।

हमारी मण्डली में अपनी दमदार हाजिरी बजाते हुए वह कहता, 'क्या लिखता है यार वह वसन्त पोतदार। कैसी जिन्दादिली है उसके लिखने में कि बैठी हुई तबीयत भी उठकर खड़ी हो जाती है। और एक तुम लोग हो, साला मगजमारी करनी पड़ती है। अरे! लिखना हो तो ऐसा लिखो।' तुर्गनेव और ताल्स्ताय तो उसे प्रिय थे ही,

हिन्दी के उसके प्रिय लेखकों में थे—कुबेरनाथ राय, विजयदान देथा और निर्मल वर्मा भी। ये उसकी रसिकता के उन्मुक्त क्षितिज थे।

बेतवा की सखी नदी बेस की धार में उसका निर्वस्त्र खड़े होकर 'लेट द स्किन ब्रीथ' सुनते देखते हुए हमारी आँखें झपक और पलकें सहम जाया करतीं। प्राण काँपने लगते कि अभी थोड़ी देर में जब यह आदमी नदी को अपनी देह का समूचापन देकर तट की खामोश चट्टानों पर वापस लौटेगा तब इसका स्वागत हम किस तरह करेंगे या फिर जब धोती-कुरता और चप्पल पहन उसी धरती पर फिर वैसे ही गौरव के साथ चलने लगेगा तब हमारे होठों पर इसके खिलाफ भर्त्सना के वे कौन-कौन से चुप्पे शब्द होंगे। पर उसे इस सबकी कहाँ कोई परवाह थी। परवाह होती तो थोड़ा-बहुत लिहाज और संकोच तो वह करता ही करता। पर उसे यह सब नहीं ही आता था। आता भी हो तो सिरे से नापसन्द था। इसलिए इतिहास की चिन्ता के बावजूद इतिहास को लेकर उसे कोई भय नहीं था। भय था तो उस भविष्य को लेकर जो इतिहास के भारी पाँवों के नीचे अपने को हर वक्त असुरक्षित और सम्भावना-शून्य महसूस किया करता।

विदिशा की जिस-तिस गली में कैथ और पीपल के पेड़ों की आड़ी-तिरछी जड़ों के बीच सहेजकर रखी और फँसी-उलझी खण्डित प्रतिमाओं की लहूलुहान मुस्कानों से जब-तब संवाद करता हमारा वह माइकल ऐंजलियो, चलते-चलते अकस्मात् किसी पॉवर-ब्रेक एम्बेसडर कार-सा ठिठक जाया करता। उसकी दाएँ हाथ की तर्जनी किसी टूटे बुत की ओर इशारा करने लगती, 'देखिए! कमबख्तों ने इस पर कहाँ से चोट की है।' फिर थोड़ा और झुककर एकदम मूर्तियों के खास अंगों पर अपनी उँगली रखता हुआ कहता, 'ये देखिए! सालों ने इसके घुटने ही तोड़ डाले। लेकिन यार डॉक्टर, ऐसी औरतें भी क्या इसी विदिशा में होती रही होंगी। इतनी भरी-पूरी, मांसल और इतनी बलिष्ठ किन्तु दिव्य, एकदम अप्सराओं जैसी।'

मैं उससे पूछता, कविगुरु कालिदास ने 'मेघदूत' में स्त्री-सौन्दर्य का जो प्रतिमान रचा है, कहीं इन्हीं को देखकर तो नहीं तो वह गम्भीर हो सोच में डूब जाया करता। कविगुरु की काव्यधारा मेरे उच्चारणों की मदद पा उसके कानों में घुलने लगती—

तन्वीश्यामा शिखरिदशना पक्वबिम्बाधरोष्ठी
मध्ये क्षामा चकित हरिणी प्रेक्षणा निम्ननाभिः
श्रोणीभारादलसगमना स्तोकनम्रा स्तनाभ्यां
या तत्र स्याद्युवतिविष्ञये सृष्टिराद्येव धातुः।।

पूर्व मेघ।।19।।

संस्कृतविद् नागार्जुन ने अपनी जवानी के दिनों में इन पंक्तियों को हम हिन्दीवालों के लिए मुक्तछन्द में सुलभ कराते हुए पुनर्रचना सी की—

गोरी छरहरी
सम स्निग्ध सुकान्त सुपंक्ति दाँतों वाली
बिम्ब के पके फलों जैसे होंगे लाल कोमल रसीले होठ
चौंकी हिरनी की-सी होंगी आँखें
कमर होगी बेहद पतली
गहरी होगी नाभि
चाल को नियंत्रित करता होगा नितम्बों का बोझ
तनिक सी झुकी होगी स्तनों के उभार के कारण
हमारे घर के भीतर
बहुत सारी युवतियों के बीच जो कोई हो ऐसी
विधाता की सर्वप्रथम कृति-सी
समझ लेना बस वही है दूसरी मेरी जान?

—मेघदूत

आचार्य हजारीप्रसाद द्विवेदी इस छन्द में आये 'श्यामा' शब्द की व्याख्या करते-करते लिख ही गये, 'वह तन्वी है, पतली सुवर्ण-श्लाका-सी। प्रथम कैशोर वय में जो तपे हुए कुन्दन का-सा गाढ़ पीत-रंग तरुणियों में श्यामा कान्ति निखार देता है, जिसके कारण यौवन के चढ़ाव पर खड़ी तरुणियों को 'श्यामा' कहकर सहृदय जन उल्लसित होते हैं, वही रंग...'

तो क्या विदिशा में ऐसी श्यामाएँ न होती होंगी? यह सोचना ही बेवकूफी है। कालिदास ही तो कह गये हैं कि विदिशा की अभिसार-भूमियाँ लोक विख्यात थीं। कोई उलझ गया तो फिर उलझ ही गया। इसीलिए उन्होंने बादल (मेघ) को सावधान भी किया—'परन्तु फिर भी मित्र! ज्यादा न उलझना।' पर वह सौन्दर्य ही क्या जो अच्छे-अच्छों को उलझा न ले। ठाकुर साहब भी उन खण्डित मूर्तियों की मनोहरता में उलझ कर रह जाते। और फिर न जाने कितना क्या कुछ याद करने लग जाते। तब का विदिशा था ही ऐसा गौरवपूर्ण।

सौन्दर्य-राशि की अनन्त उर्मियों के खण्ड-विखण्ड रूपों में स्मृतियाँ फिर भी कितनी अखण्ड बची रह जाती हैं। सोचते हुए हमारे कदम आगे बढ़ते रहते और तब तक फिर कोई सदियों पुरानी बावड़ी अचानक हमें टेरने-सी लग जाती। बगैर किसी हिदायत और पूर्व निर्देश के हमारा वह कलाजीवी करौंदों, झरबेरियों और अकौए की अनेक सघनताओं से होकर घुमावदार सीढ़ियों पर तब तक उतरता ही चला जाता, जब तक कि काईदार पानी की सतह न आ जाती। पानी की सतह वाली आखिरी सीढ़ी पर उकडूँ बैठ वह फिर कहने लग जाता—"कैसा शहर रहा होगा, जरा सोचिए। कैसे कलाकार और शिल्पी, कैसे-कैसे वास्तुविद् और वास्तुवेत्ता। यार डॉक्टर! तुम

कल्पना तो करो, वे कैसे दिन रहे होंगे, उत्तर-पूर्व मालवा की इस नगरी के, जो अब नष्टप्राय है। उसे सुनते हुए कवि मुक्तिबोध की ये पंक्तियाँ सहसा कौंध-कौध जातीं—

शहर के उस ओर खण्डहर की तरफ
परित्यक्त सूनी बावड़ी
के भीतरी
ठण्डे अँधेरे में
बसी गहराइयाँ जल की
सीढ़ियाँ डूबी अनेकों
उस पुराने घिरे पानी में...

बावड़ियों के इन मटमैले खण्डहरों में कभी-कभी हमारी सोच और कल्पना तक भटक जाया करती। या फिर हमारी दशा इनके बीच कवि भवानीप्रसाद मिश्र की 'सन्नाटा' कविता के पागल वंशीवादक और उसकी धुनों पर नाचती रानी की सी हो उठती, जो उस खण्डहरी साम्राज्य के सन्नाटे पर काफी भारी पड़ा करती थी। मुक्तिबोध फिर याद हो आते हैं—

बावड़ी को घेर
डालें खूब उलझी हैं
खड़े हैं मौन औदुम्बर।
व शाखों पर
लटकते घुग्घुओं के घोंसले
परित्यक्त, भूरे, गोल।
×   ×   ×
बावड़ी की इन मुंडेरों पर
मनोहर हरी कुहनी टेक सुनते हैं
टगर के पुष्प-तारे श्वेत
वे ध्वनियाँ।
सुनते हैं करौंदी के सुकोमल फूल
सुनता है उन्हें प्राचीन औदुम्बर...

मुक्तिबोध के पिता अगर पुलिस की नौकरी के दौरान विदिशा न रहे होते और कवि का बचपन थोड़ा-बहुत भी यहाँ न बीता होता तो मैं कहता कि यह सब श्योपुर या उज्जैन के दिनों का स्मृति-चित्र है। पर ऐसा नहीं था, था तो यह सब विदिशा का ही। यहाँ तक कि नागपुर के दिनों में मुक्तिबोध जब अपनी जवानी में थे, न जाने क्यों विदिशा की लोहाँगी उन्हें बार-बार याद आ जाती—

लोहे की नभ-चुम्बी शिला का चबूतरा
लोहाँगी कहाता है
कि जिसके भव्य शीर्ष पर
बड़ा भारी खण्डहर

× × ×

लोहाँगी में हवाएँ
दरख्त में घुसकर
पत्तों से फुसफुसाती कहती हैं
नगर की व्यथाएँ

यह शख्स इन बावड़ियों के अँधेरों में झाँककर कहने लगता, "वो देखिए! सीढ़ियाँ कितनी खूबसूरत हैं। अगर इनकी झाड़ियाँ हटा दी जायें और उलीच कर नया पानी आने दिया जाय तो पानी की जो किल्लत हमें महसूस होती है, नहीं ही होगी। फिर पलटकर कहने लगता, "यार! कैसा शहर रहा होगा जब यहाँ अशोक, अग्निमित्र और पतंजलि रहा करते होंगे।" उसका मन जैसे किसी बिछोही सा भर उठता और गले से निकलती आवाज भर्राने सी लगती। मुक्तिबोध के 'ब्रह्मराक्षस' की तरह उसे भी गरजती, गूँजती, आन्दोलिता गहराइयों से उठ रही ध्वनियाँ पुकारने लगतीं और वह हमें इतिहास की अन्तर्कथाओं को लिए-दिये उनमें उतरता चला जाता।

इसमें क्या शक कि वह हमारा अपना ब्रह्मराक्षस भी था। विदिशा की उन्हीं खण्डित प्रतिमाओंवाली बस्तियों और सूनी पड़ी परित्यक्त बावड़ियों का बाशिन्दा। और हम सब उसके मुरीद। हम उसके साथ चल रहे होते और अचानक हमारी इतिहास की कक्षा शुरू हो जाती। हमने उससे शायद ही कभी कोई बहस की या प्रतिप्रश्न किया हो। उसे सुनते हुए हमारे पास तो प्रश्न तक जैसे नहीं थे। सच तो यह कि हम किताबी किस्म के लोग थे। और वह था हमसे एकदम अलग। जिन्दगी को जिन्दगी की तरह पढ़ने और उसके बारे में बार-बार हमें प्रशिक्षित करते चलना ही उसकी फितरत थी।

वह ड्राइंगरूम जिसे शायद ही कभी उसने बैठक छोड़ और कुछ कहा हो—यानी ड्राइंगरूम वगैरह, उसकी टाँड पर धर्मयुग, साप्ताहिक हिन्दुस्तान के बण्डल, कार्ल मार्क्स की पूँजी के एकाध खण्ड, तुर्गनेव का उपन्यास 'पिता-पुत्र' गोर्की की 'माँ' और कुबेरनाथ राय का निबन्ध संग्रह 'निषाद-बाँसुरी।' सच माने तो यही उसका अपना प्रिय संसार था। किसी कहवाघर की तरह हमारी शामों की नियमित बैठकें वहीं होतीं। और हम सब यानि प्रेमशंकर रघुवंशी, माहेश्वर तिवारी, वेणुगोपाल, कथाकार जयशंकर, कवि नरेन्द्र जैन और शलभ उसके रजिस्टर्ड मेम्बर्स। सर्दियों में कभी-कभी बैठक से अपनी-अपनी कुर्सियाँ उठा सामने के खुले चबूतरे पर बैठ

मनमौजों में बहते। वह हमारी साँझों का ऐसा बसेरा था जिसकी शाखों और टहनियों पर हमारी चहचहाटें गूँजा करतीं। सच तो यह कि देर रात तक उसे किसी का साइनबोर्ड लिखकर देना होता और वह दो-ढाई फुट चौड़े और चार-पाँच फुट लम्बे टिन की फ्रेम पर अधलेटा-सा किन्हीं खूबसूरत रंगीन अक्षरों को शक्ल दे रहा होता। तब उसे अकेला छोड़ हम कैसे और कहाँ जाते। उसके बगैर तो हम सब अधूरे थे।

उसके हाथों में अजीब-सा जादू था। पूरे शहर में उसके इस 'जादू' को लेकर कोई सन्देह/दुविधा या विवाद हो, मैंने कभी नहीं सुना। कोई और दूसरा भी उससे बेहतर है, हममें से कोई एक भी सोचने को तैयार नहीं। हाँ, वो जरूर कभी-कभी अपने आप कह उठता—'गजानन बाबू का हाथ कमाल का है।' गजानन बाबू से उसका इशारा साथी, शिक्षक और चित्रकार गजानन सक्सेना की तरफ होता। किन्तु कहते-कहते उसकी आवाज क्षोभ से भर उठती और शब्द कुछ सख्त हो जाया करते—'लेकिन सक्सेना जी का हाथ उठे तब न?' और सक्सेना जी, ऐसे विख्यात पौराणिक रिन्द कि ग़ालिब भी उनके आगे मात खा जायें। गो कि ग़ालिब को उस पकी उम्र में भी 'आँखों में तो दम है' कहने का होश था। अपने गजानन बाबू तो किन्हीं-किन्हीं शामों में इससे भी आगे निकल जाया करते और उन्हीं मियाँ ग़ालिब के नहले पर दहला जमा, उन्हीं के मुहावरे में ठीक लोहा बाजार के चौराहे पर कहते हुए पाये जाते—'हम जहाँ हैं वहाँ से हमको भी कुछ हमारी खबर नहीं आती।' उनकी मस्ती का थोड़ा-सा हिस्सा उन शामों में कभी-कभी हमारे पास भी आ जाता। ठाकुर साहब को जाम उठाते तो अकसर देखा पर वे कभी लड़खड़ाये या लुढ़के हों—'न भूतो न भविष्यति।'

विदिशा की ऐसी ही महफिलों में 'चलो दिलदार चलो चाँद के पार चलो' का अपना गीत गाते-गाते मशहूर शायर कैफ़ भोपाली लालपरी का अद्धा मुँह से लगा लिया करते और जब-तब जिस किसी बात पर भड़क भी जाया करते। तब किसी को बत्तमीज, किसी को बेशऊर और किसी को महफिल से निकल जाने को कह उठते। पर जिस एक शख्स को उन्होंने हमेशा इज्जत और प्यार से देखा वो यही ठाकुर साहब थे। लगभग खामोश रहकर सबसे ज्यादा बोलनेवाला यह आदमी जब कभी बोलता तो अखबार के पहले पन्ने पर छपनेवाली किसी मुख्य खबर-सा धड़ाधड़ छपता और लोगों तक अपने आप वितरित होता चला जाता। जहाँ बातूनी ही बातूनी बैठे हों, वहाँ चुप रहकर उनकी गप्पों का मजा लेना पर जहाँ बोलना सचमुच अभिव्यक्ति का खतरा-सा उठाना हो, वहाँ घुटने सीधे और रीढ़ तानकर बगैर किसी भूमिका के सब कुछ वह एक झटके में कह डालता। शायद ही कभी उसे किसी शब्द का टोटा पड़ा या मुश्किल आयी हो और झिझक या भय तो लेशमात्र नहीं।

क्या ऐसा हो सकता है कि किसी को किसी बात की चिन्ता ही न हो? क्या ठाकुर साहब सचमुच 'कामायनी' के मनु की तरह निश्चिन्त जाति के देववंशी थे? ऐसा तो बिल्कुल भी नहीं था। सीधी-सादी और भोली-भाली लगभग अनपढ़ पत्नी।

बच्चे एकदम छोटे, जिन्हें वह खुद टिड्डा पहलवान कहता। बड़े भाई नगरपालिका पार्षद, छोटे शंकर सिंह कुरवाई, मण्डी बामोरा में हायर सेकेंडरी स्कूल के प्राचार्य। और खुद...? खुद तो विदिशा सिविल लाइन्स की टैगोर प्राथमिक शाला का एक अध्यापक और बाद में प्रधानाध्यापक भी। सो भी कैसा? अनोखा और अद्वितीय। जरा उसकी एक कक्षा में झाँकिये और आजाद हिन्दुस्तान की खबर लीजिये—

"क्यों रे? आज कितने दिनों बाद आया है तू? और तू आया है तो तेरा भाई गायब हो गया?" शिक्षक ने जवाब-तलब किया।

बच्चा एक चुप कि हजार चुप। बस अपने शिक्षक की तरफ एकटक देखे ही चला जा रहा है। आँखें भरी हुईं किन्तु कोई जवाब देने को तैयार नहीं। उधर शिक्षक के गुस्से का पारा चढ़ता ही जा रहा है।

"अबे! मुँह क्या देख रहा है, बोलता क्यों नहीं? जब तू नहीं आता तो वो आता है और आज तू आया है तो वह क्यों नहीं आया?" शिक्षक का गुस्सा भी जायज था और चिन्ता भी। काफी धमकियों के बाद बच्चे ने मुँह खोला—'घर में कमीज एक ही है। आज मैं पहनकर आया हूँ तो वह घर पर है। कल वो आयेगा तो मैं नहीं आ पाऊँगा।' सुनते ही शिक्षक के होश जैसे उड़ गये। उदासी ने चारों ओर से उसे कस लिया। आकाश में पर खोल उड़ता पक्षी जैसे किसी शिकारी के तीर से घायल हो लड़खड़ाता हुआ जमीन की तरफ चला आता है। स्कूल छूटा तो मास्टर साहब घर आये और सोच में पड़ गये—पहले खाना और कपड़ा चाहिए कि किताब? शाम को यही दुख दोस्तों के बीच किसी बड़े सवाल की तरह रखा गया और तय हुआ कि पहले कमीज के पैसे जुटाए जायें। इतने सारे कमानेवाले दोस्तों के होते एक बच्चा स्कूल न आ सके—क्यों? यह करुणा जो दिखावे के किसी मिथ्या जोश से पैदा नहीं हुई थी। यह उस शख्स की बुनियादी और जन्मजात फितरत थी। यह तब और भी उमड़ती दिखाई पड़ी जब कवि वेणुगोपाल अपनी नन्ही-सी बेटी मीता और पत्नी के साथ विदिशा आकर रहने लग गये। हम चार दोस्त—मेरे साथी और विभागीय सहयोगी कृष्णदेव उपाध्याय, कविमित्र प्रेमशंकर रघुवंशी, ठाकुर साहब और मैं खुद पहली तारीख को वेतन पाते तो सीधे किसी किराने की दुकान पर पहुँच सबसे पहले कवि वेणुगोपाल के परिवार के लिए महीने भर का आटा-चावल-दाल और रोजमर्रा की अन्य जरूरत की चीजें खरीद उनके घर पहुँचा आते। हमारे अपने घर का किराना हमेशा बाद में ही आता।

यों वेणुगोपाल हममें से किसी से पूछकर विदिशा कहाँ आये थे। सच यह कि हमारे चलते ही वे आये थे—यह हममें से हर किसी को खूब मालूम था। वेणु से जान-पहचान और दोस्ती तो मेरी ही थी पर दोस्त का दोस्त वाले सिद्धान्त के अनुसार, वेणु और उसका परिवार हमारी सामूहिक जिम्मेदारी में आ गया था। हमने इसके पालन में शायद ही कभी उफ़ किया हो। और ठाकुर साहब ने तो कभी भी नहीं। उफ़ करना

या मुकर जाना उनके शब्दकोश में था ही नहीं। उन्हें तो बस ऐसी ही चुनौतियों से भिड़ने का जुनून जैसा सवार रहता। सो भी कैसी चुनौतियाँ। जिनसे भिड़ने के बाद के परिणामों तक का पता नहीं न चिन्ता। कब क्या घट जाये। पर भिड़ना है तो फिर परिणामों को लेकर क्या सोचना? जो सोचते हैं वे तो बस सोचते ही रह जाते हैं।

ठाकुर साहब, सोचते नहीं थे। जीवन उनके लिए एक ऐसी किताब था जिसका अब तक कोई बन्द व्याकरण बना ही नहीं। किसी ने बनाने की कोशिश कभी की भी तो ठाकुर साहब ने हँसकर उसे सिरे से दरकिनार कर दिया। मसलन, आप किसी के लिए कुछ ऐसा कर गुजरे हों कि वह आपके उपकारों के बोझ के नीचे कुचला जा रहा हो और किसी एक स्थिति में आप पूरी बेमुरौव्वती से इसका लाभ भी लेना चाह रहे हों। पर ठाकुर साहब सामने हों और आप यह मनमानी कर सकें—असम्भव। करने की कोशिश अगर की तो ठाकुर सुननेवाला नहीं। धोती और बनियान पहने आपके ठीक सामने तमतमाते हुए आ खड़े होंगे और कहेंगे—"जनाब! यह आपका नहीं मेरा घर है। आप कौन होते हैं मेरे अतिथि को कुछ कहनेवाले?" और तब आपको अचकचाकर चुप रह जाना पड़ेगा।

मेरे साथ यह वाकया दो-एक बार घटित हुआ। दोनों ही बार मैं बेहद उखड़े हुए मूड में पहुँचा था। लगभग खड्गहस्त और लौटा तो निःशस्त्र और छीन ली गयी जुबान वाले गूँगे की तरह। गया तो मैं इस अधिकार-भाव से था कि मेरे दोस्त शलभ (श्रीराम सिंह) ने मुशायरेवाली रात मंच पर कैसा बेहूदा आचरण किया कि सारे शायरों और मन्त्री जी के सामने मंच पर ही कम्बल ओढ़कर मुरदे की तरह लेट गया...काफी थुक्का फजीहत हुई उसकी। कवियों और कविता की भी। पर ठाकुर साहब के लिए यह कोई 'बात' जैसी बात नहीं थी। हो भी गयी तो क्या। सब चलता है के अन्दाज में। और मैं जब कुछ कहने को हुआ तो ठाकुर साहब ने वही किया—'जनाब! यह मेरा घर है और अतिथि भी।'

तो क्या ठाकुर साहब इस तरह के अराजकतावादियों के पनाहगार थे? यह कहने की हिम्मत भी भला कौन करता? लोक-व्यवहार के मामलों और सामान्य शिष्टाचार तक में जो आदमी इतना सन्तुलित और मर्यादित हो, उसके बारे में यह कैसे सोचा और कहा जा सकता। ठाकुर साहब ऐसे ही तो थे। सचमुच अपने बोल-व्यवहार और चाल-ढाल में। एक ऐसे उदार वटवृक्ष की तरह जिसकी छायादार शाखों पर सैकड़ों पखेरू एक साथ अपना नीड़ बना सकते थे और जाल की तरह दूर-दूर तक फैली जड़ों के नीचे जमीन में बड़े-बड़े फणिधर भी अपना ठिकाना ढूँढ़ लिया करते। उदारता क्या चीज होती है, इसे ठाकुर साहब से परिभाषित किया जा सकता था।

ऐसा भी नहीं कि ठाकुर साहब को जानबूझकर इसका कोई शौक हो पर अशरण को भी शरण देने से वे कभी मुकरे या उनके दरवाजे बन्द हुए हों—सुनने में नहीं आया।

उनकी इसी दरियादिली पर तो हम सबके सब रीझे हुए थे। यहाँ तक कि कवि

श्री नागार्जुन और भवानीप्रसाद मिश्र भी। वे दोनों आते ही ठाकुर साहब के बारे में उत्सुकता से पूछने लग जाते।

विदिशा के कई उपनिवासों में से कवि नागार्जुन का एक उपनिवास ठाकुर साहब की वह बैठक भी थी जिसका जिक्र पहले किया जा चुका है। मेरे यहाँ की भीड़-भाड़ और बेरोकटोक आवाजाही से तंग नागार्जुन कभी-कभी अपने बड़े बेटे शोभाकान्त को लेकर ठाकुर साहब की इसी बैठक में जमने के लिए किले अन्दर की तरफ चल पड़ते। शोभाकान्त अपने कन्धे पर नागार्जुनी झोला टाँगे साथ चल रहे होते। झोले में दो-एक पत्र-पत्रिकाएँ, पढ़ने वाला लुकिंग ग्लास और गले में डालने वाला गमछा। डायरी और कलम तो अनिवार्य रूप से उसमें रहते ही रहते। छह-छह, सात-सात दिन नागार्जुन की धूनी वहीं जमी और चिमटा गड़ा रहता। ठाकुर साहब और उनका परिवार पिता-पुत्र की सेवा में बिछ जाता। यों नागार्जुन जैसे आधुनिक दुर्वासा का मूड सँभाल पाना कोई हँसी-खेल नहीं था पर ठाकुर साहब और उनके परिवार के लिए यह कोई बड़ी बात भी नहीं थी। अपने अतिथि के उठने-बैठने, चलने-फिरने में कम से कम दखल और ज्यादा से ज्यादा सावधानी और जिम्मेदारी का भाव था इस परिवार में। नागार्जुन वापस लौटते तो पूछता, 'बाबा? कैसा रहा प्रवास?' तो वे मुस्कराकर कहते, 'बहुत अच्छा, बस तुम्हारी कमी जब-तब खल जाया करती।'

एक बार मैंने अपनी जिज्ञासा रखी—'बाबा! आप सहृदय किसे मानते हैं?' तो कवि ने जो समाधान दिया, वह मेरे लिए एकदम और अप्रत्याशित चौंकानेवाला था। कहा, 'वो तुम्हारे छोटे भाई बुद्धदेव हैं न! आपको सुनते हुए होठों पर उँगलियाँ रख मुस्कराते रहेंगे बोलेंगे पर कुछ नहीं। दूसरे अपने रघुनाथ सिंह जी हैं। वो तुम्हारे ठाकुर साहब। कितना ख्याल रखते हैं मेरा और तुम्हारे अराजक दोस्तों का। सहृदयता और क्या है? वो क्या कोई किताबी चीज है? जीवन व्यवहार के मामलों में जो शहद के छत्ते से टपक पड़नेवाली मधु की बूँद की तरह टपकती रहे, वही तो सहृदयता है।'

ठाकुर साहब का जिक्र आते ही कवि श्री नागार्जुन हर बार उल्लास से भर उठते। ठाकुर साहब सामने होते तो नेजे पर टँगा शलभ का अहंकार अपना विषैला फन एक तरफ पटक झूम उठा करता। वेणुगोपाल अपनी बहसें भूल जाते और गीत कवि माहेश्वर तिवारी का कण्ठ किसी पुंस्कोकिल-सी तान ले गूँज उठता—'डबडबाई है नदी की आँख बादल आ गये हैं।' या कि ठाकुर साहब हम सबों के लिए अगर बादल थे तो हम सब उनके अपने सरोवर की तरह जिनकी जिन्दगी की खुशियों में वे अपने सुखों का प्रतिबिम्ब ढूँढ़ा करते।

हम सब जानते थे कि ठाकुर साहब कोई बड़ी आर्थिक हैसियतवाले आदमी नहीं हैं, फिर बाल-बच्चेदार भी हैं। दो-दो बड़ी होती बेटियाँ, तीन छोटे-छोटे बेटे, छोटी-सी स्कूल मास्टरी और इतना बड़ा बोझ। बेरोजगार भतीजे की जिम्मेवारी ऊपर से। फिर भी ठाकुर साहब के चेहरे पर न कोई बोझ, न थकान, न चिन्ता और न उदासी।

तो क्या ठाकुर साहब निश्चिन्त किस्म के या फिर लापरवाह तबीयत वाले आदमी थे? नहीं! नहीं!! नहीं!!! सच तो यह कि वे काफी सचेत और परवाहदार आदमी थे। बस इन सब बातों को वे अपनी मस्ती पर कभी हावी होने नहीं देते। उन्हें अपने पौरुष पर पूरा भरोसा था। अपने इसी आत्मविश्वास के बल वे जिन्दगी के हर मौके से, हर तरह से आँखें मिला लेते और उनका तेवर देख वह मन मसोसकर रह जाती।

तो क्या वह आदमी कभी उदास या हताश ही नहीं हुआ होगा? थकान महसूस नहीं की होगी। स्कूल जाने से पहले पेशेवर पेंटरी, लौटने के बाद फिर सात-साढ़े सात तक शहर भर के इसी तरह के तगादों का निपटान और इनसे निपट धोती-कुरता पहन दोस्तों की महफिलों की ओर चल देना उसकी रोजमर्रा की दिनचर्या थी। सरसठ से सन् बयासी-तिरासी तक अखण्ड पाठ की तरह चलने वाला यह क्रम तभी टूटा जब एक दिन बोर्ड पर ब्रश फेरते-फेरते ठाकुर साहब ठीक दस-साढ़े दस बजे चौथे झटके में उठकर हमेशा के लिए अलविदा कह गये। इसके ठीक दो दिन पहले ही तो मेरे पहुँचने पर उन्होंने कहा था, "मन हो तो मेला चला जाय।" न चाहते हुए भी उनका मन देख मैं तैयार हो गया।

यह सम्भवतः उन्नीस सौ तिरासी की फरवरी मास की पहली तारीख रही होगी। शाम पाँच-साढ़े पाँच का वक्त होगा जब हम दोनों उसी ऐतिहासिक शहर के पुश्तैनी बाशिन्दों के मकानों और घुमावदार गलियों से होकर बेतवा तट पर लगे मकर-संक्रान्ति मेले की ओर बढ़ रहे थे। चलते-चलते ठाकुर साहब अचानक गम्भीर हो आये और अपनी जिन्दादिली को लगभग भूलते हुए से कहने लगे, "लगता है उषादेवी आपको कभी समझ नहीं पाएँगी। काफी दिन तो हो गये पर उनका रवैया जस का तस है।" उषादेवी से उनका आशय मेरी पत्नी से था, जिसे उन्होंने बचपन से देखा था और अब चाहते थे कि उसका और मेरा गृहस्थ जीवन ठीक-ठाक चले। पर उनके चाहने से तो तब होता जब हम खुद भी इसकी कोशिशें करते। गृहस्थी की गाड़ी तो दोनों के चाहने और कोशिशों से ही चल पाती है। हम दोनों शायद इस बात के लिए कभी तैयार नहीं ही थे। और ठाकुर साहब से मेरा अकेलापन देखा नहीं जा पा रहा था। पर करते भी वे क्या? हम थोड़ा और आगे बढ़े तो फाँसी की सजा सी पाये हुए मुजरिम की आखिरी ख्वाहिश जैसी प्रकट करते हुए उन्होंने एक और ही बात शुरू की, "अब रिटायरमेंट के दिन बहुत कम बचे हैं। बच्चे सब छोटे हैं। सोचता हूँ पहले ही मौत आ जाय तो बच्चों में से किसी एक की नौकरी तो लग जायेगी। तीन झटके तो लग ही चुके हैं।" उन्हें सुनते हुए मेरी तबीयत भीतर ही भीतर किसी दीवार सी दरकती और धसकती-सी लगने लगी। यह आदमी जो दूसरों के लिए सबसे बड़ी शरण था आज अपने बच्चों लिए मौत को सबसे कारगर समाधान के रूप में देख रहा है। लेकिन क्यों? क्या उसे इस व्यवस्था और सरकार पर इतना भी भरोसा नहीं है? यह भी सोचा कि अच्छा! तो यह शख्स कभी-कभी अपने बाल-बच्चों

की चिन्ता भी करता है। उनके भविष्य को लेकर भीतर ही भीतर परेशान रहता है पर हम पर कभी भी जाहिर तक नहीं होने देता। सोचते-सोचते मेरी उदासी फरवरी की उसी ठंडी साँझ की तरह और गहरा गयी। ठाकुर साहब रिटायरमेंट से पहले ही उड़ान भरने का प्लान बना रहे हैं, यह सोचकर तो मेरा सनातन अकेलापन और भी भारी और हताश अकेलेपन का अनुभव उसी वक्त करने लगा।

शहर की बस्तीवाला इलाका पार कर अब हम मेला ग्राउण्ड से होकर बेतवा की तरफ जानेवाली धूल और धुएँ से भरी सड़क पर आ गये थे। सड़क की दोनों ओर की पटरियों पर गाजर, अमरूद और सब्जियों वाली दूकानें, बीच-बीच में कई एक हाथठेले, पटरियों के बीच तंग हो चुकी सड़क पर पैदल आते-जाते लोग, ताँगों और ऑटोरिक्शों की चीं-चीं, पों-पों, खड़खड़-भड़भड़, नीम-रोशन चिमनियों का धुँधलके से भरा मटमैला उजाला और हम दोनों की अपनी-अपनी चिन्ताओं से पैदा हुई उदासी और कालिमा। सड़क पर फैली आवाजाही और शोर भी इस उदासी को भेद पाने में असमर्थ थी। यों तो हम मेले के ठीक मुहाने पर आ चुके थे जहाँ से तरह-तरह की दुकानों का कतारबद्ध सिलसिला शुरू हो रहा था, फिर भी जैसे कहीं नहीं थे हम। तब कहीं होकर भी कहीं का न होना—क्या इसे ही कहते होंगे? शायद।

यह विदिशा का वह अति प्रसिद्ध मेला था जिसकी रामलीला पर कई किताबें लिखी गयी हैं। इस रामलीला में कोई रंगमंच नहीं। एक बड़े से मैदान के एक तरफ अयोध्या तो ठीक दूसरी तरफ लंका के टीलेनुमा चबूतरे। बीच में खाली मैदान। राम-रावण हनुमान आदि का पार्ट करने वाले सिर्फ अभिनय करते। संवाद तो मानस की चौपाइयों से हारमोनियम व ढोलक पर गवैयों द्वारा गा-गाकर बोला जाता है। फरवरी की इन तारीखों तक रामलीला भी समाप्त हो चुकी थी। बच रह गयी थीं सिर्फ दुकानें और दुकानें। और हम दोनों खुद कितना क्या बचे थे—कहना असम्भव।

अपनी-अपनी उदासियों को ओढ़े हुए हम जिस तरह चल रहे थे, वह चलना भी सड़क को महसूस हो रहा हो तो हो रहा हो, हमें तो बिल्कुल ही नहीं हो रहा था। हम मेले में होकर भी जैसे किसी श्मशान में थे। गहरी चिन्ताओं से पैदा हुई उदासियों का हमारा अपना श्मशान। आँखें जरूर खुली हुई थीं हमारी फिर भी देख तो वे कुछ भी नहीं पा रही थीं। हमारे जीवन की यह वह उदास और पतझरी साँझ थी जिसमें हम सूखी नंगी टहनियों भर बचे थे जैसे। हमारा सब कुछ विदा हो चुका हो जैसे। मेला महाकवि निराला से एक यह पंक्ति उधार लेकर जैसे हमसे कह रहा हो--'बाँधो न नाव इस ठाँव बन्धु!' फिर हम यहाँ क्यों चलकर आये थे? किसके कहने पर आये थे? या फिर अभ्यासवश चले आये थे? यह सवाल कर सकने वाला मन भी हमारे पास कहाँ बच रह गया था।

यह हमारी आखिरी मुलाकात की आखिरी बातचीत थी। उसके बाद तो अपने-अपने घरों की ओर मुड़ते हुए हमने बगैर किसी भूमिका के एक-दूसरे को

अलविदा कहा। ठाकुर साहब का तो पता नहीं चला कि वे किस मूड में घर पहुँचे, पर अपने घर का ताला खोलते हुए मैंने जरूर महसूस किया कि पाँव के नीचे की जमीन तो अब खिसकने ही वाली है।

वह जो मेरे लिए सबसे भरोसे का दोस्त था, जिसकी चिन्ताएँ मुझको लेकर मुझसे कहीं अधिक थीं। वह जो मुझे न जाने कितने रूपों में कहाँ-कहाँ कितना क्या और कैसा देखना चाहता था, आज अपने दुखों के बीच किसी पतवारहीन नाव-सा हिचकोले खा रहा था और चाहता था जितनी जल्दी सम्भव हो उसकी नाव डूब जाय। तभी याद आया मुझे, यही तो वो आदमी है जो दो साल पहले शिक्षा विभाग से भेजा एक भारी-भरकम लिफाफा लेकर बहुत गुस्से में मुझ तक आया था—'डॉक्टर, लो देखो? हमारे विभाग ने क्या लिखकर भेजा है।'

'ऐसा क्या भेजा है जो आप इतने तैश में हैं?' मैंने कहा।

'ये साले अब सर्टीफिकेट देना चाहते हैं कि मैं बहुत अच्छा शिक्षक हूँ। और इसके लिए यह फार्म भिजवाया है कि मैं जल्दी से भरकर भेज दूँ जिससे मुझे राष्ट्रपति की ओर से आदर्श शिक्षक होने का प्रमाण-पत्र दिया जा सके।'

'तो इसमें गुस्से की क्या बात है? लोग तो इसके लिए जुगाड़ बिठाते और तिकड़में करते हैं। और आपको तो बिल्कुल ठीक चुना गया है। तब काहे को नखरे बघार रहे हैं?' मेरा सोचना सामान्य था और उनका एकदम असाधारण।

मेरी बात सुनते ही वह आगबबूला हो उठे—'लेखक होकर भी आप यह नहीं समझते। वे और राष्ट्रपति कौन होते हैं यह साबित करनेवाले कि मैं अच्छा शिक्षक हूँ। यह तो मेरे विद्यार्थी ही कह सकते हैं कि मैं कैसा शिक्षक हूँ। राष्ट्रपति क्या कोई मेरा विद्यार्थी रहा है जो कहेगा।' उन्होंने तैश में कहा।

'अरे! आप भी बात का बतंगड़ बनाने बैठ गये। नहीं पसन्द है तो लिफाफा एक तरफ पटक दीजिए। क्या करना है।' मैंने सुझाया।

'नहीं! आपको इसका जवाब बनाना है। लिख दीजिए कि मैंने ऐसा कोई काम नहीं किया है जिसके लिए मुझे पुरस्कृत किया जाय। शिक्षक होने के नाते पढ़ाना मेरा काम था। वह मैं वैसे ही करता रहा जैसे सब अपना अपना काम करते हैं। इसमें पुरस्कृत करने जैसा क्या है? और हाँ। यह भी लिख दीजिए कि इस प्रस्ताव को मैं नामंजूर करता हूँ।' उन्होंने वाक्य खत्म किया तो मैंने अतिरिक्त रूप से सावधान किया—'आपका यह आचरण कहीं शासकीय कर्मचारी की अनुशासनहीनता में तो नहीं माना जायेगा।' उसी लापरवाही से जवाब भी आया, 'आ जाये तो आ जाये। वे जबरन क्यों मुझे आदर्श शिक्षक घोषित करने पर उतारू हैं। अगर वे मेरे साथ यह जबरदस्ती कर सकते हैं तो मैं भी यह करने के लिए आजाद हूँ।'

अब वह मुझ पर आ गये, 'आप तो यह बताइए मेरा जवाब बना रहे हैं या नहीं?' यह जैसे अल्टीमेटम सा हो मेरे लिए। तब मैंने एक सादा कागज उठाया और

लिखा—'विभाग ने मुझको आदर्श शिक्षक के रूप में पुरस्कृत करने की पहल की। इसके लिए आभार। मैंने अब तक कोई ऐसा काम नहीं किया है, जिसको लेकर मुझे पुरस्कृत किया जाय। अतः यह प्रपत्र मैं विभाग को सधन्यवाद इसलिए लौटा रहा हूँ कि किसी इच्छुक व्यक्ति को इसका लाभ दिया जा सके।' लिखकर मैंने दस्तखत के लिए कागज आगे कर दिया तो ठाकुर साहब ने उस पर एक नजर डाल अपना जाना-पहचाना हस्ताक्षर बिठा दिया—रघुनाथ सिंह। प्रधानाध्यापक, टैगोर शाला, विदिशा।

जिस पुरस्कार के लिए बरसों बरस हाथ-पाँव मारे जाते हैं, उसे इस तरह दरवाजे से दुत्कार कर नामंजूर करना मेरे लिए कुछ-कुछ वैसा ही अनुभव था जैसा कि मध्य युग के सन्त कवि तुलसी ने शहंशाह अकबर द्वारा प्रस्तावित मनसबदारी ठुकरा कर की थी। कुम्भनदास की एक वह पंक्ति भी याद में कौंधी—'सन्तन को कहा सीकरी सो काम।' तो क्या ठाकुर साहब धोती-कुरतावाले सन्त थे? या कोई मामूली आदमी? या फिर अपनी सामान्यता में ही एकदम असामान्य, गैरमामूली।

ठाकुर साहब में यह माद्दा था। इतना आत्माभिमान भी कि कोई इस पर नजर तक उठाकर देखने की हिम्मत नहीं कर पाए। वह व्यक्ति जो इतना हँसमुख, जिन्दादिल, यारबाश और दरियादिल था, वही इतना स्वाभिमानी और आत्माभिमानी भी। वह न तो कभी अपने 'स्व' को, न ही कभी अपने 'आत्म' को अपनी मुट्ठी से फिसलने देता था। और दोस्त लोग जहाँ थोड़ा-बहुत भी झुकते दिखते वह दौड़कर डपटने लगता, 'नहीं! मेरे रहते यह कभी नहीं हो सकता। अपनी रीढ़ सीधी करो। आखिर मेरे दोस्त हो तुम।'

ठाकुर साहब को याद करते हुए मुझे न जाने क्यों हताशा में डूबी प्रसिद्ध कवि-शायर दुष्यन्त की आपातकाल के दिनों में लिखी ये अन्तिम पंक्तियाँ घेरे रहीं—

पथ ऐसे सुनसान पड़े हैं
जैसे लोग यहाँ लँगड़े हैं
कुछ जो राहें रोक खड़े हैं
हाथ जोड़कर इन्हें नमन कर

मैंने देखा यार, निकट से
कोई त्राण नहीं संकट से
यह सर ऊँचा है चौखट से
औ' तू चलता है तनकर

दिक्कत यही थी कि ठाकुर साहब का सर हर चौखट से ऊँचा था और वे तनकर जीने और रहने की कसम जैसी खाए बैठे थे।

मौत, क्यों आफत मोल ले रही हो, मैं वेणुगोपाल हूँ

मेरी जिन्दगी पर जिन दो बड़े बुजुर्गों की सघन छाया रही वे नागार्जुन और भवानीप्रसाद मिश्र थे। जिन दो दोस्तों का गहरा साथ रहा उनमें से एक पर मैं काफी कुछ लिख चुका हूँ। नाम था शलभ। यानी कि शलभ श्रीरामसिंह। दूसरे का नाम वेणुगोपाल था। जो कल 'है' और अब हमेशा और सब के लिए 'था' हो चुका है।

तीन-चार साल पहले जब गैंगरीन के चलते उसकी एक टाँग काट दी गयी तभी वह मेरे लिए आधा मर गया था। जैसे कि उसकी टाँग नहीं काटी गयी, मैं ही आधा काट डाला गया। वह जो पाँवों को ही हाथी-घोड़ा, बस और रेल सब समझता था। जिसे यात्राएँ ही पसन्द थीं, पर पालथी मारना भी उन्हीं पाँवों को उसे ऐसा आता था कि कहिए तो दिन के दिन न उठें। वही अब उन्हीं पाँवों में से एक के बिना हो चुका था। हैदराबाद की वे सड़कें जिसके चलते रहने से आजिज आ चुकी थीं, अब राहत की साँस जरूर ले रही होंगी। विदिशा और भोपाल की सड़कों ने जब इस हादसे के बारे में सुना होगा, जरूर गमगीन हो उठी होंगी। भले ही उनकी आँखें छलछलाई न हों, कुछ देर के लिए अँधेरा तो उनके सामने छा ही गया होगा। लेकिन मैं! जैसे वे टाँगें उसकी नहीं मेरी ही थीं—जिनमें से एक बेरहमी से काट डाली गयी थी। फिर भी उसकी जिजीविषा का अपार सागर लहराता ही रहा।

कोई नहीं, लेकिन मैं जानता हूँ कि मैंने उससे बातचीत का सिलसिला खत्म-सा कर लिया था। और वो था कि अपने और मेरे प्रिय पात्रों के मार्फत यह सन्देश भिजवाता रहता कि अब यह होना है, तब वह होना है। इसी बीच उसकी छात्रा और मेरी प्रिय सखी वृन्दा का फोन पुणे से आया—'डॉक्टर साहब! वेणुजी कृत्रिम टाँग के लिए आने वाले हैं। कुछेक दिन रहकर यहीं उसकी प्रैक्टिस करेंगे।' फिर भी मेरे लिए यह एक साधारण सी सूचना रही। क्यों? क्या इसलिए कि मैं कायर हूँ और स्थितियों का सामना नहीं कर सकता या फिर अवास्तविकतावादी, जो हवा में ही हाथ भाँजा करता है? या फिर वह जो या तो भरी-पूरी दुनिया में अपनी समूची रंगीन इच्छाओं के साथ जीना जानता है या फिर जीवन की निरीहताओं पर थूकता हुआ मौत के गले में अपने हाथों के फन्दे इस तरह डाल देता है जैसे कोई बच्चा अपनी माँ की गोदी में आने के लिए मचलकर डाल देता है। पर यह कोई अदा नहीं

है उस देश में जिसमें 'हृदयेन अपराजितः' जैसी बात कही गयी हो।

देह धारण की है तो उसके दण्ड भी भुगतने ही पड़ेंगे—यह कबीर के कहने पर भले ही समझ में न आया हो, वेणु के जीने के अन्दाज को देखने और महसूस करने के बाद तो जैसे अपने सारे अर्थों के साथ प्रकाशित सा हो उठा। सच्चाई जबकि यह पहले जैसा कुछ भी नहीं था। अगर था तो वेणु का वह आत्मबल, वह जिजीविषा, जिसे भारत के लोग सदियों नहीं युगों से जीते आये हैं। अगर भूल भी गये हों या अपनी जड़ों से विच्छिन्न होकर किन्हीं सांस्कृतिक अज्ञानों में चले गये हों तो उनकी मदद उस द्वन्द्वात्मक भौतिकवाद ने की हो जो संघर्ष को ही जीवन और जीवन का दूसरा नाम और अर्थ संघर्ष जानता है।

यों वेणु का बचपन हैदराबाद के किशनबाग वाले मुहल्ले में ही नहीं, उस जगदीश मन्दिर के अहाते में खेलते-खाते गुजरा था, जहाँ उसका पहला परिवार, बेटे-बेटियाँ अपनी स्नेहिल माँ के साथ अब भी रहते हैं। वेणु खुद भी जिस मन्दिर की जायदाद को अपने हक में करने के लिए न केवल मुकदमे लड़ता रहा, दुबारा जनेऊ पहनी, हैदराबाद के जाने-माने सामाजिक (?) माफियाओं की मदद पाने के लिए उनसे दोस्तियाँ भी गाँठीं। इतना ही क्यों? अपने उन किरायेदारों से और स्तर पर निपटने के लिए ढाई लाख गायत्री मन्त्र के जाप भी किये। उसके न रहने पर आज यह कहना कितना कठिन हो गया है कि उसका विश्वास सचमुच कहाँ था? अपने उन भोले उद्यमों (?) में जिन्हें वह बतौर पुरुषार्थ करता चल रहा था या फिर उन अन्धविश्वासों में जिन्हें कुछ लोग आध्यात्मिकता कहते हैं और उनकी पैशाचिक ताकतों में यकीन रखते हैं।

तो क्या वेणु मुक्तिबोध का ब्रह्मराक्षस था? यों शलभ उसे घटोत्कच कहा करता। अपने प्राक्तन संस्कारों से लड़ता, उन्हें मैल की तरह मल-मल कर छुड़ाता फिर भी उनकी चपेट में आने पर जब कभी उनकी छाँह में शरणागत की तरह आश्वस्त हो सुस्ताता—

> और...होठों से
> अनोखा स्तोत्र, कोई क्रुद्ध मन्त्रोच्चार
> अथवा शुद्ध संस्कृत गालियों का ज्वार
> मस्तक की लकीरें
> बुन रहीं
> आलोचनाओं के चमकते तार!!
> उस अखण्ड स्नान का पागल प्रवाह
> प्राण में संवेदना है स्याह!!

इसी कविता में मुक्तिबोध लिखते हैं—'मानवीय अन्तर्कथाएँ बहुत प्यारी हैं'। यहीं वे अपने सारे समकालीनों से उनकी सारी जानी-पहचानी सच्चाइयों को बहुत

पीछे छोड़ सबसे आगे खड़े दिखाई देते हैं मुझे। ये वही मुक्तिबोध हैं जो अपनी क्लासिक मानी जाने वाली रचना 'अँधेरे में' तिलक और गाँधी को पूर्वापरता के साथ लिए खड़े हैं। जो बार-बार 'ओ मेरे आदर्शवादी मन!' को सम्बोधित करते हुए गहरे आध्यात्मिक आत्मधिक्कार से भरे हुए हैं। सूर और तुलसी के बाद हिन्दी में यह तीव्र और प्रखर आत्मधिक्कार सिर्फ मुक्तिबोध में इस उदात्त ऊँचाई के साथ मिलता है। सरोज-स्मृति और राम की शक्तिपूजा वाले निराला को याद करते हुए भी, हम पहुँचते अन्ततः इसी निष्कर्ष पर हैं कि मुक्तिबोध इसमें अनूठे हैं। उन्हीं की पंक्ति है यह 'मानवीय अन्तर्कथाएँ बहुत प्यारी हैं।' किसी आदमी को समझने के लिए यह कितनी जरूरी पंक्ति है। वेणु के जीवन की 'अन्तर्कथाएँ' कुछ ऐसी ही थीं। जितनी सुलझी उतनी ही उलझी-पुलझी और जटिल। वह चेग्वारा पर भी मुग्ध था, चारु मजुमदार पर भी। पर जवानी के भार से लदबद उस स्त्री पर भी, जिसे वह अपने काम-मनोविज्ञान के सघन अन्तर्जातों की भाषा में फँसाकर अपनी जीवन संगिनी बना चुका था। हाँ, वही जो कि पहले से पति और एक बेटी का बाप था। पर उसकी इस मान्यता का हम क्या करते कि क्रान्ति की प्रक्रिया ही नहीं, उसका चेहरा-मोहरा भी बेहद रोमान्टिक होता है।

मैं उसके इन तर्कों में प्रायः उलझ जाया करता पर उसके पास दुनिया भर की ऐसी जानकारियाँ थीं। और मेरे पास सिर्फ रामप्रसाद बिस्मिल, अशफाकउल्ला खान, आजाद और भगतसिंह की। यशपाल जैसों की थी भी तो यही कि क्रान्ति के रास्ते पर ये घाती किस्म के लोग हैं और इन्हें प्राण-दान देने से कहीं बेहतर है मृत्यु-दान। पर जैसा मैंने पहले कहा—वेणु जितना भारतीय था, उतना ही पश्चिमी भी। जितना पुरोहित और पुजारी बजरिए पं. नन्दकिशोर शर्मा के, उतना ही वाममार्गी बौद्धिक और कवि बाया वेणुगोपाल भी।

यों इस बात को महसूस कर सकना उनमें से किसी के भी बूते के बाहर है जिन्होंने भारी किताबें पढ़ी हैं पर उस जीवन का सामना नहीं किया है, जो उनकी पैदाइश के पहले से एक अविच्छिन्नधारा की तरह बहता चला आ रहा है। उनके चारों ओर है—धरती, आकाश, हवा-पानी में व्यापा हुआ। वेणु को ये सब बातें संस्कारतः मिली थीं, चाहे-अनचाहे। वो करता क्या? तब भी उसने किया। अपने जन्मजात संस्कारों से निरन्तर भिड़ता रहा। उसके रहन-सहन, उठने-बैठने, सोचने-समझने के तौर-तरीकों में जबरदस्त बदलाव होता रहता था। जैसे कि उसके निकट के मेरे जैसे लोग भी कहाँ जानते थे कि कवि श्री वेणुगोपाल वस्तुतः पं. नन्दकिशोर शर्मा हैं। जगदीश मन्दिर के पुजारी के बड़े बेटे। मुझे भी तभी जानने का मौका लगा जब वह शहर हैदराबाद छोड़ व्हाया भोपाल विदिशा आ बसा। तब तक विदिशा का मेरा निवास ऐसे घुमंतू और 'आवारा' किस्म के साहित्यिक मवेशियों की ओपेन धर्मशाला के रूप में कुख्यात हो चुका था।

भोपाल से किसी कारण से उखड़ कर वेणु विदिशा आ गया तो हम तीन

दोस्तों—रघुनाथ सिंह, कृष्णदेव उपाध्याय और मैंने तय किया कि शहर को समृद्ध करने के लिए वेणुगोपाल जैसे कवि को बसाया जाना एक खूबसूरत उपक्रम होगा। लेकिन जिस एक सुविधा-सम्पन्न छात्र ने आगे बढ़कर इसमें पहल की उसका नाम अवध श्रीवास्तव था। उसके पिता प्रचण्ड हिन्दू सभाई और जाने-माने वकील। अवध खुद बाद में एक सफल वकील हुआ। उसने ही आगे बढ़कर उन्हें और उनके परिवार के लिए लोहांगीपुरा के अपने ही एक किराए वाले मकान का एक खण्डहरनुमा हिस्सा रहने को दे दिया, बिल्कुल मुफ्त। हम तीनों पहली तारीख को अपनी तनख्वाह उठाते और सम्मिलित रूप से जाकर सबसे पहले वेणुगोपाल के परिवार के लिए माह भर के राशन-पानी का इंतजाम किया करते। आटा-चावल-दाल, तेल और मसाला। तब उसकी बेटी मीता दो या ढाई साल की रही होगी या फिर तीन की। पत्नी बेहद सीधी सादी, घरेलू गाय-सी। तभी एक दिन यह खयाल भी मन में कि क्यों नहीं वेणु एम.ए. कर ले और इस तरह कोई ढंग की नौकरी-वौकरी उसे मिल जाय। पर यह काम सामने आया तो बेहद कठिन हो उठा। कवि जी तो बी.ए. भी नहीं थे। हमारे प्रिन्सिपल नायर सब तरफ से मदद को तैयार पर विश्वविद्यालय के नियम अपनी जगह। संयोग ही था कि वेणु साहित्य-रत्न था और थोड़ी दौड़-धूप के बाद प्रवेश-पात्रता उसे मिल ही गयी। वेणु अब मेरा दोस्त ही नहीं, कक्षा का छात्र भी हो गया। लेकिन हिन्दी विभाग के मेरे अध्यापक साथियों के लिए यह अच्छी-खासी परेशानी की बात हो गयी। एकाध को तो पसीना भी छूटने लगा। पर उस छोटे से शहर में उठना-बैठना तो शामों में साथ ही होता। अपरिचय का संकट तो था ही नहीं। वेणु भी कुछ संकोच, कुछ आशंका, कुछ अहंकार के मारे प्रायः क्लास से गैरहाजिर ही रहता। हमारे एकाध साथी कक्षा से उठाकर उसे कैण्टीन ले जाते और कहते—'वेणुगोपालजी! आपके बैठने से मुझे पढ़ाने में दिक्कत आती है। अटेण्डेन्स तो मैं आपको दे ही दूँगा।' वेणु ने तब वैसा ही करना शुरू किया। विभागाध्यक्ष के नाते मुझे कुछ यों सूचित करते हुए—'यार! अब। ...जी से तो मुझे कुछ नया मिलना नहीं है। फिर मेरे रहने पर वे असहज हो उठते हैं। बेचारे दूसरे छात्रों का नुकसान होता है। तुम कहो तो सिर्फ तुम्हारी क्लास अटैण्ड करूँ।' इस बहाने वो शायद मुझे भी तौलना चाहता रहा हो। फिर भी वो मेरी कक्षा में बैठता और जब कभी उपाध्यायजी (डॉ. कृष्ण देव) की भाषा-विज्ञान वाली कक्षा में। दूसरे साल तो वह महाविद्यालय की पत्रिका 'सर्जना' का सम्पादक भी बना और उसी के चलते वह पत्रिका हम अध्यापकों के पढ़ने योग्य भी बनी। अन्ततः वह एम.ए. कर गया और तब मैंने अपने आदरणीय मित्र शरद जोशी को सगर्व सूचित किया—'आप कह रहे थे न कि जब हम भोपाल वाले वेणुगोपाल को एम.ए. नहीं करा पाये तो तुम क्या करा लोगे, और मैंने करा दिया। अब कहिए?' शरदजी कहाँ हार मानने वाले थे। टिप्पणी की—'हाँ। यह तो तुम्हारा ही कमाल होगा नहीं तो...।'

मैंने सोच लिया था पार्ट टाइम काम तो विभाग में ही मैं दिलवा दूँगा। जब तक प्लान करता और पी-एच.डी., की प्रारम्भिक तैयारियाँ की जातीं, हैदराबाद से आघातपूर्ण समाचार लिए तार आ पहुँचा—'पिताजी चल बसे'। और उसे सब जहाँ का तहाँ छोड़ जाना पड़ा। सपरिवार फिर वापसी तो सम्भव ही नहीं हुई। मन्दिर का परिसर उसके किराएदारों का संयुक्त दबदबा, सारी सम्पत्ति हड़प लेने की चाल और वेणु का उन महारथियों के बीच मजबूरन कूद पड़ना, इस-उस योद्धा के आश्वासन के साथ। ऐसे योद्धाओं ने भले ही वेणु की कोई कारगर मदद न की हो पर उसे अभिमन्यु की तरह शहीद होने से तो बचाया ही बचाया। धीरे-धीरे वेणु खुद भी दुनियादारी के ढेर सारे गुर सीखता चला गया। कविता और उसके शब्द भले ही कुछ दूर हो गये हों—एक समय में—पर जीवन के अर्थ तो परत-दर-परत ठीक उसकी आँखों के सामने खुलते गये। वेणु अब एकदम कोरा नहीं था। उसमें एक गजब किस्म की धीरता और दृढ़ता, कहिए मजबूती आ चली थी। दाँव-पेंच करना, चालें चलना उसे आया कि नहीं पर उन्हें 'फेस' करना तो आ ही गया था। ऐसे जन्मजात अव्यावहारिक के लिए यह भी क्या कम था? दाद में खाज यह कि अब वो दो बीबियों और दो-तीन बेटियों और बेटे का बाप था, वहीं, उसी हैदराबाद के अलग-अलग मोहल्लों में। मैंने गिना नहीं कि किशनबाग और रमन्तापुर में कुल कितने किलोमीटर की दूरी थी। मैं जाता तो शमें और रातें रमन्तापुर और दिन के दो एक घण्टे उसके मन्दिरवाले किशनबाग में इस सावधानी के साथ कि रमन्तापुर वालों को खबर न हो। पर कहाँ तक न होती। वो कभी-कभी इन पाटों की चक्की में पिसता भी। क्या जीवन था उसका? कैसा जीवट!

अब हैदराबाद के लोग जानें, उसका हैदराबाद कैसा था। वो बजरंग भगत, खुद उसकी जवान हो चुकी बेटियाँ और पत्नियाँ। वहाँ के अधिकृत वृत्तान्तकार और वक्तव्यकार तो वहीं के लोग हो सकते हैं। या फिर सेन्ट्रल यूनिवर्सिटी के डॉ. विजेन्द्र नारायण सिंह, जिनके साथ वेणु ने अपना शोध कार्य किया और पी-एच.डी. प्राप्त की। वहीं थोड़े समय तक पढ़ाया भी। या फिर स्वतन्त्रवार्ता के सम्पादक राधेश्याम शुक्ल जिनके एक प्रमुख सहयोगी के रूप में वो काम करता था और स्थानीय मारवाड़ियों के लिए कई धार्मिक मामलों का उदार लेखन भी किया करता था। या फिर उसकी पढ़ाई वे छात्राएँ जिनके सुख-दुख में वो हर तरह से शरीक रहता और वे भी उसके प्रति आदर और श्रद्धा से भरी रहतीं। मैं जब भी गया मैंने उन सबको उसके इशारों पर नाचते पाया। एक सधी हुई बुजुर्गीयत और उन्मुक्त आचार्यत्व। तब विभागीय अध्यापकों को भला यह सब कैसे रास आता? यह भी तब कैसे सम्भव था कि वे इस सबको एक कवि की अदा मान नजरन्दाज कर देते। काश! यह हो पाया होता तो सेन्ट्रल विश्वविद्यालय हैदराबाद को यह कहने का गौरव तो हासिल हो ही जाता कि वेणुगोपाल जैसे प्रतिभाधर उसके अध्यापकों में से थे। पर अब

ऐसी कल्चर कहाँ रही? इसे जिन्दा रखने वाले कहाँ बचे? सब एक से एक औसत। औसतों के बीच अपने निरन्तर औसत होते जाने की प्रतिद्वन्द्विता में बेजोड़। वेणु आखिर कितने मोर्चों पर लड़ता। आधी जान तो उसकी घरेलू मामले ही ले लिया करते। वह कहता भी तो किससे?? जाता भी तो किसके पास?

मैं समझता हूँ कि विदिशा उसके जीवन का सबसे मनोरम काल था। वहाँ उसे प्यार करने वाले तमाम तरह के लोग थे। कुछेक हैरत से देखने वाले भी। पर दुश्मन तो एक भी नहीं। कारण यह कि विदिशा की आबोहवा में नागार्जुन-भवानीप्रसाद मिश्र की गरिमा, शलभ श्रीरामसिंह का अराजक तेज, माहेश्वर तिवारी के रेशमी गीतों कीं झंकार खुद विजय बहादुर सिंह के विवादास्पद अध्यापक की ढेर सारी फितरतें एक साथ पहले से मौजूद थीं। क्या गायक, क्या वादक, क्या कवि-पत्रकार, वकील और डॉक्टर या फिर उस अति पुरातन शहर की ऐतिहासिक बावड़ियों से निकलने की उमंग से भरे नौजवान—सब ने अपना एक और अघोषित विदिशा रच लिया था। वेणुगोपाल हों या शलभ सब इसी लोक के शब्द—देवता थे।

वेणु के चले जाने पर भोपाल का आहत होना स्वाभाविक है क्योंकि यहाँ भी उसे प्यार करने और बर्दाश्त करने वाले लोग थे ही, हैं भी, पर विदिशा तो अब भी ठीक हैदराबाद की तरह शोक में डूबा होगा। वह 'ठाकुर साहब' का घर जहाँ वेणु ने दूसरे विवाह के बाद आपात-शरण ली, फिर वीरा उसी घर में अपना विद्यार्थी-काल मनाती हुई दो सालों तक किराएदार रही। जैन महाविद्यालय के हिन्दी विभाग का वह छोटा-सा कक्ष जिसमें वे दोनों काल-क्रम में छात्र की तरह बैठते रहे। वह लोहांगीपुरा, दुर्गानगर, किले अन्दर की आबादी-सघन सड़कें। सबसे ज्यादा तो स्वर्णकार कालोनी का वह अड़तालीस नम्बर का मकान जहाँ अपना-अपना कमण्डल और चिमटा लेकर सब एक साथ आ जुटते थे। अब वे सारी जगहें उदास और निस्तेज हो उठी होंगी।

कहते हैं अपने किसी प्रिय के शोक में डूबे मन की स्मृतियाँ अधिक सघन और प्रखर हो उठती हैं। वेणु की प्रियता का राज क्या रहा होगा आखिर? उसका रूप-रंग तो कोई बहुत लुभावना था नहीं। आकर्षक भी नहीं कहा जा सकता। कपड़े-लत्ते भी उसके यों कि बस पहनना हो जाय। सिर के बाल आधे उठे आधे बिखरे हुए। चेहरा ताश के पत्ते सा चौकोर और रंग मटमैला। फिर भी उसकी आवाज में आकर्षण था जो शास्त्रीय गायकों की तरह बिल्कुल नाभि से निकल उसके चौड़े-मोटे होठों से जब फूटती तब दूसरों को खींच ही लिया करती। उसकी सोच में दम था जो हर बन्द दिमाग को खोलने का दम-खम दिखाती रहती थी। उसकी कल्पनाओं में उड़ान भरने की ताकत थी जो अपने साथ उन सबों को सुदूर आसमानों तक उड़ा ले जाया करती जिनके भीतर ऊँचाइयों को छूने और उनसे बातचीत करने का हौसला था। इसमें क्या शक कि वह सरापा कवि था और एकदम खरा।

याद है, उसकी एक बहुत ही जनप्रिय कविता थी जिसे वह आम श्रोताओं के

बीच सुनाया करता था। कविता में एक ट्रेन है, जो कहीं किसी खराबी की वजह से बीच रास्ते में फँस गयी है और दूसरा-तीसरा आदमी अपनी बोरियत काटता एक-दूसरे से पूछ रहा है कि इस ट्रेन को क्या हुआ। अन्ततः एक आदमी आगे आकर कहता है कि आलतू-फालतू सवाल पूछने से कहीं बेहतर है इंजन के पास चलें, मिल-जुलकर धक्का लगाएँ। यही आदमी कहता है—और कोयला मैं झोंक दूँगा।

यह बड़ी मोटी कल्पनाओं वाली कविता थी रूपकधर्मी। फिर भी लोगों को एजुकेट करती थी। इसमें यथार्थबोध तो था पर वह आलोचनात्मक यथार्थवाद नहीं जो कुल मिलाकर निन्दात्मक भर बचा था। लोकशक्तियों को जगाने का इसमें अपूर्व बल था। भले ही यह हिन्दी कविता का नववामवादी तेवर कहा जाय पर इसकी ध्वनियों में भारतेन्दु और मैथिलीशरण गुप्त की अनुगूँजों का अर्थ संगीत भी शामिल था। वह गहन लगाव और प्यार भी जिसके बगैर कोई सच्ची जनकविता सम्भव नहीं हो पाती।

वेणु की कल्पनाओं का ठाट भी एकदम ठेठ देसी था। विचारों का आक्रामक तेज लिए हुए होने पर भी उसके कथनों में ऐसी आत्मीय मिठास थी जो उसके पाठकों को उसके आशयों और निहितार्थों के करीब खींच लाया करती। तब वे पाठक मात्र नहीं उसके यात्रा-सहचर बन जाया करते थे।

मुझे आज भी वेणु की जो कविता बेहद प्रिय है वह कुछ यों शुरू होती है—'सफर पर निकल तो पड़े हो, मगर थैले में सामान क्या क्या रखा है'। पहला ही प्रश्न है कि अपना सूरज रखा है कि नहीं? वह नहीं जो सबके सिरों पर चमकता है। कविता में आगे एक बिम्ब खासतौर से आता है जिसे वेणु जैसे कवि ही आयोजित कर सकते थे—'और थोड़ा सा झाड़-झंखाड़ भी'। वेणु इस इमेज को लेकर बहुत असमंजस में रहा करता कि यह कहाँ से आ गयी। उसके दिल्ली वाले दोस्त सलाह देते—इस कविता को संग्रह में नहीं रखना, कमजोर है या फिर इस बिम्ब को निकालकर रखना। मैं बार-बार आग्रह करता और तर्क देता कि जरूर रखना, तुम्हारे दिल्ली वाले दोस्त क्या जानें कि जिन्दगी क्या होती है और उसका 'सफर' कैसे काटा जाता है। अन्तिम फैसले से पहले उसने मुझसे पूछा—'तुम्हें यह झाड़-झंखाड़ वाली इमेज क्यों इतनी जेनुइन लगती है?' अपनी सहज मेधा के सहारे मैंने कहा—'इसलिए कि यहीं, इसी इमेज में तुम्हारा 'व्यक्तित्व' अद्वितीय और विरल लगता है मुझे। तुम कोई छायावादी कवि तो नहीं, फिर पिछले खेवे के प्रगतिवादी भी नहीं। चिकने-चुपड़े जनवादी भी नहीं हो। तुम्हें जीवन की सच्ची हकीकतों की खबर भी है। यह भी कि बगैर रफ-टफ हुए न तो आत्मरक्षा की जा सकती है, न सफर पूरा किया जा सकता है। फिर तुम जिस नववाम के साथ हो, वह अभिजातों का चिकना-चुपड़ा लान तो है नहीं। इसमें तब झाड़-झंखाड़ भला क्यों नहीं होंगे और क्या मैं मान लूँ कि तुम और तुम्हारा जीवन-बोध ऐसा नहीं है? सब कुछ एकदम निर्विघ्न और साफ-सुथरा

है?' मेरे तर्कों को वह गौर से सुनता और सोचता। मैंने पाया कि संग्रह छपा तो कविता जस की तस वहाँ थी। उसने मेरे हाथ में संग्रह देते हुए फिर कहा–'दिल्ली वाले दोस्त कह रहे थे कि आखिर तुमने यह कविता शामिल कर ही दी।'–जैसे कि वह अभी आश्वस्त नहीं हो पाया था। उसे दिल्ली वालों पर बहुत भरोसा था। खासतौर से कवि मित्रों पर। फिर भी उसने महसूस किया कि कल्पना तो उसी की है, मैंने तो उसे रचा नहीं। आज कह सकता हूँ कि उसकी कविता जीवन की भाषा के बेहद करीब थी। इसलिए भरोसेमन्द भी वह रही। एकदम किसी भरोसेमन्द दोस्त की तरह। कारण? उसकी कविताएँ जानती थीं कि 'दिल्ली दिल्ली है और श्रीकाकुलम श्रीकाकुलम/और दोनों के बीच की दूरी/में/चलता हुआ मैं/गिर जाऊँ तो भी/...मर जाऊँ तो भी/वेणुगोपाल ही रहूँगा।' इसी कविता में कवि ने अपना यह स्टैण्ड भी दर्ज किया–

मक्कार हथेलियों
साहित्य की खो-खो मुझसे तो नहीं
खेली जायेगी...

या कि 'रात की जगह/दिन कह देने से तो/मेरा मकसद साफ नहीं होता।'

मेरी जिन्दगी से पहले कविवर भवानी मिश्र गये, फिर नागार्जुन, शलभ गया तो वसन्त पोतदार भी उठकर चला गया एक दिन। एक जो कटा-पिटा फिर भी जब-तब मोबाइल पर मुझे अपने सुख-दुख में शामिल करता रहता, जैसे-तैसे मेरे लिए किसी एहसास की तरह बच रहा था अब वो भी उठकर चला गया। विनय दुबे जैसे मित्रों के जाने के साल भर के बीच ही। इधर उसने नये सिरे से लिखना शुरू किया था। जीना भी। उधर मौत भी उसे तरह-तरह से घेरने में लगी थी। वह भला अपने धन्धे से बाज क्यों आती और वह उसे ले ही गयी आखिर।

सोचता हूँ तो वह रास्ते में मौत से कह जरूर रहा होगा–'क्यों आफत मोल ले रही हो मैं वेणुगोपाल हूँ।'

विजय बहादुर सिंह वरिष्ठ आलोचक और भवानीप्रसाद मिश्र तथा नन्द दुलारे बाजपेयी की ग्रन्थावली के सम्पादक हैं। वेणु के साथ उन्होंने लम्बा समय व्यतीत किया था। पाठक, वेणुगोपाल पर वीरेन डंगवाल का एक शोक लेख 'आज समाज' दिल्ली के 8 सितम्बर के अंक में पढ़ सकते हैं।

"हमारी पीढ़ी के तमाम कवियों को अपनी कविता की शुरुआती राहें टटोलने और अपना वैचारिक ढाँचा दुरुस्त करने-रखने में वेणुगोपाल की कविता से काफी रोशनी मिली है। वह एक साथ वैश्विक और साथ ही बेहद स्थानिक भी, कवि है जो शायद एक अच्छे कवि को होना चाहिए। 'चट्टानों का जलगीत' और 'पत्थरों में गोताखोरी' शृंखला की कविताएँ, कुछ मुक्तिबोधी भूगोल में मनुष्य के संघर्ष का बखान करती हैं जबकि 'प्रौक्सी' और 'देखना भी चाहूँ' शीर्षक लम्बी कविताएँ 'स्वतन्त्र' भारत के उस राजनीतिक पाखण्ड का, जिसने हर वस्तु-भाव और विचार का डुप्लीकेट तैयार कर दिया है।" –वीरेन डंगवाल

(पहल, सम्पादक–ज्ञानरंजन, जबलपुर में प्रकाशित।)

वह मिलीटरी का बूढ़ा घोड़ा : नागार्जुन

किसी की याद को दुहराना जब कि वह हमेशा-हमेशा के लिए जा चुका हो, एक ऐसी यातना से खुद को गुजारना है जिसकी लपटों की तेज आँच स्मृतिकार को बहुत कुछ झुलसा डालती है। याद शायद कभी किसी को ठण्डी भी लगे। घनानन्द और प्रसाद जैसे लोग हैं, पर उनका अस्तित्व भी झुलसने से कहाँ बच पाया है। अगर यह याद ठण्डी न होकर गरम भट्ठी के मानिन्द हो तब तो कहना ही क्या। जलकर क्षार-क्षार हो जाना पड़ता है। कुछ-कुछ आयुर्वेदिक शब्दावली में भस्म हो जाना। नागार्जुन की यादें हमें इसी ओर ले जाती हैं।

एक औघड़नुमा, बेडौल, बदरंग, लगभग अनाकर्षक, नाखून बढ़े, दाढ़ी बढ़ी और फैली हुई, पान खा-खाकर दाँत पीले मटमैले हुए। हथेलियों की नसें उभरीं और हल्के भूरे, नीम-कत्थई रंग के मोटे खादीवाले ढीले-ढीले कुरते और रंगीन पायजामों में एक औसत सा कद अपनी बेजान सी लगती काठी में खामोशी और मुखरता के न जाने कितने रहस्य लपेटे हुए कुछ-कुछ इस तरह जैसे कि किसी ग्राम देवता का थान हो। प्रेमचन्द के हल्कू, होरी, जुम्मन शेख या थोड़ा-बहुत अलगू चौधरी सा। नागार्जुन की याद से कितनी सारी चीजों की याद एक साथ जुड़ी हुई है।

प्रेमचन्द की एक कहानी 'मन्त्र' भी है। उसके नायक बूढ़े भगत सा, जिसके गम्भीर रूप से बीमार बेटे को ढेर सारी चिरौरी-बिनती के बाद भी अपनी दिनचर्या के पाबन्द डॉ. चड्ढा ने नहीं देखा और वह गुजर गया। उन्हीं डॉ. चड्ढा के इकलौते बेटे को साँप का मन्त्र जानने वाला वही बूढ़ा, जीवनदान देने के लिए आधी रात चोरी से भागा चला जा रहा है कि उसके लौटने से पहले कहीं उसकी बुढ़िया की नींद न खुल जाय और वह लड़ने-झगड़ने पर आमादा हो उठे। नागार्जुन की याद के साथ यह कहानी कुछ इस तरह पैबस्त है जैसे कि खुद तरौनी गाँव, ताल मखाने, आम, मछली, अमरूद, पपीते और ढेर सारे अचार और स्वाद से बढ़कर स्वाद।

पर उनकी जीभ अपने आप एक भरी-पूरी तृष्टि थी, अनेक रसों का खजाना लिए हुए। उन रसों के किंचित हेर-फेर से बिफरती और कोप बरसाती हुई। तृप्त होने पर भोले गँवई बच्चों सी दाँत चियार कर हँसती हुई।

आँखें तो वैसी नहीं बची थीं जैसी सौराठ के नेले में अपराजिता देवी को जीवन

संगिनी के रूप में ढूँढ़ती हुई रही होगीं पर उनका विज़न और रेंज कभी कम नहीं हुआ। नदी-नाले, सागर, पहाड़ और पठारों को लाँघती कभी किसी शिकारी बिलौटे सी तो कभी मिलिट्री के तेज घोड़े सी लगभग बेकाबू। जिसे ठीक से कद-काठी तक न मिली हो, वह अपने आपको मिलिट्री का (बूढ़ा ही सही) घोड़ा कहे तो उसके इस अन्दाज पर हैरत तो होती ही है। याद पड़ता है निराला ने अपनी भरी जवानी में खुद को 'बसन्त का अग्रदूत' कहा था। बुढ़ापे में सूखा हुआ झरना (स्नेह-निर्झर) और कलि की शर शय्या पर शरविद्ध पितामह भी। यह आत्मरति थी या आत्मबोध, कौन कहे। दिनकर भी बेहद खूबसूरत थे। ठीक ही कहा उन्होंने अपनी उर्वशी से कि वे 'अपने समय' के 'सूर्य' हैं। नागार्जुन के पास न ऐसा असाधारण और दैवी रूप था, न जीवन। वहाँ तो सब कुछ अति साधारण, लगभग तुच्छ सा हाड़तोड़ मेहनत कर कमाई गयी रोटियाँ और खण्ड-खण्ड होकर चूर-चूर सी पाई हुई नींद। नागार्जुन का उठना-बैठना, सोना-जगना देखकर रहस्यवादी सन्त कबीर की बरबस याद आ जाती है—'रमइया मोरी नींद नसानी हो!'

नागार्जुन की आँखों ने कभी भी वह नहीं देखा जिसे शास्त्रों के प्रेताचार्यों ने दिखाना चाहा। लोकरीतियों और कुप्रथाओं के चालू रंग-ढंग से बचती-बचाती वह उन ठिकानों तक पहुँचती रहीं, जहाँ उकस-मुकस बेचैनी, अस्त-व्यस्तता और हलचल थी। उनमें कुछ ऐसा घटता रहता था जिससे अति सम्भ्रान्त और कथित तौर पर मर्यादित जीवन की मक्कारियाँ उघड़ सकती थीं। वे अक्सर ऐसे असुरक्षित और खतरनाक इलाकों में पहुँच अपनी डफली, टुनटुनिया, और करताल बजाने ही लगतीं। अपनी खुरपी, हँसिया और गड़ासा तेज करने लगतीं। जिन्दगी भर जिसकी आदत मोर्चे पर डटकर मरने-मारने की रही हो वह क्या कोई ऐसा घोड़ा होगा जिसे सचमुच नीलाम किया जा सकता हो। अपने बुढ़ापे में आस-पास के चतुर ताँगेवालों को अपनी लपेट में लेते हुए उन्होंने तभी कहा होगा—भले ही तुम सब मेरी आँखों पर खुलूस बाँधो और कहते रहो कि सामने देख! बेटा सामने देख! फिर भी मैं तुम्हारी इन हिदायतों से बचकर निकल जाऊँगा। तुम कहोगे पार्टी और सरकार अपनी है, इसके बारे में चुप्पी साधो तो यह मुझसे नहीं होना। लेखक संगठन अपने ही प्रियजनों और साथियों ने खड़ा किया है। थोड़ा-बहुत चलता है अनदेखी करो, तो यह भी सम्भव नहीं—'चुप-चुप तो मौत है। पीप है कठौत है। खाँसो भी खुनको भी बमको भी। हमने तो रगड़ा है, इनको भी, उनको भी।'

यह वह आदमी है जिसे कोई तन्त्र खरीद नहीं सकता, कोई सौदागर बेच नहीं सकता। वह जिसकी कलम की नोक पर उसकी मरजी के बगैर मक्खी भी नहीं बैठ सकती। अपनी अलग धूनी रमाए, अलग चिमटा फटकारता। पार्टी बॉसेज को ललकारता और अपने समय के राजनीतिक दिग्गजों की ऐसी-तैसी करता 'ओं अष्टधातुओं के ईंटों के भट्ठे। ओ महामहिम महामहो, उल्लू के पट्ठे।'

इसके पास क्रोध का एक ऐसा स्पृहणीय रूप है जिसकी कामना कोई भी अन्याय पीड़ित किन्तु सचेत और जाग्रत समाज हमेशा करता आया है। आखिर आचार्य शुक्ल ने कुछ सोच-समझ कर ही कहा होगा—क्रोध एक सामाजिक सम्पत्ति है। नागार्जुन इसके महासागर थे। अपने को अगर वे नव-दुर्वासा कहते रहे तो शायद इसीलिए।

फिर भी उनके इस स्थायी भाव के आगे-पीछे, अगल-बगल बहुत कुछ तरल, कोमल, स्निग्ध और मृदुल है। अमल-धवल गिरि शिखरों से लेकर, वत्सला मादा सुअर तक, जो अपने बारह-बारह छौनों को दूध पिलाती, गंगा की चमकीली रेती पर लेटी हुई है। कथित और जुगाड़जीवी प्रतिभाधरों की रेंज से भला इस निगाह का क्या मुकाबला। इस निगाह में केवल देखने की ताब न थी, आँख मिलाने का साहस ही नहीं, दुस्साहस भी था। एक ऐसा दुस्साहस जो नंगा और निष्कवच था। बेटे पढ़-लिखकर ऊँची नौकरियों में चले जायें, बेटियाँ ऊँचे घरों में, इसके लिए किसिम-किसिम के समझौतों की चतुर परिभाषाएँ और कुतर्क। नागार्जुन ने यह स्वीकार कर लिया था कि वे लायक बाप नहीं हैं। इस पीड़ा को कभी-कभी वेदना बनकर उभरते भी देखा है देखने वालों ने। यही वेदना उन्हें ताकत भी पहुँचाती रही और जिद की हद तक जिद्दी भी बनाये रही। जिद्दी तो जैसा चाहिए था, जितना चाहिए था, उसकी हद को पार कर वे थे। गाँधी का प्रसंग होता तो मैं इसे सत्याग्रह कह डालता। पर यह नागार्जुन का सन्दर्भ है। वे सच को कुछ इस तरह पकड़ते थे जैसे बच्चे कभी-कभी चिमटे से चींटे को पकड़ा करते हैं। या फिर उस डॉक्टर की तरह जो आपरेशन थिएटर में चाकू पकड़ता है और जहाँ तक चीरना-फारना हो, चीर-फाड़ कर डालता है। लोगों ने घेरा—'आपने उन्हीं इन्दिरा गाँधी के हाथ से उत्तर प्रदेश का पुरस्कार ले लिया जिन्होंने आपको जेल में डाला था। आपने उन्हीं के खिलाफ तो नुक्कड़ कविताएँ लिखी थीं?' उधर से जवाब आया बूमरंग की तरह, 'वह मुझे नहीं मेरी गालियों को दिया गया पुरस्कार था। मेरी गालियाँ फिर भी इससे कम नहीं होंगीं' × × × 'फिर भ्रष्टाचार की वैतरणी यहाँ से वहाँ तक जब बह रही है, मैंने भी एक डुबकी अगर लगा ली तो क्या? तुम देखो कि मैं बदला या वही नागार्जुन हूँ।' पर कहाँ बदले नागार्जुन। जिन ठोस धातुओं से उनके व्यक्तित्व की संघटना हुई थी, उनमें से एक भी ऐसी नहीं थी जिसमें निन्दनीय विगलनशीलता हो। कबीरदास की काली कामरी की तरह था उनका अस्तित्व जिस पर दूसरा रंग कभी चढ़ नहीं पाया। ऐसा तप-तपा कर रचा गया था उनका अपराजेय अस्तित्व। इसकी रक्षा के अनेक गुर उन्होंने जान लिए थे और उनका प्रयोग किया करते थे।

मैंने देखा कि वे पटना में खगेन्द्र ठाकुर, जहरीखाल में वाचस्पति, दिल्ली में कर्णसिंह चौहान, सुधीश पचौरी, मैनेजर पाण्डे, कलकत्ता में अपने दर्जी मित्र या एकदम तरोताजा युवा कवि-पत्रकार पलाश विश्वास और विदिशा में मेरे यहाँ अपनी शर्तों पर ही अपना डेरा-डण्डा जमाते थे। सुरुचि, आत्मीयता, सहजता, उन्मुक्तता और

प्रतिबन्धमुक्त दिनचर्या का रंगारंग और विभोरकारी आस्वाद ही उन्हें इन जगहों और ठिकानों तक जब-तब खींच लाया करता था। रहने और जाने को तो वे कहाँ नहीं जाते और रहते थे पर उनका मन तो ऐसी ही जगहों पर रमता था जहाँ परिवारिक व्यवस्था का उत्पीड़क दबाव और स्थूल औपचारिकताओं के दुर्वह झमेले न हों।

कई परिवारों में उनको लेकर तीखी प्रतिक्रियाएँ थीं, पर ढेर सारे परिवारों में उनके इन्तजारों के गणेश भी उठाए-बिठाए जाते थे। कई एक परिवारों के दरवाजे उनके थपथपाने के बावजूद भी नहीं खुले। ये कौन लोग थे?

अपराजिता देवी उर्फ श्रीमती नागार्जुन यों तो सुन्दर ही रहीं पर नागार्जुन का मृदंग कभी रूप, कभी गन्ध, कभी स्पर्श तो कभी किसी रोमांचक स्वाद पर अपने आप बज ही उठा करता था। ठीक 'धिन धिन धा धमक धमक मेघ बजे' की शैली में। तब तो पंक भी हरिचन्दन हो उठता था। वे शायद ही खुद को रोक पाने में कामयाब रह पाये हों कभी। आवेग उनकी ऊर्जा का सौन्दर्य था। तरल आवेग, कुछ-कुछ गाढ़ा किन्तु हर क्षण प्रवहनशील। उठने-बैठने की जगहों से लेकर आस-पास आते-जाते किशोर-किशोरियों और ताजे प्रसन्न कवियों के प्रति उनकी ललक इतनी तीव्र थी कि उसे रोकना मुश्किल। और आत्म-संयम भी ऐसा लाजवाब कि आदमी सामने बैठा रहे, तली हुई मछली प्लेट में परोस दी गयी हो, कोई प्रिय मिष्ठान्न या खीर सामने कटोरी में रखी हुई पर नागार्जुन ऐसे जैसे चित्रलेखा के भूतपूर्व प्रेमी सामन्त बीजगुप्त हों। नहीं देखना तो फिर नहीं ही देखना। भावों को कुछ इस तरह सहेजे रखना जैसे कोई जौहरी अपने हीरे-जवाहरात सहेजे रखता हो। कठिन आत्मसंयम में बँधा हुआ, किन्तु किन्हीं अवसरों पर फेनिल झरने-सा इस खड्ड से उस चट्टानी पठार तक खुलकर ठहाके मारता सरपट दौड़ता।

एकदम भोक्ता पुरुष की तरह। उनमें यह मर्दानगी खूब थी। वे कहीं से भी कुण्ठित आदमी नहीं थे। इसलिए उनमें छद्म भी नहीं था। रहा भी हो तो कभी मेरी पकड़ में नहीं आया। प्रौढ़ कुमारियाँ अपने आँसुओं का सैलाब लिए उनकी गोद में आ पड़तीं जैसे कि वे उनके पिता हों। धीरे-धीरे उनकी थपकियों से आश्वस्त और ऊर्जस्वित हो, फिर उसी कुम्भीपाकी संघर्ष में कूद पड़तीं। एकदम मुस्करातीं, हँसती-हँसातीं घिनौनी और कामातुर कथित भद्रता की जहरीली गलियों से होकर अन्ततः विज्ञापन तो सेक्योर कर ही लातीं। याद है न वो 'विज्ञापन सुन्दरी' कविता। ऐसी सुन्दरियाँ इस औघड़ को खूब पहचानती थीं। इसकी वत्सलता की गहराई का एहसास उन्हें था। उस बस ड्राइवर की बेटी को भी जिसने अपने पिता की सीट के ठीक सामने गुलाबी चूड़ियाँ टाँग रखी थीं। पर इन सबसे अधिक कहीं उस उगनी (उग्रतारा) में था जिसने अपने वैधव्य की छाती पर पाँव रख जीवन को सौभाग्य (सुहाग-मंडित) में बदल डालने का संकल्प ले लिया था। जीवन श्रेष्ठतर है या शास्त्र, इसे महाभारतकार ने 'नाहि मानुषात् श्रेष्ठतरं...' लिखकर कह ही डाला है।

'प्रलय की छाया' में प्रसाद की रानी कमला की चेतना इसी कथन के अनहद नाद सी प्रतिध्वनित है—'जीवन सौभाग्य है, जीवन अलभ्य है, इसे छिन्न करने का किसे अधिकार है?' इधर आये स्त्री-केन्द्रित उपन्यासों—'मुझे चाँद चाहिए', 'इदन्न मम' 'आवाँ' आदि में यह चेतना अत्यन्त उग्र रूप में बलवती होकर उभरी है। मैत्रेयी पुष्पा की मन्दा को देखते हैं तो हम पुरुषों की आँखें फटी की फटी रह जाती हैं। 'मन्दा' सोचती है...'किस स्त्री देह में भूख नहीं रहती? विधवा होने पर क्या सूख जाते हैं स्रोत...?' इसका कोई उत्तर है किसी के पास? या भारत की स्त्री, राष्ट्रकवि की दया और महाप्राण की करुणा का बल लेकर जिए? नागार्जुन ने इन लेखिकाओं के लगभग तीस-पैंतीस बरस पहले यह दर्ज कर दिया कि हाँ, स्त्री देह और मन भी उतने ही अधिकारी हैं जितने कि पुरुष के देह और मन। फिर भी वे तड़पा करते थे लेकिन क्यों? उन्हें पुरुष होने की पीड़ा परेशान किये रहती थी और वे बार-बार मुझे पुकार कर कहा करते—'विजय बाबू! पाँच साल के लिए मैं स्त्री होना चाहता हूँ। अगर इस जनम में सम्भव नहीं हो सका तो चाहता हूँ कि मेरा अगला जनम स्त्री का हो।' मैं उनसे न जाने क्यों कभी नहीं कह पाया—'रतिनाथ! आज भी तुम वही के वही रहे। भूल ही नहीं पाये अपनी चाची का दर्द। इस उम्र में भी अपने बाप पंडित गोकुल मिसिर को माफ नहीं कर पाये?' पर रतिनाथ इस मायने में बेहद कठोर हो चुके थे और उनके इस मन को बदल पाना सबके बूते के बाहर था।

राहुलजी को याद करते-करते वे उन पर न्यौछावर हो उठते—'कमला उनकी स्टेनो ही तो थीं, पर एक बार उन्हें अपनी अंकशायिनी बना लेने के बाद राहुलजी ने उन्हें वही सम्मान और अधिकार दिया जो किसी भी सहधर्मिणी जीवनसंगिनी को मिलना चाहिए।' कहते-कहते नागार्जुन की घुच्ची आँखों में अजीब तरह की उजास फैल जाती। यह उजास अगर भारती, राकेश और कमलेश्वर ने देखी हो तो देखी हो...मालूम नहीं। न मैंने कभी अपने आदरणीय कमलेश्वर (जी) से पूछा, न उन्होंने मुझे कभी बिठाकर तफसील से यह बताने योग्य ही माना। इलाहाबाद वाले नागार्जुन या तो कमलेश्वर के पास हैं या फिर मार्कण्डेय के पास। थोड़े-बहुत अश्क, भैरव प्रसाद गुप्त आदि के पास। जब-तब आने-जाने वाले 'वयस्क सहृदय शिरोमणि रामविलास शर्मा की झोली में।'

कोमल और कठोर, रौद्र और मृदुल, तिक्त और मधुर का ऐसा जबर्दस्त परिपाक कि तुलसी की यह पंक्ति ही बयान कर पाये—'देखत तव रचना विचित्र अति समुझि मनहिं मन रहिए।' ऐसी विलक्षण रचना जो आदरणीय-फादरणीय होकर भी आदर और श्रद्धावाद की ऐसी-तैसी कर डालने पर हर पल तुली रहे। इतनी नयी, इतनी नयी कि नयी-से नयी प्रतिभाएँ भी भौचक रह जायें और इतनी सीझी और पकी हुई हो कि पुरानी से पुरानी के भी कान काटे। टिकाऊ और दमदार। आप चाहें तो साहित्य की परम्परागत बखरी में बँड़ेर की जगह उपयोग करें। 'अमल धवल गिरि

के शिखरों वाले नागार्जुन को कालिदास से दो-दो हाथ करते हुए देखना आसान नहीं था। कवि कुलगुरु को इस तरह कटघरे में खड़ा कर पूछना—'सच-सच बतलाना?' यह कवि कुलगुरु का अपमान और सम्मान करने जैसा वाकया नहीं था, उस 'काव्य-सत्य' का निपटारा करने जैसा प्रकरण था जो सृजनमूलक सृष्टियों का हमेशा से अन्तर्निहित तत्त्व रहा है। 'कवित-विवेक' से भी ये सृष्टियाँ जब-कभी रची जाती रही हैं। केशवदास जैसे कवि इसके चरम उदाहरण हैं। केशव ही क्यों, बिहारी की ऊहात्मक कल्पनाएँ भी। कल्पनातिरेक से भी सौन्दर्य की जादुई सृष्टि की जा सकती है। ऐय्यारी आखिर है क्या? अनुभवों के श्मशान में तर्कातीत कल्पनाओं के नग्न नृत्य की भी एक धारा रही है हमेशा। उत्तर छायावाद के हालावाद और मधुशालावाद में इसकी हल्की सी झलक पाई जा सकती है। समूचे राष्ट्रीय आन्दोलन के समय-सत्य के बीच चिकने-चुपड़े संघर्ष विमुख काव्य-रसिकों ने इसे अपने सांस्कृतिक मनोरंजन का एक जरिया ही बना लिया। यही वह कथित सहृदय-वर्ग है जो बीसवीं सदी को बुढ़ापे में भड़ैती वाले कवि-सम्मेलनों का ग्राहक और नियन्ता है। जीवन-संघर्ष से उपजी गम्भीर संवेदनाओं से विरत होकर यही वर्ग आज इक्कीसवीं सदी के विश्व-बाजार का उपभोक्ता है। आयातित आधुनिकता और उत्तर आधुनिकता का झण्डाबरदार। ये विचार इसके कितने अनुकूल पड़ते हैं अगर इसकी जाँच में उतरा जाय तो जो निष्कर्ष हाथ लगेंगे वे बेहद तकलीफदेह होंगे। इक्कीसवीं सदी के उपभोक्ताओं के क्रिया-कलापों का अनुमान ही हमें थरथरा कर रख देता है। उदय प्रकाश की लम्बी कहानी 'पाल गोमरा का स्कूटर' एक दृष्टान्त भर है पर अलका सरावगी के उपन्यास 'कलिकथा : वाया बाइपास' में किशोर बाबू के बेटे ने अपनी नयी फ्रीडम फोर्ड गाड़ी के सन्दर्भ में जैसी आक्रामक और मूल्यभ्रंशी बहस अपने पिता से शुरू की है वह हमें जिस मनुष्यता की ओर ले जायेगी उसमें या तो बाजार-तन्त्र बचेगा या फिर पागल और आत्महत्यारे। सम्भव है किशोर बाबू और अमोलक जैसे इक्के-दुक्के सिरफिरे नमूने बच भी जायें सड़कों पर एकालाप करते हुए। नागार्जुन जैसा कि मैंने पहले कहा जिद की हद तक जाकर कह उठते हैं—जब तक मेरे पड़ोस की बच्ची खिलखिला रही है, बादल उमड़-घुमड़ रहे हैं, कोकिल कूक रही है और ठूँठ पैडलों पर पसीना गारने वाले और फटी बिवाइयों वाला वामनावतार रिक्शेवान जिन्दा है कविता और संवेदना की मृत्यु नहीं हो सकती। वे काल-बोध के मामले में साहित्य की उस सनातन धारा के साथ हैं जो काल की विभिन्न गतियों और मुद्राओं के परिवर्तमान रूपों और रंगों को स्वीकार करती हुई यह भी मानती है कि पृथ्वी की दोनों गतियाँ सत्य हैं। काल का वह चेहरा भी सच है जो विष्णु के चक्र की तरह निरन्तर घूम रहा है पर वह भी सच है जो दिन-भर की कठिन धूप और गहरी छाँह से गुजरता हुआ कुछ ऐसे भी अनुभवों से होकर गुजरता है जिन्हें अंगीकार किये बगैर स्वयं काल भी अप्रासंगिक हो उठेगा। जीवनानुभूति से विच्छिन्न काव्यानुभूति

बेमानी है। नागार्जुन का समस्त शब्द-पौरुष इसकी असाधारण उद्घोषणा ही नहीं गवाही भी है। इसलिए कइयों को वे जहाँ-तहाँ अन्तर्विरोधग्रस्त व्यक्ति लगते हैं। भटके हुए शब्द—मुसाफिर। नागार्जुन ने इसके लिए ठेठ मार्क्सवादी मुहावरा अपनी एक कविता में बेहद आत्म-व्यंग्यात्मक तेवर में प्रयुक्त किया है—'डेविएशन'। सम्पूर्ण क्रान्ति का आन्दोलन हो या फिर 'परमान' नदी के किनारे चमकता 'शरद का बाल रवि'—उनका आस्तिक उनके नास्तिक को पछाड़ ही डालता है। अपने दबे-छिपे चोर संवेदनों पर ऐसी चौकस निगाह।

मैंने देखा वे बार-बार साँची के बुद्ध विहार जाना चाहते हैं। नागपुर के नव बौद्धों के ख्यात मठ-दीक्षाभूमि-वाले भन्ते आनन्द कौसल्यायन के पास बैठ पिछले जीवन की यादों को दुहराना चाहते हैं। साँची के विश्वविख्यात स्तूपों को निहार कर लौटते हुए मन्दिर में बुद्ध-प्रतिमा के सामने अपने पूर्व भिक्षुत्व का स्मरण करना अनिवार्य मानते हैं। श्रीमद्भागवत, रामायण, महाभारत आदि ग्रन्थों की रहस्यात्मक गुत्थियों पर किसी प्रखर समानधर्मा से संवाद करते हुए परम्परा के तल तक उतर जाना चाहते हैं वामपंथ और जनवाद के कठमुल्लों को चिढ़ाने के लिए हाथ में तुलसी या चन्दन की सुमिरिनी लिए टहलते-घूमते रहना चाहते हैं। लेकिन क्यों? इसलिए कि उनका मार्क्सवाद परम्परा के अन्धकारवाद और रूस या चीन की बौद्धिक बैसाखियों पर टिका हुआ नहीं था। स्थानीय समस्याओं की चुनौतियों के बीच वे उसकी ताकत और ऊर्जा की कठिन परीक्षा के आग्रही थे। छोटे-छोटे किन्तु गम्भीर सवालों की तह में छिपे संघर्षों से बचकर बगैर लहूलुहान हुए जो लोग जन-संघर्षों की पेशेवरी और लफ्फाजी करना चाहते थे, नागार्जुन की रचनात्मक सोच और सक्रियता उनकी कलई खोल देती थी। विश्वविद्यालयीन आचार्यगण, आला और मध्यम कोटि के अफसर, पत्रकार और राजनीतिक कार्यकर्ता--सब पर उनकी निगाह थी। सृंजय ने तो 'कामरेड का कोट' बहुत बाद (अभी हाल) में लिखा। नागार्जुन इस सत्य से बरसों पहले परिचित हो चुके थे।

स्थानीय-जनसंघर्षों से आँख चुरा और मुँह छिपाकर निकल जाने वाला मार्क्सवाद उन्हें किसी भी स्थिति में मंजूर नहीं था। इसके लिए चाहे कविता को पोस्टर में ही क्यों न रिड्यूस करना पड़े। सामाजिक आपदा के समय शब्द की चिकनाईवाला शिल्प नहीं, खुरदरी चुभनवाला अर्थ ही नैतिक है। विडम्बना तो यह कि नागार्जुन इसे मानें और करें तो यह काव्याभास और मुक्तिबोध कहें तो आप्त-वचन। 'पोस्टर ही कविता है' यह नागार्जुन ने' किया, किन्तु कहा तो मुक्तिबोध ने है। फिर गाँधी और तिलक की सी कैसी जोड़ी। मधुलिमये ने दोनों की तुलना करते हुए लिखा है—'जहाँ तिलक आदि उग्रपन्थी लोग कानून की सीमा में रहकर, उसका जान-बूझकर उल्लंघन न करते हुए, जन-जागरण और लोक-संगठन का काम निर्भयतापूर्वक करते थे, उसके विपरीत गाँधीजी यह कहते थे कि जो कानून अन्याय और जुल्म पर

आधारित है, उसका जान-बूझकर और खुलकर उल्लंघन करना चाहिए और उसके लिए जो भी देहदण्ड दिया जाय उसे स्वेच्छा और अनुशासित ढंग से हमें भोग लेना चाहिए। नागार्जुन ने यह साहित्यिक दण्ड काफी दिनों तक भोगा। फिर भी वे कवित्त विवेकवादियों के सामने कभी नहीं झुके। न ही घुटने टेके। यह दीगर बात है कि उन्होंने कुछ ऐसा भी लिखकर दिखा दिया जो कई काव्यवादियों के बूते के बाहर आज भी है। निराला के बाद वे अकेले बड़े कवि हैं जिनकी संवेदना का ओर-छोर इतना व्यापक और शब्द-संगीत इतना गति और उत्तालमय है। छन्दों की ऐसी विविधता, काव्य-संगीत का ऐसा लोक मनोहारी रूप और अनदेखी, अनछुई अनुभूतियों और संवेदनाओं का ऐसा अनोखा और विराट समारोह—जिससे गुजरते हुए हम इतिहास, पुराण, धर्म दर्शन और संस्कृति की अन्तर्ध्वनियों का एहसास तो करते ही हैं, अपने समय की राजनीति और समाज के उन मोहपाशों से भी रूबरू होते हैं जिन्होंने हमारे 'काल' को तरह-तरह से जकड़ रखा है। नागार्जुन की काव्य-चेतना इसमें संजीवनी का काम करती है। वे त्रासवादी रचनाकार नहीं हैं। उनके संघर्ष में विकट जिजीविषा का आत्मविभोरकारी उल्लास है। क्योंकि वे काल के गतिमान चक्र के विश्वासी हैं। भूत और वर्तमान की गतियों से आगे भी कर्म-फल है जो प्रत्येक काल की मनुष्यता अपने चरम पौरुष के बल पर कमाती आयी है। इसलिए उनकी रचना में मध्यवर्गीय काव्य-रुदन कहीं नहीं है। यही उनकी लोकनिष्ठा का सबसे बड़ा प्रमाण है। वे उसे उसके मन-प्राण तक जानते हैं। मंचीय कवि सम्मेलनों में उन्हें चुटकी बजाकर 'तीन दिन तीन रात' या 'बाकी बच गया अण्डा' को द्रुत शैली में पेश करते देख मैंने जब अपनी प्रतिकूल प्रतिक्रिया की तो उनका जवाब था—'जनता अगर चाहे तो चूतड़ खोलकर भी मैं नाचूँगा/वही तो जनार्दन है।' मैं उनके चेहरे पर उभर आये आवेग और आवेश को देखता ही रह गया। माथे पर खिंची लकीरों की कोमलता की जगह तब कैसी कठिन दृढ़ता और वक्रता खेलने लगी थी। आधुनिक हिन्दी के इस दुर्वासा का यह रूप मुझे आज भी नहीं भूला।

उनका यह दुर्वासापन क्या गलत था? राजनीति और साहित्य की दलाली और पण्डागिरी करनेवालों को देखते-देखते वे इतने क्षुब्ध हो चुके थे कि ऐसों से दूर रहकर ही उनका सन्तुलन बना रह सका था। वे मुझसे कहा करते—'हर महारथी को अपना अखाड़ा बदलते रहना चाहिए, कभी-कभी तो ठीक कृष्ण की शैली में। देखो न, वो मथुरा छोड़ द्वारिका चले गये। इसे पलायन नहीं कहते। रणनीति कहते हैं।' अपने समय के जाने-माने साहित्य प्रतिष्ठानों और महारथियों (?) से निपटने के लिए ही कहीं वे प्रायः विदिशा और जहरीखाल को अपनी द्वारिकापुरी बनाते रहते। जनवादी लेखक संघ के सपने में उनकी भूमिका भी कहीं रही होगी पर पार्टी बॉसेज को उनकी रहनुमाई कैसे रास आती। वे तो 'यस-मैन' की तलाश में तब भी थे। अब तो यह सिद्धान्त सा जैसे बन चुका है। तब नागार्जुन ने किनारा कस लिया।

शलभ और मेरे बहुत अनुनय-विनय के बाद वे सबसे पहली बार विदिशा की जिला इकाई में आने को तैयार हुए। धीरे-धीरे नरम पड़े तो बनारस (वाराणसी) वाले राष्ट्रीय सम्मेलन में प्रमुख अतिथि के रूप में आग्रहपूर्वक आमन्त्रित किये गये। उन्हें लाने और सँभालने के लिए मुझे ही हर वक्त तैयार रहना पड़ा। फिर भी वे छले ही गये। उन्हें शो-पीस के रूप में रखना ही संगठन के लिए सबसे सुरक्षित जान पड़ा। उनकी उपस्थिति से जैसी लपटों की आशंका और सम्भावना कर्ताधर्ता जनों को थी, अभिव्यक्ति का खतरा उठाने का दम भरने वाले लोगों में वह दम बचा ही कहाँ था कि उनकी आँच सह सकें। वे सब लफ्फाज और साहित्य की राजनीति करने वाले लोग थे और नागार्जुन उनके लिए अराजक और संदिग्ध किस्म के प्राणी।

न जाने क्यों उन्हें नेहरू नहीं, लोहिया प्रिय थे। लोहिया भी उन्हीं की तरह कभी नीलामी पर चढ़ाये नहीं जा सके। वे भी तो आखिर मिलिट्री के बूढ़े घोड़े ही थे। कोई भी चतुर ताँगावाला तब कहाँ चढ़ा पाया उनकी आँखों पर पट्टी और कहने की हिमाकत जुटा सका—'सामने देख! बेटा सामने देख।' लोहिया और नागार्जुन दोनों ही अगल-बगल आगे-पीछे चौतरफा देखते रहे क्योंकि इतिहास और जीवन का सत्य चौतरफा फैला बिखरा पड़ा था।

नेहरू और उनकी बेटी इन्दिरा हमेशा उनकी हिट लिस्ट में रहे पर लोहिया, लाल बहादुरशास्त्री, शैलेन्द्र राजकमल चौधरी उनकी बेहद प्रिय सूची में। प्रसाद-निराला उनकी गहरी आस्था के केन्द्र थे। राष्ट्र कवि गुप्तजी तभी तो उन्हें जहर को मटको कहा करते। इसके जवाब में कवि नागार्जुन उनको लेकर क्या ख़याल रखते थे... अब आप समझ ही जाइए...।

सच तो यह है कि वे इतने भरोसे के आदमी थे कि उन पर भरोसा करके भी भरोसा नहीं किया जा सकता था। वे कब क्या महसूस करने लग जायेंगे, कब क्या बोलने लग जायेंगे, कब दुर्वासा की तरह कुपित हो उठेंगे और कब स्नेहिल मेघ की तरह फुहारें बरसाने लगेंगे, इसे वही, सिर्फ वही जानते थे।

(कथा, सम्पादक—मार्कण्डेय, इलाहाबाद में प्रकाशित।)

महँगाई के टैंक कौन तोड़ेगा

इस बार मेरे निमन्त्रण पर ही वे विदिशा आये थे। दूसरे या तीसरे दिन मैं उन्हें अनुरोधपूर्वक अपने छात्रों के बीच ले गया था। विदिशा के रसिक समाज और अध्यापकों के बीच उनका परिचय नहीं के बराबर था। कवि क्या होता है, कैसे कविताएँ लिखता है, किस तरह आम सभ्य समाज और मध्यवर्ग के औसत लोगों के बीच उठता-बैठता, चलता-फिरता है। इसकी एक झलक मैं उन्हें दिखाना चाहता था। जबकि उसके पैमाने तब बच्चन या नीरज जैसे कवि थे। यहाँ तक कि भवानीप्रसाद मिश्र या माखनलाल चतुर्वेदी भी नहीं। आम समाज तो ज्यादातर ऐसे ही कवियों से परिचित होता है जो कवि सम्मेलनों के मंचों पर आते-जाते हैं या पाठ्यक्रमों में पढ़े और पढ़ाए जाते हैं। नागार्जुन जैसे कवि बहुत कम लोगों को आकृष्ट कर पाते हैं क्योंकि पहले से ही कठिन चुनौती क़े रूप में पेश रहते हैं, जिनसे पढ़ने वालों की परीक्षाओं का रिश्ता, उनका अपने पास या फेल होने से जुड़ा रहता है। इसलिए ज्यादातर कवियों, कहानीकारों को वे इम्तहान में आने-जाने वाला समझते हैं। पढ़ते-पढ़ते उन्हें कभी रस आया हो, वे स्वयं डूबे हों, ऐसा तो बहुत कम के साथ होता है। इसलिए वह लगाव जो अपनी किसी प्रिय चीज के प्रति होता है, नागार्जुन जैसे औघड़-फौगड़, अनगढ़ और किसानी चेहरे वाले कवि के प्रति भला क्या होता। फिर उनमें वह जाना-पहचाना छन्द-संगीत, कविता की तरल-कोमल पदावली, सपनों में डूबी कल्पना भी कहाँ थी। फिर भी अपने छात्रों को एक नये प्रकार का काव्य-स्वाद दिलवाने के लिए मैं उन्हें ले गया था। सोचा यही था कि वे अपनी चार-छह कविताएँ सुनाएँगे। खासतौर से व्यंग्य कविताएँ, कुछ गाँधी को लेकर लिखी गयी और कुछेक नेहरू-लालबहादुर शास्त्री आदि को लेकर तो छात्रों का प्रबोधन होगा। इस बहाने कविश्री को कुछ पैसे भी मिल जायेंगे।

कक्षा में ज्यादातर स्नातक प्रथम, द्वितीय और तृतीय वर्ष के छात्र थे। कुछेक मित्र प्राध्यापक भी। हिन्दी विभाग के साथी अध्यापक तो थे ही। मैंने प्रारम्भ में परिचय देने के ख्याल से कुछ कहा और बाकी सब उन्हीं पर छोड़ दिया, जैसा चाहें बोलें और जो चाहें पढ़ें। मुझे तब तक यह नहीं मालूम था कि वे जैन और बौद्ध युवा

मुनियों और भिक्खुओं के आचार्य भी कभी रह चुके हैं और छात्रों के बीच उनका आना-जाना कोई नया नहीं है।

नागार्जुन खड़े हुए तो जो पहला ही वाक्य कहा वह न तो औपचारिक और परिचित, न दिखावटी और नाटकीय। सीधे-सीधे मन की बात पर आ गये—'छात्रों के बीच आता हूँ तो उमर बढ़ जाती है।' यह ऐसा सीधा-सादा और गहरा वाक्य था कि एक और कवि की यह पंक्ति याद हो आयी—'और मन की बात बिल्कुल ठीक कह एकाध।' नागार्जुन ने अपनी बात यहीं से शुरू ही की। मैंने सोचा अब वे कुछ कविता या साहित्य के बारे में कहेंगे, उसके कुछेक गूढ़ रहस्यों को खोलेंगे, पर वे तो उस तरफ गये ही नहीं, सीधे उस वातावरण में चलते चले गये जो देश में उन दिनों व्याप्त था और एक कवि के रूप में उन्हें परेशान कर रहा था। कहने लगे—'पिछले दिनों जब मैं रूस गया तब पता लगा कि वहाँ लोगों का ख्याल है कि अपने यहाँ लोगों में अपने देश के प्रति कोई स्वाभिमान नहीं है। कहने को यह बहुत पुराना है। बड़े ऋषि-मुनि, सन्त-महात्मा, कवि, दार्शनिक वगैरह हुए हैं, तब भी यह दूसरों की तरफ देखता है और नकल करता है। वहाँ दिल्ली जाइए और फिर लौटकर विदिशा आइए तो पता चलेगा कितना फासला है। आस-पास के गाँवों में चले जाइए, आप में से तो कुछेक लोग गाँवों के ही होंगे, आपको यह फर्क साफ दिखता होगा। दिल्ली को देखिए और गाँवों को, या विदिशा जैसे छोटे किन्तु पुराने शहरों को तो लगेगा कि यह जो विकास किया जा रहा है, वह कैसा है।' वे थोड़ा रुके, फिर पूछने जैसा वाक्य रचते हुए कहा—'वो गाँवों में एक कुत्ता होता है न, उसके माथे पर कहीं-कहीं सफेद होता है, बाकी सारा शरीर काला-कलूटा। गाँव के लोग उसे चितकबरा कहते हैं। यह विकास भी कुछ वैसा ही है।'

इस बार उनकी आवाज में थोड़ी प्रबलता और तिखाई आ गयी—'जैसे कोढ़ी हो और चन्दन लगाकर चले।' अब कोढ़ी चन्दन भी लगा ले तो क्या। कोढ़ी तो कोढ़ी ही रहेगा। यही हाल अपने देश का चारों तरफ गरीबी, भुखमरी, ऊँच-नीच, हिन्दू-मुसलमानों के झगड़े और हमारे नेता लोगों के चेहरों पर शिकन तक नहीं। उनका रहन-सहन और उनका जीवन स्तर जैसा है, उसे देखकर क्या आपको लगता है कि वे हमारे अपने प्रतिनिधि हैं। फिर इतनी राजनीतिक पार्टियाँ क्यों? किसलिए? जिसको देखो, वही एक पार्टी बना रहा है, किसी को लोगों की भुखमरी और गरीबी से मतलब नहीं। राजनीतिक पार्टियों का इतना अधिक होना हमारी लपलपाहट का कारण है। सबको सच चाहिए लेकिन किसलिए?

उनके व्याख्यान का विषय एकदम से राजनीतिक या कहें सामाजिक-राजनीतिक हो चुका था। एक-दो बार पहले भी मैं उन्हें सुन चुका था पर इस तरह इतना खुल्लमखुल्ला वे राजनीतिक और राजनेताओं, समस्याओं से घिरे समाज पर बोलेंगे, मुझे जरा भी अनुमान नहीं था। पर वे शुरू हुए तो फिर बोलते ही चले गये—'यह

एक विडम्बनाओं वाला समाज है। विडम्बनाएँ ही विडम्बनाएँ। आपको इनका सामना करना है।' इतना कह चुकने के बाद बाबा साहित्य पर आये—'साहित्यकार कोई आसमान से नहीं टपकता, धरती से ही पैदा होता है। धरती पर ही रहता, चलता-फिरता है। इसलिए उसे किसी दूसरे लोक का प्राणी समझने की जरूरत नहीं।

वह भी इसी लोक का है। पर अपने यहाँ आजकल बहुत सारे लोग कुण्ठा और संत्रास पर कविताएँ लिख रहे हैं। वस्तुतः यह मध्यवर्ग की बीमारी है। सोचिए, अगर हमारे सैनिक संशयग्रस्त होते, कुण्ठित होते तो अभी जो पाकिस्तान से हमारा युद्ध हुआ, उसमें पैटन टैंक वे कैसे तोड़ते। मैं तो कहता हूँ ऐसे सारे स्वस्थ लोगों को जिन्हें कुण्ठा और संत्रास के चलते नींद न आती हो, फ्रंट पर भेज दो। उनका स्वास्थ्य सुधर जायेगा। (हँसी) मैं पूछता हूँ यह भी कोई बीमारी है। अगर है तो इसका इलाज भी यही है।

आप सब सोच रहे होंगे कवि होकर मैं कवियों के ही खिलाफ बोल रहा हूँ। ऐसी बात नहीं है। पर क्या यह साहित्य है। क्या उसे सिर्फ रोते-धोते रहना चाहिए? ऐसा भी नहीं कि मुझे नये या आने वाले साहित्यकारों से कोई ईर्ष्या या चिढ़ है। आने वाले साहित्यकार के सामने हम तो अपनी टोपी उतारकर उसकी अगवानी के लिए तैयार हैं। अपने आस-पास के नवयुवकों को स्नेह देकर मैं ताकत से भर उठता हूँ। उनकी सोच और भाषा की ताजगी मुझमें नयी उम्मीदें जगाती हैं। मैं स्फूर्ति से भर उठता हूँ।'

उनके इस बहने को देखकर मैं सोचने लग गया कि ये रुकेंगे भी या नहीं। या फिर कहाँ रुकेंगे। क्या जिन छात्रों को मैंने इनकी कविता सुनने के लिए इकट्ठा किया है वे आज निराश ही लौट जायेंगे। पर तभी अचानक उनके चेहरे पर एक और भाव आकर तैरने लगा—'अब मैं बूढ़ा हो चला हूँ न। बुढ़ापे में आदमी ज्यादा बोलता है। अपनी तो ठेंपी ही खुल जाती है और बड़ी मुश्किल से बन्द होती है। आप लोगों को देखकर मेरी भी ऊर्जा बढ़ जाती है। मैं जवान हो उठता हूँ। पर घबराइए नहीं। मैं आपको अपनी दो-चार कविताएँ भी जरूर सुनाऊँगा।'

छात्र सुबह सात बजे के आये हुए थे। ग्यारह बजे तक सुबह की आर्ट्स, कामर्स की कक्षाएँ समाप्त हो जाती हैं। दोपहर को विज्ञान संकाय के छात्र आते हैं। इस वक्त लगभग साढ़े ग्यारह हो रहे थे। दिसम्बर की गुनगुनी मुलायम दोपहर। उन्होंने बातें खत्म कर जो पहली कविता सुनाई और उसके बाद वह 'बाकी बच गया अण्डा' वाली थी। पर जिस एक कविता को उन्होंने हाल ही में लिखा था उसको सुनाते हुए उनका तेवर फिर तीखा और आक्रामक हो उठा—'पैटन टैंक उन्होंने तोड़े। महँगाई के टैंक कौन तोड़ेगा?' यह अब उनकी सबसे बड़ी चिन्ता और उनकी कविता के लिए सबसे बड़ा सवाल था। कविता की अगली पंक्तियों को पढ़ने से पहले वे रुके और छात्रों से जैसे गवाही सी दिलवाने लगे, 'अब अब्दुल हमीद जैसे सिपाहियों ने

अमरीकी पैटन टैंक तोड़कर हमारी सीमाओं की रक्षा कर दी। ये जो आपको दिल्ली, पटना, भोपाल में खादी का कुर्ता-धोती या पायजामा पहन देश की ठेकेदारी का दावा लिए घूम रहे हैं, इनका क्या फर्ज बनता है। ये अपना फर्ज निभा रहे हैं कि नहीं? आप लोग सोचो।' उनकी आवाज में काफी आवेग और क्षोभ भर चुका था। कविता आगे बढ़ रही थी—

सैबर जेट विमान गिराये उन हाथों ने
जातिवाद के सम्पाती की चोंच कौन झाड़ेगा?
डटे हुए हैं वे भौगोलिक सीमाओं पर
आर्थिक हित के छोरों की निगरानी कौन करेगा?
पड़ी पिटायी, ठमक गये बाहर के डाकू
लेकिन अंदर के दुष्टों को कौन यहाँ नाधेगा

सिंहवाहिनी तो दनुजों का रक्त पिएगी
धरती की प्यासी फसलों को पानी देगा कौन?
समर भूमि में सबके शोणित साथ बहे हैं
सुख की सर-गम की थिरकनें क्या
महलों को ही होगी सदा नसीब?

कविता तो आगे भी और है पर उसे उन्होंने पूरी नहीं सुनाई। उन्हें तो अपने तरुण साथियों की साहित्य सम्बन्धी मूर्च्छा छुड़ानी थी और उनकी चुनौतियों से रू-ब-रू कराना था। और वे यह बाकायदा कर चुके थे। कविता तो सन् पैंसठ की थी, सुना रहे थे वे सड़सठ के दिसम्बर में। उनकी अपनी उम्र थी छप्पन की पर गुस्सा जवानों का-सा और आवेग भी कुछ वैसा ही। अक्सर चुप्पा सा दिखने वाले नागार्जुन के भीतर यह तूफान मैंने हर वक्त भरा हुआ देखा।

सहर होने तक हर रंग में जलना

जरूरत से ज्यादा भावुकता को कविता में जगह देना और आम काव्य-रसिकों से काव्य-संवाद के लिए कवि सम्मेलनों में जाना हिन्दी की नयी और प्रयोगवादी बौद्धिक गुणोंवाली कवि टोली के बीच जिन दिनों दुर्गुण जैसा माना जाने लगा था, कवि भवानीप्रसाद मिश्र उसी दौर में सचमुच जरूरत से ज्यादा भावुक थे और कवि सम्मेलनों में तो जाया ही करते थे। ऐसे ही एक कवि-सम्मेलन में मैंने उन्हें पहली बार सुना था। पर वे न बच्चन की तरह लगे, न बलबीर सिंह 'रंग' या नीरज की तरह। बच्चन और नीरज की तरह गाकर तो खैर वे पढ़ते ही नहीं थे। फिर भी उनका पाठ सबसे अलग था। सबको अपनी-अपनी सत्ता का एहसास दिलाता और आत्मसजग करता। इस तरह एक सामूहिक पुकार-सी लगाता जिसमें सामाजिक नवनिर्माण के सपने तो थे ही, मानसिक गुलामियों की कई-कई परतों की चट्टानों की जड़ता को तोड़ने बाली आवाज भी थी। फिर भी उनकी आवाज इन चट्टानों की छाती पर खड़ी होकर श्रोताओं की चेतना के ध्वस्त हो चुके परिसरों में गूँज-गूँज उठती थी।

प्रख्यात व्यंग्य लेखक, जिन्होंने 'अन्धों का हाथी' जैसा सुविचारित नाटक भी हिन्दी के गद्य साहित्य को दिया, उन शरद जोशी का विदिशा आगमन प्रायः ही हुआ करता। शाम हम दोनों विदिशा की सड़कों पर चहलकदमी के लिए निकल पड़ते ही। ऐसी ही घटाओं से आच्छादित एक बरसाती शाम का आसमान जब-तब दो-एक बूँद चू-सा पड़ता, फिर अपनी अलसाई हुई पलकों को जैसे मूँद लेता। विदिशा सिविल लाइन की वह शान्त-सूनी सड़क। जोशी जी अपनी रौ में थे। निराला की महान प्रतिभा पर मुग्ध हो कहते चल रहे थे—निराला की प्रतिभा जबरदस्त है। एक बार वह अपने शिखर रचती है फिर उनसे हटकर नये सिरे से घाटी में पहुँच जाती है और फिर दुबारा उठ नये सिरे से दूसरा शिखर रचने लगती है। जबकि प्रेमचन्द और प्रसाद अपने-अपने शिखरों की ओर धीरे-धीरे क्रमिक रूप से बढ़ते हैं जैसे कि सेवासदन, रंगभूमि फिर गोदान या झरना, आँसू लहर, और फिर अचानक कामायनी जैसा विरल असाधारण काव्य। पर निराला का तो अपना अलग खेल है जिसे वे ही खेल सकते हैं। कहाँ मुक्त छन्द का बादल राग, जुही की कली, कहाँ गीतिका के छन्दोबद्ध गीत, कहाँ सरोज-स्मृति, राम की शक्ति पूजा, तुलसीदास और फिर

अचानक कुकुरमुत्ता। कहते-कहते वे नये सिरे से मेरी ओर पलटे 'यार! ये तुम्हारे भवानी भाई क्या करते हैं? इधर कवि-सम्मेलनों में दो-एक बार उनके साथ मेरा जाना भी हुआ। कविता पढ़ते-पढ़ते उनकी आँखें गीली हो उठती हैं और रोने लगते हैं। मेरी समझ में नहीं आता ऐसा कहीं वे अपने जमने के खयाल से तो नहीं करते? यह कहीं श्रोताओं को अपने पक्ष में कर लेने की उनकी कोई तरकीब तो नहीं है?

निराला वाली बात पर तो मैं उनसे सहमत था पर इस पर तो बिल्कुल नहीं। जिन लोगों ने भी भवानी भाई को नजदीक से देखा और जाना है, उन सबको पता है कि कवि के आँसू न नाटकीय हैं, न नकली। फूल की तरह टप-टप टपक पड़नेवाले उनके शब्दों की तरह आँसू भी उनकी भाव-टहनियों से टप-टप चू पड़नेवाले फूलों जैसे ही हैं। पर ये न तो लाचारी के हैं न किंकर्त्तव्यविमूढ़ता के। पौरुष शून्यता के तो कदापि नहीं। जिन लोगों ने 'राम की शक्ति पूजा' पढ़ी है उन्होंने राम को रोते हुए जरूर देखा होगा। विभीषण जैसे मित्रों के पूछने पर राम अपने इस रोने का कारण भी स्पष्ट करते हैं—'मित्रवर, विजय होगी न समर, यह नहीं रहा नर-वानर का राक्षस से रण, उतरीं पा महाशक्ति रावण से आमन्त्रण, अन्याय जिधर है, हैं उधर शक्ति। कहते छल-छल हो गये नयन। "राम के इस रुदन में कोई अभिनय नहीं बल्कि परिस्थितियों की विडम्बना और जटिलता थी।"

कवि भवानीप्रसाद मिश्र ने जिन परिस्थितियों में होश सँभाला था, पौरुष-सचेत हुए थे, वे भी कुछ कम जटिल और विडम्बनामय नहीं थीं। लड़ाइयाँ बहुरूपी और बहुकोणीय थीं। एक तरफ तो वह परम्परागत जड़ समाज व्यवस्था जिसे सामन्त, पुरोहित और साहूकार अपने कब्जे में किये हुए थे। दूसरी तरफ ब्रिटिश साम्राज्यवाद और तीसरी तरफ नये भारत के सामन्ती दिमागवाले भावी शासक। जनता के लोकतन्त्र की बागडोर जिनके इन्हीं सड़े-बुसे दिमागों के हवाले होनी थी। इन परिस्थितियों में कवि भवानीप्रसाद मिश्र की बेचैनियों का आलन देखते ही बनता था। जरा इन पंक्तियों पर गौर फरमाएँ—

तू जँचाता पुण्य उनको,
जो कि तेरे पाप हैं रे,
वर उन्हें घोषित किये चलता
कि जो अभिशाप हैं रे

तू बताता है कि तेरी यह
व्यवस्था है सनातन
चले आते हैं सदा से
राव रंक रिनी महाजन

तू उसे भुज-पाश बतलाता
गले को कस गयी जो
जो रगों में भिद गया है
जहर बन कर धरम है वह
शरम है जिसको पसीने की
तुम्हारा करम है वह।
और तू लट्टू है अपनी,
इस तरह की कीमिया पर।
हाय रे संसार सागर।

गुलामी के ऐसे ही दिनों में उसने अपना परिचय दर्ज किया—"सब मुझे क्षमा कर देना मैं कवि हूँ द्रष्टा हूँ पागल हूँ। मैं पीड़ा लेकर आया हूँ मैं बहुत दिनों का घायल हूँ। मेरी बोली का गर्व सदा ही से गरीब की वाणी है। मेरी स्याही का रूप सदा से ही आँखों का पानी है।" इन पंक्तियों तक पहुँचते-पहुँचते समझ पाना आसान हो उठता है कि आँखों के इस 'पानी' का दूसरा-तीसरा अर्थ क्या है।

निस्सन्देह ये 'आँसू' मध्यवर्ग की उस शहरी बौद्धिक कविता के नहीं थे जो यथार्थानुभवों से कहीं अधिक विचारधारा या फिर सामूहिक लोक जीवन से कहीं अधिक महत्त्वपूर्ण वैयक्तिक और विलक्षणतायुक्त जीवन को माने चल रही थी। कवि भवानीप्रसाद मिश्र ने इन दोनों से ही अलग अपनी राह बनायी।

यह देख आश्चर्य होता है कि कवि अपनी कई कविताओं में अपने लिए सगौरव 'पागल' शब्द का प्रयोग करता है। 'सन्नाटा' में तो खैर वह एक विशिष्ट चरित्र के रूप में हाजिर ही है, 'सतपुड़ा के जंगल' में घास, काश-पलाश को लेकर पागल जैसे बिम्ब आते हैं। जेल में लिखी गयी 'घर की याद' जैसी विरल-दुर्लभ कविता में बहन पागल, भाई पागल जैसे चित्र। उन्नीस सौ चौंतीस की लिखी 'कवि' शीर्षक कविता में उसकी ये पंक्तियाँ भी हैं—ओ मतवाली दुनिया मेरा पागलपन तू क्या पहचाने...हमने अपना जी दे डाला जीवन की परवाह नहीं की...मेरे दुख की दुनिया लम्बी-चौड़ी, कोई पुरा नहीं है। आदि आदि।"

कभी-कभी इस पागलपन के साथ मुझे निजी तौर पर निराला का वह बहुप्रचारित पागलपन भी याद हो उठता है और वे स्थितियाँ भी जिन में उन्होंने लगभग रोते-सिसकते हुए ये पंक्तियों लिखी होंगी—'दुख ही जीवन की कथा रही'। हिन्दी कविता का यह दुख प्रेमचन्द की कहानियों और उपन्यासों से जोड़कर देखने पर कुछ और ठीक से समझ में आयेगा।

कवि से प्रत्यक्ष मुलाकात तो मेरी उनहत्तर के आखिरी महीनों में हुई थी पर

निकटता सधने में एकाध साल तो लगा ही। मैं विदिशा के स्नातकोत्तर जैन कॉलेज में हिन्दी विभागाध्यक्ष था और महिलाश्रम वर्धा की उनकी एक पुरानी छात्रा श्रीमती केशर लड्ढा अपने भरे-पूरे सम्पन्न परिवार के साथ वहीं विदिशा में रह रही थीं। उस कला प्रेमी परिवार में पहले से ही मेरा आना-जाना था। ढेरों हिन्दी लेखक, गायक-वादक और नर्तक वहाँ ठहरा करते। श्रीमती केशर लड्ढा तो भवानी भाई की बेटी की ही तरह थीं। इसलिए वर्धा, नागपुर या भोपाल आते-जाते वे प्रायः आकर ठहरने लगे। पर यह भी सच है कि मेरी मुलाकात से पहले तो कभी भी नहीं। जब कभी वे आते, चाहे रात के आठ-नौ ही बजे हों, सन्देश आ जाता और देर रात तक उनसे ढेरों विषयों पर मेरी बातें होती रहतीं। कविताएँ सुनी-सुनायी जातीं।

कई-कई तरह के अनुभवों का लेन-देन होता। अन्ततः दस-साढ़े दस बजे वे खादी की लुंगी-बनियान या धोती-कुरते में मुझे विदा देने गेट तक आते। तभी एक बार मेरी निगाह उस अंग्रेजी जासूसी उपन्यास पर जा पड़ी जो उस वक्त उनके हाथ में था। मुझे कुछ अजीब-सा लगा और पूछ बैठा—"दादा! यह किताब...?" "हाँ इसे पढ़े बगैर तो नींद ही नहीं आयेगी और सो नहीं पाऊँगा? दिनभर के गम्भीर तनाव और उससे पैदा हुई थकान से नसों का चूरा सा बन जाता है। इसे पढ़ते हुए वे नये सिरे से उड़ान भरने लायक हो जाती हैं। और यह कहते हुए वे एक अर्थगर्भी मुस्कान में डूब गये।" तभी मेरी निगाह उनकी उँगलियों में फँसे सिगरेट के टुकड़े पर भी गयी जिसे वे एक-दो कश लेकर बुझा देते। लौटते हुए रास्ते भर सोचता रह गया कि आखिर इस आदमी ने चिन्ताओं के कितने सारे पहाड़ अपनी चेतना के सिर पर उठा रखे हैं कि सोने के लिए पहले नींद की गोली, दो-चार कश सिगरेट के, फिर जासूसी कथाएँ। फिर भी क्यों इसकी मुस्कान ठीक विषपायी नील कण्ठेश्वर जैसी है। अपनी एक कविता में उन्होंने इसे दर्ज भी किया—

मैं खतरों में जीता रहना चाहता हूँ
जरूरत पड़ने पर खतरों का जहर
बढ़कर पीता रहना चाहता हूँ

ये खतरे उसने बार-बार उठाये। उस पके हुए बुढ़ापे में भी जब आपातकाल लगाकर पूरे देश को कारागार में बदल दिया गया। कवि तब गाँधी शान्ति प्रतिष्ठान में था। प्रतिदिन इसके विरोध में तीन कविताएँ लिखकर 'त्रिकाल सन्ध्या' कर रहा था और समकालीनों को बता रहा था कि अभिव्यक्ति के खतरे उठाना किसे कहते हैं। इन्हीं दिनों उसने 'चार कौए उर्फ चार हौए' जैसी आक्रामक व्यंग्य कविता लिखी—'बहुत नहीं थे सिर्फ चार कौए थे काले...ये औगुनिए चार बड़े सरताज हो गये।' आदि-आदि। इसी दौरान एक दिन गाँधी शान्ति प्रतिष्ठान के सचिव का बुलावा आया। मिश्रजी कमरे में गये तो सचिव ने कहा—'पी.एम. हाउस से फोन

था। आपके बारे में पूछ रहे थे।' कवि ने सचिव की टेबुल पर रखे पेपर रोल में से एक टुकड़ा फाड़ा और लिखा–'आई रिज़ाइन। भवानीप्रसाद मिश्र।' सचिव ने सफाई दी–'बट आई डोन्ट मीन इट।' कवि ने प्रत्युत्तर में कहा–'ह्वॉट ऑफ दैट/ बट आई मीन इट।'

उनका यह तेवर जिन्दगी भर रहा। तब भी जब वे सन् बयालीस में नागपुर जेल में थे। तब भी जब आपातकाल के चलते सारा देश अँधेरे में था।

श्रीकान्त वर्मा, जो उन दिनों कांग्रेस के अहम् पदाधिकारियों में से तो थे ही एक हिन्दी के जाने-पहचाने कवि भी थे। उसी दौरान दूरदर्शन के लिए विनोबा भावे के जन्मदिन के उपलक्ष्य में एक कार्यक्रम बना रहे थे। कवि भवानीप्रसाद मिश्र के पास भी इसी सन्दर्भ में साक्षात्कार के लिए गये। कवि मिश्र विनोबा भावे और वर्धा-पवनार के बहुत करीब रहे थे। भूदान से भी उनका जुड़ाव था ही। श्रीकान्त जी की इस भेंटवार्ता का विवरण भी हम पाठकों को कुछ कम चकित नहीं करता–"दूरदर्शन की टीम लेकर मैं उनके निवास पर गया। मैंने उनसे कहा–'मैं आपका इन्टरव्यू लेने आया हूँ।' उन्होंने इसका कोई उत्तर नहीं दिया। मौन रहकर एक कागज पर लिखा, 'मैंने आजकल मौन साध रखा है।' मैंने भी एक कागज का पुरजा उठाया और लिखा, 'ढोंग की भी हद होती है।' उन्होंने उत्तर में लिखा–'यह ढोंग नहीं है, तुम्हारी इमर्जेंसी और सेशरशिप का विरोध है।'

मैंने तर्क किया–'मौन रहकर विरोध नहीं किया जा सकता।' उन्होंने फिर एक कागज पर लिखा–'मगर तुम लोग मौन ही तो चाहते हो। आखिरकार सेंशरशिप का क्या अर्थ हुआ? तो लो मैंने मौन साध लिया।' यह बातचीत थोड़ी और चली तो कवि ने अपना मौन तोड़ा और दो टूक शब्दों में कहा, 'मैं तुम्हारी सरकार का विरोधी हूँ, तुम्हारी इमर्जेंसी का विरोधी हूँ और तुम्हारे सेंशरशिप का विरोधी हूँ।'

पर इतने भर से उनके प्रतिरोध और गुस्से को नहीं समझा जा सकता। गुरुवत पूज्य विनोबा ने जब यह कहा कि इमर्जेंसी कोई अमरजेन्सी नहीं है, अनुशासन पर्व है तब विनोबा भक्त कवि भवानीप्रसाद मिश्र ने प्रत्यक्ष जाकर कहा–"इमर्जेंसी को अनुशासन पर्व कहकर आप ने हम सबका अपमान किया है। अंगारा जिस तरह जलकर राख हो जाता है, आप भी अब हो चुके हैं।"

ऐसी भयकारी विषम राजनीतिक परिस्थितियों में कवि की यह चमत्कारी अडिगता, दृढ़ता और निर्द्वन्द्व मूल्यबोध हमें विस्मित करता है। ऐसे व्यक्तित्व का अनुभव करते हुए मेरे मन में बार-बार कविगुरु रवीन्द्रनाथ की ये पंक्तियाँ कौंध-कौंध उठती हैं–

> चित्त जहाँ भय शून्य मुक्त हो ज्ञान जहाँ पर
> शीश जहाँ हो उन्नत मन निर्मल उदार हो
> जहाँ शुष्क आचारों की मरुभूमि कभी भी

ग्रस न सके तरलित विचार के धारा पथ को
जहाँ न हो पुरुषार्थ विखण्डित या अवहेलित

...आदि-आदि

कवि की यह भयशून्यता, निडरता 'सन्नाटा' की रानी में भी है 'सतपुड़ा के जंगल की इन पंक्तियों में—'धँसो इनमें डर नहीं है। मौत का यह घर नहीं है।'

लेकिन दिल के ताबड़तोड़ कई दौरों में मौत भी जब बार-बार सामने आ खड़ी हुई कवि की पलक तक नहीं झँपी, बदन काँपा और थरथराया नहीं। 'अँधेरी कविताएँ' में उसकी इस अदा का अन्दाज लगाया जा सकता है—

> 'बचपन से है मुझे/नखों को काटकर/साफ रखने का खब्त/इसलिए जब्त नहीं होता/कालापन तुम्हारे नाखूनों का...मैल से भरे हुए/काले नाखून चुभो दिये हैं/तुमने मेरे गले में/और मैं/उस चुभन का दर्द/उतना महसूस नहीं करता/जितना सोचता हूँ/नाखूनों के कालेपन की...'

कवि को अपनी मौत भी ठीक उतनी ही साफ-सुथरी पसन्द थी जितना कि जीवन। उसका यह साफ-सुथरापन इसमें भी था कि उसने अपने पापों को किसी पाखण्ड के खोल में छिपाया नहीं। जब भी मैं पाँवों तक झुककर उसे प्रणाम करता उसकी आग्रह-सी करती, बरजती आवाज मेरे कानों में पड़ती—'क्यों छूते हो यार। ये छूने लायक नहीं हैं।' पर क्यों नहीं हैं, इसका कुछ-कुछ अन्दाजा तब हुआ जब बच्चन की आत्मकथा का पहला भाग आया और हमने-यानी वेणुगोपाल और शलभ श्रीराम सिंह ने मिलकर उनके सामने यह प्रश्न रख दिया—"दादा! आप अपनी आत्मकथा कब लिख रहे हैं।" कवि ने छूटते हो जवाब दिया—'नहीं, मैं कभी नहीं लिखूँगा क्योंकि सच बोल और लिख नहीं पाऊँगा' और झूठ ही लिखना हो तो फिर लिखने की जरूरत क्या है?'

कवि से भी कभी कोई पाप हुआ होगा जिसे वो छिपाये रखना चाहता है, इसका अन्दाजा तब हुआ जब दुष्यन्त स्मृति समारोह भोपाल में स्मृति-व्याख्यान देते हुए उसने कहा—"कई दिन हमने दिल्ली की सड़कों को साथ-साथ छाना और साथ-साथ छने। कई तरह की बातें हुईं। ऐसी बातें हुईं जिनको दोहराया नहीं जा सकता। तब वो खूब जवान था और मैं भी करीब पैंतालीस साल का आदमी था। तो कई बार वो आपने पाप गिनाता था, दो-चार मेरे पास पड़े थे, मैंने भी उसे सुना दिये थे।" ये क्या थे, कौन से थे, कवि आत्मकथा लिखता तो शायद हमारी जानकारी में आते। पर न इस मंशा से हमने उससे आग्रह किया था, न यही मानते हैं कि आत्मकथाएँ सिर्फ पापों को गिनाने के लिए लिखी जाती हैं। यह भी नहीं कि उन्हें छिपाने के लिए।

वस्तुतः हमारी मंशा यह थी कि कवि की आत्मकथा के मार्फत बीसवीं सदी के तीसरे-चौथे दशक से लेकर सातवें-आठवें दशक का वह ऐतिहासिक संघर्ष और भारत

की आत्मा की जुझारू तेजस्विता अपने कालजयी मूल्यों (आदर्शों) के साथ जातीय थाती के रूप में आँखों देखी की तरह हमारे सामने होगी। हमारी यह अभिलाषा नहीं ही पूरी हो सकी। फिर भी जिज्ञासाएँ दबने और थमने को शायद ही कभी तैयारी हुई हों। एक बार मेरे यह पूछने पर कि आप गाँधी जी से ठीक आमने-सामने कब मिले, कवि ने मुझे यह किस्सा सुनाया—"सेवाग्राम में। मैंने उनके चरण छुए तो लोगों ने उन्हें बताया—'ये वही नये शिक्षक है?' बापू ने मुझसे पूछा—'अब तो यहीं रहोगे।' मैंने कहा 'हाँ'। फिर पूछा—'कैसे आये?' मैंने जवाब दिया—'पैदल'। उन्होंने सन्तुष्ट होकर कहा—"बिल्कुल ठीक। यहाँ और कुछ नहीं है'।"

मेरा अगला सवाल था—"अगली मुलाकात फिर कब हुई?" उसने बताया—"दूसरी भेंट नोआखाली के उपद्रव के समय हुई। बापू स्टेशन के लिए निकल रहे थे। सब की इच्छा हुई कि जाते-जाते स्वागत करें। स्टेशन तक वो पैदल निकलते थे। सबेरे छह बजे डण्डा लिए। तय हुआ कि बापू जब निकलें तो अनाज को रंग कर चौक पूर दिया जाये और वे उसी पर पाँव रखते हुए निकल कर जायें। बापू ने देखा तो बहुत दुःखी हुए, कहा—"वहाँ लोग मर रहे हैं और आप आनन्द मना रहे हैं।" सब सकते में आ गये। मुझे भी लगा भूल तो हो चुकी। नाहक ही हमने उन्हें दुःखी कर दिया। फिर हिम्मत बाँधकर मैं आगे आया। सब अपराधी से खड़े थे। मैंने बापू को सम्बोधित कर कहा—"क्या दुःख की घड़ी में आनन्द नहीं मनाया जा सकता! जो अनाज आप देख रहे हैं, इसको हम फेंकेंगे नहीं। आज यही खाया जायेगा।" मेरी बात से उनका क्षोभ कुछ कम तो हुआ पर यह भी सही है कि उनकी दृष्टि इतनी पक्की थी कि कभी अपने को केन्द्र में नहीं रखते थे। एक बार की और एक घटना मुझे याद आती है जब सेवाग्राम में गुलाब के पौधे में पहला फूल आया देखकर उन्होंने कहा था—"अगर यह पौधा गेहूँ का होता तो और भी अच्छा होता। जहाँ मैं हाथ धो रहा हूँ वहाँ अगर मंजरी आती तो कैसा रहता।"

महिलाश्रम वर्धा के शिक्षक पं. भवानीप्रसाद मिश्र पर गाँधी की यह छाप इतनी गहरी थी कि समूचा हिन्दी साहित्य और समाज उन्हें गाँधीवादी कहकर देखने का प्रयोग कर ही बैठता। याद आती है उनतीस मार्च, उन्नीस सौ चौहत्तर की वह लोक सम्मान-सभा जिसकी अध्यक्षता प्रसिद्ध कथाकार जैनेन्द्र कुमार कर रहे थे। स्थान था विदिशा का कालिदास मंच। आयोजक के रूप में अपना प्रस्तावना वक्तव्य देते हुए मैंने कहा—"भवानीप्रसाद मिश्र एक गाँधीवादी कवि हैं। पारी आने पर जब वे माइक पर आये तो कहा—एक बार विनोबा से किसी ने पूछा था—क्या आप गाँधीवादी हैं? विनोबा ने जवाब में कहा—बीबी मेरी, बेटा-बेटी मेरे, बैंक बैलेन्स मेरा और विचार-गाँधी और गाँधी के बाप के? अगर गाँधी ने कहा है, तो मैंने भी कहा है। फिर मैं कैसे गाँधीवादी हो गया? कवि भवानीप्रसाद मिश्र यहीं नहीं रुके। उसी रौ में बोलते चले गये—'मैं एक भारतीय कवि हूँ। कोरा गाँधीवादी नहीं।'

एक और साक्षात्कार में उन्होंने फिर दुहराया—"मैं भी कैसा गाँधीवादी हूँ। एकदम उन्हीं को पकड़कर नहीं चलता। मेरे अपने भी विचार हैं। हमारा अद्वैतवाद है। अब तो लोहिया की तरह खुद को एक दूसरे किस्म का गाँधीवादी कहना चाहता हूँ। वो अपने को कुजात गाँधीवादी कहा करते थे। कुछ-कुछ वैसा ही।'

इससे भी बड़ी बात उन्होंने मुझ जैसे नौजवानों के लिए सन्देश-सा देते हुए कही वो यह कि एक कवि को इतना कठमुल्ला होना भी नहीं चाहिए। उसे अपने दायरे फैलाकर रखने चाहिए। उनका सोचना था कि तमाम हिन्दी कविता और समकालीन लेखन को आज नहीं तो कल निकलकर इस ओर आना ही होगा।

यह भी सच है कि ऐसा वे अकेले ही नहीं सोच रहे थे। उनके कवि मित्र नागार्जुन ने भी जब अपनी नास्तिकता पर अपनी आस्तिकता का चढ़ता हुआ रंग समस्त हिन्दी संसार के समक्ष जाहिर किया, सन्देश उनका भी लगभग यही था।

ये वे तेजस्वी उपस्थितियाँ थीं जिन्होंने विदेशों को भी भरपूर पढ़ा था फिर भी खड़े ये निरन्तर परम्परा की जमीन पर रहे। सो भी खूब भीतर धँसकर। कवि भवानीप्रसाद मिश्र ने तो दो टूक और साफ शब्दों में कहा है—"मैंने विदेश को पढ़ा है पर उसे अपनी कविता में जगह कभी नहीं दी। मैं किसी का देश-विदेश में पिछलग्गू कवि नहीं रहा—शुरू से ही मैं अपनी बात को अपनी शैली में, अपनी लय में, अपनी डिजाइन में कहना चाहता था। मेरे शब्द-अर्थ मेरे हल-बैल थे—किराए या भाड़े के लिए नहीं... कोशिश यही रही फिर कुछ मौलिक कह सकूँ—मौलिक रह सकूँ।"

अपनी इस मौलिकता को उसने बार-बार ग़ालिब आदि भारतीय शायरों की तरह मौका खोजकर दुहराया। ग़ालिब जन्मशती पर कविता लिखते हुए उसने जैसे अपने पर ही लिखा—

> यों ग़ालिब मुश्किल क्या कहते थे/जरा हटकर कहते
> थे/और जो कहना चाहते थे/उसे जरा डटकर कहते थे/
> उन्हें अपनी न किसी से तुलना करवानी थी, न करनी थी
> किसी से स्पर्धा/न जाना था उन्हें किसी से आगे/न चलना
> था उन्हें किसी के पीछे—वे तो अपनी ही राह
> चल रहे थे/और ठीक अर्थों में सहर होने तक/हर रंग
> में जल रहे थे...

कहने की जरूरत है कि जमाने के ये सारे रंग केवल उनके जीवन में नहीं, उनकी कविता में भी अपनी दमक और धमक बनाये हुए चल रहे थे। भविष्य में भी इनकी यह आभा धूमिल या मटमैली कभी नहीं होगी। भारत की अपार जिजीविषा और अपराजेय मन इसकी पहचान हमेशा बना रहेगा।

(नया ज्ञानोदय, नयी दिल्ली में प्रकाशित।)

एक कुजात गाँधीवादी कवि : भवानीप्रसाद मिश्र

कवि भवानीप्रसाद मिश्र के व्यक्तित्व को याद करते हुए हिन्दी के असाधारण व्यंग्य-लेखक हरिशंकर परसाई ने लिखा—"ऐसा व्यक्ति कम होता है जो एक साथ आकर्षण और डर पैदा करे, जिसकी तरफ आदमी खिंचा चला जाय पर आशंका भी बनी रहे कि यह आदमी न जाने कब झपट्टा लगा दे...उनकी बड़ी-बड़ी आँखें बहुत 'सेंसिटिव' हैं। आँखों का उपयोग करना उन्हें बखूबी आता है और उनका व्यक्तित्व तो सचमुच तूफानी है...जब वे 'दहन पर्व' पढ़ते हैं तो लगता है आग लगा रहे हैं। मगर साथ ही इतने भावुक हैं कि जेल की बरसात पढ़ते-पढ़ते रो पड़ते हैं।"

ऐसे कवि से एक दिन अचानक मिलना हुआ तो परिचय पाते ही उछाह से भर सचमुच उन्होंने मुझे अपनी बाँहों में ले लिया। इतने बड़े कवि का ऐसा उन्मुक्त और भावभरा व्यवहार मुझे उनका मुरीद बना गया। मेरे जैसे नवसिखुए लेखक को जिसके लहर (अजमेर) में अभी तीन-चार ही लेख छपे होंगे, उससे यह कहना कि 'अरे भाई! मैं तो आपको लहर में पढ़ता रहता हूँ,' मेरे लिए बड़ी बात थी।

मेरी उनकी यह पहली मुलाकात भोपाल के महारानी लक्ष्मीबाई कन्या महाविद्यालय के एक उत्सव में अकस्मात् हुई थी। मैं बतौर निर्णायक विदिशा के अपने कॉलेज से बुलाया गया था और वे इस स्वरचित काव्य-पाठ प्रतियोगिता के अध्यक्ष तत्कालीन सूचना एवं प्रकाशन राज्य मन्त्री बालकवि वैरागी के साथ न जाने किन कारणों के चलते अनिमन्त्रित होकर भी चले आये थे। यह गाँधी जन्मशती का वर्ष था। इस मुलाकात में ही उन्होंने अपने आप विदिशा आने का वायदा इसलिए और भी किया था कि महिलाश्रम वर्धा की उनकी एक प्रिय छात्रा केशर किसी लड्ढा परिवार में ब्याही थी। मैंने उन्हें बता दिया था कि उस परिवार में मेरा जब-तब का आना-जाना है और पहुँचते ही उन लोगों को आपकी खबर दे दूँगा।

ज्यादा दिन नहीं बीते होंगे जब वे एक दिन अचानक भोपाल जाते हुए विदिशा आकर श्रीमती केशर लड्ढा के यहाँ ठहर गये। मुझे भी खबर की गयी और मैं गया तो चाय बगैरह हो जाने पर अचानक साँची के स्तूपों और तीसरे स्तूप के चारों तोरण-द्वारों पर शिल्पित विश्वविख्यात कारीगरी को देख आने का प्रोग्राम बना। केशर भाभी के पति सुखदेव लडढा ही जीप की ड्राइविंग सीट पर थे। कवि उन्हीं

की बगल की आगेवाली सीट पर, मैं पीछे। जीप स्टार्ट हुई तो थोड़ा आगे चलने पर नदी बेतवा पार करते ही कवि ने पूछा—विजयबहादुर भाई! आपने पी-एच. डी. किस विषय पर किया है? मेरे यह जवाब देने पर कि प्रसाद-निराला-पन्त की कविता पर, कवि ने किंचित आक्रामक ढंग से कहा—मगर ये तीनों मुझे कहीं से महत्त्वपूर्ण नहीं लगते, बल्कि लकीरों में ही अच्छे लगते हैं। और प्रसाद की कामायनी को उसकी भाषा के चलते मैं आज तक समझ नहीं पाया। क्या आपने उसे समझ लिया है? अगर समझ लिया है तो किसी दिन आकर आपसे समझूँगा।

दूसरी मुलाकात में ही कवि की ऐसी बेबाकी और इम्तहान-सी लेने वाली भंगिमा ने मुझे भीतर तक हिला दिया। मैं सोचने लगा कि मेरे लिए क्या इतना आसान होगा इस कवि को कामायनी समझाना। और क्या मेरी औकात सचमुच इतनी है? यह भी ख्याल आया कि अगर इसने यह सचमुच चाहा तो मैं तो कहीं नहीं ठहरूँगा। कक्षा में लगभग अपढ़-से छात्रों को दो-चार व्याख्याएँ समझा देना आसान है पर ऐसे कवि के सामने तो मेरी जबान ही नहीं खुल पाएगी। शुक्र हुआ कि ऐसा मौका आगे की मुलाकातों में कभी नहीं आया। बात आयी-गयी सी हो गयी। कविवर आते और हम कविता की धारा में बह जाते। कभी-कभी देश-दुनिया की भी बातें होने लगीं। पर जल्दी ही दूसरा ऐसा ही मौका फिर आया जब मैंने अपने द्वारा सम्पादित छायावादोत्तर कविताओं और कवियों का एक संग्रह उन्हें सादर भेजा। ज्यादा वक्त नहीं बीता होगा कि कवि का कार्ड मिला—'तुमने जो नयी किताब डॉ. सुमन के साथ सम्पादित की है, उसमें शमशेर भाई पर लिखी कई बातें खासतौर से पढ़ीं इसलिए कि मैं उन्हें आदमी की तरह प्यार करता हूँ और कविता की समझ सूक्ष्म है। एकदम ठोस के भी पार देख पाते हों या क्या कौन जाने। मैं कई लोगों में यानी उनकी कविता में दिलचस्पी लेने में फेल हो गया हूँ। तीन नामों का अफसोस है—प्रसाद की कामायनी ज्यादातर मुक्तिबोध और ज्यादातर शमशेर भाइ। ...शमशेर भाई एक दिन आकर अपना नया संग्रह—'चुका भी हूँ नहीं मैं' यही नाम है। नाम में भी अटपटापन।

अपने इन कथनों से वे क्या जाहिर करना चाहते थे, यह समझने में मुझे वक्त लगा। पर एक बात तो समझ में आयी ही कि जीवन-व्यवहार में बेहद भावुक और तरल होकर भी काव्य-व्यवहार में वे न तो किसी प्रकार की रियायत देने को तैयार थे, न लेने को। तो क्या कवि को अपने स्वभावानुसार काव्याभिव्यक्ति नहीं करनी चाहिए। कवि भवानी मिश्र यह क्यों चाहते हैं कि सब—'जिस तरह हम बोलते हैं उस तरह तू लिख' की राह चलें। आखिर कवि की अपनी बनाई या चुनी हुई राह क्यों उन्हें नहीं जँचती जबकि ग़ालिब को याद करते हुए खुद उन्होंने लिखा—

यों ग़ालिब मुश्किल क्या कहते थे
जरा हट कर कहते थे

और जो कहना चाहते थे
उसे जरा डट कर कहते थे

तब यह कौन से भवानी मिश्र थे जो यह छूट प्रसाद, शमशेर और मुक्तिबोध को देने को तैयार न थे। थोड़ी-बहुत जो देते भी थे वो सर्वेश्वर, रघुवीर सहाय जैसे कवियों को। फिर भी रघुवीर सहाय से काव्य-शिल्प के प्रश्न को लेकर उनके मतभेद स्पष्ट थे। नागार्जुन जैसे कवियों के साथ वर्धा की हिन्दी प्रचार सभा में काम करते-करते एक प्रकार की अन्तरंगता जैसी भी हो चली थी पर उनका मार्क्सवाद कभी-कभी उन्हें परेशान किया करता। यों उनकी हद दर्जे की जनोन्मुखता और गाँधी के प्रति उनकी सतर्क श्रद्धा को लेकर वे नागार्जुन के प्रति एक प्रकार की उदारता और सदाशयता भी दिखाया करते। कभी-कभी किंचित तीखापन लाते हुए यह भी लिखे बगैर वे नहीं मानते कि तुम्हारे नागार्जुन नाग की तरह टेढ़े होकर भी अर्जुन की तरह सरल हैं। नागार्जुन भी इस मायने में कोई कम तो नहीं थे। मेरे द्वारा लिए गये एकाध साक्षात्कारों में यह कहे बगैर माने नहीं कि गाँधीवादी कवि वणिकधर्मी होने को बाध्य है। भवानी भाई ने इसे पढ़ा तो आहत भी कम नहीं हुए, फिर भी उसे जहर की तरह कण्ठ में धारण कर लिया। मौका मिलने पर कभी-कभार यह पीड़ा प्रकट भी करते रहे।

दोनों पुराने मित्रों के बीच मैं जैसे कोई संवाद-सेतु हुआ जा रहा था। फिर भी कह सकता हूँ कि कटुता जैसी तो उनमें कभी नहीं रही। हाँ लाग-डाँट जैसी प्रतिस्पर्धा जरूर चलती रही।

भवानी भाई को मध्यप्रदेश का शिखर सम्मान दिये जाने की खबर मिली तो कवि मित्र शलभ श्रीरामसिंह और मैंने मिलकर उन्हें लिखा कि अब तक जो पुरस्कार दिये गये हैं वे आपसे जूनियर साहित्यिकों को मिले हैं। इस तरह करके अब क्या वे आपका अपमान करने नहीं जा रहे हैं? अगली डाक से उनका जवाब आया—'तुम्हारी प्रतिक्रिया ठीक है। मगर मेरा अपमान करके वे अपना अपमान कर रहे हैं और इस सफाई को सब लोगों ने समझा है। मेरे पास इस आशय के पत्र आये हैं कि वे इस तरह अपना कलंक धोना चाहते हैं। तो कलंक धोने का अवसर मैंने दे दिया है। फोन जिसने किया था और मैंने उनसे संक्षेप में जो तुमने लिखा है, उससे सख्त ही कहा और जब पुरस्कार दिया जायेगा तब भी कुछ कहूँगा।' उनके इस जवाब से हम सन्तुष्ट नहीं हो पाये। पुरस्कार लेने से पहले उन्हें हिन्दी भवन भोपाल वालों ने सारस्वत सम्मान से अलंकृत किया था। उस अवसर का साक्षी बनने के लिए रास्ते में मैं उनके साथ था। न्यू मार्केट से पोलीटेकनीक वाली घाटी के उतार पर पैदल चलते हुए मैंने फिर वही बात छेड़ दी कि यह सम्मान लेकर वे उनका ही सम्मान बढ़ाएँगे। भवानी भाई ने अपनी भंगिमा बदली और कहा—'चलो तुम कह रहे हो तो

नहीं लेता। अब ऐसा करो कि अपने जनवादी लेखक संघ से, जिसके तुम प्रादेशिक अध्यक्ष हो, कहो कि वे सब मिलकर मेरा पेसमेकर बदलवा दें।' बात उन्होंने कुछ ऐसी भंगिमा में कही थी कि जितनी मार्मिक थी उतनी ही तर्कपूर्ण भी। मुझे पहले से पता था कि पिछले एकाध सालों से कवि इस समस्या को लेकर भीतर ही भीतर तनावग्रस्त है, फिर भी साथ उठने-बैठने वालों पर जाहिर नहीं ही होने देता। ऐसे अवसर भी आये जब बालकवि वैरागी ने भवानी भाई को मन्त्री विद्याचरण शुक्ल का यह सन्देश दिया कि वे इसके लिए दो लाइन लिख कर भेज दें। कवि ने प्रत्युत्तर में सन्देश भेजा—'उनसे कहना मैं रिंग रोड पर रहता हूँ। कभी इधर से गुजरें तो ड्रॉप करते जायें।' शुक्ल जी एक दिन आये और कहा—'क्यों मन्ना! आपको पेसमेकर लगना है न?' मैंने कहा, 'हाँ, लगना तो है, पर मैं उसे सरकारी खर्चे पर नहीं लगवाऊँगा। एक तो यूँ ही सरकार के खिलाफ हूँ। पेसमेकर लगवा लूँ तो आप कहेंगे—तुम्हारी छाती में हमारा पेसमेकर लगा है, फिर भी खिलाफ बोल रहे हो।' विद्याचरणजी सुनकर चुपचाप चले गये।

समस्या की जानकारी साहू परिवार के अशोक जैन ज्ञानपीठ वालों को लगी, तो अशोक जी का फोन आया। बताया गया कि वो कवि का पेसमेकर बदले जाने के लिए अपने किसी ट्रस्ट से मदद करना चाहते हैं। बातचीत हुई तो उन्होंने ज्ञानपीठ के लक्ष्मीचन्दजी को भेजा तो कवि ने कहा—'हम तो सदा तंगी में रहने वाले लोग हैं। आज तक तो किसी ने पूछा नहीं। किसी दोस्त से लेकर काम चला लेंगे। फिर धीरे-धीरे उसे देते रहेंगे। हाँ! बिना ब्याज के अगर अशोक जैन अठारह हजार देते हैं तो मैं ले लूँगा और उसे लौटाता रहूँगा।' फिर उन लोगों ने अठारह हजार भिजवाया। कवि ने तीन-तीन हजार करके हर महीने उन्हें लौटा भी दिया।

कवि के इस स्वाभिमान के पीछे उसकी कौन-सी शक्ति काम किया करती थी, कहना मुश्किल। पर मैं जनवादी लेखक संघ में तो इस प्रसंग की चर्चा तक नहीं कर पाता। वहाँ तो सिर्फ कोरी साहित्यिक समस्याओं पर, सो भी बड़ी-बड़ी बातों पर चर्चा चलती थी। लेखक साथियों के दैनंदिन जीवन के सुख-दुख का प्रश्न तो कोई साहित्यिक प्रश्न नहीं न था। फिर भवानी मिश्र जैसे गाँधीवादी कवि पर बात छेड़ना तो मुझे वहाँ हास्यास्पद ही बनाता। यों मुक्तिबोध ने अपने दो निबन्धों में लिखा है कि मध्यप्रदेश के अग्रणी जनवादी कवियों में भवानीप्रसाद मिश्र प्रमुख हैं। फिर भी तो वे जनवादियों में कहाँ मान्य हो सके। मैंने जरूर अपने अध्यक्षीय काल में उन्हें भोपाल आकर प्रादेशिक सम्मेलन के मौके पर उद्घाटन-भाषण देने के लिए आग्रह किया। वे मान भी गये, साथ ही यह भी लिखा कि मेरी स्वीकृति तो है। मगर यह जनवादी शब्द एक विशिष्ट विचारधारा से जुड़ गया है। जो दिमाग और दिल को गिरवी रखकर नहीं चल सकता वह किसी भी वाद से अपने को पक्के तौर पर कैसे जोड़े।...बहरहाल तुम्हारा प्रयत्न ठीक है। मगर इसमें कहीं तुम भी प्रतिक्रियावादी करार

न दे दिये जाओ। ...हैरान मत होना...मैं तो साफ किसानवादी आदमी हूँ। मजदूर यानी मिल मजदूरवादी भी नहीं। खेतिहर बेशक मेरा है। मगर वह उस क्रान्ति का वाहक नहीं है, जिससे खून की नदियाँ बह सकती हैं...मैं अपना भाषण लिखकर ले आऊँगा। सन्तुलित और जरूरत के हिसाब से सीधा-साफ तथाकथित जनवाद पर कहीं न कहीं चोट तो मेरे हाथों पड़ेगी ही।...सो फिर से लिखना कि मेरे जनवादी मंच से 'जनवाद' पर हल्के से प्रहार की सम्भावना को ठीक मानोगे या नहीं। मैं पाखण्ड, चाहे सत्ता का हो, चाहे पार्टी का, चाहे वर्ग का, चाहे धर्म का, चाहे दर्शन का, कभी निगल नहीं पाया हूँ और इसी का फल है कि मुझे नागार्जुन जैसे आत्मीय मित्र से गाली मिली है। बहरहाल मैं, कहोगे कि आओ तो सिर के बल आऊँगा। सम्भव है लेख या भाषण समय से पहले तैयार करके तुम्हें भेज दूँ। तुम कुछ सेन्सर करना चाहो तो बात कर लेंगे। मैं तुम्हें किसी तकलीफ में नहीं पड़ते देखना चाहता। हमारा क्या चाहे जैसा इल्जाम हमें जम जाता है।

एक तरफ इतनी साफ-सुथरी और बेबाक दृष्टि दूसरी तरफ अपने किसी प्रिय को खुद अपने ही कारणों से मुसीबतों में डालने से सावधान रहना, उनके व्यक्तित्व की वे दुर्लभ बातें थीं जो उन्हीं में थीं। तब भी आत्माभिमान की शर्त पर तो कैसे भी नहीं।

अगस्त सन् बयालीस के भारत छोड़ो वाले आन्दोलन में बैतूल से गिरफ्तार किये जाकर वे नागपुर जेल में एक अपेक्षाकृत अधिक खतरनाक कैदी की तरह लगभग तीन साल रहे। जेल में ही उन्होंने बरसात आ गयी रे, घर की याद वाली 'जेल में बरसात' जैसी महत्त्वपूर्ण और 'आशा गीत' जैसी अति महत्त्वपूर्ण आत्म-द्वन्द्वात्मक कविताएँ लिखीं। जेल में ही उर्दू सीखने की कोशिश की, कार्ल मार्क्स की कैपिटल (पूँजी) का कविता और गद्य में आधा-अधूरा अनुवाद किया, गाँधी और जिन्ना की आपसी बहसों पर ढेरों डायरीनुमा कविताएँ लिखीं। वहीं काका कालेलकर, विनोबा से परिचय हुआ और उनके समीप जाने का अवसर हाथ आया। कवि-सम्मेलनों में आते-जाते कवि अटल बिहारी वाजपेयी से भी जान-पहचान हुई।

आपातकाल के बाद मुरारजी देसाई के नेतृत्व में जनता पार्टी की सरकार बनी तो अटल बिहारी वाजपेयी विदेश मन्त्री बने। कवि सम्मेलन के एक मंच पर एक बार दोनों पास-पास थे। पहला अध्यक्ष दूसरा मुख्य अतिथि। अटलजी ने थोड़ा और पास आकर कहा—'सुना आपने पिछली सरकार का पेसमेकर कबूल नहीं किया।' वाजपेयी जी का वाक्य सुन जवाब में कहा—'हाँ साहब! बात तो सही है। और सच तो यह है कि हमारा कोई ठिकाना नहीं। हम कब क्या कहने लगें, हमें भी नहीं मालूम।' फिर तो वाजपेयी जी ने चुप्पी साध लेना ही बेहतर समझा। इस वाकये को सुना चुकने पर कवि ने मुझे सम्बोधित करते हुए कहा—'तो प्यारे पेसमेकर की कथा अलग ही है। हम जो कवि-सम्मेलनों में जाते रहे तो इसीलिए कि किसी के आगे

हाथ न फैलाना पड़े। अब आप लोगों को बुरा लगे तो लगे। आखिर इस समाज में कलाकार की पूछ क्या है। यहाँ के लोग तो कब्र पूजते हैं।

कवि के इस कहने में कितनी पीड़ा भरी थी इसे तो वही या फिर कोई-कोई ही जान सका होगा। एक ऐसा व्यक्ति जिसने देश की आजादी और जीवन मार्ग के लिए भरपूर योग्यता होने पर भी सरकार की नौकरी नहीं की। गाँधीजी के आदर्शों के अनुरूप बैतूल जैसे कस्बे में छोटा-सा विद्यालय खोल मिल-जुलकर चलाया। बैतूल में रहकर 'सतपुड़ा के जंगल' जैसी कालजयी कविता हिन्दी को दी। वही कवि स्वाभिमानपूर्वक जिन्दा रहने के लिए आजीवन संघर्ष भी करता रहा। आखिर यह किस धातु का बना था। वह धातु आजकल गायब कहाँ हो गयी? क्या समाज के नैतिक पतन और पूँजीवादी व्यवस्था के बीच वह हमेशा-हमेशा के लिए विलुप्त हो गयी? लोगों की रीढ़ आखिर क्यों और कहाँ गायब हो गयी?

यह भी भवानीप्रसाद मिश्र ही थे जिन्होंने गाँधी मार्ग का सम्पादन करते हुए ठीक आपातकाल में इन्दौर के निरंजन जमींदार द्वारा अनूदित समर्थ स्वामी रामदास की कविता छापी, जिसकी कुछ पंक्तियाँ अपने अर्थों में आज भी वही चमक रखती हैं—

> 'कल के साहससिन्धु आज टीले कायरता के/
> होश हवा हो गये हाय, हर कर्ता-धर्ता के/
> तन ढँकने को वस्त्र नहीं, सिर ढँकने को छाया/
> फिर भी क्रोध नहीं आता है, क्या स्वभाव पाया।

जिन दिनों यह कविता छापी गयी उन दिनों बोले और लिखे गये शब्दों पर बड़ा संगीन पहरा था। पर कवि की लपट फेंकती आग भी कुछ कम आँचदार नहीं थी। नहीं होती तो शायद ही ऐसी पंक्तियाँ वह लिख पाता—"फूल को बिखरा देने वाली हवा कौन कहता है चलनी नहीं चाहिए? समूचा जंगल जला देनेवाली आग कौन कहता है जलनी नहीं चाहिए।" ये पंक्तियाँ नक्सल आन्दोलन के साल लिखी गयीं।

व्यक्तिगत जीवन में भी वह खुद अपने विवाह में कहारों द्वारा ढोई जानेवाली पालकी में दूल्हा बनकर नहीं, पैदल गया। बेटे अनुपम के विवाह का प्रश्न आया तो खुद बेटे ने कहा—मेरी बारात में आपमें से कोई नहीं जायेगा। आपकी तबीयत भी ठीक नहीं रहती। भाई को लेकर भी नहीं जाऊँगा। तब भी बहनें नंदिता और नमिता जिद करके यह बहाना लेकर नरसिंहपुर चली गयीं कि हम तो अपने घर जा रहे हैं। बस नरसिंहपुर से वे दोनों और चार छह मिलकर ही जबलपुर गये। यही कुल तो बारात थी आज के प्रसिद्ध पर्यावरणविद् अनुपम मिश्र की। पिता से भी चार कदम आगे बेटा।

एकदम शुरुआत में मैंने कवि को अपने शोध-छात्र वाले दिनों की लिखी कविता 'मेरे देश को गालियाँ मत दो' ट्रेन के एक छोटे से सफर में सुनाई। कविता

सुन चुकने पर कवि ने उसे लिखकर भेज देने को कहा। कुछ ही दिनों बाद नन्द चतुर्वेदी के 'विन्दु' (उदयपुर) में वह कविता दिनकर जी की कविता के साथ छपी तो प्रशंसा के पत्रों के बारे में लिखते हुए कवि ने वे पंक्तियाँ मुझे लिख भेजीं जो कविता को लेकर थी।

मेरा पहला संग्रह 'मौसम की चिट्ठी' और कवि मित्र शलभ श्रीराम सिंह का ग़ज़ल संग्रह 'राहे-हयात' छपकर आया तो कवि के विदिशा आने पर हमने उसे दिया। दोनों के मुखपृष्ठों की रंग-रेखाओं को गौर से देखने के बाद कवि ने कहा—'इन पर तुम दोनों के स्वभाव की गहरी छाप है।' किताबों के भीतर के पन्नों को खोले बिना ही जैसे उसने भीतर के वस्तुतत्त्व पर भी कोई गहरी टिप्पणी कर दी हो। तो क्या कवि की निगाह सचमुच इतनी सूक्ष्म और अन्तर्वेधी होती है? ठीक ऐसी गहरी और खूबसूरत सी टिप्पणी कवि ने मेरी छह-सात महीनों की बेटी चित्रा को देखकर वहीं दिल्ली के अपने राजघाट वाले निवास पर की, जब मैं सपत्नीक उनसे मिलने गया—'इसे तुम दोनों का सम्मिलित सौन्दर्य मिल गया है।'

कविता और काव्य-सम्बन्धी अवधारणाओं और बहसों में हमेशा अपनी स्वतन्त्र और स्वाधीन निगाह और अभिमत रखनेवाले होकर भी वे अज्ञेय को बड़े भाई जैसा आदर देते, दिनकर के तो वे पाँव ही छूते और दिनकर अक्सर कहा करते—काश! भवानी की कविताओं के नीचे मेरा नाम होता। फिर भी काव्य-शिल्प और काव्य-दृष्टि वाले मुद्दे पर कवि की निगाह इतनी साफ और बेबाक थी कि न तो वे अज्ञेय का लिहाज करते, न ही दिनकर का।

कवि से अनेक मुलाकातें होती रहीं और उसे लेकर मेरे अनुभव दुगुने-तिगुने होते रहे। हर बार वह मुझे पहले से अधिक सम्पन्न करता गया। प्रत्येक बार मैं यह सोचने को मजबूर होता रहा कि कवि भवानीप्रसाद मिश्र अपनी कविता में ही अनूठे और अद्वितीय नहीं हैं, अपने क्रान्तिकारी उदात्त विचारों और इससे भी कहीं अधिक उस जीवन-व्यवहार और आचार में, जिसमें खरा उतर पाना विरलों के लिए ही सम्भव हो पाता है।

धोती-कुरता, चप्पल में गाँव-देहात या हद से हद कस्बे का दिखनेवाला यह शख्स अपनी सोच और व्यवहार में अपनी असाधारण काव्य-दृष्टि और काव्य-भाषा में अपनी विशाल और उदात्त संवेदना में मुझे एक साथ हिन्दी या कहें भारतीय समाज और परम्परा का जागरूक बौद्धिक और विरल स्रष्टा लगा करता था। उसके विचारों में आग थी, फिर भी जलाने वाली तो कम प्रकाशित करने वाली किन्तु अधिक।

(वागार्थ, कोलकाता में प्रकाशित।)

यादों में शमशेर

उनकी भावुकता का एक किस्सा मुझे भूलता ही नहीं। प्रेमचन्द सृजन पीठ पर उज्जैन पहुँचते ही उन्होंने मुझे एक पत्र लिखा कि वे बाबा नागार्जुन पर एक संगोष्ठी करना चाहते हैं जिसमें मेरी दो जिम्मेदारियाँ हैं। पहली तो यह कि नागार्जुन पर आधार वक्तव्य लिखित रूप में मुझे देना होगा। दूसरी यह कि बाबा चूँकि अपने उपनिवास विदिशा से होकर आयेंगे इसलिए उन्हें साथ लेकर आना होगा। मेरे लिए तो यह सहज सुख और गौरव की बात थी। उन्होंने यह भी लिखा था कि बाबा तो उनके अतिथि रहेंगे ही, मैं भी उनके ही निवास पर ठहरूँ। ये वही दिन थे जब शमशेर की कविता पर अपने शोधकार्य के लिए रंजना अरगड़े (बड़ौदा) विश्वविद्यालय- छात्रावास में (उज्जैन) अस्थायी तौर पर रह रही थीं और अपनी प्रखर जिज्ञासाओं और बौद्धिक तेजस्विता के बल पर शमशेर के कवि की प्रिय पात्र बनती जा रही थीं।

मैं बाबा के साथ उन्हीं के यहाँ ठहर गया। इससे पहले मैं शायद ही कभी अपने गुरुतुल्य शिक्षक आचार्य राममूर्ति त्रिपाठी के निवास को छोड़ कहीं ठहरने के बारे में सोच भी पाया होऊँ। मैंने त्रिपाठी जी और भाभी जी (श्रीमती त्रिपाठी) से अनुमति ले ली कि शमशेर जी के आग्रह को देखते हुए वे दोनों मुझे वहीं ठहरने की अनुमति दें जो मुझे सहर्ष मिल भी गयी।

याद नहीं पड़ता कि मैं बाबा को लेकर विदिशा भोपाल होते कब पहुँचा था। साल तो वह 1981 का था। शायद शाम को। 'शमशेर दोनों के इन्तजार में ही थे। उन्होंने अपनी सहज आत्मीयता और अन्तरंग उल्लास का अहसास भी हमें पहुँचते ही करा दिया। रात को बाबा का बिस्तर शमशेर जी ने अपने शयन-कक्ष के आस-पास लगवाया और मेरा ड्राइंग रूम के दरवाजे से लगभग सटे हुए तख्त पर। सुबह छह-साढ़े छह के आस-पास जब वे नींद से उठकर मेरे कमरे में बाहर आये तो आतिथेय के उत्तरदायित्व से जानना चाहा कि मुझे नींद तो ठीक से आयी। कोई असुविधा तो नहीं हुई। यह पूछते हुए उनका ध्यान अचानक मेरे बिस्तर की तरफ गया कि बिछौना सन्तोषप्रद है कि नहीं। तभी उनकी निगाह गद्दे के ऊपर बिछी हुई उस कथरी (कंथा) पर जा टिकी जो माँ ने महीनों की मेहनत से बनाकर मुझे इसलिए दी थी कि यात्राओं में वह सुविधाजनक और आरामदेह बिछौने का काम

करेगी। उसे देखते ही वे उत्कण्ठ भाव से पूछ बैठे—'विजय बहादुर जी! यह आपको किसने दिया? इसका चलन तो अब रहा नहीं!' मैंने जब उन्हें बताया कि मेरी माँ कथरी बहुत अच्छा सिलती है और यह उसी के हाथ की बनाई हुई है तो पुलकित भाव से आगे बढ़े और उसको और भी गौर से ऐसे देखने लगे जैसे कोई विमुग्ध किसी कलाकृति या शिल्प को देखता है। फिर सहसा उसके एक टोंग (कोने) को उँगलियों से उठाकर माथे से ऐसे लगा लिया जैसे कोई किसी पूजा की वस्तु या देवता के प्रसाद को लगाता है।

मैं चकित भाव से उन्हें यह करते देखता रहा। फिर उसे यथावत उसकी जगह आहिस्ते से बिछाते हुए कहा—'विजय बहादुर जी। यह कितनी सुन्दर है। आपकी माँ की कारीगरी ने इसे और भी खूबसूरत बना दिया है। इसे माथे से लगा मैंने आपकी माँ को भी इस बहाने नमन कर लिया है। वे अभी हैं न, अगर हों तो मेरा भी प्रणाम, जब आप गाँव जायें तो कह दीजिएगा।' मैंने अनुमान लगाया कि कथरी उन्हें बेहद पसन्द आयी है। पूछा—'अगर आपको चाहिए तो माँ से कहकर आपके लिए भी बनवा सकता हूँ।' उन्होंने जवाब दिया—'नहीं, नहीं। इस उमर में उनको यह तकलीफ मत दीजिए। यह तो इसलिए भी सुन्दर है कि इसमें उन्होंने अपना वात्सल्य भी टाँक दिया है।'

उनके इस कथन से यह भी समझ में आया कि वही कलाकृति या शिल्प सुन्दर हो पाती है जिसमें कलाकार या शिल्पी अपनी आत्मा उँड़ेल देता है। अन्यथा तो वह एक उत्पाद है। रोजमर्रा का एक अभ्यास! इस अभ्यास से बारीकी भी बढ़ती है? फिनिशिंग भी, पर सप्राणता तो कदापि नहीं। वह तो तभी आती है जब सर्जक भावमग्न होकर रचे, समूचे आत्मार्पण के साथ। पुनर्नवा के कथाकार पंडित हजारी प्रसाद द्विवेदी इसी को 'भावानुप्रवेश' कहते हैं। कुटूज में एक और वाक्य लिखते हैं, 'जिओ तो प्राण ढाल दो जिन्दगी में।'

शमशेर की कविता इसी भावानुप्रवेश की देन है। उनका यही कहना भी है कि कविता मात्र अनुभूति की विशिष्टता में होगी। 'मैं हिन्दी और उर्दू का दोआब हूँ/मैं वो आईना हूँ जिसमें आप हैं।' एक कवि के रूप में सच यही है कि वे परम स्वाधीन थे और मानते थे कि कला-कर्म औपचारिक बुद्धि व्यापार नहीं है। वह तो गहन गम्भीर भाव-व्यापार है। कला या कविता का गर्भ स्थल यही भाव-लीला है। इसलिए बाह्य निर्देशों या वातावरण प्रायोजित कला-कर्म सैनिकगिरी या मुंशीगिरी है। वह भी जो स्थापित मॉडलों को सामने रखकर किया जाता है, स्वयं को उस खास पाँत में जगह दिलवाने और सफल हो जाने के लिए।

सफल हो जाने के भाव से शायद ही कभी शमशेर ने कोई रचना की हो। वातावरण के दबाववश जब कभी इस ओर वे प्रवृत्त हुए, उनकी कृतियाँ उस मौलिक चमक को नहीं ही पा सकीं जिसे शमशेरियत कहते हैं। शमशेर ही तो कहते रहे हैं कि कला कैलेंडर की चीज नहीं है।

जिन दिनों बाबा के साथ मैं उनके यहाँ ठहरा हुआ था एक और घटना अनजाने ही हो गयी जिसने उन्हें नाराज कर दिया। कहना चाहिए मुझे और बाबा को चिन्तित भी। सहमे-सहमे से हम दोनों सोचते रहे कि क्यों फिजूल में हमने उन्हें आहत कर दिया। यों आहत होने जैसी तो कोई बात न थी। पर शमशेर तो शमशेर थे।

उनकी एक कविता थी जिसका एक-एक बिम्ब मुझे न केवल परेशान किये हुए था बल्कि पकड़ में नहीं आ रहा था। अपनी इस उलझन के समाधान के लिए सबसे पहले मैंने बाबा से ही मदद लेनी चाही। उन्होंने असमर्थता में केवल हाथ ही नहीं उठा दिया यह भी कहा कि शमशेर अभी जब थोड़ी देर में दोपहर की नींद से उठकर साथ चाय पीने के लिए बाहर निकलेंगे तुम खुद ही पूछ लेना। वही बता सकते हैं, उनकी चीज है। पर मैंने एक और बात उनके सामने रख दी—'आपको उनका यह प्रयोग कितना तर्कसंगत लगता है?' बाबा तो बाबा, किंचित खिलखिलाकर बोल उठे, 'अब यही तो शमशेर हैं।'

दस-पाँच मिनट में हमारी गुफ्तगू की गूँज से यह भाँपकर कि हम दोनों चाय की तलब से भरे हुए उनके इन्तजार में बैठे हुए हैं, शमशेर जी आहिस्ते से कमरे से बाहर आये और किचन की तरफ चले गये। यह तो मैं पहले भी शायद 1981-82 में उसी दिल्ली में अनुभव कर चुका था कि चाय भी वे इस तरह बनाते हैं जैसे कोई कविता लिख रहे हों। पीते भी ठीक उसी तरह जैसे कि ग़ालिब का यह मिसरा—बैठे रहें तसुव्वरे जानां किये हुए...।

उनके नींद से इस प्रकार उठने और किचन तक जाने के प्रभाव को अगर मैं कहना चाहूँ तो सन्दर्भ की परवाह न करते हुए इस मिसरे को याद कर सकता हूँ—वो यूँ दिल से गुजरते हैं कि आहट तक नहीं आती।

किचन से लौटे तो उनके हाथों में—हम दोनों के लिए चाय से भरे कप थे। हमने लक्ष्य किया जब तक किचन में वे रहे कोई एक आवाज तक नहीं आयी जैसे कि वे किचन में नहीं पूजाघर में हों। हमारे कप हमारे सामने मेज पर रख वे तसल्ली से अपना कप लेने गये और इत्मीनान से लौटे।

मैंने लक्ष्य किया, चाय के कप को उन्होंने जिस तरह उठाकर होठों से लगाया वह 'लगाना' मुझे अभी तक याद है। पहली बार सिप शब्द और उसकी क्रिया मेरी आँखों के समक्ष मूर्त हो रही थी। सुड़कना आदि तो मेरे अनुभवों में था, पर ऐसी नाजुकी नहीं। यह वह नाजुकी नहीं थी जो गुलाब-फूलों की पंखुड़ियों में हुआ करती है। यह वह थी जो स्पर्श के सूक्ष्म इलाकों को पार कर आत्मा के स्वादों से संवादरत थी। उनकी कविता में आया 'चुस्की' शब्द भी तभी मेरे लिए प्रत्यक्ष हो सका।

चाय समाप्त होने-होने को थी, तभी मैंने अपनी जिज्ञासा किंचित प्रबलता से रख दी। अब मानता हूँ मेरे रखने का ढंग शमशेर की तबीयत के अनुरूप शायद नहीं था। मैंने जो रखा, जिस ढंग से रखा उसमें आरोप भाव भी था ही। कहा...यह

प्रयोग मैं ग्रहण नहीं कर पा रहा हूँ। ऐसे प्रयोगों से विलक्षणता तो बढ़ती है पर भाव ग्रहण नहीं हो पाता। वे सुनते रहे। कुछ भी नहीं बोले। मैंने देखा—ईषत् रोष की एक छाया उनके चेहरे पर बादलों में दौड़ती बिजली सी दौड़ गयी। उनके होंठ किंचित वक्र और कठोर हो गये। दाँतों की रौशनी में जैसे चोट लगने की व्यथा की रेखा सी झिलमिलाने लगी। बाबा ने भी एकाध टिप्पणी ऐसी जड़ दी कि वे बगैर कुछ बोले उठे और किचन में न जा सीधे फिर अपने शयनकक्ष में चले गये। हम दोनों बस देखते ही रह गये। हमें सहसा अपनी भूल का एहसास हुआ। मुझे तो कुछ बाद में, पर बाबा ने इसे उनके उठते ही भाँप लिया। मुझे लगभग कटघरे में खड़ा-सा करते हुए उन्होंने कहा—'तुमने उन्हें नाराज कर दिया न! लो! अब वे कोपभवन में चले गये।'

उस शाम एकाध घंटे बाद जब वे अपने कमरे से बाहर आये तो बेहद उदास और गम्भीर, कुछ-कुछ अपरिचित जैसे भी लगे। लगा कि हम दोनों अतिथियों से काफी आहत हुए हैं। फिर भी उनकी बोल-चाल में औपचारिकता से भरी एक संयत कोमलता थी। क्रोध की जगह उत्पीड़न जैसा भाव भी। सहज होने में हम तीनों को एकाध रोज का समय लगा। प्रतिपल प्रफुल्ल रहने वाले बाबा नागार्जुन भी उस दौरान कुछ कम सावधान और चिन्तित नहीं रहे।

याद आता है आपातकाल के आस-पास जबलपुर में आयोजित प्रगतिशील लेखक संघ का वह महाअधिवेशन जिसके स्वागताध्यक्ष मध्य प्रदेश के मुख्यमन्त्री अर्जुन सिंह थे। मुख्य कर्ता-धर्ता हरिशंकर परसाई, भीष्म साहनी, नामवर सिंह, ज्ञान रंजन और कमला प्रसाद। गुलाम रब्बानी ताबाँ, ए.के. हंगल वगैरह तो थे ही। शमशेर, केदारनाथ अग्रवाल, त्रिलोचन, नागार्जुन भी। किस्सा अधिवेशन के दूसरे दिन सुबह का है जब नागार्जुन और केदार के साथ लगकर मैं भी नाश्ते के कक्ष की ओर जा रहा था। तभी दोनों बुजुर्गों ने त्रिलोचन के दरवाजे को थपथपाया और बेखौफ होकर आवाज दी। त्रिलोचन भी आनन-फानन खादी का मोटा-झोटा कुरता और सफेद पायजामा डाट कर बाहर आ गये। सोचा गया कि शमशेर को भी साथ ले लिया जाये। यह काम त्रिलोचन के जिम्मे किया गया। तब तक हम तीनों पहली मंजिल की सीढ़ियाँ उतर नीचे उस बगीचेनुमा परिसर में आ गये थे जिसमें पत्थरों के छोटे-बड़े पटियों के टुकड़ों को जोड़-जाड़ कर एक पगडण्डी सी बनाई गयी थी। अगल-बगल बेतरतीब सी छायादार पेड़ों की सघन छाँह थी। कुछ ही दूरी पर भोजनालय-कक्ष। हम तीनों की निगाह सीढ़ियों पर ही थी कि त्रिलोचन शमशेर को लेकर उतरने वाले हैं, पर प्रकट हुए वे अकेले और किंचित मायूस होकर। कुछ भाँप कर बाबा केदार जी से फुसफुसाए—लगता है अभी वे स्नान ध्यान में ही हैं। त्रिलोचन नजदीक आकर बोले—'अभी वे आसन कर रहे हैं। उन्हें समय लगेगा, चलिए।' सब किचन की तरफ मुखातिब हुए तो त्रिलोचन का गुबार इस उद्धृत शेर में फूटा—

इन्हीं पत्थरों से होकर गर हो सके तो आओ
मेरे घर के रास्ते में कोई कहकशाँ नहीं है।

हम तीनों समझ सके कि त्रिलोचन कहीं से आहत हुए हैं और क्षुब्ध भी। फिर भी त्रिलोचन और शमशेर न कभी बदले, न कभी मुठभेड़ या तकरार की मुद्रा में आये। बल्कि कहना चाहिए, त्रिलोचन ही शायद उनके सबसे अन्तरंग सखाकवि रहे जो कि स्वभाव में सर्वथा भिन्न न होकर भी अलग। कौन नहीं जानता शमशेर ने त्रिलोचन पर कैसी खूब कविता लिखी है। उनके संग्रह 'धरती' को लेकर एक बड़ा वाक्य लिखा है—'सहजता उसका प्राण है।' तथापि अपने प्रिय कवि माचवे पर लिखते हुए वे त्रिलोचन की याद कुछ यों करते हैं—'मसलन मेरे और त्रिलोचन के सिवा और कितने दूसरे साहित्यिक पाठक वाकई माचवे के पदों को, छन्दों और तुकों को, जी से पसन्द करते होंगे। (त्रिलोचन का नाम भी मैं कुछ-कुछ सन्देह के साथ और तकल्लुफ से ही ले रहा हूँ।)'

त्रिलोचन पर शमशेर कई-कई बार ढेरों जगहों से घूमघाम कर फिर आ टिकते हैं। वे लिखते हैं, लगभग एक साथी कवि की तरह—'उनके यहाँ जो कमजोरियाँ हैं वह सहज ही कब की दूर हो सकती थीं, मगर कई बातों की तरह भाषा और शैली पर भी इनके दृष्टिकोण में एक तरह का कट्टरपन है, एक कड़ापन। इस दिशा में मैं समझता हूँ कि इनके और मेरे बीच कहीं-न-कहीं बुनियादी मतभेद हैं।"

त्रिलोचन ने उस सुबह जब बगैर किसी ललकार के यह शेर कहा तो लगा कि हाँ, सिर्फ शमशेर ही नहीं, त्रिलोचन भी अपनी इस 'पथरीली' राह को जानते हैं। निश्चय ही उनमें नाजुकी नहीं है। तभी तो वे पहाड़ों को अपनी कुहनियों से ठेल पा रहे हैं।

बहरहाल, हम चारों ने डाइनिंग हॉल में पहुँच अपना नाश्ता खतम किया और सभास्थल की ओर चल पड़े। शमशेर तब भी हमें कहीं दिखाई नहीं पड़े। शमशेर को लेकर मेरी स्मृतियों में कवि सरोज (मुकुट बिहारी) की ये पंक्तियाँ टहलती रहीं—'भीड़ भाड़ में चलना क्या, कुछ हटके-हटके चलो।' शमशेर को गहमा-गहमी और भीड़-भाड़, या कहें हँसी-ठट्ठे वाला वातावरण शायद ही कभी रास आया हो। उनकी कविता में तो इसकी कल्पना तक नहीं की जा सकती। उनका खुलना और मुँदना कदाचित छुई-मुई जैसा है।

मैंने उन्हें जब पहली-पहली बार विदिशा आने के लिए कॉलेज के हिन्दी विभाग में आमन्त्रित किया तब वे आये और बहुत ही सहजता से। न कोई बहाना, न कोई नखरा। आये भी ऐसे जैसे कि घर-परिवार के लोगों के बीच आया जाता है। हिन्दी विभाग के छात्रों ने उन्हें अपनी कविताएँ सुनाईं। उन्होंने भी थोड़ा-बहुत कुछ कहने के बाद अपनी कविताओं का पाठ किया सो भी किताब से। यह वो शमशेर थे जो भीतर तो निरन्तर रहते हैं किन्तु जिसका कोई अक्स बाहर शायद ही दिखाई दे।

कविताएँ सुनाते वक्त मैंने महसूस किया कि उनके व्यक्तित्व में बरसों से चुप्पी साधे बैठा अपनी समूची साकारता में एक भरापूरा स्रष्टा उभर आता है। ऐसा जिसे अपने स्रष्टा होने पर भारी आत्मगौरव का बोध हो। काव्य-पाठ के दौरान मैंने कवि शमशेर को हमेशा इसी रूप में देखा। लगा कि वे अपने सर्वस्व को उँडेल रहे हों। तब वे वह शमशेर नहीं रहते जो मिलने-जुलने वालों के बीच अपने को बेहद औसत रूप में प्रस्तुत करता है। कविता पाठ के वक्त वे उस खिले और चतुर्दिक महकते फूल की तरह होते हैं जो अपनी खूबसूरती और महक में आत्म-विभोरता का अनुभव करता और कराता चलता है–'जितना खुलता है, उतना खिलता है'–वह सरापा गुलाब जैसा है' वाले ताज भोपाली के मुहावरे में।

पहली बार जब भोपाल में मैंने उन्हें एक बड़े दर्शक-श्रोता समूह के बीच कविता पाठ करते देखा था, वे न कहीं से झिझके थे, न संकोच में पड़े थे। वे तो साक्षात् काव्यावतार के रूप में अपने श्रोताओं के बीच प्रतिपल अवतरित हो रहे थे। विदिशा के काव्य-पाठ में उनकी अदा ऐसी तो नहीं थी पर छात्र-छात्राओं की नवयुवा टोली के बीच चाय पीते, जलपान करते हुए उन्हें इस रूप में मगन देखना और पाना भी एक अविस्मरणीय अनुभव था। यही शमशेर कुछेक कविताओं को सुना चुकने के बाद, जब ग़ज़लों की तरफ आये तो लगा पुश्तैनी जमीन पर खड़े होकर अपने आस-पास के लोगों से अपनी शख्सियत की खासियत को लेकर कोई गुफ्तगू कर रहे हों। दो शेर उन्होंने उस पाठ में खासतौर से सुनाए थे–

वही उम्र का एक पल कोई लाये
तड़पती हुई सी ग़ज़ल कोई लाये
हकीकत को लाये तखैयुल से बाहर
मेरी मुश्किलों का जो हल कोई लाये

नीचे का यह शेर तो उनकी पहचान से वैसे भी जुड़ सा गया है अभिन्न होकर–

आज फिर काम से लौटा हूँ बड़ी रात गये
ताक पर ही मेरे हिस्से की धरी है शायद

ग़ज़लों के शमशेर अगर जमीन पर खड़े दिखते हैं तो कविताओं वाले शमशेर आसमान में अदृश्य उड़ान भरते डैनों वाले किसी ताकतवर पक्षी की तरह। यथार्थ और कल्पना का यह जो युग्म वे अपने सृजन में खड़ा करते हैं, उससे यह सन्देश भी जाता है कि वे जीवन और कला की कोई सीमारेखा नहीं बाँधते, न ही उसके किसी एक रूप को अहम् और दूसरे को इदम् मानते हों। कला, खासतौर से साहित्य अगर कला रूप है तो जहाँ तक जीवन है–जैसा जीवन है, उसकी व्याप्ति और गति भी वहाँ तक है। जिस तरह जीवन किसी एक फार्मूले या परिभाषा में बाँधा या किसी

एक सूत्र के सहारे जिया और किया नहीं जा सकता, कला भी वैसी ही है। उसमें अनन्त दिगन्त हैं, अनन्त सम्भावनाएँ और रूपविधान हैं। अनन्त अभिव्यक्तियाँ हैं। यही तो उसकी लीला है।

शमशेर के रचना-कर्म में यह विस्तार और उदारता खूब दिखती है। उन्होंने तुकान्त या छन्दोबद्ध कविताएँ भी लिखी हैं, और लगभग निःसंकोच भाव से। उनके इस भाव के चलते हिन्दी कवि का एक ऐसा मॉडल मिल सका है जो आधुनिक, अनाधुनिक, नये या पुराने का अतिक्रमण करता है। जो यह बताता है कि सृजन के ये पैमाने बेहद कामचलाऊ और औसत हैं। असल पैमाना तो वह अनुभव-व्यापार और कवि-दृष्टि है जो किसी भी कला की कनाई हुई मूलभूत पूँजी है। इसे कोई रचनाकार कैसे रचता है और प्रतिसृष्टि खड़ी करता है, यही तो उसकी सबसे बड़ी देन है। इसे चाहे वह कल्पना की मदद से करे, फैंटेसी (अतिकल्पना) के बल पर करे या फिर सामान्य अलंकार-विधान के सहयोग से। हैं तो ये सब ही कल्पना व्यापार के ही विभिन्न नाम और रूप। शमशेर ने इन तमाम रूपों से मौके-मौके पर काम लिया है।

कोई भी संवेदनशील कवि अगर सचमुच वह विदग्ध-हृदय है तो स्वयं को जान-बूझकर किसी एक दायरे में नहीं बाँधता। नागार्जुन जब यह लिखते हैं कि उनके आस्तिक ने उनके नास्तिक को पछाड़ दिया, तब यही सन्देश देते हैं कि कवि की सबसे बड़ी पूँजी वह उन्मुक्त गति और तरलता है जो किसी भी शास्त्र के भय से न तो भयभीत होती है, न किसी चलन, रीति या फैशन के दबाव में आकर अपना स्वभाव भूल जाती है। कवि के चरित्र का विकास तभी सम्भव हो पाता है जब वह एक 'फर्ज' की तरह इसकी रक्षा और देखभाल करे। अपने स्वभाव को पहचानते हुए उसी का सौन्दर्य निखारे और पोषण करे। बिखेरे भी।

आज के समय में जब कवियों की एक पूरी सुसंगठित बिरादरी विचारधारा और उस के रीतिवाद में फँस गयी है, तब शमशेर और नागार्जुन से ही नहीं केदारनाथ अग्रवाल और भवानीप्रसाद मिश्र जैसे कवियों से यह सीख लेनी चाहिए कि विचारधारा के प्रति प्रतिबद्धता के बावजूद कवि को अपने स्वभाव की खोज, पहचान और अपने व्यक्तित्व की अन्तरंग स्वाधीनता की रक्षा अनिवार्यतः करनी चाहिए। लोक और शास्त्र तथा काव्य-परम्परा का गहन अध्ययन भी उसकी चुनौतीपूर्ण जिम्मेदारी है। वे सारे नये, आधुनिक, उत्तर आधुनिक कवि आज भी जहाँ मात खा रहे हैं और अपने वरिष्ठों की तुलना में हल्के-फुल्के और इकहरे साबित हो रहे हैं, कारण यही कि वे भूल चुके हैं कि इस समाज के पास कविता की दो-ढाई हजार साल की गम्भीर परम्परा है। समाज और लोक ने इस परम्परा को अपने अवचेतन में निरन्तर बसा रखा है। इसी की मदद से वह धर्म-अधर्म, न्याय-अन्याय, कुरूप और सुन्दर, साथ ही चमत्कार और मार्मिकता को पहचानता आया है। तब किसी भी युग और

दशक की कविता को यह क्यों भूल जाना चाहिए कि उसकी विरासत कितनी दीर्घ समृद्ध और लोक का काव्य-विवेक कितना प्रखर है। मौलिक सर्जक इसीलिए कभी भी काव्य-पंडितों और कला-आचार्यों को लक्ष्य कर कविता नहीं लिखता। हमेशा ही वह उस लोक को सम्बोधित करता है जिसके दिये हुए अनुभवों के बल पर वह अपने काव्य को रच पाता है।

शमशेर जैसे कवि, जो गूढ़ता में जहाँ-तहाँ सचमुच अद्वितीय हैं, इसीलिए स्वाधीन व्यक्तित्व के हैं कि वे न अज्ञेय का अनुगमन करते हैं, न महादेवी और न अपने मित्र बच्चन का। त्रिलोचन और नागार्जुन का अनुकरण करने का तो प्रश्न ही नहीं। जिन निराला से वे बहुत कुछ सीखने की कोशिश करते हैं, उनसे भी वे सावधान रहते हैं। यही कारण है कि शमशेर का प्रेम और प्रकृति-काव्य प्रसाद और निराला का प्रेम और प्रकृति-काव्य नहीं है। वह पन्त का भी नहीं है। हाँ, उस परम्परा का विकास जरूर है। छायावाद की आदर्शप्रियता और स्वप्नशीलता की जगह शमशेर में वस्तुप्रियता और सजीवता का सौन्दर्य कहीं अधिक है। ऐसा भी नहीं कि शमशेर को सपनों में जाना रुचिकर नहीं लगता किन्तु इससे कहीं अधिक वे अपनी कल्पनाओं की लीला में रस लेते हैं–

एक सोने की घाटी जैसे उड़ चली
जब तूने अपने हाथ उठाकर
मुझे देखा।
एक कमल सहस्रदली होठों से
दिशाओं को छूने लगा

यहाँ 'सोने की घाटी' और 'सहस्रदली होठ' से कहीं अधिक भाव-व्याकुल कर देने वाला बिम्ब 'मुझे देखा' और 'छुआ' वाला है। छायावाद में ये सब दैवी रूप विभूतियों की शक्ल में धरती पर उतरते हैं–'यह सन्ध्या सुन्दरी परी सी धीरे-धीरे।' शमशेर के यहाँ वे जीवन के धरातल से उठकर घाटियों और दिशाओं में फैल जाते हैं। सो भी निरे मानवीय रूप में।

इससे यह निष्कर्ष निकालना बहुत बड़ी भूल होगी कि छायावादी कविता वायवीय है और प्रगतिशील कविता ठोस जमीन की। अन्तर तो कुछ दूसरा है। छायावादी कविता की प्रेरणा के पीछे एक ऐतिहासिक-सांकृतिक जीवन-स्वप्न है तो प्रगतिशील कविता उस राजनीतिक, आर्थिक और सामाजिक वास्तविकता से जन्म लेती है जो हमारा जीवन-यथार्थ है। सच किन्तु यह भी है कि सपने कभी भी हमारा साथ नहीं छोड़ते। यह शमशेर ही तो हैं जो लिखते हैं–

सूरज उगाया जाता
फूलों में

यदि हम एक साथ
हँस पड़ते
फिर शमशेर कितने प्रगतिशील हैं, यह तो वही जानें।

काव्यालोचन में इस विवेक का परित्याग कर नपे-तुले तयशुदा मानदंडों से काम लेना या चलाना कविता का तो कुछ खास नहीं बिगाड़ पाता पर आलोचना का तो सत्यानाश ही कर डालता है। आज नहीं तो कल ऐसी आलोचनाओं का यही हश्र होने वाला है। सम्भव है कतिपय अध्यापकीय कोशिशें कामचलाऊ मानकर कुछेक दिन पढ़ी-पढ़ाई जायें—सो भी मूढ़मति हृदयहीन अध्यापकों और सफलताकामी विद्यार्थियों द्वारा—किन्तु वे तो कदापि नहीं जो शास्त्रांध हैं और उसी के बल पर पाण्डित्य-प्रदर्शन कर रही हैं।

सच है शमशेर जैसे कवि यश-प्रार्थी कवि नहीं हैं। विपरीत इसके वे आत्माभिव्यक्तिवादी कवि हैं। और उनका यह 'आत्म' जिन तत्त्वों से रचित है, उसमें केवल हिन्दी कविता या उर्दू शायरी का योगदान नहीं है। पहले कहा जा चुका है कि उसमें पश्चिमी कला-आन्दोलनों और चित्रकार शमशेर का अपना योगदान भी कुछ कम नहीं है। उस परम्परागत सामन्ती सौन्दर्यबोध का भी कुछ कम नहीं शमशेर जिसके प्रति जाने-अनजाने कोई शत्रुभाव प्रदर्शित नहीं करते जैसा कि पूँजीवाद के प्रति वे करते हैं। गायकों, वादकों, चित्रकारों, विशिष्ट बुद्धिजीवियों के प्रति वे जैसी जगह अपनी कविता में बनाते हैं और उनके व्यक्तित्व की गम्भीर रूपरेखा सजीव करते हैं, उसमें सामन्ती सौन्दर्यबोध और रुचिबोध की आधारभूत भूमिका है—

कौन पाप हैं पूर्वजन्म के
जिनका मुझको फल मिलता है

या

न जाने किस लोक में आज, जाने किस
सदाव्रत का हिसाब बैठे तुम लिख रहे...

और एक चित्र

लटका है पश्चिम के घर में
आधा चाँद कटोरा काँसे का सा
सीसे की-सी नीली रात...

इन उदाहरणों को प्रस्तुत करने का अर्थ सिर्फ इतना ही है कि कोई भी सर्जक, अगर वह सर्जक है तो सिर्फ अपने तात्कालिक वर्तमान में नहीं रहता, उसकी

संवेदना की आँख तो आगे-पीछे अपने समय के चारों ओर सर्चलाइट की तरह घूमती हुई उसे निरखती, वाकिफ होती और तौलती रहती है। किन्तु उसकी सहज चेतना के पाँव अतीत में आवाजाही करते हुए उस भविष्य की टोह में लगे रहते हैं जिससे सिर्फ मनुष्यता की आगामी राहें नहीं, स्वयं कविता की भी नयी राहें खुलती हैं। अन्ततः कलाएँ जीवन को ही व्यक्त करने का धर्म निभाती हैं इसलिए जीवन के प्रकट रूपों, उनके पीछे के कारकों के साथ जीवन के रहस्यों का अनुभव कर उनका काव्य-साक्षात्कार करना किसी भी कृतिकार का सबसे बड़ा काम है। शमशेर को पढ़ते हुए यह काम हमें जिस स्तर पर दिखता है, वह विचार या मुक्तिबोध से पदावली लें तो कहें ज्ञानात्मक नहीं संवेदनात्मक ज्ञान है। वे विचार से अनुभव नहीं, अनुभव से पैदा हुए विचारों के कवि हैं। अज्ञेय तभी तो कहते हैं कि शमशेर भले ही राजनीतिक तौर पर मार्क्सवादी पार्टी और उसकी राजनीति के साथ हों पर कवि के रूप में उनका व्यक्तित्व अविभाजित और अखण्डित है। पर इसके चलते वे कोई समझौता करते या अपने विश्वासों से मोहवश चिपके ही रहते हों, ऐसा भी नहीं। अपनी धारणाओं और विचारों को, कन्विंस हो जाने पर बदलने में भी वे कोई परहेज नहीं करते, इसका अनुभव भी मुझे एक बार हुआ।

विक्रम विश्वविद्यालय, उज्जैन की हिन्दी अध्ययनशाला में अज्ञेय पर व्याख्यान देने पहुँचा तो मेरे आदरणीय शिक्षक त्रिपाठी जी (डॉ. राममूर्ति त्रिपाठी) ने सूचित किया कि तुम्हारे व्याख्यान की अध्यक्षता शमशेर जी करेंगे। सुनते ही मेरे हाथ-पाँव फूल गये। बचने की कोई राह न पा मैं नहा-धोकर सीधे उनके निवास पर चला गया और विभाग तक की आधा-पौन किलोमीटर की दूरी उन्हीं के साथ पैदल तय की। रास्ते में उन्होंने मेरी जिज्ञासाओं के समाधान के सिलसिले में बताया कि अज्ञेय जी हमारे सीनियर हैं, एडीटर तो हैं ही, बहुत बड़े शब्दशिल्पी हैं। हम लोग उनकी कविता के स्ट्रक्चर से बहुत कुछ सीखते हैं—आदि-आदि। वे जैसे थे, उस सरलता में यह भी नहीं सोचा कि मेरी जिज्ञासाओं के मूल के पीछे क्या है। अपने एकाध घंटे के व्याख्यान में मैंने यह काव्य-परिदृश्य उकेरा कि छायावाद तक जो सामूहिक भावधारा, सांस्कृतिक और दार्शनिक भाव-भूमि पर चली आ रही थी उसे किस तरह अज्ञेय ने मध्यवर्ग और उसके व्यक्तिवाद में ला केन्द्रित किया और फिर सम्प्रेषण को एक चुनौतीपूर्ण समस्या के रूप में प्रस्तुत कर दिया। मैंने राष्ट्रीय काव्यधारा, मैथिलीशरण गुप्त आदि की जनोन्मुखता की भी चर्चा की।

व्याख्यान की मेरी उस दिन की शैली—जो होना हो सो हो—वाली थी। कारण शमशेर की अध्यक्षता ही थी। वहाँ विश्वविद्यालय के समाजशास्त्र और राजनीति विभाग के आचार्य लोग भी बैठे थे। छात्रों और शोधछात्रों की पर्याप्त संख्या थी ही। शमशेर जी अध्यक्षीय वक्तव्य देने खड़े हुए तो मुझे ही नहीं सबको चमकृत ही कर दिया—विजय बहादुर जी ने जिस परिदृश्य को रचा और जिस ऐंगल से बात

उठाई, उस दृष्टि से तो हमने कभी सोचा ही नहीं था। ऐसा भी नहीं कि अज्ञेय जी में कमियाँ और चूके न हों। पर यह तो सही ही है कि वे मध्यवर्ग को अभिव्यक्त करनेवाले कवि हैं। वह विशाल जनबिरादरी जो पिछले कवियों की सम्पदा रही, सो तो यहाँ नहीं ही है।

उनकी बातों को सुनते हुए मैं इतना ही सोच सका कि शमशेर दुराग्रही या पूर्वग्रही तो एक दम नहीं हैं। या फिर इतने भावुक और निश्छल कि बह जाने में तनिक भी देर नहीं करते।

पर इसका दूसरा रूप भी मैंने देखा जब अपनी एक लम्बी कविता 'जमुना चौबे' मैंने उन्हें उनके निवास पर जाकर सुनाई। मेरे साथ सविता भी थी। कविता धैर्य से सुन चुकने के बाद वे बोले—'विजय बहादुर जी! आप इतने अच्छे आलोचक तो हैं। आपको कविता क्यों लिखनी चाहिए?' यह भी उन्होंने किसी आग्रह, दुराग्रह से नहीं सिर्फ अपनी प्रतीति के बल पर ही कहा। मैं सोचता ही रहा कि फिर भवानी मिश्र और नागार्जुन क्यों कहते रहते हैं—तुम्हें कविता लिखना छोड़ना नहीं चाहिए।

तो क्या मान लिया जाये, कविता के भी कई-कई रूप और स्तर हैं। उसके रचयिताओं की अलग-अलग जातियाँ और अभिरुचियाँ भी। इतने बड़े समाज में, जिसमें इतनी विविधताएँ हों, उसमें क्या अकेले शमशेर, अज्ञेय या मैथिलीशरण गुप्त या फिर नागार्जुन और भवानीप्रसाद मिश्र से काम चलने वाला है? शायद नहीं। सैकड़ों कवियों को एक साथ मिल कर यह भाव-मन्थन करना है। सैकड़ों रूपों और प्रकारों में। शर्त बस इतनी ही है कि होना उसे कविता ही चाहिए, काव्याभास नहीं।

शमशेर अपनी राजनीतिक कविताओं में कितना बचते हैं यह तो वही जानें पर अन्यत्र जहाँ है, वहाँ तो वे ही वे हैं। अकेले और अद्वितीय।

औघड़ कवि नागार्जुन

"तुम बड़े बुद्धिजीवी और लेखक बनते हो तो पहले अपनी नौकरी छोड़कर बताओ। तुम्हारा दोस्त शलभ कैसे नौकरियों को लात मार अब आजाद घूम रहा है।" नागार्जुन का मूड आज मेरे किस व्यवहार से उखड़ा हुआ है और वे कैसी ललकारपूर्ण भाषा में मुझे नौकरी छोड़ आजाद हो जाने को कह रहे हैं समझ में भले न आया हो पर सोच में तो पड़ ही गया। पहली बात जो सोचने में आयी वह यही कि क्या मैं यह नौकरी छोड़ भी सकता हूँ। जिन माँ-बाप, घर-परिवार वालों ने अपने कई मुश्किल दिनों में भी मुझे पढ़ने दिया, इस उम्मीद में कि मेरे पढ़-लिख जाने पर उनकी तकलीफें खत्म हो सकेंगी, लेखक की सर्वतन्त्र स्वतन्त्रता के नाम पर क्या मैं उनके प्रति अकृतज्ञ हो उठूँ। बीबी-बच्चे तो मेरी इस रहन के चलते घर छोड़ कर जा ही चुके हैं, अब नौकरी भी छोड़ दूँ तो क्या करूँ।

थोड़ी देर उधेड़-बुन में रह चुकने के बाद मैं अपने शयन-कक्ष से ड्राइंग रूम वाले कमरे में गया, जहाँ वो पालथी मारे चुपचाप तखत पर बैठे थे। उनकी लम्बी दाढ़ी के लगभग सफेद हो चुके सारे बाल जैसे सन्नाटे में चले गये हों। आज मैं उनके सामने किसी जिज्ञासु सा खड़ा था। चुप्पी भी मैंने ही तोड़ी—आप जो नौकरी छोड़ने की बात कर रहे हैं, वह समझ में तो आ रही है पर यह समझ में फिर भी नहीं आ रहा है कि नौकरी छोड़ देने पर मैं सचमुच लेखक और बुद्धिजीवी हो ही जाऊँगा। फिर मेरी नौकरी अब मेरी नौकरी रही कहाँ। इसी के बल पर तो आप, शलभ, वेणुगोपाल सब निश्चिन्त होकर यहाँ प्रवास करते हैं। शलभ को तो आप देख ही रहे हैं, सालों-साल से रह रहे हैं। आप भी दो-दो, डेढ़-डेढ़ महीने, कभी-कभी तो अपने बड़े बेटे शोभाकान्त जी के साथ भी आकर रहते हैं। बच्चे तो इसी सबके चलते अलग रहने चले गये हैं। शलभ अभी एकाध महीने पहले ही दिल्ली गये। नौकरी छोड़ दूँ तो क्या यह बचा-खुचा ठिकाना भी नहीं ढह जायेगा? ये बातें मैं काफी विनम्र शैली में किन्तु गम्भीर होकर कह रहा था, जिससे उन्हें न लगे कि मैं किसी आक्रामक मूड में हूँ। थोड़ी देर खामोश रह वे खुले—'हाँ कहने को तो मैं कह गया, यह तो बाद में सोचने में आया कि सब अगर मेरी या शलभ की तरह हो जायेंगे तो फिर कौन-सा ठिकाना ढूँढ़ेंगे?

थोड़ी देर की गहरी खामोशी के बाद वे जैसे किसी आत्मग्लानि में भर कहने लगे—"हम तो ऐसे लोगों में से हैं—याने साधू का लबादा छोड़ने पर भी जो एक अच्छा पति नहीं बन सका, एक अच्छा पिता नहीं बन सका, वह भला अच्छा कवि और अच्छा नागरिक कैसे होगा? प्रत्येक प्रकार के बन्धन से छुटकारा पाने की कोशिश में किसी प्रकार के दायित्व को न निभा पाने की निराशा में आहिस्ता-आहिस्ता औघड़ बन जाना ही मैं अपने लिए सहज मानता आया हूँ।'

पल-दो पल का अन्तराल के बाद वे थोड़े उबरे और मेरी तरफ आँखें उठा कहने लगे—"आप कभी अगर कलकत्ता के नीमतल्ला घाट वाले श्मशान इलाके में गये होंगे या फिर मछुआ बाजार में, तो वहाँ एकाध औघड़ को घूमते जरूर देखा होगा। उसकी रहन-सहन कितनी वितृष्णा भरी होती है। एक हाथ में मुरदे की खोपड़ी और एक हाथ में विष्टा लिए। क्या कोई समाज उसे या उसकी जीवन-शैली को स्वीकार करेगा?"

वे जब यह सब कह रहे थे, उनके चेहरे पर गहरी पीड़ा थी। जिस तरह का उनका लेखन था, खासतौर पर काव्य-लेखन, वह बहुत सारे प्रगतिशीलों और जनवादियों को भी हैरत में डालता था। कोई उन्हें पैम्फलेटबाज तो कोई हड़बड़ी में पड़े हुए लेखक के रूप में देख रहा था। उनकी संवेदना का यह कैसा स्वरूप था जो इस तरह के जीवन-अनुभवों और सामाजिक सन्दर्भों को रेखांकित करने की पहल कर रहा था। पर जैसी सहृदयता की अपेक्षा थी, वह उन्हें दूर-दूर तक नदारद सी दिखती थी। फिर भी नागार्जुन तो नागार्जुन थे। निराला की ही तरह के जिद्दी और अटल आत्मविश्वासी। अपने काव्य-पथ और जीवन-पथ से कभी न डिगने वाले। उन्हें तो जैसे रहना है, रहना ही नहीं, लिखना भी है।

इसकी एक झलक का अनुभव मुझे तब हुआ जब एक दिन मुझे लेकर वे विदिशा के तिलक चौक स्थित खादी भण्डार पहुँचे। वे गाँधी जयन्ती वाले दिन थे जब खादी पर कमीशन मिला करता है। काउण्टर पर पहुँच मैंने अपने सुपरिचित शर्मा से कहा—इनके लिए रंगीन, मोटी खादी वाला शर्टिंग दिखाओ। बाबा को कुरते सिलवाना है। रैक में नये आये हुए थान लाइन से सजे रखे थे। उसने दो-तीन खूबसूरत डिजाइन वाले दिखाए जो चटख रंगों और आकर्षक डिजाइन वाले थे। मैंने इसरार किया—यह ठीक है, ले लें। पर मेरे प्रस्ताव पर उनकी मुद्रा ही बदल गयी—'नहीं, नहीं, यह मुझे पसन्द नहीं। इसका रंग बहुत चटख है।' फिर शर्मा को सम्बोधित कर उन्होंने कहा—'वो जो थोड़े गन्दुमी रंग के थान हैं, उन्हें दिखाइए।' अन्ततः उन्होंने उन्हीं में से लिया भी। रास्ते में लौटते हुए सफाई भी दी—'आप जो पसन्द कर रहे थे, वह जरूरत से ज्यादा चटख था। जल्दी ही मैला हो जाता। मुझे बार-बार बदलना पड़ता। तब यह एक और मुसीबत होती मेरे लिए। आप देखते नहीं मैं कैसा रहता हूँ। ये कम से कम सात-आठ दिन तो पहने जा ही सकते हैं।'

सात-सात, आठ-आठ दिन तक लगातार एक ही कुरते-पायजामे को बेफिक्र होकर पहनने वाले नागार्जुन की यह भी फितरत थी कि नाखून बढ़े हुए हैं तो बढ़े रहें, दाँत मटमैले दिखते हैं तो दिखें। नहाना-धोना तो यों भी उन्हें नहीं है। हाँ! नाम करने को शौच के बाद आधा-तिहाई हाथ धो लेना और उँगली से मंजन या पेस्ट घिस लेना। यही कुल तो उनकी सफाई और नहान था। फिर भी उनकी उपस्थिति से कभी कोई बदबू महसूस हुई हो, ऐसा भी नहीं।

उनकी इस रहन-सहन पर नाक सिकोड़ने और चिढ़ने वाले भी कोई कम कहाँ थे। कोलकाता में एक काव्य-रसिक हिन्दी अधिकारी महिला ने यह जान लेने पर कि बाबा नागार्जुन मुझे बहुत प्रिय हैं और मैंने उन पर दो-तीन किताबें लिखी हैं, एक दिन कहने लगी–'पर वो रहते कैसे हैं, नाखून बढ़े हुए, दाँत मटमैले। सुना है, महीनों नहीं नहाते, चाहते पर यही हैं सब एकदम उनसे सटकर बैठें। मैं तो उनकी उपस्थिति बर्दाश्त नहीं कर पाई।' उधर दिल्ली के मेरे मित्र और सहपाठी, ग्रन्थशिल्पी के प्रकाशक श्यामबिहारी राय की पत्नी सुजाता ने होठों पर व्यंग्यपूर्ण मुस्कान लाते हुए एक बार कहा था–'बाबा भी क्या घर में रहने देने लायक प्राणी हैं। नहाना-धोना तो नहीं पर चौके तक चढ़े चले आना।'

कभी-कभी मैं उनके इस जीने और रहने के ढंग पर सोचता तो ख्यालों में वे ग्रामीण फकीर या वैरागी उभर आते जो अक्सर ऐसे बाने में दिखते। या फिर दूर से चलकर आता हुआ कोई जोगी वैरागी राजा भरथरी के विराग गीतों को अपनी सारंगी पर गा-गाकर सुनाता हुआ। तो क्या नागार्जुन भी इसी तरह के जोगी या फकीर थे। विरक्ति के राग में डूबे हुए। या सिर्फ अपनी वेश-भूषा और रहन में ऐसे थे। अन्यथा तो वे अपने सृजन में कोमल और कर्कश रागों के पूरे समारोह जैसे थे। कई-कई भोक्ताओं के संयुक्त और सघन बिम्ब। उनके सारे लेखन में जीवन का यह विलास-रस इतना लबालब भरा है कि लगता है उन्होंने अपने रोम-रोम से इसे जिया और सिरजा है। अब कइयों को अगर उनका नहाना-धोना दिखता है तो दिखे पर ऐसे भी कहाँ कम थे, जो उनकी कभी-कभार की मुस्कानों में रामकृष्ण परमहंस की मुस्कानों की छाया देखा करते थे। ये मुस्कानें विरल जरूर थीं पर थीं तो सचमुच असाधारण और अविस्मरणीय। पर जैसा सामाजिक और लोकतान्त्रिक जीवन था उसमें संवेदनसिद्ध नागार्जुन के लिए मुस्कराने की गुंजाइशें ही कहाँ बची थीं? सपने तो उनकी बेशर्म हो चुकी कोशिशों के बावजूद टूटते ही जाते थे। नहीं तो कोई कारण और क्या था जो वे अपने समय के काव्य-रस के विक्षोभ-सम्राट होते। राष्ट्रकवि गुप्त जी, जो उन्हें देखते ही अगर 'जहर को मटको' कहा करते थे, तो इसीलिए कि उनकी कविता में विक्षोभ की भारी प्रधानता थी। पर क्यों? यह सोचने की जहमत भला राष्ट्रकवि क्यों उठाते? वे तो आजादी के बाद अपने द्वारा उठाये गये इस महासवाल 'हम कौन थे, क्या हो गये हैं...' तक को विस्मृत कर चुके थे

और मानने लगे थे कि देशी लोगों द्वारा लाये गये लोकतन्त्र में अब आगे जो होना है, सब अच्छा-अच्छा ही होना है। बाद में यह उनका भोला सपना ही बचा। एक तार-सप्तकीय कवि ने लिखा—मेरे सपने ऐसे टूटे जैसे भुने हुए पापड़। पर नागार्जुन अपनी प्रतीतियों में सर्वथा अलग थे। वे जो देख रहे थे, वह तो एकदम उल्टा था। आज तो कहने की भी जरूरत नहीं।

एक वाकया तो भूलता ही नहीं जब कोलकाता के बड़ा बाजार के राममंदिर वाले इलाके में स्थित मेरी किताबों की दूकान[1] पर बैठे वे चाय की चुस्कियों में खोये हुए थे। साथ बैठे एक बिहारी युवा लेखक-कम-पत्रकार सुवास सिन्हा ने उन्हें छेड़ा—'बाबा! आजादी तो मिल गयी। आपका बलचनमा अब कहाँ होगा?' चाय का कुल्हड़ चटाई के एक कोने पर रख बाबा ने उसी मौज में जवाब दिया—'होगा साला, कहीं किसी ग्राम पंचायत का प्रधान बना बैठा।' सुवास ने तब तीखी टिप्पणी की—'तो आपके बलचनमा का यही हश्र होना था?' साफ था हमला अकेले बलचनमा पर नहीं, उसके सर्जक नागार्जुन पर भी था। नागार्जुन फिर तो दुर्वासा की तरह बिफर उठे—'साले! मैंने अपना बलचन्मा अपनी जवानी के दिनों में पैदा किया था। अब बूढ़ा हो चला हूँ। तुम अपना बलचनमा पैदा करो। मेरे बलचनमा के भरोसे कब तक रहोगे?'

नागार्जुन की तरफ से कौन कहने आ रहा था कि आजादी के बाद कैसे उनके सपने एक-एक कर टूटते रहे। उन्होंने इस टूटने को न जाने कितनी सारी कविताओं में दर्ज किया है—

मूँड़ रहे दुनिया-जहान को तीनों बन्दर बापू के
चिढ़ा रहे हैं आसमान को तीनों बन्दर बापू के

सेठों का हित साथ रहे हैं तीनों बन्दर बापू के
सत्य अहिंसा फाँक रहे हैं तीनों बन्दर बापू के

ऐसा भी नहीं कि वे केवल गाँधी के चेलों और उनकी राजनीति के चरित्र को लेकर व्यथित थे। इससे कहीं अधिक व्यथित तो वे उन किताबी और कर्मकाण्डवादी वामपंथियों को लेकर थे, जो पार्टी द्वारा गठित लेखक संघों के सदस्य होकर, रूस वगैरह की सैर से लौटकर, पार्टी-बॉसेज के बौद्धिक गुलाम बनकर रह जाते थे। उनकी किसी भी गलत बात का प्रतिवाद करना तक भूल जाते थे। सही यह भी था कि भारत का जो मार्क्सवाद था उस पर रूसी या चीनी रंग हावी था। स्वयं भारत का अपना रंग तो कहीं था ही नहीं। नागार्जुन की निगाह में यह सबसे बड़ी विडम्बना थी। और वे इसे लेकर भीतर ही भीतर सुलगते रहा करते थे। कई-कई बार उन्होंने

1. आर्य, पुस्तक भवन, 180-ए, चितरंजन एवेन्यू, कोलकाता-700007

कहा—इस देश का अपना राष्ट्रीय मार्क्सवाद कब घटित होगा? यह भी उनका एक सपना था, जो उनके जीवन-काल में पूरा नहीं हुआ।

कौन नहीं जानता कि सन् बासठ में जब भारत और चीन का युद्ध हुआ, माओ और चाओ को लेकर नागार्जुन ने गाली-गलौज से भरी कैसी कविताएँ लिखीं और पार्टी की निगाह से किसी घातक अपराधी की तरह गिरे। उन्हें पर इसकी कहाँ कोई परवाह थी। इसीलिए पार्टी टूट जाने और अलग-अलग लेखक संघ बन जाने के बाद भी कभी किसी संघ ने उन्हें अपना अध्यक्ष नहीं बनाया। जनवादी लेखक संघ ने सन् चौरासी में एक बार जरूर उन्हें अपने राष्ट्रीय अधिवेशन—बनारस में उद्घाटनकर्ता के रूप में बुलाया। संगठन ने मुझे ही उन्हें साथ लिवाकर लाने के लिए भेजा। मैं कोई सवारी लेकर गया नहीं था। रिक्शे से ही चलने का आग्रह किया। वे गये भी। मंच से उतर जब सब भोजन करने में जुटे, मैं अपनी और उनकी प्लेट लेकर उनके पास जा खड़ा हुआ तो कहने लगे—इन लोगों ने उद्घाटन तो मुझसे करवा लिया पर अध्यक्ष कभी नहीं बनाएँगे। जानते हो क्यों? क्योंकि इनकी और पार्टी की निगाह में मैं किसी भरोसे का आदमी नहीं हूँ। भरोसा यानी हर गलत-सही बात पर इनकी और पार्टी की हाँ में हाँ मिलाना। इन्हें न तो अपनी आजादी पसन्द है, न मेरी। तब ये सब लेखक के रूप में जो लिखेंगे उन अनुभवों की सच्चाई पर भरोसा कौन करेगा?

उनके इस कथन पर सोचते हुए मुझे प्रेमचन्द के कहे उस मुहावरे की याद हो आयी—लेखक तो सभ्यता और राजनीति के आगे-आगे चलने वाले मशाल की तरह है। वह उसका मार्गदर्शी है। लेकिन यहाँ तो स्वयं को मशाल मानने वालों को खुद ही मार्गदर्शन की जरूरत पड़ रही है। तब वह मशाल कैसे हुआ? क्या तब मात्र कैडर भर नहीं बचा?

नागार्जुन को यह आत्मबोध कैसे प्राप्त था, तो कहना पड़ेगा कि हमारी वह समूची भारतीय परम्परा, जो निरन्तर अन्याय-विरोधी रही है। वही उनके वैचारिक तेज और काव्य-विवेक की रक्षा किया करती थी। और वह एक खास प्रकार का जिद्दीपन भी, जो प्रत्येक संकल्पी और अनथक पुरुषार्थी में चाणक्य वगैरह की तरह हुआ करता है। चाणक्य की तरह के काले-कलूटे ब्राह्मण तो वे जरूर नहीं थे पर उसी की तरह का, अन्यायी सत्ताओं को उलट-पुलट कर रख देने वाला स्वभाव उनका भी था। अन्यथा कोई कारण नहीं था कि साठ-इकसठ पार के बूढ़े शरीर को लेकर वे बिहार के सम्पूर्ण क्रान्ति आन्दोलन में किसी जवान की तरह कूद पड़ते और नुक्कड़ काव्य-पाठ करते-करते तत्कालीन प्रधानमन्त्री इन्दिरा गाँधी द्वारा आपातकाल लगाने से पहले ही जेल में डाल दिये जाते। कितनी सारी तो तीखी और विस्फोटक कविताएँ उन्होंने इन्दिरा गाँधी के नाम से लिखी थीं। पर जेल में उन्हें और भी तकलीफदेह अनुभवों से दो-चार होना पड़ा। जे.पी. भक्तों और युवा समाजवादियों की तुलना में राष्ट्रीय स्वयंसेवक संघ के कार्यकर्ताओं की संख्या वहाँ विपुल थी। नागार्जुन प्रायः

उन सारे नवयुवकों से संवाद करने की कोशिश और पहल किया करते। पर संघ के वरिष्ठ सेवकों ने यह जान लेने पर कि नागार्जुन उन युवकों का दिमाग फेरने में लगा है, उनके पास उठने-बैठने से बरजने लगे। इतना ही नहीं, नागार्जुन को लेकर वे कई-कई कुत्सित मुहावरों और गालियों से अलंकृत प्रयोग भी करने लगे। इस संस्कृति-व्यवहार को लेकर—वे सब मार्क्सवादी कठमुल्लों से भी आगे हैं।

आपातकाल खत्म होने से पहले ही जेल से छूटने के दो-तीन महीनों बाद हमने उन्हें विदिशा आने का न्यौता भेजा था। वे आये भी। मैंने देखा देह उनकी गल सी गयी थी। चेहरे की आभा मलिन हो उठी थी। हाथों की नसें जरूरत से कुछ ज्यादा ही दिखने लगी थीं। जेल में यों तो उनका बहुत उत्पीड़न नहीं हुआ पर जो होश ठिकाने लगाने वाले अनुभव हुए थे, वे उनके भरोसों को तोड़ देने वाले थे। वहीं उन्हें अनुभव हुआ कि सम्पूर्ण क्रान्ति का सारा आन्दोलन तो नानाजी देशमुख आदि प्रतिक्रियावादियों के हाथ में चला गया है। जयप्रकाश इनके लिए सिर्फ सत्ता प्राप्त करने की सीढ़ी भर हैं। नागार्जुन के लिए यह किसी सदमे से कम नहीं था। वो तो एक सच्चा लोकतान्त्रिक और समाजवादी भारत देखना चाहते थे। पर यहाँ तो दूर-दूर तक उसकी सम्भावनाएँ नहीं थीं। कवि के लिए यह एक और मानसिक आघात था। अन्धकारग्रस्त एक भावी भारत।

घाट-घाट का पानी पी चुके और जगह-जगह की धूल फाँकने वाले नागार्जुन से ज्यादा कौन जानता था कि जिस दिन संघ की सत्ता आयेगी, ये लोग कैसे भारत का निर्माण करना चाहेंगे। तब क्या यह बहुलतावादी उदार हिन्दू समाज भी त्रास का अनुभव नहीं करने लगेगा। इसने भी उन्हें न केवल बुरी तरह तोड़ा बल्कि आहत और क्षुब्ध भी किया। 'खिचड़ी विप्लव देखा हमने' संग्रह उनकी इसी मानसिकता की उपज है।

सम्भवतः इसी से आहत हो, क्षोभ और गुस्से में उन्होंने यह बयान दे डाला कि वे गलती से रंडियों और भडुओं के कोठे पर चले गये थे। ज्ञानरंजन के सम्पादन में प्रकाशित 'पहल' पत्रिका में उनका यह बयान छपा तो इसे सुनकर जे.पी. को भी पीड़ा पहुँची थी। प्रगतिशील लेखक बिरादरी तो खुश ही हुई। पर बाद में तो खुद मार्क्सवादी कम्युनिस्ट पार्टी ने हर बार की तरह फिर महसूस किया कि बिहार आन्दोलन में शामिल न होकर गलती की गयी। तब सोचना पड़ता है कि नागार्जुन गलत कहाँ थे? जनता के विपुल समूहों का साथ न देकर, नेतृत्व न दे पाने की चूक किसकी थी? नागार्जुन को तो अपने भावुक जन-समर्पण के चलते जाना ही जाना था।

कवि के इस चर्चित-कुचर्चित बयान पर एक तीखी प्रतिक्रिया कथाकार निर्मल वर्मा ने तब की, जब मैं अपने प्रकाशक मित्र अशोक अग्रवाल के साथ अचानक उनके दिल्ली निवास पर मिलने पहुँचा। उन्हें यह सूचना अशोक ने ही दी कि मैंने नागार्जुन पर किताब लिखी है, जो सम्भावना प्रकाशन-हापुड़ से जल्दी ही छपेगी। निर्मल जी इस सूचना से न केवल आहत हुए बल्कि चाय का मग हमारे हाथों में

थमाते हुए कहा—'नागार्जुन पर किताब!' उनके ढंग में एक आश्चर्य का भाव तो था ही। यह भी कि क्या वे सचमुच इस लायक बचे भी हैं। मुझे उनका भाव समझ में भी आया। पर कहता क्या। इतने पर भी वे चुप कहाँ रहे। वातावरण अनसुहाना तो हो ही चुका था। अनमने ढंग से चाय पी चुकने पर हम लोग विदा लेने की मुद्रा में खड़े हुए तो जैसे किसी असह्य प्रसंग को सह न सकने की मनःस्थिति में उन्होंने फिर जोड़ा—'लेकिन नागार्जुन का यह कौन-सा चरित्र है कि पहले तो जे.पी. के साथ गये और लौटकर गालियाँ देने लगे।' जैसा कि निर्मल जी का स्वभाव था, इतना कह चुप होते-होते यह तो कह ही गये—'आपको कभी उनसे यह पूछना तो चाहिए! आपने उनसे क्यों नहीं पूछा यह सब? क्या आप अपनी किताब में यह प्रश्नोत्तर अपने पाठकों को मुहैया करा सकेंगे?' यानी कि किताब के प्रकाशन का औचित्य तो तभी है। यह उन्यासी का साल था शायद। सदी बीसवीं।

निर्मल जी की बातों में लेखक के गम्भीर चरित्र और विश्वासों की दृढ़ता वाली बात तो थी ही। अकेले निर्मल वर्मा ही क्यों, कई लोंगों की राय में नागार्जुन उन दिनों एक भटके हुए मुसाफिर थे। कइयों की निगाह में बेपेंदी के लोटे और कइयों की दृष्टि से भलमनसाहत से भी दूर। तरह-तरह की टिप्पणियों वाले कोलाज से अलंकृत व्यक्ति। शरद जोशी जैसे लेखकों का सीधा मत था कि क्यों किसी लेखक को किसी सत्ता राजनीति के साथ उसका पक्षधर होकर जाना चाहिए। जोशी जी विदिशा आते और शाम को सड़कों पर टहलते हुए अपनी जानी-पहचानी शैली में कहते--'यार! नागार्जुन को यह सब करने की क्या जरूरत पड़ती है। तुम उनसे कुछ कहते क्यों नहीं? क्या इन सब मुद्दों पर तुम उनसे कभी बात नहीं करते...आदि। पर मैं जानता था कि वे कहाँ किसकी सुनने वाले हैं। किताब तो छप ही रही थी। मैंने सोचा, क्यों नहीं पत्राचार करके भूमिका में इन बातों को भी डाल दूँ। मैंने उन्हें लिखा और उनका आवेग से भरा लम्बा जवाब भी आया—

विजय बाबू,

आपके कई पत्र इधर मिले भी हैं। नवम्बर और दिसम्बर में लगभग बीस रोज हमारा-आपका विदिशा में साथ रहा। आपकी राय के अनुसार अपने से सम्बन्धित कुछ खास मुद्दों पर मैं प्रकाश डालूँ तो वह प्रस्तुत पुस्तक में जुड़ जायेगा...।

अपने बारे में मित्रों एवं अमित्रों के मन्तव्य सभी को सुनने पड़ते हैं। आपको भी अपने बारे में परस्पर-विरोधी मन्तव्य सुनाई पड़ते होंगे। अपने बारे में प्रतिकूल, अशोभन, झूठे और हानिकारक मन्तव्य सुनकर अविचल रह जाना पाषाण-धर्मिता का पर्याय होगा। मुझे खुशी है कि अब तक मैं पाषाण नहीं बन पाया।

मुझे यह सब व्यर्थ लगने लगा है किसने कब, कहाँ मेरे प्रसंग में क्या कहा? ...वामपन्थी एवं वामगन्धी बन्धुओं के परामर्श, चेतावनियाँ शीतोष्ण उपदेश...यह सब मेरे कानों तक पहुँचते रहे हैं...परन्तु सर्वाधिक परवाह जिस तत्त्व की मैं क़रता हूँ वह कोई और तत्त्व है। जिस शक्ति से मैं ऊर्जा हासिल करता हूँ वह कोई और शक्ति है। आपको यह बात शायद बातचीत के सिलसिले में बतला चुका हूँ कि मुझे संघर्षशील जनता का विपन्न बहुलांश ही शक्ति प्रदान करता है।

विजय बाबू 'आपको हँसी तो नहीं आयेगी यदि मैं यह बतलाऊँ कि अपने खेतों में अधिकतम आलू उपजाने वाले उस किसान के प्रति भी मैं अपना यह मस्तक उसी प्रकार झुका दिया करता हूँ...' 'जैसे कि अपनी परम्परा के पूर्व पुरुषों के प्रति 'मेरा मस्तक हमेशा झुका रहा है।'

नागार्जुन के पत्र में इन पूर्व पुरुषों में वाल्मीकि, कालिदास, तुलसीदास, रवीन्द्र और प्रेमचन्द के अलावा वराहमिहिर, आर्यभट्ट, चरक और सुश्रुत भी थे। अन्य कई तो थे ही—प्रसाद और निराला जैसे। प्रसाद की 'कामायनी' का जिक्र आते ही वे श्रद्धाभिभूत हो अपनी दोनों हथेलियाँ जोड़ माथे से ऐसे लगा लेते जैसे कि वह सृजन हमारी सनातन भारतीय प्रतिभा का आधुनिक संस्करण हो।

कई बार उनके साथ विदिशा के समीप ही साँची के बौद्ध विहार जाने का अवसर आया। विश्व प्रसिद्ध साँची के विदिशा से स्तूप सात-आठ किलोमीटर ही तो हैं। वहाँ पहुँचते ही वे भूतपूर्व भिक्षु की अपनी पूर्व स्मृतियों में पहुँच जाते और तदनुकूल आचरण करने लगते। ऊपर बौद्ध मन्दिर पहुँच बुद्ध प्रतिमा के समक्ष वैसी ही मुद्राओं को अपनाते हुए प्रणति और 'नमो बुद्धाय' का ध्यान करते—मैंने उन्हें कई बार देखा। उनके इस आचरण पर चकित तो होता ही, विस्मित भी कम नहीं होता। बौद्ध भिक्षुओं के बीच भूतपूर्व साथी की तरह घुल-मिल जाना और दिल्ली पहुँचने पर बाकायदा उन्हें पत्र लिखना—

प्रियवर भन्ते,

वंदामि!

आगामी ग्रीष्म में सम्भवतः आपसे मिलना हो। संघनायकपाद श्रीलंका लौट गये होंगे। मैं उन श्रीचरणों का सान्निध्य नहीं प्राप्त कर सका, इस बात का खेद है। भविष्य में अवसर मिलेगा, ऐसी आशा है।

डॉ. विजय बहादुर जी को मेरा आशीष बोल दीजिए।

—नागार्जुन

संघनायकपाद के प्रति जैसा पूज्य भाव इस पत्र में उनका दिखता है, वह तो साफ

है, किन्तु बाद के दिनों में श्रीलंका में किये जा रहे तमिल-नरसंहार पर उनका कोप भी जमकर फूटता रहा। एक कविता में उसकी तीव्रता महसूस की जा सकती है। उन दिनों भी वे विदिशा में ही थे और रह-रहकर बेचैन हो कह उठा करते–'ये बड़े-बड़े बौद्ध महन्त, भन्तेगण वहाँ बैठे हुए कैसे यह नरसंहार देख रहे हैं। इनकी करुणा अब कहाँ चली गयी है? एक दिन जब नहीं ही रहा गया तो बेचैनी में कह उठे–विजय बाबू! कागज उठाइये, मैं अब अपने को रोक नहीं पा रहा।' और जो पंक्तियाँ उन्होंने तब नोट कराईं वो उनकी करुण वेदना और विस्फोटक कोप से भरी हुई थीं–

यह भी होना था
वो भी हुआ
यह भी होना था
करुणा की शीतल छाँह में
नाच रहे हैं प्रमत्त पिशाच

प्रवचन
होता है वहाँ अब भी...
चीवरधारी भिक्खु
उनके संघनायक
महास्थविर
निरन्तर आशीष बरसाते हैं
अंगुलिमाल के सैनिकों पर
कैसे अभागे हैं तमिल
तुम्हारी करुणा का एक बूँद भी
प्राप्त नहीं हुआ उन्हें!

तुम पत्थर हो...
वज्रसार पाषाण...

कविता के अन्तिम दो वाक्य अभिशाप जैसे हों।

जनवरी उन्नीस सौ छियासी की इस कविता में उनके आवेग-विकल मन की व्याकुलताओं की चीख बकौल नागार्जुन–पनसोहा हो चुके भन्तेगणों तक भले ही नहीं पहुँची हो पर कवि की आस्थाओं की गहराई और चरित्र की पारदर्शिता का प्रमाण तो मिलता ही है। छायावादियों के बाद इतनी तरल भावुकता तो सबसे ज्यादा शायद उन्हीं में थी। वह भावुकता जो नयी कविता वाले बुद्धिजीवियों के लिए एक कैशोर्य भावना-मात्र थी।

वे मानते थे और उनकी यह सुनिश्चित धारणा थी कि सहृदयता का ठेका कथित तौर पर पढ़े-लिखे लोगों ने ही नहीं ले रखा है। ऐसों के बनिस्बत कम पढ़े-लिखों या अपढ़ लोगों में सहृदयता की मात्रा कहीं अधिक होती है। भले ही ऐसे लोग काव्य का विवेचन और उसके गुण-दोष पर विचार करने में असमर्थ हों पर भाव-ग्रहण की उनकी क्षमता पर कोई सन्देह नहीं किया जा सकता। और कविता तो वही है जो ऐसे समूहों के बीच भी अपनी पैठ बना सके।

यह पैठ कैसे बनती है, इसे उनसे अधिक भला और कौन जान सकता था। वे जो परम शास्त्रसिद्ध होकर भी मानते थे कि कवि या कथाकार को अनिवार्यतः लोकसिद्ध होना चाहिए। जैसे कबीर,. सूर, तुलसी या मीरा आदि थे। परम ज्ञानी होकर भी ये जीवन-भर शब्द की लोक-साधना में लगे रहे। सिर्फ इसलिए कि शब्द की सत्ता संदिग्ध या झूठी न पड़ जाय। हम जैसों को भी वे यह निरन्तर चेताते रहते थे कि प्रत्येक प्रकार की बौद्धिकता का रुख जनोन्मुख होना चाहिए जैसी कि गाँधी और लोहिया की थी।

अध्यापकी के शुरुआती दिनों में मुझे आचार्य रजनीश की किताबों में डूबते-उतराते देख एक दिन उन्होंने टोका और मेरे यह कहने पर कि जब आपने इस लेखक को पढ़ा ही नहीं है तब बरजने का क्या कोई तार्किक आधार बनता है। मेरी प्रतिक्रिया को गम्भीरता से लेते हुए दो-तीन दिन तक वे उन किताबों को उलटते-पुलटते रहे और बाद में इतना भर कहा कि हाँ, यह आदमी तीन मकार तक तो पहुँच गया है। पर यह सब किस मशरफ का? नवमध्यमवर्ग को स्वच्छन्द विचरने का एक मानसिक आकाश देने के सिवाय इसका और क्या प्रयोजन हो सकता है? पर देश की अधिकांश भूखी और नंगी जनता के लिए इसके पास क्या है? ये शब्द उसके किस काम के?

कवि नागार्जुन के लिए यह सबसे बड़ा ऐतिहासिक सवाल था, जिसे वे शायद ही कभी भूल पाये हों। ज्यादा सही यही कि उनकी सारी शब्द-साधना इसी दुष्कर सिद्धि के लिए थी।

कबीर तो कहने को स्कूली ढंग से पढ़े-लिखे नहीं थे पर नागार्जुन तो थे। उनका जैसा व्यापक और गहरा अध्ययन था, सूक्ष्म जीवन-विवेक था, लोक अभिज्ञता और लोकसिद्धि थी, वैसी ही उनकी भाव और भाषा सिद्धि भी थी।

मध्यप्रदेश के संस्कृति सचिव अशोक वाजपेयी द्वारा भोपाल में आयोजित किये जाने वाली 'कविता की सुबह' में कई कवियों के साथ एक बार पाठ करके जब वे दिल्ली लौटे तो उसकी पूरी रिपोर्टिंग 'दिनमान' में उन्हीं की काव्य-पंक्तियों का शीर्षक बनाकर छपी। संयोग ही था कि अपनी आगामी पुस्तक 'जनकवि' के लिए शमशेर जी की कविताओं की अनुमति लेने मुझे उनके पास जाना था। परिचय कोई था नहीं। मैंने बाबा से कहा तो उनकी राय बनी कि त्रिलोचन जी को साथ ले लेना बेहतर होगा। वही उनके ज्यादा करीब है। संयोग से वे मुरली बाबू के यहाँ बैठे मिल भी गये। हम तीनों मूँगफली खरीद खाते हुए पहुँचे तो शमशेर जी अपने

तखत पर अकेले बैठे जाड़े की धूप ले रहे थे। हमारे पहुँचने के कुछ ही क्षण बाद वे हमसे बगैर कुछ कहे उठकर भीतर किचन की तरफ चले गये। त्रिलोचन तो उसी नंगे तखत पर किसी देहाती की तरह धूप में लेट कर निश्चिन्त हो गये। कुछ देर सी होती लगी तो बाबा को चिन्ता हुई और वे अपनी उन्हीं पंक्तियों—'मालिश फिजूल है बेतवा किनारे...पुलकित है अंग-अंग बेतवा किनारे' को दुहराते हुए चाय की केतली माँजते शमशेर जी के पास पहुँच उन्हीं की तरह उकड़ूँ बैठ गये। उत्सुकतावश मैं भी। शमशेर जी का ध्यान गया तो पूछा—'यह किसकी पंक्ति तुम बार-बार दोहरा रहे हो?' नागार्जुन ने ठिठोली शैली में कहा—'तुम्हीं बताओ।' दस-बीस सेकण्ड सोचकर शमशेर बोले—'ऐसी शब्द योजना तो तुम्हारे अलावा और कौन करेगा। मुझे तो यह तुम्हारी ही लगती हैं।' सुनकर बाबा पुलकित हो उठे—'हाँ, हाँ' सो तो है ही।' शमशेर ने जैसे उनकी खासियत बताते हुए कहा—'पुलकित, अंग-अंग' जैसी शब्द-योजना के साथ 'मालिश फिजूल है' जैसा प्रयोग तुम्हीं कर सकते हो।

बात सही भी थी। यह खेल तो कोई नागार्जुन जैसा काव्य-औघड़ ही कर सकता था। आखिर 'मन्त्र कविता' जैसी औघड़ बाने की कविता भी और किसकी कलम से निकल सकती थी। कहाँ ऋषियों-महर्षियों के तपसिद्ध दैवी मन्त्र और कहाँ नागार्जुन की यह कोप से भरी अभिशाप-भाषा—'ओं सब कुछ सब कुछ। सब कुछ, ओं कुछ नहीं कुछ नहीं, कुछ नहीं...ओं अष्टधातुओं के ईंटों के भट्ठे...ओं महामहिम, महामहो, उल्लू के पट्ठे।'

एक दिन इन्हीं नागार्जुन को शाम की चाय पिलाकर खुश करने के बाद जब मैंने अपनी एक कविता सुनाई तो पहले तो वे मेरी बगल बैठे शलभ पर वे उबल पड़े—'तुम, इनके दोस्त बनते हो और इन्हें सलाह तक नहीं देते?' उसके यह कहने पर कि कविता ठीक तो है। आपको इसमें कहाँ गड़बड़ी दिखाई देती है तो उस वक्त जो उन्होंने कहा, वह अब तक भूला नहीं है—'अच्छा, सारी कविता किस शब्द-समूह में है? ये पतझर, लटका हुआ, पेड़ आदि—सबका सब तद्भव रूप में है न? फिर इसमें तत्सम रूप 'धैर्य' डालने की क्या जरूरत? इससे भाषा का संगीत क्या गड़बड़ा नहीं रहा है?' बाबा ने जो बारीक बात कही, वह वही कह सकते थे। कविता नये सिरे से दुरुस्त की गयी—'पतझर, लटका हुआ है पेड़ से, पेड़ की चुप्पी तो देखिए, देखिए उसका धीरज।' 'धैर्य' का प्रयोग सचमुच गलत था, यह हम दोनों ने महसूस किया।

अपने लिए सर्वतन्त्र स्वच्छन्द होकर नागार्जुन ने अपनी जो शैली बना ली थी उसके पहले वे कई-कई विख्यात क्लासिक कविताएँ लिखकर अपनी सिद्धता का प्रमाण दे चुके थे। अब उन्हें कविता और काव्य-भाषा के साथ निराला की तरह पेश आते हुए उसे जनजीवन के इतने पास ले आना था, जो कभी-कभी बस बातचीत या लोक की मनमौज भर लगे। फिर भी जब कभी वे अपने शिल्प की बारीकी और भावों की विलक्षण अभिजात कसावटों की ओर लौटते तो सबको मुग्ध और चकित कर डालते।

कवि सम्मेलनों को कविता की अन्तिम नियति न मानते हुए भी किसी परिचित आत्मीय द्वारा बुलाये जाने पर वे मन होने पर चले भी जाया करते थे। जनता के बीच पढ़ी-सुनी जाने लायक ढेरों कविताएँ उनके पास थीं। बचपन की दरिद्रता के दिनों में पिता गोकुल मिसिर के साथ आस-पास की ट्रेनों में 'चना जोर गरम' जैसी कविताएँ सुनाकर दिन-दो दिन का खरचा निकाल लेने का उनका अनुभव तो पुराना था। इस प्रकार की उनकी काव्य-शैली वेदना और व्यंग्य से इतनी भरपूर थी कि सुनने वालों को रुचती थीं। उन्हें वे अपने ही दुख-दर्द का बयान लगतीं।

मेरे अनुरोधों पर वे किन्हीं साहित्यिक जनमंचों पर काव्य-पाठ के लिए जब कभी जाने को राजी होते तो श्रोताओं की विपुल भोड़ के बीच काव्य-नृत्य तक करने लगते। पहली बार उन्हें ऐसा करते देख मैंने उनसे इस तरह के नृत्य-पाठ को लेकर पूछा तो कहा—'मंचों पर काव्य-पाठ अभिनय ही तो है। फिर जनता अगर चाहे तो हम चूतड़ खोलकर नाच भी सकते हैं।'

सूर और तुलसी के काव्यों पर आधारित रासलीला और रामलीला तो लोक प्रचलित है ही पर स्वयं सर्जक की यह काव्यलीला मेरे लिए सर्वथा नयी थी। इसका चरम मैंने मध्यप्रदेश के भिण्ड-मुरैना इलाके में सबलगढ़ के एक मंच पर देखा। वे भारी ठण्ड के दिन थे। श्रोताओं का समूह बैलगाड़ियों में रजाई ओढ़े दूर-दूर से आया हुआ था। कवि श्री नागार्जुन रात एक-डेढ़ बजे जब थोड़े विश्राम के बाद मंच पर अवतरित हुए तो ऐसी विपुल रसिक जन-बिरादरी देख अपना दमा और बुढ़ापा भूल ही बैठे। मंच पर साथ गये कई मंच-विजयी कवि थे। सबके सब चकित कि कण्ठ और हाव-भाव का भावाभिनय तो हमें सिद्ध है पर ऐसा पाठ तो हमारे लिए शायद ही कभी सम्भव हो सके। नागार्जुन किसी भावफुल्ल और भावसिद्ध नर्तक की तरह अपना काव्य-पाठ कर रहे थे। शलभ और मुकुट बिहारी 'सरोज' चकित और हतप्रभ।

कविता और कवि, काव्य-भाव और छन्द-संगीत की ऐसी एकाकारिता शायद चण्डीदास, गौरांग महाप्रभु या फिर मीराबाई में रही हो पर आधुनिक जमाने में तो इसके एकमात्र कलाकार अकेले नागार्जुन ही थे। वे ही जानते थे कि शब्द की लीला से बढ़कर शायद ही कोई लीला होती हो। शब्द ही तो ब्रह्म है। सृष्टि तो है ही।

इस सृष्टि में उनके ब्रह्म के रमने की लीला भी बड़ी विलक्षण थी। कब वे पुलक से भर नाच उठेंगे और कब उन्हें भाव-शून्यता घेर लेगी, कब वे निष्क्रिय चेतना वाले तो कब चेतना-विहारी हो उठेंगे, इसे भाँप पाना आसान नहीं था। शहरी मध्यवर्ग के अभिजात रूपों के बीच पहुँच वे प्रायः जरूरत से ज्यादा गम्भीर, वस्तुतः अनमने से हो उठा करते थे। छद्म या नकलची आधुनिक समूहों या फिर पाखण्डी प्रगतिशीलों के प्रति उनकी असहनीयता का आलम चिढ़ की हद तक मौजूद था। पर गँवई अनौपचारिक लोगों के बीच वे जिस पुलक से भर उठते, वह देखने लायक होती। गाँव-देश की मिट्टी और गन्ध से सराबोर लोगों के बीच तो फिर कहना ही क्या। इस

तरह नागार्जुन तथाकथित आधुनिक और सफेदपोश कविता और कवियों को अपनी प्रतिउपस्थिति से हैरान किये रहते। हैरान और परेशान तो वे तमाम पार्टी-बॉसेज और उनके कठमुल्ले अनुगामी भी रहा करते, जो नागार्जुन की लानत-मलामत भी मौके-मौके पर करते रहते। तब भी कवि अपनी अदा छोड़ते कहाँ थे–

तुमसे क्या झगड़ा है
हमने तो रगड़ा है इनको भी उनको भी...

एक बार विदिशा के इंजीनियरिंग कॉलेज के अपने प्रेमी और काव्य-रसिक इंजीनियरिंग कॉलेज के प्राचार्य प्रोफेसर सिलाकारी जी के यहाँ से सात-आठ दिन प्रवास कर लौटे तो मेरे किराये के घर अड़तालीस स्वर्णकार कालोनी वाले ड्राइंग रूम–जो वस्तुतः उनके और तमाम लेखक-साथियों का अपना प्रवास-कक्ष भी हुआ करता था–की दीवालों पर हथेलियाँ फिराने लगे। चकित हो मैंने पूछा तो कहा–"यहाँ चेतना का स्कुरण होता है। सात-आठ दिनों से तो यह लुप्त सी हो गयी थी जैसे।"

कब उनकी चेतना स्फुरित होती थी, कब सो जाया करती थी, इस लीला को समझना जितना आसान था, उतना ही कठिन भी। पर यह भी सच है कि आम, अमरूद, मछली, ताल मखानों या फिर अपने प्रियजनों के बीच उनकी चहक का रंग अधिक गाढ़ा और प्रखरतर हो उठा करता। युवा कवियों को लेकर भी उनकी प्रियता-अप्रियता जब-तब जाहिर हो ही उठा करती। पर शलभ श्रीराम सिंह को लेकर उनके मन में कुछ विशेष ही अनुराग था। कारण जो मेरी समझ में आया, वह यह कि शलभ की गति छन्द, मुक्तछन्द, स्वच्छन्द छन्द, हिन्दी, उर्दू सबमें समान थी। इससे कहीं अधिक ग्रामीण लोकजीवन से लेकर महानगर तक के उसके अनुभवों का संसार और उसके जीवन-संगीत में जो उन्हें अपने समान लगा करता। या फिर जाने क्या।

पर यही शलभ जब बरसों-बरस दोस्त और बड़े भाई की तरह मेरे साथ रहकर, एक दिन अलग जाकर रहने लगा और तब जो बदला उसने चुकाया, उसे सुनकर उन्होंने व्यथा से भर बस इतना कहा–'खजुला कुत्ता जैसे अपने ही अंग-प्रत्यंग चचोड़ता रहता है, उसका अब यही हाल हो गया है।' मैंने देखा व्यथा और क्षोभ से उनका चेहरा भर गया है।

मेरी 'नागार्जुन संवाद' पुस्तक रामकृष्ण प्रकाशन-विदिशा से छपकर आयी तो मैंने उन्हें डाक से भेज दी। कुछ ही दिनों बाद जनसत्ता के सम्पादक प्रभाष जोशी के बेटे के विवाह में हमारी मुलाकात हुई तो मैंने जानना चाहा कि किताब उन्हें कैसी लगी तो एकदम गुस्से से फूट पड़े–'अब जो मैं कहीं थूकूँ या मूतों, आप वह भी लिख देना।' फिर भी यह तो नहीं ही कहा कि मैंने झूठ लिखा है या गप मारा है। स्वीकार और अस्वीकार के बावजूद वे शायद चाहते और सोचते थे कि किसी लेखक के हर साँस का किस्सा बयान करना क्या जरूरी है। लेखक भी होता तो अन्ततः मनुष्य ही है।

उनसे मेरी आखिरी मुलाकात दिल्ली के सादतपुर वाले (नागार्जुन नगर में) उनके तीसरे बेटे श्रीकान्त के घर हुई। पुस्तक मेले में उन्हें ढूँढ़ते उनके दूसरे बेटे और मैथिली के कथाकार सुकान्त के साथ देर रात मैं उनसे मिलने पहुँचा था। रास्ते में सुकान्त ने मुझे यह सूचना भी दे दी थी कि–'बाबूजी! मुझसे बात नहीं करते।' पहुँचने पर पता लगा–बाबूजी तो इन्तजार करते-करते सोने चले गये हैं। शायद सो भी गये होंगे। श्रीकांत ने बताया बिस्तर आपका भी उसी कमरे में बगल के तखत पर लगा दिया गया है। पेट में थोड़ा कुछ डाल आहिस्ते से अँधेरे कमरे में टटोलता हुआ जब मैं अपने बिस्तर पर लेटा तो मिनट-दो मिनट के बीच ही किसी के हाथ की उँगलियों को अपने बालों में फिरता हुआ महसूस किया। सिवाय बाबा के और वे हो भी किसकी सकती थीं। प्रणाम कर मैंने पूछा–'बाबा! आप सोए नहीं?' तो उन्होंने दूसरा ही जवाब दिया–'इस बार तुम्हारे बाल और भी कम हो गये।' फिर पूछा–'विदिशा कब लौटोगे?' मैंने जवाब दिया–'सुबह की किसी गाड़ी से लौट जाने का इरादा है।' तो कहा–'मैं भी चलूँ।' उस वक्त मैंने जवाब में कह दिया–'हाँ, चले चलिए।'

सुबह श्रीकान्त मुझे चाय देने आये तो चिन्तित और गम्भीर थे–'आपने रात उनसे क्या कह दिया। सबेरे से बिस्तर वगैरह तैयार किये आपके साथ जाने को तैयार बैठे हैं।' मैंने सफाई दी–'रात में यूँ ही कह दिया था–उनका मन रखने के लिए।' पर 'अब क्या करेंगे? हमारे कहने पर तो वे मानने वाले नहीं। उनके स्वास्थ्य का हाल आप देख ही रहे हैं।' श्रीकान्त ने कहा।

चिन्ता में उठकर मैं उनके पास गया। दिसम्बर की गुनगुनी धूप में पैजामा-कोट और सिरटोप धारण किये वे तो एकदम तैयार बैठे थे। मैंने कहना शुरू किया–'रात में मैंने कह तो दिया था पर बाद में याद आया कि दिन भर तो अप-डाउन के चलते मेरा भोपाल में गुजरता है। खाना बनाने वाली बाई अपने बेटे के साथ अब दूर रहने चली गयी है। सविता[1] और नीलेश[2] पहले से ही भोपाल शिफ्ट हो चुकी हैं। आपकी सेवा और देख-रेख दिन-भर तब कौन करेगा? मैं कोई व्यवस्था कर लूँ तब आप चलिएगा।'

वे चुपचाप मुझे सुनते तो रहे पर उनके चेहरे के भावों को पढ़कर लगा जैसे मैं उन्हें टाल रहा हूँ या फिर धोखा दे रहा हूँ। विदा लेने के लिए मैं उनके पाँवों की तरफ झुका तो वे बोले तक नहीं जैसे कि मेरा-उनका कोई नाता ही न हो। यही उनसे मेरी अन्तिम मुलाकात थी।

यह दिन था कि तब से न तो उन्होंने मुझे कोई खत लिखा, न अपना हाल दिया। शायद मैं उनका मुजरिम साबित हो चुका था।

---

1. युवा कवयित्री, कविता भार्गव
2. युवा कवयित्री और कथाकार, नीलेश रघुवंशी

कवि त्रिलोचन : एक याद

त्रिलोचन शास्त्री उर्फ वासुदेवसिंह, कटघरा चिरानी पट्टी, जिला सुल्तानपुर मनमौज में आ बताया करते थे कि मेरे खानदान के एक चाचा उनके साथ दोस्तपुर वाले स्कूल में सहपाठी थे। वे मेरे गाँव के उस उम्र के पास-पड़ोस वालों को भी जानते हैं। स्वभावतः उनके साथ यह मेरी निकटता का एक और आधार बन चुका था। पर जैसे वे सचमुच थे, सब जगह के होकर भी कहीं के नहीं या फिर हर जगह के। त्रिलोचन का जीना और रहना, सोचना और बोलना अप्रत्याशित से कहीं अधिक अचरजपूर्ण था। बोलते-बोलते वे कहीं के कहीं पहुँच जाया करते, फिर उन्हें बताना और याद दिलाना पड़ता कि विषय तो मीलों पीछे दूर छूट गया है। तो क्या इससे उनकी विद्या-प्रचुरता जाहिर नहीं होती थी? पर दुनियादारों के किस काम की? वे तो चलकर कहीं पहुँचना चाहते हैं। और त्रिलोचन हैं कि उन्हें सिर्फ चलना आता है, कहीं पहुँच पाने की या तो उन्हें परवाह नहीं होती या फिर वे स्वभावतः ऐसे ही हैं। पर इस बार का मिलना तो अलग ही था।

एक शोध-छात्र की मौखिकी लेने सागर विश्वविद्यालय गया तो त्रिलोचन से मिले बगैर लौटना मुझे अपराधपूर्ण लगा। यह तो जानता ही था कि त्रिलोचन से मिलना अपरिमित जानकारियों के आन्दोलित समुद्र के तट पर जा खड़ा होना था। अनेक भाषाओं और ढेरों साहित्यिक और सामाजिक स्मृतियों के कुबेर त्रिलोचन अब भी उतने ही मौजी और फक्कड़ हैं जितने कि जवानी के दिनों में हुआ करते थे। हाँ, उनके इस स्वभाव को भी अस्सी-इक्यासी साल के तरह-तरह के अनुभवों ने अब किंचित खरोंचा और झकझोर भी डाला है। 'मुहब्बत अब मुहब्बत हो चली है तुझे कुछ भूलता सा जा रहा हूँ' की तर्ज पर कवि ने जिन्दगी से 'मोहि-तोहि नाते अनेक मानिये जो भावै' के रूप में जैसी अन्तरंगता निभाई है, उसने कवि को कई-कई ढंग से सजग और असहज भी किया है। शायद उस कटखने अकेलेपन ने भी—जिसे जीवनसंगिनी के निधन ने भी सहज ही किंचित अधिक कटखना और सघन बना दिया। त्रिलोचन अब उतने निश्चिन्त और मस्त तो नहीं बचे दिखते। उनकी प्रगल्भ मुखरता कुछ-कुछ मर्यादित सी हुई है। चेहरे का स्थायी उल्लास किंचित क्षीण और धुँधला-सा हो चला है। वे कुछ ऊँचा सुनने लगे हैं और एकान्तप्रिय भी हो उठे हैं।

कद-काठी तो अब भी वही पहलवानों की सी है, पर जीवन के अखाड़ों में की जाने वाली कसरतें और लड़ी जाने वाली कुश्तियाँ नदारद सी। तब भी काल से होड़ करती उनकी जिन्दगी की धूनी अब भी रमी हुई है।

भले ही त्रिलोचन ने मठ न बनाया हो पर त्रिशूल और चिमटा तो बराबर उनके हाथ रहा है। और वे अपने सजातीय साहित्यिक मठों में बेधड़क और बेरोक-टोक आते-जाते रहने के आदी भी रहे हैं।

इस बार उनसे मिलना जुलाई की एक खुली दोपहरी में हुआ। आसमान में असाढ़ के बादल नहीं थे। विश्वविद्यालय की पहाड़ियाँ तब भी हरी-भरी थीं। मुक्तिबोध सृजनपीठ पर बैठे त्रिलोचन के क्वार्टर के सामने एक गाय चर रही थी और खिड़की से दिखने वाली सड़क पर आवाजाही बेहद कम। लगभग चौतरफा बन्द उस 'निवास' के दरवाजे की कुण्डियों को धीरे से खटखटाकर पहले तो यही अनुमान लगा कि या तो यहाँ कोई रहता नहीं या फिर इस तरह रह रहा हो जिसे रहना कहा ही न जा सके। एक गहरी खामोशी किसी आत्मस्थ एकान्त में लिपटी हुई। दुबारा-तिबारा खटखटाने पर भीतर से किसी के उठने और चलकर दरवाजे की ओर आने की मन्द आहटें सुनाई देने लगीं। कुछ ही क्षणों में बन्द किवाड़ों के उस पार से परिचित आवाज आयी—'खोलता हूँ।' दरवाजा खुला तो मटमैली लुंगी और बदरंग सी हो उठी बाँहदार बनियान में वही शख्स सामने था, जिसे त्रिलोचन कहते हैं। मैंने झुककर पाँव छुए तो कुछ पल ठिठक कर कहा—'अच्छा आप? कब आये?' मैंने कहा—'बस आज ही, लगभग साढ़े दस बजे।' 'भोपाल से ही आ रहे हैं न?' के सवाल पर मेरे 'नहीं, विदिशा से' सुनकर त्रिलोचन ने कहा—'हाँ! विदिशा तो आपके नाम के साथ जुड़ गया है।' मैं देख रहा था कि वे न तो भीतर आने को कह रहे हैं, न बैठने को। उनके संकोच को तोड़ते हुए मैंने पूछा—'आप सो तो नहीं रहे थे?'

'नहीं! दिन में नहीं सोता।'

'अगर यह विश्राम का वक्त हो तो मैं फिर आ जाऊँगा' कहने पर उन्हें याद आया कि मुझसे बैठने के लिए तो कहा ही नहीं गया है। वे हल्के से जागे हुए जैसे किसी तन्द्रा से लौटे और किसी टूटे तार को जोड़ते से हुए कहा—'चलिए वहीं तखत पर बैठते हैं।' उनका आशय सड़क की ओर खुलती खिड़कियों वाले कमरे से था जहाँ एक तखत और उस पर एक सामान्य-सा बिछावन पड़ा था। अगल-बगल दो-एक नंगी कुर्सियाँ। पालथी मार वे तखत के बीचोबीच बैठ गये। मैं तखत से सटी कुर्सी पर। सिरहाने कुछेक कविता-संग्रह थे जिनमें से एक को मेरी तरफ बढ़ाते हुए उन्होंने पूछा—'आप इस कवि को जानते हैं?' मैंने मुखपृष्ठ पर नजर दौड़ा कर देखा, कवि का नाम था बैजनाथ प्रसाद शुक्ल और संग्रह का नाम 'सुधि गाँव कै'।

नाम से ही समझ में आ रहा था कि कविताएँ अवध अंचल और अवधी की हैं। मैं उसे उलटता-पुलटता, इससे पहले ही उन्होंने कहना शुरू किया—'मैं अपना

काव्य-गुरु तुलसी को मानता हूँ।' जब वे यह कह रहे थे, मेरी याद उनके उस सानेट के दरवाजे पर जा खड़ी हुई–'तुलसी बाबा भाषा मैंने तुमसे सीखी'।

तुलसी से क्या सीखना था त्रिलोचन को? जवाब आता है–कविता की भाषा का स्वरूप और उसकी संरचनात्मक प्रक्रिया। कवि भाषा के किस रूप को अपनी अभिव्यक्ति के लिए चुने? क्या वह, वह रूप हो जिसे सचिवालयों के अफसर, कचहरियों के वकील और विश्वविद्यालयों के आचार्यगण प्रयुक्त करते हैं। दूसरे अर्थ में भाषा का टकसाली मानक रूप या फिर वह जिसे कोई बड़ा लेखक या कवि अपनी रचना में प्रयुक्त कर, ऐसी कृति रच गया हो जो न केवल विषय-वस्तु वरन् अपनी भाषा में भी अद्वितीय और असाधारण हो। मौलिक प्रतिभा और उसकी रचनात्मक अद्वितीयता के लिए ये दोनों ही व्यवहार अपरिहार्य हैं। त्रिलोचन के प्रिय इलियट का कथन ध्यान आता है कि एक बड़े लेखक के इस्तेमाल के बाद 'भाषा विशेष' इस लायक बच ही नहीं पाती कि उसमें कोई युगान्तरकारी और महान रचना फिर की जा सके। वह तो पूरी तरह निचुड़ चुकी होती है। निचुड़ी-निचुड़ाई शब्दावली और घिस-पिट चुकी। वाक्य-योजना में रचनात्मकता की सम्भावना तब कहाँ? बावजूद इसके कई लेखक आते हैं जो इसे हू-ब-हू दोहरा कर ठीक वैसी ही प्रतिष्ठा पाना चाहते हैं जैसी कि मौलिक सर्जक को मिली हुई है। पर यह शायद ही कभी सम्भव हो पाता हो। उदाहरण के लिए निराला के बाद निराला-मार्गी जानकीवल्लभ शास्त्री या फिर दुष्यन्त कुमार और अदम गोंडवी के बाद ग़ज़ल लिखने वाले बहुतेरे कवि गण। कला के क्षेत्र में इस तरह का भोंड़ा-बेजान अनुकरण एक तरह के जड़ रीतिवाद को ही बढ़ावा देता है, जो धीरे-धीरे काव्य-वस्तु और शैलियों के सम्प्रदायवाद में घटित होता चला जाता है। किसी भी समय में यह प्रवृत्ति सृजनशीलता के लिए बहुत श्रेयकारी नहीं कही जा सकती।

त्रिलोचन जब यह कह रहे थे कि 'मैं अपना काव्य-गुरु तुलसी को मानता हूँ' तब वे तुलसी को दोहराने की बात नहीं कर रहे थे। न दोहा-चौपाई में, न अवधी में, न मानस की आख्यानक शैली में। बल्कि यह कि एक खास वक्त में शब्द के साथ कवि का व्यवहार कैसा हो? कविता के शब्द को लोक-हृदय का शब्द कैसे बनाया जाय? यह योग्यता शब्द में कैसे लाई जा सकती है, इसे तुलसी या उन जैसे दूसरे कवियों से ही आज भी सीखा जा सकता है। यह भी कि लोक-हृदय की चिन्ता हमारे समय के कवियों और लेखकों को अब शायद सबसे कम रह गयी है। वे एक बहुत ही सीमित सामाजिक वर्ग समूह के लिए लिख पा रहे हैं। उनके शब्दों की व्याप्ति घट चुकी है। उनके आशय संकीर्ण राजनीतिक मन्तव्यों की चपेट में आ चुके हैं। विशाल और उदार राष्ट्रीय जीवन–जो अनेक प्रकार की प्रतिरोधक क्षमताओं, खूबसूरत द्वन्द्वों और जिजीविषाओं से भरा हुआ है–न जाने क्यों हमारे आज के इन कवियों की निगाह में रहा ही नहीं। क्या इसे ही हम उनकी 'राजनीति' कहें? क्या लेखक

की राजनीति का मतलब रोना-बिसूरना, अन्ध आलोचन और निन्दा की कला है या इसका कोई विधेयात्मक स्वरूप भी है? हमारे ताजा-तरीन कहे जाने वाले लेखकों में यह विधेयात्मकता क्यों नहीं है? क्या इसलिए कि यथार्थ की निषेधपरक प्रतिपक्षी राजनीति ही उन्हें सटीक और उचित जान पड़ती है? उनकी कृतियों में सामाजिक जीवन के आस्थापरक बिम्ब और संघर्षपूर्ण आज चरित्र क्यों नहीं दिखाई देते?*
युवा लेखक राणा प्रताप का यह प्रश्न हम सबके लिए है कि संघर्षरत मनुष्य का चेहरा क्यों इन दिनों के लेखन से गायब है? वास्तविक क्रान्तिकारी और लोकहृदय में पैठे जाने-पहचाने क्रान्ति-नायकों के समीप जाने के बजाय हमारे कवि और लेखक छद्म क्रान्तिकारी लेखन और बौद्धिक स्यापे में क्यों मशगूल हैं? क्यों हमारे लेखन का कोई भी प्रभाव सामान्य जन मानस पर अब वैसा नहीं पड़ रहा है, जैसा कभी भारतेन्दु, मैथिलीशरण गुप्त माखनलाल चतुर्वेदी या रामप्रसाद बिस्मिल का पड़ता रहा है। पेशेवर और मठवादी साहित्यिकों के बीच लगभग अनादृत और अस्वीकृत होकर भी 'साये में धूप' के दुष्यन्त कुमार के शब्द लोकहृदय के हार कैसे बन चुके हैं और क्यों पुरस्कृत कवियों की सूची जनसमाज में प्रायः नकारी जा रही है?

कहीं ऐसा तो नहीं कि हमारे समकालीन साहित्यिक आदर्श जनविमुख और लोकविरोधी हैं? व्यवस्था और सत्ता के विरोध का ढोंग करने वाले लेखकगण कहीं अपनी बुनियादी निष्ठाओं में व्यवस्थावादी और सत्ता समर्थक तो नहीं हैं? तुलसी के जमाने में भी ऐसे लोग थे जिनको मानस के मंगलाचरण में बाकायदा याद किया गया है—

> हंसहि बक गादुर चातक ही। हँसहिं मलिन खल विमल बतकही।
> भाषा भनिति भोरि मत मोरी। हँसिबे जोग हँसें नहिं खोरी॥
>
> भावभेद रसभेद अपारा। कबित दोष गुन बिबिध प्रकारा।
> कवित विवेक एक नहिं मोरे। सत्य कहौं लिखि कागद कोरे॥

तुलसी जिस लोक 'सत्य' के आग्रह से उद्दीप्त हैं उसे हमारे समय के अधिकांश प्रतिबद्ध कहे जाने वाले लेखकों ने क्यों भुला दिया है? वे फार्मूलाबद्ध विचारों की रचनात्मक जुगाली करते हुए सिद्धान्तों की परिक्रमा मात्र क्यों कर रहे हैं? ऐसे लेखकों/कवियों के सृजन-कर्म पर क्या कहा जाये? कथित लेखकों के ऐसे ही समूह यह भ्रम पैदा करते हैं कि लोकानुभवों की प्रामागिक अभिव्यक्तियाँ इन्हीं की तदर्थ और रचनात्मक सक्रियता पर टिकी हुई हैं जबकि इनकी रोज-रोज 'प्रकाशित' और जोड़-तोड़ से पुरस्कृत रचना में लोक का सत्य बेहद दुर्बल किन्तु निष्प्राण साहित्य का प्रचलित सलोनापन खूब है। त्रिलोचन इसीलिए बार-बार लोकसत्य की ऊर्जा से भरे

* हंस, अक्टूबर, 98

हुए तुलसी की याद करते हैं। ये वही तुलसी हैं जो प्रचलित साहित्यिक परम्परा और तत्कालीन बुद्धिजीविता से स्वयं को अलग करते हुए शहंशाह अकबर की मनसबदारी की पेशकश को भी ठुकारते हुए चलते हैं। हमारे कई कथित धुरन्धरों को तुलसी का यह चरित्र कभी याद नहीं ही आता?

सुलतानपुर के चिरानी पट्टी वाले वासुदेव सिंह उर्फ त्रिलोचन से मैं यह पूछने ही वाला था कि उन्हें त्रिलोचन नाम कैसे मिला, इसके पहले ही उन्होंने मुझे एक वाकया सुनाया—'मेरी स्मरण शक्ति बड़ी अद्‌भुत थी। सेनापति, पद्‌माकर के कवित्त तो मुझे याद ही थे, ईशावास्य उपनिषद के अठारहों श्लोक भी कण्ठस्थ थे। मेरी इस बेढब याददाश्त को देखकर मेरे संस्कृत शिक्षक देवदत्त जी ने मुझे 'त्रिलोचन' कहा। तब मेरी उम्र बारह साल की थी। इसी उम्र में मैंने अपनी पहली कविता लिख ली थी।' मेरी इस जिज्ञासा पर कि क्या उन्हें वह रचना अब भी याद है, वे आत्मविश्वास से भर उमग पड़े और कहा—'हाँ! याद है।'

'क्या आप सुना सकते हैं?'

त्रिलोचन ने कहा—'हाँ! क्यों नहीं?'

मैंने तब उनसे एक और पन्ना माँगा जिसे अत्यन्त कृपणता से देते हुए उन्होंने वह रचना सुनाई और मेरे सहज अनुरोध को स्वीकारते हुए उस पर हस्ताक्षर भी कर दिये—

प्रभु उन्हें दण्ड दो
जो लोग चलते नहीं हैं
और कहते हैं
चलता हूँ

वे तुम्हारी शक्ति का
अपमान किया करते हैं
प्रभु उन्हें दण्ड दो।

प्रभु उन्हें दण्ड दो
जो लोग देखते नहीं हैं
और कहते हैं
देखता हूँ

वे तुम्हारी ज्योति का
अपमान किया करते हैं
प्रभु उन्हें दण्ड दो।

त्रिलोचन के अनुसार यह रचना 1929 की है। इसमें कवि की यथार्थ दृष्टि और आस्तिकता का सहज संयोग है। इस स्वभाव की झलक केदार और नागार्जुन में भी जब-तब मिल जाती है।

उसी रौ में अपने बचपन के दिनों की याद करते हुए त्रिलोचन ने बताया—'मेरे पिता जगरदेव सिंह की लम्बाई सात फीट तीन इंच थी। जब मैं छह साल का था तब वे गुजरे। अगर वे उकड़ूँ बैठ जायँ तो मझोले कद के आदमी की लम्बाई होती थी। उन्हें इस तरह एक बार बैठा देख और उस ऊँचाई पर चकित हो गाँव के एक अहीर ने सन्देह से भर कर पूछा—'एड़ी उठाय के बइठा हया का?' (क्या एड़ी ऊँची करके बैठे हैं?)

अपने भाई-बहनों की याद करते हुए त्रिलोचन किसी झरने-सा झरते रहे—'पहले दो भाई हुए और गुजर गये। पहले का नाम रामसरन सिंह था। दूसरा हुआ तो माँ-बाप ने सोचा होगा चलो, राम ने उसके बदले में इसे लौटाया है तो उसका नाम 'राम फेर' रखा। पर वह भी चल बसा। तब दो लड़कियाँ जन्मीं—मर्यादा और नन्हकी। नन्हकी मुझसे तीन साल बड़ी थी। ये दोनों तीन-तीन साल की होकर गुजर गयीं। यही कोई 1914 में। मैं 1917 में पैदा हुआ। मेरे बाद उरेहा (व्याख्या करते हुए वे बोले—'उरेहना' यानी चित्रिता) पैदा हुई। लेकिन वो भी डेढ़ साल की होकर गुजर गयी। इसी के बाद मेरा छोटा भाई भभूति सहाय सिंह हुआ। अब वो भी गुजर चुका है।

यह सब याद करते हुए कवि त्रिलोचन बेहद निर्लिप्त थे। किन्तु अपनी स्मरणशक्ति की ताकत पर लौटते हुए उन्होंने फिर एक और प्रसंग शुरू किया—'गाँवों में उन दिनों भाट लोग आया करते थे। कवित्त-सवैये सुनाकर अपनी आजीविका चलाना उनका पेशा था। वो लोग मानते थे कि कविता करना या उसे सुनाना भाट (चारण) जाति का खानदानी अधिकार है। मेरे गाँव में जो भाट आया करता था, उसका नाम गंगादास था। मैंने उसके सामने जब अपनी एक कविता सुनाई तो उसने कहा—'बाबू! (उत्तर प्रदेश में ठाकुरों को दिया जाने वाला सम्मान सम्बोधन) इ तौ हमरे सबकै काम है, तू जाय द्या।' (ये तो हम लोगों का काम है आप इसे छोड़ दें)। पर तभी सबके सामने सेनापति और पद्‌माकर के दो-दो कवित्त सुनाकर मैंने उसे विस्मित और चकित कर दिया। मेरी इस काव्य-प्रज्ञा और दुर्लभ स्मरण-शक्ति को देख उसके मुँह से निकल पड़ा—'तुहैं तौ हमरे घरे मा होय क रहा, इ भगवान काव कै देहें।' (आपको तो हमारे घर पैदा होना था। भगवान ने यह क्या कर दिया।) इसके बाद ही वे पलटे और कहने लगे—'ये जो घनाक्षरी छन्द है, साँस की लय बनाती है, इस छन्द को। साँस जैसे दौड़ती हुई पहाड़ चढ़ रही हो। आज के कवियों की स्मरण शक्ति तो कुछ है ही नहीं। कई लोगों को तो कविता पढ़ते देखकर हैरत होती है। साँसों की घटा-बड़ी, उतार-चढ़ाव का कोई माजरा ही नहीं दिखाई पड़ता।

सब सपाट। किस शब्द का कैसे उच्चारण होना है, इसके प्रति बिल्कुल लापरवाह।' उनका यह कथन सुनते हुए मुझे कक्षाओं के वे आचार्यगण भी याद आये जिनका फूहड़ और भोंड़ा काव्य-पाठ मुझे कई-कई बार परेशान और विक्षुब्ध कर जाता रहा है। उन्हें शायद ही यह ज्ञात हो कि कविता का प्रत्येक शब्द मात्र अर्थ की इकाई नहीं है। वह संगीत की एक सम्पूर्ण इकाई भी है। मुक्त छन्द का शब्द भी लय में होता है। इस लय को न पकड़ पाने पर उसका अर्थ भी नहीं खुलता। दूसरे ढंग से कहें तो शब्द के संगीत में शब्द का गूढ़ आशय छिपा रहता है। जो कवि इस संगीत की प्राण-प्रतिष्ठा करने में अक्षम होता है, उसके यहाँ अर्थ की अक्षमता भी सर्वविदित है। निराला और अज्ञेय, नागार्जुन और रघुवीर सहाय, धूमिल आदि में अगर समर्थता है, मुक्तिबोध में अगर यह है तो इसका एक कारण यही शब्द-संगीत है। यह वेदों के ऋचा काल से चला आ रहा है और भारत के लोगों के सहज स्वभाव और संस्कार में है। इसकी अनदेखी करके कविता लिखी तो जा सकती है, पर लोकहृदय की स्वीकृति का प्रश्न फिर भी शेष रह जाता है। त्रिलोचन ने यदि तुलसी को अपना गुरु माना है तो इसलिए भी कि वे लोकहृदय तक पहुँचने की कामना से भरे हुए हैं।

याद-सा करते हुए उन्होंने बताया—'निराला के नाम और उनकी कविता से उस वक्त मैं अपरिचित था। उस वक्त जिसका सबसे ज्यादा असर पड़ा था, वह नाम सुमित्रानन्दन पन्त का था। बाद में तो निराला असर करने लगे। उनके आदर्श भी तुलसीदास ही थे।'

खड़ी बोली के अधिकांश बड़े कहे जाने वाले कवि तुलसी से बहुत कुछ अब भी सीखते हैं। तब वह क्या है जो तुलसी में है? वह है लोकहृदय की गहरी पहचान और उसके अन्तस्थ संगीत से परिचय। इसमें किताबें भी मदद करती हैं पर उतनी नहीं जितनी कि इन दिनों वे समझी जा रही हैं। तुलसी ने कुछ और भी उद्यम किया—'क्वचिदन्यतोपि'। यह क्वचित् अन्य क्या है? कहीं यह वह लोक परम्परा ही तो नहीं, जो इन दिनों तथाकथित जनपक्षधर कहे जाने वाले कवियों के काव्य-पौरुष के ज्ञानक्षेत्र से बाहर हो गयी है? क्या इसे जाने बगैर कोई प्रामाणिक और भरोसे का शब्द हम लिख पाएँगे? अपने उपन्यास 'पुनर्नवा' में आचार्य हजारीप्रसाद द्विवेदी ने शास्त्रसिद्ध ज्ञानी आचार्य देवरात के ठीक समानान्तर लोकवेद के प्रतीक सुमेर काका जैसे जीवन्त और लचीले, साहसी और उन्मुक्त, प्रत्युत्पन्नमति सम्पन्न चरित्र को पेश कर अपने पाठकों से यह कहने की कोशिश की है कि शास्त्र-ज्ञान लोकवेद के बगैर अधूरा और विचार-तन्त्र मात्र है।

हमारे समय के महान गायक कुमार गन्धर्व अक्सर कहा करते थे कि लोकसंगीत तो शास्त्रीय संगीत की माँ है। तमाम कलाओं का गर्भकेन्द्र। तुलसी ही क्यों, जायसी, सूर, मीरा, कबीर, दादू—सबके सब इस लोक सरस्वती की ही सन्तानें हैं। हमारे अपने युग में प्रेमचन्द, रेणु आदि की अनुभवों की पाठशाला भी यही लोकसमाज

है। इसी के जीवन्त, गम्भीर और सहज जीवन-व्यापार के अनोखे रंग और रूप हमारे इन कथाकारों को वह ऊर्जा देते हैं जिससे हमारी भाषा की रचनात्मकता अपनी सिद्धि प्रात करती है।

'त्रिलोचन' के कई काव्य-संग्रहों के शीर्षक हमारा ध्यान इस ओर आकृष्ट करते हैं और उनके सैकड़ों सॉनेट्स बार-बार इसकी गवाही देते चलते हैं। 'उस जनपद का कवि हूँ' का एक सॉनेट है जिसकी अद्वितीयता उसकी असाधारण लोक-व्यंजना में है। पर्यावरण विनाश की चिन्ता से भरे हुए इस जमाने में त्रिलोचन हमारा ध्यान उस पारम्परिक जीवन की ओर खींचते हैं जिसने हजारों सालों तक भारतीय जीवन और प्रकृति के अन्योन्याश्रित सम्बन्धों को गहरा, नैतिक और आत्मीय आधार देकर सृष्टि की सहजता और नैसर्गिकता की रक्षा की। इस सॉनेट का अन्दाज देखें, जिसमें अवध अंचल का हृदय समझे जाने वाले फैजाबाद-सुलतानपुर और अब अम्बेडकर नगर की बोली और मुहावरों की बहार सी आयी हुई है–

डॉक्टर साहब, पेड़ यह उसी दिन का रोपा
है जिस दिन मैं गिरा भूमि पर/और पास से
चलकर देखें/पूरे सौ बरस का झोंका
झेल चुका है/धीरे-धीरे उठा घास से
ऊपर/पिता ने कहा मुझसे, कैसे-कैसे
इसे बचाया कीड़ों, बच्चों, जानवरों से
सोए जागे इसी के लिए/जैसे-जैसे
बढ़ा, बढ़ी तकरार न किस दिन घरों-घरों से/
उसी बाढ़ से जौ-जौ गज भर उनकी छाती
हुई/मुझे संक्षेप में नहीं, सब बतलाया;
कहा, समौरी तेरा, तेरी माँ की थाती
है/रोपा उसका/इसको रखना, समझाया/
इसे काट कर बेटों ने ही मिट्टी दे दी
मुझे, नाव मेरी दूसरे किनारे खे दी

इसमें स्मृति की जैसी विरल सघनता और उसके गर्भ से फूटी प्रीति-व्यथा और कृतज्ञता की पुकार और आर्दता है, वह तो है ही, पेड़ को लेकर गहरी करुणा की वेदनामयी अनुभूति भी है। रेखांकित पदों में अवधी की सहज बोलचाल की मुहावरेबाजी और अर्थ सम्प्रेषण की खूबसूरत समर्थता है। जन्म लेने के लिए भूमि पर गिरने, झोंके झेलना, घास से ऊपर उठना, सोना-जगना, गज भर की छाती का होना और मिट्टी दे देना, यह प्रमाणित करते हैं कि त्रिलोचन की कविता की सुगन्ध के मूल में कहीं उनकी वह पैदाइशी जमीन है जिसे अवधांचल कहते हैं। यह लखनऊ की वह

टकसाली जबान नहीं है जिसे हाकिम और नवाब या फिर शहजादियाँ और बेगमें बोला करती थीं। या फिर मुल्ला-मौलवी और आलिम-फाजिल किस्म के लोग। यह वह बोली है जिसमें लोकचित्त अपनी नैसर्गिक भंगिमाओं (बान) में जहाँ-तहाँ झाँका करता है। आज जबकि नागर मानक भाषा के हमले तीव्र हो चुके हैं और ग्रामीण जीवन या लोकांचल इसकी चपेट में आते जा रहे हैं, हम लेखकों और संस्कृतिकर्मियों के सामने यह विकट प्रश्न प्रश्नाकुल मुद्रा में खड़ा है। त्रिलोचन जैसे कवि यहाँ हमारी काफी मदद कर सकते हैं।

उनका मूल व्यक्तित्व तो 'पुनर्नवा' के सुमेर काका वाला ही है। ठीक यही कुछ तुलसी आदि भक्त कवियों और निराला, रेणु, नागार्जुन जैसों का भी। यह गौर करने की बात है कि महानगरों या नगरों के गली-मोहल्लों या अति आधुनिक कालोनियों में पले-बढ़े और बेहद किताबी ढंग से प्रशिक्षित लेखकों में वैचारिक प्रखरता और कलात्मक निपुणता के बावजूद लोकजीवन की यह प्राकृतिक छटा और रंगीनी बेहद कम या लगभग नहीं के बराबर है। इनको अगर बार-बार अपनी अनुभव दुर्बलता को छिपाने के लिए अस्वाभाविक ढंग से बौद्धिक प्रबलता का प्रदर्शन करना पड़ जाता है तो इसीलिए कि कहीं इस एकांगिता की पोल न खुल जाय। ऐसे लेखक या कवि प्रायः अपनी इस हीनता को छिपाने की चतुराई बरतते हुए साहित्य का एक ऐसा वातावरण रचते हैं जिसमें सहज, उन्मुक्त, रफ और टफ या फिर सरलता की धार लिए हुए निसर्ग-प्रवाही-जीवन अप्रासंगिक, पिछड़ा हुआ या फिर कलाहीन और शिल्प-शून्य सा जान पड़ने लगे। अज्ञेय ने कभी यह अभियान प्रेमचन्द के खिलाफ छेड़ा था और केशवदास की कविताई की वकालत की थी। बाद में इस अभियान में और भी कई नाम जुड़ते चले गये। इन लोगों ने यह प्रोजेक्ट करने की कोशिश की थी कि 'वस्तु' उतनी महत्त्वपूर्ण नहीं है जितना कि रूप।

मध्यवर्ग के इन चुनिन्दा द्वीपजीवी प्रतिभाधरों ने साहित्य की सामूहिकता को लगभग बाहर खदेड़ते हुए एक ऐसे कलावादी सम्प्रदाय को समकालीन साहित्य के केन्द्र में प्रतिष्ठित किया जहाँ खुला फैला विशाल जन-जीवन प्रवेश-वर्जित सा हो उठा। इस जीवन के अनुभवों की सम्पदा से लैस केदार, त्रिलोचन, नागार्जुन आदि कुछ दिनों तक तो साहित्य से हकाल से दिये गये। वस्तुतः यह नगरीय, किताबी मध्यवर्गीय प्रतिभाओं की साजिश थी जिसका राजनीतिक नेतृत्व नेहरू और सांस्कृतिक नेतृत्व आधुनिकता के बैनर तले वे तमाम शहरी बुद्धिजीवी कर रहे थे, जो पश्चिमवादी (वेस्टर्नूस) थे। इन्हीं लोगों ने आजादी के बाद सत्ता में अपना वर्चस्व कायम किया। इस देश में सुविधा, समझौतों और अवसरवाद जैसे मानवविरोधी जीवनादर्शों को अपना कर त्याग, संघर्ष और स्वाभिमान के आदर्शों को झुठलाने की कोशिशें कीं। इन लोगों से सत्ता को कभी कोई परेशानी इसीलिए भी महसूस नहीं हुई क्योंकि इन्होंने जीवन के बुनियादी बदलावों और आग्रहों को कभी भी अपने लेखन में दाखिल

नहीं होने दिया। मुक्तिबोध जैसे प्रतिबद्ध, शहरी मध्यवर्गीय लेखक अपने जीवनकाल में लगभग अलक्षित से रहे तो कारण यही था कि वे अवसरवादी मध्यवर्ग की इस साजिश से सिरे से असहमत थे। किन्तु यह सोचना पड़ता है कि मुक्तिबोध के बाद के कथित प्रतिबद्ध लेखक इस सत्ता के आज इतने करीब और इतने प्रिय क्यों हैं? क्या इसलिए कि सत्ता सचमुच बुनियादी बदलावों में गहरी निष्ठा से भरी हुई है या इन्हीं लेखकों की तरह चन्द विचार-सूत्रों और नारों का कर्मकाण्ड रचकर अपनी सरल विश्वासमयी जनता को ठगने की कोशिशें कर रही हैं।

त्रिलोचन आदि यदि अपनी कविता में सत्ता से कहीं अधिक व्यवस्था के खिलाफ खड़े हैं तो इसीलिए कि उनकी कविता अपने उद्देश्य में अभियानकारी, प्रशिक्षणपरक या लोकजागरणमूलक है। उनकी यह विशेषता हमें बाद में उन कवियों में दिखाई देती है जो लोकजीवन की सादगी और गहराई लेकर आते हैं और अपने काव्य-व्यवहार में बेहद मनमौजी हैं। दुष्यन्त कुमार और अदम गोंडवी की तरह जिनकी चेतना पर साहित्यिक बिरादरीवाद का डण्डा बेमानी साबित हो उठता है और वे भाषा, छन्द और काव्य-विवेक की खींची हुई तमाम सीमा रेखाओं को पार कर हिन्दी कविता को वह पहचान देने की कोशिश कर रहे हैं जो मध्यवर्ग की स्कूली और पाठ्य-पुस्तकीय नियति से बँधी कविता से काफी अलग है। इस कविता में बोलचाल की ताजगी लोकजीवन का सहज स्वभाव और भाषा का प्रभावकारी छन्द संगीत है। यहाँ हिन्दी-उर्दू का बँटवारा और दोनों शैलियों के सम्प्रदायवाद के बदले दोनों की गलबहियाँ डाले मिली-जुली छवियाँ हैं।

हमारे आधुनिक और जन प्रतिबद्ध कहे जाने वाले अधिकांश कवि बार-बार पश्चिमी दुनिया के चर्चित कवियों और साहित्याचार्य जिक्र तो करते हैं पर मीर, ग़ालिब, फैज, फ़िराक़ या मैथिलीशरण गुप्त, प्रसाद-निराला का बेहद कम। अपने राष्ट्रीय जीवन यथार्थ के सन्दर्भ में कबीर आदि सन्त उन्हें कहीं से प्रेरणास्पद प्रतीत नहीं होते। होते भी हैं तो सिर्फ वैचारिक ध्रुवीकरण तक। इस सन्दर्भ में जब त्रिलोचन जैसे कवि बार-बार तुलसी की याद करने हैं तो यह खयाल आता है कि आधुनिकता का एक जातीय (राष्ट्रीय) स्वरूप भी हो सकता है। आठ-दस साल पहले ही त्रिलोचन ने एक गोष्ठी में कहा था कि आधुनिकता का एक भारतीय सन्दर्भ भी है। अभी-अभी जन संस्कृति मंच-दिल्ली में इन्हीं त्रिलोचन ने कहा कि वाम संगठनों को अपनी साम्प्रदायिकता और सैद्धान्तिक संकीर्णताओं से बाज आना चाहिए। वे तभी उस व्यापक जन भावना को वाणी दे सकेंगे जो अभी भी इन्तजार में है। यह विश्व स्तर के उदारीकरण से भी अधिक जरूरी है। उनके कथन में चेतावनी जैसी थी। वे यह भी कह रहे थे कि अपने को पढ़ा-लिखा और अतिबौद्धिक वर्ग मानने वाला छोटा-सा प्रतिशत-समूह अंग्रेजी और अंग्रेजियत के बल पर राष्ट्रीय बोलियों और भाषाओं पर दबदबा कायम करना चाहता है। कभी यह काम फारसीदाँ लोग

करने की कोशिश किया करते थे। अकस्मात् ईस्ट इण्डिया कम्पनी से पराजित होने के बाद फारसी की जगह अंग्रेजी आ गयी फिर भी देशी भाषाओं की कविता ने ब्रिटिश साम्राज्यवाद को खदेड़ कर ही दम लिया।

उस दिन की बातचीत में त्रिलोचन यह रेखांकित करना भी नहीं भूले कि बोलियों के पास अब भी शब्दों का इतना अनोखा और विशाल भण्डार है कि नागर कही जाने वाली भाषाएँ भौचक रह जायें। कवियों को इस तरफ ध्यान देना चाहिए।

त्रिलोचन को सुनते हुए मुझे लगा कि आधुनिकता के अँखुए परम्परा की ही टहनियों से ही फूटते हैं। अन्ततः परम्परा ही वह बुनियाद है जिस पर आधुनिकता का महल खड़ा होता है। परम्परा को नकार कर हम जैसी आधुनिकता को प्राप्त होते हैं, वह सतही और फौरी हुआ करती है ठीक आकाशबेलि या फिर गाजर घास की तरह। इससे भी जरूरी बात यह है कि यह परम्परा अपनी वास्तविक रूपरेखा उस लोक में रखती है जिसे अनगढ़, मटमैला और असाक्षर कहकर बार-बार नकारा जाता रहा है। त्रिलोचन कहते हैं कि शास्त्र छूट जाय तो छूट जाय पर लोक को नहीं छूटना चाहिए। लोक परम्परा की ताकत से ही हम अपने शब्दों को वह प्रतिष्ठा दे पाएँगे जो राष्ट्रीय जीवन की पुनर्रचना और सर्वभक्षी विश्व बाजारवाद का मुकाबला कर सकेंगे। हमेशा की तरह त्रिलोचन उस दिन भी अपने पिता जगरदेव सिंह, गाँव चिरानी पट्टी और कस्बा दोस्तपुर की यादों में खोये रहे।

दूर के कमलेश्वर पास के कमलेश्वर

जिस विशेषज्ञता का दावा लेकर यह समकालीन हिन्दी-भाषी समाज चल रहा है कमलेश्वर उसमें से नहीं थे। विशेषज्ञता सम्भवतः हमारा अपना जाना-पहचाना शब्द है भी नहीं। परम्परा में कुछेक शब्द इस सन्दर्भ में मिलते हैं जैसे अल्पज्ञ या बहुज्ञ। इसी तरह बहुधन्धी, बहुधर्मी बहुमुखी आदि। लोक-समाज में तो बहुधन्धी शब्द आज भी खूब चलता है। नागर और सुशिक्षित समूहों में जब-तब बहुमुखी शब्द प्रयुक्त होता दिखता है। किशोर कुमार जैसे अभिनेता बहुत बड़े गायक भी थे। अब तो प्रायः उनका गायक रूप ही याद किया जाता है। हिन्दी के जनक भारतेन्दु और उसी बनारस के जयशंकर प्रसाद बहुधर्मी प्रतिभाधर थे। क्या कविता, नाटक, क्या निबन्ध और उपन्यास/कहानी आदि सब में उनकी गति थी। ये बहुमुखी प्रतिभा के लोग थे। कमलेश्वर को रखना पड़े तो इसी बिरादरी में रखना होगा। एक बहुकोणीय, बहुआयामी व्यक्ति। मैंने कभी उनसे पूछा तो नहीं। सच तो यह कि पूछने का खयाल ही नहीं आया कि वे सचमुच क्या हैं। मुलाकातें कुछ इस तरह बगैर किन्हीं औपचारिक मुद्दों के शरू होतीं कि कब कौन-सी बात या प्रसंग छूटा या फिर आया गया निश्चित नहीं होता था। एक बार एक बारात में साथ-साथ चलते मैंने उनसे पूछ लिया कि धारावाहिक चन्द्रकान्ता में आपके हीरो-हीरोइन जब-तब किसी भगवान या मन्दिर की शरण में आते-जाते दिखाई देते हैं, ऐसा क्यों? उन्होंने न हाँ कहा, न ना। उनके चेहरे पर शिकन भी कोई नहीं आयी। बस मेरे कानों में एक उत्तेजनाशून्य वाक्य सुनाई पड़ा—"विजय बहादुर जी। सब मैं ही तो नहीं करता, कुछ नीरजा गुलेरी भी करती हैं।" हम दोनों कवि दुष्यन्त के भतीजे अभित की बारात में साथ-साथ थे और धारावाहिक का यह प्रसंग मुझे बहुत दिनों से खटका करता था। स्वयं को मार्क्सवादी कहने वाला कोई लेखक अपने लेखन में इस तरह की कल्पनाएँ करे, यह मेरे लिए असहनीय था।

मैं उनका उत्तर सुन सोचता रहा कि उन्होंने मुझे यह कैसा घुमाने वाला जवाब दे दिया। उनके बारे में एक सुनिश्चित कोई धारणा मैं बना लेना चाहता था कि उनकी व्यावसायिकता और वैचारिक प्रतिद्वंद्विता में यह जो बारीक स्पेस है उसे हम कैसे कम करें। या जो साँठ-गाँठ है इसे क्या नाम दें? मुझे कुछ सूझता और किसी

ठिकाने पहुँच पाता कि बरसों पहले अपने प्रिय कवि नागार्जुन का सुनाया एक वाकया मुझे याद आता चला गया।

श्रीमती अपराजिता देवी जब पीहर आयीं तो उनकी माँग सुनहले सिन्दूर से भरी हुई थी। युवा मार्क्सवादी नागार्जुन ने पति होने के अधिकार से अपनी सहधार्मिणी को आदेशित किया—"यह सिन्दूर-फिन्दूर पोंछ डालो। प्रतिक्रियावाद की निशानी है।" बुजुर्ग कवि नागा बाबा इस किस्से को सुनाते हुए मुझे सिखाया करते कि मार्क्सवाद कोई फैशनेबुल दर्शन नहीं है। वह हमें यह भी सिखाता है कि पहले जीवन के तर्कों को समझना होगा और तर्कों से ही उसे बदलना भी होगा। ये अन्धतार्किकता किसी भी प्रकार से मार्क्सवाद नहीं है। याद है मुझे अब तक उनका कहा यह वाक्य—"विजय बाबू! उत्साह में मैंने वह बात कह तो दी पर अपराजिता देवी ने दो-तीन दिन तक खाना नहीं खाया। उनका सनातनी मानस इसके लिए तैयार नहीं था। समझ में आता है कि बदलाव से पहले बदलाव की जमीन तैयार करना जरूरी है।"

कवि नागार्जुन की इन बातों ने मुझे सचेत किया कि एक लेखक, खासतौर से स्वयं को क्रान्तिकारी बदलाव का हरावल मानने वाला, अपने भाषा-समाज से कैसा व्यवहार करे। सिद्धांतों को रामधुन बना कर रात-दिन उनका कीर्तन-भजन करने वाला अपनी अर्थवत्ता का नाश तो करता ही है उन विचारों की फजीहत भी करता है, जो किसी ऐतिहासिक परिस्थिति की देन हैं और एक नये सामाजिक इतिहास के निर्माण के लिए परिस्थितियों से संवाद करने के तौर-तरीके खोज रहे हैं। कमलेश्वर जी इन मुद्‌दों पर काफी सचेत थे। पूर्ण चुप्पी और संवाद में से जब कभी चुनने का द्वंद्व सामने आ खड़ा होता, वे संवाद को ही प्राथमिकता देते।

एक बार मैंने पूछा—"जिन इन्दिरा गाँधी ने इमरजेन्सी लगाई, जिनको लक्ष्य कर आपने 'आंधी' जैसी फिल्म लिखी, उन्हीं के बुलावे पर आप भारतीय दूरदर्शन के अतिरिक्त महानिदेशक होकर जा पहुँचे...? उनका जो जवाब था वह बहुत कन्विसिंग था—"हाँ। मैं ही वह सम्पादक था जिसने आपातकाल लगते ही सारिका के समूचे सम्पादकीय पृष्ठ को ब्लैक बार्डर से घेर कर पूरा पन्ना खाली छोड़ दिया था। 'आँधी' फिल्म तो चली भी और बैन भी हुई। तो मेरे मन में ये बातें थीं ही। इसलिए जब सम्बन्धित मन्त्री (शायद वसन्त साठे) ने मेरे लिए यह प्रस्ताव किया तो मैंने तत्काल कहा—"तो क्या मुझे मैडम जानती नहीं।" और मैंने प्रस्ताव भेजा—"पहले मैडम से मिलना चाहता हूँ। वो शायद मुझे जानती नहीं।" समय तय हुआ और मैं गया। मैंने कहा—"मैडम। मैं वही लेखक हूँ जिसने आँधी फिल्म लिखी।" तो उनका जवाब था—"हाँ। मैं आपके बारे में सब जानती हूँ। आप आकर हमारे साथ काम करिए।" फिर भी मैं सोचता रहा और तब ज्वाइन करना ही ठीक लगा मुझे।

इसे केवल उदारता कहना ठीक नहीं होगा। अवसरवाद कहना तो और भी खराब। जिस नवजात लोकतन्त्र में हम रहे हैं उसमें अभी से ढेर सारी लक्ष्मण-रेखाएँ खींच

लेना बहुत वाजिब नहीं कहा जा सकता। हाँ सतर्कता फिर भी हर पल जरूरी है। एक लेखक के रूप में यह सतर्कता उनमें बराबर मौजूद रहा करती थी पर कट्टरता तो किसी भी स्थिति में भी नहीं। वे यह भी नहीं मानते थे कि मनुष्य परिस्थितियों का दास है। यह भी नहीं कि परिस्थितियाँ ही सब कुछ होती हैं।

जिस समाज के वे लेखक थे उसे उन्होंने अपने संघर्षपूर्ण बचपन से कदम-दर-कदम देखा था। उनके बचपन के एक तरफ सामंती वैभव और हवेलीनुमा घर था तो दूसरी और वैभव-शून्यता और अभाव-ग्रस्तता। मूड में आकर जब कभी वे याद कर उठा करते कि मैनपुरी के दिनों में शायद ही कभी उन्होंने नयी किताबों और कापियों का मुँह देखा हो। उस स्कूली बस्ते को जो जुलाई में बच्चों के साथ जाकर उनके पिता शौक से खरीदा करते हैं। थोड़े-मोड़े किरायेदारों की किरायेदारी के पैसों से घर का बमुश्किल खर्चा चलाती विधवा माँ पुरानी साड़ियों के किनारे फाड़ मेरे लिए थैला बना दिया करती थी। बालक कैलाश उर्फ कमलेश्वर उसी में अपनी पुरानी किताबें और कुछ नयी कापियाँ रख स्कूल आता-जाता। यह वह हकीकत थी जिसके फसाने जब कभी आँखों की पुतलियों में प्रतिबिम्बित हो उठा करते। तब भी, न कभी वे टूटे, न वह माँ जो सामंती वैभव में दूल्हन बनकर आयी थीं और अब उसी के खण्डहरों में किसी गम्भीर उदासी की छाया बन रह रही थीं। कमलेश्वर अपनी आखिरी साँस तक इसे शायद ही कभी भूल पाये हों।

वैभव के खण्डहरों से उत्कर्ष के राजप्रासादों तक उन्होंने जो जीवन जिया इसीलिए इतना भरोसेमंन्द, बहुस्तरीय और उतार-चढ़ाव वाला था। दूर से किसी मीनार या कलश की तरह चमत्कृत करने वाला किन्तु पास आते ही अति सहज किन्तु गरिमामुक्त। जो भी लोग उन्हें नजदीक से जानते रहे होंगे, उन्हें हमेशा याद होगा कि दूर के कमलेश्वर पास के कमलेश्वर से बिल्कुल अलग थे। लेकिन यह गलती वे कभी नहीं करेंगे कि दो-दो कमलेश्वर मानने लग जायें। सो भी एक को दूसरे का एकदम प्रतिसत्य मान। सच यह कि दूर के कमलेश्वर पास के ही कमलेश्वर जीवन के विकास थे। पास के कमलेश्वर अगर कटु सत्य थे तो दूर वाले उसी के जीवन-स्वप्न; और यह रिश्ता बेहद करीबी, सघन, किन्तु द्वंद्वपूर्ण था। जिन परिस्थितियों ने उन्हें लेखक बनाया था उन्होंने ही उन्हें वह जीवन बोध भी दिया जिसके लिए वे जाने जाते हैं।

शरतचन्द्र और प्रेमचन्द की तरह करुणा तो उनमें भी कुछ कम नहीं थी किन्तु कुछ और भी था जो आजादी के बाद की हकीकतों की देन था। इन हकीकतों में उनकी कहानी 'जार्ज पंचम की नाक' भी थी जिसे कथाकार कमलेश्वर ने लोकतान्त्रिक भारत में न केवल लक्षित कर लिया था बल्कि लोकतन्त्र के उन्हीं शुरुआती दिनों में देख उसे बुरी तरह लेकर विक्षुब्द्ध और चिन्तित भी हो उठे थे। कहानी की कुछ पंक्तियाँ हैं—"विदेशों की सारी चीज हम आपना चुके हैं—दिल-दिमाग, तौर-तरीके

और रहन-सहन...जब हिन्दुस्तान में बाल डांस तक मिल जाता है तो पत्थर क्यों नहीं मिल सकता। जार्ज पंचम की टूटी नाक के लिए।

आधारशिलाएँ–1 के पृष्ठ 21 पर कमलेश्वर याद करते हैं–"कहानी पढ़कर किसी ने सरकार से शिकायत कर दी। मुझे मन्त्री महोदय डॉ. केसकर ने तत्काल तलब किया और मुझसे सरकारी नौकर होने के कारण 'ऐसी' सरकार विरोधी कहानी लिखने का लिखित खुलासा माँगा।"

महानगर दिल्ली में 'पहचान की कमी' के व्यापक अनुभव में घुल-मिल कर वह, एक लेखक व्यक्ति का दुख, एक दुखद मानवीय सच्चाई को रेखांकित कर गया, बहरहाल...

'जार्ज पंचम की नाक' पर फिर उत्तर माँगा गया। फिर मन्त्री महोदय ने बुलाया और कहा कि तुम कुछ भी लिखकर दे दो हम तुम पर कोई कार्यवाही नहीं करेंगे।

पर मेरा मन खट्टा हो गया था। जी उचट गया था। एक शाम मैं अपने कमरे पर लगी कागज पर लिखी नाम की पट्टी को देखता रहा था। कमरा नंबर पाँच सौ बारह के दरवाजे पर। दूसरे दिन दफ्तर पहुँचा तो मुझे सब कुछ पराया सा लगने लगा था...अन्ततः मैंने तय कर लिया कि मैं अगले दिन से नहीं आऊँगा।

कमलेश्वर के तत्कालीन निदेशक कृष्णमूर्ति ने दुनियादारी से भरी सीख देनी चाही--"तुम जो कुछ लिटरेचर के लिए लिखना चाहते हो, लिखते रहना सिर्फ दूरदर्शन का पता उस पर मत देना।" और कमलेश्वर का अन्तिम जवाब था–"सर, मुझे यह मेहरबानियाँ नहीं चाहिए। मैं कल से नहीं आऊँगा।" वे आगे लिखते हैं–यह सन् 1961 था। कोई नया वर्ष, दशक या सदी मेरे लिए शुरू नहीं होने वाली थी। रात बहुत सुनसान थी। मैं बहुत अकेला था।

उस पूरी रात मैंने बहुत धीरे-धीरे 'पराया शहर' कहानी लिखी थी। सुबह भी बहुत भारी थी। सूखी हवाएँ चल रही थीं। चप्पल पहनकर मैं बाहर निकल गया था।"

सचमुच वे आजादी मिल जाने के बाद के दिनों के ऐसे लेखक थे जो निरन्तर आजादी और लोकतन्त्र की खोज में थे। मेरी अपनी उम्र भी तब बीस-इक्कीस साल की हो चुकी थी। छोटी-मोटी कविताएँ और स्कूली निबन्ध वगैरह लिखने में मेरी प्रवृत्ति थी पर मैं कभी अपना परिचय एक लेखक के तौर पर दूँगा, यह ख्याल तो तब तक आया नहीं था। हाँ मैं लेखकों के आस-पास का एक करीबी पाठक हूँ, इसका होश तो मुझे आ चुका था।

ये वे दिन थे जब मेरी भेंट नव-गीत कवि श्रीरामसिंह 'शलभ' से हुई और आनन-फानन अन्तरंगता में बदल गयी। इसी दौरान मैंने देखा उसकी एक रचना 'धर्मयुग' में छपी–बादल तो आ गये पानी बरसा गये/लेकिन यह क्या हुआ, धानों के खिले हुए मुखड़े मुरझा गये/

मैंने महसूस किया कि आजादी के हमारे सपनों और उसकी सच्चाइयों में

जमीन-आसमान का फासला होता जा रहा है। बात सिर्फ 'जार्ज पंचम की नाक' की नहीं है, इससे भी कहीं आगे की है। तभी शरद देवड़ा के सम्पादन में एक और पत्रिका आयी और उसमें छपी हुई एक परेशान कर डालने वाली कहानी 'मांस का दरिया'। मैंने उसे पढ़ा तो कई-कई दिन असन्तुलित रहा। मेरी सोच इस बात पर आकर टिक गयी कि आजादी भले ही आ गयी पर वे सब शायद ही आजाद हो पायें जिनके लिए हमारे देशभक्तों ने कुर्बानियाँ दी थीं। सत्ता का चेहरा जरूर बदला है पर चरित्र नहीं। बल्कि वह तो और भी घिनौना हो उठा है। वे जो हमारे 'अपने लोग' नहीं थे, हमें लूटते हुए थोड़ा-बहुत परदा तो करते थे, डरते भी थे। कभी-कभी लोकलाज का भय भी उन्हें सता जाया करता था। पर अब जो 'अपने' कहे जाने वाले लोग हैं उन्हें तो इसकी जैसे कोई परवाह नहीं। शरम-हया तक नहीं। जैसे कि उन्हें अब किसी के सामने मुँह दिखाने की कोई चिन्ता परेशान नहीं करती। दरिन्दगी भी उनके सामने पड़े तो शर्म से गड़ जाय। 'मांस का दरिया' कहानी पढ़ चुकने के बाद कई रातें मेरी खराब हुईं। मैं नींद में जाता और कहानी के कुछ दृश्य सामने आ खड़े होते—

'आ...' जुगनू ने कहा तो उसने बहुत नरमी से उसे अपनी बगल में लिटा लिया था और बोला, 'जरा-सी तकलीफ नहीं होने दूँगा...'

जुगनू बहुत बेबस हो गयी थी। समझ में नहीं आ रहा था कि उसे कैसे समझाए... बहुत बार उसने कराह दबाई और कँवरजीत को रोका...कँवरजीत तीन-चार बार रुका, फिर जैसे उस पर शैतान सवार हो गया था...'अरे हक तो,' वह चीखा था और जुगनू की टाँगें दबाकर वह हावी हो गया था।

'अरी अम्मा रे...मार डाला...।' वह पूरी आवाज से चीखी थी जैसे किसी ने कत्ल कर दिया हो और छटपटाकर बेहोश-सी हो गयी थी।

'साली।' हाँफते हुए कँवरजीत बोला...कुछेक मिनट बाद जुगनू को होश आया था। दर्द कुछ थमा था तो उसके हाथ-पैर हिले थे। तकिये के नीचे से कपड़ा निकालकर उसने लाइट जलाई थी तो पूरी जाँघ फटे हुए फोड़े के मवाद से भरी हुई थी और कँवरजीत उससे बिल्कुल अलग बैठा ओं...ओं...करके डकारें ले रहा था।

'फूट गया न...' वह खड़ा होता हुआ बोला था, तो उसने जाँघ पर साड़ी खिसका ली थी।

'ध्यान रखना, चौथी बारी हुई।' कँवरजीत ने कहा और कुण्डी खोलकर कोठरी से बाहर निकल गया था।

ये वे लोग थे जो बीमार जुगनू से अपना पैसा वसूली करने में लगे थे। इंसानियत-फिंशानियत इनके लिए कुछ भी नहीं बची थी। दरिन्दगी भी तब कहाँ ठहर पाती इनके सामने?

कहानीकार कमलेश्वर अपनी कल्पनाओं में जहाँ तक जा पहुँचे थे, वह भयावह और भीषण था।

इसी बीच रोजगार की तलाश में मेरा मुम्बई जाना हुआ तो मैं उनके सारिका वाले दफ्तर में जा पहुँचा। संयोग से वे थे और चिट पाते ही तुरन्त भीतर बुलवा लिया। उनके चेहरे पर किसी नये से मिलने की उत्सुकता और उदारता थी। मैंने बगैर कोई भूमिका बाँधे कह डाला—मैं तो आपकी कहानी 'मांस का दरिया' पढ़कर मिलने चला आया हूँ। वे मेरे चेहरे को देखते और मेरे कहे को गौर से सुनते रहे। मैंने यह भी महसूस किया कि मेरे आने से पहले वे अपने काम में बेहद उलझे हुए थे। मेज पर सारिका के अगले अंकों की तैयारियों का बोझ था। जल्दी ही नमस्कार कर बाहर निकल आया और बरसों तक मेरी उनसे फिर कोई भेंट नहीं हुई। फिर भी मेरी उत्सुकता उनको लेकर बनी ही रही। कारण शायद यह कि उनका लिखा मुझे समझ में आता था। उनका बोला मेरा अपना लगता था। वे भोपाल आते तो मैं उन्हें सुनने विदिशा से भोपाल आ जाता। उन्हें टेप करता। निश्चय ही इसमें 'सारिका' की उनकी सम्पादकी, कहानी का समांतर आन्दोलन असगर अली इंजीनियर के साथ इस्लामी कठमुल्लों के विरुद्ध उनकी मोर्चाबन्दी, आँधी और अमानुष जैसी उनकी फिल्में—सब मुझे उनके प्रति आकर्षण-दर-आकर्षण से भरती चली गयीं। मुझे उनके शब्दों में अर्थों की जगह आजादी के बाद का जीवन दिखाई दिया करता। उनमें एक खास प्रकार की तलाश और बेचैनी महसूस होती। कचोट और क्षोभ भी। ऐसा भी महसूस होता कि ये किसी कोरे लेखक के शब्द नहीं, समूचे लोक के शब्द हैं। कमलेश्वर मात्र एक लेखक नहीं हैं, एक समूचा समय हैं और देश भी। एक ऐसा देश, जिसे कहने को आजादी मिल तो गयी है पर महसूस करने को वह शायद ही कहीं दिखती हो। कमलेश्वर की कहानियों में यही खोया हुआ देश जैसे अपनी डायरियाँ लिख रहा हो। कभी 'राजा निरबंसिया' तो कभी 'देवा की माँ' के नाम से। अपनी कहानियों के बारे में उनका यह कहना मुझे सच लगता है कि "जो मैं दूसरों को कह के नहीं बता पाता था, उसे मैं अपने लिए दर्ज करता था। ...कहानियों के नाम से इन्हें मैंने बाद में पहचाना, पर कहानियाँ मेरे लिए मेरी डायरी का अंश ही रही हैं।"

उनके शब्दों की इस अन्तरंगता में इतनी अधिक सच्चाई थी कि मुझे न केवल अपने आपको बल्कि अपने दूर-पास को भी समझने की दिशा मिल रही थी। मैं यह भी सीख पा रहा था कि सच्चे शब्द कहाँ से चलकर आते हैं। यह भी कि वे खुद-ब-खुद चलकर आते हैं या लेखक की कल्पनाएँ उन्हें जबरन खींच लाया करती हैं। यह भी कि अनुभवों के गर्भ से उपजी कल्पनाओं और काल्पनिक अनुभवों का फासला सचमुच कितना बड़ा हुआ करता है। कमलेश्वर को पढ़ते हुए यह फासला साफ-साफ समझ में आता था।

इस बीच वे अकेले लेखक थे जो तरह-तरह के राजनीतिक उतार-चढ़ावों के चलते भारी उतार-चढ़ाव झेल रहे थे। कभी किन्हीं आँखों की किरकिरी तो कभी उन्हीं आँखों के तारे। कमलेश्वर तो वही रहा करते थे बस आँखों का रंग-ढंग और

चलन बदल जाया करता। मेरे जैसे पाठकों को लगता—क्या यह सचमुच हमारी हिन्दी का ही लेखक है जो फिर भी हथियार नहीं डालता।

तभी अकस्मात् दुष्यन्त की ग़ज़लें आयीं। दुष्यन्त जी से थोड़ा-बहुत परिचय मेरा था।'सूर्य का स्वागत', 'आवाजों के घेरे' और 'एक कण्ठ विषपाषी' वाले कवि दुष्यन्त को मैं जानता था। भोपाल में मेरे और नुदीप बनर्जी के पहले काव्य-पाठ की अध्यक्षता भी वे कर चुके थे। पर यह बिल्कुल ही नहीं जानता था कि दुष्यन्त और कमलेश्वर शरीर से भले दो दिखें—मन-प्राण से एक और अभिन्न हैं। यह तो आज भी कोई नहीं कह सकता कि दुष्यन्त की ग़ज़लों को लेकर कमलेश्वर ने सिर्फ दोस्ती निभाई है। दोनों की दोस्ती की नींव दोनों की अपनी-अपनी स्वतन्त्र और स्वाधीन प्रतिभा पर रखी हुई थी। कमलेश्वर और धर्मवीर भारती इन ग़ज़लों के लेखक दुष्यन्त की पीठ थपथपा रहे थे। कहानी की पत्रिका 'सारिका' में अब दुष्यन्त की ग़ज़लें भी छपने लगीं थीं। इसी बीच दुष्यन्त 'साये में धूप' की ग़ज़लें हम सबको देकर अकस्मात अलविदा कह गये। उनके इस तरह चले जाने के बाद ही मैं जान सका कि दोनों की दोस्ती क्या थी। सो भी इस कारण कि दुष्यन्त के परिवार—छोटे भाई मुन्नू जी स्वयं श्रीमती दुष्यन्त यानी राजेश्वरी भाभी और कवि-पुत्र आलोक ने मेरे कन्धे पर रचनावली का जिम्मा डालते हुए यह संकेत दिया था कि आपका पथ-निर्देश कमलेश्वर जी करते रहेंगे। मुझे यह अच्छा भी लगा और इसीलिए आसान भी। यह तो बाद में समझ में आया कि वे मेरे काम में किसी तरह की कोई हाथ-बँटाई या छेड़-छाड़ नहीं करेंगे। बस जहाँ कहीं कोई जिज्ञासा होगी उसका समाधान करने की कोशिश करेंगे। दुष्यन्त के बारे में उनसे बेहतर जानता भी कौन था?

यह तब और महसूस हुआ जब दुष्यन्त पर शोधकार्य करती अपनी एक छात्रा के साथ मैं दुष्यन्त के गाँव राजपुर नवादा जिला बिजनौर गया। माँ रामकिशोरी देवी तब जीवित थीं। उस पकी हुई उम्र में उन्हें देख मैं समझ सका कि दुष्यन्त की सुन्दरता का राज क्या था। रामकिशोरी देवी किन्तु रूप में ही सुन्दर नहीं थीं। वे अपनी अनुभव-प्रवणता और जिजीविषा में भी उतनी ही सुन्दर थीं। सोने सा दमकता रंग, दुनिया को पढ़ चुकने के बाद की आत्मविश्वास से भरी आवाज। कवि-जननी होने का एहसास भी उन्हें कुछ कम नहीं था। किस्सा उन्होंने ही मुझे सुनाया कि उनका शायर बेटा कितना प्रत्युत्पन्न था। एक बार गाँव आकर खेती-किसानी के किसी झगड़े में चोट खा गया तो महीने-दो महीने उसे अस्पताल में ही रहना पड़ा। बहू राजेश्वरी खबर पाकर गाँव आयी तो प्रेमपत्रों का एक पैकेट भी साथ ले आयी। तब तक दुष्यन्त लगभग ठीक हो चला था। उसके सिरहाने बैठ के पत्र उसे पढ़ने को दिये गये और यह देखा जाने लगा कि इन्हें पढ़ अब वे क्या कहते हैं। माँ रामकिशोरी देवी अपने बेटे की अँधेरे में भी रास्ता खोज लेने वाली बुद्धि पर रीझतीं आगे का वाकया सुनाने लगीं—उसने सारे पत्रों को पढ़ दूसरी तरफ रख दिया और

बहू की ओर देख बोला–"साला कमलेश्वर लड़कियों के नाम से पत्र लिखता है।" तो क्या कमलेश्वर दुष्यन्त के संकट-मोचक दोस्त थे। अपनी फितरतों के चलते उनकी गाड़ी जहाँ किसी दलदल में धँस जाती, कमलेश्वर खींच-खाँच कर उसे वहाँ से निकाल ही लाते।

सोचता हूँ यह कैसी दोस्ती रही होगी! दो अलग-अलग प्रतिभाएँ पर एक-दूसरे के प्रति अखण्ड विश्वास से भरी हुईं। इसे क्या नाम दूँ? न सगे भाई, न एक जात बिरादरी के। न एक जगह के। फिर भी कैसा अगाध प्रेम कि एक के बिना दूसरा जैसे अधूरा। एक के सुख को दूसरा अपना सुख और दुख को अपना दुख मानता हुआ। कमलेश्वर इस कसौटी पर हमेशा खरे उतरे।

मुझे मालूम है, दुष्यन्त ने दोस्तियाँ खूब कीं पर निभाईं बहुत कम। वे प्रायः खटकीं, चिटकीं और टूट गयीं। यह कमलेश्वर ही थे जिनके साथ यह अपवाद घटित हुआ। तब मानना पड़ेगा कि सिर्फ कमलेश्वर के चलते।

मैंने कभी सुना नहीं कि दोनों में कभी तू-तड़ाम हुआ या नहीं। एक बार का किस्सा सुनाते हुए कमलेश्वर ने जरूर बताया कि कैसे वह उज्जैन के एक प्रोग्राम के लिए आमन्त्रित होकर आये और एक होटल में ठहर गये। दुष्यन्त को खबर लगी तो भोपाल से उज्जैन पहुँच होटल के उसी कमरे की चाबी लेकर वह जा घुसा जब कमलेश्वर प्रोग्राम में थे।

कमलेश्वर ने किस्सा सुनाते हुए मुझ से कहा–"पता नहीं कैसे वह काउण्टर वाले को कन्विंस कर सका कि मेरे नाम पर एलाट किये गये कमरे की चाबी उसे दे दी जाये। मैं प्रोग्राम से लौटा तो चकित कि उसे चाबी कैसे मिली। पर वह तो दुष्यन्त थे। कुछ भी कर सकते थे।"

मैंने पूछा यह कब की बात है तो कहा–'चौहत्तर-पचहत्तर की। वो अटैची में ढेर सारी ग़ज़लें लेकर आया था और रात भर सुनाता रहा। वहीं से वे ग़ज़लें लेकर मैं मुम्बई लौटा था।"

तो क्या दोनों एक-दूसरे के दोस्त ही नहीं साहित्यिक आका भी थे? एक-दूसरे की रखवाली करने वाले और एक-दूसरे की प्रतिभा को सजाने और सँवारने वाले? या फिर क्या? दोस्ती के नायाब नमूने।

कमलेश्वर के कुछेक पत्रों को देखकर लगता है दुष्यन्त अपनी रचनाशीलता के लिए कमलेश्वर पर किस कदर आँख मूँद भरोसा किया करते थे। उनकी कच्ची पाण्डुलिपियाँ प्रेस में ही थीं। पर इसका यह मतलब नहीं कि दुष्यन्त, मैथिलीशरणगुप्त और कमलेश्वर उनके आचार्य महावीर प्रसाद द्विवदी हों। पर किसी रचना को जितने धैर्य और आश्वस्ति की जरूरत थी वैसा धैर्य और वैसी आश्वस्ति दुष्यन्त के स्वभाव में कहाँ थी। इस मायने में कमलेश्वर जरूर अद्वितीय थे। इसका क्या कारण रहा होगा? कहीं बचपन के वे विकट जीवन-संघर्ष तो नहीं जिनमें उन्हें

परिस्थितिवश पकना और तपना पड़ा था या जिन्होंने उनमें इतना धीरज भर दिया था।

एक बार मैंने उनसे कहा था—'मांस का दरिया' के बाद मुझे आपकी कहानी 'देवा की माँ' अच्छी लगती है। भले ही यह 'राजा निरबंसिया' की तरह बहुचर्चित न हो फिर भी न जाने क्यों यह मुझे जिन्दगी की सच्चाइयों के बहुत करीब लगती है। आपने इसे बेहद करुण होकर लिखा भी है। मेरी बात सुन वो अपने बचपन और किशोर काल के मैनपुरी वाले दिनों में खो से गये। फिर बताने लगे कि हाँ, मेरे मुहल्ले में ही वह स्त्री रहती थी। मैं उसे देखा करता और उसकी पीड़ाओं से रू-ब-रू होता। पर उसकी निष्ठाएँ भी मुझे कम परेशान नहीं किया करतीं। मैं सोचा करता कि आदमी को समझना चन्द फार्मूलों के बल पर कितना मुश्किल है। 'देवा की माँ' में इन फार्मूलों की औकातें ही नहीं हकीकतें भी समझ में आती हैं। एक लेखक को यथार्थ की रचना करते हुए फार्मूलों के खतरों से बचना चाहिए। मुझे भी अपनी यह कहानी बहुत अच्छी लगती है। असल बात तो उसका वह तपना है जो कहानी में है।

कमलेश्वर इस आँच में धीमे-धीमे तपना जानते थे या यूँ कहें कि उन्होंने इसे साध लिया था। इसलिए वे अपने दोस्त दुष्यन्त की तरह विकल और आक्रामक नहीं होते। वे अपने पाठकों को भी तपने की कला सिखाते हैं। इसका यह भी अर्थ नहीं कि वे अपने गुस्से को पी जाया करते थे और उसका व्यावहारिक लाभ लिया करते। ऐसा भी कहाँ था? बुढ़ापे के दिनों में भी कई-कई मंचों पर कठमुल्ली ताकतों के समक्ष अक्सर वे जैसी आग उगलते थे, उसने उनकी सुरक्षा को खतरा पैदा हो जाया करता था। उज्जैन की एक सभा में तो मृत्यु से एकाध साल पहले ही यह हादसा हुआ था। फिर भी एक सर्जक की तरह जब वे अपने शब्दों के पास होते, उन्हें अनुभवों की आँच में तरह-तरह से पकाया करते। उनका गुस्सा भी स्वभावतः इसके साथ पकता रहता। इसीलिए आवेगों का वह विस्फोट जो उनके मित्र कवि दुष्यन्त में ज्वालामुखी सा प्रायः फूट पड़ता है उनके यहाँ अत्यन्त धीर-गम्भीर है। कभी-कभी तो भनक तक नहीं लगने देता कि वह गुस्सा भी है। पर लगने वालों को फिर भी उसकी भनक लग ही जाती है।

मेरे अनुभवों में यह बात उस दिन तब आयी जब वे नामवरजी पर ठाकुरवादी होने का आरोप लगाते और तत्काल मुझे सहलाते हुए कहा—'अब जैसे कि आप नहीं करते यह सब। आपको सिर्फ लेखक और उसकी प्रतिभा दिखाई देती है।' मैं उन्हें सुनता रहा। उन्हें शायद कोई मलाल था नामवर सिंह को लेकर। हो सकता है उस ब्रेकेट को लेकर हो जिसमें नयी कहानी के मोहन राकेश, राजेन्द्र यादव और कमलेश्वर मुहावरे की तरह रह रहे थे और नामवर सिंह ने उसे तोड़-फोड़कर उषा प्रियंवदा और निर्मल वर्मा का ब्रेकेट कर दिया था। यों किसी आलोचक से उसका यह विवेक छीना तो नहीं जा सकता। फिर भी कोई बात हुई जरूर थी और कमलेश्वर

उसे भूल नहीं पा रहे थे। सच तो यह कि वे एक ऐसा संसार बनाना चाह रहे थे जिसका नेतृत्व आलोचक नहीं लेखक करें। एक सीमा तक अपने दम पर उन्होंने यह किया भी। शायद उनकी यह धारणा थी कि सर्जक ही सर्जना का केन्द्र बिन्दु है, कोई दूसरा या तीसरा नहीं। वही खुद अपना प्रतिद्वंद्वी है, जेता-विजेता भी। पर जो केवल साहित्यवाद करते हैं, उनका क्या?

इधर मैंने दुष्यन्त रचनावली पर काम शुरू किया, उधर उनका भोपाल आना और अपेक्षा से ज्यादा दिनों तक प्रवास करना मेरी-उनकी मुलाकातों को पहले से अधिक सघन करता चला गया। पहले तो मैं उनसे थोड़ी-बहुत झिझक और दूरी बरतता था पर अब यह लगभग खत्म हो चली थी। शाम जब सूरज डूबने को होता मैं कार ले उनके पास जवाहर चौक पहुँच जाता और उन्हें आस-पास घुमाया करता। उन दिनों ही उन्होंने मुझे यह सूचना दी कि वे दिल्ली छोड़ भोपाल बस जाना चाहते हैं। नाती अनंत और नातिन मिंटी भी बड़े हो रहे हैं। कुछ दिनों में दोनों नौकरियाँ करने लगेंगे। तब यही ठीक रहेगा कि दोनों परिवार—यानी राजो भाभी और आलोक—मानू (बेटी) के साथ गायत्री भाभी और कमलेश्वर साथ-साथ रह एक-दूसरे का अकेलापन दूर करें। उनकी यह सोच मेरे लिए तो उल्लासकारी थी। मैं गायत्री भाभी को लेकर एकाध मकान दिखाने गया भी। थोड़ा-थोड़ा पसन्द भी आया। फिर 'भास्कर' वालों को खबर लगी तो उन्होंने हवाई अड्डा मार्ग पर अपनी बनाई कॉलोनी में उन्हें ऑफर किया। मकान ले लिया गया। उद्घाटन वगैरह भी हुआ। पर दूसरी शाम को मिलने गया तो गायत्री भाभी ने कुछ-कुछ धीमे किन्तु निश्चयात्मक स्वर में ही कहा—"वहाँ दिल्ली में मौके बहुत हैं। यहाँ सब अच्छा तो है पर मौका तो उतना नहीं।" मैंने देखा—कमलेश्वर जी कुछ बोले नहीं। होठों पर हल्की मुस्कान लिए मुझे देखते रहे। बात समझ में भी आ गयी कि बेटी-दामाद के लोभ में मकान भले ही भोपाल में ले लिया गया हो, पर रहना तो दिल्ली से छूटना नहीं। दिल्ली में बड़े-बड़े प्रकाशक हैं, अखबार हैं, बुढ़ापे की तरह-तरह की बीमारियों के लिए बड़े-बड़े अस्पताल हैं। फिर वहाँ से उठी खबरें आनन-फानन न केवल देश बल्कि देशांतर तक जा पहुँचती हैं। गायत्री भाभी शायद उसी ओर इशारे कर रही थीं। मुझे भी लगा कि आदमी उस बूढ़े पेड़ की तरह होता है जिसे नये बिरवे की तरह एक जगह से उखाड़ दूसरी जगह रोपा नहीं जा सकता। और कमलेश्वर जी गायत्री भाभी के साथ भोपाल से दिल्ली लौट गये। उनके भोपाल रहने की उम्मीदों से जो खुशियाँ पनपी थीं दिल्ली रहने के उनके अन्तिम निर्णयों के बाद मुरझा गयीं। मैंने सोच रखा था कि 'कितने पाकिस्तान' में जो रूमाल हिलता सा दिखाई देता है, फिर गिर पड़ता है, वह खुद अब किस सफर पर होगा—एक दिन उनसे पूछूँगा। यह भी कि उन्होंने यह जो इतना बड़ा संसार बनाया था उसका रहस्य गायत्री भाभी की धैर्यपूर्ण मुस्कानों में है कि उनके विश्वासों और समर्पणों में। यह भी कि वह

जो अलीगढ़ के रास्ते पाकिस्तान चली गयी और जो इलाहाबाद, मुम्बई, दिल्ली के बावजूद और अलावा भी जिस-तिस शहर रह उन्हें ताकत पहुँचा रही है, कौन है? कहीं ये सब लेखक कमलेश्वर की अपनी निर्मितियाँ ही तो नहीं? पूछ फिर भी कहाँ पाया। बस, गायत्री भाभी ने जरूर बताया कि फलाँ ने इनके लिए मुंबई में एक स्वतन्त्र फ्लैट ले रखा है। कमलेश्वर ने तो एक बार सिर्फ इतना ही कहा—हाँ, वह जो रूमाल है न, अब भी उनके चारों ओर हिलता है।

यह भी कहाँ कि कमलेश्वर की प्रतिभा किसी खाँचे में अँटती हो। उनके शब्द कहाँ-कहाँ से तो अवतरित होते हैं। अश्वत्थ के बिरवों की तरह उनमें कहाँ से इतनी जिजीविषा और संजीवनी आ जाती है कि राजनीति का चौरस सपाट मैदान हो या फिल्म का माया-साम्राज्य, साहित्य की जटिल बौद्धिकता के परकोटे हों या फिर लोकान्दोलनों से जुड़ी आबादी, यहाँ तक कि बोहरा समाज के विद्रोही तेवर हों या विज्ञान और तकनीक को अपना कैरियर चुन जीने वाले विद्यार्थी कमलेश्वर के शब्द सबके लिए कैसे एक साथ सटीक बैठते हैं? वे किसी पाठ, समुदाय, श्रोता-समूह या सांप्रदायिकता की सत्ता ग्रहण कर चुकी विचारधारा के शब्द क्यों नहीं माने-जाते हैं। समूचा राष्ट्र उन्हें सहजता से सुन-पढ़ सकता है और संवाद भी चाहे तो कर सकता है। वह अगर बोला हुआ शब्द है तो लिखने योग्य भी है। लिखा गया है तो बोलने की क्षमता भी उसने खोई नहीं है। यह भी कि वह किसी सुनिश्चित साहित्य-संस्थान को सम्बोधित नहीं है। हर उसको सचेत करते हुए लिखा गया है, जिसके चैतन्य से देश के भविष्य की रक्षा का प्रश्न वाबस्ता है।

अगर वे अपने समय के सबसे ज्यादा सुने और पढ़े जाने वाले लेखक थे तो इसीलिए कि आजकल के प्रचलित अर्थों में वे लेखक थे ही नहीं। उनकी भाषा समझ में आती थी, उनका गुस्सा समझ में आता था। उनके तर्कों की सीढ़ियाँ पकड़ में आती थीं। और यह भी कि वे तर्क किसी खूँटे से बँधे लेखक के नहीं, इंसानी गरिमा और उसके बोध से जुड़े आदमी के सहज जीवन-तर्क थे।

उन्हें पढ़कर तो अब भी जाना जा सकेगा कि वे किस तरह के लेखक थे। पर उनके साथ रहकर हम इतना और जान सके थे कि लेखक होने के लिए कितना-कितना मनुष्य होना पड़ता है। कमलेश्वर में मनुष्यता की यह गहराई हद दर्जे की खूबसूरती लिए हुए थी। अब शायद वह उनके लिखे शब्दों में हो सो भी किसी-किसी को ही दिखे।

सच किन्तु इसके अलावा भी हो सकते हैं, होंगे भी, अन्यों के अनुभवों से टँके भी होंगे, पर लेखक तो अपने ही अनुभवों के दायरे में रहने को विवश है। हद से हद कुछ-कुछ पुरखों से भी लेता हुआ।

सच यह भी कि कमलेश्वर कोरे और कोरे लेखक मात्र तो नहीं थे। इससे भी कुछ ज्यादा, अलग और स्वतन्त्र।

यह शरद जोशी ही तो थे

जैन महाविद्यालय विदिशा की हिन्दी परिषद के उद्घाटन के लिए मेरे सहयोगी डॉ. पालीवाल जब शरद जोशी को आमन्त्रित करके आ गये तो मैं चिन्तित और कुछ-कुछ असहज भी हो उठा। उन्हें मैंने डॉ. प्रभुदयाल अग्निहोत्री या फिर नाटककार शंकर शेष को आमन्त्रित करने के लिए भेजा था। दोनों अपनी-अपनी व्यस्तताओं के चलते जब मुकर गये तो पालीवाल जी के पास चारा भी क्या बचा था। मेरा डर यह था कि शरद जोशी लेखक तो हैं, सो भी व्यंग्य लेखक। 'साहित्यकार का दायित्व' जैसे गम्भीर विषय पर वे कैसे बोल पायेंगे। यह भी कि बोलना एक अलग कला है। शरद जोशी के पास क्या जाने यह होगी भी कि नहीं। पर दूसरा कोई रास्ता अब बचा भी नहीं था।

नियत तारीख पर जोशी जी आये तो उनके हाथ में अंग्रेजी का एक अखबार था। सम्भवतः हिन्दुस्तान टाइम्स। सारिका या दिनमान जैसी कोई एक पत्रिका भी। ट्रेन में वे उसे पढ़ते आये होंगे और वापसी में भी पढ़ेंगे यह साफ था। उन जैसे व्यस्त और साधनारत लेखक को समय के उपयोग का बोध भला कैसे नहीं होता।

औपचारिक स्वागत-सत्कार के बाद जब वे बोलने खड़े हुए तो सबसे पहले जो बात छेड़ी उससे हम सब सकते में आ गये। उन्होंने कहा पालीवाल जी को जब कोई नहीं मिला तो मुझे आमन्त्रित करने पहुँचे और इस तरह मौका मेरे हाथ लग गया। इस दृष्टि से मैं आपका वह सम्मानित मेहमान नहीं जिसे आप इस मौके पर सुनना चाहते थे। मैं तो एक एवजी वक्ता और मेहमान हूँ। वैसे भी व्यंग्य और व्यंग्य लेखक साहित्य के हाशिये की चीज है। वह अभी भी लेखकों की वर्ण व्यवस्था में शूद्र है। इसलिए जब पालीवाल जी ने लाचारी में मुझे ढूँढ़ा और आमन्त्रित किया तो अपनी साहित्यिक हैसियत को महसूस करते हुए मैं भी चला आया। इस प्रसंग को समाप्त करते हुए उन्होंने आगे कहा कि हिन्दी भाषी समाज और अपने पाठकों की निगाह में बतौर व्यंग्य लेखक मैं किसी मौके और कामलायक बचा तो समझा ही गया? यही क्या कम है। मैं भी उनके इस पीड़ा भरे व्यंग्य को समझ पाया।

उनके इस कहने में क्षोभ से कहीं अधिक अपमान-बोध से उपजी पीड़ा थी। पर

जिस अन्दाज में वे यह कह रहे थे वह एक व्यंग्य लेखक का ही गहरा और तीखा अन्दाज था। चुटकियाँ-सी काटता और श्रोताओं को धीरे-धीरे लहूलुहान करता। उनके कहने में विक्षोभ और तीखी आक्रमकता थी जिसका अन्दाज हमें पहले से बिल्कुल नहीं था।

याद पड़ता है, उन्होंने यह भी कहा कि गम्भीर साहित्य की तुलना में व्यंग्य भी मेरी तरह प्रॉक्सी (एवजी) लेखन माना जाता है। जिस तरह की भूमिका वे बाँध रहे थे उससे निर्धारित विषय का दूर-दूर तक कोई रिश्ता नहीं बन पा रहा था। देर बाद जब वे विषय पर लौटे तो सवालों की बौछार सी लगा दी। उन्होंने लगभग हमें कटघरे में खड़ा कर पूछना शुरू किया—दायित्व का सवाल आप बेचारे लेखक से ही क्यों पूछते रहते हैं? क्यों नहीं अपने प्रधानमन्त्री, मन्त्री, विधायक और कलेक्टर से कभी पूछते कि उनका दायित्व क्या है और वे इसे निभा रहे हैं कि नहीं?

जोशी जी विषय को इस तरह पलट कर हमें अचकचा देंगे और हम सब निरुत्तर हो उठेंगे, ऐसा सोचा नहीं था। शब्द उनके होठों से चिनगारियों की तरह फूट रहे थे। उनको सुनते हुए मैं इस अनुभव से गुजरने लगा था कि वे केवल हास्य-व्यंग्य के हल्के-फुल्के मान लिए जाने वाले लेखक नहीं हैं। उफान लेते, एक ज्वार-ग्रस्त समुद्र हैं जिसकी विक्षुब्ध लहरें तटों को दहला भी सकती हैं। उसी दिन यह महसूस कर सका कि अन्य तमाम लेखकों की तरह व्यंग्य-लेखक भी गम्भीर, विचारवान और सचेत होता है। भले ही उसकी शैली चुटकी लेने, हँसने-हँसाने की-सी हो पर इस हँसी के पीछे उसका गहरा गुस्सा और कभी-कभी तो विक्षुब्ध पीड़ाएँ लहरें लेती रहती हैं और हँस लेने के बाद हम जो बच रहते हैं उसमें हमारी आँखों की कोरें लाल हो उठा करती हैं। कभी-कभी तो सोचते-सोचते हमारे होंठ थरथराने भी लगते हैं।

अपना व्याख्यान समाप्त किया तो मैंने पाया कि वे गहरे सन्तोष का अनुभव कर रहे हैं। किसी ने जैसे अपना कोई बहुत बड़ा बोझ सा उतार दिया हो। वह जैसे एक बेचैन योद्धा का बरसों का थक्के-थक्के जमा गुस्सा था जो इस तरह जमकर बरस लेने के बाद हल्केपन का अनुभव कर रहा हो। जोशी जी उस दिन सचमुच 'झूम-झूम मृदु गरज-गरज घनघोर' वाली अदा में बरसे थे। मेरे लिए तो उनका यह रूप सचमुच अप्रत्याशित ही था। एक अन्य अर्थ में व्यंग्य लेखक को लेकर मेरी कई सतही धारणाओं को खण्डित करने वाला।

सम्भवतः पहली बार वे उन श्रोताओं के बीच थे जिनके साथ अपने तमाम छिपे हुए दुखों की भागीदारी की जा सकती थी। उनका वो मोटी फ्रेम का कुछ-कुछ सुनहला चश्मा, उसके भीतर अपने होने का एहसास कराती सचेत निगाह, वो उठी हुई नाक और भरे हुए बादलों से बरस पड़ने वाले होंठ, पीछे को लौटा कर कंघी किये गये केश वो बन्द जेबों वाली उनकी ऑफ व्हाइट बुशर्ट और हल्के नीले रंग की पैंट हमें यह एहसास करा रही थी कि बाहर की इस तड़क-भड़क शून्य अस्तित्व-सत्ता

के पीछे कहीं एक सोया हुआ ज्वालामुखी भी है। यही है जिसमें से उनके अनुभवों का लावा फूटा करता है।

उस दिन मैं यह भी सीख सका कि सामान्य से लगने वाले चिर-परिचित विषय को नया सन्दर्भ कैसे दिया जा सकता है। कैसे उसे अधिक अर्थपूर्ण और मार्मिक बनाया जा सकता है। लोगों के ठहर से गये औसत जड़ मानस को कैसे झकझोरा जा सकता है। श्रोताओं की ठण्डी हो चुकी मृतप्राय चेतना को लपट फेंकते विचारों की चिनगारी फेंक कैसे सुलगाया, जगाया और धधकाया जा सकता है। जोशी जी ने उस दिन सचमुच यही किया था।

सभा खत्म हुई तो दिन के साढ़े बारह बज रहे थे। खाने का वक्त हो चला था। मैं उन्हें इसी ख्याल से स्थानीय कमल होटल ले गया। कस्बेनुमा शहर में बुद्धिजीवियों के लायक वही एक साफ-सुथरी जगह थी। खा चुकने के बाद हमारे पास दो-ढाई घण्टे का वक्त फिर भी बच रहा था। जोशी जी झपकी लेना चाहते थे पर उसी दिन पत्नी से निरन्तर होते झगड़े के चलते, मैंने नीमताल वाला निवास खाली कर भँवरलाल माँगीलाल स्टेशन रोड वाले माधवगंज इलाके में आ गया था। मेरे फ्लैट के नीचे रहने वाला छात्र मुरारीलाल गुप्ता, जो इन दिनों बैंक स्टेट में अधिकारी है, एकाध सहपाठियों की मदद ले मेरा सारा सामान एक-दो ठेलों पर लाद बाड़े की तीसरी मंजिल पर बने दो हवादार खूबसूरत कमरों में सहेज गया था। बाद में उसके साथियों ने मुझे बताया कि यह दायित्व पूरा करने से पहले वह खूब रोया भी था।

तीसरी मंजिल की खड़ी सीढ़ियाँ चढ़ हम दोनों जब उस छोटी किन्तु साफ-सुथरी निर्जन-सी छत पर पहुँचे तो आमने-सामने के दोनों-तीनों कमरों पर ताले ही ताले लटक रहे थे। मैंने ही आगे बढ़कर दरवाजे का ताला खोला और जोशी जी लगभग किसी ज़ोड़ीदार की तरह जब मेरे ही साथ बगैर किसी औपचारिकता के घुसे तो पाया कि सामने की निवाड़ वाली नंगी पलंग पर दो बड़े-बड़े गद्दे, चादर और तकियों सहित एक गट्ठर जैसे बँधे पड़े हैं, जैसे कि कहीं से उजड़कर फिर से बसने के लिए लाये गये हों। जोशी जी ने फिर भी कोई उत्सुकता नहीं दिखाई। न ही यह जानने की दिलचस्पी प्रकट की कि मैं विवाहित हूँ या अविवाहित। मुझे देखते ही उनकी पारखी आँखों ने क्या कुछ समझा वे ही जानें। बजाय यह सब दरियाफ्त करने के वे खाली पड़े सूने से कमरे की चारपाई पर गट्ठर से बँधे बिस्तरों पर उठंग इस तरह अपने साथ लाया अखबार पढ़ने लगे जैसे खास कुछ हुआ ही न हो। हुआ भी हो तो यह सब तो होता ही रहता है। उनकी शायद इस प्रकार की दिखाऊ औपचारिक बातों में कोई दिलचस्पी नहीं थी। तब भी मेरे चेहरे पर आती-जाती तनाव-रेखाओं को वे महसूस कर ही रहे थे। एकाध बार मैंने अनुरोध भी किया कि बिस्तर खोलकर बिछा दूँ और वे ठीक से लेट जायें पर उन्होंने न जाने क्यों ऐसा नहीं करने दिया।

मैं तो सुबह से ही तनावग्रस्त होकर अपनी सारी ताजगी खो बैठा था। कॉलेज

का पहले से तयशुदा प्रोग्राम और फिर अतिथि का आतिथ्य-सत्कार मुझे करना ही करना था। विभाग के छात्रों से मिले चन्दे से सारे सहयोगियों के साथ खाना खाना या खिलाना सम्भव नहीं था। न यह जिम्मेदारी ही किसी अन्य पर थोपी जा सकती थी।

जोशी जी अखबार पढ़ते रहे या फिर छोटी-मोटी झपकी की गोद में चले गये मुझे इसकी कोई खबर तो तब होती जब मैं गहरी झपकी में खुद न चला गया होता। बगल के कमरे में पड़ी दूसरी खाली चारपाई पर पहुँचते ही ढेर हो गया तथापि भोपाल जाने वाली विलासपुर एक्सप्रेस के समय से कुछ पहले ही जग भी गया। देखा तो जोशी जी तब भी अखबार में ही आँख गड़ाए हुए थे। मैंने पूछा तो कहा—मैं दोपहरी में अक्सर सोता नहीं। पर आज तो पढ़ते-पढ़ते एक छोटी-सी झपकी भी ले ली। 'चलिए नीचे चलकर कहीं काफी वगैरह पी जाय। तब तक ट्रेन का भी समय हो ही जायेगा।' नल के पास जा पानी के कुछ छींटे मैंने मुँह और आँखों पर मारे और चप्पल पहन उनके साथ ही नीचे उतर शहर के स्टेशन रोड पर आ गया। यह माधोगंज का इलाका था जहाँ दोनों तरफ तमाम दूकानें कपड़ों, किराने, दवाइयों और किसिम-किसिम की। इन्हीं के आगे अगल-बगल लगे तमाम ठेले—फलों, मूँगफलियों, गुड़ या सब्जियों के। दस-पाँच कदम चलने के बाद ही वे बगैर किसी भूमिका के कहने लगे—'लेखक को समझने वाले लोग बहुत कम मिलते हैं। पत्नियाँ तो अक्सर नहीं समझतीं। लेखक को भी यह जानकर रखना चाहिए कि लिखने का फैसला उसका अपना है। किसी और ने कहाँ कहा उससे कि तुम लिखो।' इसके आगे पता नहीं क्या कुछ भाँप कर उन्होंने कहा—'एक लेखक को किसी भी स्थिति में अपने आपको टूटने नहीं देना चाहिए। यही उसकी सबसे बड़ी चुनौती है और इसका मुकाबला भी उसे अकेले ही करना है।'

पता नहीं यह सब कहकर वे मुझसे क्या कहना चाहते थे? यही कि मैं सब समझ चुका हूँ और एक वरिष्ठ साथी लेखक की तरह आपको समझाइश दे रहा हूँ। आश्चर्य कि इसके आगे न कोई भूमिका थी न पीछे उपसंहार। ऐसे आत्मकथन सुनने का अभ्यास मुझे धीरे-धीरे नागार्जुन के साथ जब-तब रहते हो ही रहा था। वे भी इसी तरह बगैर किसी भूमिका के कुछ बेहद सारवान कहने लगते।

जोशी जी कोई अन्तर्यामी थे और मेरा सब कुछ बगैर कहे जान लिया हो, ऐसा भी नहीं कहा जा सकता। पर जो कुछ उस दिन घटा था उसे भाँप उन्होंने जरूर लिया था। तभी तो यह समझाइश दे रहे थे कि ऐसी लड़ाइयाँ जो प्रायः सारहीन होती हैं और नितांत घरेलू या कहें व्यक्तिगत, लेखक को अनावश्यक तौर पर तोड़ने लगती हैं और वह उन बड़े सामाजिक और राष्ट्रीय मोर्चों पर लड़ी जाने वाली लड़ाइयों में कमजोर पड़ने लग जाता है। यह जानकर कि मैं उन दिनों की सुप्रतिष्ठित साहित्यिक पत्रिकाओं—कल्पना, लहर, ज्ञानोदय और आलोचना में छपता रहा हूँ, वे मुझे सावधान और सचेत कर रहे थे कि किसी भी स्थिति में अपने आपको टूटने नहीं देना है।

यह सब कहते-कहते, मैंने लक्ष्य किया कि अचानक तेज कदमों से चलकर वे फलवाले ठेले के पास जा पहुँचे और सेब फलों का भाव पूछने लगे। मैं पूछता ही रहा कि क्या ले लिया जाये। वे फिर उसी तरह लौटकर चलने लगे। कमल होटल करीब आ चुका था और हम दोनों फिर उसकी एक टेबुल पर बैठ कॉफी पीने लगे। गाड़ी का टाइम हो ही रहा था बिल चुकाकर हम फिर स्टेशन की तरफ जाने वाली सड़क पर चलने लगे तो उन्होंने पूछा—और क्या-क्या लिखते हैं आप, तो मैंने फिर वही छपी हुई कुछेक कविताओं और लेखों के बारे में उन्हें बताया तो पूछा—'आप प्रभाकर श्रोत्रिय को जानते हैं?'

मैंने कहा—'नहीं, पर अखबारों में उनका नाम इन दिनों छपता तो रहता है।'

'हाँ! वे अभी-अभी भोपाल आये हैं और परिवेश नाम से गोष्ठियाँ कराते हैं। ऐसा सुना है कवियों-कहानीकारों का पाठ भी कराते हैं। मैं कहूँगा आपको भी बुलाएँ, पर इसके लिए वे कुछ देंगे नहीं। आप इस शर्त पर आना चाहें तो कहें।' उन्होंने जैसे बेलौस-सी भाषा में कहा। मैंने तत्काल हामी भर दी। प्लेटफार्म भी आ ही चुका था। भोपाल जाने वाली बिलासपुर एक्सप्रेस राइट टाइम थी।

वे चले तो गये पर मेरा कविता पाठ कराना है, इसे भूले नहीं और एक रोज प्रभाकर श्रोत्रिय का पोस्ट कार्ड 12 जून, 72 का लिखा मिला। अमुक जगह और समय पर पहुँचकर आपको कविता पाठ करना है। श्री शरद जोशी इस पाठ की अध्यक्षता करेंगे। भोपाल पहुँच वे अपने कहे को याद रखेंगे और मेरे जैसे अनजान से युवा लेखक के प्रति यह आकर्षण दिखाएँगे और उत्तरदायित्व निभाएँगे इस बारे में मैंने कभी सोचा नहीं था। न ही इस उम्मीद और इन्तजार में था कि सचमुच यह होगा ही। पर उन्होंने इसे जिम्मेदारी के भाव से किया।

जिस नियत शाम मैं भोपाल पहुँचा और श्रोत्रिय जी से मिला तो वे कुछ-कुछ तनावग्रस्त, उलझे हुए और परेशान से लगे। जोशी जी मेरे काव्यपाठ में किन्हीं कारणों से नहीं आने वाले थे। अन्य आगन्तुकों की बातचीत से यह भनक भी लग चुकी थी कि अध्यक्षता अब शायद दुष्यन्त कुमार जी करें। जोशी जी के न आने का सम्भवतः एक यह भी कारण रहा हो। उपस्थितों में मदन मोहन मदारिया, जीवन लाल वर्मा विद्रोही, आदि थे। हमीदिया महाविद्यालय के हिन्दी विभागाध्यक्ष और आंचलिक कथाकार डॉ. भगवती प्रसाद शुक्ल भी। मेरे साथ कविता पाठ में नये-नये आई.ए.एस. होकर आये उज्जैन के मेरे पूर्व परिचित कवि सुदीप बनर्जी भी थे। हल्का सांवला रंग, छरछरा बंगाली कद, वही कोमलता और शालीनता जो उज्जैन के उनके छात्र दिनों में मैंने देखी थी। पर बाना एकदम बदला ब्यूरोक्रेट वाला। सुदीप एकदम मसूरी वाले आफिशियल ड्रेस में थे। पाठ की अध्यक्षता करते हुए कवि दुष्यन्त कुमार को यहीं मैंने पहली बार करीब से देखा उनकी कविताएँ और 'एक कंठ विषपायी' पहले से मेरी जानकारी में थीं। हम दोनों के कविता पाठ पर उन्होंने

जो अध्यक्षीय टिप्पणी की उसका सार भी हमारे लिए कुछ कम महत्त्वपूर्ण नहीं था। सुदीप की कविताओं में कथ्य की बारीकी और कला की सजगता, मेरी कविता में अनगढ़ किन्तु विस्तृत और मुखर यथार्थ को उन्होंने लक्षित और रेखांकित किया था। दुष्यन्त सिर्फ कवि नहीं हैं, एक सजग काव्य-पारखी और आलोचक भी हैं, यह भी मैंने उसी गोष्ठी में जाना और अनुभव किया। जोशी जी तो अनुपस्थित ही रहे।

गोष्ठी समाप्त हुई तो मैं यही सोचता हुआ विदिशा लौटा कि जोशी जी को नहीं आना था तो मुझे खबर तो कर देते। मैं यह नहीं तय कर पा रहा था कि उनका यह व्यवहार किन स्थानीय कारणों के चलते और क्यों है। मुझे पाठ के लिए बुलवाकर खुद गायब। लेकिन क्यों? इस बाबत न बाद में कभी उनसे पूछने का साहस मैंने किया न उन्होंने ही अपनी ओर से बताने की कभी कोई जरूरत महसूस की। पर इतना जरूर समझ पाया कि वे कब किस बात पर तुनक जायेंगे, कब उनकी नाजुकमिजाजी असर दिखाने लगेगी, अनुमान कर पाना आसान नहीं। तभी मुझे लगा कि वे अपने आवेगों के शहंशाह हैं और स्वाभिमान तो उनमें जैसे कूटकूट कर भरा है।

बाद में मैंने महसूस किया कि अपने शहर भोपाल को लेकर भी उनमें एक गौरव का भाव था। याद आता है जब कवि वेणुगोपाल अपना शहर हैदराबाद छोड़ भोपाल आ गये थे तब जोशी जी की मण्डली—रमाकान्त, रामप्रकाश आदि उन्हें नये सिरे से बसाने में जुट गये थे। इसी बीच वेणु किन्हीं कारणों के चलते मेरे पास विदिशा चले आये थे। जोशी जी का एक कार्यक्रम में विदिशा आना हुआ तो उन्होंने उन्हें देखते ही कुछ व्यंग्य भाव से सीधे उन्हीं से पूछा—'यहाँ कैसे और कितने अरसे से?' वेणु चोरों की तरह बगलें झाँकने लगे तो जवाब मैंने दिया—'यहीं रहेंगे और एम.ए. करेंगे।' मेरा उत्तर सुन जोशी जी के स्वाभिमान को जैसे झटका-सा लगा—'जब हम भोपाल वाले नहीं करा पाये तो तुम विदिशा वाले क्या करा पाओगे?' और यह कह वे वेणुगोपाल की ओर इस तरह देखने लगे जैसे कोई किसी भगोड़े और संदिग्ध व्यक्ति को देखता हो। उन दिनों के भोपाल की याद करता हूँ तो वो एक बेहद यार-बाश, जिन्दादिल और बेतकल्लुफ शहर था। हर किसी को अपने प्रेमालिंगन में ले लेने वाला। एक तरफ मथुरा बाबू, प्रोफेसर अक्षय कुमार जैन, हर दिल अजीज सन्त शायर ताज भोपाली, मलंग से झूमते कैफ़ भोपाली तो दूसरी तरफ शानी, शरद जोशी और दुष्यन्त कुमार का भोपाल। इन दोनों दुनियाओं के बीच जोशी जी हमेशा मुझे एक सेतु की तरह लगे। दोनों तटों से अपने सम्बन्धों का इजहार करते हुए भी एकदम स्वाधीन और आत्मनिर्भर। तब तक वे यह भी जान चुके थे कि एक और भोपाल भी है जो अफसर-साहित्यकारों का है, जहाँ स्वाधीनता और स्वाभिमान विद्रोह माना जा सकता है। पर वे इसके लिए मुझे हमेशा प्रस्तुत दिखे और बेपरवाही की हद तक जाकर लेखक की आत्मगरिमा और स्वाधीनता को रेखांकित करते रहे।

एक शाम मैं टीनशेड वाले उनके क्वार्टर पर पहुँचा तो देखा कि वहाँ नये-नये डिप्टी सेक्रेटरी होकर आये अशोक वाजपेयी भी बैठे हुए हैं। चाय खत्म हो चुकी थी। दोनों के खाली किये कप सेण्टर टेबुल पर रखे थे। प्लेट में कुछ बचे हुए बिस्कुट जरूर पड़े थे। मुझसे चाय के लिए पूछा गया तो मैंने एक बिस्कुट उठाते हुए चाय के लिए मना कर दिया। 'कैसे आये' के उत्तर में–'बस यूँ ही' कहकर बैठा ही था कि अशोक वाजपेयी उठकर चलने को तैयार हो गये। मैं भी इसी संकोच में कि एक लेखक का अधिक वक्त क्यों जाया किया जाये उन्हीं के साथ उठकर बाहर आ गया और न्यू मार्केट तक आने के लिए वाजपेयी जी की बगल वाली सीट पर बैठ गया। वो शायद पुरानी आस्टिन कार थी, बदरंग रंग की जिसे वे खुद ड्राइव कर रहे थे। कार स्टार्ट करते ही उन्होंने एक अप्रत्याशित सवाल किया–'आप मुझसे मिलने आये थे या शरद जी से?' मेरे लिए यह अचकचा देने वाला सवाल था। शरद जी ने तो यह सवाल मुझसे कभी नहीं किया। वे कभी करते, इसकी कल्पना भी मैं नहीं कर सकता था। अशोक वाजपेयी के इस सवाल ने मेरे मन में ढेरों आशंकाओं को जन्म देना शुरू कर दिया। यह कि क्या एक लेखक को अब चुनना पड़ेगा कि वह अगर शरद जोशी से मिले तो अशोक वाजपेयी से मिलने का हक अपने आप खो बैठता है। मैंने भी महसूस किया कि मध्यप्रदेश की संवेदनशील सरकार (?) जो नयी संस्कृति रचने में लगी हुई है, उसके भीतर बहुत कुछ असंस्कृत और भदेस भी आकार लेने लगा है जिसे जोशी जी बर्दाश्त करने को कैसे भी तैयार नहीं थे। किसी भी कीमत पर। यह उनके लिए सिर्फ व्यक्तिगत मामला नहीं था। जिस संस्कृति को एक समूचा समाज अपने पसीने और खून से रचता और आधार देता है, उसकी जो बौद्धिक और सृजनशील शक्तियाँ उसे चेहरा-मोहरा सौंपती हैं वही जब सरकारी अधिकारियों और महकमों के हत्थे पड़ जाती है तब उसकी शक्ल उन्हीं दरबारियों-सी हो उठती है जो बाहर से तो बेहद चिकने-चुपड़े किन्तु भीतर ही भीतर बेहद घिनौने और दम्भ विकृत हुआ करते हैं। जोशी जी जैसे अति संवेदनशील लेखकों को यह भाँपते देर नहीं लगी थी कि चीजें बुरी तरह सरकारीकरण की ओर बढ़ रही हैं और इसकी अन्तिम परिणति अब दरबारीकरण में होगी। उनकी यह आशंका जैसे ही सही निकली तैसे ही अपने 'स्वधर्म' का निर्वाह करते हुए उन्होंने धर्मयुग में वह आक्रामक लेख लिखा–'हम भी हैं दरबार के।' इस लेख ने आई.ए.एस. अशोक वाजपेयी को सुरक्षात्मक लड़ाई लड़ने को मजबूर कर दिया। कथाकार सत्येन कुमार आदि लेखकों को तब उनके समर्थन में हस्ताक्षर अभियान शुरू करना पड़ा। जिस राजधानी भोपाल में जोशी जी लेखक की स्वाधीनता और आत्म-सम्मान की गौरवपूर्ण मर्यादाएँ रचना चाह रहे थे, उसी शहर भोपाल में संस्कृति और सत्ता का ऐसा विषैला किन्तु तिक्तमधुर रसायन भी तैयार होना शुरू हो गया था कि मझोली और औसत प्रतिभा के बहुत सारे लेखक तेजी से उभर कर उस 'दरबार' की शोभा बढ़ाने की

प्रतिस्पर्धा में लग गये थे। शहर में जोशी जी और दुष्यन्त कुमार दो ही ऐसे कद्दावर लेखक थे जिन्होंने इस सूची में अपना नाम कभी दर्ज नहीं कराया। जरूरत महसूस भी हुई तो नये मोर्चे तैयार कर लिए।

मध्यप्रदेश के आजाद खयाल लेखकों की बौद्धिक नसबन्दी का जो अभियान उन दिनों संस्कृति विभाग के नेतृत्व में शुरू किया गया था, उसे सरकार के दरबार का साहित्य कह शरद जोशी जिस आक्रामक तेवर में आ चुके थे उससे सत्तासेवी साहित्यिकों की कुर्सियों के नीचे भूकम्प के झटके से महसूस होने लगे।

यही समय था जब मध्यप्रदेश कला परिषद की तमाम गतिविधियों के समानांतर 'सूत्रधार' जैसी स्वतन्त्र संस्थाएँ खड़ी की गयीं। कला और समाज, सत्ता और साहित्य के द्वंद्व को तीव्रता से महसूस करते हुए दुष्यन्त कुमार ने नयी दुनिया इन्दौर के सम्पादकीय पृष्ठों पर जोरदार बहसें खड़ी कीं। शरद जोशी यद्यपि इस बहस में प्रत्यक्ष तौर पर शरीक तो नहीं हुए पर जिस खामोशी और धैर्य के साथ वे अपने समय की तमाम विसंगतियों पर प्रहार करते हुए जन संस्कृति की प्रबल तरंगों को, कई युवा और होनहार रचनाकर्मियों के मार्फत बढ़ावा दे रहे थे उसमें राजेश जोशी, वेणुगोपाल जैसे कवि, मनोहर आशी आदि जैसे रंगकर्मी, अनिल कुमार, रमाकान्त, रामप्रकाश त्रिपाठी जैसे सक्रिय कार्यकर्ताओं के साथ-साथ खुद इरफाना भाभी और उनकी बेटियाँ बानी और नेहा शरद भी शामिल थीं। यह भी याद करने लायक बात है कि भोपाल के अन्य लेखकों के परिवार तो आज भी परम्परागत सामंती परिवारों की तरह के परिवार हैं किन्तु शरद जी का परिवार कला के एक कम्यून जैसा था। वह संस्कृति के हिरावल दस्ते की तरह सामने आ रहा था। आज तो बानी और नेहा शरद जानी-पहचानी अभिनेत्रियाँ हैं। याद है, मुझे 'सूत्रधार' जैसी संस्थाएँ ही तब उनकी प्रारम्भिक पाठशालाएँ थीं। आज के जाने-पहचाने अभिनेता राजेन्द्र गुप्त (चन्द्रकान्ता धारावाहिक के पं जगन्नाथ) भी तब 'बीबियों का मदरसा' जैसा प्ले लेकर भोपाल के इसी कम्यून में शामिल थे। भोपाल का यह समानंतर कला-क्षितिज था शरद जोशी के नेतृत्व में। शरद जोशी इस सृष्टि के विश्वामित्र।

संस्कृति-कला और साहित्य का यह सबसे ज्यादा विडम्बनामय और भ्रमपूर्ण समय था जिसमें युवा प्रतिभाओं की सृजनात्मकता उनकी महत्वाकांक्षाओं की तुलना में छोटी पड़ती जा रही थीं। भारत की भोली-भाली जनता अनेक बहरूपिए नारों की चपेट में आ चुकी थी। एक तरफ 'गरीबी हटाओ' का ऐतिहासिक नारा था तो दूसरी तरफ 'कविता की सुबहों' और 'कविता की वापसी' का। आज के अनेकानेक महत्वपूर्ण कवि अपनी यशः प्रार्थनाओं के चलते इस हल्ले में आँख मूँद कर शामिल हो रहे थे। रोटी कपड़ा और मकान की कश्मकश झेलते लोग इधर तो किंचित अधिक लचीली रीढ़वाले कवि और लेखक उधर के हो चुके थे। यह शरद जोशी ही थे जिनकी रीढ़ फिर भी अकेले तनी हुई थी।

न केवल अपने लेखन, स्वाभिमान और असाधारण अद्वितीयता बल्कि कला और लेखन-कर्म से जुड़े तमाम लोगों के सुख-दुख के प्रति एक व्यापक बन्धुता का भाव उनमें तब भी बराबर बना रहा। यही समय था जब इन्दिरा गाँधी ने 25 जून 1975 को आपातकाल लागू करते हुए जयप्रकाश आदि को बन्दीगृह में डाल दिया था। कहने की जरूरत नहीं शरद जोशी का गुस्सा और सघन तथा दुख दुगुना हो चुका था।

'जीप पर सवार इल्लियाँ' जैसे व्यंग्य लेख लिखकर सूचना-प्रकाशन विभाग की लगी लगायी सरकारी नौकरी से त्याग-पत्र दे चुकने वाले जोशी जी में अपने लेखक को लेकर कितनी आत्म सजगता और कैसा जुझारूपन था इसकी खबर उनके भोपाल के दोस्तों या फिर 'नयी दुनिया' इन्दौर के ख्यात पत्रकार और अन्तरंग मित्र राजेन्द्र माथुर (रज्जू बाबू) और सखा सतीश कंसल को जरूर रही होगी। आर्थिक अभाव उन्हें कचोटते न रहे होंगे कौन कहे। घर की जरूरतों के साथ तीन-तीन बेटियों–बानी, ऋचा और नेहा की पढ़ाई-लिखाई, कपड़े लत्ते का सामान्य खर्च इरफाना भाभी की छोटी-सी स्कूल मास्टरी के न्यूनतम ग्रेड वाले वेतन से कैसे चल पाता रहा होगा। नयी दुनिया, सारिका, नवभारत-टाइम्स के कॉलमों और जब तब नयी कहानियाँ धर्मयुग आदि में प्रकाशित रचनाओं के पारिश्रमिक के बल पर वे जैसा गुजारा कर रहे थे, उसकी कोई खबर हम पाठकों को शायद ही रही हो।

इन्हीं दिनों एक बार जब मैं उनसे मिलने पहुँचा और चाय-वाय हो चुकी तो उन्होंने मुस्कराते हुए पूछा–'आजकल तुम्हारे विदिशा में गेहूँ का क्या भाव चल रहा है?' मैंने बताया तो बगैर किसी संकोच के लगभग आदेश-सा देते हुए कहा–'तुम विदिशा में मेरा व्यंग्य पाठ करवाओ। देखना चाहता हूँ कि श्रोताओं पर इसका कैसा असर होता है।' जब तक कुछ आगे कहता उन्होंने तीसरा जुमला भी लगे हाथ फेंका–'लेकिन मुफ्त में नहीं करूँगा, यह तुम जान लो। तुम हिन्दी वाले तो लेखन को कोई काम ही नहीं मानते और अपने साथी लेखकों का शोषण करते रहते हो। मैं प्रत्येक रचना पर कम से कम पच्चीस रुपए लूँगा। कुल पाँच पढ़ूँगा तो एक सौ पचहत्तर हुए।' मैंने कहा–'सौ पचास की बात हो तो मैं अभी हाँ भी कर दूँ। यह तो उससे ऊपर का बजट है। विदिशा जाकर दोस्तों से परामर्श कर आपको लिखता हूँ। तो कहा–'ठीक है पर यह ध्यान रखना कि डेढ़ सौ से कम तो बिल्कुल नहीं। उन्होंने यह हिसाब लगा कर भी मुझे बता दिया और समझा दिया कि एक रचना के कुल पच्चीस रुपए ही तो हुए।' उठकर चलने लगा तो उन्होंने अपने योजना समझायी–'मेरा व्यंग्य पाठ सफल हुआ तो तुम्हारे विदिशा का भी तो एक इतिहास बनेगा। इसके बाद मैं सीहोर, होशंगाबाद उज्जैन आदि छोटी जगहों पर भी इसे करके देखूँगा। पाठ असरदार हुआ तो मैं उन्हीं मंचों पर इन्हें लेकर जाऊँगा जिन पर काका हाथरसी, निर्भय हाथरसी, अशोक चक्रधर और नीरज जैसे कवि अपनी कविताएँ

पढ़ते हैं।' मैंने महसूस किया जोशी जी आर्थिक तंगियों से गुजर रहे हैं और उनसे पार पाने के लिए एक यह तरकीब उन्होंने सोच और खोज ली है।

एक मसिजीवी लेखक का रास्ता सचमुच कितना मुश्किल हुआ करता है, और उसे कैसे-कैसे इसे पार करना पड़ता है यह मैंने तभी महसूस किया।

वे अपना गद्य पाठ करेंगे सो भी मंच महारथियों के बीच और इसका प्रयोग वे सबसे पहले उन कस्बों और छोटी जगहों की रसिक मण्डलियों के बीच करके देख लेना चाहते थे। सबसे पहले विदिशा और मुझे उन्होंने क्यों चुना, क्यों नहीं अपने भोपाल के सीहोर, बैरागढ़ या अपने पुराने शहर इन्दौर को? आज सोचता हूँ तो लगता है वे मुझ पर भीतर ही भीतर जरूरत से ज्यादा यकीन करने लगे थे और तरह-तरह की जिम्मेदारियाँ सौंप मुझे यह बताना भी चाहते थे कि किसी बड़े लेखक के निकट होने की फितरतें कई-कई कीमतों को माँग भी किया करती हैं। बाद में कविमित्र शलभ श्रीराम सिंह ने भी जैसे मुझे यही समझाने के ख्याल से एक शेर लिखा—'मुझे पता है मेरे साथ चल रहा है तू/कदम-कदम पै तेरा इम्तहान लूँगा मैं।' दूसरे ढंग से सोचा तो ख्याल यह भी आया कि जोशी जी को अपने लिखे पर जितना भरोसा था, उससे कम भरोसा अपनी सम्भावित पाठ-कला पर नहीं था। वे यह भी सोच रहे थे कि अगर सस्ते लटकों-झटकों वाली तुक्कड़, फूहड़ कविता कमाई कर सकती है तो ऐसा गद्य क्यों नहीं जो साहित्य के आदिकाल से कवियों और लेखकों की कसौटी माना जाना जा रहा है।

आखिर जोशी जी के गद्य में ऐसा और भी क्या था जिसके भरोसे वे लोकप्रिय कवि सम्मेलनी कवियों के मुकाबले अनूठे गद्य-शिल्पी के रूप में बराबरी से उतरना चाहते थे? क्या वह गुदगुदी से भरा चुटकी काटता हास्य या वह वेदना भरा त्रासद यथार्थ जिसे काका हाथरसी आदि हँसी में उड़ा रहे थे या फिर जिसे परसाई, शरद जोशी, रविन्द्रनाथ त्यागी आदि जिसमें कई-कई आलपिनों की चुभन पिरोकर कुछ-कुछ आक्रामक अन्दाज दे रहे थे। जोशी जी अपने श्रोताओं को सिर्फ हँसाना नहीं, सोचना और व्यंग्य के मार्फत आक्रामकता भी सिखाना चाह रहे थे। इससे भी कहीं आगे वे उन्हें उन स्थितियों के विवेचन और विश्लेषण तक भी ले जाना चाहते थे, जो बेहद दबी-ढँकी चालाकी से भरी काइयाँ राजनीति के जबड़े में फँसी-धँसी थी। लोक जीवन की सुखद उम्मीदें जिनके चलते रोज-रोज झुलसतीं और मुरझाती जा रही थीं। यह तो तय ही था कि अगर उनका यह प्रयोग सफल हुआ तो वे आर्थिक दृष्टि से समर्थ, आत्मनिर्भर और जीवन जीने का एक आधार पैदा कर सकेंगे।

तय समय पर विदिशा वे आये। उनके व्यंग्य-पाठ की प्रस्तावना देते हुए मैंने कहा—'विदिशा और सांची धर्म और राजनीति की प्रस्थान-भूमियाँ रही हैं। आज भी यहाँ एक ऐसा ही ऐतिहासिक और स्मरणकारी प्रस्थान होने जा रहा है। हमारे सुपरिचित व्यंग्य लेखक श्री शरद जोशी पहली बार आप सबके बीच अपने व्यंग्य-पाठ

की शुरुआत कर रहे हैं। उनका यह प्रयोग अगर सफल रहा तो हम सब उसकी सफलता के भागीदार माने जायेंगे। विदिशा के रसिक श्रोताओं का यह समाज जोशी जी जैसे बड़े लेखकों के लिए उड़ान-अड्डे के रूप में हमेशा याद किया जायेगा। मुझे पूरा भरोसा है कि यह प्रयोग सफल होगा और जोशी जी मुम्बई में प्रतिवर्ष आयोजित किये जाने वाले हास्य-व्यंग्य के चकल्लस जैसे राष्ट्रीय मंचों पर अपनी जगह बना सकेंगे। हम सबकी ओर से उन्हें ढेरों-ढेर शुभकामनाएँ।' इतना कह मैंने अपना प्रारम्भिक वक्तव्य समाप्त किया और जोशी जी तत्काल माइक पर आ खड़े हुए।

याद है उन्होंने अपना पहला व्यंग्य लेख 'अध्यक्षजी' पड़ा था। पाठ सम्पन्न होने के बाद उन्होंने जैसे राहत की सांस ली और अपने श्रोताओं की प्रतिक्रिया जानने की दृष्टि से उत्सुकता से हम सबकी ओर देखा। हमारी प्रतिक्रियाओं में अनुकूलता की खुशबू पाकर वे क्रमशः शेष चारों पाठ ताबड़तोड़ पढ़ गये। सब उन्हें मन्त्रमुग्ध होकर सुनते रहे। उनके पाठ में वाचन कला की विदग्धता भी खूब थी। फिर विदिशा का विदग्ध रसिक समाज। जोशी जी के छोटे-छोटे वाक्य-पदों में भाषा की गहरी और जीवंत पकड़ भी। समकालीन जीवन की फूहड़ताएँ, असंगतियाँ और तर्कातीत मूर्खताएँ अपनी जगह और जोशी जी की भाषा का छिपा हुआ चिकोटी-सी काटता और मुस्कराता गद्य अपनी जगह। वे हमें इन सब पर केवल हँसना भर नहीं सिखा रहे थे। उन्हें पहचानना, उनसे बचना और उन्हें जन्म देने वाली व्यवस्थाओं पर सोचना भी सिखा रहे थे। उस दिन उनकी पाठ-कला ने हमें एक साथ चकित और आश्वस्त कर दिया था। विदिशा की उनकी यह दूसरी यात्रा थी जिसने मेरे अलावा, मेरे अन्य साथियों को भी जोशी जी का मुरीद बना दिया था। रघुनाथ सिंह, राजकुमार जैन, गोविन्द देवलिया, अरुण श्रीवास्तव के साथ कई अन्य साथी भी आज नये अनुभवों से गुजरे थे।

मलका-ए-ग़ज़ल बेगम अख्तर के मुँह से ग़ालिब की ग़ज़लों को सुनने के बाद महान शायर फ़िराक़ गोरखपुरी ने कहा था कि सौ साल पहले लिखे गये शब्दों को अब जाकर आवाज मिली है। उस शाम शरद जोशी स्वयं अपने ही शब्दों को अपनी आवाज और पाठ-कला से नयी अर्थ-भंगिमा दे हमें चमत्कृत और विस्मित कर रहे थे।

वाचक की कला से भाषा का सौन्दर्य कितना दुगुना-तिगुना हो उठता है, इसे तो हम नाटकों और फिल्मों में बोले गये संवादों में अनुभव करते ही रहते हैं किन्तु जब कोई रचनाकार अपने द्वारा खोजे और रचे गये शब्दों को खुद आवाज देता है तब तो उसका मुकाबला कोई अभिनेता या जाना-पहचाना गायक भी नहीं कर सकता। इसका सबसे बड़ा उदाहरण बड़े गायक मन्ना डे की आवाज में मधुशाला का वह कैसेट है जिसमें नमूने के तौर पर एक छन्द खुद कवि बच्चन ने गाया है। जिन लोगों ने 'कारवाँ गुजर गया' वाला गीत कवि नीरज के मुँह से सुना है, वे रफी जैसे असाधारण गायक द्वारा गाए गये उसी गीत के प्रभाव के अन्तर को समझ सकते हैं।

जोशी जी के पाठ में वे सारी बारीकियाँ और खूबियाँ थीं जो अपनी अर्थध्वनियों में तरह-तरह से झिलमिला और कौंध रही थीं। भाषा बोली जाने के लिए ही तो है पर वाचक जब उसमें अपना मन-प्राण और भंगिमायुक्त आशय डाल देता है तब भावनाओं का उतार-बढ़ाव, विचारों का गौरव और सौन्दर्य महसूस करते ही बनता है। विद्युत-संचारी प्रौद्योगिकी के युग में भी कैसेट्स हों या सीडीज अन्ततः मानव-आवाजों की ही खूबसूरती पर टिके हैं। जोशी जी ने अपने अनुभवों को जिस लिपि में सहेजा था, वाचन-कला के मार्फत वे उन्हें जीवंत और साकार कर रहे थे। आज तो उनकी पाठ-कला के कैसेट्स बाजार में हैं। उनको सुन मेरे कहने की तसदीक की जा सकेगी।

वे हिन्दी के पहले गद्य लेखक थे जो हास्य-व्यंग्य वाले मजमेबाज कवियों के बीच उन्हीं के मंचों पर प्रतिस्पर्धी की तरह उतरे थे। कुछ-कुछ कौरव-पाण्डव कुमारों की शस्त्र प्रतियोगिता वाली सभा में सूतपुत्र कर्ण की तरह। लगभग उसी आत्मविश्वास और दर्प के साथ और विजयी भी माने गये। मानना पड़ता है कि यह केवल वाचन कला का कमाल नहीं था, 'बाच्य' वस्तु की गम्भीरता का भी था। एक लेखक की आन्तरिक आस्था का भी कमाल था यह। उसके आत्मसंघर्ष और उसकी कठिन आत्म साधना का भी।

इन्हीं दिनों दुष्यन्त नयी कविता की राह छोड़ अपने कवि की व्याकुलता और छटपटाहट, अपनी ऐतिहासिक ग़ज़लों में दर्ज कर रहे थे और जो सचमुच उनकी प्रतिभा का विस्फोटक काल था। किन्तु तभी अपने पाठकों और प्रियजनों को अकस्मात खुदा हाफिज कर वे चले गये। जोशी जी से उनका मैत्री-संवाद उन दिनों बन्द सा ही था। पर उनकी अन्त्येष्टि से लेकर शोकसभा तक की नैतिक जिम्मेदारी उन्होंने जिस निष्ठा के साथ निभाई थी उसे देख यह समझ सकना आसान हो जाता है कि एक सच्चा लेखक अपने भावों की पवित्रता के किस संसार में निवास करता है। भोपाल के तमाम नये-पुराने लेखकों/कवियों के बावजूद जोशी जी ने शोकसभा का संचालन मुझ विदिशावासी पर शायद इसलिए डाल दिया था कि सभा निर्विवाद रहे और कोई चतुर-सुजान उस दुखद अवसर को भुना न सके। वहीं मैंने यह भी महसूस किया कि जिन दुष्यन्त के साथ उनकी आकस्मिक संवादहीनता चल रही थी, उन्हीं के प्रति पिछला सब कुछ भुलाकर जिस तरह वे व्याकुल और शोक सन्तप्त हो उठे थे, यह उनके मनुष्य होने का ही बड़प्पन था। ऐसा भी नहीं कह सकता कि उनमें कोई गाँठ थी ही नहीं। पर ऐसे मौकों पर वह पानी में नमक की तरह घुल जाया करती थी।

विद्रोह और संघर्ष को अगर वे लेखक के जीवन का एकमात्र पाथेय न मानते होते तो भोपाल में आयोजित जनवादी लेखक संघ के तीसरे राष्ट्रीय सम्मेलन के स्वागताध्यक्ष के रूप में ताज भोपाली साहब का यह शेर कभी न सुनाते...

दर्द से चेहरे की ताबानी बढ़ी
घर जला तो आसमाँ रौशन हुआ

मंच पर विख्यात अभिनेता उद्घाटनकर्ता के रूप में उत्पल दत्त भी थे। कथाकार भैरव प्रसाद गुप्त, आलोचक चन्द्रबली सिंह, कुँवर पाल सिंह, कथाकार इसराइल भी। कथाकार मार्कण्डेय, दूधनाथ सिंह जैसे अनेक बैठे थे श्रोताओं में। जोशी जी हम लेखकों को यही सन्देश दे रहे थे कि लेखक के जीवन का सबसे बड़ा मूल्य यही 'संघर्ष' है। यही उसे निखारता और उसमें जान फूँकता है। उसके शब्दों में चमक पैदा करता है। पर दूसरी तरफ आश्चर्यजनक रूप से वे नागार्जुन और रेणु जैसे लेखकों से न जाने क्यों सहमत नहीं हो सके थे जो आपातकाल पूर्व के सम्पूर्ण क्रान्ति आन्दोलन में जे.पी. के साथ हो गये थे। उनका मत था कि लेखक को इस या उस राजनीतिक दल से अपनी दूरी बनाये रखनी ही चाहिए। इसी में उसकी स्वाधीनता और सृजन-विवेक की उसकी स्वतन्त्रता की रक्षा सम्भव है।

उन्हीं दिनों शाम विदिशा की भीड़ भरी सड़कों पर चलते हुए अचानक मुझ पर उन्होंने यह फब्ती सी कसी...'और तुम्हारे बाबा (यानी कवि नागार्जुन) कैसे हैं? मैंने कहा—अठारह महीने जेल में रह कर निकल आये हैं। काफी कमजोर दिखने लगे हैं तो कहा—'वे आन्दोलन से अलग रह कर भी तो अपना प्रतिरोध दर्ज कर सकते थे।' मेरे यह कहने पर कि लेखक का यह एक आपात धर्म है उन्होंने कहा—'सत्ता राजनीति किसी लेखक को आजाद नहीं रहने देती। साहित्य की स्वाधीनता की रक्षा वे ही लेखक कर सकते हैं जिन्होंने प्रत्येक स्थिति में अपने को सत्ता की राजनीति से बचा लिया हो। जोशी जी इसीलिए शायद किसी भी लेखक संगठन के सदस्य कभी नहीं हुए। हाँ, हम लोगों के प्यार आदर के चलते जनवादी लेखक संघ में आते-जाते रहे जरूर पर सदस्य तो वे फिर भी नहीं बने। यही उनकी स्वाधीनता थी।

स्वतन्त्र लेखक का जीवन जीते हुए वे 'सूत्रधार' जैसी संस्थाओं के हमदर्द और रंग-सन्धान जैसी नाट्य पत्रिकाओं के 'गाइड' बने। यही दिन थे जब उन्होंने खुद अपने व्यंग्य लेखक के बारे में भीतर नये सिरे से सोचना शुरू कर दिया था। छुट्टियों के दिन जहाँ-तहाँ भेंट होती तो देखता उनके हाथ में पेंग्विन सीरीज की कोई अंग्रेजी नाट्य-कृति या फिर कोई ग्रीक क्लासिक नाट्य-कृति होती। एक छुट्टी के दिन लगभग तीन-साढ़े तीन बजे जब हम दोनों हमीदिया रोड वाले मनोहर आशी के प्रोविजनल स्टोर पर अचानक मिल गये तो मैंने पूछ ही लिया—'आजकल आपके हाथ में किसी न किसी विदेशी नाटककार की किताब होती है?' तत्काल मेरा आशय भाँप वे कहने लगे, 'हाँ, तुम्हारी हिन्दी में संवाद लिखना तो बहुत कम को आया है। वे या तो भाषण देने लगते हैं या फिर कविता करने लगते हैं (सम्भवतः उनका इशारा प्रसाद की ओर रहा हो)। ले-देकर बस एक मोहन राकेश है। अब उनसे कितना सीखा जा सकता है। इसीलिए पश्चिम के क्लासिक्स पढ़ रहा हूँ।'

तब-जब वे 'अन्धों का हाथी' जैसा संवाद केन्द्रित नाटक लिख चुके थे और भोपाल के रवीन्द्र भवन में उसका शानदान मंचन भी हो चुका था। उसे लिख लेने के बाद उन्हें लगा होगा कि केवल संवाद नाटक नहीं है। संवाद की कला क्या है, इसे भी तो ठीक से नाटककार को जानना चाहिए और लगभग आँख मूँदकर चुपचाप वे इस साधना में जुट गये थे। एक लेखक को कैसी आत्म-साधना करनी चाहिए, इसे मैंने उन्हीं दिनों जाना और सीखा। व्यंग्य लिखते-लिखते अचानक नाटकों की ओर वे क्यों मुड़े, क्यों लगभग बाजार और सस्ता मनोरंजन हो उठे कवि-सम्मेलनी मंचों पर गये, कहीं यह सस्ती लोकप्रियता की खोज तो नहीं थी, आज सोचता हूँ तो कवि भवानी मिश्र की यह बात याद आती है कि लिखे हुए शब्दों को बोलकर भी देखना चाहिए। बोले जाने पर ही वे अपना असली अर्थ प्रकट करते हैं। भवानी मिश्र तो यहाँ तक कहते हैं कि लिखे गये शब्दों में इतनी जान होनी चाहिए कि तरह-तरह से परोसे जाने पर भी उनकी चमक फीकी न पड़े, बल्कि बढ़ती ही चली जाये। जोशी जी अगर कवि-सम्मेलनों और नाट्य-मंचों तक अपने शब्दों को लेकर जाने के लिए बेचैन और उद्यत थे तो इसीलिए कि शब्द और समाज के पारम्परिक, आधुनिक और तात्कालिक रिश्तों की जाँच-परख सम्भव हो सके। वे भी मानते थे कि भाषा भले ही अब 'पाठ्य' हो चुकी हो किन्तु उसके असली रंग तो तभी खुलते हैं जब वह अनेकानेक दृश्य-श्रव्य माध्यमों के मार्फत अपने श्रोताओं और दर्शकों के बीच जा पहुँचती है। अकारण ही नहीं उन्होंने हिन्दी के कई महत्त्वपूर्ण धारावाहिक भी लिखे। इस तरह वे एक लेखक को यह सन्देश दे रहे थे कि नयी संचार प्रौद्योगिकी चुनौती भले हो, पर खतरा तो बिल्कुल नहीं है।

भोपाल छोड़ जब वे मुम्बई जाकर प्रवास करने लगे तब उन्होंने इन चुनौतियों का जैसा जवाब दिया वह अब हिन्दी लेखन के इतिहास का एक महत्वपूर्ण अध्याय है। पर यह एक जमे-जमाए व्यंग्य-लेखक के लिए खतरा भी तो था। क्या जोशी जी बतौर एक सर्जक बार-बार ऐसे खतरों से खेलकर अपनी दुर्दान्त प्रतिभा को ही रेखांकित करने की कोशिशें नहीं कर रहे थे? आज सोचता हूँ तो कहना पड़ता है कि प्रयोग करने में उनका भारी विश्वास था। किन्तु यह वस्तुगत अधिक और कलागत कम था। इसी बीच जब-तब उनका विदिशा आना बढ़ गया था।

याद करता हूँ तो विदिशा की एक और बरसाती साँझ चेतना में उभरने लगती है जब उनके परम सखा सतीश कंसल जिलाध्यक्ष होकर और जोशी जी छह-छह, सात-सात रोज का विदिशा प्रवास करने लग गये थे। हम दोनों प्रायः शामों को घूमने निकल पड़ते। एक दिन युवराज क्लब और सिविल लाइन वाली सड़क के चौराहे पर पहुँचते ही हल्की बूँदा-बाँदी होने लगी। हम दोनों उससे बचने के लिए सड़क किनारे के एक छायादार पेड़ के नीचे खड़े हो गये। अचानक उन्होंने एक सवाल उछाला–'जानते हो बड़ा राइटर कौन है?' मैं खामोश हो उनके चेहरे की ओर देखने

लगा तो बोले—'बड़ा राइटर मैं उसी को मानता हूँ जो अपनी बनी बनाई इमेज तोड़कर फिर एक और इमेज बना सके। आधुनिकों में इस दृष्टि से निराला मुझे अद्भुत लगते हैं।' मैंने कहा—'हाँ। बात तो आपकी सही है। मुक्त छन्द से गीत, गीत से उदात्त-कृति राम की शक्तिपूजा, तुलसीदास, फिर कुकुरमुत्ता। यह काम तो प्रसाद और प्रेमचन्द भी नहीं करते। वे तो अपना एक रैखिक विकास ही प्रदर्शित करते हैं। यह और बात है कि प्रसाद की प्रतिभा बहुमुखी है। मैंने उन्हें याद दिलाता कि चारूचन्द्र लेख में हजारी प्रसाद द्विवेदी ने एक प्रसंग में 'उत्खात-प्रतिरोपण' शब्द का प्रयोग किया है जिसका अर्थ है जमे जमाए को उखाड़ कर नये सिरे से रोपना और जमाना। धान की फसलों वाले इलाकों में यह क्रिया सहज ही देखी जा सकती है। अपनी ही साधना से अर्जित सिद्धियों को दरकिनार कर अन्य सिद्धियों की साधना में लग जाना, कोई आसान काम नहीं है। मैंने सोचा, जोशी जी ने अगर व्यंग्य-लेखन और पाठ से आगे बढ़कर नाटक और फिर धारावाहिक भी लिखे तो उनके आदर्श जरूर निराला ही रहे होंगे।

उसी बातचीत के क्रम में उन्होंने एक बार कहा—'तुमने देखा, कवि-सम्मेलनों में मंचों पर कविता पढ़ते-पढ़ते तुम्हारे भवानी भाई की आँखें अक्सर बरसने लगती हैं।' मैंने तसदीक की तो कहा—'कहीं यह नाटक तो नहीं है?' फिर सम्हले और भवानी भाई की पाठकला के रोमांच में खोते हुए बोले—'वो अपने ढंग का अकेला कवि है जो एक कविता के नाम पर चार-चार, पाँच-पाँच कविताएँ एक साथ माला में पिरोए फूलों की तरह पेश कर देता है और श्रोताओं को पता तक नहीं चल पाता। यह जादू नहीं तो और क्या है? भवानी भाई की यह कैसी अद्वितीय और जबरदस्त पाठ-कला है। कभी पूछना तो उनसे कि वे यह सब कैसे कर लेते हैं वे?

विदिशा वे लगभग उसी अन्दाज में आते जैसे कि कोई अपने घर आता है। वही भरोसा, वही विश्वास और अपनापा। मैं किसी को स्टेशन छोड़ने जाता तो पाता कि जोशी जी अपनी अटैची कुली के सिर पर उठवाए गेट की तरफ बढ़े चले जा रहे हैं। कंसल जी के तबादले के बाद भी यह सिलसिला उनका जारी ही रहा। होता यह कि मुम्बई से चलने वाली पंजाब मेल में देर रात सोने के कारण उनकी नींद भोपाल में न खुल अक्सर सलामतपुर और सांची के आस-पास खुलती और तब विदिशा उतरना उनकी मजबूरी बन जाया करता। दिन भर विदिशा में अपने को सहज और तरोताजा कर शाम की किसी गाड़ी से वे भोपाल निकल लेते। कभी-कभी एक-दो रोज रुक कर।

उन दिनों का विदिशा भी कहाँ कुछ कम था। एक से बढ़कर एक पीर, गाहे-बगाहे नागार्जुन, भवानी मिश्र, फक्कड़ मस्त शायर कैफ़ भोपाली, पालथी मार चिमटा गाड़े बैठे कवि शलभ श्रीरामसिंह, गीत कवि माहेश्वर तिवारी और वेणुगोपाल; विदिशा को स्थायी निवास चुन लेने वाले कवि नरेन्द्र जैन, अन्तर्राष्ट्रीय ख्याति के छायाकार शरद

श्रीवास्तव, शलभ सम्प्रदाय के प्रतिभा सम्पन्न किन्तु आत्मघाती छायाकार अशोक महेश्वरी और चित्रकार रघुनाथ सिंह जिन्हें शलभ 'राणा' तो वेणुगोपाल 'ठाकुर साहब' के नाम से सम्बोधित करते। यारों की यह महफिल भले ही दिन को होली की तरह न मनाती रही हो पर इसकी रातें तो साक्षात् मधुशाला में बदल जातीं। जोशी जी निरे सूफी की तरह 'यारों' की इस महफिल के सदस्य होते और अण्डे, सेब फल या फिर नमकीन का स्वाद खाते बराबरी से बैठे रहते। एकाध बार हममें से किसी ने उनसे पूछा—'भोपाल में तो दुष्यन्त और शानी के साथ आपकी अन्तरंगता है'। आशय भाँप बगैर पूछे ही बताने लगे—'दारू के लिए चन्दा होने लगता है तो मैं भी बराबरी से दे देता हूँ। वो लोग पीते और मैं खाता रहता हूँ।' उनके कहने का अन्दाज ऐसा था कि यारों से अलग जीने का मजा ही कहाँ है? जीना तो सबके साथ ही हो पाता है। ऐसा न हो पाने पर वह सब कसरत भर बचता है। तब इस जीने को जीना कहा भी जाय या नहीं? ग़ालिब जैसे महान शायरों के मुहावरों में इसे समझना हो तो उन्हीं की एक 'ग़ज़ल' का यह एक शेर काफी है—

मुद्दत हुई है यार को मेहमाँ किये हुए
जोशे-कदम से बज्म चरागं किये हुए

एक तरफ पियालों की मादकता का जोश तो दूसरी तरफ दीवाली के असंख्य दियों-सी जगमग इच्छाएँ, जिसकी व्याख्या करते हुए शायर फ़ैज अहमत फ़ैज कहते हैं—'ग़ालिब जिस चीज को याद कर रहे हैं वह विसाले-यार नहीं, बल्कि महफिले-यारां है। उन्हें महबूब के बिछुड़ने का नहीं बल्कि महफिल के उजड़ने का दुख है। जिस बात के लिए ग़ालिब उदास हैं, जिसे वह याद कर रहे हैं वह एक जाती मुलाकात या किसी से उनके जाती तालुक का जिक्र नहीं है। बल्कि वह तो एक पूरे जीवन जीने के ढंग और उठने-बैठने, मिलने-जुलने के अन्दाज और पूरी जीवन-व्यवस्था का रोना है।' वस्तुतः यह वह सामूहिकता है जिसके बगैर किसी बेहतर जीवन की कल्पना तक नहीं की जा सकती। जोशी जी इसी महफिले-यारां के बाशिन्दे थे। कोई भी बड़ा लेखक अगर वह सचमुच बड़ा है तो अपनी ऐसी ही फितरतों के बल पर; अन्यथा तो वह क्या बड़ा है? यारों की ये महफिलें उन्हें भोपाल से विदिशा खींच लाने में अक्सर कामयाब हो जाया करतीं और वे यहाँ आकर रम जाया करते।

दूर से देखने और समझने वाले लोग परसाई और शरद जोशी जैसे व्यंग्य लेखक को कभी-कभी कसाई भी मान बैठते हैं या फिर ज्ञान चतुर्वेदी के मुहावरे में 'नंगों की बस्ती में लॉण्ड्री खोल बैठने वाला।' जोशी जी इन दोनों में से एक भी नहीं थे। उनके भी अपने कुछ सामाजिक नाते-रिश्ते थे। कई भाव-मर्यादाएँ थीं। आभार और कृतज्ञताएँ थीं जिन्हें निभाने की कोशिश उन्होंने बराबर की।

वरिष्ठ कवि शिवमंगल सिंह 'सुमन' को उनके काव्य-संग्रह 'मिट्टी की बारात'

पर जब साहित्य अकादमी का पुरस्कार घोषित हुआ तो संयोग से वे अशोक वाजपेयी के चौहत्तर बंगले में मिल गये। दोनों को ही लक्ष्य कर मैंने कहा—'अकादमी का यह पुरस्कार बेहद कमजोर कृति को दिया गया है। ऐसा लगता है वहाँ भी अब राजनीति होने लगी'। दोनों ने महसूस किया कि बात एक हद तक ठीक है। पर दोनों के चेहरों पर अलग-अलग किस्म के भाव थे। एक के चेहरे पर लाचारी और भय का तो दूसरे के गुरुभक्ति और भाव-निष्ठा का। मैंने लक्ष्य किया कि अशोक वाजपेयी के होंठ पहले से कुछ तो अधिक खुले पर ऐसे मौकों पर दिख जाते उनके दाँत कुछ अधिक ही दिखने लगे थे। निराश हो मैंने जोशी जी की ओर देखा तो उनका जवाब था—'भैया वो तो मेरे टीचर रहे हैं, होल्कर कॉलेज इन्दौर में। मैं कैसे लिख सकता हूँ उनके विरुद्ध,'। पहली बार मैंने यह महसूस किया कि व्यंग्य-लेखक भी अन्ततः आदमी ही होता है और जगजाहिर निर्ममता और आत्म-निर्ममता के बावजूद इतना भी निर्मम नहीं हो पाता कि उसे कसाई ही मान लिया जाये। जोशी जी कोई देवता तो नहीं थे किन्तु कसाई तो कैसे भी नहीं। लेखक होने से पहले वे एक सामाजिक मनुष्य थे, व्यावहारिक पारम्परिकता में विश्वास रखने वाले। अकादमी के साहित्य विवेक पर मैं इसे उनकी दुनियादारी ही कहूँगा।

जनवादी लेखक संघ मध्य प्रदेश के सक्रिय साथी कथाकार विश्वेश्वर भी नब्बे के उन दशकों में मुझसे मिलने राजनांद गाँव से विदिशा प्रायः आया करते। लेखक संघ का प्रादेशिक अध्यक्ष होने के नाते साथी लेखकों का यह आना-जाना मेरे यहाँ बना ही रहता था। विश्वेश्वर आये तो रात की महफिल कवि नरेन्द्र जैन के किरी मोहल्ले वाले लक्ष्मी भवन में जमी। नरेन्द्र की पत्नी पुष्पा जी ने बड़े प्यार से हम सबों को खिलाया-पिलाया। वे नवम्बर या दिसम्बर के दिन थे। विश्वेश्वर रात को वहीं रुके भी। सुबह-सुबह मैं शलभ के साथ उन्हें तलाशने पहुँचा तो पुष्पा जी ने बताया—'कम्बल ओढ़े ही वे कहीं चाय पीने चले गये हैं।' सूचना पाते ही हम दोनों उलटे पाँव स्टेशन की तरफ लपके पर विश्वेश्वर गायब तो गायब। कहीं कोई अता-पता नहीं। चार-छह रोज बाद भोपाल जाना हुआ तो अपने प्रादेशिक सचिव रामप्रकाश से मिलने उनके कार्यालय हिन्दी ग्रन्थ अकादमी गया। अकादमी का कार्यालय तब बोर्ड आफिस के बगल वाली बिल्डिंग में था। पहुँचा तो देखा कि अहाते के बाहर वाले गेट से कुछ ही दूरी पर शरद जोशी, रामप्रकाश तथा एकाध और साथी लेखक खड़े-खड़े चाय-कॉफी पी रहे हैं। मुम्बई प्रवास से लौटने पर शरद जी अपनी खोई-बिसरी सहजता को दुबारा पाने के लिए उन दोस्तों के बीच पहुँच जाया करते जो न केवल उनके दुर्दिन के साथ थे वरन् उन्हें बेइन्तहाँ प्यार और इज्जत भी देते थे। स्वभावतः मैं भी वहीं जा खड़ा हुआ तो दूसरी ओर से एक आदमी कम्बल का लम्बा चोगा पहने दूर से आता दिखा। कम्बल वाली खबर तब तक भोपाल पहुँच आम हो चुकी थी। विश्वेश्वर उसे चोंगे की तरह सिलवाकर इस तरह पहने घूमेंगे इसकी

कल्पना मुझे नहीं थी। पर अब वह कल्पना भी कहाँ रह गयी थी। यह तो एकदम आँखों के आगे का सच था। हम सबके हाथों में चाय-कॉफी के प्याले थे। विश्वेश्वर के पहुँचते ही उन्हें भी चाय ऑफर हुई और हम कुछ-कुछ व्यंग्य और कौतुक से उन्हें देखने लगे। शरद जी उन्हें देखते अपनी मुस्कान छिपाते, फिर कुछ और तरह की बातें करने लग जाते। मैं तो विश्वेश्वर की खोज में था ही और वे बिल्कुल मेरे सामने थे। मैंने लगभग आहत करने के अन्दाज में उन्हें छेड़ा–'आज तो काफी जम रहे हैं आप,'। मेरा जुमला सुन शरदजी ने फिर निगाह उठाई और उनकी तरफ इस तरह देखा जैसे कुछ भी असामान्य नहीं हो। पर विश्वेश्वर तो विश्वेश्वर। उखड़ पड़े–'आप जैसी कोई प्रोफेसर की नौकरी तो नहीं है मेरे पास। कम्बल सिलवाकर पहन लिया तो मेरा मजाक उड़ा रहे हैं।' उनका गुस्सा और उनकी आक्रामकता देख मुझे सफाई देनी पड़ी, 'नहीं। मैं तो आपकी मौलिकता की तारीफ कर रहा था।' 'हाँ! हाँ! मैं सब समझता हूँ, एक गरीब लेखक की मजाक कैसे उड़ायी जाती है।' उन्होंने कहा। प्यार से जब मैं उन्हें ठेल थोड़ी दूर ले गया और कहा–'पुष्पा जी के साथ तो आपको यह नहीं करना था।' तो उन्होंने स्पष्ट किया–'क्या करता, माँगता तो क्या वे दे देतीं। नरेन्द्र बैंक में है, पुष्पा कॉलेज में। एक कम्बल से उनका क्या बनता-बिगड़ता है। मुझे ठण्ड लग रही थी सो मैंने सिलवा लिया।' नरम-गरम होते हम दोनों फिर उसी समूह में आ खड़े हुए तो जोशी जी ने विश्वेश्वर को कुछ इस तरह देखा जैसे शाबाशी सी दे रहे हों। जैसे कह रहे हों कि डिगना नहीं और ऐसों की परवाह भी नहीं करना। इस समाज में जीने की ये ही तरकीबें हैं। खासतौर से उन लेखकों के लिए जो शुद्ध मसिजीवी हैं। शरद जी ने खुद कभी ऐसा किया हो मेरी जानकारी में नहीं है।

मध्यप्रदेश में भारतीय जनता पार्टी का शासन आया तो कादम्बिनी के सम्पादक कथाकार राजेन्द्र अवस्थी भोपाल के निराला सृजन पीठ पर आ बैठे। शहर के लेखकों में इसकी व्यापक और तीव्र प्रतिक्रिया हुई। कहाँ निर्मल वर्मा, कृष्णा सोबती और कहाँ राजेन्द्र अवस्थी। जो भी 'यार' भोपाल आता उससे कहा जाता कि अपने हिस्से का एक शेर कहकर तब अपने शहर वापस जाये। शरद जोशी को भी कहा गया कि वो भी अपने हिस्से का शेर कहें। यारों का आग्रह और दबाव महसूस करते हुए उन्होंने यह एक शेर कहा–'गर' फूल से मतलब 'बेवकूफ' लिया जाय तो एक गुलिस्तान हैं राजेन्द्र अवस्थी। शेर में 'फूल' तो हिन्दी का लगता है पर अर्थ तो वह अंग्रेजी वाले फूल का दे रहा है। गर, और, अगर लगा के इसे स्पष्ट भी कर दिया गया है। खूबसूरत और कोमल का यह विद्रूपीकरण किसी व्यंग्य-लेखक का ही कमाल कहा जा सकता है। फिर बेवकूफी का एक समूचा बगीचा। क्या लेखक भी बेवकूफ होता है। अगर बेवकूफ है तो फिर उसे लेखक कैसे कहा जाय? अगर नहीं तो फिर वह किसी ऐसी पीठ पर बैठ कैसे सकता है जिसका नाम निराला जैसे महान प्रतिभाधर

से जुड़ा हो। लक्ष्य करने की बात यह भी है कि जोशी जी ने 'फूल' के प्रयोग में एक साथ दो भाषा-परम्पराओं और 'गुलिस्तान' में तीसरी भाषा-परम्परा का प्रयोग कर यह जता दिया है कि उनकी बहुज्ञता और सृजनात्मकता का स्वरूप कैसा था? हँसा-हँसाकर चित्त और पराजित कर डालने वाला।

प्रधानमन्त्री विश्वनाथ प्रसाद सिंह के शासनकाल में भारत सरकार ने उन्हें पद्मश्री से अलंकृत किया। यह हम सब लोगों के लिए बेहद खुशी की बात थी। जोशी जी इन दिनों अपने यश के शिखर पर भी थे। कॉलम-लेखन, धारावाहिक, नाट्य और व्यंग्य लेखन के साथ बड़े-बड़े कवि सम्मेलनी मंचों पर अपने व्यंग्य पाठ का जादू बिखेरते हुए वे समूचे हिन्दी भाषी सहृदय-समाज के शिरोमणि बन चुके थे। मन में यह बात उठी कि जोशी जी को क्यों न विदिशा बुलाकर नये सिरे से सम्मानित किया जाय। आखिर अपने व्यंग्य-पाठ की शुरुआत उन्होंने यहीं से की थी। अब उसका गौरव भी यहीं प्रदर्शित हो। पं. गंगा प्रसाद पाठक ललित कला न्यास, जिसका कि मैं अध्यक्ष था और हूँ, इनके लिए उनके पुराने मित्र कंसलजी के मार्फत उन्हें आमन्त्रित किया और अपनी अनेक व्यस्तताओं के बीच वे इन्दौर तक हवाई यात्रा कर कंसल जी के ही साथ ही सड़क मार्ग से विदिशा आये।

यह पाठक न्यास विदिशा का ऐतिहासिक वार्षिकोत्सव था। तारीख 8 अप्रैल, 1990। मंच पर एक ओर शायरा मलका नसीम, दुष्यन्त के बाद सबसे ज्यादा पढ़े-सुने जाने वाले हिन्दी शायर अदम गोंडवी और मंच सरताज शायर बशीर बद्र तो दूसरी तरफ सगौरव बैठे शरद जोशी। बशीर बद्र के बाद जोशी जी को माइक पर आमन्त्रित करते हुए मैंने कहा—'यही वह बस्ती है, जिसे आप के व्यंग्य-पाठ को पहली बार सुनने का सुयोग और सौभाग्य मिला है। यहीं से आपने यह ऐतिहासिक प्रयोग शुरू किया था। आज आपकी पाठ-कला का जादू सर्व स्वीकृत है। हम विदिशा के लोग आपकी इस सफलता पर न केवल अभिभूत हैं बल्कि गौरव का अनुभव करते हैं।'

जोशी जी भी उस वक्त बहुत मूड में थे। बशीर बद्र जैसे मंच-विजयी शायरों के बाद वे जब माइक पर आये तो लगा जैसे फागुन की शीतल चाँदनी रातों के बाद चैत-बैशाख के तपते दिन आ गये हों। निरन्तर तेज होती धूप तमाचे मार रही हो। शब्दों की धार कुछ ऐसी थी जैसे ब्लेड के चीरे से लग रह हों। श्रोताओं में व्यापारी भी थे, उद्योगपति, बड़ी कम्पनियों के महाप्रबन्धक, वकील और प्रोफेसर तो थे ही। कला, विज्ञान और इंजीनियरिंग के छात्र भी। कुछ पण्डाल में बैठे और कुछ सड़क पर अपनी सांस रोके चुपचाप खड़े। कोई भी एक नहीं था जो उस जादुई प्रभाव से बाहर हो। रात का वह आलम जैसे किसी विचारमग्न सनाटे में बदलता जा रहा था। जोशी जी जब चुटकियाँ लेते थे तो क्षण भर के लिए सामूहिक हँसी का फव्वारा फूट पड़ता किन्तु दूसरे ही क्षण फिर सन्नाटा-सा खिंच जाता। भावनाओं के कलात्मक यथार्थ से, जीवन के यथार्थ से पैदा हुआ विचार कहीं अधिक प्रभावकारी था। कवि

तुलसी ने ठीक ही लिखा—'जौ बरसइ बर बारि विचारू। होहिं कवित मुकुतामनि चारू।' जोशी जी के पाठ में विचारों की यह तेज बारिश उस दिन इतनी प्रभावकारी और जबर्दस्त थी कि सारे श्रोता उस मनोलोक में पहुँच गये थे जिसे अन्यथाकरण का लोक कहते हैं। बड़ा लेखक सिर्फ लुभाता नहीं अपने पाठकों को, वस्तुतः वे जहाँ अक्सर रहा करते हैं उस भावभूमि से उठाकर ऐसी जगह पहुँचा देता है, आचार्य शुक्ल जिसे 'मनुष्यता की उच्च भावभूमि' कहते हैं। जोशी जी उस रात घटाओं से घिरे बरसाती आसमान में किसी ज्योतिपुंज की तरह प्रकाशित हो उठे थे। उस रात की वह शब्द सभा वस्तुतः उन्हीं की थी, निर्विवाद।

आश्चर्य यह भी कि अपने लिखित गद्य से बाहर उन्होंने आगे-पीछे शायद ही कोई एक भी वाक्य कहा हो या मंचीय कवियों, शायरों की तरह लटके-झटकों का इस्तेमाल किया हो। फिर भी वे इस तरह सुने-सराहे गये, क्यों समूची सभा विचार-योग में डूब गयी यह लक्ष्य करने की बात तो थी ही।

एक लेखक को अपनी निर्विघ्न साधना कैसे करनी चाहिए इस बारे में लगभग नसीहत सी देते हुए उन्होंने मुझसे एक बार कहा था—'देखता हूँ तुम बहुत छात्र-वत्सल हो और बूढ़ों की सेवा करने में भी तुम्हें खूब मजा आता है। इससे तुम्हारे व्यक्ति को बाहरी तुष्टि तो जरूरी मिलती होगी पर भीतर ही भीतर तुम्हारे लेखक की अपूर्णता एक बड़ा शून्य पैदा करने लग जायेगी।' फिर थोड़ा रुककर कहा—'जानते हो मैं अपने प्रेमियों की पहचान कैसे करता हूँ?' मैंने उनकी तरफ देखते हुए उत्सुकता जाहिर की तो गुर सिखाने जैसी शैली में बोले—'जो भी तुमसे मिलने आये पहले तो उसके प्रति इतनी बेरुखी प्रदर्शित करो कि अगली बार हिम्मत ही न करे। दुबारा आये तो फिर वैसा ही रूखा-सूखा व्यवहार करो। ऐसे लोगों से बचने और बचकर रहने का यही रास्ता है। इस सबके बावजूद अगर वह फिर भी आता है तब मान लेना कि तुम्हारा सच्चा प्रेमी है और तब उसके सामने मिलने-जुलने की अपनी शर्तें रख दो।' फिर कुछ गम्भीर और सहज होकर उन्होंने कहा—'इस वक्त लेखक को डिस्टर्ब करने वाले लोग और परिस्थितियाँ पहले की तुलना में बहुत ज्यादा हैं। लेखक को अपना सुरक्षा-कवच भी मजबूत रखना चाहिए।' मुझे कवि मित्र वेणुगोपाल की कविता 'सफर' की पंक्तियाँ तभी याद आयीं—'कि रास्तों की तमाम चुनौतियों और माया-मोहों से बचने के लिए झाड़-झंखाड़ रख लिया है कि नहीं।'

याद करता हूँ तो उन्होंने जाने कितने मौकों पर कोई उपदेश दिये बगैर मुझे सम्हाला। ऐसे ही एक कठिन प्रसंग पर मुझे विचलित और विक्षुब्ध देख उन्होंने अपने बारे में कहा—'हफ्तों मेरी बातचीत इरफाना से बन्द हो जाती है। दोस्त आते हैं और आकर चले जाते हैं, वो मुझे बताती नहीं। बाहर मिलने पर कहते हैं 'मैं घर गया था और आपने कोई रिस्पांस नहीं दिया।, तो मैं चुप हो जाता हूँ। घर के लोगों का यह भी एक तरीका है बदला लेने का। इसका भी मजा लिया करो।

इस प्रतिशोध के अन्य रूप और ढंग हो सकते हैं। पर यह भी तो जीवन का ही हिस्सा है। 'कभी-कभी मुझे कुछ बातों में ज्यादा ही इन्वॉल्व होते देख मुम्बई से खत लिखते—'सारी दुनिया का दर्द अपने सीने में रखे मत फिरा करो।' और मैं धीरे-धीरे अपने को नार्मल करने की कोशिशों में लगा रहता।

श्रीलाल शुक्ल ने उन पर सोचते हुए ठीक ही लिखा कि उनकी एक खूबी उनके मनोहर स्वभाव में है जो उनकी रचनाओं में सर्वत्र प्रतिफलित है। हास्य और व्यंग्य का शास्त्रीय विश्लेषण करने वाले व्यंग्य को सामाजिक जीवन की तीखी आलोचना से जोड़ते हैं जहाँ विरूपता, विडम्बना, अतिशयोक्ति, फूहड़पन और जुगुप्सा आदि कुछ भी वर्जित नहीं है। शरद जोशी व्यंग्य और हास्य के इस चिरन्तन और शास्त्रीय अन्तर को अपने सहज, सौम्य स्वभाव से मिटाते नजर आते हैं। वे समाज के विविध पक्षों की तीखी आलोचना करते हुए भी और अपने तीखेपन को छिपाए बिना भी कटुता और अमर्यादित भर्त्सना से उसे दूर रखते हैं। समाज में घुसे असंख्य परजीवियों पर उनकी कलम प्रखरता से चलती है किन्तु व्यंग्य की इस अवधारणा को कि वह भर्त्सना से उत्प्रेरित होता है, शरद जोशी इसे निरस्त करते नजर आते हैं। व्यंग्य के ऐसे लक्ष्यों के प्रति उनका परितापपूर्ण रुख व्यंग्य को कुण्ठित नहीं करता, सहजतापूर्वक एक भयानक सामाजिक परिस्थिति से हमारा सीधा साक्षात्कार कराता है। श्रीलाल शुक्ल आगे लिखते हैं—'मुझे लगता है कि थर्बर और आर.के. लक्ष्मण की परम्परा में अपनी कला यानी शाब्दिक कला का शरद जोशी कहीं ज्यादा प्रखर इस्तेमाल करते हैं।'

अपने आखिरी दिनों में मुम्बई में वे कैसे और किन परिस्थितियों में रह रहे थे, यह हममें से किसी ने न तो उनसे कभी पूछा न जाना। पर एक बार जब वे पंजाब मेल से भोपाल का टिकट कटा, पहले की ही तरह अचानक फिर विदिशा उतर पड़े। मैंने महसूस किया कि उनका स्वास्थ्य जरूरत से कुछ ज्यादा ही तेजी से गिरता जा रहा है। चेहरे की रौनक कम हो चली है। भूरी-पूरी देह गलने सी लगी है। भरे-भरे गाल पिचक से उठे हैं। बीच-बीच में चुटकियाँ लेने और चुनौतियों को हँसकर उड़ा देने वाला उनका वह मस्त किन्तु गम्भीर स्वभाव कुछ ज्यादा ही उदास हो चला है। कामदी नाटकों का सहज उल्लास जैसे त्रासदी के विषाद से घिर उठा हो। रहा नहीं गया तो पूछ ही लिया कि आखिर माजरा क्या है?

विदिशा प्लेटफार्म के पुल पर चलते हुए उन्होंने जो कहा उसे सुन मेरी तबीयत बैठ गयी—'सुगर डिस्कव्हर हुई है। मुझे लगता है मुम्बई की भाग-दौड़ और थकानों को झेलते-झेलते यह सब हुआ।' मैंने तब आगे पूछा—'वहाँ का रहना-सहना कैसा है?' तो बताया, 'सस्ते से एक लॉज का एक कमरा पाँच सौ रुपए माह के किराए पर है। एक ही टाइम खाता हूँ। सुबह टोस्ट और कॉफी से काम चला लेता हूँ। फिर मुम्बई का भाग-दौड़ वाला जीवन और जानलेवा कम्पीटीशन लगता है इन्हीं

थकानों ने मुझे थका डाला।' कहते-कहते वे फिर उदास हो गये। उनके इस जवाब में चुपचाप व्यथा झेलने की खामोशी की गहरी छायाएँ थीं। बाद में 20 अगस्त, 2003 के जनसत्ता में ख्याति कथाकार उदय प्रकाश की एक टिप्पणी 'दुनिया मेरे आगे वाले' कॉलम में पढ़ने को मिली—'मिल्लत का अनागरिक' शीर्षक से। शरद जी की बड़ी बेटी और अभिनेत्री बानी से हुई मुलाकात और जंक फूड पर चल पड़ी चर्चा को उद्धृत करते हुए उदय ने बानी के हवाले से लिखा कि पापा ने किस तरह मुम्बई के इस जंक-फूड से अपनी सेहत तबाह की।' उदय प्रकाश आगे लिखते हैं—'इस विडम्बना के बारे में सोचकर गहरा दुख हुआ कि हिन्दी के जिस महान स्वतन्त्र लेखक (फ्रीलांसर) को अर्से तक 'व्यावसायिक लेखक' के रूप में प्रस्तुत किया जाता रहा वह कैसा जीवन जी रहा था।'

भोपाल से टूटकर अकेले पड़ जाने का कटखना न सही वह अकेलापन तो था ही जिसमें एक पुरुषार्थी योद्धा किसी लड़ाई के मोर्चे पर अपने प्रियजनों से काफी दूर छूट जाता है। एक ऐसा युद्ध जिसकी शामें और रातें भी सैनिक-शिविरों में नहीं, लड़ाई के बंकरों में झपकी लेते और तोपों से बरसते गोलों के खौफनाक माहौल में बार-बार लगती झपकियों को भी प्रवेश-वर्जित करते बीत जाती हैं। तब भी उनकी आत्मसाधना का उजाला उनके चतुर्दिक फैला हुआ था। वे अपने संघर्षों के तेज से आत्मदीप्त थे। उन्हें स्मरण करते हुए 'राम की शक्तिपूजा' की ये पंक्तियाँ न जाने क्यों मेरी चेतना में अपने आप उभरने लगती हैं—

है अमा-निशा,
उगलता गगन घन-अन्धकार।
खो रहा दिशा का ज्ञान,
स्तब्ध है पवन चार।
अप्रतिहत गरज रहा
पीछे अम्बुधि विशाल।
भूधर ज्यों ध्यान मग्न,
केवल जलती मशाल।

जोशी जी के जीवन की मशाल भी शानी और दुष्यन्त आदि दोस्तों की तरह भले ही पहले बुझ गयी हो पर उनकी साधना का प्रकाश और सिद्धियों की चमक तो जरा भी फीकी नहीं पड़ी। भक्तिकाल के सूर-तुलसी की तरह परसाई और शरद जोशी हमारे इस व्यंग्य-समय के दो कालजयी लेखक और कभी न मन्द पड़ने वाले नक्षत्र थे और रहेंगे।

आँख में खटकता कवि मुकुट बिहारी 'सरोज'

कवि सम्मेलनों को सुनने की अपनी आदतों के चलते मुकुट बिहारी 'सरोज' जैसे कवियों के निकट आया था। याद पड़ता है पहली बार उन्हें सागर विश्वविद्यालय के अपने छात्रावासी दिनों में आयोजित कवि सम्मेलन में सुना था। सम्भवतः इसे कवि शिवकुमार श्रीवास्तव ने कराया था जो बाद में विश्वविद्यालय के कुलपति भी हुए। शिवकुमार जी मुक्तिबोध मंडल के कवि थे। मुक्बिोध ने अपने दो एक लेखों में उनका प्रशंसापूरित जिक्र भी किया है।

यह चौंसठ-पैंसठ का साल रहा होगा। तभी चन्द्रसेन विराट, नरेन्द्र चंचल, विद्यानन्दन राजीव, नारायणलाल परमार और खुद शिवकुमार श्रीवास्तव की कविताओं का एक संग्रह 'गीत गन्ध' नाम से छपकर आया था। कवि सम्मेलन में शिशुपाल सिंह 'शिशु, 'बलवीर सिंह 'रंग' के साथ मुकुट बिहारी 'सरोज' भी थे। चन्द्रसेन विराट का सस्वर पाठ बड़ा मनमोहक था। उसमें शब्दार्थ की बारीकियाँ तो नदारद थीं पर शब्द-संगीत का जादू श्रोताओं को कवि के असर में खींच ले जाता। शिशु जी तो अभिधा में ओज या वीर रस के कवि थे। मुकुट बिहारी जी के काव्य पाठ में एक ऐसा चमत्कारी अनोखापन था जिसमें हर उस श्रोता को बहना ही बहना था जो शब्द ही नहीं शब्दार्थ से आगे की बारीक भंगिमाओं और यथार्थ संकेतों को बूझ सके। लेकिन इतना ही क्यों वह काव्य को जन्म देने वाली सामाजिक-राजनीतिक परिस्थितियों से रू-ब-रू होकर सुनी जाती कविता से निकल कर आस-पास घटती सचमुच की घटनाओं की जगहों का प्रत्यक्ष मुआयना और साक्षात्कार कर सके; जो उसे देर-सबेर कुप्रभावित करने या अपनी चपेट में लेने वाली हैं।

सरोज के काव्य पाठ में एक ऐसी नाटकीय विदग्धता भी थी कि कविता ही नहीं, कविता की भाषा के तमाम जाने-अनजाने क्षितिज साकार होते चले जाते। बाद में यह सहज विदग्धता लगभग बुरी तरह नष्ट हो चुके कवि-मंचों के बावजूद ख्यात व्यंग्य लेखक शरद जोशी के व्यंग्य पाठ में दिखी। गद्य का यह पाठ ठीक सतही हो उठे कवि-मंचों पर सचमुच अनोखा और विस्मयकारी था।

आजादी के बाद के मंचीय कवियों की कई-कई बिरादरियों के बीच 'सरोज' सहज बोलचाल वाली हिन्दी के छन्द-संगीत और मुहावरों के ठाट के असाधारण

कवियों में थे। उन कवियों में जो बच्चन, नीरज के अलावा और बावजूद हिन्दी कवि-सम्मेलनों और साहित्यिक सम्मेलनों के बीच आयोजित काव्य-गोष्ठियों में ठीक उसी आत्मविश्वास और अदा से आते-जाते थे जैसे भवानीप्रसाद मिश्र और नागार्जुन आदि। मुझे नहीं लगता कि उन्होंने मंचों पर जाने के खयाल से कभी कुछ लिखा हो। पर यह कहना भी अन्यायपूर्ण होगा कि उनकी कविताएँ कई अतिविशिष्ट और असाधारण कहे और माने जाने वाले कवियों की तरह आत्मसंलापी और मध्यवर्गीय बिरादरी के भाव और विचार बोध तक सीमित थीं।

वे जिस प्रकार के सामाजिक और पारिवारिक वातावरण में पले और बढ़े थे, जैसा अनुभव-सम्पन्न किन्तु संवेदन-प्रखर जीवन-बोध अर्जित किया था, उनकी काव्य-मेधा और छन्द-संगीत भी वैसा ही विरल था। अपने समय और समाज के प्रति उनका भाव-सम्बन्ध उतना ही अपनत्वपूर्ण, सघन और चौकसी से भरा हुआ था।

जिस भाषा-स्तर और व्यवहार की बात मैं कर रहा हूँ उसे उन्होंने अपने समय की साहित्यिक किताबों से प्राप्त नहीं किया था। आम जीवन के आमफहम बोलचाल और मुहावरों से ही उन्हें यह काव्य-भाषा मिली थी। बोलचाल की विभिन्न भंगिमाएँ, मुहावरों के ढेरों विदग्ध प्रकार और हिन्दी भाषा-संगीत की अनेक सम्भावनाओं को उन्होंने अपनी रचनाओं में जिस तरह ढूँढ़ा और नये प्रकार की तरलता से सम्पन्न किया था वैसी तरलता अन्य कई समकालीनों में मिल तो सकती है पर बौद्धिक सजगता और भाव तरलता का ऐसा सांगीतिक अन्तरावलम्बन और अनुगुंफन शायद ही किसी और में मिले।

इस दृष्टि से वे हिन्दी की जन कविता के ऐसे अनोखे उदाहरण हैं जिनमें परिनिष्ठित कला-बोध और जनोन्मुखी वैचारिकता एक साथ इस तरह आ मिलती हो। कई-कई बार इस निगाह से पढ़ते हुए बार-बार यह देख कर खुश होते रहना पड़ा कि सरोज की भाषा, उनके छन्द और लय में जितना प्रवाह है, भावों में उतनी ही मार्मिक विदग्धता, अर्थवत्ता और वैचारिक प्रखरता है। बावजूद इस समृद्धि के वे यदि प्रतिष्ठित माने जाकर भी आलोचना की उपेक्षा के शिकार हुए तो सम्भवतः इसलिए कि उन्होंने अपनी पक्षधरता को हमेशा देशी बोली बानी और मुहावरों में रखा। इससे भी अधिक नये काव्य फैशन से बाहर हो उठे काव्य-प्रकार में इस विश्वास से स्वयं को व्यक्त किया कि प्रतिबद्ध आलोचना सम्भवतः वस्तु की श्रेष्ठता के आधार पर रूप की जनप्रियता पर भी अवश्य ध्यान देगी। पर ऐसा हुआ कहाँ? वह तो खुद पश्चिम की वैचारिकी की आश्रिता थी।

जिस तरह की विश्वविद्यालयीन किताबी और असहज काव्य-भाषा उन दिनों प्रचलित थी, उससे न जाने कुछ भी क्यों नहीं लिया उन्होंने। वे न नयी कविता के बौद्धिक अभिजात के पास गये, न छायावादोत्तर स्वप्निल रोमान के पास। वे बलवीर सिंह 'रंग' आदि कवियों की औघड़ी और लापरवाही से भरी मौजों में भी नहीं बहे।

भाषा के प्रति एक खास प्रकार की सचेत जिम्मेदारी और कविता के प्रति राजनीतिक सजगता उनमें इतनी अधिक थी कि कविता को राजनीति और राजनीति को कविता का अभिन्न सहचर बनाकर भी उन्होंने कभी भी न तो कविता की राजनीति की, न सत्ता-राजनीति को अपनी कविता के ऊपर हावी होने दिया।

विदिशा, अगस्त की 30 तारीख और सन् 67 में मैं आया। सागर का मेरा सहपाठी—शीलचन्द जैन यहाँ आकर पालीवाल हो चुका था। एक काव्य प्रेमी होने के नाते वह अपने ललितपुर के तन्मय बुखारिया का फैन था। जब भी इस तरह के किसी आयोजन की चर्चा चलती, खासतौर से नगर पालिका की ओर से किये जाने वाले कवि सम्मेलन या फिर किसी अन्य संस्था द्वारा, वह अपने कवि बुखारिया का नाम जरूर सामने लाता। सरोज जी के प्रति मेरे आकर्षणों को समझते हुए वह उनका नाम भी रखता। हम दोनों ही विदिशा के जैन कॉलेज में थे और शहर के लोग हमें सिर्फ प्रोफेसर नहीं मानते थे। सरोज जी कई-कई बार आये और हर बार अपनी चिर-परिचित पाठ-शैली और जानी-पहचानी कविताओं के बावजूद, नये पर नये लगते रहे। पचास-साठ के दशक में उन्होंने जिस विडम्बनापूर्ण यथार्थ को महसूस कर कविता में लक्षित किया था, वह अब कुछ अधिक ही निर्लज्जता, यहाँ तक कि फूहड़पन के साथ उभार लेने लगा था। आजादी के पहले के मूल्य जो रामराज्य के सपनों की तरह हम सबके मनों के भीतर बीज की तरह पड़े तो थे पर अंखुवाने से पहले ही मुरझा और मर चुके थे। सरोज ने अपनी कविता के मार्फत इस दुखद यथार्थ से हमारा परिचय कराना नेहरू युग से ही शुरू कर दिया था। नागार्जुन की ही क्यों, सर्वोदयी भवानी मिश्र की कविताओं में भी नेहरू-युग का चेहरा ऐसा ही है। मुक्तिबोध की कविता 'भूल'-ग़लती' और 'अँधेरे में' भी नेहरू युग ही है।

सरोज की कविता की भाषा में एक साथ दोनों प्रकार की विदग्धताएँ थीं। जब वे 'इन्हें प्रणाम करो' जैसी कविता पढ़ते तब लगता वे व्यंजना का उपयोग कर रहे हैं पर जब 'मेरी कुछ आदत खराब है' का पाठ करते तो साफ लगता कि अभिधा की भी एक व्यंजना होती है। फिर उनके कविता पढ़ने का वह अनोखा और अद्‌भुत ढंग जिसमें प्रत्येक शब्द एक विलक्षण अर्थ-भंगिमा लेकर श्रोताओं को विस्मय मुग्ध और आते हुए अपमूल्यवादी समय के प्रति बाखबर करता। यह सरोज ही थे जिन्होंने साफ-साफ और दो टूक व्यंजक शैली में अपने समय की राजनीति और उसके जबड़े में भयावह ढंग से समाते मूल्याकांक्षी जीवन की चिन्ताएँ और बेचौनियाँ उन काव्य-मंचों से उजागर कीं जो बहुत तेजी से कविता को फूहड़ मनोरंजन और मध्यवर्ग की साहित्यिक खुराक के रूप में पेश करने के उत्साहों और दावों से भरे थे।

कवि सरोज हमारे बुलावे पर जब कभी विदिशा आते। अन्य कवि सम्मेलनी कवियों की सी कोई डिमाण्ड वे शायद ही कभी रखते। हमारे बजट की चादर जैसी भी होती वे अपना पाँव उतना ही फैलाते और सफाई से दूसरी सुबह कोई ट्रेन

पकड़ बगैर हमें बताए भोपाल निकल जाते। उस बाबत मैंने कभी उनसे पूछा भी नहीं। बाद में रामप्रकाश त्रिपाठी और अपने मित्र कवि विनय दुबे के मुँह से सुना कि ग्वालियर के सरोज की एक लँगोटिया मण्डली भोपाल में है। उत्सुकता हुई तो यह भी पता लगा कि इस मण्डली में कई पीर और औलिया लोग हैं। मसलन, कैफ़ भोपाली, मथुरा बाबू और अक्षय कुमार जैन। वही अक्षय बाबू जो मुक्तिबोध के पार्टनर और परसाई के लिए 'शख्स' थे। मथुरा बाबू इस मण्डली के नाभि-केन्द्र थे। सुप्रीमो भी। हरिशंकर परसाई भी आते तो यहीं आ जमते। सरोज तो भूल ही जाते कि उन्हें ग्वालियर में इन्तजार करते अपने बच्चों के पास भी लौटना है। इस मण्डली के अन्तिम अनमोल अवशेष अक्षय बाबू से बातों ही बातों में पता लगा कि मथुरा बाबू के यहाँ कलदार गिने नहीं, तौले जाते थे। पर आखिरी दिनों में पुराने भोपाल के तीन हाहाहूत मकानों में से उनके पास एक ही बचा था। यह वह मण्डली थी जो न होती तो बच्चन जैसे कवि शायद ही कभी मधुशाला की यह पंक्ति लिख पाते–'दिन को होली रात दिवाली रोज मनाती मधुशाला।' एक बार अपने सागर वाले दिनों में बच्चन जी से काव्य पाठ के दौरान छात्रावास में ही बतौर संचालक मैंने पूछा था कि आपने कितनी पी, तो दाएँ हाथ की हथेली सार्वजनिक तौर पर हिला कर उन्होंने कहा था, नहीं, मैं तो पीता ही नहीं। सरोज से पूछता तो वे समूचे शरीर से बाकायदा कई बार हाँ! हाँ! करते।

मथुरा बाबू का सिर्फ इतना ही परिचय नहीं था। वे अविभाजित कम्युनिस्ट पार्टी भोपाल के गहरे रणनीतिकार और बौद्धिक थे। अपने समय की प्रतिभाओं के साथ रह कर उनकी साँसों के साथ अपनी साँसें मिलाना उनकी फितरत थी। उनकी बातचीत में संजीदा मिजाजी तो थी ही, लताफत भी कुछ कम नहीं थी। मताए दिल तो वो खैर थे ही। न होते तो इतने सारे तूफानों को सँभालते कैसे? अक्षय बाबू ने ही वाकया सुनाया–'तुमको नहीं लगता कि हम बार-बार मथुरा बाबू के ही घर क्यों ठहरें? फिर खुद ही जवाब दिया–देखो हमारे घर में पिता जी भी साथ रहते हैं, एक कमरे में। दूसरे में हम बीबी-बच्चे। तुम तो औलिया लोग हो। तुम्हारी समाई इन घरों में कैसे होगी।' कहने वाले सरोज और जवाब देने वाले अक्षय कुमार जैन यानी हम सबके 'अक्षय बाबू' थे।

यह मण्डली जब भोपाल में जुटती तब सोने में सुहागा जैसी कहावत तो एकदम झूठी पड़ जाती पर नीम पर चढ़े करेलों का करैतापन कई कई गुना बढ़ जाता। इसी बीच जबलपुर से आ पहुँचे हिन्दी व्यंग्य-धुरन्धर परसाई कहीं प्रगट होते तो मण्डली की शोभा का वर्णन तुलसी का यह दोहा भी न कर पाता–

ग्रह ग्रहीत पुनि बात बस तेहि पुनि बीछी मार।
ताहि पियाई वारुणी कहौ कौन उपचार॥

कई-कई तरह का विस्मयकारी पागलपन जीते हुए ये अनोखे दुर्लभ लोग जब एक साथ मिल बैठते तो सचमुच ला इलाज हो उठा करते। को बड़ छोट कहत अपराधू। कवि तुलसी की ही फिर मदद लें 'तो कहत कठिन समझत कठिन' -सा मामला।

ये वे लोग थे जो अपने जमाने की जहरीली मारों से छलनी-छलनी थे। ये ब्रह्मराक्षस थे कि काव्य-प्रेत कहना आज भी मुश्किल। हाँ! एक बात तो बेधड़क कही जा सकती है कि इनका जीवन वह जलता हुआ अग्निकुण्ड था जिनमें इनकी अपनी जिन्दगियाँ पवित्र समिधाएँ भी थीं और दैवी आहुतियाँ भी।

सरोज जी को जानने-समझने का एक और अवसर मुझे विदिशा की तहसील गंजबासौदा के कवि साथियों के मार्फत मिला करता। बासौदा नगरपालिका दिसम्बर में होने वाले सालाना मेले में कवि सम्मेलन का नियमित आयोजन करवाती और उसके स्थायी कवियों की सूची में गोपालदास नीरज के साथ मुकुट बिहारी सरोज जरूर होते। बासौदा कवि समेलन के हीरो अगर नीरज थे तो सरोज उसके उप हीरो हुआ करते। ऐसे भी मौके आते जब सरोज मंच तक तो आते पर माइक तक नहीं भी आ पाते। बासौदा के प्रेमियों की रुचि सरोज को लेकर फिर भी घटी या अरुचि में बदल उठी हो, कभी सुना नहीं। हाँ, उनके तरह-तरह के किस्सों से कवि कृष्ण बख्शी आदि सरोज-पुराण सुनाते-सुनाते आनन्द विभोर हो उठते। सरोज भी दूसरे-तीसरे दिन तक अपना डेरा वहीं डाले रहते और अपने ग्वालियर स्थित खासगी मुहल्ले को भूले बासौदा की कलारियाँ खाली करते रहते। कौन कहे कि कौन भर रहा होता और कौन खाली होता रहता? पता नहीं यह असर मालवा और खास करके कभी लक्षण प्रदेश की राजधानी रही विदिशा नगर का था या सरोज का कि वे जितनी सहजता से आते लगभग उतनी ही सहजता से लौटते शायद कभी नहीं देखे गये। अपने अनुभव के आधार पर कहूँ तो मशहूर शायर कैफ़ भोपाली कई-कई बार ट्रेन और बस में बिठाये जाने के तत्काल बाद दरवाजे पर वापस हाजिर हो कहते हुए पाये जाते—'शैतान का टलना आसाँ है, मेहमान का टलना मुश्किल है।' जब मेहमान ही शैतानी पर उतर आये तो इस अतिथि-पूजक समाज में कोई क्या कर लेगा? पर इसमें थोड़ा दोष कहूँ, गुण कहूँ विदिशा के हवा-पानी में भी है। या समूचे मालवा के हवा-पानी में। कालिदास के मेघदूत की पुरानी कहानी दुहराते हुए पं. हजारी प्रसाद द्विवेदी इसी विदिशा और इस से सटकर बहती बेतवा को लेकर कहते हैं—'निस्सन्देह वेत्रवती के तरंग चंचल हृदय की उपेक्षा अनुचित होगी और तुम्हारे जैसे सहृदय से इसकी आशा भी नहीं करनी चाहिए। परन्तु फिर भी मित्र ज्यादा न उलझना! आखिर वेत्रवती प्रिया से सावधान न रहोगे तो किस दिन क्या आ बीते कौन कह सकता है? इसलिए थोड़ा सा रुककर और थोड़ा सा झुककर उस बिब्बोकवती के 'सभ्रूभंग' मुख का रस लेकर आगे बढ़ जाना—

तेषां दिक्षु प्रथितविदिशा लक्षणां राजधानीं
गत्वा सद्यं फलमविफलम कामुकत्वस्यलब्धा
तीरोपान्तस्तनित सुभगं पास्यसि स्वादु यस्मा
त्स भ्रङ्गं मुखमिव पयो वेत्रवत्यत्साश्चलोर्मि॥

द्विवेदी जी भी कालिदास के यक्ष की तरह विदिशा के मारे रहे होंगे नहीं तो बार-बार कालिदास के यक्ष के बहाने से सन्देशवाही मेघ को इतना सावधान क्यों करते कि–'विश्राम ही करना हो, तो तुम्हें जगह बताए देता हूँ। लेकिन विदिशा में तो हर्गिज न रुकना। अपने सरस हृदय का दुरुपयोग न कर बैठना।' कोई दुनियादारी से भरा-पूरा आदमी होता तो इस हिदायत पर ध्यान भी देता। सरोज तो दुनियादारी के बिल्कुल उस पार के आदमी थे। दुनिया उन्हें तब भी क्योंकर बर्दाश्त करती रही जबकि अपने गीतों (?) में ये खासियतें उन्होंने खूब गिनाईं। 'मैं तो खूब खुला सा रहने का आदी हूँ,' 'मुँह देखे की मुझसे नहीं कही जाती है।' अपने अन्तर की भाषा सुनने का जीवन भर आदी रहा यह कवि, जब कभी अपनी घर-गृहस्थी की ओर निगाह फेरता, उसकी भाषा गरीबी के संघर्ष की व्यथा से गीली हो उठती–'कपड़े उनके फटे हुए हैं/किन्तु बाल तो कटे हुए हैं/रहते हैं धरती पर लेटे/मुझ जैसे गरीब के बेटे' फिर आत्मधिक्कार का क्षोभ भी इन्हीं दृश्यों के बीच से उभरता–

'मुझसे नहीं गृहस्थी चलती/× × × दुश्मन हूँ मैं बाप नहीं हूँ'

यह बोध कहाँ से आया होता अगर सरोज ने यह महसूस न किया होता कि वे बाप हैं। उन्हें यह भी खबर थी कि बाप के फर्ज पूरे नहीं हो पा रहे हैं–'दूध नहीं पानी पीते हैं। जाने वे कैसे जीते हैं।' इन पंक्तियों से गुजरते हुए 'सरोज स्मृति' के निराला याद आते हैं–'धन्ये मैं पिता निरर्थक था, कुछ भी तेरे हित न कर सका। जाना तो अर्थागमोपाय। पर रहा सदा संकुचित काय। लखकर अनर्थ आर्थिक पथ पर! हारता रहा मैं स्वार्थ समर।' आर्थिक पथ पर अपने क्षुद्र स्वार्थों की निगहबानी किये बिना यह जीवन समर तो हारना ही हारना है। सरोज जैसे कवि हार कर भी जीते क्योंकि उनका समूचा परिवार भारत की गरीब और शोषित आबादी के पक्ष में मुक्ति-वाहिनी का एक जबरदस्त हिरावल दस्ता बन कर खड़ा था। जब भी यह मुक्ति साकार होगी, सरोज का यह त्याग लोगों की चेतना में जरूर कौंधेगा। इस कौंध के साथ मियाँ ग़ालिब भी अपने अन्दाजे बयाँ की खूबसूरती लिए जरूर याद आयेंगे–

'क्यों न फिरदौस को दोज़ख में मिला लें यारब
सैर के वास्ते थोड़ी सी फिजां और सही'

जिन्दगी के दोजखों की सैर के लिए फिरदौस के मिलाने का यह चमत्कारी नुस्खा हर संवेदनशील रचनाकार का जीवन-अभिशाप है। ग़ालिब इस फितरत को

अपने बयान की गहराइयों और बारीकियों से आदमी के जिन्दादिल पौरुष में बदल डालते हैं। कविता यों भी बुनियाद तो नहीं है जिन्दगी की। पर उसकी संरचना का शिखर कलश तो है ही। पाँचों ज्ञानेन्द्रियों के ऊपर जैसे मन होता है। ज्ञान-विज्ञान के तमाम संसारों के ऊपर कविता और कलाएँ होती हैं। सहज ज्ञान के रूप में। यह वह ज्ञान है जो तर्कों को नकारता तो नहीं पर उन्हें काफी पीछे छोड़ आता है। यह वह जगह होती है जिसकी प्यास स्थूल भौतिक उपायों से मिट नहीं पाती। इस भूमि तक पहुँचे हुए काव्य-योगी को बकौल रामचन्द्र शुक्ल 'कुछ काल तक अपना पता तक नहीं रहता। वह विश्व-हृदय बन जाता है।' सरोज अगर यह न बने होते तो क्या ऐसी पंक्ति लिख पाते–

जान बूझकर चुप हूँ वरना यह अँधियारा
जब चाहूँगा पी लूँगा सारा का सारा

क्या ऐसा विराट दुनियावी अन्धकार एक व्यक्ति के बूते का रोग है? क्या कोई कवि अपनी रचना के दौरान एक व्यक्ति मात्र होता है? एक इकाई यदि न होता तो दुष्यन्त यह कैसे लिख पाते–

मुझमें रहते हैं करोड़ों लोग चुप कैसे रहूँ
हर ग़ज़ल अब सल्तनत के नाम एक बयान है।

सरोज की आँखों में गुस्से और क्षोभ की ये कौंधती बिजलियाँ मैंने एकाधिक बार देखीं। बरसने पर आमादा हो उठीं घटाएँ भी। पर वे उन्हें हर बार अगत्स्य मुनि की तरह पी भी जाया करते। बुक्का फाड़कर रोने वाला उनका स्वभाव नहीं था और वे समझ चुके थे कि अमृत नहीं जहर ही उनकी जिन्दगी का एक मात्र टॉनिक है। उनकी उमर इसी को पी-पीकर बढ़ी। 'जितना जहर पिया उतनी बढ़ गयी उमर/ जाने ऊपर वाले को क्या मंजूर है।' ऊपर वाले ने क्या सोचा था, क्या हुआ, क्या नहीं होना था और फिर भी हो गया, इस पर भी जरा गौर करें–

यों ही बिना बात तारों ने एक रोज
मेरे खिलाफ अंधियारे के भर दिये कान
चाहा सपने के साथ किया जाये वह छल
आने तक भोर, न रह पाएँ बाकी निशान
लेकिन पाँसा कुछ ऐसा सीधा पड़ा।
कि अब सपना सरोज बन गया और मशहूर है।

जीवन के आखिरी दिनों में नहीं उम्र के प्रौढ़तम बरसों में उन्हें यह एहसास हो चुका था कि वे उसी सपने के जीते-जागते उदाहरण हैं, जिसका नाम 'सरोज' है। सोचिये तो जरा ग़ालिब ने किस अन्दाज में कहा होगा–'पूछते हैं वो कि ग़ालिब

कौन है।' सरोज को आखिर के पलों तक यह बोध रहा कि वे सरोज हैं। जैसे गेंदे को होता है, जैसे किसी भी जंगली फूल को होता है या फिर जैसे कि अपने होने के बोध को लेकर किसी को भी होना चाहिए। सरोज को भी अपने होने का एहसास भरपूर और खूब था, समूचे गहरे आत्मविश्वास के साथ।

उनका यह एहसास इतना तीखा था कि वे अन्यों से भी इसे अर्जित करने और जीने के लिए कहा करते। अपने बेटे-बेटियों को उन्होंने इस एहसास से निरन्तर भरा। वे स्वयं भी आखिरी साँस तक इससे लबालब रहे। गोकि कामरेड शैली की आत्महत्या ने उन्हें बुरी तरह ध्वस्तप्राय कर डाला था और उनकी उदासियाँ कुछ अधिक ही गहरी साँवली और खामोश हो चली थीं। तब भी वे निराश तो नहीं हुए। हाँ! उदास तो खूब हुए।

बारह फरवरी उन्नीस सौ बयासी को जनवादी लेखक संघ का स्थापना सम्मेलन दिल्ली में हुआ। विदिशा से हम तीन—नरेन्द जैन, शलभ श्रीराम सिंह और मैं खुद, शामिल हुए तो मुझे वहाँ सरोज भी दिखे। समझ नहीं सका कि वे वहाँ कैसे पहुँचे हैं। शील जी इस संगठन के एक मुख्य कर्ता-धर्ता थे और चाहते थे कि विदिशा और मध्यप्रदेश में नेतृत्व की बागडोर मेरे हाथों दी जाये। सागर वाले मेरे छात्र जीवन को करीब से जानने वाले आदरणीय डॉ. चन्द्रभूषण तिवारी (स्व.) और मेरे शिक्षक और अभिभावक जैसे रहे डॉ. शिवकुमार मिश्र के मन में मुझको लेकर कुछ सन्देह थे। वे जानते थे कि मेरा बचपन और कैशोर्य आर्य समाज और प्रौढ़ कैशोर्य और यौवनारम्भ लोहियावादियों के सम्पर्क में गुजरा है। सबसे ज्यादा तो वे मेरे आर्य समाजी जुझारूपन और लोहियावादी बौद्धिकता को लेकर सन्देहशील थे। कहीं ऐसा न हो संगठन के पीछे छिपी राजनीतिक मंशाओं और उसके पीछे से शर सन्धान करने वाले राजनीतिक दल का राज जब खुले तो मैं बिचकूँ या गड़बड़-सड़बड़ करूँ। जलेस के इन दो लोगों के साथ कलकत्ता के मेरे छात्र जीवन से मुझे जानने वाले हिन्दी कथाकार और पार्टी कार्यकर्ता कामरेड इसराइल भी थे। हॉल के बाहर अलग एक कोने में ले जाकर इन्होंने मुझे एक संदिग्ध व्यक्ति की तरह जैसे कटघरे में खड़ा कर दिया। पहला सवाल शिवकुमार जी ने ही दागा—'तुम इस संगठन से पूरी तरह सहमत हो या नहीं?' उनका सवाल पूरा हुआ कि चन्द्रभूषण जी ने कर डाला—'तुम तो काफी समय तक आर्य समाज के प्रभाव में रहे हो, फिर तुम्हारा साथ लोहियावादियों का भी रहा है। इसके साथ तुम्हारा मेल बैठ पाएगा कि नहीं, यह खूब सोच लो।' इसराइल ने अपनी भोजपुरिया खड़ी बोली में कहा—देखो नऽऽ... हम तो तुम्हें बड़ी जिम्मेदारी देना चाहते हैं, इसलिए ये सब बातें कर रहे हैं। तब तक शलभ भी कहीं से पास आ गया और इस बतकही को सुनने लगा था। मैंने कहा—हाँ, मैं आर्य समाज और लोहिया से होकर आया हूँ पर यहाँ भी आया हूँ और यह भी एक सच है। पर घोषणापत्र में किसी खास ढंग के 'यहाँ' की व्याख्या तो

है नहीं। लोकतान्त्रिक मूल्यों और जनपक्षधरता में हमारा भी भरोसा है। तब तक शलभ ने उन तीनों को लक्ष्य कर कहा—घोषणा-पत्र में किसी खास राजनीतिक दल का नाम तो नहीं है। मंच से भी मैंने यह सवाल उठाया था और जवाब में कहा गया कि नहीं, यह तो किसी दल की राजनीति से जुड़ा हुआ नहीं है। अब आप लोग यहाँ बाहर यह सब कह रहे हैं तो इसका मतलब है कि घोषणा पत्र या तो अधूरा है या फिर उसमें कुछ छिपाया गया है। मैंने शलभ को इशारे से रोका। इसराइल तो कलकत्ता से ही थे। शलभ से वैसे भी खौफ खाते थे, पर उसकी प्रतिभा से चमत्कृत भी थे। बहरहाल, वे तीनों हॉल के अंदर लौट गये तो रामप्रकाश त्रिपाठी, शीलजी और सरोज जी आते दिखे। याद नहीं पड़ता और कौन-कौन थे। शील जी ने ही अगुवाई की—'देखो डॉक्टर! तुमको हमने विदिशा और भोपाल में देखा है। तुम्हें मध्यप्रदेश में संगठन बनाना है।' सरोज जी ने भी आगे बढ़कर कहा—'हाँ हम सब साथ-साथ काम करेंगे मिलकर। आप हमारे नेता रहोगे।' सरोज जी के इस कथन पर मैं थोड़ा संकोच में आ गया कि मेरा आदरणीय और मुझसे वरिष्ठ साहित्यिक साथी यह कह रहा है। उसी दिन मुझे पता लगा कि सरोज जी कहाँ हैं? पर दिल्ली वालों—कामरेड सव्यसाची, कर्णसिंह, सुधीश पचौरी ने सरोज जी को यह जिम्मा क्यों नहीं देना चाहा? क्यों सरोज जी मुझे आगे कर खुद को पीछे रखना चाहते थे? यह उन्हें कैसे गवारा हुआ? क्यों वे लगातार सात-आठ सालों तक मेरी अध्यक्षता में एक अनुशासित उपनायक की तरह बगैर किसी अहं या असहमति के संगठन की बुनियादों को मजबूत करने में लगे रहे? आखिर उनका मुझ पर इतना भरोसा क्यों था? यह सब आज तक समझ नहीं सका।

एकाध बार पार्टी के प्रदेश सचिव कामरेड मोतीलाल शर्मा ने मुझे तलब किया और मैंने उन्हें जब यह जबाव दिया—'आप पार्टी के सचिव हैं, मैं लेखक संगठन का अध्यक्ष। आप के काम में हस्तक्षेप मैं नहीं करता। मेरे काम में आप न करें। तब भी पीछे से सरोज जी ने ही सँभाला होगा। कामरेड शर्मा एक प्रकार से मेरे पार्टी बास ही थे, रहने वाले पर थे ग्वालियर के। उन्होंने दुबारा न कभी मुझे बुलाया और न संगठन में आये। आये भी तो चुपचाप पीछे आकर बैठे और सभा खत्म हुई तो चुपचाप निकल भी गये। मेरे काम पर उनकी निगाह जरूर रही होगी पर डिस्टर्ब उन्होंने मुझे फिर कभी नहीं किया। मुझे लेकर अगर उन्होंने कभी कुछ कहा होगा तो शायद सरोज जी को ही सुनना पड़ा होगा। मेरे पास इसका कोई रिकार्ड भी नहीं है। कामरेड शैली या आज कामरेड बादल सरोज ही बता सकेंगे। कामरेड शैली का जाना, उससे पैदा हुआ गैप अब बादल सरोज के लिए उत्साहपूर्ण चुनौती है।

सरोज आदमी को शायद जीवन के बेहद गहरे अनुभवों के चलते खूब पहचानते थे। भरोसा करते थे और उस भरोसे में कहीं भरोसा तो नमक बराबर, पर प्यार

दाल या सब्जी बराबर हुआ करता। प्यार के बिना भरोसा एक नाटक है। भरोसे के बगैर प्यार बेमतलब। विचार हो या व्यक्ति सरोज इसी तरह पेश आया करते।

मैंने कभी उनके मुँह से पार्टी का नाम नहीं सुना। बस एक बार की याद है जब मैं मध्यप्रदेश के ग्वालियर क्षेत्र की अनौपचारिक शिक्षा के केन्द्रों का सर्वेक्षण समिति में केन्द्रीय सरकार का प्रतिनिधि होकर ग्वालियर गया था। दिन का काम खत्म कर छह-सात बजे शाम को खासगी वाले उनके निवास पर पहुँचा तो देखा तखत पर पालथी लगाए वे आदरणीय भाभीजी के साथ मेथी की भाजी साफ कर रहे हैं। मुझे अजीब तो कुछ भी नहीं लगा पर वे इन कामों में भी मजा लेते हैं यह देख ज्यादा ही अच्छा लगा। याद आया गाँधी फिल्म में एक बार जब नेहरू उनसे मिलने जाते हैं बापू अपनी बकरी के लिए चारा तैयार कर रहे होते हैं। वही बापू जिन्होंने भारतीय परम्परा के महान शब्दों—सत्य, अहिंसा, सत्याग्रह को पुनर्जीवन दिया, वही जो दक्षिण अफ्रीकी गिरमिटियों के महान युगान्तरकारी नायक रहे। वही जो स्वतन्त्रता संग्राम के महान सेनानायक थे, बैठे-बैठे अपनी बकरी के लिए चारा तैयार कर रहे थे। जीवन शायद इन्हीं छोटी-छोटी परिपूर्णताओं से परिपूर्ण हुआ करता है। लोकदृष्टि जीवन शैली की इसी समग्रता को परिपूर्णता मानती आयी है। भारत के अधिकांश देवाधिदेव अपनी-अपनी गृहणियों के साथ हैं। अर्धनारीश्वर की अवधारणा का आधार तो यही सोच रही होगी न? सरोज जी ने उत्साह में भरकर कहा—'डॉक्टर! आपकी भाभी मेथी को ऐसा बनाती हैं कि आप उसका स्वाद कभी नहीं भूल पाएँगे।' मैंने भी उसी तत्परता से कहा—'तो मैं आज वह स्वाद लेकर ही जाऊँगा।' देखा, भाभी मुस्करा रही हैं जैसे कि वे पार्वती हों और कवि सरोज साक्षात शिव। हिन्दू देवी-देवताओं को लेकर लिखे गये वृत्तान्तों में रचनाकारों के अनुभव अक्सर ऐसे ही प्रसंगों से आये होंगे।

मैं तो उनसे बारह-तेरह साल छोटा था पर मुझे ऐसा आदर भाव देते जैसे मैं बराबर की उम्र का साथी होऊँ। बल्कि अहम् मौकों पर तो कुछ ऐसा जैसा राजसूय यज्ञ के दरम्यान भीष्म पितामह ने वासुदेव कृष्ण को दिया। उन में आत्मविश्वास और अन्तरंगता की कोई कमी नहीं थी पर इससे भी कहीं ज्यादा अपने आसपास के लोगों के प्रति एक उदार स्नेहशीलता थी। उस शाम वे पहली बार इतने भावुक हो उठे कि खुलते ही चले गये और उनकी मुट्ठी बँधी हथेली आँखों की कोर से ढुलकने वाले आँसुओं तक उन्हें जैसे रोकने के लिए जा पहुँची। होंठों से जो स्वर फूटते सुनाई दिये वे करुणा का एक पूरा महाकाव्य समेटे हुए थे—'डॉक्टर! मैंने तो अपना सब कुछ बेटे, बेटी, दामाद यहाँ तक कि पत्नी को भी पार्टी के हवाले कर दिया है। अब मैं अकेला हूँ? ...बस काफी पहले लिखी कुछ कविताएँ हैं...।' शाम कहीं बेहद गमगीन और उदास न हो उठे, उन्होंने झट अपनी भाव-मुद्रा बदल ली और उन्हीं

होठों से वे मुस्कुराने की कोशिशें करने लगे। निराला की ये पंक्तियाँ मेरी चेतना में कौंधने लगीं—'देखा मुझे उस दृष्टि से/जो मार खा रोई नहीं।' सरोज की कविता की अनजानी सी ये पंक्तियाँ अचानक सामने आकर खड़ी हो गयीं—

चाँद बूढ़ा हो गया पर आज तक इतना न जाना
दूसरों के दर्द में है पाप, सुख के गीत गाना
अनवरत संघर्ष से श्लथ चूर होती जा रही है
जिन्दगी मुस्कान से कुछ दूर...

इसी कविता में सरोज लिखते हैं कि—'आग सा वरदान पाकर जल रहा हूँ मैं युगों से।' यह जलना ही तो जीवन भर उनका जीवन बना रहा। उन्होंने इसी को अपने समय के अँधेरे के खिलाफ बतौर हथियार प्रयुक्त किया।

मोटी खादी का सफेद कॉलरदार कुरता और पायजामा, आकाश और धरती की ओर बराबर मात्रा में खिंचा हुआ उनका साँवला चेहरा, तरल नेह की आत्मीयता से भरी उनकी सतेज आँखें, स्वाभिमान की गरिमा की गवाही देती नाक, भरे-भरे साँवले बादलों सी आर्दता और बरस पड़ने की आतुरता लिए उनके होंठ, उनसे निरन्तर फूट पड़ती हुई उनकी विलक्षण प्रत्युत्पन्नता और समय और जीवन की तर्जुमा बनी उनकी कविता, बार-बार यह एहसास दिलाती रहती कि कवि तो वही है जिसकी अपनी एक मौलिक उपस्थिति हुआ करती है।

सरोज को पहचानना और समझना हो तो एक ऐसे मानस की तैयारी करनी पड़ेगी जो परम्परागत या प्रचलित शास्त्रीय संवेदनों या विदग्धताओं की 'भीड़' का मानस न हो। अपने अनुभवों से कह सकता हूँ आज यह भीड़ कविता के क्षेत्र में भी है। कहना मुश्किल है कि कितनों के काव्य-प्रस्थान की अपनी सचमुच एक जगह है। वजह है। और भीड़, विचारधारा की भी है, रूढ़ सी हो उठी काव्य शैली की भी। सरोज विचारधारा से बाहर के आदमी तो नहीं थे पर विचारधारा के कर्मकाण्ड के बाहर के कवि वे जरूर थे। उनकी अपनी काव्यशैली तो थी पर उसका शायद ही कोई रिश्ता कथित गीत शैली से रहा हो। अछन्द हो उठे मुक्त छन्दवादियों से तो उनका रंग-ढंग कहीं से भी मिलता-जुलता नहीं था। गीतों से उन्होंने तुक और लय का संगीत जरूर लिया था पर काव्य-पदों की योजना का उनका सौन्दर्य भाषा की बोलचाल से चलकर आया हुआ था। इन गीत कविताओं का तेवर बेहद वैचारिक और आलोचनात्मक है। इस आलोचना में आक्रामक व्यंग्यमयता, उपहास और क्रूर यथार्थ के रहस्यों का उद्‌घाटन ही नहीं, पर्दाफाश भी है। ये वे गीत हैं जो गीत दिखते भर जरूर हैं, पर हैं तो वैसे ही जैसा कि समय की कविता को होना चाहिए। न असावधान, न अचेत और निष्प्राण। बेइन्तहा बेचैनी, सावधानी और जिम्मेदारी से भरपूर। एक ऐसी जन-कविता जिसकी धारा नागार्जुन, केदार, भवानी मिश्र, रघुवीर

सहाय से होकर दुष्यन्त कुमार, शलभ श्रीरामसिंह और अदम गोंडवी तक चली आयी है। इसमें जनता की भावनाओं का भारी उफान भी है और विचारों का गहरा प्रवाह भी। यह वह जन कविता है जिसे जनता के समूह हाथों में जलती मशालों और अपने होठों पर क्रान्तिकारी नारों की तरह सँभाले रहते हैं। यहाँ आवाहन भी है, लोक जागरण और आन्दोलन भी। निश्चय ही इनमें सामूहिक सपनों के भीषण स्वप्न-भंग भी हैं और अँधेरे भी। जुझारू संघर्षों की ढेर सारी वसीयतें भी हैं और भारतीय जनता का झनझनाता पुरुषार्थ भी।

सरोज जी की एक कविता को लेकर मेरे मन में विवाद भी है। आश्चर्य है कि उनके संग्रह 'पानी के बीज' में वह कविता कहीं संकलित नहीं है पर किताब के शुरुआती पन्नों पर, एक बार मुख्य वक्तव्य की तरह, और दूसरी बार सार कथन की तरह वह है। यह कवि द्वारा लिखित कुल डेढ़ पंक्तियों की भूमिका के साथ उद्धृत है। कविता की पंक्तियाँ हैं–

'मरहम से क्या होगा ये फोड़ा नासूरी है?
अब तो इसकी चीर फाड़ करना मजबूरी है
अब तुम कहो कि ये तो हिंसा है?
होगी, लेकिन बहुत जरूरी है।'

इन पंक्तियों को पढ़ते हुए समकालीन चुनावी राजनीति में भरोसा रखने वाले वामपन्थ को लेकर सोच-विचार सा करना पड़ता है। क्या सरोज जी भारत के इस वामपन्थ के साथ नहीं हैं जो चुनावों के मार्फत लोकतान्त्रिक समाज के आदर्शों को साकार करना चाहता है? क्या सरोज भी यह मानते थे कि राजनीतिक हिंसा ही एक मात्र रास्ता और जरूरी रास्ता है जिसके सहारे इस अति बीमार राष्ट्र को पुनर्जीवन दिया जा सकेगा। यदि वे ऐसा नहीं मानते थे तो इन पंक्तियों को संग्रह के आरम्भिक पृष्ठों पर इस तरह दो बार क्यों रेखांकित किया गया है? क्या वे नक्सलियों के साथ थे? क्या वे उन वामपंथियों से नाउम्मीद हो उठे थे जिनके साथ उनका जीवन गुजरा था? आखिर कवि सरोज चाहते क्या थे? उनके मन में क्या पक रहा था?

तुक और लय वाले छन्दों में लिखकर उन्होंने हमारे सामने यह सवाल खड़ा कर दिया है कि समकालीन जीवन के यथार्थ को केवल मुक्त छन्द में ही नहीं, बँधे हुए छन्दों में भी व्यक्त किया जा सकता है। इन में अब भी इतनी ताकत है कि वे सामूहिक गुस्से और आक्रामकता की अभिव्यक्ति कर सकते हैं। क्या परम्परागत ग़ज़ल ने अपने प्रचलित रोमानी तेवर नहीं बदले? क्या ग़ज़लों का गुलाबी चेहरा इन दिनों बेहद आक्रामक और सुर्ख नहीं हो उठा है? बँधे हुए छन्दों में छप्पय और कवित्तों का भी एक इतिहास रहा है। अभी-अभी अष्टभुजा शुक्ल ने 'पद-कुपद' लिखकर फिर यह जता दिया है कि नवीनता छन्द प्रयोग में नहीं उस चेतना और दृष्टि में

निवास किया करती है जिसे हम चाहें तो यथार्थ दृष्टि कहें या फिर कवि-चेतना। रूढ़ियाँ भी मुक्त छन्द का पर्याय बन सकती हैं। गेय छन्दों में भी क्रंतियाँ की गयी हैं, आगे भी हो सकेंगी। सरोज जैसे कवियों को पढ़ते हुए बार-बार ये सवाल सामने आ खड़े होते हैं।

कवि सरोज की याद करता हूँ तो बार-बार कुकुरमुत्ता (निराला) का वह ठाटदार बिम्ब सामने आ खड़ा होता है जो अपने जमाने के तमाम गुलाबों की ऐसी तैसी करता हुआ दिग्विजयी घोषणाएँ जैसी कर रहा हो—कुछ-कुछ रंजित तो कुछ कुछ अतिरंजित भी—

तू है नकली मैं हूँ मौलिक
तूने दुनिया का बिगाड़ा
मैंने गिरते से उभाड़ा
काम मुझसे ही सधा है
शेर भी मुझसे गधा है
तीर से खींचा धनुष मैं राम का।
काम का
पड़ा कन्धे पर हूँ हल बलराम का।

एक भरोसेमन्द और प्रिय आवाज : अदम गोंडवी

कानपुर में आयोजित उत्तर प्रदेश के जनवादी लेखकों के उस पहले सम्मेलन में मध्यप्रदेश के अध्यक्ष के नाते कवि मित्र शलभ श्रीरामसिंह के साथ मैं भी पहुँचा था। दिन भर की संगठनात्मक गतिविधियों के बाद रात जो कवि सम्मेलन हुआ उसमें हम दोनों भी श्रोता रूप में बैठे थे। याद पड़ता है उस सम्मेलन की अध्यक्षता शीलजी कर रहे थे। उत्तर प्रदेश के दो दर्जन कवि और शायर पाठ कर रहे थे। निश्चय ही अधिकांश जन-कवियों का पाठ आकर्षण-शून्य और प्रभावहीन था। तभी एक और नाम पुकारा गया—अदम गोंडवी। हमने समझा कोई बूढ़ा होगा, गया-गुजरा उर्दू शायर, गोंडा का। शायरों की जानी-पहचानी अदाएँ लिए हुए—लम्बा कुरता, ढीला-ढाला पायजामा, ऊपर काली शेरवानी और सिर पर शायरों वाली वही जानी-पहचानी काली टोपी। ऊपर से आँखों में धारदार सुरमा, होंठ दिन भर चबाये गये पान की पीक से रंगे हुए होंगे। पर हमारा यह सारा अनुमान इस तस्वीरतोड़ शायर को देख यक-ब-यक ढह गया। देखा वह घुटनों से जरा ही नीचे तक धोती पहने, खादी के बिल्कुल मोटे-झोटे कुरते और जाकेट में नाटे कद किन्तु चमकीले गोरे रंग का एक पैंतीस-चालीस साल का ठेठ देहाती अल्हड़ नौजवान, गले में गमछा लपेटे माइक पर आ डटा है। उसके खड़े होने का अन्दाज ऐसा बेढब और आत्म-विश्वास से भरा हुआ जैसे कोई खिलाड़ी खेल के मैदान में हो और अपने हुनर को लेकर काफी हौसलामन्द हो। अब उस दृश्य की याद आती है तो कविवर केदारनाथ अग्रवाल की 'चन्द्रगहना से लौटती बेर' की ये पंक्तियाँ याद आ रही हैं—"देखता हूँ दृश्य अब मैं/मेड़ पर इस खेत की बैठा अकेला/एक बीते के बराबर/यह हरा ठिगना चना/बाँधे मुरैठा शीश पर/छोटे-गुलाबी फूल का/सजकर खड़ा है..."

'अदम' उस मंच पर सचमुच कुछ-कुछ ऐसा ही अन्दाज लिए प्रकट हुए थे और उनका वह रूप-रंग, जो निपट कवि-विरोधी और देहाती था, हमें कुछ-कुछ चकित-विस्मित कर रहा था। हम दोनों अब तक ढेर सारे औसत से भी नीचे के कवियों को सुनते हुए अधमरे हो चले थे और हल्के-फुल्के मूड में आ गये थे। सोच भी रहे थे कि अगर यही जनवादी कविता और शायरी है, तो हो चुका संगठन और जनवाद। पर हमारी यह सोच एकदम से पलटी खा गयी जब अदम ने अपने शेर पढ़े—

तुम्हारी फाइलों में गाँव का मौसम गुलाबी है।
मगर ये आँकड़े झूठे हैं ये दावा किताबी है॥

इनसान काले गोरे के खेमे में बँट गया।
तहजीब के बदन पे सियासी लिबास है॥

रोटी के लिए बिक गयी धनियाँ की आबरू।
लमही में प्रेमचन्द का होरी उदास है॥

हमारी खुशी, उत्सुकता और हमारा हौसला जब इस कदर बढ़ और गहरा रहे थे तभी हमारे कानों में उसके ये बोल भी पड़े—

खुदी सुकरात की हो याकि हो रूदाद गाँधी की।
सदाकत जिन्दगी के मोर्चे पर हार जाती है॥

फटे कपड़ों से तन ढाँके गुजरता हो जहाँ कोई।
समझ लेना वो पगडण्डी अदम के गाँव जाती है॥

याद नहीं अदम ने उस रात यह शेर भी पढ़ा या नहीं—

यूँ खुद की लाश अपने काँधे पे उठाए हैं।
ऐ शहर के बाशिन्दो हम गाँव से आये हैं॥

पर जितना सुनाया था उसी ने हमारे भीतर अदम को लेकर अजब सा आकर्षण पैदा कर दिया था। रात ही यह आकांक्षा प्रबल हो उठी थी कि इसके पास अभी जाया जाय और दोस्ती का प्रस्ताव रखा जाय।

उस रात तो हम दोनों अपने-अपने बिस्तर पर आ गये पर सबेरे की चाय पीने के तत्काल बाद ही हमने अदम नाम के उस अलबेले शायर को विफलता से ढूँढ़ना शुरू कर दिया था। और वो मिला तो फिर ऐसे कि हमेशा के लिए हमारा अपना हो गया। सो भी हर तरह से। इसके कई और कारण भी थे, पर सबसे बड़ा कारण तो उसकी वह अनोखी शायरी और उसका पढ़ने का अन्दाज ही था—कहते हैं कि है ग़ालिब का अन्दाजे बयाँ और...।

अदम उस सुबह हमसे मिलकर कितने खुश हुए यह तो हम नहीं समझ सके पर हम दोनों यह महसूस करने लगे थे कि अब हमारा त्रि-भुवन तो बन गया। खासकर मैं, जिसे मध्यप्रदेश में प्रगतिशील लेखकों के सुसंगठन के बावजूद जलेस के प्रान्तीय अध्यक्ष के रूप में अपनी भूमिका निभानी और साबित करनी थी। प्रलेस में उस समय हरिशंकर परसाई जैसे ख्यात लेखक, ज्ञानरंजन जैसे सिद्ध लेखक और कमला प्रसाद जैसे सफल संगठक मेरे सामने थे।

अदम को पाकर हम अपनी ताकत दुगुनी महसूस करने लगे थे। उनकी शायरी में वह सब कुछ था जिसकी जरूरत न केवल हम सब लेखकों, बल्कि दुख और असूझ निराशाओं के बीच घिरा समूचा त्रस्त लोकजीवन महसूस कर रहा था। उनकी शायरी में इन तमाम तकलीफों की ब्यौरेवार पहचान थी। आजादी के बाद की वे सारी विडम्बनाएँ, सारे सामाजिक-राजनीतिक रोग, जो समस्त राष्ट्रीय जीवन में धीरे-धीरे महामारी की तरह फैल चुके थे। अदम उन्हें बाकायदा अपने शेरों में एक-एक कर गिनवा रहे थे। उस व्यवस्था की ओर भी तीखे आक्रामक इशारे कर रहे थे, जो इन तमाम रोगों की जननी थी। लोगों के मन में अब अपनी ही चुनी हुई सरकारों पर कोई भरोसा नहीं रह गया था। आक्रामकता और लोकगुहार उनकी शायरी की खूबसूरती थी—

पैसे से आप चाहें तो सरकार गिरा दें।
संसद बदल गयी है यहाँ की नखास में॥

पक्के समाजवादी हैं तस्कर हों या डकैत।
इतना असर है खादी के उजले लिबास में॥

जनता के पास एक ही चारा है बगावत।
यह बात कह रहा हूँ मैं होशो हवास में॥

जलेस के उस सम्मेलन में अदम से जो मुलाकात हुई थी उसके मूल में तो उनके तल्ख और मुकम्मल शेरों की खूबसूरती आधारभूत थी, पर पढ़ने के अनूठे अन्दाज का भी कम योगदान नहीं था। यह जान लेने पर कि अदम भी हमारी तरह न केवल अवध के हैं बल्कि हमारे ही अपने गाँव-जवार के हैं और हमारी बोली-बानी भी एक है खुशी और बढ़ गयी। समय पाकर उनके प्रति हमारा आकर्षण गहरे अपनत्व और आत्मीयता में ढलता चला गया। जब गाँव-घर की बात चली तो पता लगा कि मेरे पड़ोस के गाँव की लड़की अदम के गाँव ब्याही है और वे बाराती के रूप में हमारा इलाका अब तक कई-कई बार रौंद चुके हैं। इस जानकारी के बाद तो हम अदम के लिए कभी-कभी ससुराल वाले हो उठते और वे नितान्त देहाती मजाकों पर उतर पड़ते।

जिन दिनों उनका विदिशा आना-जाना जलेस के आयोजनों के बहाने शुरू हुआ, वे चौरासी-पचासी के आस-पास के दिन थे। वेणुगोपाल, तब तक अपने पिता की आकस्मिक मौत का तार पा हैदराबाद लौट चुके थे। शलभ श्रीरामसिंह अपनी दो बेटियों—प्रतिभा और प्रज्ञा—के साथ कल्यणी भाभी को उनके भाग्य के भरोसे कोलकाता छोड़ विदिशा आ मेरे साथ रहने लगे थे। कविश्री नागार्जुन का आना

तो सरसठ-अड़सठ से बदस्तूर जारी था ही। आने की ऋतु, मौसम और तारीखें वे खुद तय किया करते, लौटने की तारीखों के साथ। जब कभी किसी आयोजन के निमित्त मेरा निमन्त्रण उनके पास पहुँचता तब भी अपने रुकने और प्रस्थान करने की अवधि वे खुद ही सुनिश्चित करते। युवा कवि नरेन्द्र जैन भी तब तक भोपाल से तबादला ले सेन्ट्रल बैंक विदिशा में आ गये थे और नागपुर से उदीयमान युवा कथाकार जयशंकर अपनी पहली ही पोस्टिंग में स्टेट बैंक की कृषि शाखा में। वे हमारे लिए सबसे यादगार दिन थे। इतने सारे छोटे-बड़े ज्ञात-अज्ञात साहित्य-नक्षत्रों का एक साथ उठना-बैठना कम्यून जैसी समृद्धि और आभा लिए हुए था। इसका सौन्दर्य तब और बढ़ जाता जब पड़ोस के भोपाल से राजेश जोशी, विनय दुबे या नवीन सागर आ धमकते। विदिशा के साहित्यिक इतिहास के ये सबसे सुनहले दिन थे। साल में दो-एक बार मध्यप्रदेश या महाराष्ट्र की साहित्यिक यात्राओं या फिर अपने पूज्य विनोबा भावे से मिलने वर्धा आते-जाते वक्त कवि श्री भवानी भाई भी दो-चार दिनों के लिए स्वेच्छा से हॉल्ट कर लिया करते।

सन् छियासी में मेरी शोध छात्रा सविता (भार्गव) भी शादी कर मुहल्ले में आकर पास ही किराए से रहने लगी। एक-डेढ़ साल भी नहीं बीते होंगे कि विदिशा की तहसील गंजबासौदा से उसकी प्रिय छात्रा और आज की चर्चित युवा कवयित्री नीलेश रघुवंशी भी गाहे-बगाहे आने-जाने लगी और एकाध साल के भीतर ही बासौदा से बी.ए. कर चुकने के बाद उसने मेरे ही कॉलेज के हिन्दी विभाग से एम.ए. करना शुरू कर दिया था। रहती वो भी सविता के साथ ही थी। इसलिए हम तीनों का खाना-पीना, उठना-बैठना लगभग साथ-साथ चला करता। एकान्त श्रीवास्तव भी इस बीच शोध छात्र के रूप में अपने गाँव कोमा, जिला रायपुर (छत्तीसगढ़) से चलकर प्रवासी पंछी की तरह महीने-दो महीने के लिए आने लगा था। इनमें से कोई भी किसी होटल, लॉज या धर्मशाला में नहीं ठहरता। खाने-पीने और सोने के लिए हम दोस्तों के घर काफी थे। कोई तखत के ऊपर तो कोई नीचे फर्श की दरी पर। हमारे दिलों में इतनी जगह थी कि हमें कोई अतिरिक्त नहीं महसूस होता। शलभ, नागार्जुन और एकान्त मेरे यहाँ, वेणु और जयशंकर ठाकुर साहब यानी (राणा) रघुनाथ सिंह के यहाँ, भवानी भाई महिलाश्रम वर्धा की अपनी पुरानी छात्रा श्रीमती केशर लड्ढा के यहाँ। अन्य बचे-खुचे सविता और नीलेश के मिनी ड्राइंग रूम में। हाँ, कैफ़ भोपाली साहब जरूर अपने नियत कमल होटल में ही ठहरा करते और हमसे सिर्फ दारू और खिचड़ी का टैक्स वसूलते। ये ही दिन थे जब मेरी भतीजी शशी भी पढ़ाई के लिए मेरे साथ आ रहने लगी थी।

नहीं जानता यह कैसा संयोग था, पर था अद्भुत। एक ऐसा नायाब साहित्यिक विश्वविद्यालय जिसमें सब अपने-अपने उस्ताद। एक से बढ़कर एक। नयों को अपना पुराना गुर सिखाते हुए।

शलभ, नरेन्द्र जैन, छायाकार मित्र शरद श्रीवास्तव और बीच-बीच में भोपाल से चलकर आने वाले कविमित्र विनय दुबे, कभी-कभी उधर ग्वालियर से मुकुट बिहारी सरोज। जनवादी लेखक संघ की संगठनात्मक गतिविधियाँ तेजी से जारी थीं और प्रदेशाध्यक्ष के तौर पर मैं विदिशा को उसका केन्द्रीय कार्यालय जैसा बनाये हुए था।

इसी कम्यून में अब अदम भी आने-जाने और उठने-बैठने लगे थे। महीने-दो महीने के लिए इलाहाबाद से चलकर कथाकार, आलोचक नीलकान्त और चार-छह रोज के लिए कभी-कभार भाई शरद जोशी। बाद में तो कवि अष्टभुजा शुक्ल भी। विदिशा के उन दिनों पर कोई चाहे तो एक पूरी किताब लिख सकता है। वे हमारी साहित्यिक सम्पन्नता और ऐतिहासिक सक्रियता के दिन थे।

अदम हमारे जरा से बुलावे पर आ जाते और कम्यून में अपनी उपस्थिति बाकायदा दर्ज किया करते। वह हमारा एक अलग गोकुल और मधुवन था। साहित्यिक घाट और छोटा-मोटा जमघट भी। स्थानीय स्तर पर चित्रकार रघुनाथ सिंह उर्फ ठाकुर साहब (वेणु का दिया हुआ नाम), गायक के रूप में हम सबके प्रिय विनोद रंजन उपाध्याय, छायाकारों में अत्यन्त प्रतिभाशाली शरद श्रीवास्तव (अब स्व.) के अलावा प्रकृत प्रतिभा का धनी छायाकार अशोक महेश्वरी, जिसे नागार्जुन, त्रिलोचन, केदारनाथ अग्रवाल, कवि शील से लेकर बौद्ध विहार सांची के भन्ते, सम्भावना प्रकाशन हापुड़ के अशोक अग्रवाल और प्रख्यात लेखक खुशवंत सिंह भी अपने साथ ले जाना पसन्द किया करते। नरेन्द्र जैन और शलभ तो अशोक और शरद को जोड़कर एक चौकड़ी सी ही बना लिया करते जो कभी-कभी अपनी अराजकता के चलते असह्य भी हो उठा करती। अराजकता का यह सौन्दर्य भी किन्तु देखने लायक ही बनता। अड़तालीस स्वर्णकार कालोनी विदिशा का मेरा वह निवास जिसे याद करते हुए कवि नरेन्द्र जैन ने अगस्त 2009 में एक कविता लिखी—

विदिशा में 48 स्वर्णकार कालोनी
अदीबों के बीच जुबान पर चढ़ा मुहावरा हो गया था
उस एक ठिकाने पर नागार्जुन, कैफ़, भोपाली
त्रिलोचन, भवानीप्रसाद मिश्र, भाऊ समर्थ, शलभ श्रीरामसिंह
विश्वेश्वर, माहेश्वर तिवारी, नीलकान्त
वेणुगोपाल, विनय दुबे, उदय प्रकाश, राजेश जोशी
शरद श्रीवास्तव, अशोक महेश्वरी, अशोक अग्रवाल
नवीन सागर, अष्टभुजा शुक्ल, एकान्त श्रीवास्तव और
अन्तरंग नामों की एक फेहरिस्त है जो वहाँ
आते ही रहे।
48 स्वर्णकार कालोनी में अब कोई नहीं रहता
मुमकिन है कि बन्द दरवाजे से फेंक दी जाती हो

कोई चिट्ठी भीतर
इस पते के रहवासी अब आबाद किये हैं भोपाल
मैं नहीं जाता उनके नये पड़ाव की ओर
अलबत्ता विदिशा की उस पुरानी गली से
अब भी रोज गुजरता हूँ
गली, जिसके सिरे पर एक आरा मशीन है
और जहाँ निरन्तर शोर के बीच
आरी से झरता रहता है बारीक बुरादा।

इस सूची में जाने कैसे सत्यप्रकाश मिश्र, अदम और दूधनाथ सिंह या फिर राष्ट्रवादी कांग्रेस पार्टी के महामन्त्री डॉ. पी. त्रिपाठी का नाम छूट गया। इसी मण्डली के बिन्दास सदस्य रामकृष्ण अग्रवाल-आरा मशीन वाले—जिनके बगैर शाम की महफिलें रंगीन होती ही नहीं।

अदम हमारे बुलावे पर विदिशा आते तो जमकर रहते और लौटते हुए विदाई की याद के लिए कोई मजाकिया जुमला छोड़ ही जाते—'डॉक्टर साहब! एह माँ से हमरयौ लिए एकाध छूटन-छाटन मिलै क चाही। हमहूँ तौ पहिनी-ओढ़ी।' यानी कि मेरे विलास में उनका भी स्वाभाविक हिस्सा बनता है और यह उन्हें नाते-रिश्तेदार के नाते बतौर हक आते-जाते मिलना ही चाहिए। मैं कभी उनके लिए कोई अच्छा सा खादी का कुरता या जॉकेट खरीदता। जाड़े के दिनों में पीताभ खादी की ऊनी शाल तो पहले से उनके कन्धों पर होती जो उनकी ग्रामीणता को कदाचित सुसंस्कारित किया करती।

अदम की अभिरुचि में था ही क्या सिवाय धोती-कुरता और गमछा के। जाड़े में जाकेट, कन्धे पर शॉल और पावों में चमड़े की एक देहाती पनही। अण्डरवियर से लेकर बहँकटी तक सबका सब देशी और खादी का। अलावा इसके बीड़ी या फिर कोई सस्ती सी सिगरेट। अदम की जिन्दगी में किन्तु सबसे आखिर में जुड़ी शराब ऐसे दुखद रूप से जुड़ी कि छुटाए न छुटी। वह अन्ततः उन्हें अपने साथ ही ले गयी। लगभग हम लोगों की बाँहों से छीन और झपट कर।

एक बार मैं बेटे के साथ शाम के वक्त गोण्डा पहुँचा तो कुछेक परिचितों की यह टिप्पणी मुझे दहशत से भर गयी कि शाम पाँच-छह बजे से ही अदम होश में नहीं रहा करते। इसलिए उन्हें इस वक्त खोजना और मिलने की कोशिश करना व्यर्थ ही होगा। शराब और वो। बस कोई भी तीसरा इस वक्त उन्हें मंजूर नहीं। पर ऐसा भी नहीं था। लखनऊ में हुई एकाध मुलाकातों में, जिसमें पूरी रात हम एक ही कमरे में साथ रहे, अदम नशे की हालत में भी बेहद सन्तुलित रहे। इस पूरे ख्याल के साथ कि मैं उनके साथ हूँ और उनके किसी भी व्यवहार से मुझे असुविधा का अनुभव नहीं होना चाहिए। और यह सब किसी स्वार्थ या भय के चलते नहीं, सहज

अपनत्व, सघन विश्वास और उससे उपजे आदर और प्रेम के चलते। अदम का यह गहरा इंसानी बोध हमेशा बरकरार रहा।

अदम एक बार विदिशा आये तो मेरे लिए प्रसिद्ध समाजविज्ञानी विचारक पूरनचन्द जोशी की किताब 'परिवर्तन और विकास के सांस्कृतिक आयाम' लिए हुए। यह 1987 की बात है। किताब मुझे बेहद अच्छी लगी। खासतौर से उसकी भूमिका जिसमें जोशी जी ने लिखा, 'भारतीय विकास और परिवर्तन सम्बन्धी प्रायः सभी जटिल प्रश्नों और समस्याओं को प्रखर रूप से पहचान और उन पर एक भारतीय मूल दृष्टि (या मूल दृष्टियों) के निर्माण में गाँधी-नेहरू संवाद की एक महत् भूमिका रही है। इस माने में भारतीय सन्दर्भ में गाँधी और नेहरू एक-दूसरे के बिना अपूर्ण हैं।'

'आज के वर्ग में कौन-सा वर्ग गाँधी और नेहरू की युगान्तरकारी विरासत का योग्य अधिकारी बनेगा और कौन गाँधी और नेहरू युग की सीमाओं को लाँघकर राष्ट्रीय शक्तियों के नये गठन में सहायक होगा—यह गाँधी-नेहरू युग के बाद का मुख्य प्रश्न बना हुआ है जो भारत की नयी पीढ़ी के सामने ऐतिहासिक चुनौतियाँ प्रस्तुत करता है।'

अदम मेरे लिए यही किताब लेकर क्यों आये यह तो मैंने उनसे कभी नहीं पूछा पर इसमें लेखक का गाँधी-नेहरू संवाद पर जोर देना बेहद महत्त्वपूर्ण लगा। तथापि शायर अदम का अपना भरोसा शायद इस बात पर कभी नहीं रहा। कांग्रेसी समाजवाद के तो वे कटु आलोचक थे ही। स्वातन्त्र्योत्तर भारत में उसकी विकराल परिणतियों को देख वे बेहद क्षुब्ध और आक्रामक भी रहे—गाँधी के फलसफे पर तो वे खुद अपनी ही पार्टी लाइन से विचलित होते दिखे—

> ये नयी पीढ़ी पे निर्भर है वही जजमेंट दे
> फलसफा गाँधी का मौजूँ है कि नक्सलवाद है।

इससे अलग वे यह तो लिख ही चुके थे—

> देखना सुनना व सब कहना जिन्हें भाता नहीं
> कुर्सियों पर फिर वही बापू के बन्दर आ गये

एक राजनीतिक कार्यकर्ता के रूप में वे भारत की कम्युनिस्ट पार्टी (मार्क्सवादी) के साथ थे, किन्तु बगावत, हिंसा और नक्सलवाद पर उनका कवि कभी-कभी कुछ अलग ही ढंग से सोचा करता था। 'जनता के पास एक ही चारा है बगावत' जैसे मिसरे उनकी शायरी में हैं। पर जनता किसके विरुद्ध बगावत करे? क्या अपने ही सांसदों, विधायकों, चुनी हुई सरकारों और नौकरशाहों के खिलाफ। उस बगावत का स्वरूप और चरित्र कैसा हो—इस तरह के कई सवाल हैं जो अदम को सुनते और पढ़ते हुए उठते हैं। उनकी शायरी में इसका कोई विवरण या संकेत नहीं मिलता। इससे यह भी लगता है कि गुस्से के एक खास मुकाम पर पहुँचकर उनके मुँह से

ये बातें अकस्मात निकल पड़ती हैं। इसके पीछे कोई सोची-समझी प्रक्रिया या फिर किसी तरह की कोई सैद्धांतिकी तो नहीं ही दिखती है। अधिक सही यह कि शायर का यह एक विशेष भाव-क्षण (मूड) है।

अदम यहाँ अकेले भी नहीं हैं। उनके साथ नागार्जुन, मुकुट बिहारी सरोज, दुष्यन्त कुमार और मोहनदास कहानी के लेखक उदय प्रकाश भी हैं। कहानी के नायक मोहनदास का बेटा कहानी के अन्त में बस्तर के जंगलों की तरफ सशस्त्र जाता हुआ दिखाया गया है। पर ऐसा भी नहीं कि यह सब नीम बेहोशी का लेखन हो।

पत्थर उछालने की बात तो दुष्यन्त भी करते हैं। एक पार्टी कार्यकर्ता होकर भी अदम अपनी शायरी में पार्टी लाइन का अतिक्रमण करते हैं और इसी से हम पाठकों को यह अनुभव करने का अवसर मिलता है कि उनके कवि पर उनका कार्यकर्ता कभी भी हावी नहीं होता पाया गया। यह भी कि अदम कवि पहले हैं, कार्यकर्ता बाद में। यह तभी सम्भव है जब रचनाकार की मूल भित्ति को उसकी नैसर्गिक प्रतिभा का बल मिला हुआ हो। अब साबित करने की जरूरत नहीं कि अदम के पास सचमुच यह प्रतिभा-बल था।

उनके श्रोता और पाठक, दोनों जानते हैं कि अदम की निगाह अपने आस-पास से लेकर दूर-दराज तक की सभ्यताओं की तमाम गतिविधियों के प्रति बेहद चौकन्नी और चुस्त थी। न केवल साम्राज्यवादी अर्थनीति और राजनीति को लेकर बल्कि आधुनिकतावादी, उत्तर आधुनिकतावादी साहित्य-प्रवृत्तियों को लेकर भी वे सचेत और चौकन्ने थे। वे भले ही कहते रहे कि उनकी किसानी शायरी गँवारू किस्म की है पर जो समकालीन कविता और शायरी थी, उसकी प्रत्येक सोच और चाल पर उनकी बहुत गहरी और बारीक निगाह थी।

साहित्य जन-संघर्ष का एक अहम हथियार है इसे मानते हुए वे यह भी कहते रहे कि जन-संघर्ष का चेहरा-मोहरा बदलेगा तो साहित्य की अन्तर्वस्तु और उसका रूप-विधान भी क्यों नहीं बदलना चाहिए। मुख्य शर्त है साहित्य की सम्प्रेषणीयता का। फिर अदम जैसों के लिए तो और भी, जिसकी कविता गाँव-कस्बों से लेकर स्वयं को अति सुपठ और जागरूक मानने वालों के बीच आती-जाती थी। इसलिए उनके सामने मुख्य समस्या समय के उस चेहरे को ठीक से चित्रित करने की थी, जो नंगा सच था। अदम ने लिखा भी–

शब्द दर्पण में समय का चित्र बिम्बित हो उठा
सत्य को गरिमा मिली कवि कल्पना की कोर से।

कवि का मुख्य काम यही है कि वह अपनी काव्य-शक्ति से जीवन की सच्चाइयों की रक्षा करे न कि काव्य-कल्पना के विहार के लिए उनका उपयोग–

दर्द के दरिया में अश्कों की रवानी है ग़ज़ल।
हुस्ने फितरत से मुसलसल छेड़खानी है ग़ज़ल॥

जामो-मीना की खनक से भी ये वाबस्ता जरूर।
देखिए अब जिन्दगी की तर्जुमानी है ग़ज़ल॥

अदम ने तभी यह आवाज भी लगाई—

भूख के अहसास को शेरो सुखन तक ले चलो।
या अदब को मुफलिसों की अन्जुमन तक ले चलो॥

जो ग़ज़ल माशूक के जल्वों से वाकिफ हो गयी।
उसको अब बेवा के माथे की शिकन तक ले चलो॥

× × ×

ग़ज़ल को ले चलो अब गाँव के दिलकश नजारों में।
मुसलसल फन का दम घुटता है इन अदबी इदारों में॥

'दर्द के दरिया में अश्कों की रवानी' या फिर 'बेवा के माथे की शिकन' की कल्पना यह साबित करने के लिए पर्याप्त है कि अदम ग़ज़ल के चेहरे-मोहरे को बदलने के लिए कृत संकल्प थे। और उन्होंने इसे बदला भी। उनका यह बदलना लोगों द्वारा महसूस भी किया गया।

अदम ने अपनी शायरी में अपना वह साहित्यिक कुनबा भी रेखांकित किया कथा में जिसके पुरोधा प्रेमचन्द थे। उनकी मृत्यु के बाद इधर आयी कई टिप्पणियों में यह बात कही गयी है कि उनकी शायरी 'खांटी किसानी' तेवर लिए हुए है। उनके पढ़ने का ढंग भी कुछ-कुछ ऐसा ही था। बेहद चुस्त-दुरुस्त, नपा-तुला, मन पर गहरी छाप छोड़ने वाला। मुकुट बिहारी सरोज स्मृति न्यास (ग्वालियर) की सचिव मान्यता सरोज ने उनकी स्मृतियों को सँजोते हुए ठीक ही टिप्पणी की कि उनकी शायरी खुर्द जमीन पर जिन्दगी के सच्चे जज्बातों की मौलिक जरूरतों के संघर्षों को स्वर देने का काम करती है। उसमें तल्खी भी खूब है, बेबाकी भी। सीधे-सपाट, किन्तु अर्थों की गम्भीरता लिए। शब्द सिर्फ चार्जशीट ही नहीं परोसते, फैसले भी सुनाने को आतुर रहा करते हैं। मान्यता ने ठीक लिखा है कि अदम साहब की संवेदनशील शायरी ने इस मिथक को तोड़ा कि ग़ज़ल सिर्फ कोमलता की भाषा है। यह भी कि वह किताबों से नहीं अनुभवों की पाठशाला से जन्म लेती है।

अदम का यह ठेठ देशी, किसानी अन्दाज तब समझ में आता है जब वे मैकाले के बेटों और देरिदा के मुरीदों पर तल्ख टिप्पणियाँ करते हुए धूमिल, नागार्जुन, प्रेमचन्द, रेणु और तुलसी के प्रति अपनी गहरी आस्थाओं का इजहार करते हैं।

अदम को उन सारे 'मैकाले के बेटों को लेकर गहरा ऐतराज था जो परम्परागत भारतीय जीवन की सृजनशीलता, जुझारूपन और न्याय-अन्याय बोध को उसकी अपनी पदावली और मुहावरों में न समझ किन्हीं पराए मुहावरों में समझने और उन्हीं में व्यक्त करने वाले लेखन को आधुनिक और जन-प्रतिबद्ध मानते थे। यों अदम को गाँधी को लेकर तो आपत्तियाँ थीं ही और यह सन्देह भी कि गाँधी देशी पूँजीपतियों के आदमी थे। यह भी कि उनके रास्ते चल कर यहाँ की कामकाजी श्रमिक आबादी को कभी भी मुक्ति नहीं मिल सकती। आश्चर्य फिर भी है कि प्रेमचन्द जैसे लेखकों में उनकी गहरी निष्ठा थी जो गाँधी के प्रति बेहद आस्थावान थे–

वह सिपाही थे न सौदागर थे न मजदूर थे
दरअसल मुंशी जी अपने दौर के मंसूर थे

अपने अफसानों में औसत आदमी को दी जगह
जब अलिफ लैला के किस्से ही यहाँ मशहूर थे

स्वभावतः यह आम/औसत आदमी वही था जो प्रेमचन्द के यहाँ मौजूद है–यानी कि खेती-किसानी करने वाला, फिर भी न्याय-वंचित रह जाने वाला खेतिहर और खेत-मजदूर। बाद के लेखन और खासतौर से परवर्ती, नव-प्रगतिशील, नव-जनवादी कविता में उसकी उपस्थिति पता नहीं किन वजहों से क्षीण होते-होते लगभग विलुप्त सी ही हो गयी। अदम उसे दुबारा अपनी शायरी और कविता में ले आये। इस तरह उन्होंने वह साहित्यिक न्याय प्रदर्शित किया जिसकी आजादी के बाद के लेखन में सबसे ज्यादा जरूरत थी।

आजादी के बाद और आस-पास आने वाले प्रतिबद्ध कवियों/गीतकारों में मुकुट बिहारी सरोज, शलभ श्रीराम सिंह, रमेश रंजक और गोरख पाण्डेय जैसों की याद करें तो कहना होगा कि ये सब जनवादी शास्त्रीय यथार्थवाद के नहीं, उस प्रत्यक्ष देशी यथार्थ के कवि हैं जो कविता के मार्फत जनता की लड़ाई उसकी अपनी बोली-बानी और मुहावरों में लड़ रहे हैं। इनमें वह कथित बौद्धिकता और पश्चिमोन्मुख आधुनिकता नहीं है। ये वे कवि हैं जों यह संकेत करते हैं कि पारम्परिक जीवन की बोलचाल और भाषा की लय और छन्द में अभी भी वह सामर्थ्य बची है कि आजादी बाद की नंगी हकीकतों का बयान सम्भव है। इतना ही नहीं, उस भाषा में वे जन-संघर्ष भी सम्भव हैं जिनके मार्फत भारत के औसत आदमी को मुक्ति मिलनी है। दुष्यन्त, शलभ श्रीराम सिंह, अदम गोंडवी ने गीत, कविता और ग़ज़ल की राह पकड़ हिन्दी कविता और पाठक-समाज के बीच उस रिश्ते को भी पुनर्जीवित किया जो टूट गया था। इन कवियों में जैसी प्रत्यक्ष सम्प्रेषणीयता थी उर्दू-हिन्दी मैत्री का जैसा स्वाभाविक सौन्दर्य था, जानी-पहचानी वास्तविकताओं और क्रूर सच्चाइयों की

जितनी अचूक पहचान और उनका सटीक बयान था, उसने इन्हें हमारे भरोसेमन्द जनकवि के रूप में प्रतिष्ठा दी।

अदम साहित्य के इसी कुल-खानदान और बिरादरी के कवि थे। यथार्थ की समझ भले ही उन्हें वामपन्थी पार्टियों से मिली हो पर देखा तो उसे उन्होंने अपने अनुभवों की आँख से। इसलिए उनके देखने में 'आतम अनुभव '(कबीर) जैसी साहसिकता और बेखौफी, नागार्जुन जैसी अचूक वेधकता और धूमिल जैसी आक्रामकता एक साथ थी।

इस सारे अर्जन के पीछे अदम की वह अनन्य लोकपरायणता और गहरी जनआस्था थी जिसके बीच वे पले-बढ़े और रह रहे थे। सम्भवतः इसीलिए वे हर जगह यह घोषित कर ऐलान करने से बाज नहीं आते थे—'ऐ शहर के बाशिन्दो हम गाँव से आये हैं।' निस्सन्देह ऐसा कहने में केवल शहर के लोगों का समाज ही नहीं, पश्चिमी दिमागों वाले मैकाले के बेटों वाली बिरादरी भी स्वभावतः उनके इशारों में शामिल थी। ग़ज़लों के साथ अदम ने 'चमारों की गली में' जैसी बहुचर्चित कविता भी लिखी—यह साहस उन्होंने तब किया जबकि ठाकुर सब उनके गाँव के नहीं, पास-पड़ोसी थे। इनमें से दो एक से मेरी मुलाकातें भी हुईं। पर ठाकुरों की विरादरी इस बात से कहीं ज्यादा। खुश थी कि उनके कुल-खानदान में एक कवि तो पैदा हुआ।

छोटे किसान होने के कारण उन्हें हल जोतने के लिए खुद खेत में भी उतरना पड़ा। मेहनत और पसीने से फूटे उनके शब्द अगर बोते ही उगने लगे तो ऐसा तो खेती-किसानी के साथ कविता में भी सम्भव है। अदम ने यह कर दिखाया। कबीर तो चरखा और करघा चला साबित कर ही चुके थे। परिश्रम से फटे शब्दों का यही तो सौन्दर्य है।

अदम के अकस्मात और असमय चले जाने से हिन्दी-उर्दू कविता और समाज का आकाश सूना हुआ है। उनके जाने से कविता की मशालें कम हुई हैं और विशाल जुझारू जन-समाज ने अपनी एक बेहद प्रिय और भरोसेमन्द आवाज खो दी है।

सदाबहार हँसी के पर्याय : रामनारायण उपाध्याय

पिछले दिनों खण्डवा, साहित्य परिषद के एक समारोह में जाने पर मैंने जब माणिक वाचनालय के मंच और उसके समीप श्रोताओं के मिनी समूह में रामनारायण उपाध्याय की सदाबहार उपस्थिति तलाशनी चाही तो निराशा ही हाथ लगी। बैठे हुए कई जाने-पहचाने लोगों में वे कहीं नहीं थे। बगैर किसी से पूछे अपने आप यह अन्दाज लगा लिया कि हो सकता है बीमार हों या फिर बाहर गये हों। अन्यथा खण्डवा में कहीं के भी कैसे भी विचारों और खेमों के लेखक जुटें, शादी-विवाहों में घराती की समूची भावना और जिम्मेदारी के रूप में रामनारायण जी उपस्थित ही रहते।

यों खण्डवा कोई कम मानी शहर नहीं है। कई बार तो अभिमानी भी। पर उसे चतुर कहना थोड़ा मुश्किल है। जो चतुर होगा उसके लिए न तो मान का कोई मतलब है, न स्वाभिमान का। उसे सिर्फ अपने उल्लुओं के सीधे होने से मतलब है। खण्डवा के लेखकों या अधिक सही शब्द होगा सर्जकों के बारे में सोचता हूँ तो सबसे लोकप्रिय और ख्यातनाम दादा माखनलाल चतुर्वेदी का नाम आता है। वे बेहद स्वाभिमानी थे। स्वाभिमान चाहे देश का हो या अपना, उसकी कीमत पर कुछ भी मंजूर नहीं। न सत्ता-सुख, न विलासपूर्ण जीवन के प्रलोभनकारी वैभव। सम्भवतः अपने इसी स्वाभिमान के चलते उन्होंने हमेशा अपना सिर ऊँचा रखा और सुविधाओं और जैसे-तैसे समझौतों की राह कभी नहीं पकड़ी। वे आधुनिक हिन्दी की ऋषि-परम्परा के लेखकों में से हैं जो सत्य को ही काव्य का सत् मानते थे। शिल्प की आड़ी-तिरछी, बारीक और मोटी अदाओं की परवाह न करते हुए जो लिखा उसका सार निकाला जाना अभी शेष है। तब भी यह तो कहा ही जा सकता है कि उन्होंने लिखने के लिए नहीं लिखा और लिखे बिना न रह पाने के कारण लिखा। कोई आदमी लेखक है कि नहीं है, बना हुआ लेखक है कि सचमुच पैदा हुआ जन्मताज आज इसे समझने की इसलिए ज्यादा जरूरत है कि बने हुए लेखकों की भीड़ में पैदा हुए जन्मजात लेखकों की पहचान दिन-ब-दिन मुश्किल होती जा रही है। रामनारायण उपाध्याय जन्मजात लेखक थे। जो कहते थे उसी को जीते थे। जिसे जीते रहना चाहते थे वही लिखते भी थे। यही हाल तो माखनलाल जी का भी था। हम राजधानी के चतुर लेखकों की तरह उनमें वह दुविधा और फाँक नहीं थी जिसके चलते न केवल हमारा जीवन बल्कि हमारी भाषा तक दुविधाग्रस्त हो उठी है।

राजधानी में रहने के ढेर सारे फायदे हैं पर राजधानी के रहने की सफलता को ही जीवन की सफलता और पुरुषार्थ मान लेनेवालों की भाषा की दुखद और क्लेशकारी विडम्बनाएँ भी हैं। यहाँ सच में इतना झूठ मिलाना पड़ता है कि अभिव्यक्ति की कला तो दिखे पर अभिव्यंग्य का तेज नष्ट हो जाय। राजधानियाँ वैसे भी भाषा और विचार का तेज बर्दाश्त नहीं कर पातीं। इनके इर्द-गिर्द और आस-पास के लेखकों की गिनती करें तो पाते हैं कि आजादी के बाद के मध्यप्रदेश के बड़े माने जाने वाले लेखकों में से एक भी राजधानी का नहीं है। न माखनलाल चतुर्वेदी, न मुक्तिबोध, न नन्ददुलारे वाजपेयी, न हरिशंकर परसाई। दुष्यन्त, शरद जोशी और शानी किस कीमत पर यहाँ रहे और रहने की भयावह कीमतें चुकाने की कोशिशों में खुद स्वाहा होते गये—यह प्रसंग फिर कभी।

बात खण्डवा के लेखकों की चल रही थी और साहित्य परिषद के उस आयोजन की जिसमें पहली बार मुझे रामनारायण उपाध्याय अनुपस्थित दिखे। एकाध से पूछने पर पता चला रात के चलते नहीं आये। कल सुबह वाली गोष्ठी में आयेंगे। तभी मैंने तय कर लिया था कि वे आयें इससे पहले ही मैं उनके यहाँ पहुँच जाऊँ और चाय भी उसी घर की पीऊँ। सुबह हुई तो ब्रश वगैरह करके मैं ब्राह्मणपुरी की तरफ निकल पड़ा। कुछ-कुछ ऊबड़-खाबड़, बना-अधबना, पुराने के बीच नया और नये का एहसास कराता पुराना; सड़कनुमा गलियारे, नुक्कड़ जैसे नुक्कड़ भी नहीं, हाँ चौपालों जैसी पटियों पर नल के आने का बेसब्री से इन्तजार करते लोग, बड़ी-बूढ़ियाँ, किशोर छोरियाँ और इक्की-दुक्की नववधुएँ। सब बहुत बेसब्र किन्तु खामोश। दो-तीन बड़े-बूढ़े मुँह में ब्रश डाले अपनी थकी-थकी नाउम्मीद सुबह की रस्मी अगवानी करते। लगा कि सब एक-दूसरे को खूब पहचानते हों और बरसों-बरस से कुल-खानदान सहित जानते हों। कोई अपरिचय नहीं। चेहरों पर कोई अनिश्चितता नहीं। फिर भी किसी एक सीटी के बजते रेस में दौड़ पड़ने वाले धावकों की तरह सूरज की किरनों के उतरते ही उठ बैठे हैं और नल की खखार और फुफकार के लिए अपने-अपने घुण्ड और बाल्टियाँ लिए प्रतीक्षारत हैं। दो-एक छोटी-बड़ी गलियों को पार कर जब मैं उपाध्याय जी के घर की दहलीज की सीढ़ियाँ चढ़ रहा था तो अनुमान हुआ कि मैं कुछ पहले आ गया हूँ। अभी इस घर की भोर में देर है। तब भी मैंने घण्टी बजा दी और इन्तजार करने लगा। कुछ ही पलों में उनके छोटे भाई की बहू ने आकर दरवाजा खोला और मुझे बैठने का इशारा किया।

एक दस बाई दस का कुछ इसी के आगे-पीछे की माप का एक जाना-पहचाना कमरा, बैठक-कम-शयन-कक्ष भी। दीवाल पर भारत के राष्ट्रपति से पद्मश्री स्वीकार करते हुए पं. रामनारायण उपाध्याय—कुरता, धोती, सदरी और कन्धे पर छोटी सी शाल। दूसरी दीवाल पर महादेवी वर्मा के समीप और दादा माखनलाल के बगल बैठे हुए रामनारायणजी। गाँधी और रवीन्द्रनाथ भी। उस कमरे का सांस्कृतिक चेहरा

यही था। मैंने लक्ष्य किया, दाईं दीवाल पर पद्मश्री लेते हुए तस्वीर टँगी है और ठीक उसी के नीचे तखतनुमा मटमैला पलंग है, एक गुड़ी-मुड़ी भारी रजाई में जैसे कोई एक जीवन लिपटा पड़ा आवाजहीन साँसें ले रहा है। दूसरी दीवाल की फर्श पर आगन्तुकों के लिए सोफेनुमा कुर्सियाँ हैं। तीसरी के पास आलमारी और कुछ किताबें। दीवालों की निगरानी करते हुए मैंने पाया कि यह वही दीवाल है जिसका जिक्र नागार्जुन ने अकाल कविता में किया है। छिपकलियों की निरन्तर आवाजाही का जश्न मनाती दीवाल! तब भी अकालग्रस्त भीत जैसी तो एकदम नहीं। कुछ-कुछ सुकाल भी था वहाँ। एक लम्बे सफर से आया हुआ जीवन शाम के थके-माँदे सूरज की तरह अनन्त आकाश की गहरी नीलिमा में तिरोहित हो जाने की नियति लिए हुए। वह मटमैला पलंग, उस पर अस्त-व्यस्त सिकुड़ी-फैली रजाई और उसके नीचे किसी स्पन्दित अस्तित्व की सुगन्ध। यह सुगन्ध ही तो थी जिसके पूरे कमरे में फैल जाने का इन्तजार लिए मैं बैठा था।

ज्यादा देर नहीं हुई कि छोटे उपाध्याय जी आये और धीरे से सन्देशित किया कि तबीयत वगैरह तो ठीक है। आप बैठें, अभी उठ जायेंगे।

मुझे ज्यादा इन्तजार नहीं करना पड़ा। रजाई से मुँह खोल कर उन्होंने मुझे देखा और अपनी खनकदार किन्तु थकी सी सुस्त आवाज में पूछा—'कब आये?' छोटे भाई ने मुझे इशारा कर दिया था कि अब इयर-फोन भी सुनने में कोई मदद नहीं कर पाता। आँखें भी ठीक से काम नहीं करतीं। शरीर का असहयोग आत्मा के प्रति बढ़ता ही जा रहा है। आत्मा है कि बावजूद इसके अपनी धूनी रमाये इक्कीसवीं सदी के रुपहले अन्धकार में अपना चिमटा बजा रही है। यह कैसा आदमी है जो कई-कई जाने-माने गुलाम और आजाद दशकों की आजाद गुलामियों के बावजूद न तो पस्त हुआ है, न ही अस्त होने को तैयार है। आदमी अन्ततः आत्मा ही तो है। आप आत्मा कहने से गुरेज करते हों तो चेतना कह लें। पर मुक्तिबोध जैसों ने भी सैकड़ों बार आत्मा को ही पुकारा। शरीर तो एक इंजेक्शन मात्र से जड़ हो जाता है पर क्या कोई ऐसा इंजेक्शन भी है जिसमें आत्मा की शून्यता को निश्चेतना में बदलकर शरीर से बातचीत की जा सकती है। रामनारायण जी के पास जो जाना-पहचाना शरीर था, वह तो लगभग जर्जर हो उठा था। पहले हाथ-पाँव ढीले पड़े, झुरियाँ तो और पहले से डेरा डाल चुकी थीं, फिर ज्ञानेन्द्रियाँ भी अपनी पर आ गयीं। कान ने सुनना बन्द कर दिया। आँखों की निगाह पर मलिनता का सैकड़ों मन कचरा जैसे फेंक दिया गया हो। तब भी वे देख रहे थे कि यह मैं ही हूँ जो उनके सामने बैठा हूँ। वे मुझे महसूस कर रहे थे कि मैं वही हूँ जिसके 'होने' को वे जानते हैं।

मैंने उन्हें अपनी आवाज को थोड़ा ऊँचा करते हुए बताया कि पंजाब मेल कुछ लेट हो गयी थी, इसीलिए रात में भेंट नहीं हो पाई, नहीं तो होती ही। मैं आगे भी इसी तरह के कुछ और वाक्य कहने जा रहा था जो कहने को औपचारिक थे,

वे रजाई हटाकर पूरी सावधानी से उठे और मेरी बगल वाली कुर्सी पर आकर बैठ गये। अखबारी कागज के रंग सी मटमैली-खादी-धोती और खादी का ही जोगिया कुरता और गन्दुमी कोट जेबदार, फिर भी बटनें खुली हुई, छाती झाँकती हुई। उन्होंने अपना दायाँ हाथ मेरी बाईं जाँघ पर रख कहना शुरू किया, 'विजय बहादुर भाई! अब तो इयर फोन भी काम नहीं करता। लिख कर बातचीत करने की झंझट और बढ़ गयी है। .आप जैसे लोगों से गप्पें मारने का मजा ही चला गया।' फिर अचानक उन्हें भवानी भाई की मेरे सम्पादन में प्रकाशित होने वाली रचनावली की याद आयी जिसमें भवानी भाई द्वारा उनको सम्बोधित कर लिखे गये ढेरों पत्र भी हैं। मैंने अपना कोफ्त छिपाते हुए बताया कि उसका जन्म किसी कुनक्षत्र में ही हुआ होगा अन्यथा उसके छपकर बाजार में आने पर इतनी बाधाएँ क्यों हैं? मेरे कथन से बात को मोड़ सा देते हुए उन्होंने कहा, 'आज तो आपको अध्यक्षता करनी है। मैं आऊँगा। कार्ड मेरे पास है। मुख्य वक्ता तो पंकज सिंह हैं न?' उपाध्यायजी कैसे आ पाएँगे, सीढ़ियाँ कैसे चढ़ेंगे उतरेंगे मेरे मन में इस तरह के सवाल उठने लगे। मन ने ही जवाब भी ढूँढ़ा-सीढ़ियाँ, पाँव नहीं मन चढ़ा करता है। गर्दनें धड़ से अलग हो जाती हैं, कबन्ध फिर भी लड़ता रहता है। यह जीवन भी कुछ इसी तरह का है, जिसमें औपचारिक शरीर तो लगभग बेदम हो चुका है पर निरौपचारिक जिजीविषा की साँसें अब भी दमदार हैं। मैंने महसूस किया कि रामनारायण जी के जीवन का अलाव अब बुझने की दिशा में चल पड़ा है। आवाज का आर्केस्ट्रा मद्धम होता जा रहा है। साँसे सम की ओर मुँह कर चुकी हैं। अंगारों की तप्त आँच पर दुर्दम महाकाल की राख परत-दर-परत चढ़ने लगी है। मुझे दुष्यन्त के ग़ज़लनुमा गीत की वह पंक्ति याद आयी—'थोड़ी सी आँच और बची है अलाव में।' फिर उन्हीं की ये दोनों पंक्तियों भी याद आयीं—

> थोड़ी आँच बची रहने दो, थोड़ा धुआँ निकलने दो
> कल देखोगी कई मुसाफिर इसी बहाने आयेंगे।

उस कमरे में इतनी ही थोड़ी सी आँच अब बची भी रह गयी थी। उस तुलना में धुआँ कुछ ज्यादा ही था। पर मैं तो उसी आँच में ऊष्मा पाने गया था। अब जबकि सब राख हो चुका है, न आँच बची-न धुआँ। आँच बचेगी तभी तो धुआँ भी बचेगा। जीवन बचेगा तो मृत्यु भी बचेगी। मृत्यु को आज नहीं तो कल यह मान लेना पड़ेगा कि वह अगर बचती है तो इसी जीवन के बलबूते। उसके सारे छोटे-बड़े, सहज-असहज, आकस्मिक और सुनिश्चित खेल इसी जीवन के कारण हैं। जीवन नहीं होगा तो मौत कहाँ होगी? हम तो जानते हैं कि जीवन के कारण जीवन है। यह भी कि मौत सिर्फ जीवन के कारण है। मौत परछाईं है। जीवन अस्तित्व है। रामनारायण जी का वह बरसों का मेरा जाना-पहचाना अस्तित्व उस कमरे में तब

भी मौजूद था। अगर आज वह वहाँ से उठकर चला गया तो मौत भी कहाँ बची। उसे भी तो जाना ही पड़ा। जीवन नहीं बचेगा तो मौत बेचारी भी कैसे बच पाएगी। रामनारायण जी गये तो मौत भी उनके साथ ही तो गयी। जो बच गये हैं, उन्हीं के साथ जीवन भी बचा हुआ है और शरणार्थी मौत भी। उन्हीं जीवितों में रामनारायण जी का जीवन भी कहीं बचा हुआ है।

इस वक्त जब मैं शोक का गद्य-गीत लिख रहा हूँ मेरे कानों में रामनारायण जी का अकुण्ठ सम्बोधन और असरदार ठहाका अपनी समूची प्रतिध्वनि के साथ गूँज रहा है। गूँज रहे हैं वे बोले गये निर्विकार, प्रसन्न गम्भीर शब्द जिनमें हिन्दी भाषा को रचने वाले खेतिहर समाज का भाव-संगीत समाया रहता था।

मैं उन्हें देखता था तो मुझे अपने गाँव का कोई दादा या काका याद आ जाता था या फिर पानी से लबालब भरा वह लहराता खिलखिलाता पोखर जो शायद ही कभी उदास होता हो। नर्मदा पर आकाशवाणी के लिए एक राष्ट्रीय फीचर लिखने के दौरान अमरकंटक से सरदार सरोवर की लम्बी यात्रा के दौरान खण्डवा भी मैं गया था। रामनारायण जी तब तक पत्नीविहीन हो चुके थे। वे उनकी यादों से भरे हुए थे। उनको अपने चेतनात्मक जीवन में नये सिरे से महसूस करने की कोशिशों में इतने डूबे हुए जैसे कोई गायक किसी गाये जा चुके मनचाहे राग में डूबता है।

हमें कोई शोक-संवेदना नहीं प्रकट करनी पड़ी। किसी के जाने को कैसे आना बनाया जा सकता है, यह हमने उनसे सीखा। उस पूरे कक्ष को वे मित्रों द्वारा लिखी किताबों के पुस्तकालय में बदल डालने की उमंग से भरे थे। उन्हें उस वक्त देखकर लगा कि एक लेखक की पहचान किन मौकों पर, कैसे की जा सकती है। हाँ, वे थे तो लेखक ही। अब यह अलग बात है कि लोक साहित्य संग्रह और उस पर निरन्तर सोचते रहने के कारण हम कथित समकालीन/आधुनिक किस्म के लोगों को वे अपनी बिरादरी के नहीं लगते थे। जैसे भारत के गाँव भारत के शहरों को अपनी बिरादरी के नहीं लगते। कुछ मित्रों को तो लोक साहित्यकार, साहित्यकार ही नहीं लगता। कभी-कभी तो वे अपने अलावा किसी अन्य तक को लेखक मानने से भी गुरेज करते हैं। रामनारायण जी भी इस असंस्कृति के शिकार होते रहे गो कि उन्होंने बेहतर, ठेठ देशी और ठाटदार गद्य भी लिखा है। ऐसा गद्य जो कवियों की तरह प्रेरणा स्फूर्त और अनुभवगामी है। ऐसा भी जिसमें सोचने-समझने, विचार करने की जबरदस्त क्षमता है। ऐसा गद्य जो दिखने में गद्य सा ही है किन्तु है सचमुच गद्य से कुछ अधिक। एकदम किसानी कुल-खानदान का। वह ऐसे पौधे की तरह हैं जो लेखन के बगीचे में इस तरह रोपा गया है कि उसकी जड़ों में सारी पिछली मिट्टी का रंग अपनी मौलिक सुगन्धों की तरह व्यापा हुआ है। वह एकदम सहज और प्रकृत, बेबनाव गद्य है। अन्य ढंग से कहूँ तो जीकर लिखा गया। जो शब्द जीकर लिखा जाता है, उसकी चमक कभी फीकी नहीं पड़ती। वह कभी पुराना

नहीं पड़ता। उसमें बनावटी कला का पालिश नहीं होता इसलिए जस का तस बना रहता है। कबीर आदि के शब्द आज भी अगर फीके या पुराने नहीं पड़े और हमारी अपनी अतिआधुनिक, उत्तर आधुनिक शताब्दियों के लिए महिमाशाली साबित हो रहे हैं, तो कारण यही है।

जो लोग भाषा को मात्र शैली समझते हैं और हर बार उसे किसी न किसी शैली में सिक्के की तरह ढाल कर अपनी कला का जादू फैलाते हैं पता नहीं उनका यह जादू क्यों देर तक नहीं चल पाता। रामनारायण जी कलाकार नहीं थे। लेखक थे। प्रसन्न, पारदर्शी, सुविचारित गद्य का लेखक जो अपने समाज और समय को अपने अनुभवों से एकाकार कर डालना चाहता था। उनकी चिन्ता हम लेखकों जैसी नहीं थी कि हमें कम से कम समझा जा सके और केवल चुनिन्दा ही समझें। जबकि वे अधिक से अधिक लोगों के लिए लिखते थे। जनोन्मुखी लेखन की यह बुनियादी पहचान है कि आम कही जाने वाली जनता न केवल उसमें अपना चेहरा देख सके, बल्कि अपने बोल-चाल के मुहावरों को उक्त लेखन में नये ढंग से ढलते, सजते-सँवरते भी देख सके। यह बात भक्तिकालीन साहित्य में खूब दिखती है। राष्ट्रीय आन्दोलन के दौरान लिखे गये साहित्य में भी थोड़ी-बहुत दिखाई देती है। शुरुआती भवानी भाई में दिखती है। प्रेमचन्द की तो बात ही क्या! पर ऐसा भी लेखन हुआ है जिसमें आवश्यकता से कुछ ज्यादा अक्ल और अनाकांक्षित परायापन भरा गया है। यह चौंकाता तो है ही आतंकित भी कम नहीं करता। कारण यह कि यह उस हृदय से फूटा नहीं है जिसे लोकहृदय कहते हैं। यह आवश्यकता से अधिक आत्मसजग उस लेखक का कर्म है जिसका मुख्य प्रयोजन अनुभवों की साझेदारी का नहीं, अनुभवों की विशिष्ट अद्वितीयता का झंडा गाड़ना और लहराना है।

रामनारायणजी जो गद्य लिखते हैं उसकी तुलना बादलों से झरने वाली बारिश से ही की जा सकती है। वह बरसता हुआ गद्य है। इसमें सिर्फ वे ही नहा सकते हैं जिनकी हिम्मत जवाब नहीं दे चुकी है। जो सामाजिक तौर पर स्वस्थ है और एक निडर, पूर्वग्रहमुक्त और खुला हुआ मन-प्राण लिए हुए हैं। जिन्हें अपने ऊपर जितना भरोसा है, उतना ही अपने आस-पास की प्रकृति और लोक पर भी है। जनोन्मुखी लेखन और होता क्या है? इसकी परिभाषा कभी भी शास्त्रीय ग्रन्थों से चलकर नहीं आती। साहित्य की उन सार्वजनिक या निजी कम्पनियों से चलकर नहीं आती जो समकालीन साहित्य को शत्रु-मित्र, अलाभ-लाभ में बाँट कर सिर्फ अपना उल्लू सीधा करने में जुटी हुई हैं। जिन्हें साहित्य भी एक खूबसूरत बाजार लगता है। इस बाजार में रामनारायण जी का अपना कोई ग्रुप नहीं था। इक्के-दुक्के यदि कोई भवानीप्रसाद मिश्र आदि रहे भी हों तो कोई ग्रुप नहीं बना पाये। शायद इसीलिए जनोन्मुख लेखन के बावजूद जनता के कथित अलम बरदार लेखकों की सूची में गिने नहीं गये। सब

जानते हैं यह सूची कैसे बनती है और कौन लोग हैं जो गया और इलाहाबाद के पण्डों की तरह इसका खाता-बही तैयार करते-करवाते हैं।

मुझे एक वाकया याद आता है। संस्कृति विभाग से फोन आया कि कला-परिषद में सचिव कक्ष में चले आइए, शिखर पुरस्कार की जूरी में आपको रहना है। मुझे अचानक इस बुलावे पर अचरज तो हुआ फिर भी गया। प्रदेश के लेखकों द्वारा भेजी गयी शिखर-सूची पर विचार शुरू हुआ तो मैंने सूची में रामनारायण जी के नाम पर आग्रह करना शुरू किया। वे थे भी ऊपर। नियमानुसार वे ही हकदार भी थे। जूरी के तीन अन्य साथी पहले से अपना एक नाम तय करके आये थे जो उनके अपने वैचारिक खेमे का था। तब मुझे पता लगा कि पुरस्कारों की राजनीति क्या है। फिर भी न वे अपना नाम मुझसे मंजूर करा पाये न मेरा नाम उन्होंने मंजूर किया। रामनारायणजी उस जूरी द्वारा लगभग लेखक माने जाने से ही इनकार कर दिये गये और उन्हें मध्यप्रदेश का शिखर पुरस्कार नहीं दिया जा सका। आज सोचता हूँ तो लगता है ठीक सा ही हुआ। उनका निमाड़ उन्हें अपना लेखक मानता है। हमारी सरकार हम लेखकों को अपना लेखक मानती है। हमारे लिए नयी-नयी अकादमियाँ और भवन तैयार करती हैं। सरकार रहेगी तो हम भी रहेंगे। इस तरह हमारी तिकड़में जोड़-गाँठ सब चलते रहेंगे। हमारे कुनबों में शरीक लेखक ही पुरस्कृत होते रहेंगे। रामनारायणजी जैसे जन-लेखक साहित्य के बाईपास की तरह एक किनारे बने रहेंगे। फिर भी उनका निमाड़ उन्हें भूल नहीं पाएगा। हमारा भोपाल तो वैसे भी राजनीतिक शहर है। यहाँ साहित्य का वह मतलब नहीं होता जो खण्डवा या राजनाँदगाँव में हुआ करता है। अब होने भी लगे तो कौन रोक पाएगा? दूर-देहातों में शहरों के सड़े हुए केक और बिस्कुट आधुनिकता के जोम में खाए जा रहे हैं। भोपाल की साहित्यिक आबोहवाएँ अब खण्डवा और शाजापुर भी पहुँचे अगर तो रोकना क्या सम्भव होगा?

बरमूडा पहनकर उत्तर आधुनिक दिखने की पेशकश करने वाले छँटेछँटाए लेखकों की जाति में घुटनों तक धोती और मोटी खादी का कुरता पहन कर सदाबहार हँसी हँसनेवाले पं. रामनारायण उपाध्याय अपनी अनभिजात सांस्कृतिक लोक उपस्थिति या आधुनिकता-विहीन उपस्थिति अब नहीं ही दर्ज करा पाएँगे। जब होंगे ही नहीं तो उनके अधिकारों की बात ही कहाँ से उठेगी? फिर भी यदि वे चर्चा में रहेंगे तो अपने उस लेखन के चलते जो भले ही परिमाण में भीमकाय न हो पर अपने प्रभाव में अमिट है।

18 मार्च, 2001 को जब वे मेरी बगलवाली कुर्सी पर अपनी शिथिल जीवंतता के बावजूद अकस्मात् कुर्सी से उठे थे तो उनके हाथ में एक किताब थी क्रौंच की चीख जिसे उन्होंने मेरे सामने ही अपने संग्रहों के बीच से ढूँढ़कर निकाला था और उस पर लिख दिया था, 'आदरणीय भाई विजय बहादुर सिंह जी को सादर।' मैंने कहा—यह क्या लिख दिया आपने? तो उन्होंने कहा—'भाव समझना चाहिए। काल में

कोई आगे-पीछे क्या होता है। मैं आपको इसी निगाह से देखता हूँ। उम्र के हिसाब से नहीं।' शब्द गणित का खेल नहीं है। इतिहास की बीती-बाती घटना नहीं है। वह मनुष्य के भावों की लिपि मात्र है। कुछ लोग लिपि को ही भाषा समझने की भूल कर बैठते हैं। राम नारायणजी हमेशा ही इसके प्रति सचेत रहे।

उनके लेखन पर शरद जोशी की यह टिप्पणी कितनी महत्त्वपूर्ण है कि रामनारायण उपाध्याय की पुस्तकों का स्वभाव भिन्न है। वे बोलती हैं। उनकी कल्पनाओं में चित्रणों का वैभव है। वे उनकी अनुभूतियों की ज़ुबान बनकर आती हैं। उन्हें पढ़ते हुए अक्सर खलील जिब्रान और अन्य महान बोध कथाओं की याद आती है। सारी दुनिया के मेहनतकश किसान अपनी सीधी-सादी, सरल और सहज गम्भीरता में यहाँ एक साथ बैठे और सोचते हुए बात-बात पर अपनी जिन्दादिली प्रकट करते हुए दिखाई देते हैं।

तालस्ताय और गोर्की पर लिखते हुए रामनारायण जी ने एक प्रसंग उद्धृत किया है—एक दिन गोर्की से बातचीत करते समय उन्होंने कहा था, 'तुम वास्तव में रूसी किसान हो। इसके लिए लेखकों के बीच में तुम्हें मुश्किल पड़ेगी। लेकिन किसी से डरना मत। सदा वही बात कहो जो तुम महसूस करते हो।'

खुद रागनारायणजी का लेखक क्या यही नहीं था?

सहृदयता उनकी पहचान थी : विष्णुकान्त शास्त्री

लखनऊ पहुँच मैंने अपनी भतीजी शशि के यहाँ से शाम चार के आसपास राजभवन फोन किया तो वे किसी मीाटिंग में थे। फिर भी नाम सुनते ही उन्होंने अपनी सहायिका से फोन ले लिया और मेरे प्रणाम करने पर आशीर्वाद देने के बाद लखनऊ आने का प्रयोजन पूछा। जवाब में मैंने उन्हें सूचना सी दी—'मेरे घर में एक दुर्घटना हो गयी है।'

'क्यों तुम्हारे पिताजी तो पहले ही गुजर चुके थे? अब क्या माताजी...।' उनकी आवाज में एक चिन्ता भरा सवाल था।

'नहीं। माँ को गुजरे भी चार-पाँच साल हो गये। मेरा बेटा भाजपा में चला गया और अब अंबेडकर नगर जिले का महामन्त्री है।' मैंने उन्हें सूचित किया।

'एक तुम्हीं नालायक निकले उस परिवार में। तुम्हारे पिता ठीक थे और बेटा तो ठीक है ही।' उनकी आवाज में स्नेह भी था और नसीहत भी। किंचित खुशी भी। तभी मैंने कहा—'वो भी मेरे साथ आया हुआ है गाँव से। मैं आज रात की गाड़ी से ही भोपाल लौट जाऊँगा। वह आपसे मिलना चाहता है।' मेरी बात सुन उन्होंने थोड़ी कशमकश महसूस की। फिर भी राजभवन की उस व्यस्तता के बीच दस पन्द्रह मिनट का वक्त देते हुए कहा—'अच्छा आ जाओ। मीटिंग चल रही है। दस पाँच मिनट की मुलाकात हो जायेगी। उन्होंने यह भी पूछा कि कितने लोग हो यहाँ, गेट पर पहले से कहना पड़ेगा। वाहन है कि नहीं?' मैंने उन्हें आश्वस्त करते हुए कहा—'गाड़ी है, हम दो ही लोग रहेंगे।' तो कहा—'अच्छा आ जाओ, मैं सहायकों से कहे देता हूँ।'

हम दोनों ड्राइवर सहित पहुँचे तो राजभवन के द्वार पर हमारे पहुँचने की सूचना पहले से मौजूद थी और हमें गाड़ी सहित अन्दर ले लिया गया। थोड़ी-बहुत औपचारिकताओं के बाद कुछ देर प्रतीक्षा हाल में इन्तजार भी करना पड़ा। लगभग बीस-पच्चीस मिनट बाद हमें उस कक्ष में ले जाया गया जहाँ उत्तर प्रदेश के महामहिम राज्यपाल अपने प्रियजनों से मुलाकात किया करते हैं। एक बड़ा सा शीशम का टेबुल, तीनों ओर खूबसूरत कुर्सियाँ और एक ओर वह कुर्सी जिस पर महामहिम स्वयं बैठते हैं। हमें वहाँ भी दो-चार मिनट की प्रतीक्षा तो करनी ही पड़ी और इस

बीच मन ने कहा कितना मुश्किल है यह जीवन, जहाँ अपने मिलने वालों और अपने स्नेहियों से मिलने की प्रक्रियाएँ भी बेहद जटिल और औपचारिकताओं से तंग हैं। याद आता रहा 'आषाढ़ का एक दिन' का वह सवाद जिसे मातुल कश्मीर से लौटकर कालिदास की प्रेमिका मल्लिका से शेयर करता है—'मुझसे कोई पूछे तो मैं कहूँगा कि राज-प्रासाद में रहने से अधिक कष्टकर स्थिति संसार में हो ही नहीं सकती। आप आगे देखते हैं तो प्रतिहारी जा रहे हैं। पीछे देखते हैं, तो प्रतिहारी आ रहे हैं। सच कहता हूँ, मुझे कभी पता ही नहीं चल पाया कि प्रतिहारी मेरे पीछे चल रहे हैं या मैं प्रतिहारियों के पीछे चल रहा हूँ...।'

यह सब सोच ही रहा था तभी पीछे के एक और बड़े कक्ष से किसी के उठने और चलकर हमारी ही तरफ आने की पदचाप सुनाई देने लगी। हम दोनों पिता-पुत्र अपनी-अपनी कुर्सियों से उठकर खड़े हो गये। धोती-कुरता, गले में लिपटा और घुटनों तक लहराता उत्तरीय, पाँवों में जूते किन्तु चेहरे पर वही जानी-पहचानी, आत्मीय मुस्कान से भरी सहजता जैसे यह भी कह रही हो कि 'यार! यह भी होना था। तुम किसी अपने से उन्मुक्त होकर मिलना भी चाहो तो लगभग असम्भव है।' शास्त्री जी, जिन्हें मैं अपने छात्र-जीवन से अभी तक इसी संबोधन से याद करता हूँ, कुछ-कुछ हड़बड़ी और कुछ-कुछ उलझन में जैसे थे। उनके आते ही हम दोनों ने झुककर प्रणाम किया। उन्होंने अपनी कुर्सी पर बैठते हुए हमें भी बैठ जाने का इशारा किया। किंचित आश्वस्त हो, जैसे कि थोड़ी देर के लिए ही सही, सारी झंझटें दरकिनार कर बेटे से उसका नाम पूछा और याद सा करते हुए कहा—'इसको वहाँ कलकत्तावाली दूकान आर्य पुस्तक भवन पर बैठे देखा है न? अब कौन चलाता है वह दूकान?' मैंने जवाब दिया—'इसका चाचा मेरा छोटा भाई बुद्धदेव। स्वास्थ्य इसका उधर ठीक नहीं रहा करता था तो यही सोचा गया कि कलकत्ता छोड़ दे और इधर आ जाये। अब ठीक है। पर आप इसे देख तो रहे हैं।' इस बीच मेज पर बंगाली मिठाइयों की एक प्लेट लाकर रख दी गयी थी और पानी से भरे हुए साफ झक-झक काँच के गिलास भी। उन्होंने हमसे मिठाई उठा लेने का आदेश देते हुए कहा—'ये तो ठीक ही चल रहा है, तुम्हीं भटके हुए हो। तुमने अपने पिता से भी कुछ नहीं सीखा। वे तो आर्य समाजी थे और तुम कम्यूनिस्टों के साथ चले गये।' मैं मिठाई खाता हुआ, उनकी डाँट का मजा लेता रहा। ध्यान इस पर भी रहा कि बगल के कमरे में वे कुछ लोगों को विचार-विमर्श करते छोड़ आये हैं और दुबारा फिर जल्दी ही उसी बैठक में लौट जाना है। जानबूझ कर मैंने बात आगे नहीं बढ़ाई पर इतना तो उन्हें आश्वस्त किया ही कि वे मेरे बेटे के राजनीतिक भटकाव पर चाहें तो खुश हो सकते हैं क्योंकि उसने मेरी ही तरह अपने पिता की राह छोड़ अपनी स्वाधीनता का उपयोग करते हुए स्वतन्त्र पथ का वरण किया है। अब वह उनकी राजनीतिक लाइन पर चूँकि स्वेच्छा से आ गया है तो यह सूचना मुझे उन्हें देनी ही थी। मैंने

देखा कि वे बार-बार घड़ी देख रहे थे। समय की यह कमी कचोट भी रही थी उन्हें इसलिए हमारी वह मुलाकात जल्दी ही खत्म हो गयी। कुर्सी से उठते हुए उन्होंने अरविन्द से कहा—'तुम जब चाहो, समय लेकर आ सकते हो। यहाँ राजभवन में बगैर पहले से समय लिए आना जरा मुश्किल है।' हम भी उठ खड़े हुए तो उन्होंने बात का रुख बदला और पूछा 'इस बीच क्या कर रहे हो?' मैंने उन्हें भवानी भाई की रचनावली के आठ खण्डों में प्रकाशन की सूचना दी तो उनके चेहरे पर चमक सी आ गयी और आशीर्वाद सा देते हुए कहा—'यह तुमने काफी बड़ा काम किया। भवानी भाई बहुत बड़े कवि थे। खूब काम करो।' कहते हुए उनकी भाषा में अपनत्व था और एक अध्यापक की वत्सलता भी।

हम दोनों वापस होने के लिए पलटे कि वे जैसे झपट कर फिर उसी बैठक-कक्ष में लौट गये जिसकी कुछेक आवाजें बीच-बीच में हमारे कानों तक सुनाई दे जाती थीं। मैंने महसूस किया कि सचमुच वे बहुत उलझे हुए थे, फिर भी मेरे लिए बगैर किसी पूर्व सूचना के मिलने की अनुमति दे दी। यह केवल वह व्यक्ति तो नहीं हो सकता जो उत्तर प्रदेश जैसे बड़े प्रदेश का सिर्फ महामहिम राज्यपाल हो। निश्चय ही इस प्रकार की उलझनों में आदमी कुछ न कुछ अधिक ही असहज हो उठता है और कभी-कभी तो अप्रत्याशित व्यवहारों और भाव-मुद्राओं को जीने लगता है। पर उनकी आँखों में वही जानी-पहचानी आत्मीयता, वैसा ही अपनत्व और वैसी ही तरलता थी। सब की सब जानी-पहचानी और महसूस की हुई। लगा कि 'आषाढ़ का एक दिन' का वह कालिदास जो उज्जैन की राजकुमारी प्रियंगु मंजरी के साथ कश्मीर के शासक के रूप में गया था, बदला तो बिल्कुल भी नहीं। तीसरे अंक में विलोम की ही तो यह टिप्पणी है—'वर्षों से छोड़ी हुई भूमि आज फिर तुम्हें अपनी प्रतीत होने लगी है?' तभी कालिदास मल्लिका से कहते हुए सुनाई देते हैं—'कश्मीर में लोग समझते हैं कि मैंने संन्यास ले लिया है। परन्तु मैंने संन्यास नहीं लिया। मैं केवल मातृगुप्त के कलेवर से मुक्त हुआ हूँ जिससे पुनः कालिदास के कलेवर में जी सकूँ। एक आकर्षण सदा मुझे उस सूत्र की ओर खींचता था जिसे तोड़कर मैं यहाँ से गया था। यहाँ की एक-एक वस्तु में जो आत्मीयता थी वह यहाँ से जाकर मुझे कहीं नहीं मिली। × × × जाने के दिन तुम्हारी आँखों का जो रूप देखा था वह आज तक मेरी स्मृति में अंकित है।'

यह 'स्मृति' क्या शास्त्री जी के जीवन के पास अब भी बची होगी या फिर सब की सब धुल-पुँछ चुकी है? क्या उन्हें यह भूल गया होगा कि वे भी कभी इसी 'आषाढ़ का एक दिन' के कालिदास को अनामिका संस्था (कलकत्ता) के श्यामानन्द जालान और प्रतिभा अग्रवाल के साथ किसी रंगमंच पर पुनराविष्कृत करते होते थे। साहित्य का खुला फैला वन-प्रान्तर और राजनीति के घुमावदार गलियारे, नकली मुद्राएँ और बेभरोसे की भाषा के बीच आवाजाही करते हुए—क्या वे भी कभी जरूर महसूस

करते होंगे ठीक कालिदास की भाषा में कि 'एक राज्याधिकारी का कार्यक्षेत्र मेरे कार्यक्षेत्र से भिन्न था।' इसका अनुभव मुझे तब हुआ जब अपने आत्मीय सम्बन्धों के आधार पर मैंने उन्हें तिबारा विदिशा आकर जैन दर्शन की सार्वभौमिकता और प्रासंगिकता पर व्याख्यान देने के लिए आमन्त्रित करना चाहा। कई एक कोशिशों के बाद जब फोन पर उधर से उनकी आवाज सुनाई पड़ी तो जो वाक्य भूलता ही नहीं वह यही था—'पढ़ना-लिखना तो छूट ही गया है। फाइलें पढ़ने से ही छुट्टी नहीं मिलती। उनसे मिली भी तो अखबार पढ़ते-पढ़ते थक जाता हूँ। वहाँ आकर मैं बोलूँगा क्या?' उनकी आवाज में निश्छलता तो थी पर असन्तोष का भाव भी कुछ कम नहीं था। मैंने भी उन्हें व्यर्थ ही जहमत में नहीं डालना चाहा। मन ने कहा 'चलो' अभी तो इन्तजार करो। सत्ता की ये झंझटें भी थोड़े दिनों में कट जायेंगी। आखिर हमारे 'शास्त्री जी' कितने दिन राज्यपाली करेंगे। एक न एक दिन तो उन्हें उन्हीं शब्दों की तरफ वापस आना होगा, जिन्हें मल्लिका और उसके ग्राम-प्रान्तर के लोग बोलते हैं। आज भले ही किसी मोहवश वे अभी चले गये हैं पर उनकी असली जगह वह तो बिल्कुल नहीं है, जहाँ वे आज हैं। उनका कार्यक्षेत्र तो साहित्य है। मेरी पहली भेंट इसी जमीन पर तो उनसे हुई थी।

वह नेहरू युग का सातवाँ दशक था जब मैं बी.ए. की परीक्षा उत्तीर्ण कर कलकत्ता विश्वविद्यालय के हिन्दी विभाग का छात्र हो चुका था। मेरी अपनी कोई विचारधारा नहीं थी। अगर तब भी कहना और बताना पड़े तो कहूँगा नेहरूवादी कांग्रेसी विचारधारा। तब तक मुझे यह बिल्कुल पता नहीं था कि शास्त्री जी राष्ट्रीय स्वयं सेवक संघ की शाखाओं में आते-जाते रहे हैं और जनसंघ से जुड़े हैं। विभागाध्यक्ष प्रोफेसर कल्याणमल लोढ़ा तथा कई अन्य अध्यापकों के बावजूद जिस एक अध्यापक को हम अपनी कक्षा में बेहद उन्मुक्त, उत्फुल्ल, स्मृति-समृद्ध और एड़ी से चोटी तक सहृदयता में रसा-पगा पाते थे, जो कक्षा को बकौल शुक्ल जी—स्वार्थ-सम्बन्धों के संकुचित मण्डल से ऊपर उठाकर' एक ऐसी लोक-सामान्य भाव-भूमि पर ले जाता था कि समूची कक्षा को कुछ काल के लिए अपना पता ही नहीं रहता था वह कोई और नहीं यही एक अध्यापक था, जिसे हम आदर और प्यार से शास्त्री जी' कह कर सम्बोधित किया करते। उन दिनों भी वही धोती-कुरता, सुडौल छरहरा शरीर, चंपकवर्ण और कवित्वपूर्ण चेहरा। हम सब छात्रगण उन्हें देखते ही मुग्ध हो जाते। जाड़े के दिनों में जब वे काली शेरवानी और सफेद चूड़ीदार पायजामा पहन विश्वविद्यालय की सीढ़ियाँ चढ़ अध्यापक कक्ष की ओर बढ़ते या उससे निकल कक्षाओं की ओर रुख करते, छात्र-छात्राओं का मन हरा-भरा हो उठता। पर तब भी मैंने शायद ही कभी अन्य अध्यापकों की तरह उनके बारे में कोई रोमानी कथा सुनी हो। वे सबको घर-परिवार की तरह इतने सहज सुलभ और सबके सन्दर्भ में समान रूप से स्नेहिल थे कि किसी को उनसे दूर रहने का अभाव महसूस ही नहीं होता था।

कलकत्ता के जिन दो अध्यापकों को आज भी मैं बिना याद किये नहीं रहता उनमें से पहले थे हमारे विद्यासागर कॉलेज के हिन्दी विभागाध्यक्ष श्री रघुनन्दन मिश्र जो काशी में आचार्य केशव प्रसाद जी मिश्र के छात्र रह चुके थे और जिनकी निबन्धों की पुस्तक 'निबन्ध-निचय' पढ़कर मैंने निश्चय सा कर लिया था कि जीवन तो हिन्दी साहित्य के अध्यापक के रूप में ही जीना है। वह किताब भीतर से तो सुन्दर थी ही, उसका मुखपृष्ठ भी कम सुन्दर नहीं था। एक जवान, योगलीन मुद्रा में डूबा गहरा गुलाबी कमल समूचे पृष्ठ पर प्रसन्न अपनी आभा के साथ। वह पहली ऐसी किताब है जो आज भी मुझे भूलती नहीं। दूसरे अध्यापक स्वयं शास्त्री जी थे जिन्हें सामने मिलने पर हम 'सर' और आपस की बातचीत में 'शास्त्री जी' कहते।

उनकी कक्षा में रहने का मौका जल्दी ही हाथ से छूट गया और मैं अचार्य वाजपेयी के आकर्षण-पाश से खिंचकर मध्यप्रदेश के सागर विश्वविद्यालय आ गया। फिर भी स्मृति गयी नहीं। जब कभी आचार्य वाजपेयी के साथ कलकत्ता (अब कोलकाता) जाना होता, शास्त्री जी से भेंट होती ही होती। विश्वविद्यालय के वे अकेले अध्यापक-लेखक थे जिनका जीवित और नेहपूर्ण सम्बन्ध हिन्दी के लेखकों--राजेन्द्र यादव, नामवर सिंह, धर्मवीर भारती, नागार्जुन आदि से निरन्तर बना हुआ था। विश्वविद्यालय के अध्यापक होकर रह जाना उनकी प्रवृत्ति नहीं थी। हम अक्सर उन्हें भारतीय संस्कृति संसद, शिक्षायतन, राम मन्दिर या फिर अन्य किन्हीं भी साहित्यिक समारोहों, कवि-सम्मेलनों और गोष्ठियों में उपस्थित पाते और महसूस करते कि वे ही अकेले ऐसे सृजनशील आचार्य हैं, साहित्य जिनके लिए आजीविका का सोपान नहीं, बल्कि समूचे जीवन का प्रमुख वास है। किन्तु इस मन्तव्य को वे इस कौशल से किसी कृपण की तरह छिपाए रहते कि बड़ी मुश्किल से पता चल पाता कि वे सचमुच यही हैं।

मेरे पास कलकत्ते की ढेर सारी यादें नहीं हैं पर एक अध्यापक को, खासतौर से साहित्य के अध्यापक को कितना स्मृति-समृद्ध, उन्मुक्त उदार, तरल और विवेकी होना चाहिए, यह तो मैंने जाने-अनजाने उन्हीं से सीखा। हमें यह तो बहुत बाद में पिताजी ने यूँ ही बातचीत में बताया कि शास्त्री जी शाखा में जाते रहे हैं जो मुहम्मद अली पार्क में लगती रही है। पर उन्हें नागार्जुन और नामवर सिंह से बगैर किसी झिझक के मिलते-जुलते, उठते-बैठते तो मैंने अपनी इन्हीं आँखों से देखा था। रामविलास शर्मा जैसे साहित्य-मनीषियों की आवभगत करते पाया था। ये वे लोग थे जो अपने लेखन और विचार में हिन्दू राष्ट्रवाद और कट्टरतावाद के प्रचण्ड विरोधी थे। पर शास्त्री जी से इन सबके गहरे आत्मीय सम्बन्ध अगर रहे हैं तो उसका आधार क्या रहा होगा--इस पर विचार किये बिना न तो शास्त्री जी की बनावट का अन्दाज लगेगा, न इन घोषित और धुरन्धर वामपंथियों को लेकर हम किसी साफ-सुथरे निष्कर्ष पर पहुँच पाएँगे।

याद करता हूँ तो सरदार वल्लभ भाई पटेल विश्वविद्यालय, आणंद का वह सेमीनार याद आता है जिसमें शास्त्री जी, आज के जनवादी लेखक संघ के महासचिव और सागर में मेरे शिक्षक और अभिभावक से रहे डॉ. शिवकुमार मिश्र द्वारा आमन्त्रित किये गये थे। वहीं एक बातचीत में उन्होंने कहा था कि मुझे रामविलास शर्मा के मार्क्सवाद से कोई आपत्ति नहीं है क्योंकि वे अपनी परम्परा और राष्ट्रीयता की चिन्ता से भी जुड़े हुए हैं। स्पृश्यतावादी बौद्धिकों और अतिवादी मार्क्सवादियों से अलग जाकर वे इतिहास और परम्परा से संवाद करते हैं। उनके चिन्तन की धुरी अपनी है केवल बन्द किताबी नहीं। इसी प्रसंग में उन्होंने यह भी कह डाला था कि रामविलास जी मेरे लिए ऋषिवत् हैं।

मार्क्सवादियों से उनके प्रेम का रहस्य नागार्जुन पर लिखे गये संस्मरण (अकार-9) के इन वाक्यों से समझा जा सकता है–'परम्परा में पले-बढ़े, उससे उत्कट विद्रोह भी किया, परन्तु फिर भी उससे नाता बनाये रखा। × × × मार्क्सवादी होते हुए भी राष्ट्रीय गरिमा पर आघात करनेवाले मार्क्सवादी (माओवादी-लेखक की ओर से) चीन का उग्र विरोध करने में वे झिझके नहीं। जुझारू कम्युनिस्ट होते हुए भी उन्होंने विवेक को बन्धक रखकर पार्टी के नेताओं की चाटुकारिता तो कभी की ही नहीं, उनके अतिरेकों का बोलकर, लिखकर प्रतिवाद भी किया। वे कब द्रवित हो जायेंगे, कब क्रुद्ध, कहना मुश्किल था। वे जितने अक्खड़ थे उतने ही संवेदनशील भी थे। सूक्ष्मता से देखा जाये तो यह उनकी हृदयधर्मिता ही थी जो इन दोनों छोरों पर अभिव्यक्ति होती रहती थी।' शास्त्री जी यहीं रुकते नहीं आगे बढ़ यह भी कहते हैं–'अपनी सामान्य जनता के साथ, विशेषकर उसके शोषित, पीड़ित, वंचित वर्ग के साथ समरस होकर उन्होंने उसके सुख-दुख व्यथा-वेदना-संघर्ष को वाणी दी थी। ...उनकी जनपक्षधरता को कोई चुनौती नहीं दे सकता। वैचारिक मतभेद के बावजूद हृदयधर्मी जनकवि के रूप में मैंने उनका सदा सम्मान किया। मैं इसे अपना सौभाग्य समझता हूँ कि मुझे उनका भरपूर स्नेह, सद्‌भाव मिला।' क्या यहाँ हृदय धर्मिता जैसा शब्द प्रयोग बार-बार हमारा ध्यान नहीं खींचता।

शास्त्री जी ये पंक्तियाँ तब लिख रहे हैं जब तमाम तत्त्ववादियों और सम्प्रदायवादी बजरंगियों के साथ उन्हें भी सम्प्रदायवादी, जड़ कट्टरवादी वामपंथियों द्वारा उसी सूची में डाला जा रहा है, आँख मूँद कर। शायद इसका एक कारण उनका प्रतिष्ठित भाजपाई होना हो। या फिर उनकी वे सांस्कृतिक चुप्पियाँ जो वे कभी-कभी अपनी पार्टी लाइन के चलते साध लेते हैं। पर ऐसी चुप्पियाँ साधनेवाले, पार्टी लाइन के चलते दूसरे भी हैं। वे 'दूसरे भी' जो जनता की बात करते-करते लाभ-लोभ के चलते सरकार के पाले में जा खड़े होते हैं। तब किसी लेखक की चारित्रिक जाँच की कसौटियाँ क्या हों? क्या उसकी व्यावहारिक राजनीति और सम्बन्धित विचारधारा कोई कसौटी हो सकती है? फिर साहित्यिक मूल्यांकन का क्या कोई यह वैज्ञानिक

तरीका माना जा सकता है? क्या साहित्यिक-लेखन की प्रक्रिया और व्यावहारिक राजनीति की प्रक्रिया में कोई बुनियादी अन्तर नहीं होता? क्या विचारधारा के बैनर या मुखौटों के पीछे विचारशून्य यथास्थितिवाद का यथार्थ हमारे अनुभवों का हिस्सा नहीं है? क्या सामाजिक परिवर्तन और क्रान्ति के लिए किसी लेखक संगठन की कोई बड़ी कुर्सी हथिया लेना ही परम पुरुषार्थ है या फिर भाषायी मुहावरों, नारों के वाग्जालों से आगे बढ़कर लोक में उन अर्थों की अगवानी करना है जिनसे मनुष्यता का भविष्य बदलता है? फिलहाल इन प्रश्नों के लिए यहाँ कोई अवसर नहीं है, फिर भी उन्हें उठाने का अवसर तो था ही। खासतौर से विष्णुकान्त शास्त्री जी से हिन्दी के उन विद्वानों और लेखकों के सन्दर्भ में जो नागार्जुन, रामविलास शर्मा जैसे थे। यहाँ तक कि हिन्दी ग़ज़लों से इन्दिरा शासन में जनजीवन और साहित्य में भूचाल सा ला देने वाले दुष्यन्त कुमार के वे न केवल पाठक रहे हैं बल्कि उनके शब्दों को अपने आस-पास के प्रेमियों तक सन्देश-वाहक के रूप में जब-तब पहुँचाते भी रहे हैं। भीतर से तो वे सचमुच कवि ही थे।

एक सचेत बौद्धिक के रूप में वे अपने लगावों को छिपाने का पाखण्ड शायद ही कभी करते हों। मेरे जैसे उनके छात्र जो उनकी पार्टी लाइन से हमेशा विपरीत रहे आये, उनके स्नेहपात्रों में बने रह सके तो सम्बन्धों की वह मुक्तता और आजादी ही थी, जिसका निर्बन्ध भोग करते हुए हम हर बार एक-दूसरे के और भी करीब होते चले गये।

यादें तो इतनी सारी हैं कि उन्हें एक साथ, इस सीमा में सहेज और बाँध पाना मुश्किल है पर समकालीन साहित्यिक मित्रों और पाठकों को मेरी उन यादों के बारे में जरूर खबर होनी चहिए जिनसे वे चाहें तो शास्त्री जी की भावुकता, निश्छलता, अहिंसक आस्तिकता और अछोर सहृदयता का कम से कम अनुमान तो कर ही सकते हैं। इस सिलसिले में जो पहली घटना याद आती है वह आडवाणी जी की प्रथम रथयात्रा को लेकर है जिस पर काफी गरमागरम बहस भोपाल के रवीन्द्र भवन में हुई थी। हम सब लोग दो दिनों तक लगभग साँस रोके आशंकाग्रस्त हो इन्तजार करते रहे कि भाजपा का बहुमत क्या रुख अपनाता और निर्णय लेता है। शास्त्री जी से मिलने और हाल-चाल लेने मैं विदिशा से भोपाल पहुँचा तो वे मुझे उस भीड़ में दूर से ही दिखाई पड़ गये। प्रणाम करने के तत्काल बाद मैंने फैसले के बारे में उत्सुक हो जानना चाहा तो बगैर किसी विलम्ब के वे उछाह में बोल पड़े—आडवाणी जी की रथयात्रा पर बहुत विवाद होता रहा। वाजपेयी जी तो आखिरी दम तक इसके विरोध में अड़े रहे पर आखिर में उनका आशीर्वाद हमें मिल ही गया। वे इस फैसले को जिस तरह सुना रहे थे वैसा तो कोई विजयी मुकदमेबाज भी नहीं सुनाए। मैंने महसूस किया कि वे इसके आसन्न सामाजिक-कुप्रभावों के प्रति आँखें मूँद चुके हैं और अब उनसे कुछ भी कहना इस सन्दर्भ में व्यर्थ है।

वह विश्वनाथ प्रसाद सिंह का प्रधानमन्त्रित्व काल था। मण्डल आयोग लागू किया जा चुका था। मधुलिमये जैसे सांसद दुहरी सदस्यता का प्रश्न उठाकर जनता पार्टी में शामिल जनसंघियों को बेनकाब कर चुके थे और भाजपा इसके शिल्पियों के विचार-गर्भ में आ चुकी थी। याद यह भी है कि वाजपेयी जी दूरदर्शन पर यह बयान दे रहे थे कि सत्ता राजनीति में आने के लिए हम भी अपना ट्रंप कार्ड क्यों नहीं चलें। मैं इस खबर से अस्त-व्यस्त ही नहीं भयभीत भी हो उठा था। याद नहीं शास्त्री जी ने मेरे चेहरे पर उभर आये भावों को पढ़ा भी या नहीं। वे तो इतने अन्ध उत्साह और उमंग में थे कि मेरी हथेली अपनी हथेली में पकड़े हुए मुझे कुशाभाऊ ठाकरे, सुन्दर सिंह भंडारी और लालकृष्ण आडवाणी के पास लेते चले गये। सबसे परिचय कराया। कान्फ्रेंस तो एक बड़े फैसले के बाद समाप्त हो चुकी थी और सब अपना-अपना तनाव ढीला करते हुए चाय-समोसे पर जुर्टे क्या टूट से पड़े। ऐसा लगता था जैसे यह कूच करने से पहले किसी सेना का दृश्य हो। शास्त्री जी शायद ही यह अन्तर तब कर पाये हों कि मैं उनका एक भूतपूर्व छात्र ही नहीं, उनसे राजनीतिक तौर पर सिरे से असहमत स्वतन्त्र भारत का एक जवान नागरिक भी हूँ।

अपने उद्वेगों को छिपाए हुए मैं आशंकित, भयभीत और भारी मन से विदिशा लौट रहा था। उस दिन शास्त्री जी को लेकर मैंने क्या-क्या सोचा, सब का सब याद नहीं, पर यह जरूर याद रहा कि वे अभी शाखा वाले मन से पूरी तरह मुक्त नहीं हो पाये हैं। नागार्जुन की 'विवेक स्वतन्त्रता' की वे चाहे जितनी प्रशंसा करे पर उनके खुद के लिए यह स्वतन्त्रता अभी काफी दूर है। मुझे भी, यह क्यों भूल जाना चाहिए कि नागार्जुन सत्ता राजनीति से ऊपर थे और शास्त्री जी उसके हिस्से हैं। नागार्जुन के लिए देश और उसकी जनता का पक्ष ही सर्वोपरि था। किसी राजनेता के लिए यह अब शायद ही सर्वोपरि रह पाया हो। पार्टी-हितों और व्हाया पार्टी ही यह सब सोचा जाने लगा है। सत्ता-राजनीति की शायद यही नियति हो। नागार्जुन ही तो थे जो यह कहा करते थे कि चुनावी राजनीति में उतरने के लिए हजारों पाखण्ड करने पड़ते हैं। यह वे क्यों कहते थे, अब समझने की जरूरत तक नहीं बची।

बचपन से जो संस्कार मुझे मिले थे, आर्य विद्यालय और आर्य समाज द्वारा, वह दूसरे पक्ष से बौद्धिक संवाद बनाये रखने की थी, तमाम तरह की विविधताओं के बीच अपने अलावा दूसरों के लिए गुंजाइशें छोड़ने का जो नैसर्गिक स्वभाव था मेरा, वह शास्त्रीजी के साथ भी इसलिए सहज बना रहा कि पिताजी कट्टर आर्य समाजी और अनपढ़ माँ सनातनी। माँ ही क्यों, ताऊ, काका, ताई, चाची सबके सब। आधे से ज्यादा परिवार, सारे नातेदार-रिश्तेदार सब पिताजी को 'महाशय जी' कहते और आदर देते पर चलते उसी सनातनी पौराणिक ढर्रे पर। एक-दूसरे को वैसा ही प्यार करते हुए, एक-दूसरे के सुख-दुख में हिस्सा बँटाते। शास्त्री जी के प्रति भी अन्ततः मुझे इसी तरह निभना और निभाना था।

इस सन्दर्भ में जिस एक प्रसंग की याद मुझे भूलती नहीं, वह सचमुच है भी ऐसा। तुलसी अकादमी मध्य प्रदेश के संचालक सिद्धनाथ शर्मा जी के बुलावे पर मैं भी चित्रकूट पहुँचा था। शास्त्री जी भी तुलसी पर विशेष वक्ता के रूप में बुलाये गये थे। वे तो तुलसी में रमे हुए ही हैं। दीपावली की उस शाम हजारों ग्रामीणों की भीड़ उमड़ी हुई थी। चित्रकूट की पहाड़ियाँ आज रोशनी से जगमगा रही थीं। मैं शास्त्री जी के साथ मंच पर था और ग्रामीण जनता की ऐसी विशाल उपस्थिति देख मेरे हाथ-पाँव फूलने लगे थे। होश गुम हवास गुम जैसी स्थिति। मैंने उनसे अपना संकट शेयर किया–'सर। मैं तो इस भीड़ में नहीं ही बोल पाऊँगा। मेरे पास तो जो कम्युनिकेशन है वह इस जनता के बीच काम नहीं ही आयेगा। आप ही बोलें।' तो उन्होंने मेरी हिम्मत बढ़ाते हुए कहा–'नहीं! तुम बोलो। एक बार हिम्मत बाँधकर बोलना शुरू कर दोगे तो बोल लोगे।' पर ऐसी भक्ति भाव वाली विपुल, सो भी बुन्देली जनता के बीच बोलने का मेरा यह पहला अवसर था। मन ने कहा–तुम आये ही क्यों। पर बोलने के सिवा अब कोई चारा भी तो नहीं बचा था। पाँच-सात मिनट के बाद मैंने अपना कहना समाप्त कर दिया। माइक अब शास्त्री जी के सामने था और वे तन्मय और विभोर होकर बोले। सुनने वाले भी विभोर हुए। आखिर वे क्योंकर उस जन-बिरादरी से भयभीत नहीं हुए और मैं क्यों संवाद स्थापित नहीं कर सका। उन्हें तो अवधी और बुन्देली नहीं आती थी। न ही वे चित्रकूट या अवध के हैं फिर भी वे उस जन समुदाय की भाषा-चेतना के सहज अंग हो सके जबकि वे भी उसी उच्च्व शिक्षा के सदस्य थे जिसका कि मैं। वे तो कलकत्ता जैसे महानगर में पले-बढ़े, मेरा बचपन तो अयोध्या-फैजाबाद के पास के ठेठ गाँव जयमलपुर में बीता। आज भी यह बात मन को कचोटती है कि मेरे जैसे बौद्धिकों और लेखकों की इस सनातन भारतीय ग्रामीण-मन के सन्दर्भ में प्रासंगिकता क्या है? क्या हमारे पास वे औजार नहीं हैं जिनके मार्फत हम कथित जनवादी विशाल भारतीय मन तक पहुँच सकें जो पारम्परिक हैं।

उसी शाम एक और घटना घटी। व्याख्यान के बाद शास्त्री जी ने कहा–'चलो, कामदगिरि की मेरे साथ परिक्रमा करो।' मैंने पहले तो अपनी अनास्था जतायी पर जब वे स्नेहभरा दबाव डालने लगे तो मैंने डस्ट एलर्जी का तर्क भी उनके समक्ष रख दिया। पर वे किसी भी तरह से मानने को तैयार नहीं थे। उनका तर्क था–'रामजी! तुम्हें कुछ भी होने नहीं देंगे।' मुझे प्रत्येक स्थिति में अड़ा हुआ देख उन्होंने वीटो की भाषा में कहा–'मैं क्या अकेले जाऊँ। मेरा साथ देने के लिए तुम्हें चलना होगा। तुम थकोगे नहीं, यह भरोसा मैं तुम्हें दिलाता हूँ।' कृष्ण की तरह अन्ततः वे जो चाहते थे, मुझे वही करना पड़ा। कामदगिरि की परिक्रमा का पथ काफी लम्बा है और कई-कई बार इसे सम्पन्न करना पड़ता है। हजारों लोग एक साथ दौड़ते-भागते लगभग एक-दूसरे का पीछा-सा करते, एक-दूसरे को पीछे छोड़ते, पुण्य-लाभ की छद्म

मानसिकता से यश कमाते रहे हैं। वही कामदगिरि, कल्पतरु सा समस्त कामनाओं की पूर्ति करनेवाला, वहीं जहाँ भरत-राम मिलाप हुआ था और भरत कामना-असफल होकर लौटे थे। शास्त्री जी के साथ उस गहराती शाम मैं धूल भरे पथ की नंगे पाँव परिक्रमा कर रहा था। वे शायद मुझे यह बोध कराना चाहते थे कि लो अपनी आँखों देख लो, लोगों की आस्था क्या चीज होती है। धर्म तर्क का विषय नहीं है। पर मैं समझ पाता तब न? मैं तो डरा हुआ था कि कहीं मेरा स्नोफीलिया न उभर जाय। और हुआ भी वही। मन्दिर का प्रसाद ले खाना खाकर दो घण्टे भी मैं नहीं सो पाया। मेरी साँस भरने लगी और उसे खींचने की तमाम नाकाम कोशिशों से घबरा कर मैंने बगल के कमरे में गहरी नींद में डूबे शास्त्री जी को जगा दिया। वे मेरी वह दशा देख घबरा उठे। रात बहुत देर तक हम दोनों जागते रहे। उनकी हथेलियाँ उपचार की तरह मेरी पीठ सहलाती रहीं। किसी तरह सुबह हुई तो उन्होंने आयोजकों के साथ मुझे डॉक्टर के पास भेजा और बार-बार पछतावा जताते रहे। मैंने उनके चेहरे पर पश्चाताप का प्रभाव भी देखा जिसके पीछे उनकी भूल का एहसास काम कर रहा था। उसी स्थिति में डॉक्टर की दवाओं के भरोसे मैं ट्रेन पर बैठ जाना चाहता था पर वे थे कि मुझे अनुमति देने को तैयार नहीं हो रहे थे, जब-तक कि आश्वस्त न हो लें। मेरी जिद इस बार जीत गयी और मैं उन्हें आश्वस्त कर सका कि झाँसी पहुँच उन्हें जरूर फोन करूँगा। अन्ततः वे वहाँ मेरे अभिभावक थे। उनका अधिकार अगर मुझे कामदगिरि की परिक्रमा में साथ ले चलने का था तो मेरी परेशानियों को लेकर चिन्तित हो उठने और जिम्मेदारी निभाने का भी था। उस रात मैंने यह अनुभव किया कि वे हमारे ही परिवार के एक वरिष्ठ सदस्य हैं और उसी भाव से सम्बन्धों को जीते और निभाते भी हैं। तटस्थ वे शायद ही कभी हो पाते हों। लगाव और आस्था उनके स्वभाव के बुनियादी हिस्से हैं। यह जान लेने पर भी कि मैं कई बुनियादी प्रश्नों पर उनसे असहमत रहा करता हूँ इससे उनके स्नेह में मेरे प्रति कोई कमी आयी हो इसका कोई एक भी उदाहरण मेरे पास नहीं है। अपने बेलौस और मुँहफट स्वभाव के चलते एकाध बार मैंने उनके प्रति कुछ अप्रत्याशित व्यवहार भी किया जरूर पर उन्होंने बगैर किसी गाँठ बाँधने के मुझे क्षमा कर दिया। शायद इस भाव से कि मेरे समस्त निर्माण में उनकी भूमिका भी रही होगी। अन्ततः उनका छात्र रह चुका हूँ।

मेरे सेवा-निवृत्त होने पर उन्हें जब यह खबर मेरे मित्र और एन.सी.आर.टी. के बहुचर्चित निदेशक जगमोहन सिंह राजपूत से लगी कि विदिशा के तमाम लोग मेरा लोक सम्मान कर रहे हैं और मेरी इच्छा है कि शास्त्री जी उस मौके पर खास मेहमान हों तो उन्होंने मध्य प्रदेश शासन के प्रोग्राम को बदलते हुए पहले विदिशा पहुँचना तय किया और सीधे हवाई अड्डे से सड़क मार्ग होते हुए विदिशा आ गये। सर्किट हाउस पहुँच सोफे पर बैठते ही उनके मुँह से जो पहला वाक्य असुविधापूर्ण

यात्रा और थकान के बीच निकला वह बहुअर्थी था। उन्होंने कहा—'अब समझ में आया कि दिग्विजय सिंह हार क्यों गये।' इसमें यह अर्थ कहीं निहित था कि शासक समुदाय को अपने नागरिकों की सुख-सुविधाओं का कितना खयाल रखना चाहिए। अन्ततः शासन का धर्म तो यही है। पर शास्त्रीजी केवल शासक नहीं हैं। वे लेखक भी हैं, अध्यापक भी।

विदिशा वे राज्यपाल की हैसियत से नहीं मेरे स्नेहिल अध्यापक होने के अपने अधिकार भाव से आये थे। समूची सभा यह देखकर चकित हुई कि मुझे अपनी ओर से सम्मानित करने के लिए वे सबके सामने अपने सहयोगी की मदद से अटैची खोल ईषत् पीताभ ऊनी शॉल मुझे उढ़ा रहे थे। अपने उद्‌गारों से उन्होंने यह भी प्रमाणित कर दिया कि मेरे प्रति उनके मन में बरसों से कितना स्नेह भरा है। सहृदयता और स्नेह का यह संसार अगर उनके पास न होता तो हम जैसे लोग रेगिस्तान हो जाते। यह तो वे हैं, उनके जैसे अन्य कुछ और भी जो हम जैसों को मरुद्यानों में बदलते रहते हैं। रेगिस्तान होती जाती इस दुनिया को ऐसे लोगों की कितनी जरूरत है, इसे यह बेचारी दुनिया कब जान पाएगी?

आचार्य की मौजूदगी

वह 1964 की जुलाई माह की कोई एक सुबह थी जब मैं कोलकाता से चलकर रिसर्च करने के प्रयोजन से उनके पास पहुँचा था। इससे दो साल पहले मैं यहीं के हिन्दी विभाग से एम.ए. की पढ़ाई करता हुआ फाइनल परीक्षा में फर्स्ट क्लास फर्स्ट पा चुका था। किन्तु उस समय जैसी आर्थिक तंगी में था, यह सम्भव ही नहीं था कि मैं घर की मदद से रिसर्च कर पाता। इसलिए चिट्ठी लिखकर उनका मन पहले से जान लिया था कि जो भी सम्भव मदद होगी वे करेंगे।

मेरे सागर पहुँचते ही, जो पहला, सवाल उन्होंने मेरे सामने फेंका, उससे मैं घबड़ा ही गया—'हाँ, तो आप किसके साथ रिसर्च करना चाहेंगे?' इस सवाल के लिए तो मैं निश्चय ही तैयार नहीं था। पल-दो पल की असहजता से निपटकर हिम्मत जुटा मैंने पूरी दृढ़ता किन्तु विनम्रता से कहा—'मैं तो आप ही के साथ काम करने आया हूँ।' 'मेरे साथ कैसे कर सकते हैं आप। आपकी रुचि का क्षेत्र प्रयोगवाद और नयी कविता है। इसलिए आप चाहें तो शिवकुमार जी (मिश्र) या फिर झा जी (गंगाधर) के साथ करने की अनुमति दे सकता हूँ। इन दोनों में से आप किसी को चुन लें।' इतना कह गेंद जैसे उन्होंने मेरे पाले में डाल दी।

आचार्य वाजपेयी के इन वाक्यों का सामना करते हुए मैं जैसे आकाश से जमीन पर आता जा रहा था। ये वाक्य मेरे लिए अप्रत्याशित जैसे थे। खत लिखकर उनके बुलावे पर ही तो मैं सागर वापस लौटा था। चन्द महीनों पहले ही उन्हीं के निर्देशन में मैंने धर्मवीर भारती पर लघु-प्रबन्ध भी प्रस्तुत किया था। तब इतने ही दिनों में मुझसे ऐसी क्या भूल हो गयी कि वे अपनी छाया तक से मुझे वंचित करना चाहते हैं।

थोड़ी देर के लिए तो मैं असन्तुलित सा ही हो उठा। थोड़ा घबराया भी। लेकिन जल्दी ही दुबारा साहस बटोरते हुए कहा—'अन्य किसी के साथ करने के बारे में तो मैं सोच भी नहीं सकता। यह तो मेरे जीवन की सबसे प्रबल साध है। आपकी स्वीकृति नहीं मिल सकी तो लाचार हो वापस लौट जाऊँगा।'

मेरे इन वाक्यों से उनके चेहरे के भाव किंचित बदले और नरम पड़े। फिर भी उन्होंने कहा—'लेकिन आप मेरे साथ करेंगे कैसे? मेरा कोई निर्देश तो आप मानते ही नहीं। बताता मैं कुछ हूँ लिखकर आप कुछ और लाते हैं।' मैंने याद किया,

उनकी बातों में सच्चाई है। 'अन्धा युग' जैसी कृतियों पर उन्होंने जो संकेत-निर्देश दिया था, न जाने क्यों मैं तब वैसा नहीं सोच पाया। उन्होंने यह मूल प्रश्न उठाया था कि देश को आजाद हुए अभी कितने बरस हुए ही हैं और कवि कह रहा है कि 'अन्धा युग' आ गया है। फिर जिस कालखण्ड को वह 'अन्धा युग' कह रहा है वह हमारे सांस्कृतिक इतिहास और माइथोलॉजी का सबसे भास्वर काल है। कृष्ण उस काल के सबसे बड़े महापुरुष हैं जिनसे आज भी हमें रोशनी मिलती है, तब कवि को इतनी आजादी किस आधार पर मिल जाती है कि वह हमारे नब्बे-सौ सालों के स्वाधीनता आन्दोलन के संग्राम के बाद पाई गयी आजादी और ऐतिहासिक गणतन्त्र को 'अन्धा युग' कहे? क्या सचमुच हम एक मूल्यहीन और मर्यादाहीन समाज में रह रहे हैं? या फिर वह यह सब अस्तित्ववादियों के प्रभाव में लिख रहा है?

पता नहीं क्यों मैं उनकी इस दृष्टि को तब पकड़ नहीं सका था। मैं तो 'अन्धा युग' की कलात्मक संरचना को लेकर इतना मुग्ध था कि उनकी बातों की गहराई मेरी पकड़ से बाहर ही रही। सच यह भी कि उन कच्चे दिनों में टी.एस. इलियट जैसों का नशा भी मेरे मन पर खूब था और मैंने अपनी सारी ताकत उसमें झोंक दी थी कि 'अन्धा युग' 'कामयानी' के बाद हिन्दी के लिए एक ऐतिहासिक और चमत्कारिक उपलब्धि है। विधा की दृष्टि से भी एक नया प्रवर्तन और प्रस्थान। मेरा ध्यान उसके वस्तुपक्ष पर लगभग गया ही नहीं। इस बात पर भी कि आचार्य वाजपेयी उसे भारतीय प्रबन्ध काव्य की परम्परा में देखने की पहल कर रहे हैं किन्तु कवि को यह छूट देने को तैयार नहीं हैं कि वह परम्परा की उज्ज्वलता के बदले उसकी कालिख की पुनर्रचना करे।

समकालीन राष्ट्रीय राजनीति और रामायण-महाभारत जैसे हमारे काव्यों की जो प्रभाव-भूमियाँ हैं, इनमें मानवता के ऊँचे आदर्शों के प्रति जो उन्मुखता, लगाव और इनके लिए किये जाने वाले कठिन संघर्ष हैं, उन्हें दरकिनार कर हम एक ऐसे काव्य-पथ पर कैसे बढ़ सकते हैं जो मानवता में विश्वास ही नहीं करता। या सन्देह, भय, षड्यन्त्र, प्रतिशोध और हिंसा को ही पारस्परिक विश्वास और आस्था से अधिक प्रबल मानता है। मूल्यहीनता ही उसके लिए सबसे बड़ा सच है।

आचार्य वाजपेयी के चिन्तन में उन दिनों जो बातें प्रमुखता से आग्रह के रूप में प्रकट हो रही थीं उनका सार यही था कि भारत जैसे अति प्राचीन देश को अपना 'केन्द्र' नहीं छोड़ना चाहिए। 'राष्ट्रीय साहित्य' वाले अपने लेख में वे यह लिख चुके थे कि 'अपने केन्द्र में स्थित रहकर, एक सचेतन प्राणी के समान उसे आत्मसात कर ही, हम उसका उचित और स्वस्थ उपयोग कर सकते हैं।' यह भी कि 'आधुनिकता भारत के लिए पश्चिम से नहीं, केवल आधुनिक भारत से ही नहीं, किन्तु समस्त भारतीय संस्कृति के पुनर्मूल्यांकन और आयतन के द्वारा ही अर्थ ग्रहण कर सकते हैं।'

एम.ए. के छात्र के रूप में उनकी ये बातें मेरे लिए न केवल अग्राह्य बल्कि

अगम भी थीं। तब मैं उनके इन गम्भीर और सूक्ष्म विचारों का सिरा कैसे पकड़ पाता जबकि अज्ञेय, भारती, प्रयोगवाद और नयी कविता का भूत मुझ पर बुरी तरह सवार था। मुझे लगता था कि हिन्दी साहित्य और कविता नये जमाने की वे आवाजें हैं जो हमारी अपनी सोच और आवाजों के बेहद करीब हैं। मन में यह बात तो थी ही कि आचार्य शुक्ल की तरह आचार्य वाजपेयी भी अपने समय की सीमाओं से बँध गये हैं जबकि उनकी निगाह बेहद खुली हुई किन्तु तात्कालिकताओं के आर-पार जा रही थी।

यह भी सही है कि तब तक उन्होंने 'अन्धा युग' या भारती पर स्वयं कुछ लिखा भी नहीं था। पर राय तो उनकी अपनी बन ही चुकी थी भारती और अज्ञेय जैसों को लेकर। 'अन्धायुग' पर बाद में उनकी ये पंक्तियाँ भी पढ़ने को मिलीं—'धर्मवीर भारती इतिहास की कल्पना प्रायः नकारात्मक करते हैं। इसलिए उनके काव्य में वस्तु की अपेक्षा शैली का आकर्षण प्रमुख है, जिसका सुस्पष्ट उदाहरण 'अन्धा युग' नामक उनकी नाट्य-कृति है।'

मैंने तब लगभग किसी आज्ञाकारी छात्र की तरह कहा—आगे से इन बातों का ध्यान रखूँगा। मेरे इन शब्दों से वे द्रवित तो हुए पर आगे का जो वाक्य कहा वह कम चौंकाने वाला नहीं था—'ठीक है। तब आपको मेरे अखाड़े में आना होगा। आप छायावादियों पर काम करिए।'

'छायावादियों पर तो आप ही के निर्देशन में सब हो चुका है। प्रेमलता बाफना (गुजरात) पन्त जी पर कर ही रही हैं। धनंजय वर्मा और मेहरा जी (रमेशचन्द्र) निराला पर कर चुके हैं। प्रसाद पर डॉ. प्रेमशंकर का काम सब जानते हैं।' मैंने उन्हें याद दिलाया।

'हाँ, तो उससे क्या। आपको तीनों का तुलनात्मक अध्ययन करना है।'

'लेकिन तीनों पर!' अपनी असमर्थता का बोध कर मैं डर-सा गया। 'हाँ, क्यों नहीं? तीनों पर अभी काम हुआ कहाँ है?'—उन्होंने मेरे तर्कों को निरस्त करते हुए जवाब दिया।

मैंने आखिरी कोशिश की—'आपके साथ इन लोगों ने एक-एक कवि पर काम करके डिग्री पा ली है। मेरे लिए तीनों पर काम कर सकना क्या सम्भव हो पाएगा?'

इस बार उनके चेहरे पर गजब का उल्लास और मेरे प्रति गहरी आत्मीय ऊष्मा सी तैर गयी—'मैं हूँ न आपके साथ।'

इसके बाद तो कुछ कहने को बचा ही नहीं था कुछ। वो मेरे गाइड रहेंगे, यही मेरे लिए बहुत था।

उनके पास से उपकृत और धन्य होकर लौट तो रहा था पर यह सोचते हुए भी कि न जाने कैसे-कैसे और कितने लोगों को उन्होंने बगैर किसी शर्त या ना-नुकुर के पी-एच.डी. करा दी है, फिर मेरे ही साथ ऐसा क्यों? क्या वे सचमुच मुझे एक छात्र के रूप में पसन्द नहीं करते या फिर क्या?

इसे मैं समझ पाया लगभग छह-सात महीनों बाद घटे एक वाकये से। इसमें क्या शक कि उनकी ही इच्छा और पहल से मुझे यू.जी.सी. की मानविकी छात्रवृत्ति मिल सकी थी। वे चाहते तो यह मेरे प्रतिद्वन्द्वी उपेन्द्र पन्त को मिल जाती, जो उनके काशी के दिनों के सहपाठी और मित्र मोहन वल्लभ पन्त के पुत्र थे। पन्त जी ने अपने बेटे का बिगड़ा भविष्य सुधारने के लिए ही वाजपेयी जी की शरण में भेज रखा था। वाजपेयी जी ने पन्त को भी मेरे ही साथ फर्स्ट क्लास फर्स्ट दे कर उनसे जैसे मुक्ति सी पा ली थी। इसलिए जब 'शोध-छात्रवृत्ति का प्रश्न सामने आया तो उन्होंने पन्त को बुलाकर कहा—'स्कॉलरशिप तो विजय बहादुरसिंह को ही मिलेगी। आप चाहें तो अपने खर्चे पर रिसर्च करें।' इतना ही नहीं, उन्होंने पन्त को अपने साथ रखने के बजाय डॉ. प्रेमशंकर के साथ शोध करने का निर्देश दिया। सुना तो यहाँ तक गया कि उन्होंने अत्यन्त कठोर शब्दों में कहा जितनी दोस्ती निभानी थी निभा चुका। अब आप प्रेमशंकर जी के साथ काम करना चाहें तो कर सकते हैं। पन्त तो कुछ दिनों बाद थक-हार कर लौट ही गया।

पाँच-छह महीने बाद जब मुझे छात्रवृत्ति की पहली खेप मिली तो छात्रावास के साथी मुझ पर ट्रीट देने के लिए जोर देने लगे। शहर पहुँच मैंने उन लोगों को उनकी इच्छा के अनुसार जलपान कराया तब उनमें से मेरे रूम-पार्टनर राजकिशोर शुक्ला और उनके सहपाठी दीक्षित ने यह प्रस्ताव बतौर सलाह पेश की कि क्यों न मैं नये जमाने के हिसाब से टेरीलिन का पैण्ट और शर्ट खरीद लूँ और पहनूँ। यू.जी.सी. के रिसर्च स्कॉलर के रूप में मेरा धोती-कुरता पहने घूमना उनकी निगाह में शायद मेरे स्टेटस के अनुरूप नहीं था। उमंग में आकर मैंने शर्ट-पैण्ट तत्काल खरीद भी लिया और दूसरे दिन वही पहन उनके पास जा पहुँचा। थोड़ी देर काम की बातचीत हुई। कुछ और काम उन्होंने बताया और कुछ कागजात फाइल करने को कहा। वह सब करके जब मैं छात्रावास लौटने से पूर्व उनको प्रणाम करने को झुका तो उनके शब्द मेरे कानों से टकराए—'लगता है आपको स्कॉलरशिप मिल गयी।' यह न तो सवाल था, न किसी प्रकार की कोई जाँच। विपरीत इसके एक व्यंग्यात्मक टिप्पणी थी जो मेरे 'जी' कहकर हामी भर चुकने के बाद आगे के शब्दों में और भी सुस्पष्ट हुई—'मैं तो आपको कलाकार और लेखक समझ रहा था। यह क्लर्कों का ड्रेस आप कहाँ से पहन आये।'

पैण्ट-शर्ट कलाकारों का नहीं बाबुओं और बड़े बाबुओं का ड्रेस है। उनका यह कहना पहले की कई बातों की तरह जब पूरा-पूरा पल्ले नहीं पड़ा तो मैंने उन्हें याद दिलाया—'वो मेहरा जी, जो मेरे पहले आपके निजी सहायक हुआ करते थे और उनके सहपाठी पवन कुमार जी पिछले साल जब नया शूट पहन आपके पास आये थे, आपने उन दोनों को देखते ही कहा था—एम्बेसेडर लगते हैं आप दोनों'। हाँ! इसलिए कि वे लेखक या कलाकार नहीं हैं। आप तो हैं। तब आपको ऐसी ड्रेस क्यों पहननी चाहिए?'

उनके निवास से छात्रावास लौटते हुए रास्ते भर मैं यही सोचता रहा कि आचार्य

जी क्या हर बात को इतनी बारीकी से सोचते और हर व्यक्ति को इतनी बारीकी से देखते रहते हैं। यह भी कि व्यक्ति की असली पहचान तो उसकी बुनियादी नैसर्गिक बनावट में है। जीवन का विकास यदि इसी के अनुरूप किया जा सके तो व्यक्ति-विशेष अपने आत्म का समुचित विकास कर पाता है। अन्यथा तो वह दूसरों की छाया-प्रतिलिपि बनकर जीता और अपने रास्ते से भटक ही जाता है।

एक आलोचक के रूप में भी उनकी यह सूक्ष्मदृष्टि निरन्तर सक्रिय बनी रही। प्रसाद और निराला जैसे कवि-मित्रों को उनके स्वाभाविक पथ पर चलते देखते हुए भी दोनों की विलक्षणता उनकी निगाह में हमेशा रही। लिखा भी 'वैयक्तिक अनुभूति की प्रमुखता और प्रबलता रखने वाले कवि प्रसाद ने एक महाकाव्य लिख डाला' जबकि 'निराला जैसे निःसंग, तटस्थ और वस्तुमुखी सौन्दर्य-द्रष्टा कवि ने कोई महाकाव्य न लिखकर लघु-दीर्घ प्रगीतों में ही अपनी सम्पूर्ण काव्य-रचना की है।' यही क्यों, छायावाद के तीसरे बड़े कवि पन्त के अस्वाभाविक काव्य-विकास पर एक आलोचक के रूप में सबसे पहली कठोर ऐतिहासिक टिप्पणी भी उन्होंने ही की। आधुनिक साहित्य की भूमिका (1950) में उन्होंने गाँधीवादी और प्रगतिवादी कवि पन्त को लक्ष्य कर लिखा—'सन् 32 या उसके आस-पास से पन्त जी कवि के बदले कलाकार अधिक हो गये और काव्य-रचना के स्थान पर कुछ ऐसी कृतियाँ करने लगे, जो ललित की अपेक्षा उपयोगी अधिक थीं; अथवा जो सीधे ही क्यों न कहें काव्य की अपेक्षा काव्याभास अधिक थीं।' वाजपेयी जी जैसे युगान्तरकारी आलोचक ने जो बात सन् पचास में आलोचना की मर्यादित भाषा में रखी थी उसे ही किंचित अमर्यादित ढंग से लगभग तीन दशक बाद नामवर सिंह ने यह कह विवाद खड़ा कर दिया कि पन्त जी ने अपने परवर्ती काव्य में कूड़ा ही अधिक लिखा। सच तो दोनों ही कह रहे थे पर कहने-कहने में जमीन और आसमान का अन्तर था। एक आलोचक की भाषा में कह रहा था जबकि दूसरा साहित्येतर आम बोलचाल वाले मुहावरे में। और मुहावरा भी कैसा, जो औसत शालीनता और समझदारी का भी अतिक्रमण करता हो।

किसी भी लेखक या कवि को लेकर ऐसी अगम्भीर और गैरजिम्मेदार टिप्पणी वे शायद ही कभी करते रहे हों। एक ही प्रसंग याद आता है जब वे बेहद अच्छे मूड में थे और मैंने उनसे हिम्मत करके पूछ लिया था—'मुक्तिबोध और निराला के काव्य-व्यक्तित्व में आपकी निगाह में क्या फ़र्क है?' तब उन्होंने लगभग मुस्कराते हुए निराला के काव्य-व्यक्तित्व को विराट और उस तुलना में मुक्तिबोध के व्यक्तित्व को इकहरा बताते हुए कहा था—'मुक्तिबोध तो निराला की जेब की चवन्नी भर हैं।' उनके इस बेहद हल्के और चलताऊ वाक्य पर सोचता हुआ मैं विक्रम विश्वविद्यालय उज्जैन के छात्रावास के अपने कमरे में वापस आया था। उनका यह वाक्य कई-कई दिनों तक मेरे मन में असहज और अनपचे वाक्य की तरह घूमता रहा। यह भी कि आचार्य वाजपेयी ने यह बात किस हल्के मूड में कह दी। लेकिन छह महीने के भीतर

ही जब वे नये कवियों पर धर्मयुग के लिए अपनी लेखमाला डिक्टेट कराने लगे, मुक्तिबोध पर उन्होंने लिखवाया–'निराला की अपेक्षा मुक्तिबोध ने अधिक उग्र रूप से परिस्थिति और परिवेश का अनुभव किया। ...मुक्तिबोध में पीड़ा का तत्त्व इतना अधिक रहा है कि वे यथार्थवाद की एक नयी सरणि के ही स्रष्टा बन गये हैं...।' यह भी कि 'मुक्तिबोध निराला और राहुल की जाति के लेखक और कवि हैं...विद्रोह और नयेपन में उनकी ख्याति है और रहेगी।' याद करता हूँ तो सागर की एक गोष्ठी में अपना शोधपत्र पढ़ते हुए जब मैंने यह कहा कि मुक्तिबोध निराला की सम्भावनाओं के अगले बिन्दु पर उतरे थे तब उनका कोप मुझे लेकर छिप नहीं पाया था।

एक और बात जो उन्होंने तब मुक्तिबोध के काव्य-दर्शन को लेकर कही वह आज के लेखकों के बीच भी विवादपूर्ण है और उनके असमंजसों को सूचित करती है। उन्होंने कहा था कि मुक्तिबोध को 'सन्तुलित मार्क्सवादी भी नहीं कहा जा सकता क्योंकि मार्क्सवादियों का तटस्थ दर्शन और विवेचन उनके काव्य की विशेषता नहीं है।' तुलनात्मक तौर पर याद करें तो रामविलास शर्मा ने उन्हें लगभग अस्तित्ववादी ही कह डाला है जबकि आचार्य वाजपेयी ने ऐसा नहीं ही कहा। पर नये कवियों में कुछेक जरूर उन्हें अस्तित्ववाद के भी आस-पास पाते रहे हैं।

एक आलोचक के रूप में वे अपनी सामर्थ्य और मर्यादा से सर्वथा परिचित थे किन्तु अपनी सीमाएँ भी जानते ही थे। ठीक वैसे ही जैसे कोई कवि या लेखक अपने अनुभव-क्षेत्र में निवास किया करता है। वे अपनी सहृदयता-क्षेत्र का अतिक्रमण शायद ही कभी करते हों। मसलन हिन्दी के आदिकालीन या वीरगाथा काव्य या फिर रीतिवादी काव्य पर उन्होंने कभी कलम नहीं उठाई। ऐसे मौके सामने आये भी तो अपनी सीमा समझते हुए इन काव्य-युगों और प्रवृत्तियों पर उन्होंने शायद ही कभी कुछ कहा हो। यह उनका अपना मर्यादा-बोध था और सीमा-बोध भी। एक प्रसंग जरूर मेरी आँखों के सामने उज्जैन में तब घटा जब रीतिकालीन कवियों पर केन्द्रित एक राष्ट्रीय गोष्ठी में कुलपति रहते हुए वे आये और बीच की कुर्सियों में से किसी एक पर चुपचाप बैठ गये थे। मंच पर कई जाने-माने रीतिकाल-विशेषज्ञ अपनी-अपनी बातें कह रहे थे। सभा के अध्यक्षीय वक्तव्य से पहले मंच पर आकर उनसे भी कुछ कहने का पहले तो निवेदन फिर पुरजोर आग्रह किया जाने लगा। पर वे अपना संकोच और अपनी झिझक प्रदर्शित करते रहे। ठण्ड के दिनों की वह एक गहराती शाम थी। मंच से जब यह वाक्य उन तक पहुँचा कि "हम लोग एक स्वच्छन्दतावादी आलोचक आचार्य को भी सुनना चाहते हैं कि रीतिकालीन काव्य पर उसकी अपनी राय क्या है," वे सगौरव उठकर उस मंच पर गये जिस पर रीतिकाल के निर्द्वन्द्व आचार्य विश्वनाथ प्रसाद मिश्र, रीतिकाव्य के ही डॉ. भगीरथ मिश्र और दो-एक अन्य भी विराजमान थे। वे सीधे माइक पर ही जा पहुँचे और कहा कि भक्तिकाल और रीतिकाल में एक जो बहुत बड़ा फर्क है वह यह कि भक्तिकाल की

तुलना में रीतिकाल अधिक सहज मानव-भूमि पर है। दूसरे वह एकदम से सेकुलर काव्य है। किसी विचार-दर्शन या धर्म की छाप उस पर नहीं पड़ पायी है। इस रूप में उसकी भूमिका शुद्ध मानवीय है। भक्तिकाल की कविता पर इस तुलना में हिन्दू धर्म और दर्शन की गहरी छाप है। यह सब कह वे तत्काल पलटे और उनका तेवर किंचित तीखा हो उठा—रीतिकाव्य एक श्रेष्ठ कोटि का काव्य है किन्तु उसमें वे महानताएँ नहीं हैं जो भक्तिकाव्य में हैं। भक्तिकाव्य की भूमि अधिक सुविस्तृत और प्रशस्त है। उसमें मानव-अनुभूतियों की गहराई एवं जीवन को उत्कर्ष की ओर ले जाने वाले विचारों का प्राबल्य है। इस रूप में भक्तिकाव्य एक महान काव्य है।

इन विचारों को प्रकट करते हुए उन्होंने अंग्रेजी के दो पदों—'गुड' और 'ग्रेट' का इस्तेमाल भी किया। निश्चय ही इसमें उनके पश्चिमी सौन्दर्य-चिन्तन का योगदान था जिसका गम्भीर अध्ययन वे अपने शुरुआती अध्यापकीय जीवन-काल में कर चुके थे। प्रसाद पर अपनी पहली किताब लिखते हुए भी उनका यह ज्ञान सहयोग करता चल रहा था। यह भी कहा जा सकता है कि पश्चिमी सौन्दर्य-चिन्तन और साहित्य-चिन्तन में उनकी पैठ बेहद गहरी थी जिसे उन्होंने अपनी सूक्ष्मग्राही बुद्धि से आत्मसात् किया था और अपनी प्रखर-प्रतिभा के बल पर उसका उपयोग और प्रयोग करते चल रहे थे। किन्तु इस सावधानी के साथ कि वे एक हिन्दी आलोचक हैं और हिन्दी भाषा और उसकी परम्पराओं के प्रति उनकी गहरी और भारी जिम्मेदारी है। इस जिम्मेदारी को वे उतनी ही ईमानदारी से निभा सकें इसके लिए भारतीय काव्य-चिन्तन में भी वैसी ही पैठ उनके लिए जरूरी थी। शुरुआती दिनों में सम्भवतः यह उतनी गहरी न रही हो पर क्रमशः प्रौढ़ होते जाते दिनों में संस्कृत आलोचना-शास्त्र के पण्डितों से उनके मैत्री-सम्बन्धों को देखते हुए यह अनुमान आसानी से लगाया जा सकता है कि इसका रहस्य क्या है। बाद के दिनों में तो उन्होंने संस्कृत साहित्य और काव्य-शास्त्र के भरोसेमन्द जानकार डॉ. राममूर्ति त्रिपाठी को अन्यों से अधिक वेतन-वृद्धि देकर सागर के हिन्दी विभाग में एक सहयोगी के रूप में बुला लिया था। डॉ. त्रिपाठी के प्रति उनमें इतना आकर्षण था कि जब वे कुलपति होकर उज्जैन के विक्रम विश्वविद्यालय गये तब थोड़े ही दिनों में सागर के हिन्दी विभाग के अपने मुँह लगे शिष्यों और सहयोगियों को दरकिनार करते हुए, कौन कान्यकुब्ज है, कौन सरयूपारी जैसे संकीर्ण दायरों को लाँघते हुए, नयी-नयी शुरू हुई हिन्दी अध्ययन शाला अर्थात् हिन्दी विभाग के सुचारू संचालन के लिए डॉ. त्रिपाठी को ही विभागाध्यक्ष के रूप में चुन लिया था। डॉ. त्रिपाठी यों तो आचार्य हजारी प्रसाद द्विवेदी और आचार्य विश्वनाथ प्रसाद मिश्र के छात्र थे फिर भी वाजपेयी जी ने उनके पक्ष में निर्णय लिया। उनकी गुण ग्राहकता ऐसी ही थी।

इस सन्दर्भ में जो एक मजेदार किस्सा याद आता है वह यह कि सागर के दिनों में तो उनके द्वारा डिक्टेशन के मार्फत लिखवाये जा रहे आलेखों का नोट मैं

ही लिया करता था। उज्जैन आने पर उनको श्री भुटाने जैसे आशुलिपिक मिल गये थे पर निजी काम-काज के लिए तो मैं फिर भी उनकी सेवा में तत्पर रहता ही था।

कुलपति पद के चतुर्दिक सक्रिय विरोधी राजनीति से थोड़ा-बहुत निपटकर जब वे फिर एक आलोचक के रूप में सक्रिय होने की कोशिश करने लगे तो सबसे पहले उनका ध्यान नयी कविता के कवियों की तरफ गया जिनकी अनुकरणगामी प्रवृत्तियों के विरुद्ध आलोचना के अपने सम्पादकीय-काल में वे काफी कुछ लिख चुके थे। अज्ञेय, धर्मवीर भारती, गिरजाकुमार माथुर, मुक्तिबोध, नरेश मेहता से लेकर कुँवरनारायण, केदारनाथ सिंह और दुष्यन्त कुमार तक उनकी जो लेखमाला थी उसका डिक्टेशन उन्होंने हिन्दी विभाग के डॉ. शिवसहाय पाठक को देना शुरू किया था। बाद में रस-सिद्धान्त को लेकर वे अपना डिक्टेशन डॉ. त्रिपाठी जी को देने लगे। मुझे लगा कि जब मैं डिक्टेशन ले सकता हूँ और उनका शोध-छात्र और निजी सहायक भी हूँ, तब वे इन वरिष्ठ अध्यापकों से ऐसा सामान्य-सा काम क्यों लेने लगे हैं। मुँह-लगा तो मैं उनका तब तक हो ही गया था। एक दिन कह ही डाला—आपका डिक्टेशन मैं लेता ही रहा हूँ, तब आप यह काम डॉ. त्रिपाठी जी से क्यों ले रहे हैं? मेरी बात सुनकर कुछ पल तो वे खामोश रहे पर इतनी ही देर में मेरे कानों तक उनका यह वाक्य भी आ पहुँचा—'तो क्या संस्कृत काव्यशास्त्र की जो कारिकाएँ मैं भूलूँगा, वो आप मुझे बता देंगे?' इस वाक्य को सुनते ही मैं सकपका गया और थोड़े ही क्षणों में उनका दूसरा वाक्य कानों में पड़ा—'त्रिपाठी जी को भारतीय काव्यशास्त्र का सब कण्ठस्थ है। मुझे तो नहीं है। इसलिए जहाँ भूलता हूँ वे मेरी मदद करते हैं। यह काम आप तो नहीं कर सकते न?'

उनके इस उत्तर में प्रताड़ना तो एकदम ही नहीं थी पर शिक्षा और प्रशिक्षा तो थी ही। उनके प्रतिभा-मण्डित और विद्वत्ता से परिपूर्ण व्यक्तित्व के ये वे परिसर थे जहाँ उनकी मेधा निर्द्वन्द्व विचरण किया करती थी। साहित्य का इतिहास गवाह है कि अपने अभिभावक तुल्य शिक्षक अयोध्यासिंह 'हरिऔध' और कवि मैथिलीशरण गुप्त जैसे खड़ी बोली के दिग्गज कवियों के वर्चस्व के दिनों में एक युवा आलोचक के रूप में बेहद दुस्साहसपूर्ण ढंग से उन्होंने आधुनिक हिन्दी कविता की बृहत्त्रयी में—प्रसाद, निराला और पन्त—का निर्माण किया और उसे युगान्तकारी कहते हुए अपनी बेखौफ स्थापना दी। यह साहित्य और आलोचना की एक अविस्मरणीय घटना है।

एक बार कलकत्ता विश्वविद्यालय में दिये जाने वाले व्याख्यान के सन्दर्भ में जब उनसे अचानक प्रसाद और निराला पर एक साथ बोलने को कहा गया तब उनके समक्ष लगभग संकट सा ही खड़ा हो गया। किन्तु इस चुनौती को उन्होंने जिस तरह निभाया, उसे वह ही कर सकते थे। यह तो कहा ही कि प्रसाद और निराला हिन्दी काव्य की दो सर्वोत्तम प्रतिभाएँ हैं। यह भी कि प्रसाद का महाकाव्य प्रगीतात्मक शैली का एक अप्रतिम उदाहरण है और निराला के प्रगीत महाकाव्य की स्वच्छता और

उदात्तता से सम्पन्न हैं। इसे भी कह ही डाला कि काव्यगत तटस्थता को देखते हुए यह उम्मीद निराला से बँधती थी कि वे महाकाव्य की ओर जायें किन्तु ऐसा नहीं हो सका जबकि वैयक्तिक अनुभूति की प्रमुखता और प्रबलता रखने वाले कवि प्रसाद ने एक महाकाव्य लिख डाला। निचोड़ में कहा यही कि दोनों अपनी समरूपता में नहीं अपनी विलक्षण भिन्नताओं में अनुपम और अद्वितीय हैं। अतः तुलना का अवकाश ही कहाँ।

ये उनके महान समीक्षक व्यक्तित्व के वे छोर थे जिन्हें नजरन्दाज कर पाना कठिन होगा, लेकिन उनका मनुष्य इससे भी कई गुना विशाल और उदार था। वे अपने साथ काम करने वाले उन युवा साहित्यिकों को भी स्नेह देने में संकोच नहीं करते थे जिनकी विचारधारा मार्क्सवादी या फिर कुछ अन्य होती थी। डॉ. शिवकुमार मिश्र और डॉ. चन्द्रभूषण तिवारी भी उनको उतने ही प्रिय थे जितने गंगाधर झा या डॉ. प्रेमशंकर। डॉ. मिश्र और डॉ. तिवारी तो घोषित वामपंथी थे।

मार्क्स की विचारधारा को महत्त्वपूर्ण मानते हुए भी, 'वाद' के रूप में साहित्य में उसकी भूमिका उनको उसी तरह अहितकर लगा करती थी जैसी कि अस्तित्ववाद की। तब भी रामविलास शर्मा जैसे मार्क्सवादियों को लेकर उनमें गहरा स्नेह भाव था। यहाँ तक कि विक्रम विश्वविद्यालय के अंग्रेजी विभाग के प्रोफेसर और अध्यक्ष के रूप में वे डॉ. शर्मा को प्रत्येक कीमत पर लाना चहते थे। उन्होंने ही तो नामवर जी को सागर में व्याख्याता के रूप में लिया था और नागार्जुन के विवादास्पद उपन्यास 'उग्रतारा' को स्नातक स्तर के पाठ्यक्रम में लगा दिया था। प्रगतिवाद, प्रयोगवाद जैसी नयी काव्य-प्रवृत्तियों से सागर के स्नातकोत्तर हिन्दी के छात्रों को परिचित कराने के लिए पाठ्यक्रम उन्होंने ही तय कराया था। आज ज्यादातर यह प्रचारित किया जाता है कि वे एक प्रतिगामी आलोचक और साहित्य चिन्तक थे। सच्चाई जबकि यह है कि वे न तो प्रभाववादी आलोचक थे, न ही अखाड़िया। विपरीत इसके साहित्य के गहरे जातीय मूल्यों के वे कठोर पक्षधर थे। प्राचीन आचार्यों जैसा आत्माभिमान और आत्मगौरव तो उनमें कूट-कूट कर भरा था, साथ ही अन्यों के प्रति उनकी सजगता भी कुछ-कुछ इसी तरह की थी। ऐसे भी मौके आये जब प्रदेश के शिक्षा मन्त्री ने उन्हें एक मातहत अधिकारी के रूप में पाना चाहा और वे उसके बुलावे पर भी नहीं गये और उत्तर में यह सन्देश जरूर भिजवा दिया कि वे अगर कुलपति निवास पर आकर चाय पीना चाहें तो स्वागत है।

व्यक्तिगत अभिरुचियों में उनकी पसन्द बेहद परिष्कृत अभिजातवादी की थी। महँगे खादी सिल्क का कुरता-धोती या फिर बंगाल की शांतिपुरी धोती, कोल्हापुरी जेजे चप्पलें, पशमीने का बन्द गले का ऊनी कोट या जाकेट और बनारसी जर्दा। निराला जैसे मित्रों के सम्पर्क में आकर जो खैनी वे खाया करते थे वह भी खूबसूरत चाँदी की डिबिया में जिसे घरेलू सेवक उदित बनाकर उनकी जेब में सुबह से ही रख दिया करता। एक बार कुलपति होने पर जब नयी फियेट कार खरीदते वक्त

रंग का सवाल सामने आया तो उन्होंने काले रंग की वकालत करने वाले एजेन्ट से कहा—'अरे भाई! आप मुझे जानते नहीं। मैं रोमान्टिक क्रिटिक हूँ। आप मुझे ऑफ ह्वाइट रंग की कार सप्लाई करिए।' यह केवल रंग का अकेला सवाल नहीं था उस उदात्तता और अभिरुचि का भी था जिसे वे धारण किये हुए थे। उसके लिए तब नम्बर लगता था पर उन्होंने अपनी पसन्द के लिए प्रतीक्षा की।

रुचि तथा भाषा तक यह अभिजात अपना वातावरण रचा ही करता। उन्होंने इसे कैसे विकसित किया होगा। पिता से या किसी आदरणीय मित्र से, तो मेरे लिए अनुमान लगाना सहज है कि अपने प्रिय महाकवि जयशंकर प्रसाद से, जिनके वे अत्यन्त स्नेहपात्र थे। अन्यथा तो स्वदेशी आन्दोलन के शुरुआती दिनों में वे गाँधी टोपी भी लगाते और खादी के वस्त्रों का इस्तेमाल भी किया करते थे। गाँधी के महान व्यक्तित्व के प्रति अपने अनन्य आकर्षणों के चलते, अपने इस प्रत्यक्ष अभिजात रुचि-बोध के बावजूद उनमें स्वदेशी प्रेरणाओं, विचार-समूहों और सूक्ष्म संवेदनाओं को लेकर इतना जबरदस्त आवेग और बौद्धिक समर्पण था कि उन्होंने इस मुद्दे पर कभी कोई समझौता किया ही नहीं। शुरूआती दिनों में पिता के साथ आन्दोलन में भी गये पर जब दोनों के गिरफ्तार होने की नौबत आयी तो ये बचकर निकल आये और पिता जेल चले गये।

गाँधी के साथ जब-जब मार्क्स के विचारों की जनोम्मुखता का सवाल सामने आया, सामाजिक विकास की द्वन्द्वमूलक प्रक्रिया और ऐतिहासिक भौतिकवाद के स्थान पर वे भारतीय विश्व-दृष्टि की धारावाहिकता का समर्थन करते रहे। 'नया साहित्य नये प्रश्न' की भूमिका 'निकष' में उन्होंने लिखा—'मेरे लिए समाज और साहित्य की प्रगति द्वन्द्वात्मक नहीं धारावाहिक है। अतएव मैं प्रसाद और प्रेमचन्द, निराला और पन्त की निष्ठामयी रागिनी और जनवादी तेवर से किसी प्रकार नीचे उतरने को तैयार न था।' 9 जनवरी, 1955 को एक साक्षात्कार लेते हुए मैंने जब उनसे पूछा कि कुछ लोग आपको छायावादी, स्वच्छन्दतावादी, सौष्ठववादी प्रगतिशील तो कुछ लोग रसवादी तथा अध्यात्मवादी कहते हैं किन्तु आप इनमें से स्वयं को क्या मानते हैं तो उन्होंने बेहद साफ-सुथरा जवाब देते हुए कहा था—'यदि इन विशेषणों के द्वारा सीमा का विस्तार हो रहा है, तो मुझे क्या आपत्ति हो सकती है। यदि विशेषणों को निकालकर केवल साहित्य समीक्षक कहा जाये तो मुझे सर्वाधिक प्रसन्नता होगी।'

इस साक्षात्कार को लेने से पहले मुझे डराया गया था कि वे इन प्रश्नों पर नाराज हो जायेंगे और तुम्हारा बुरा भी हो सकता है किन्तु मेरा अनुभव इससे भिन्न रहा। न कभी वे नाराज दिखे न मेरा बुरा हुआ। उनको लेकर विभाग के सहयोगियों, जिनमें अधिकतर उनके छात्र ही थे, परस्पर इतनी राजनीति और ईर्ष्या चलती रहती थी कि एक-दूसरे को नीचा दिखाने के लिए सब उनके पास अपना नकली चेहरा ही लेकर जाते और अपनी पोजीशन दूसरे से बेहतर करने और बनाने की कोशिश में हर वक्त लगे रहते। किन्तु उनकी निगाह हमेशा इस राजनीति से परे और ऊपर

रहा करती। अव्वल तो उनके पास इतना समय ही नहीं बचता था कि आपस में चौबीसों घण्टे चालें चलते कुनबे में खुद एक योद्धा की तरह कूदें। ढेर सारी यात्राएँ, इतने लोगों की दिन-भर आवाजाही, मान्य आचार्यगणों का शाम को उठना-बैठना, शोध-छात्रों की भारी भीड़ उसके बाद खुद स्वास्थ्य-सम्बन्धी परेशानियाँ। तब भी मैंने न तो उन्हें कभी किसी विकृत मनोदशा में देखा, न उदास या पस्त। हाँ, एक बार जब वे बनारस के बड़े प्रसिद्ध राजवैद्य को दिखाकर लौटे, उनके दोनों पाँव सूजे हुए थे जिससे पता चल रहा था कि यकृत की दशा गड़बड़ है। किन्तु जल्दी ही वे इस मनोदशा से स्वयं को उबार भी सके थे। एक झटका-सा उन्हें तब जरूर महसूस हुआ था जब सागर विश्वविद्यालय के कुलपति-पद की जगह रिक्त हुई और राजनीति-विज्ञान के आचार्य डॉ. एम.पी. (महादेव प्रसाद) शर्मा मनोनीत कर दिये गये। उन्हें उम्मीद थी कि उनके पूर्वमित्र और अब प्रदेश के मुख्यमन्त्री डॉ. द्वारिका प्रसाद मिश्र यह पद उन्हें ही ऑफर करेंगे। मिश्रजी खुद सागर के कुलपति रह चुके थे और यहाँ की राई-रत्ती से परिचित थे। जानते थे कि वाजपेयी जी का स्वभाव अत्यन्त कोमल और उदार है। दण्डनीयों को भी क्षमा कर देना उनका सहज स्वभाव है। तब विश्वविद्यालय सुधरेगा कैसे? इसलिए कुछ ही दिनों में उन्हें विक्रम विश्वविद्यालय का कुलपति मनोनीत कर उन्होंने अपना मित्र-ऋण तो चुकाया ही, उज्जैन में जरूरत से ज्यादा वर्चस्व बनाये हुए माधव महाविद्यालय के चर्चित प्राचार्य कवि शिवमंगल सिंह 'सुमन' के कद को सामान्य करने की भी चाल चली। मजेदार यह कि तीनों बैसवाड़ा के थे। जानने वाले जानते हैं डॉ. सुमन इससे सामान्य तो हुए नहीं उल्टे अधिक विपरीत दिशा में सक्रिय हो उठे और घात-प्रतिघात की स्थिति उत्पन्न होती चली गयी। मैं चूँकि निजी सहायक के रूप में अक्सर उनके आस-पास रहा करता मेरे सामने जो प्रसंग घटा उसे देख तो मैं खुद भी सहम गया।

शाम के चार और पाँच के बीच का वक्त रहा होगा जब मैं छात्रावास से पहुँचा था और वे अपने कुलपति वाले बँगले की उन्हीं कुर्सियों पर बैठे डॉ. सुमन से किन्हीं मुद्दों पर बातें कर रहे थे। जब तक यह बातचीत चल रही थी, मैं पोर्च में ही घरेलू सेवकों और ड्राइवरों के साथ बतियाता रहा। थोड़ी ही देर में सुमन जी विदा लेने के लिए खड़े हुए तो बैठे हुए वाजपेयी जी के चरणों पर प्रणाम करने को झुके किन्तु वाजपेयी जी आशीर्वाद देने के बजाय बैठे-बैठे ही जो कह रहे थे वह गुस्से से भरा हुआ और बेहद कठोर वाक्य था—'सुमन जी! यह दोनों नहीं चलेगा। या तो आप प्रणाम कर लीजिए या फिर खुलकर चालें ही चल लीजिए। एक साथ दोनों सम्बन्ध निभाये नहीं जा सकते। आप पीछे तो वार करते हैं फिर सामने चरण छूने से क्या फायदा?'

मैंने लक्ष्य किया, सुमन जी बचाव की मुद्रा में आ चुके थे और सफाई देने की झूठी कोशिशें करने लगे थे जो वाजपेयी जी को आश्वस्त नहीं ही कर पा रही थीं। निश्चय ही उस क्षण वाजपेयी जी का क्षोभ अपनी प्रचण्डता में था जिसमें सुमन जी

की घातकारी राजनीति को लेकर उनका दुख-दग्ध अनुभव भी शामिल था। सुमन जी की सफाई में न तो पश्चात्ताप का भाव था न आत्मपीड़ा और ग्लानि का। मैंने यह भी लक्ष्य किया कि सुमन जी कुछ पलों के लिए तो असहज से हो उठे थे और बैठक की सीढ़ियाँ उतरते हुए उनकी मुद्रा—बड़े बेआबरू होकर तेरे कूचे से हम निकले वाली थी।

वाजपेयी जी का यह रूप मैंने पहले तो कभी देखा नहीं था, न ही अनुमान लगा पाया था कि वे कभी इस रूप में आ भी सकते हैं। पर घटा तो सब इन्हीं आँखों के सामने था। तब अविश्वास भी कैसे किया जा सकता था। लेकिन एक बार जब उज्जैन के एक स्थानीय पुस्तक-व्यवसायी के साथ मेरी कहा-सुनी हो गयी और जोश में आकर मैंने उसे धमकियाँ तक दे डालीं तो उसने तत्काल उनसे अपनी निकटता का लाभ लेते हुए फोन करके शिकायत कर दी कि आपके शोध-छात्र विजय बहादुर सिंह ने मेरे हाथ-पाँव तोड़ देने की धमकी दी है। दूसरे दिन मैं अपने रोज के तयशुदा समय पर पहुँचा था। मैंने जब उनके चरण छुए और प्रणाम करके खड़ा हुआ तो उनका अप्रत्याशित भारी वाक्य सुनाई पड़ा—

'आपका वजन कितना है?'

यह कहते हुए उनका भाव अत्यन्त गम्भीर और ईषत् क्षोभ वाला था। मैं समझ गया कि बात इन तक पहुँचा दी गयी है। इसलिए धीरे से दो टूक और सीधा जवाब दिया—'चौवन-पचपन या छप्पन-सत्तावन किलो होगा पंडित जी!' सागर से लेकर उज्जैन तक हम सब उन्हें इसी नाम से सम्बोधित किया करते थे। तत्काल उनका दूसरा वाक्य तीर की तरह मेरे सामने आ गया—'हाँ! तब तो आप किसी का भी हाथ-पाँव तोड़ सकते हैं।'

मैं सफाई दे ही रहा था कि तब तक पण्डित जी के छोटे बेटे भन्नू (सुनृत कुमार), जो पिछली शाम मेरे साथ थे, भीतर से आकर मेरा पक्ष लेने लगे। पण्डित जी ने डपट कर उन्हें घर के भीतर भेज दिया। मैंने तब विस्तार से उन्हें पूरी बात सच-सच बता दी। मेरी सफाई सुन वे आश्वस्त हुए और मुझे बैठ जाने को कहा। बैठ जाने के कुछ क्षण बाद मुझे समझाना शुरू किया—'माना कि आप अभी नौजवान हैं और कोई अनुचित बात बर्दाश्त नहीं करते पर जमाना अब बदल चुका है। इस बदले हुए वातावरण में हमको भी बदलना चाहिए।' मैं उन्हें सुनता रहा और वे आगे भी रुक-रुक कर बोलते और सिखाते रहे—'मैंने भी अपनी जवानी में, निराला जी जिनके यहाँ काम करते थे, उन दुलारे लाल भार्गव को, उनके अनुचित व्यवहार पर मारा था। पर तब का समय दूसरा था। अब समय वह नहीं रह गया है। इसलिए आजकल सम्हल कर व्यवहार करना चाहिए।' यह उनकी अभिभावक की स्नेहिल मुद्रा थी।

यह सब कहते हुए उनके स्वरों में जितनी समझाइश थी, उतना ही स्नेह और अपनत्व भी। नहीं जानता कि अपना यह मनोभाव वे किसी अन्य से भी शेयर करते

थे या नहीं किन्तु मैंने तो यह बार-बार अनुभव किया कि बहुत बार वे ऐसी बातें मुझसे करने लगते जिनका कोई पूर्व सन्दर्भ नहीं हुआ करता किन्तु लगता ऐसा कि वे बातें उनके मन में महीनों पहले से चली आ रही थीं।

एक शाम आफिस से लौट जब वे जाड़े की धूप ले रहे थे, मैं कुर्सी उठा उनके सामने जा बैठा। बगैर किसी पूर्व भूमिका के वे कहने लगे—'जानते हैं आप आदर्श साहित्यिक आलोचना क्या हुआ करती है। मेरी दृष्टि में वह आचार्य शुक्ल द्वारा लिखित भ्रमरगीत सार की है। अब मैं वैसी ही आलोचना लिखना चाहता हूँ।' मैं कुछ कहता इससे पहले ही उन्होंने फिर एक वाक्य कहा—'अब आपके नामवर सिंह हैं, लिखते-लिखते ऐंठ जाते हैं। वस्तुपरकता गायब हो जाती है।' मैंने हिम्मत करके पूछा—'तो क्या आलोचक को अपनी बात कहने का हक नहीं है?' उन्होंने कहा—'आलोचक का सबसे बड़ा दायित्व सर्जक की संगत करना है। शुक्ल जी ने भ्रमरगीत सार की भूमिका में यही किया है।'

यह तो निर्विवाद है कि आचार्य शुक्ल के बाद के वे सबसे बड़े साहित्यालोचक थे। खुद हिन्दी आलोचना पर लिखी गयी किताबें इसकी गवाही चिरकाल तक देती ही रहेंगी किन्तु जब कभी यह सवाल उठेगा कि वे साहित्यालोचक बड़े थे या फिर साहित्य-अध्यापक और आचार्य, तो बेहिचक कहना पड़ेगा कि उनका आचार्यत्व जो महाकरुणा का मूर्तिमान रूप था। अपने पूरे अध्यापकीय जीवन में उन्होंने शायद ही कभी किसी परीक्षार्थी को थर्ड डिवीजन दिया हो। शायद ही कभी किसी के मन को छोटा किया हो या फिर किसी की कसमसाती अँखुवाती सम्भावना को दबाया या कुचला हो। कवि पन्त की ही तरह वे मानते थे—'दीन, दुर्बल है रे संसार। इसी से दया, क्षमा औ' प्यार।' प्रतिभाओं को पहचान कर उन्हें अपना स्नेहिल प्रोत्साहन देना उनका सहज स्वभाव था। उनके छात्रों में चाहे आलोचक बच्चन सिंह हों या कवि नरेश मेहता, कवि शम्भुनाथ सिंह या फिर डॉ. प्रेमशंकर, ख्यात संस्मरणकार डॉ. कान्तिकुमार या फिर डॉ. शिवकुमार मिश्र, वाम के सम्पादक डॉ. चन्द्रभूषण तिवारी, धनंजय वर्मा या स्वयं मैं, हम सब अगर अपनी छोटी-मोटी पहचान बना सके तो कारण उनके व्यक्तित्व की उदारता और स्नेहिल छाया ही थी।

निजी तौर पर मैं जानता हूँ कि उनके आदर्श पुरुषों में यदि एक तरफ भारत के प्रथम राष्ट्रपति डॉ. राजेन्द्र बाबू थे तो दूसरी तरफ समाजवाद के जनक आचार्य नरेन्द्र देव। किन्तु इन सबसे भी ऊपर थे देवपुरुष गाँधी। अपना वैचारिक संस्कार वे यहीं से ग्रहण किया करते थे। साहित्यिक संस्कारों के लिए तो उनके समक्ष प्रेमचन्द, जयशंकर प्रसाद, निराला और आचार्य रामचन्द्र शुक्ल थे ही। भविष्य में जब कभी उनका तटस्थ और सन्तुलित अध्ययन होगा अध्येता को इस निष्कर्ष तक पहुँचना ही पड़ेगा कि वे एक सच्चे जनोन्मुखी आचार्य और प्रखर साहित्यिक चिन्तक थे।

अपने जैसे जैनेन्द्र

जैनेन्द्र की कहानी तो स्कूली जीवन में ही पढ़ने को मिल गयी थी पर उनके पहले उपन्यास 'परख' से साबका इन्टर की कक्षा में हुआ। शैली एकदम सहज किन्तु स्यादवादी बातें बार-बार मन और बुद्धि को छूने, नये ढंग से अनुभव करने और सोचने की कला को सिखाती हुई। हिन्दी भाषा और साहित्य में एक वह दृष्टि पनपाती हुई जो जैन दर्शन और चिन्तन के चलते उन्हें संस्कारतः मिली हुई थी। हिन्दी भाषा और कथा-साहित्य में सम्भवतः यह उनका स्यादवाद था या फिर अनेकान्तवाद। जैसे कि उनका इस तरह का वाक्य लिखना—है भी। शायद नहीं भी है। ...आदि आदि। पर वे गाँधी और राष्ट्रीय आन्दोलन से भी कोई कम जुड़े हुए नहीं थे। खादी के कपड़े ही पहनते, खादीवादियों के बीच आते-जाते भी। फिर उनके 'आदरणीय बाबूजी' यानी प्रेमचन्द तो सुराजी थे ही।

कभी सोचा नहीं था कि इतने बड़े लेखक से कभी प्रत्यक्ष मिलना और बातचीत कर पाना सुगम होगा। अब तक जिन दो एक से मिलना हुआ था वे बच्चन और रामविलास शर्मा थे। आचार्य हजारी प्रसाद द्विवेदी को बस सुना और देखा भर था।

जैन-वर्चस्व नगरी विदिशा में अध्यापकी की नौकरी मिली तो सुसंयोग से न जाने किन कारणों जैनेन्द्र का विदिशा आना भी हुआ। कॉलेज के स्वामी, नगर सेठ राजेन्द्र कुमार जी के यहाँ से इत्तला मिली कि शाम छह के आस-पास जैनेन्द्र जी बड़जात्या शिशु मन्दिर में लोगों से मिलेंगे। कुल मिलाकर उनके स्वागत में एक छोटी सी गोष्ठी होगी। मैंने तब तक जैनेन्द्र जी के चर्चित उपन्यास 'त्यागपत्र' और 'सुनीता' को भी पढ़ लिया था और आलोचकों की कटु समीक्षाएँ भी। जैनेन्द्र को करीब से देखने, उनसे बातचीत करने का यह एक सुखद अवसर था मेरे लिए। पर इतने बड़े लेखक से कैसे संवाद किया जाता है, यह तो सीखा ही नहीं था। जैनेन्द्र को देखा तो वे भी धोती-कुरता में थे, सो भी मसलिन खादी के। पाँवों में उसी के अनुरूप खूबसूरत चप्पल। इकहरा, मझोला, गेहुँई रंग। सबका सब सामान्य, निरभिजात। फिर भी विशिष्ट बौद्धिक व्यक्तित्व का एहसास कराता।

उन्हें सुनने आये लोगों में अधिकांश जैन समुदाय के ही थे। तभी मुझे पता लगा कि हमारा यह लेखक भी उसी समुदाय से है। फिर भी सोच और निगाह एक सूक्ष्मदर्शी कलाकार की।

वे आकर बैठे तो हम पाँच-दस लोग एक घेरा सा बनाकर उनके इर्द-गिर्द बैठ गये। जैसा कि कहा गया था, बातचीत की शुरुआत मुझे ही करनी थी। विश्वविद्यालय से नया-नया आया था मैं ढेर सारी किताबें पढ़कर। पर यह कहाँ जानता था कि किताबें आपको विद्वान तो बना सकती हैं फिर भी वे जिये जाने वाले जीवन के लिए कोई बना-बनाया फार्मूला नहीं दे सकतीं। लेखक जबकि जिये जा रहे जीवन के तमाम रहस्यों को रचने का ही काम किया करता है। उसकी निगाह कभी भी, किन्हीं भी फार्मूलों पर नहीं रहती। उन गतियों और राहों पर रहती है जिन्हें जीवन निरन्तर बनाता और बदलता रहता है।

गोष्ठी एकदम निरौपचारिक वातारण में शुरू हुई। बगैर किसी भूमिका में गये मैंने 'सुनीता' उपन्यास को लेकर उनके समक्ष यह ब्लण्ट-सा सवाल रख दिया—'उपन्यास में आपने 'सुनीता' के कपड़े क्यों उतरवा दिये हैं?' मेरे सवाल से जैनेन्द्र जी कटघरे में आ जायेंगे ऐसा भी कहाँ सोचा था। न यही कि इसे आक्रमण समझ जो आक्रामक जवाब वे देंगे उससे मैं ही कटघरे में आ जाऊँगा। मैंने लक्ष्य किया वे किंचित भी विचलित नहीं हुए। न चेहरे पर ऐसा कोई भाव ले आये जिसे क्रोध कहते हैं। दो-एक सेकण्ड बाद उनके मुँह से जो शब्द फूटे वे मुझे अब तक भूले नहीं हैं—'इतने बड़े उपन्यास में आपको सिर्फ यही दिखा?' पल-भर रुकने के बाद उनका एक और वाक्य मेरे कानों में पड़ा—'मैंने तो उपन्यास में बहुत सी बातें कही हैं, आपकी निगाह कौवे की तरह उसी पर क्यों जा टिकी?' अब उनके बजाय मैं ही उनकी आक्रामक चपेट में आ चुका था। उत्तर अब उन्हें नहीं मुझे देना था। पर उस वक्त तो मैं निरुत्तर हो चुका था। बाद में मुझे यह भी लगा कि अपने समय के एक बड़े लेखक से बातें करने का अवसर मैंने गँवा दिया है। जैनेन्द्र भी बहुत सहज तो नहीं रह गये थे। तभी माहौल को दुबारा सहज करने के खयाल से किसी ने उनसे कहा—'आप तो प्रेमचन्द के साथ खूब रहे हैं। बहुत सारी बातें आपने उनको लेकर लिखी भी हैं। तब भी ऐसा कुछ जरूर रह गया होगा जो आपने न लिखा हो या फिर लिखना ही न चाहा हो।' सवाल सुन वे जैसे किसी अतीत में उतरते चले गये। शायद यह ढूँढ़ने के खयाल से कि क्या फिर भी सुनाया जा सकता है। अन्ततः हमें सुनाने लायक एक वाकया उन्हें याद आ भी गया।

प्रेमचन्द को लेकर उन्होंने जो किस्सा हमें सुनाया वह एक बार उनके लमही गाँव जाने को लेकर था। 'मैं उनसे मिलने बनारस पहुँचा तो उन्होंने कहा—'अच्छा हुआ तुम आ गये। आज हम सब गाँव जा रहे हैं। इसी बहाने तुम भी मेरा गाँव देख लोगे।' नियत समय पर ताँगा आ गया और उस पर सामान रखा जाने लगा। उसी एक ताँगे पर हम सब लोग बैठे यानी शिवरानी देवी, दोनों बेटे—श्रीपत और अमृत राय। हम दोनों तो बैठे ही। गाँव पहुँच प्रेमचन्द जी ने ताँगेवाले को जो पैसा दिया, वह उसके हिसाब से कुछ कम था। मैंने देखा प्रेमचन्द उससे अधिक देने को तैयार

न थे और उतने पैसे पर वह राजी नहीं था। दोनों के बीच काफी हुज्जत सी हुई। प्रेमचन्द ऊपर से यह भी चाहते थे कि वह सामान भी उठाकर उनके घर तक पहुँचा दे। पर वो तो गुस्से में बड़बड़ाता चला गया। हमीं लोग सामान उतार और उठाकर घर तक ले आये। प्रेमचन्द जी का यह रूप मैंने कभी नहीं देखा था। पर थे वे पूरे मुंशी। हिसाब-किताब और दुनियादारी भी उन्हें खूब आती थी। गाँधी के असर में रहकर भी हाथ से सामान उठाना जाने क्यों उन्हें जँचता नहीं था।"

प्रेमचन्द कितने दुनियादार थे इसकी झलक 16 अगस्त, 1936 को जैनेन्द्र को लिखे इस पत्र की कुछेक पंक्तियों से मिल भी जाती है—'बड़े अफसोस की बात है कि इतना सब दिमाग रखकर भी हम एक साप्ताहिक को कामयाबी के साथ नहीं चला सकते। तुम मिस्टर बिरला से मिलो और उनको हम लोगों के काम का महत्त्व समझाओ और बतलाओ कि हम कैसी-कैसी परेशानियाँ उठाते हैं। वह एक बड़े विज्ञापनदाता हैं। वह अपनी कपड़ा की मिलों, जूट के उद्योग और बीमे के व्यवसाय का विज्ञापन करते हैं। हमको भी अपना संरक्षण वह क्यों नहीं दे सकते? अगर तुम सोचते हो कि सुख-सुविधा और धन-सम्पत्ति अपने आप आ जायेगी और लक्ष्मी तुम्हारी प्रतिभा के कारण तुम पर इतनी रीझ जायेंगी कि आकर तुम्हारे पैरों पर गिर पड़ेंगी तो तुम धोखे में हो। या तो संन्यासी हो जाओ और सांसारिक अभिलाषाएँ त्याग दो। गृहस्थ होकर जबकि एक पारिवार का बोझ हमारे कंधों पर है, हमें कुछ न कुछ करना ही पड़ेगा।' लेखक के रूप में प्रेमचन्द की महानता को लेकर आज किसे सन्देह हो सकता है पर जिस प्रकार के समाज में वे अपना काम कर और रह रहे थे वह इतना बहुकोणीय और बहुरूपी था कि उनके लिए यह व्यावहारिकता भी जरूरी थी। कोरे हवाई आदर्शों से जिया तो जा सकता था पर उस लोक तक पहुँच सकना कठिन था जिसका अवचेतन संस्कार-बहुल और जीवन की सच्चाइयाँ जटिल थीं। ऐसा भी नहीं कि परवर्ती दिनों में निराला जैसे अपवाद नहीं मिले पर कितने लोगों ने वह राह अपनाई? वे तो उदाहरण बनकर ही रह गये। सो भी बेहद ट्रैजिक।

प्रेमचन्द अपने प्रिय और कनिष्ठ जैनेन्द्र को शायद यही समझा रहे थे। और ऐसी समझाइश तो उन्होंने युवा आदर्शवादी पं. नन्द दुलारे वाजपेयी को भी दी थी। अपने से कनिष्ठों के प्रति अपनत्व से भरी यह उनकी अभिभावक जैसी मुद्रा थी। जैनेन्द्र जी जब कह रहे थे कि थे वे पूरे मुंशी तब मैंने समझा सिर्फ इतना ही कि आदमी अपने संस्कारों से पूरा तो मुक्त शायद ही कभी हो पाता हो। जैनेन्द्र भी कभी हो पाये कि नहीं, उनके करीबी और मित्र ही जानें। पर इतना तो समझ ही पाया कि अपनी सारी महानताओं के बावजूद प्रेमचन्द और जैनेन्द्र भी इंसान थे और इसांनों की कतिपय दुर्बलताएँ अन्य महानों की तरह उनमें भी थीं। लेखक अन्ततः लेखक ही होता है, कोई संन्यासी नहीं।

उनकी यह बात तब और भी समझ में आयी जब सारिका जैसी कथा-पत्रिका

में एक प्रश्न के उत्तर में जैनेन्द्र ने यह दर्ज कराया कि ताल्स्तॉय निस्सन्देह महान हैं पर एक कथालेखक के बतौर मुझे दास्तोवस्की ज्यादा प्रिय लगते हैं। अपने कथन का खुलासा करते हुए उन्होंने कहा कि दास्तोवस्की मनुष्य के स्वर्ग और नर्क दोनों का चित्रण सहजता से कर पाते हैं। ताल्स्तॉय तो हमारे सामने जीवन का एक आदर्श रूप रखते हैं पर दास्तोवस्की जीवन की निचली सतहों और तलछटों का भी चित्रण करते हैं। आगे भी कहा--जीवन के सफेद रूप ही यथार्थ नहीं हैं। वे काले रूप भी सच हैं जिनसे एक भरोसेमन्द आदमी बनता है। जैनेन्द्र की यह सोच मुझे बार-बार उनके उपन्यास 'त्याग-पत्र' की नायिका मृणाल की याद दिला रही थी जिससे गुजर कर हम अपनी लाचारियों का अनुभव तो करते ही हैं, गहरी सहानुभूति और सघन उदासी से भी भर उठते हैं।

उस शाम मैंने जब जैनेन्द्र को पहली बार इतने करीब से देखा और सुना तो वे मुझे विशिष्ट कथाकार के अलावा एक सूक्ष्म विचारक भी लगे। वापस लौटते हुए मैं उनके इस विचारक को लेकर कुछ ज्यादा ही सोचता रहा। बीच-बीच में भीतर ही भीतर यह अन्तःसंवाद भी मुझमें घटित होता रहा कि उनका मूल स्वभाव तो कथाकार का ही है। प्रेमचन्द जैसे बड़े लेखक के बावजूद, प्रेमचन्द की ही तरह गाँधी जैसे महान युग-पुरुषों की छाया में रहकर भी उन्होंने प्रेमचन्द जैसा बिल्कुल ही नहीं लिखा। वैसा अगर लिखते तो सुदर्शन आदि कथाकारों की तरह वे भी शायद ही किसी नये कथा-पथ का सृजन कर पाते। पर वे तो कर सके थे।

इस गोष्ठी के बाद दूसरी बार उन्हें सुनने का मौका तब मिला जब डॉ. प्रभाकर श्रोत्रिय ने उन्हें भोपाल विश्वविद्यालय की शोध-संगोष्ठी में बुलाया। वह भी शाम का ही वक्त था और मैं बिलासपुर एक्सप्रेस पकड़ विदिशा से भोपाल पहुँचा था। गोष्ठी-स्थल पर यह जानकारी और भी मिली कि जैनेन्द्र जी आज अपनी रचना-प्रक्रिया पर बोलेंगे। स्वभावतः हम लोग बहुत उत्सुक थे कि जैनेन्द्र जी इस विषय को कैसे उठाते हैं। उन्होंने अपना वक्तव्य देते हुए शुरुआत में ही हमें चौंका दिया। कहा—'मैंने जब अपना पहला उपन्यास लिख लिया और आस-पास के दो-एक लोगों को बताया कि अब इसे छपाना चाहता हूँ तो सलाह मिली कि छपाने से पहले प्रेमचन्द को दिखा लेना ठीक रहेगा। तब मैंने उनसे पूछा कि ये प्रेमचन्द कौन हैं? उन्होंने कहा—'अरे! प्रेमचन्द को नहीं जानते और उपन्यास लिखते हो। प्रेमचन्द उपन्यास-सम्राट हैं हिन्दी के।' उनके इस वक्तव्य का कि वे प्रेमचन्द को नहीं जानते थे, अपना पहला उपन्यास 'परख' लिखने तक; मेरे मन पर यह गहरी छाप तो डाल ही गया कि किसी अन्य लेखक की राह पर चलकर बड़ा और मौलिक लेखक नहीं हुआ जा सकता। बड़ा लेखक बनने के लिए अपनी स्वतन्त्र जीवन-दृष्टि, भाषा-भंगिमा और अनुभव-संसार स्वयं तलाशना और रचना पड़ता है। जैनेन्द्र शायद यही कह भी रहे थे। मेरे जैसे युवा-लेखकों के लिए भी यह बड़े काम की बात थी।

जैनेन्द्र ने भले ही छपने से पहले प्रेमचन्द को दिखाना पसन्द न किया हो, पर राय पाने के लिए तो उन्हें भेजा ही था। उपन्यास हिन्दी ग्रन्थ रत्नाकर, गिरगाँव, बम्बई (अब मुंबई) से प्रकाशित हुआ था। जैनेन्द्र ने 6 अप्रैल, 1931 को 'बाबूजी' सम्बोधन से प्रेमचन्द को एक पत्र लिखा है। उसमें इस बात का उल्लेख है कि प्रेमचन्द की अलोचना से जैनेन्द्र खुश नहीं हुए। पत्र में एक यह पंक्ति उपन्यास को लेकर है भी—'परख की आपकी आलोचना तो चलती सी रही जैसे बहुत भीड़ के वक्त लिखी गयी हो।' और प्रेमचन्द इस बात का जवाब भी तत्काल देते हैं—'मैं समालोचक बहुत खराब हूँ। पुस्तक पर पाठक की दृष्टि से निगाह डालता हूँ। और जो भाव जम जाता है वही लिखता हूँ।' जैनेन्द्र उन्हें सफाई भी देते हैं कि वे आलोचना को लेकर असन्तुष्ट नहीं हैं। पत्रों को पढ़कर मेरी अपनी दृष्टि और समझ तो यही बनी कि जैनेन्द्र के भी अपने हर्ष और विषाद तो थे। प्रेमचन्द को 16 अप्रैल, 1931 वाले पत्र में उनके वाक्य हैं—'परख' की आपकी आलोचना से मैं असहमत हूँ, सो बात नहीं। उस विलक्षण विवाह के बारे में तो मुझे अब खयाल होता है कि शायद कुछ इक्स्ट्रा आर्डिनरी के मोह में पड़कर कि पुस्तक जिससे असाधारण जँचे, मैंने वह बात उस तरह लिखी। अब सचमुच लगता है कि वह अयथार्थ मोह था और मेरी कमी थी।'

जैनेन्द्र की इन पंक्तियों से लगता है कि यह 'मोह' उनके भीतरी स्वभाव का हिस्सा था।

गोष्ठी समाप्त हुई तो नजदीक जाकर प्रणाम करने का मन तो था और विदिशा की पहली मुलाकात की याद दिलाने की इच्छा भी, पर कर न सका और रात की पैसेंजर पकड़ विदिशा आ गया। अब कह सकता हूँ कि या तो जैनेन्द्र के प्रति मेरे मन में किन्हीं कारणों के चलते वैसा आकर्षण नहीं बन पाया था या फिर उनकी विलक्षण सोच और अनुभव-दृष्टि के चलते वैसा हुआ। इतना तो फिर भी कहने लायक लगता है कि अपने खादी के धोती-कुरते और चप्पल के बाद भी उनको लेकर अपनेपन जैसा भाव मेरा नहीं ही बन सका। इसका एक कारण उनकी वह बनावट भी हो सकती है जो शहराती और मध्यवर्गीय थी। जैनेन्द्र प्रेमचन्द्र की तरह के खुले-फैले मन के तो कभी नहीं लगे मुझे। हाँ, कुछ असाधारण सोचने और रचने वाले तो वे हर वक्त लगे। फिर भाषा तो उनकी गजब की है। पढ़ने वालों को असमंजस में डालती और सोच-विचार के लिए मजबूर करती हुई। दृष्टि तो है ही।

जैनेन्द्र प्रेमचन्द को 'बाबूजी' कह सम्बोधित किया करते थे। काश, मैं जैनेन्द्र को ऐसे ही किसी सम्बोधन से सम्बोधित कर पाता। पर मैं उस योग्य भी कहाँ था। उनसे तिबारा मिलने का एक अच्छा-खासा अवसर अचानक मुझे फिर विदिशा में ही मिला। वर्ष उन्नीस सौ चौहत्तर था। अवसर कवि श्री भवानीप्रसाद मिश्र के लोक-सम्मान समारोह का था जिसमें कवि श्री दिनकर को आना था। विदिशा के काव्य-कला रसिकों और प्रबुद्धजनों की संस्था लोकायतन यह आयोजन कर रही थी

जिसका मैं संयोजक और मुख्य कार्यकर्त्ता था। बाद में यही संस्था पं. गंगा प्रसाद पाठक ललित कलान्यास में रूपान्तरित हो गयी। हम कुछ लोग मान्य अतिथियों को स्टेशन लेने पहुँचे तो देखा दिनकर जी की जगह कथाकार और चिन्तक जैनेन्द्र कुमार जी डिब्बे से उतर रहे हैं। भवानी भाई ने सूचित किया कि दिनकर जी कुछ अस्वस्थ हो पाण्डिचेरी चले गये हैं और जैनेन्द्र जी ही अब इस अवसर के मुख्य अतिथि रहेंगे। दिनकर जी के साथ कविता का ग्लैमर निस्सन्देह लोकरुचि के अधिक नजदीक पड़ता किन्तु जैनेन्द्र जी के आने से गाँधी-विचार, कवि भवानीप्रसाद मिश्र, और समकालीन हिन्दी कविता और गद्य-साहित्य पर तो कुछ गम्भीर बातें होंगी ही। सारे अतिथिगण, कवि-शिष्या श्रीमती केशर लड्ढा के यहाँ भवानी भाई के परिवार सहित ठहरे। आयोजन तो शाम से शुरू होना था। दिन का वक्त पूरा ही खाली था। जलपान वगैरह कर लेने के बाद भवानी भाई ने मुझसे कहा कि क्यों नहीं जैनेन्द्र जी को पुराना विदिशा यानी किले अन्दर का विदिशा दिखला लाऊँ। मेरे लिए तो हमारे समय के एक शीर्षस्थानीय कथाकार और चिन्तक के साथ कुछ देर रह पाने और उससे बातचीत करने का यह एक दुर्लभ सुयोग था।

उन्हें लेकर मैं पैदल ही निकल पड़ा। शहर हो तब कितना बड़ा था। दस-बारह मिनट चलने के बाद ही हम लोग किले के अन्दर प्रवेश कर गये और मैं उन्हें मध्यकाल में विख्यात हो चकी भेलसा यानी विदिशा की तोपों के बारे में बताने लगा कि वे सचमुच कितनी दमदार और भयावह थीं।

मैं उन्हें विदिशा शहर की रामायण-महाभारतकालीन प्राचीनता के बारे में तो बताता ही चल रहा था, मगध साम्राज्य के मौर्य शासकों, खासकर अशोक और गुप्तकाल के चन्द्रगुप्त विक्रमादित्य के जमाने के असाधारण वैभव कला-संस्कृति के इतिहास के बारे में भी थोड़ी-बहुत सूचनाएँ देता चल रहा था। बीच-बीच में यह भी देख लिया करता था कि मेरे निरन्तर प्रलाप से वे कहीं बोर तो नहीं हो रहे।

मार्च की इन अन्तिम तारीखों पर दरवाजे खड़े अप्रैल की सम्भावित तपन भी वातावरण में किसी बैकग्राउंड म्यूजिक की तरह महसूस होने लगी थी। जैनेन्द्र जी किलो-डेढ़ किलोमीटर की पैदल यात्रा कर चुके थे और उनके गोरे माथे पर पसीने की चन्द बूँदें चुहचुहा आयी थीं। तब भी मेरी इच्छा थी कि मैं उन्हें मुक्तिबोध की कविताओं में आयी बावड़ियों में से, जो विदिशा में बहुतेरी थीं, कोई एक तो दिखा ही दूँ। दसवीं-ग्यारहवीं का कमलपत्री आधार पर टिका वह सूर्य मन्दिर भी टहला दूँ जो औरंगजेब की सेनाओं द्वारा बुरी तरह ध्वस्त कर दिया गया था। पर जैनेन्द्र जैसा कि उनका गुरु-गम्भीर दार्शनिक स्वभाव था, इन बातों में शायद ही अपनी कोई रुचि प्रदर्शित कर रहे थे। तब भी उन्होंने कोई अरुचि भी कहाँ प्रकट की। बस साथ चलते चले जा रहे थे।

मैं और आगे कुछ कहता कि मौका देख वे एक भिन्न प्रसंग पर उतर आये—

'विजय बहादुरजी! भवानी भाई बता रहे थे कि जब वे कलकत्ता गये थे, आपने उन्हें एक बहत ही खूबसूरत छोटी सी कंघी दी थी।'

विदिशा के प्राचीन इतिहास में विचरता मेरा मन अचानक यह सोचने पर उतर आया कि जैनेन्द्र जी को इस अवसर पर कंघी वाला प्रसंग क्यों याद आ गया। कहीं उन्हें वह नन्ही सी कंघी लुभा तो नहीं गयी। मैंने उन्हें पहले तो कंघी वाला वह किस्सा सुनाया—'हाँ, एक बार वहाँ के हिन्दी दैनिक सन्मार्ग ने अपने किसी स्वर्ण समारोह में उन्हें और दिनकर जी को आमंत्रित किया था। दिनकर जी तो हमेशा की तरह भारतीय ज्ञानपीठ के स्वामी साहू शांति प्रसाद जैन के यहाँ ही ठहरे थे। भवानी भाई को गवर्नर हाउस के सामने ग्रेट ईस्टर्न होटल के एक बड़े कमरे में अकेले ठहरा दिया गया था। छुट्टियों में मैं भी तब कलकत्ता में ही था। उनसे मिलने पहुँचा तो देखा कि नहाने के बाद वे कुरता धोती तो पहन चुके हैं पर बाल उनके बेतरतीब ढंग से बिखरे हुए हैं। पूछा तो कहा—'यार, चलते समय कंघी ही भूल आया।' तब मैंने जेब में पड़ी जैस्सोर की बनी कंघी निकाल कर दे दी। कंघी कर चुकने पर मुझे वापस लौटाते हुए भवानी भाई ने कहा—कंघी तो बहुत खूबसूरत है। मैंने कहा—आप रख लीजिए तो उन्होंने चिन्ता सी प्रकट करते हुए कहा—तो तुम क्या करोगे। मैंने उन्हें आश्वस्त किया कि यहाँ कलकत्ता के फुटपाथों पर, वो कदम-कदम पर मिलती है। अभी नीचे उतर ले लूँगा। आप तो रख लें।' उन्होंने रख ली।

इसी बीच मैंने अपनी हथेली जेब में डाल कंघी निकालते हुए जैनेन्द्र जी से कहा—'फिलहाल उतनी खूबसूरत तो यह नहीं है, तब भी है जैस्सोर की।' कंघी हाथ में लेकर देख चुकने के बाद लौटाते हुए उन्होंने कहा—'उतनी सुन्दर तो नहीं है फिर भी अच्छी है। मैंने कहा—'आप रख लें। यहाँ विदिशा में तो यह मिलती नहीं, नहीं तो मैं उतनी ही सुन्दर ढूँढ़ कर आपके लिए भी ला देता।' हाथ में ले उन्होंने उसे फिर गौर से देखा और धीरे से जेब में रखते हुए कहा—'लेकिन आप क्या करेंगे।' मैंने उन्हें आश्वस्त किया कि कलकत्ता जाऊँगा तो फिर ले लूँगा। कवि या लेखक का सौन्दर्य बोध कितना बारीक होता है यह भी तब समझ में आया।

मैंने महसूस किया कि वे विदिशा की प्राचीनता को देखते हुए उतने प्रसन्न नहीं हुए जितने कि अब थे। इसलिए भी नहीं कि कंघी कोई बड़ी चीज थी। बल्कि इसलिए कि दैनिक इस्तेमाल की एक सुन्दर वस्तु के प्रति उनके मन में जो एक सहज बालसुलभ आकर्षण था, वह इस पक चुकी प्रौढ़ता में भी क्षीण नहीं पड़ा था। एक विशिष्ट कथा लेखक और चिन्तक होकर भी उनकी बुनियादी वृत्ति सौन्दर्य-अन्वेषण की थी। जीवन को पहले की तुलना में अपेक्षाकृत अधिक प्रियतर और शोभाशाली बनाने के लिए दुनिया का हर कलाकार और लेखक शायद एक ऐसी ही जिद-सी पाले और ठाने रखता है। ग़ालिब ने यों ही नहीं कहा होगा—

गो हाथ में जुम्बिश नहीं आँखों में तो दम है।
रहने दो अभी सागरो-मीना मेरे आगे॥

जैनेन्द्र जी में भी यह खूब थी। पर वे सजग भी कोई कम नहीं थे। वे जानते थे कि केवल बाहर का यथार्थ ही नहीं, आदमी के भीतर का यथार्थ भी उतना ही सच और महत्त्वपूर्ण है। जीवन को उसकी इसी अपूर्व विलक्षणता में, उसकी समूची पारदर्शिता के साथ देखना और परखना चाहिए। केवल विचार और अनुभव ही नहीं, लेखक या कवि के संस्कारों का असर भी उसके लेखन पर कहीं खूब गहरे पड़ा रहता है। जैनेन्द्र जी में भी यह अपनी सहज स्वच्छन्दता के साथ मौजूद था। यही स्वच्छन्दता ही तो बँधे-बँधाये सारे फार्मूलाबद्ध सच को तोड़ती है। जैनेन्द्र जी में भी यह कोई कम नहीं थी।

यह भी सच है कि यथार्थ की जमीन वे कभी छोड़ते नहीं फिर भी कुछ न कुछ असामान्य और अपेक्षित से परे चित्रित करने और दिखाने की इच्छा से भरे तो रहते ही हैं। कोई पूछे कि यह कैसे और क्योंकर होता है तो मैं शायद जैनेन्द्र का ही सहारा लूँ और कहूँ—'हर आदमी खुद होता है। यानी दूसरे से भिन्न होता है। जैसे प्रसाद के लिए आवश्यक था कि वह प्रेमचन्द न हों। इस अलगपन को हम कम-पढ़ की भाषा में तौलकर न देखें। व्यक्ति जैसा हो उसके होने में, कुछ तो कारण होते ही हैं। कुछ पैतृक, कुछ पारिवारिक, कुछ स्वाभाविक और प्रवृत्तिजन्य।' जैनेन्द्र से मिलने पर मैंने हर बार यही महसूस किया कि उनके व्यक्तित्व में भी इन सब कारकों की स्वाभाविक मौजूदगी थी।

घर से बेघर शायर : कैफ़ भोपाली

शायर कैफ़ भोपाली को उनके कुछेक फिल्मी नग्मों के चलते जानता था किन्तु वे इतने मस्तमौला और मलंग तबीयत वाले होंगे इसे कहाँ जानता था। वो तो भला हो सागर विश्वविद्यालय के हिन्दी अध्यापक और कवि गोविन्द द्विवेदी का जो अकस्मात उनकी चर्चा छेड़ बैठे कि कैफ़ साहब को अभी-अभी विदा करके लौटा हूँ। मैंने उनसे जिज्ञासा की कि यहाँ आना उनका कैसे हुआ तो बताया कि शहर के लोगों ने उन्हें बुलाया था पर विदा वे बड़ी मुश्किल से हुए। मैंने अचरज से भरकर पूछा—क्यों, बमुश्किल क्यों तो उन्होंने बताया कि बस उनकी तबीयत यहाँ के लोगों के साथ लग गयी और वो रम गये। मैंने फिर पूछा कि क्या सचमुच वे ऐसे ही हैं और मेरे बुलावे पर विदिशा भी आ जायेंगे तो गोविन्द द्विवेदी ने कहा—सब उनके मूड पर है। वैसे वे जा भी सकते हैं। मैं उन्हें कहला दूँगा।

इस बातचीत को ज्यादा दिन नहीं हुए कि एक बरसाती शाम कैफ़ साहब किसी एक स्थानीय युवक को लिए खुद-ब-खुद हाजिर। उन्हें इस तरह अचानक आया देख मैं चकित। सोचा ही नहीं था कि ऐसा भी घटित होगा। कवि लोग तो प्रायः बड़ी मनुहार के बाद आते हैं, सो भी शुभ-लाभ की शर्तें पहले से तय करके। मुशायरे के शायर तो यही करते हैं। कविता लिखते और पढ़ते हुए वे चाहे जितने कवि या शायर दिखें पर उसके बाद तो उनका व्यवहार चतुर दुनियादार जैसा ही होता है। यह कैसा शायर है जो दुनियादारों जैसा कोई व्यवहार ही नहीं कर रहा। बहरहाल मैंने उन्हें सादर बिठाया, सामान्य सी आवभगत की और ले जाकर स्टेशन के पास के कमल होटल के एक कमरे में ठहरा दिया। होटल एक सरदार जी का था और बाहर से आने-जाने वाले लोग प्रायः इसमें ही ठहरा करते। यों उस कस्बेनुमा शहर में अकेली वही एक जगह थी जो किंचित आधुनिक थी। कस्बाई भीड़-भाड़ से मुक्त, बेहद साफ-सुथरी और अपनी चाय-काफी और आमलेट के लिए सुपरिचित। उन दिनों कमरे का किराया भी कुल सात रुपए था। उन्हें ठहरा कर मैं फिर घर आ गया और उनके प्रोग्राम के बारे में सोचने लगा। तब तक शहर के कुछेक चुनिन्दा रसिकों के साथ मिलकर मैंने 'लोकायतन' नाम की संस्था दो-चार साल पहले गठित कर ली थी और उस मार्फत थोड़ी-बहुत कलात्मक गतिविधियाँ चला ही करती थीं। यों तो

सरकारी अस्पताल के सामने का बड़जात्या शिशु मन्दिर का छोटा सा हॉल हमारी परमानेंट सुनिश्चित जगह था पर कैफ़ साहब के कद को देखते हुए यही समझ में आया कि शहर के बीचोबीच तिलक चौक स्थित सार्वजनिक पुस्तकालय का हाल इसके लिए ज्यादा ठीक रहेगा। उधर अपने दो-एक प्रियजनों को मैं कैफ़ साहब की देख-रेख करने के लिए कह भी आया था।

सुबह की मेरी दिनचर्या बहुत व्यस्त ही होती। सात बजे से ग्यारह तक का कॉलेज, उसके बाद सब्जी मार्केट से सब्जी वगैरह लेते हुए घर लौटना, खाना खाना और एक-दो घण्टे सो जाना। शाम चार-पाँच के आस-पास उनके पास गया तो देखता हूँ कैफ़ साहब केवल पायजामे में नंगधड़ंग लेटे हैं। मैंने दरवाजे पर दस्तक दी तो उठ बैठे और रूम-ब्याय को बुला दो चाय लाने को कहा। चाय पी चुकने के बाद मैंने उन्हें सूचित किया कि लोग आपको सुनने के लिए बेताब हैं। उन्होंने सामान्य तौर पर ही जवाब दिया–'हाँ, हाँ क्यों नहीं।' 'प्रोग्राम सात-साढ़े सात पर रखा है।' मैंने कहा तो उन्होंने अचरज से कहा–'अरे इतनी जल्दी!'

मैंने कहा–'हाँ, जिससे समय से आपका खाना-पीना हो सके। आराम भी मिल सके।'

अचानक उनकी आँखों में जैसे किसी खोई हुई चीज के बारे में तलाश की परछाईं सी उभरी। मैंने पूछा–'क्या किसी चीज की जरूरत है?'

मेरा सवाल सुनते ही वे थोड़ी देर के लिए तो संकोच में आ गये पर जल्दी ही हल्की सी मुस्कान होठों पर लाते हुए कहने लगे–'हम शायरों की खुराक इधर कहाँ मिलती है?'

उनका आशय समझने में मुझे देर तो नहीं हुई पर इस असमंजस में फिर भी रहा कि अँगरेजी या देशी। कुछ देर सोचकर पूछ ही लिया–'आप कौन सी ब्राण्ड पसन्द करते हैं?' उन्होंने बेझिझक कहा–'अरे वो कलारी वाली गुलाब।'

मैंने कहा–'वो तो आपके ठीक सामने वाली सड़क के पास ही मिल जायेगी। रुकिये! मैं इंतजाम करता हूँ।'

मेरे आस-पास एकाध विश्वस्त लोग थे। वे शेरो-शायरी के शौकीन थे और ऐसी आवभगत के लिए हरदम तैयार। जल्दी ही देशी गुलाब का एक अद्धा उनके पास आ गया और उन्होंने हिफाजत से उसका ढक्कन खोल ऐसे उड़ेलना शुरू किया जैसे कोई बहुत प्यासा आदमी हो। अद्धा तो था ही, मेरे देखते-देखते वह पौवा भर बचा। अब शायद वो लगभग तैयार हो चुके थे। मैंने पूछा–'क्या चला जाय?' तो उन्होंने फिर घण्टी दबाकर लड़के को बुलाया और कहा–'बेटा, मेरे कपड़े तो ला।' वो सुनकर लौट गया और जल्दी ही इस्तरी किये उनका कुर्ता-पायजामा लेकर लौटा। उन्होंने सबसे पहले कुरता पहना बाद में पहना हुआ पायजामा उतार धुला हुआ पहन लिया। गन्दे हुए सेट को एक पुराने अखबार में लपेट फिर उसी लड़के को दे दिया। बटन लगाना शायद उन्हें बहुत जँचता नहीं था। शायद सोचते हों

कि उनका चौड़ा और पुष्ट पठानी सीना हर वक्त चमकता हुआ दिखता रहे। ठीक उनके धुले हुए मलमल के सफेद कुरते की तरह।

कमरे से निकलने को हुए तो मैंने लक्ष्य किया कि अद्धा तो उनके हाथ में ही है पर थोड़ा-बहुत सफेद रूमाल के साथ लिपटा हुआ। पूछना चाहकर भी इसलिए नहीं पूछ सका कि कहीं उनका मूड न बिगड़ जाय। फिर भी परेशानी तो महसूस की ही कि ये अगर सड़क पर इसे हाथ में लिए लिए चलेंगे तो मुझ अध्यापक को शहर के लोग क्या समझेंगे। कमरे से निकलते हुए उन्होंने दरवाजों को उठँगा सा दिया और चलने को दो चार कदम आगे आये तो मैंने याद दिलाया—'ताला तो आपने लगाया ही नहीं,' तो बेफिक्र हो मस्ती में बोले—'अब जब मैं ही उससे बाहर निकल आया तब उसके भीतर क्या बचा है।'

होटल की सीढ़ियाँ उतरते और सड़क पर उनके साथ चलते हुए निरन्तर मैं यही सोचता रहा कि यह आदमी कितना असामान्य है। मुझसे सम्हलेगा भी या नहीं। फिर ऐसी स्थिति में ये माइक पर पहुँच लड़खड़ाएगा तो नहीं। पर मेरे अचरज का ठिकाना नहीं रहा जब वो कहीं से भी लड़खड़ाये नहीं और अपने पाठ से भारी प्रशंसा बटोरते रहे। उनकी आवाज जैसे किसी पुराने सिद्ध गायक की सी थी और ग़ज़लें जनजीवन की मनोलीलाओं और सामाजिक यथार्थ को व्यक्त करनेवाली। सुनाते-सुनाते वे साँस लेने के बहाने थोड़ा रुकते और पीछे को मुँह करके अद्धे को अपने सूख से गये गले को तर करने के लिए होठों से लगा लेते। श्रोताओं का समूह तो उनके पाठ पर मुग्ध ही था। उसे समूह भी क्यों कहा जाय—लगभग छोटी-मोटी भीड़ जिसमें नौजवानों और कॉलेज के छात्रों की संख्या ही अधिक थी। फिर भी अनुशासित करने की कोई समस्या वहाँ नहीं हुई। कैफ़ साहब की एक-एक ग़ज़ल पर वे सब जिस नायाब अनुभव से गुजर रहे थे वह वस्तुतः अपनी ही जिन्दगी का चाहा, खोया और अकस्मात जैसे पाया गया अनुभव था। उस भीड़ में से अन्त अन्त में 'पाकीजा' फिल्म के उनके नग्मों की फरमाइशें भी आने लगीं तो उन्होंने 'चलो दिलदार चलो, चाँद के पार चलो' वाला सुना भी दिया।

सभा समाप्त हुई और हम सीढ़ियाँ उतर सड़क पर आ गये तब भी भीड़ का एक छोटा-सा हिस्सा हमारे पीछे-पीछे चलने लगा और थोड़ी दूर चलकर अपने-अपने रास्ते चला गया। रास्ते में ही मैंने पूछा—'खाना कैसा लेंगे?' तो उन्होंने बगैर किसी सोच-विचार के कहा—'बस, आपके घर चलकर खिचड़ी खाऊँगा। मिल तो जायेगी न?' 'खिचड़ी में भला क्या दिक्कत होगी' कहते हुए मैंने उनसे फिर कहा—'आप चाहें तो किसी नॉन-वेजीटेरियन होटल चलें?' तो उन्होंने जोर देकर कहा—'नहीं, डॉक्टर। मैं तो भाभी के हाथ की खिचड़ी ही खाऊँगा।' और उन्होंने सचमुच बड़े मन से उनके लिए बनी वही खिचड़ी खाई भी। हद तो तब हुई जब वो अपनी जूठी प्लेट उठाकर स्वयं धोने को चले। मैंने उन्हें रोका—'यह क्या करने जा रहे हैं' तो

कहा नहीं, इसे पहले तो मैं अपने ही हाथ से धोऊँगा।' मेरे बार-बार जिद करने पर भी वे नहीं ही माने और उसे धोकर ही सन्तुष्ट हुए। मैं उन्हें पैदल ही होटल तक छोड़ने भी गया जो दस-पाँच मिनट की दूरी पर था। रास्ते में मैंने उनसे जिज्ञासा की—'यह चाँद के परे चलने वाला गीत आपने 'पाकीजा' में किसलिए लिखा होगा' तो उनका जवाब था—'अब जमाना कितना आगे बढ़ आया है। तब यह कैसे मुमकिन है कि हम अभी उसी पुराने और बासी चाँद के पीछे पड़े रहें। मैंने तो अपनी एक और ग़ज़ल में यह भी लिखा—'तेरा चेहरा कितना सुहाना लगता है। तेरे आगे चाँद पुराना लगता है।' शायर का यह काम भी है कि नहीं? हमारे जमाने का विज्ञान आदमी को लेकर चाँद तक पहुँच गया है। शायरी को उससे भी आगे जाना चाहिए या नहीं?' मैं उनकी इस सचेतनता का कायल हो गया।

कैफ़ साहब की सोच इतनी आगे बढ़ी हुई होगी, प्रगतिशीलता को वे उर्दू शायरी और फिल्म में इस तरह से जज्ब करा रहे होंगे—इस पर मैंने तब तक सोचा ही नहीं था। खासतौर से उन जैसे शायरों को लेकर।

भोपाल के जिन एक-दो शायरों के बारे में मैं सुन चुका था, उनमें से रवायती शायरी तो शेरी भोपाली साहब के पास थी पर प्रगतिशील शायरी के लिए ज्यादातर ताज भोपाली ही जाने जाते थे। शेरी और ताज से बाद के दिनों में मेरी एक-एक मुलाकात हुई भी। शेरी तो अपने बोल-व्यवहार में भी लगभग रवायती ही थे पर ताज साहब की बात अलग थी। वे हिन्दुओं में मुसलमान और मुसलमानों में हिन्दू जैसे थे । एकदम सन्त और फकीर तबीयत के मालिक। फिर भी जिन्दगी के धधकते सच को किसी अंगारे की तरह सम्हाले और कहते हुए।

कैफ़ साहब को उनके कमरे तक पहुँचा मैं घर लौट आया। अगली सुबह उन्हें वापस जाना था पर वे गये ही नहीं। होटल के उसी कमरे में रमे रहे। उनके रमने का एक और कारण तो यह था कि रात की भीड़ में से एक-दो कोई उनके पास पहुँच सेवा में लगा रहा। कस्बों के जीवन में अभी इतना रस तो बचा ही रहा है। दूरियाँ लगभग नदारद, इसीलिए फुर्सत का वक्त भी पर्याप्त। फिर कोई शोहरत पा चुका शायर इतनी आसानी से मिलता कहाँ है? विदिशा के लिए तो और भी।

ग्यारह, सवा ग्यारह पर दूसरे दिन कॉलेज से लौटा तो रेडियो कॉर्नर के जगमोहन शर्मा[1] उन्हें लिए मेरे दरवाजे पर फिर हाजिर। कैफ़ साहब ने जैसे सफाई सी देते और हँसते हुए कहा—'गाड़ियाँ तो सबकी सब निकल गयीं। तब सोचा कि एकाध बार खिचड़ी और खा ली जाय।' मैंने उन्हें सादर अन्दर आने को कहा और उनके लिए खिचड़ी की तैयारी में लग गया। पत्नी तो स्कूल चली गयी थीं। जगमोहन शर्मा अपना काम-धन्धा छोड़े उनके साथ बैठे थे। खिचड़ी बनने में वैसे भी क्या देर

1. नोबुल पीस विजेता कैलाश शर्मा (सत्यार्थी) के बड़े भाई।

लगती। आधे-पौन घण्टे में उनको खिलाकर विदा कर चुकने के बाद मैंने शर्मा जी से कहा—'अब यह आपकी जिम्मेदारी है कि शाम को गाड़ी न चूके। शर्मा जी ने अर्थपूर्ण मुस्कान के साथ हामी जैसी भरी। शाम के वक्त कभी-कभी मैं उनके रेडियो कॉर्नर पर जा बैठा करता था अपने साथी अध्यापक डॉ. पालीवाल के साथ। शर्मा जी यों तो रेडियो मेकेनिक हैं पर उनके यहाँ बैठनेवालों में कामरेड मन्नूलाल जैन भी थे जिनके प्रति मेरे मन में गहरी श्रद्धा थी। पता नहीं शहर में कोई उनकी बात सुनता भी था या नहीं पर हर वक्त वे इस विश्वास से भरे रहते कि एक न एक दिन लोग सुनेंगे जरूर। और उन्हें सुनने वालों में मोहन मेडिकल में काम करनेवाले माधो सिंह के अलावा जगमोहन शर्मा भी थे। इसी तरह के चार-छह गिने-चुने और भी। हमारे विभागीय साथी डॉ. पालीवाल तो थे ही।

बहरहाल, दूसरी शाम शर्मा जी ने बताया कि मन तो उनका जाने का बिल्कुल भी नहीं था पर कोशिश करने पर वे मान गये और चले गये। इस पहले ही वाकये से मैं समझ गया कि अपनी घर-गृहस्थी को लेकर कैफ़ साहब बिल्कुल बेफिक्र हैं। बीबी किसी स्कूल में नौकरी करती हैं। बेटी परवेज़ कैफ़ पढ़ रही है। बस। तब एक शायर पति और बाप को क्या परवाह! कैफ़ साहब ने यों घर-परिवार के बारे में तो अपन से कभी कुछ नहीं कहा। फिर भी भोपाल लौटने को लेकर उनकी हिचकिचाहटों या टालमटोल से मैं जरूर कुछ-कुछ सूँघता रहा कि कोई न कोई बात तो है।

महीने-दो महीने भी नहीं गुजरे होंगे कि एक दिन दिन के ग्यारह-साढ़े ग्यारह बजे कैफ़ साहब फिर हाजिर। इस बार वे अकेले नहीं थे। उनके साथ शागिर्दनुमा भोपाल के एक शायर थे जिनका आलमारियाँ बनवाकर बेचने का अपना कारोबार था। चेहरे-मोहरे से काफी भले आदमी लग रहे थे। नाम भूल सा रहा है। शायद रहमत या ऐसा ही कुछ। कैफ़ साहब के हाथ में इस बार अद्धे की जगह पौवा था। सो भी आखिरी, एक-दो चुस्की भर। कैफ़ साहब ने उनसे कहा—'पैसे तो निकालो, ये तो खत्म होने वाला है।' वे बेचारे शायद आज सबेरे से ही उनकी पकड़ में आ गये थे और अपना धन्धा-पानी छोड़ भोपाल से विदिशा चले आये थे। जेब में जो थोड़े-बहुत पैसे थे उसे कैफ़ साहब पहले ही खर्च करा चुके थे। कुछ टिकट में, कुछ पौवे में। जेब में शायद वापसी के टिकट भर के लिए कुछ पैसे पड़े भी हों। दोनों कुछ देर इसी समस्या से जूझते रहे पर मैंने अपनी ओर से किसी भी प्रकार की मदद का कोई संकेत नहीं दिया तो कैफ़ साहब ने लगभग आदेश सा देते हुए कहा—'तो फिर यह घड़ी गिरवी रख दो और डॉक्टर कहीं से पैसे का इन्तजाम करवा देंगे।' मैं समझ गया कि मुझे क्या करना है। घड़ी जो लगभग काम-चलाऊ ही थी, सौ-सवा सौ में गिरवी रख पैसे उनके हाथ रख दिये गये। फिर भी मैं यह सोचता रहा कि यह कैसी तो उस्तादी है और कैसी शागिर्दी। क्यों कैफ़ साहब को यह सब करते हुए कोई संकोच नहीं हुआ। क्या एक जाने-माने शायर को अपने किसी युवा साथी

के साथ ऐसा करना चाहिए? यह सब करते हुए इनकी सारी दया और सहानुभूति आखिर चली कहाँ जाती है? शराब को लेकर वे अपने साथियों और प्रेमियों के प्रति अचानक इतने बेमुरौव्वत क्यों हो उठते हैं? यों मेरा यह अनुभव नया भी नहीं था।

याद करता हूँ तो कई-कई किस्से याद आते हैं। कई करीबी दोस्त भी याद आते हैं। कैफ़ साहब उन सबसे अलग कम से कम यहाँ तो नहीं ही लगे मुझे। फिर भी उनकी शायरी को लेकर मेरा आकर्षण बना ही रहा। वे भी जब कभी मौका ढूँढ़कर विदिशा आते ही रहे। कभी किसी मुशायरे में जाने से पहले तो कभी वापसी में। विदिशा में आयोजित होने वाले कवि-सम्मेलनों और मुशायरों में भी वे अब आते ही रहे। बहुत जल्दी ही उनकी अपने प्रेमियों और रसिकों की एक मण्डली बन चुकी थी जो उनकी साज-सम्हाल में लगी रहती। अन्ततः विदिशा है तो रसिकबाजी का शहर।

विदिशा में जिन लोगों ने अपना पहला ठिकाना छोड़ लगभग स्थायी तौर पर रहना शुरू किया था उनमें उर्दू-हिन्दी के कवि शलभ श्रीराम सिंह तो थे ही, अदम गोंडवी का आना-जाना भी प्रायः चलता था। नागार्जुन का आना-जाना तो पहले से था ही। कैफ़ साहब इन सबको प्यार और मान देते। नागार्जुन को लेकर खासतौर से उनके मन में आदर का भाव था। शलभ तो मस्ती में उन्हें जब-तब 'चचाजान' कहा ही करता। पर उर्दू शायरी और भाषा को लेकर उनसे कभी-कभी भिड़ भी जाया करता। एक बार तो वे दोनों किसी एक लफ़्ज को लेकर देर तक भिड़े रहे और तब कैफ़ साहब को याद दिलाना पड़ा कि उन्होंने क़ुरान शरीफ का उर्दू पद्य में अनुवाद किया है। फिर भी वह नहीं माना तो उन्होंने गुस्से में कहा—'तू साला क्या मुझसे ज्यादा उर्दू जानता है?' शलभ भी कोई कम कहाँ था। नहीं माना तो फिर नहीं ही माना। बस इतना कहकर रह गया—'चचाजान, अब आप नहीं मानते तो न सही।'

कैफ़ साहब के गुस्से का एक विकट रूप मुझे एक बार अपने यार श्याम मिर्जापुरी के गाँव में रात के वक्त देखने को मिला। हम चार-पाँच दोस्त कैफ़ साहब को लेकर मिर्जापुरी के गाँव गये थे। प्राइमरी स्कूल के शिक्षक मिर्जापुरी की एक कविता थी 'श्मशान की हड्डी' जिसमें वो कहती है—हम भी कभी इंसान थे। कविताएँ तो उनके पास और भी थीं पर यह कविता उन्हें निजी तौर पर बहुत प्रिय थी और इसे वे अपनी क्लासीकल रचना की तरह अक्सर पढ़ा करते। उनके सबसे गहरे और हमारी मित्र- मण्डली के अन्तरंग सदस्य चित्रकार रघुनाथ सिंह उर्फ ठाकुर साहब भी अनिवार्य रूप से उस रात उपस्थित थे। हम सबके लाड़ले गायक विनोद रंजन उपाध्याय तो थे ही। विभागीय सहयोगी डॉ. पालीवाल को रहना ही रहना था। कैफ़ साहब अपनी खुराक लेना विदिशा से ही शुरू कर चुके थे। मिर्जापुर गाँव पहुँच हमारी अपनी महफिल भी सजी तो किसी ने फरमाइश कर दी—'कैफ़ साहब क्या कुछ सुनाएँगे नहीं?' पर उस वक्त उनसे सीधे-सीधे कहता कौन। इसी बीच दो-एक आदर भरे आग्रह और आये तो कैफ़ साहब ने अपनी एक ग़ज़ल सुना भी दी। तभी

पता नहीं कैसे पालीवाल के मुँह से निकला–'यह तो बहुत हल्की-फुल्की हुई। कोई और गहरी चीज सुनाइए।' इतना सुनते ही कैफ़ साहब जो भड़के तो फिर देर तक गाड़ी पटरी पर नहीं आयी। पालीवाल को सीधे-सीधे निशाने पर लेते हुए उन्होंने कहा–'तू खुद को समझता क्या है पालीवाल। मुझे हल्की और गहरी शायरी का फर्क समझा रहा है। तू अगर सरकारी कॉलेज में है तो तेरा ट्रान्सफर करवा दूँगा। प्राइवेट में है तो नौकरी से निकलवा दूँगा। तुझे शेरो-शायरी की तमीज कितनी है?'

अचानक उनका यह रूप देख हम सब सकते में आ गये थे और हमारा नशा हवा हो चुका था। आज अचानक वे किसी ज्वालामुखी की तरह लावा उगल रहे थे। देर तक यह चलता रहा। मैं भी एकदम चुप्पी साधे बैठा था। अन्ततः रघुनाथ सिंह ही हिम्मत बटोर कर बोले–'आपकी शीशी में कुछ बची है या और लाई जाय।' फिर भी वे बेपरवाह बने बोलते रहे–'डॉक्टर कुछ कहे तो मैं उसे तरजीह भी दूँगा पर इसने किस हैसियत से कहा।' मैं फिर भी कुछ नहीं बोला। मिर्जापुरी ने चतुराई बरतते हुए कहा–'कैफ़ साहब, हुकुम हो तो खाना लगवाऊँ।' और थोड़े ही समय में हमारी प्लेटें लगा दी गयीं। कैफ़ साहब ने उस दिन तबीयत से खाना तक नहीं खाया।

वे अपनी शायरी और उसके स्वरूप को लेकर कितने संजीदा हैं यह उस दिन ही जाना। उनकी हँसी में जितनी बालसुलभ निश्छलता थी, गुस्से में उतना ही निखालिसपन। उन्हें हर पल यह होश बना रहता कि किसकी सीमा क्या है। कौन किस बात को कहने का अधिकारी है, कौन नहीं। इन सबसे ऊपर वह रचनात्मक आत्मविश्वास जो उनमें भरपूर था। वे खूब जानते थे कि यह कौन सा वक्त है जिसमें वे शायरी कर रहे हैं।

अदम गोंडवी की ग़ज़लों को लेकर वे बेहद प्रशंसाकुल थे–'साहब! ये लड़का बहुत अच्छा लिखता है। उर्दू नहीं जानते हुए भी उर्दू शब्दों का इस्तेमाल बहुत समझदारी के साथ करता है। हमने भी शराब-कबाब के काफिये बहुत बाँधे लेकिन इसके शेरों के सामने मुझे अपने शेर फीके मालूम पड़ते हैं। उर्दूवाले अभी इससे बहुत पीछे हैं।'

अदम की शायरी को लेकर प्रशंसा-विभोर कैफ़ साहब हिन्दी में क्लासिक तेवर की ग़ज़ल लिखने वाले शलभ को यह नसीहत देते ही रहते थे–'कविता हो या शायरी जनता के लिए है न। इसलिए हमें क्लासिक तेवर की बहुत परवाह की जरूरत नहीं। लोग मंजूर कर लें तो फिर वही चीज क्लासिक हो जाती है।'

एकाध बार ऐसा भी हुआ कि कैफ़ साहब से पहले शलभ को पढ़ने के लिए पुकारा गया जबकि लोग कैफ़ साहब के लिए जरूरत से जयादा ही बेताब थे। शलभ के माइक पर आते ही श्रोताओं में बेचैनी से भरी उकस-मुकस होने लगी। मैं श्रोताओं की पहली पाँत में ही था। शलभ को उकस-मुकस का यह माहौल जँचा नहीं और उसने क्लासीकल तेवर की ही ग़ज़ल पढ़नी शुरू कर दी। स्वभावतः उसे नहीं ही ग्रहण होना था और दो-एक शेर सुना गुस्से में आकर वह अपनी जगह बैठ

गया। बारी अब कैफ़ साहब की ही थी। श्रोताओं में ज्यादातर हिन्दी कवि-सम्मेलनों के श्रोता थे। कैफ़ साहब आये तो श्रोताओं को कम लेकिन शलभ को कुछ ज्यादा ही लक्ष्य कर अपनी ग़ज़ल पढ़नी शुरू की—

हाय लोगों की करम फरमाइयाँ
तोहमते बदनामियाँ रुस्वाइयाँ।
कैफ़ पैदा कर समन्दर की तरह
वुसअतें खामोशियाँ गहराइयाँ।

पढ़ने का उनका अन्दाज जैसा था उससे माहौल एकदम बदल गया। फिर तो वे देर तक माइक पर झूमते और श्रोताओं को झुमाते रहे। सभा खत्म होने पर रास्ते में उन्होंने शलभ को समझाया—'पब्लिक को देखकर तू भड़कता क्यों है? उसका मूड और मिजाज क्यों नहीं समझता। आखिर यह भी तो शायर की अपनी जिम्मेदारी है।' मुझे याद आया कि नागार्जुन तो अनिवार्य रूप से ऐसा करते थे। 'बादल को घिरते देखा है' जैसी क्लासीकल रचना वे सिर्फ काव्य-मर्मज्ञों के बीच ही सुनाया करते।

एक कवि या शायर का यह भी काम है कि वह श्रोताओं की रसिकाई के स्तर को समझ कर ही अपनी चीजें पढ़े। कैफ़ साहब को यह हुनर खूब आता था। फिल्मों में गीत लिखते-लिखते उन्हें यह मालूम हो चुका था कि पब्लिक के लिए लिखी जाती शायरी की जबान क्या और कैसी होनी चाहिए। और उन्होंने अपनी समझदारी और संवेदनशीलता से इसे साध लिया था। इसका यह भी मतलब नहीं कि उनके लफ्जों में कोई गहराई नहीं थी। और किसी कवि/शायर या लेखक को यह भी नहीं समझना चाहिए कि पब्लिक कोई गहरी बात समझती ही नहीं। अगर नहीं समझती तो वह गाँधी को कैसे समझ पाती। उनके एक इशारे पर कैसे उठती-बैठती। गाँधी भी अगर केवल अदबी जबान बोलते होते तो अपनी बातें पहुँचा कैसे पाते? कवि मित्र विनय दुबे ने तब कैफ़ साहब की भाषा पर लिखते हुए ठीक ही फरमाया कि वह सुसंस्कृतों की नहीं अवाम की भाषा है, मस्तों की भाषा है। जिन्दगी की भारी भीड़-भाड़, धूल-धुआँ, कीचड़ और मटमैलेपन की मंजिलें पार कर तपे और निखरे शब्द ही हमारी संवेदनाओं के सबसे करीबी और भरोसेमन्द हुआ करते हैं। वहाँ न संस्कृत बचती है, न फारसी। पंडितों की हिन्दी और दानिशमन्दों की उर्दू भी कहाँ। कैफ़ साहब को यह बखूबी मालूम था। अवाम के अपने शायर के रूप में जाना जाना उनकी ख्वाहिश थी। पर रवायती शायरी का हुनर वे नहीं जानते थे, ऐसा भी नहीं। फिर भी कभी नहीं चाहते थे कि उनकी शायरी कभी रवायती बने।

एक फिल्मी नग्माकार के रूप में उन्होंने जितना लिखा उसका एक हिस्सा कुछ अन्यों के नाम से भी चला गया होगा। फिल्मी दुनिया यों भी बहुत सीमित थी उनकी। उनकी पटती और छनती थी सिर्फ 'पाकीजा' वाले कमाल अमरोही

से। इसके ठीक पलट मीना कुमारी के वे उतने ही तीखे आलोचक; कहिए निन्दक थे। प्रसंग उठने पर अक्सर मीना कुमारी के चरित्र को लेकर वे न केवल कमाल अमरोही के समर्थन में शुरू हो जाते बल्कि मीना जी की निजी फितरतों के किस्से भी बयान करने लगते। यही हाल राजकपूर और दिलीप कुमार को लेकर भी उनका था। राजकपूर को वे कलाकार से ज्यादा बिजनेसमैन ही समझते पर दिलीपकुमार को लेकर उनके मन में गहरा आदर भाव था। इसलिए नहीं कि वे अपने समय के ट्रैजेडी किंग थे। इसलिए भी कि दिलीप बतौर एक इंसान उन्हें राजकपूर से बेहतर लगा करते थे। उनकी इस निगाह को लेकर आज सोचता हूँ तो कह सकता हूँ ढेर सारी बातों और जगहों पर वे परम्परावादी थे। लोक और समाज की रवायतों को लेकर उनके मन में ग़ालिब या निराला जैसा रुख नहीं ही था। फिर भी न जानें क्यों वे घर-परिवार बसा लेने पर भी घर-परिवार के फ्रेम में फिट होकर जड़ हो जाने को तैयार नहीं थे।

यूँ मुश्किलें उनकी भी कुछ कम नहीं थीं। मुशायरों में मिली हुई रकम को वे तब तक खर्च करते रहते जब तक कि वह चुक नहीं जाती। वापसी में इसीलिए वे प्रायः उन ठिकानों को ठकठाकते हुए लौटते जिन पर उन्हें भरोसा होता। पता नहीं विदिशा को भी उन्होंने कैसे भाँप और चुन लिया था। दिक्कत बस यह होती कि विदिशा को हाल्टिंग स्टेशन मानते-मानते वहीं विलम जाने की फितरत से भर उठते। इधर मैं ट्रेन या बस में टिकट देकर उन्हें बिठा कर आता उधर पीछे से वे फिर हाजिर। एक बार तो लगभग निश्चिन्त होकर लौटा था कि थोड़ी ही देर में वे फिर हाजिर। घर के दरवाजे पर ठकठकाहट हुई तो खोलने पर देखा वे कितनी मायूस सी तबीयत लिए सामने खड़े हैं। मैं कुछ कहता कि उनकी डबडबाई हुई आँखें मुझे विचलित करने लगीं। फिर बग़ैर किसी भूमिका के ये वाक्य—'डॉक्टर! मुझे क्यों भेजते हो। वो कहती है कि यह सब (उनका इशारा अपनी इश्किया शायरी की तरफ था) किसके लिए लिखते हो। मेरे ऊपर तो कभी कुछ नहीं लिखते। तुम बताओ डॉक्टर! क्या मैं उसके झुर्रीदार चेहरे और सफेद हो चुके बालों पर लिखूँ। आखिर वो समझती क्यों नहीं।' मैं उन्हें भीतर आने को कह पानी लाने चला गया। पर मुसीबत यह कि आखिर ये यहाँ रहेंगे कैसे और कितने दिन। यह समझा सकने से भी रहा कि बीबी न सही बेटी परवीन तो है न। वो तो आपको समझती होगी। पर कैफ़ तो फिर भी कैफ़ थे। चौबीसों घण्टे के शायर। वही मिजाज, वही रंग-ढंग। लेकिन भोपाल, सो भी शाहजहानाबाद का इलाका, दकियानूसी से लगभग अँटा-पड़ा। कैफ़ को वहाँ कुरते की बटनें भी लगानी पड़तीं। आँखों में सुरमा तो लगाना ही था।

एक बार उनको खबर करके भोपाल पहुँचा तो वे मुझे अपने उसी शागिर्द के ठीहे पर इन्तजार करते मिले जिसकी घड़ी उन्होंने गिरवी रखवा दी थी और जो कभी

भी छुड़ाई नहीं जा सकी। आज उनके चेहरे से वो मस्ती और मलंगपन गायब था जो भोपाल से बाहर निकलते ही कई-कई हार्स-पावर में नमूदार हो उठता। कुरते की बटनें बाकायदा लगीं, आँखों में करीने से सजा सुरमा, चेहरे पर भलेमानुसों वाली संजीदगी। मैंने महसूस किया यह शायद कोई और कैफ़ हैं, भोपाल के रवायतपसन्द मुसलमानों में से एक।

भोपाल पहुँच कैफ़ को यह क्या हो जाता है, मैंने सोचा फिर भी कहा तो कुछ भी नहीं। वो मुझे अपने किसी दूर के रिश्तेदार की तरह एक होटल ले गये और खाने का आर्डर दे दिया। खाना नॉन वेजीटेरियन था। टेबुल पर एक ही प्लेट लगी तो मैंने पूछा—'और आप!' तो जवाब आया—'मुझे तो घर जाकर खाना होगा। आप बेफिक्र होकर लें।' मेहमाननवाजी की उनकी यह भद्रता मुझे अजीब ही लगी। पर मेरे लिए तो वे तब भी आदरणीय ही थे। मैं उनकी शायरी का प्रशंसक जो था।

याद है हर बार पत्नी के हाथ की खिचड़ी खा चुकने के बाद वे उनके पाँवों की नाप लेकर जाते कि इस बार आगरा या कानपुर से बढ़िया चप्पलें लेकर जरूर लौटेंगे। पर लौटते हमेशा हाथ में वही अद्धा लिए और जेबें लगभग खाली कर। पत्नी ने भी उनके हर बार के माफीनामे पर मुस्करा कर उन्हें खिचड़ी बना कर खिलायी। उसने मुझसे भी कभी नहीं पूछा कि क्या शायर सब ऐसे ही होते हैं? कैफ़ तो फिर भी कैफ़ थे। बेफिक्र और मस्त।

वह कौन सा मूड होता होगा जिसमें वे लिखते होंगे। वह कौन सी जिन्दगी होगी जो उन्हें यह खजाना मुहैय्या कराती होगी तो इसका इशारा भी वे जब-कभी कर ही देते हैं—

घर से बेघर भी हैं हम कैफ़ से बेकैफ़ भी हम
ऐसे देखो कोई पागल तो हमें खत लिखना

उनका यह 'पागलपन' अगर एक तरफ था तो उनकी वैचारिक प्रतिबद्धताएँ दूसरी तरफ। भारत की कम्युनिस्ट पार्टी और उसकी साहित्यिक शाखा प्रगतिशील लेखक संघ को लेकर वे मुझे हमेशा सावधान मिले। भोपाल में आयोजित जनवादी लेखक संघ के एक अधिवेशन में मैंने उन्हें न्यौता दिया तो वे कुछ देर तक सोचते रहे। फिर सोच-साच कर बोले—'आप कह रहे हो तो आपकी खातिर आ जाऊँगा पर न कुछ पढ़ूँगा, न बोलूँगा, नहीं तो मथुरा बाबू वगैरह को जवाब देना पड़ेगा। फिर मुझे रहना तो भोपाल के इन्हीं दोस्तों के बीच है। ये सब मेरे पुराने दोस्त हैं और इनका साथ मैं कभी नहीं छोड़ना चाहूँगा। सचमुच वे थोड़ी देर के लिए आये और मुझे अपना मुँह सा दिखाकर चुपचाप चले भी गये। यह वही कैफ़ थे जिन्होंने जलेस जिला विदिशा के सालाना आयोजन में पढ़े जाने वाले मेरे वक्तव्य को ध्यान से सुना और फिर उसके समापन के लिए एक यह शेर भी जुड़वाया था—

ऐ मुसव्विर तेरे हाथों की बलायें ले लूँ
खींच दे तू मेरी तस्वीर मेरे दर्द के साथ

उनका अपना जो एक शेर हम दोस्तों को तब भी क्लासिकल अन्दाज का लगता था, आज भी लगता है। वो यह था–

गुल से लिपटी हुई तितली को गिराकर देखो
आँधियो! तुमने दरख्तों को गिराया होगा

शायर कैफ़ की शायरी और उनके मिजाज की खूबसूरती अगर कुछ थी तो यही थी। भारत के आवाम के संघर्ष और उसके ऐतिहासिक सपनों के प्रति अटूट और अडिग आस्था और विश्वास।

घर से बेघर भी हैं हम कैफ़ से बेकैफ़ भी हम,
ऐसा देखो कोई पागल तो हमें खत लिखना।

× × ×

जब उठें झूम के बादल तो हमें खत लिखना,
सूखी नदियों में हो हलचल तो हमें खत लिखना।

एक भूली-बिसरी तान : गंगा प्रसाद पाठक

संगीत के शहर ग्वालियर में पैदा होकर जवानी के दिनों तक वे समूचा उत्तर भारत तो नहीं लेकिन पूर्वोत्तर भारत के महानगर कोलकाता और पश्चिम के बॉलीवुड मुम्बई की धरती पर अपने दिग्विजयी प्रभावों की छाप छोड़ कर वानप्रस्थी उम्र में इतिहास पतित शहर विदिशा में कुछ इस अदा में रह रहे थे कि जैसे कुछ हों ही नहीं। उनके इस रहन को कुछ-कुछ ग़ालिब का यह शेर शायद बयाँ कर सके–

रहिए अब ऐसी जगह चलकर जहाँ कोई न हो
हम सुख़न कोई न हो और हमज़ुबाँ कोई न हो॥

यह बात मुझे तब और समझ में आयी जब एक दिन मैं शाम चार बजे विदिशा के अपने दो कला-रसिक मित्रों के साथ उनसे पहली बार मिलने पहुँचा। उन्हीं दोनों की इच्छा और राय थी कि पं. गंगाप्रसाद ने पिछले पच्चीस बरसों से यहाँ गाया नहीं है। विदिशा वालों ने उनका पहला और अन्तिम गायन जो सुन रक्खा है वह तभी हुआ था जब माधवराव सिंधिया के पैदा होने पर बतौर जश्न युवराज क्लब विदिशा में एक यादगार संगीत सभा आयोजित की गयी थी। मजा यह कि पाठक जी बतौर कलाकार (गायक) उसमें बुलाए नहीं गये थे। अपने समय के तमाम जाने-माने गायक और वादक उसमें मौजूद थे, यहाँ तक कि मलकाए-ग़ज़ल बेगम अख्तर यानी अख्तरी बाई फैजाबादी भी थीं। पर न जाने किन वजहों से वह सभा उस दिन बेरौनक सी होने लगी और उसकी साँसें सी उखड़ने लगीं थीं। तभी किसी ने आयोजकों और प्रशासन के लोगों को समझाया और सलाह दी कि पाठक जी को अगर सादर कहा और आमन्त्रित किया जाय तो समारोह फिर से जम सकता है। तब किया भी यही गया और पाठक जी तो अपने गायन से जमे ही, वह उखड़ सी चुकी सभा भी फिर से रौनक पा गयी। अब तो बताने वाले भी नहीं बचे कि उसमें कौन-कौन से नामी गायक और वादक थे। शायद मशहूर तबला नवाज अहमदजान थिरकवा तो थे ही।

जिन लोगों–गुलाबचन्द जी बड़जात्या और सुखदेव जी लड्ढा के साथ मैं उनसे मिलने और इस बहाने यह अनुरोध करने गया था कि एक बार वे फिर गा दें। मेरे उन साथियों की हिम्मत नहीं थी कि वे स्वयं अपने मुँह से यह बात कहें और जवाब

में पाठक जी की ओर से कुछ उलटा-पुलटा सुनने को न मिल जाय। इसी निमित्त वे दोनों मुझ हिन्दी प्रोफेसर को लेकर गये थे कि मैं भी थोड़ा-बहुत लिखता-पढ़ता हूँ और पाठक जी शायद मुझे कुछ वजन दें। हम तीनों धोती-कुरते में ही थे। गुलाबचन्द जी तो अपनी गाँधी टोपी शायद सोते में भी उतारना पसन्द न करते हों।

लोहा बाजार का वह मुहल्ला। छोटे-छोटे दुकानदारों से आबाद। कड़ाही, चिमटा, बैलों को बाँधने वाली साँकलें, फावड़ा, गैंती, कीलें और घर-गृहस्थी की जरूरतों की तमाम चीजें। तराजू, सेर, अद्धा और कई तरह के चाकू और कटोरियाँ। विदिशा को पाठक जी की ही तरह अपना स्थायी निवास बना चुके कवि नरेन्द्र जैन ने इन दुकानों का जिक्र अपनी एक कविता में कुछ बदली हुई सच्चाइयों के साथ किया; पर दूसरे एक और कवि शलभ श्रीराम सिंह, जिन्हें पाठक जी बहुत प्यार करते, और आशीर्वाद दिया करते सिर्फ पाठक जी को विदिशा के अविस्मरणीय इतिहास का हिस्सा बनाने के लिए ही ये पंक्तियाँ लिखीं—

मजहबो जंगो अमन का अजीब संगम यह
न सिर्फ शहर है, फन की पनाहगाह भी है।
ये जमीं जिसने कि औरंगजेब तक को सहा
सुरों की, ताल की, लय की गुजारगाह भी है॥

शलभ ये पंक्तियाँ शायद ही लिखते अगर उनके अनुभवों में पाठक जी की गहरी, रोमांचक और जीती-जागती उपस्थिति न होती। निस्सन्देह शलभ मेरे विख्यात और कुख्यात दोस्त थे और मेरे चलते ही अपना प्रिय शहर कोलकाता छोड़ विदिशा रहने चले आये थे। सो भी अलग नहीं, मेरे ही साथ, मेरी रोटियों में अपने हिस्से का अधिकार जताते हुए। इस कृतज्ञता का इजहार भी उन्होंने अपनी इसी नज़्म में किया—

ये शहर जिसमें मिली है अभी पनाह मुझे
ये शहर जिसमें मेरा दोस्त विजय रहता है।
ये शहर जो कि है तारीख का सफ्फाक सफह
जो अपनी दास्तान खुद जहाँ से कहता है॥

लोहा बाजार की लोहे वाली मुल्लाओं की दुकान के बगल मोदी की बड़ी सी एप्कोलाइट की दुकान, फिर गन्जी-मोजों होजरी की। आगे फिर एक चुनिन्दा सेव गाँठिया की नमकीन की दुकान के बगल ऊपर जाने वाली सीढ़ियाँ ठीक सड़क से लगी हुई और बगल में एक अच्छी-खासी बर्तनों की दुकान। एक खामोश किन्तु जीता-जागता मुहल्ला जिसमें लोहे की दुकानों के ठीक बगल में विदिशा के सबसे बड़े वैद्य पं. बलराम शास्त्री का दवाखाना, जो दिन के दो-ढाई बजे तक खुला रहने के बाद देर रात लगभग साढ़े नौ-दस बजे खुलता और रात बारह-एक तक खुला ही

रहता, जैसे कि आजकल आपातकालीन सेवाएँ खुली रहती हैं। पाठक जी वहीं अपनी तीन बड़ी-छोटी बेटियों, दो किशोर बेटों और एक वफादार पत्नी के साथ रह रहे थे।

यह तो मुझे बड़जात्या जी ने ही बता दिया था कि सप्ताह में दो दिन वे भोपाल के बिड़ला मन्दिर में भजन के लिए जाते हैं और बतौर माहवारी उन्हें बिड़ला मन्दिर की ओर से तीन सौ रुपये दिये जाते हैं। आने-जाने के लिए रेलवे का सीजन-टिकट भी। शेष पाँच दिन उनके चुपचाप विदिशा में ही गुजरते हैं। आठ दस जीने चढ़कर हम लोग ऊपर पहुँचे तो ठीक सामने वाला दरवाजा तो बन्द सा था पर बाईं ओर पड़ने वाला दरवाजा उठँगा हुआ सा था जिस पर हल्की थाप देते ही खोल दिया गया। पाठक जी को हमारे आने की इत्तला पहले से थी, वे तैयार भी थे। बहुत शिष्टता के साथ हमें बिठाया गया। मुझे तो खासतौर से शीशम की हाथ वाली उस कुर्सी पर, जो पुराने कारीगरों की हाथ की सफाई और बारीकी के उदाहरण लिए हुए थी। पाठक जी तो अपनी उसी चटाई वाली आसनी पर पालथी मारे बैठे, जिस पर बैठ रोज का रियाज किया करते थे। वे दोनों खादी की दो छोटी-छोटी चौकोर आसनियों पर पुराने पटियों से बनी दालाननुमा कमरे की फर्श पर और उसी में एक तरफ वह आराम फरमाने वाली बड़ी सी कुर्सी थी अपने उसी पुराने ठाट में।

उन दोनों ने मेरा परिचय कराया तो पाठक जी के चेहरे पर किंचित आत्मीयता और उल्लास के भाव उदित हुए। उनकी आँखों में जैसे कुछेक पुरानी स्मृतियों के चिराग से जल उठे और सहसा यह वाक्य होठों से फूटा—'अच्छा तो आप अवध फैजाबाद के ठाकुर साहब हो।' मैंने विनम्रता में अपनी सहमति प्रकट की—'जी।' फिर वे दोनों मौका पाकर हकलाते हुए से बोले—'डॉक्टर साहब की बड़ी इच्छा थी आपसे मिलने की।' पाठक जी ने फिर मेरे चेहरे की तरफ देखा तो मैंने बगैर कोई मौका गँवाए कहा—'आप जैसे बड़े गायक इसी शहर में हों और मुझे मालूम तक न हो तो सिवाय अपराध के यह और क्या कहा जायगा।' पाठक जी पर मेरे इस वाक्य का अनुकूल असर हुआ और वे बोल पड़े, 'कोई बात नहीं, जब चाहो आप आ जाया करो अपना घर समझ कर।' उनके कहने में कितने परतदार अर्थ थे, यह तो बाद में जाना पर उनके चेहरे पर जो कुछ उस वक्त लिखा हुआ था वो यही कि 'तुम इनमें से नहीं हो। हमारी अपनी दुनिया के आदमी हो—हमजुबाँ और हमसुखन भी। इसी का लाभ लेते हुए मैंने उनसे अपनी इच्छा कुछ इस तरह जाहिर की—'मैं आपका गायन कैसे सुन पाऊँगा?'

'अरे इसमें क्या है, मैं तो रोज ही शाम चार बजे रियाज के लिए तानपुरा लेकर बैठता हूँ, जब मन हो आ जाना।' उन्होंने बगैर कोई वक्त जाया किये हुए कहा।

थोड़ी देर बैठ हम तीनों सीढ़ियाँ उतर सड़क पर आ गये और अपने-अपने ठिकानों की तरफ बढ़ने लगे। मेरा घर तो नीमताल की तरफ था इसलिए मैंने बाँसकुली वाला रास्ता पकड़ा और उन दोनों ने माधवगंज स्टेशन वाला। जाते-जाते वे दोनों जरूर

कह गये—अब आप ही पर है पाठक जी जैसों को साधना और मुकाम पर लाना। मुझे भी लगा कोई इतनी मुश्किल सी बात भी नहीं है। दुनिया में भला असम्भव जैसा क्या है? हर ताला किसी न किसी चाबी से खुलता ही है। पर यह उत्सुकता भी मन में थी कि आखिर पाठक जी ऐसा क्या और कैसा गाते हैं कि ये लोग इस बुढ़ापे में उन्हें गाते हुए देखना चाहते हैं। सो भी इसलिए कि हमने मिलकर विदिशा में 'लोकायतन' जैसी जो संस्था बनाई है और जिसका उद्घाटन कवि श्री नागार्जुन और आचार्य राममूर्ति त्रिपाठी ने किया है, उसे थोड़ी पापुलरिटी और पोख्तगी मिले। शहर के कुछ और चुनिन्दा नागरिक उससे आ जुड़ें जिससे संस्था द्वारा किया जा रहा खर्चा पूरा किया जा सके।

एक दिन शाम को घड़ी देख ठीक चार बजे मैं उनके निवास पर पहुँचा। वे केवल लंगोट में थे और पालथी मारे अपने सुरों को तानपुरे के साथ साध रहे थे। पीछे खुलने वाले दोनों दरवाजे उठँगे हुए थे। उन्होंने हाथ के इशारे से मुझे कुर्सी पर बैठने का निर्देश किया और मैं बैठ गया। वे फिर अपने रियाज में चले गये। मैं देर तक उनकी इस साधना का साक्षात्कार करता रहा। तीस-चालीस मिनट बाद बीच में जब उन्होंने विराम लिया तो मैंने कहा—'मैंने तो आपको सुन लिया पर आधा-अधूरा; जैसे कोई किसी नाटक को उसके रिहर्सल के दौरान देखे। पर जब आप तबले और सारंगी या हारमोनियम पर अपने संगतकारों के साथ गाते होंगे तब यही कितना अलौकिक और दिव्य हो उठता होगा। ये स्वर जो अभी सिर्फ किसी उस्ताद द्वारा उसके अपने अखाड़े के रियाज भर हैं; महफिलों में कितना सज-सँवर कर हाजिर होते होंगे। पता नहीं क्यों मेरी इच्छा हो रही है कि मैं आपसे कहूँ कि यह गाना समूचा विदिशा देखे और सुने।'

वे मुझे ध्यान से सुनते और मेरी नावाकिफी पर सोचते से रहे। फिर बोले—'तुम तो भैया यूपी के ठाकुर हो न? कलिया—मछरी खाते होगे, शिकार को जाते होगे। यहाँ तो लोग प्याज-लहसुन भी नहीं खाते। बस गेहूँ और गुलाबी चना पैदा करते और उसी का कारोबार करते हैं। बनियों की इस मण्डी में गाने-बजाने का क्या काम?' थोड़ा रुक कर अपनी बात को और साफ करते हुए कहा—'यहाँ सिर्फ गेहूँ और गुलाबी चने का भाव चलता है। उसी की कीमत है।' यह सब उनके कहने का अन्दाज मुझ जैसे नौजवान और उत्साही अध्यापक को बतौर नसीहत देने जैसा था। मतलब यह कि तुम भी कहाँ गाने-बजाने और कला का भाव लगाने इस गेहूँ और गुलाबी चने की मण्डी में चले हो।

अब, जब मैं ये पंक्तियाँ लिख रहा हूँ, उनके कहे के पीछे का दर्द मेरा पीछा कर रहा है। एक ऐसा शहर जो पुराने ग्वालियर राज्य का अपना शहर हो, आजादी के बाद भारतीय गणतन्त्र का हिस्सा बन चुकने पर विदिशा के ही तख्तमल जैन जिसके मुख्यमन्त्री, यहीं के रामसहाय जी विधान सभा के स्पीकर और मुख्य विरोधी

दल हिन्दू महासभा के नेता डॉ. जमुना प्रसाद मुखरैया हों, उसी शहर में अधिकांश लोग यह जानने की कोई जरूरत तक नहीं समझते थे कि कोई इतना बड़ा कलाकार जिसका नाम गंगा प्रसाद पाठक है, लोहा बाजार वाले मुहल्ले में रहता है।

याद पड़ता है एक बार मैंने जब पाठक जी की चर्चा बाबू रामसहाय जी से की—क्योंकि तब वे कांग्रेस की ओर से राज्यसभा में सांसद थे और पाठक जी के किसी कागज के समर्थन में उनसे दो-एक शब्दों में सिफारिश करवानी थी तब उन्होंने लगभग भाव न देते हुए अजनबियत के लहजे में मुझसे जैसे पूछते हुए कहा था—वही न जो तबला-वबला बजाते हैं। उनकी इस धारणा और जानकारी पर मैं दंग ही रह गया था। सोचा राजनीति में लोहिया जी भर इसके अपवाद थे। बाकी तो सबके सब ऐसे ही हैं।

पाठक जी ने कभी तबला भी बजाया हो, मेरी जानकारी में नहीं था। शायद बजाया भी हो। पर यह जानकारी तो ग्वालियर के ही उनके परमप्रिय और विदिशा निवासी शिष्य मथुरा मोहन जी ने मुझे दी थी कि पाठक जी पहले बहुत अच्छे पखावजी थे। गाना तो उन्होंने बाद में शुरू किया। तभी से मेरे मन में यह जिज्ञासा कुलबुला रही थी कि कभी पूछूँगा जरूर पर, अभी तो मैं उनकी प्रियता की सूची तक में नहीं हूँ। तब ऐसे मूड बिगाड़ देने वाले सवाल पूछना निहायत अव्यावहारिक सी बात होगी। मेरे सामने असली समस्या तो अभी उनके गायन की सभा को लेकर थी और वे थे कि इस बात पर राजी होने को तैयार नहीं। साथ ही इनकार करके छुट्टी कर देने के मूड में भी नहीं। जब कभी शामों को रास्ते में उन्हें मिलता, प्रणाम करता और उनको याद जरूर दिलाता। वे यही कह आगे बढ़ जाते, 'अरे ठाकुर साहब (कभी-कभी बाबू राजा भी) जरा रियाज-वगैरह कर लूँ। कहा है, 'तो गा भी दूँगा।' बाद में यह भी पता लगता कि कोई चितले वगैरह उनके शिष्य हैं। वे नहीं चाहते कि पाठक जी हर किसी के कहने पर गाने बैठ जायें। विदिशा मेरे लिए एक नया सा शहर था। छोटा-सा पचास-साठ हजार आबादी वाला कस्बेनुमा शहर। और ध्वस्त होती सामंती तबीयत के लोग।

एक दिन शाम को अजीब सा वाकया हुआ। यही कोई चार-पाँच के आस-पास का समय। मैं महारानी कन्या उच्चतर माध्यमिक स्कूल के ठीक बगल वाली दुकान से सब्जी खरीद रहा था और वे अपनी दिनचर्या के हिसाब से चिन्तामणि गणेश मन्दिर की तरफ जा रहे थे कि मुझे देख पास आ खड़े हुए—'क्यों बेटा, कौन-सी सब्जी ले रहे हो? तुम्हारे अवध में तो तरकारी होती है न?' मैंने हामी भरी—'हाँ दादा। और आप?'

'मेरे तो बस दो ही नशे हैं बेटा! सुबह साइकिल लेकर रामघाट तक जाना और बेतवा में स्नान। शाम चिन्तामणि गणेश के दरबार में हाजिरी बजाना। 'उन्होंने अपने वाक्य पूरे किये नहीं कि मैंने घेरा—'और दादा, कब गा रहे हैं?' उन्होंने जवाब आग

का गोला जैसा फेंकने के अन्दाज में दिया—'आप क्या हमारे बाप हैं जो कहेंगे और मैं गाने बैठ जाऊँगा।' जवाब सुनकर मेरा सन्न रह जाना स्वाभाविक था। उन्हें भी शायद लगा कि कुछ अधिक ही कठोरता बरत गये हैं। तब वे अपने और मैं अपने रास्ते चल पड़े, बगैर एक-दूसरे से कुछ कहे। इस घटना को जब महीने-दो महीने हो गये, रास्ते में आते-जाते मैं उन्हें देखता और अनदेखा कर आगे बढ़ लेता। एक दिन वे ठीक सामने आ खड़े हुए—'लगता है राजा बाबू, मुझसे नाराज चल रहे हैं। सलाम-बन्दगी तक नहीं करते।' मैं तो भरा हुआ था ही—'अब आप बताएँ, कोई बुजुर्ग जिसे हम इतनी इज़्ज़त देते हों वही अपना शिष्टाचार छोड़ने पर उतारू हो जाय तो क्या करें? आपने कहा कि 'क्या आप मेरे बाप हैं'। इसका मतलब तो यही हुआ न कि मैं आपसे कोई गैरवाजिब अनुरोध कर रहा था। आपने तो जैसे मुझे मेरी औकात ही बता दी।' वे तब दूसरे ही मूड में आ गये—'अच्छा चलो वचन देता हूँ कि तुम जमीन पर भी बैठ कर गाने को कहोगे तो गा दूँगा।' मैं इस बार कैसे भी चूक ज़ाने को तैयार नहीं था—'मैं ऐसा क्यों कहूँगा। मुझे आपकी महत्ता का पता है।' मेरा वाक्य सुन वे और भी पिघल उठे—'जाओ! तैयारी करो। तुम्हारे कहने पर बस इस विदिशा में आखिरी बार और गाऊँगा।'

मैं दौड़ा-दौड़ा 'लोकायतन 'के साथियों को खबर देने पहुँचा कि पाठकजी तैयार हो गये हैं। अब आप लोग अपनी तैयारी करो। वे सब यह सुनकर खुश हो उठे। चार-छह रोज बाद मैं उनके निवास पर गया—

'दादा! आपने तो हाँ कर दिया पर आपके साथ बजायेंगे कौन-कौन?' मैंने उन्हीं से पूछना चाहा।

'अब तुम इतना पैसा तो जुटा नहीं पाओगे कि सारंगी के लिए रामनारायन और तबले की संगत पर सामता प्रसाद को बुला सको। ये लोग बहुत पैसा माँगेंगे। तुम्हारे दो-तीन महीने की तनखाह पूरी नहीं पड़ेगी। इसलिए ऐसा करो, भोपाल आकाशवाणी पर इस्माइल दद्दू खाँ है। अभी कुछ ही दिनों पहले वो अमीर खाँ साहब के साथ विदेशों में बजाकर लौटा है। मेरा नाम लोगे तो आ जायेगा और ललितपुर में एक आदमी है, जिसे मैं लखनऊ रेडियो स्टेशन पर सुन चुका हूँ। तैयार है, अच्छा बजा रहा है। नाम है गिरधारीलाल। दोनों महँगे भी नहीं पड़ेंगे और मैं इन्हें निभा लूँगा। ये बजा लेंगे मेरे साथ।' पर उनका 'निभाना' शब्द मुझे फिर भी समझ में नहीं आया।

'निभा लेने' वाले उनके मुहावरे को तो मैं तभी समझ पाया, जब वे दोनों उस विचित्र और असाधारण गायक के साथ संगत करने बैठे। ऐसा भी मौका आया, जब दद्दू खाँ चूक गये और पाठक जी के पाँवों पर झुक गये। मैं तो अपने जीवन की पहली शास्त्रीय संगीत सभा का अनुभव कर रहा था। रात साढ़े दस से भोर तीन-साढ़े तीन तक सभा चली। लगभग पाँच-साढ़े पाँच घण्टे। पहले बाहर पण्डाल में, फिर अधिक ठण्ड बढ़ने पर बड़जात्या शिशुमन्दिर के बन्द कक्ष में एक ही गायक

एक ही तबला वादक और सारंगी नवाज। ऐसा तो कभी सुना नहीं था, देखने पर तो क्या कहूँ। वह सब सामने घट रहा था। अड़सठ-उनहत्तर की उम्र और चेहरे पर नौजवानों सी ताजगी और जोश।

शास्त्रीय संगीत मेरे लिए जैसे कोई अजनबी इलाका था। पर इस सभा ने मुझे एहसास कराया कि मैं तो एक वंचित रसिक हूँ; आधा-अधूरा। पाठक जी का गायन केवल असाधारण नहीं अलौकिक जैसा भी था। चमत्कार जो चमत्कृत और अभिभूत करे। रस जो रसलीन और विस्मित कर दे। जिस पर भरोसा भी हो और नहीं भी कि अगर पाठकजी इसी तरह के गायक हैं तो फिर वे एक दिव्य गायक हैं। तानें जहाँ हवा की अनेक तरंगों सी उठती हैं और अथाह समुद्र में लहरों सी खेलती रहती हैं। यह सब कुछ उस दिन ऐसे घटित हुआ था, जिसे चमत्कार कहना ही उचित होगा।

उस रात वे आह्लादित भी खूब थे। विदिशा के लोगों की गहरी और पुरानी साध तो पूरी हुई ही थी। मैं भी इस बहाने चर्चा में आ गया था कि पाठक जी जैसे कलाकार को गवा दिया। फिर तो वे खुद भी मुझे बेटे की तरह ही मानने लग गये। जो कुछ कहना होता खुल कर कहते। मेरे हर अच्छे-बुरे को अपने अच्छे-बुरे से जोड़ कर देखते। मेरे लिए तो यह अतिरिक्त सुख की तरह था। विदिशा में देर रात शुरू होने वाली कवि गोष्ठियों में कभी-कभी मुझे साथ लेकर वे जाते।

एक रात जब मैं उनके साथ जाने को था, न जाने किस प्रयोजन से वे पहले निकल आये और मुझे बाँसकुली के पास वाले धर्मशाले के नुक्कड़ पर मिल गये। तभी उनका ध्यान अचानक पान की दुकान पर खड़े अर्धविक्षिप्त से स्थानीय कवि लल्लू सिंह 'हैराँ' पर गया। उन्होंने मेरे कन्धे पर हल्की सी थाप देते हुए उँगली के इशारे से उधर दिखाया—'वो देख रहे हो न बेटा? वो आदमी कितना गन्दा दिख रहा है। तुम तो उसकी बगल खड़े भी नहीं होना चाहोगे। पर उसकी आत्मा बड़ी पवित्र है और मन स्वच्छ।' फिर उन्होंने एक-दूसरे वरिष्ठ कवि का नाम लिया और टिप्पणी की—'वो जितने साफ-सुथरे कपड़े पहनता और ठाट-बाट से रहता है उसका मन और उसकी आत्मा इसके गन्दे कपड़ों से भी कई गुना गन्दी और घिनौनी है।' मैं उनकी इस टिप्पणी पर दहल सा गया और सोचता रहा कि इनकी निगाह कितनी गहरी और साफ है, वाणी कितनी दो टूक। तुलना करने और उपमा देने की उनकी मेधा भी कितनी प्रखर। मैंने समझा कि पाठक जी सिर्फ एक चमत्कारिक गायक ही नहीं, लोक में विचरण करने और पीतल-सोने का फर्क समझने वाले विदग्ध नागरिक भी है। कौन असली है—कौन नकली, किससे समाज को क्या मिलना है। कौन है जो देगा तो कुछ भी नहीं पर घालमेल कर समाज की निगाह के लिए मुश्किलें जरूर खड़ी कर देगा। पाठक जी की निगाह किन्तु इतनी कमजोर नहीं थी। वे इस कीमियागिरी को समझते थे और जरूरत या मौके पर कहने से भी नहीं चूकते थे।

इस रात उनका मूड अच्छा देख मैंने पखावज वाली अपनी पुरानी जिज्ञासा उनके

सामने रख ही दी। पहले तो वे कुछ अनमने से हुए, फिर मन ही मन कुछ तय सा करने लगे–'अच्छा! चलो आज यह राज तुम्हें बताये ही देता हूँ'। और वे पुरानी यादों में किसी गोताखोर से डूबते गये–'सही है कि पहले मैं पखावजी ही था और बढ़िया बजाता था। मुझे इसका एहसास भी था। ग्वालियर में ही नहीं बाहर भी मेरा नाम और माँग थी। एक बार कहीं दक्षिण से कोई बुजुर्ग गायक ग्वालियर आये और मैं उनके साथ उस रसिक गोष्ठी में संगत करने बैठा। मेरे वादन पर वो खुश भी हुए और तारीफ की–'वाह! क्या बजाते हो।' मेरे भी मुँह से निकल गया–'वो तो बजाता ही हूँ।' पर तभी उसकी त्योरियाँ चढ़ गयीं और मूड बदल गया–'हाँ! अच्छा तो बजाते हो, पर इस बार जो गाऊँगा उस पर नहीं ही बजा पाओगे।' मुझे उनकी चुनौती अच्छी नहीं लगी। मैंने कहा–'आप गाइए तो सही।' और बेटा (पाठक जी ने एक उदास और भारी साँस ली), उसने सचमुच ऐसा गाया कि मैं ने कहा–'जरा फिर से गाइए।' उसने यह कहते हुए फिर गाया कि–बजा तो फिर भी नहीं पाओगे। तिबारा फिर अर्ज जैसी की–'बस एक बार और मौका दें।' उसने भरी महफिल में मेरी ओर हिकारत से देखा–'कहा न, तुम नहीं बजा पाओगे।' और तीसरी बार भी मैं सचमुच नहीं बजा पाया। मेरी जितनी बेइज्जती होनी थी उस चढ़ती जवानी में उसी शहर में हुई जिसमें मैंने पखावज सीखा और बजा कर शोहरत पा रहा था। खैर! सभा खत्म हुई तो लोग अपने-अपने घरों की तरफ जाने लगे। मैं तो अपमान से भर कर खड़ा ही रहा। तभी वो बाहर निकल, पास की नाली में पेशाब करने बैठ गया। मुझ में गुस्से की आग सी जल रही थी। मैं चुपचाप उसके ठीक पीछे जा खड़ा हुआ और जैसे ही वह नाली से उठकर खड़ा हुआ, मैंने कसकर जोर का एक तमाचा उसके गाल पर जड़ दिया इस सवाल के साथ–'अब बजा कि नहीं।' और यह भी कि 'तुम्हें अपने ही किसी साथी को भरी महफिल में अपमानित करने का अधिकार किसने दे दिया?'

और बेटा उसी दिन से मैंने पखावज बजाना छोड़ दिया और गायकी सीखने और साधने में लग गया।' उनके इस किस्से के खत्म होते-होते गोष्ठी स्थल आ गया था और हम दोनों अपनी-अपनी चप्पलें उतार सबके बीच जा बैठे।

धीरे-धीरे मैंने महसूस किया कि वे सचमुच ही मुझे अपना बड़ा बेटा जैसा मानने लगे हैं और अपने मनोभावों को निश्छल ढंग से मुझ पर प्रकट भी करने लगे हैं। उनका होनहार बड़ा बेटा (अब दिवंगत) दीपक जब कभी संगीत शाला से घर लौटता होता और वे उसके साथ होते, उन कुछेक शामों में घूमते-टहलते मेरी मुलाकात उनसे हो जाया करती। उनके कुरते-पायजामे और चप्पल में मुझे अन्य कई चमकीले खादीधारियों से कहीं अधिक आकर्षण दिखता और मैं महसूस किया करता कि कपड़ों और गहनों से कहीं अधिक चमक उस शख्सियत में हुआ करती है जिसे व्यक्तित्व कहते हैं।

आभूषण के नाम पर पाठक जी के बायें हाथ की तर्जनी में सोने की एक एक पुरानी अँगूठी और दायें हाथ में खूबसूरत सी कुबरी हुआ करती। कुरता-पायजामा और जाड़ों में एक सदरी। मैं सोचा करता कि शायद वे अब बुजुर्ग दिखना चाहते हैं। पर इन दो अलंकारों के अलावा शायद ही कोई अलंकार उनके पास हो। ये वे बाहरी अलंकार थे, जो न तो अन्यों पर कोई दबदबा प्रकट करते, न किसी सामान्य का अपने प्रति कोई ध्यान आकृष्ट करते। तथापि उनके गायन में ही नहीं, उनकी बोलचाल में भी गजब का आकर्षण था। कम से कम शब्दों में अधिक से अधिक कह जाना कुछ ऐसा था कि कभी-कभी मैं भो उनके आशय को पकड़ने में चूक जाया करता।

एक बार ऐसा ही एक प्रसंग मुझे दीपक ने कह सुनाया था। मेरे पाँवों में नयी चप्पलें देख पाठक जी ने तारीफ करते हुए कहा—'तुम्हारी ये दोनों चप्पलें बहुत खूबसूरत हैं। कहाँ से खरीदीं?' मैं उनकी यह प्रशंसा सुनते हुए सब्जी मण्डी की तरफ बढ़ता रहा। उन्हें यह भी बताया कि अमुक दूकान से लीं। पर इस तरफ ध्यान नहीं ही दे पाया कि उनके पाँवों में पड़ी चप्पलें जर्जर हो चुकी हैं, और मुझे उनके लिए भी यह काम कर देना चाहिए। मेरी यह चूक अब भी मुझे जब-तब सालती है। काश! मैं उनके भाषा-संकेतों को समझ पाता।

'हरतालिका तीज' की एक रात ऐसी होती है जिसमें गृहणियाँ रात-रात-भर जागकर गाना-बजाना करती हैं। इन अनेक रातों को पाठकजी अपनी कुबरी उठा मेरे निवास पर चले आते और अपनी रातें वहीं गुजारते। मैं अपनी सामर्थ्य भर उनकी सेवा में लग जाया करता। कभी-कभी मन में यह सवाल जरूर उठता कि जब शहर में इतने बड़े-बड़े धनी-मानी और पटेल किसान लोग इनके भक्त हैं, तब उनके यहाँ सुविधाजनक वातावरण में रात न गुजारकर हम जैसों के साथ गुजारने का क्या कारण हो सकता है? मन ही मन मैं यह सोचता रहता। एक दिन इसका रहस्य भी उन्होंने समझाया मुझे।

वह अलग किस्म की एक साँझ थी जिसमें मैं अपने दोस्तों, चित्रकार रघुनाथ सिंह, कवि शलभ श्रीरामसिंह और प्रेमशंकर रघुवंशी के साथ लिट्टी-चोखा का मजा ले रहा था। इसी भोजपुरी लिट्टी पर कवि श्री नागार्जुन ने एक भरी-परी और महत्त्वपूर्ण कविता ही लिख डाली है। कविता में लालू यादव जो उस वक्त बिहार के मुख्यमन्त्री थे, एक अमेरिकन डेलीगेशन को लिट्टी-चोखा की दावत देते हैं और वह डेलीगेशन उसके स्वाद पर रीझ उठता है। लिट्टी-चोखा बिहार की वैसी ही पहचान है जैसे दक्षिण की इडली-डोसा, पंजाब की सरसों का साग और मक्के की रोटी या फिर बंगाल की हिल्सा मछली या फिर सन्देश और रसगुल्ला। अवध का होकर भी मैं भोजपुरिया लिट्टी-चोखे पर बेहद फिदा था। उस साँझ हम दोस्त लोग इसी के जश्न में डूबे हुए थे, जब पाठक जी कुबरी खटखटाते हुए नीमताल स्थित मेरे

आवास मिश्रा-भवन की सीढ़ियाँ चढ़कर आये। मैंने दौड़कर दरवाजा तो खोल दिया, पर असमंजस में भी था कि अब इनका क्या किया जाये क्योंकि ये आये तो बहुत बेमौके हैं। मैंने पूछा—दादा, क्या लेंगे? हम लोग तो आज दूसरे मूड में हैं।' यानी कि मस्तीवाले। वे जल्दी ही हमारे मूड को ताड़ गये और हमारे बीच घुलने-मिलने की प्रक्रिया में लगते हुए बोले—'बेटा! तुम तो जानते हो मैं किसी के यहाँ खाना खाने नहीं जाता। पर यह तो मेरा अपना घर है। तुम सब तो हमारे ही जैसे हो, हमारे परिवार के जैसे। आज मैं यहीं तुम्हारे साथ उकड़ूँ बैठ एक लिट्टी खाऊँगा, लाओ मुझे भी दो।' मैंने अनुरोध किया कि आप इस कुर्सी पर बैठ जायें। पर वे नहीं बैठे और उकड़ूँ बैठ लिट्टी-चोखा का स्वाद लेते रहे। यों खाना तो वो घर से लेकर चले थे और खाने के बाद का टहलना कर रहे थे। टहलते हुए अचानक उन्हें हमारी याद हो आयी होगी और वे हमारी तरफ मुड़ आये होंगे। यह उनका सहज स्नेह ही था जो उन्हें बार-बार हमारी ओर खींच ले आया करता। इस तरह वे गुलाबचन्द बड़जात्या, सुखदेव लड्ढा जैसे मेरे आदरणीय और सम्पन्न मित्रों से लेकर मेरे कॉलेज के प्रिंसिपल सेठी जी, नायर साहब और मेरे कलेक्टर मित्र सतीश कंसलजी के यहाँ जब-तब अपनी उपस्थिति दर्ज किया करते पर उकड़ूँ बैठ बेहद अपनत्व और घरेलूपन से शायद ही कभी कुछ वे खाते हों।

जिस 'लोकायतन' संस्था ने पाठकजी का सार्वजनिक अभिनन्दन समारोह किया था, वह प्रतिवर्ष तुलसी जयंती का कार्यक्रम बड़ी तैयारी के साथ मनाती। हमारे आदरणीय मित्र हरिसिंह भैया, हमारे कोषाध्यक्ष नरसिंहदास गोयल सब इसमें पूरे मन से लगते। ऐसी ही एक तुलसी जयंती पर हमने सुप्रतिष्ठित और बहुमान्य आचार्य विश्वनाथ प्रसाद मिश्र को आमंत्रित किया था। तब वे वाराणसी से मगध विश्वविद्यालय होते हुए कुलपति शिवमंगल सिंह 'सुमन' के अनुरोध पर उज्जैन के हिन्दी आचार्य और विभागाध्यक्ष होकर आ गये थे। विदिशा जैसी छोटी-सी जगह पर उनका आना हम सबके लिए बड़ी बात थी। इससे कई साल पहले वे रामचरित मानस के काशी-राज संस्करण का सम्पादन कर चुके थे। रीतिकालीन काव्य के तो वे अद्यतन और धुरंधर आचार्य थे ही। मैंने पाठक जी से अनुरोध किया कि आचार्य जी उन्हें सुनना चाहते हैं। क्या वे उनके व्याख्यान के पहले तुलसी का एकाध पद प्रस्तुत करना पसन्द करेंगे। वे थोड़ी देर तो सोचते ही रहे। फिर मुझसे कहा—'अच्छा इतने बड़े विद्वान् मुझे सुनना चहाते हैं, तो तुम एक पेटी (हारमोनियम) तो मँगवाकर रख ही लेना। मैंने उनके निर्देशानुसार वैसा ही किया और उन्होंने भी आचार्य मिश्र की इच्छा और हमारी आकांक्षा का सम्मान करते हुए सादगीपूर्वक एक पद, व्याख्यान से पहले सुनाकर हम सबका मान रख लिया। यह वह सरल सहृदयता थी, जो उनके जीवन-संघर्षों की कठोर स्थितियों के बीच प्रायः किसी जिद की तरह दबाकर रखी गयी थी, एक कीमती विरासत की तरह कलाकार के स्वाभिमान की रक्षा सी करती

हुई। इसमें भी क्या शक कि वे बेहद स्वाभिमानी थे और इस सन्दर्भ में उन्होंने कभी कोई समझौता नहीं किया।

जिन दिनों वे मुंबई का अपना ग्लैमरस जीवन छोड़ विदिशा (पुराना नाम भेलसा) में आ बसे होंगे, उनकी गृहस्थी नये सिरे से बस रही थी। उम्र और यश के उस उतार पर उन्होंने अपने स्वाभिमान की कैसे रक्षा की होगी इसे तो वही जानते होंगे। हम तो इतना ही जान सके कि उनके प्रेमियों और रसिकों का एक छोटा-सा किन्तु चुनिन्दा समूह था, जिसके बीच उठते-बैठते, वे आते-जाते निश्चय ही उसमें गायकों-वादकों, कवियों और लेखकों की संख्या अधिक थी। नाटकों, फिल्मों में काम करते हुए अभिनय की रहस्यपूर्ण बारीकियों से तो वे परिचित थे ही, वाद्ययन्त्रों और कंठ-संगीत के गूढ़ रहस्यों को, उनकी आक्रामकता, प्रभाव-क्षमता से भी वे हमारी अपेक्षाओं की तुलना में कहीं अधिक वाकिफ थे। पर व्यवहार ऐसा करते थे जैसे इन सब बातों से उनका सामान्य-सा परिच्य हो। ऐसा न होता तो विदिशा की रामलीला में वे भंगी का अभिनय करना भला क्यों स्वीकारते?

संगीत और नृत्य के क्षेत्र में मैंने उनकी उपस्थिति और पहचान का अनुभव तब किया जब विदिशा के जैन कॉलेज के बुलावे पर नृत्य साम्राज्ञी सितारा देवी अपनी प्रस्तुति देने आयीं और उनकी संगत में तबले पर बनारस के विख्यात ताल सम्राट पं. गुदई महाराज यानी पं. सामता प्रसाद मंच पर थे। सितारा जी को मंच पर आना ही था कि पाठक जी अपने उसी कुरते-पायजामे और कुबरी के साथ सभा-मण्डप में पधारे। मंच के समक्ष जैसे ही वे प्रथम पंक्ति की कुर्सियों में से किसी एक पर बैठने की सोच रहे थे कि मंच से गुदई महाराज ने अभिवादन-सा करते हुए माइक पर कहा—'आइए गंगा प्रसाद जी।' अपने समय का एक महान तबला वादक, अपने दौर के एक महान गायक का, उल्लास से स्वागत कर रहा था। मेरे लिए वह दृश्य विभोरकारी था। रात बारह-एक के आस-पास जब यह नृत्य सभा अपने चरम उत्कर्ष पर थी, वे उठे और जाने लगे, तो मंच से फिर वही आवाज आयी—'क्या बैठेंगे नहीं?' पाठकजी ने दोनों हथेलियों को माथे से लगाते हुए इशारों-इशरों में कहा—'अब मेरी उम्र इससे अधिक बैठने की अनुमति नहीं देती।' यह दो कलाकारों का ऐसा अभिनन्दनपूर्ण और आत्मीय संवाद था, जो मेरे स्मृति कोश की आज भी धरोहर बना हुआ है।

मैं यह जानता था कि पाठक जी जैसी कोई शख्सियत विदिशा में कोई नहीं है। पर यह भी धीरे-धीरे समझ सका था कि उन्हें अपने स्वाभिमान की कीमतें भी विदिशा में कुछ कम नहीं चुकानी पड़ी हैं। मुंबई में अगर उन्होंने ऐश्वर्य का भव्य सौन्दर्य देखा था, तो विदिशा में स्वाभिमान का अखण्ड तप भी कर रहे थे। यह तप उन्हें रोज-रोज और भी अधिक निखारता चल रहा था। हम सब लोगों की उपस्थिति उनको सन्तोष दिया करती। उनकी आँखें हमें देखते ही खिल जातीं और चेहरा चमक उठता। इस प्रक्रिया में उनके होठों पर रची-पची जादुई

बोली-बानी और उनके सिद्ध कंठ में किसी रहस्य सी छिपी तानें अपनी आभा बिखेरे बगैर न रह पातीं।

विदिशा में दुबारा उन्होंने फिर कभी नहीं गाया। एक-दो बार जब मित्रों का मन हुआ कि एकाध बार वे और अपने जादू से हमें विमुग्ध करें, उन्होंने हामी नहीं ही भरी। मुझे वह शाम भी याद है जब वे लोहा बाजार की तरफ से आ रहे थे और मैं मुनीम बोहरा हकीम साहब की डिस्पेंसरी की ओर बढ़ रहा था। निकट आते ही मैंने उन्हें प्रणाम किया और लौटकर उन्हीं के साथ-साथ चलने लगा। दस-बीस कदम पर ही मैंने उनसे अनुरोध किया—'दादा! एकाध बार और गा दीजिए न।' प्रलोभन भी दिया—'लोग आपको याद करेंगे।' उन्होंने नकारते हुए पहले का जवाब तो दिया ही नहीं। दूसरे का यों दिया—'देख लेना मरने के बाद मेरा उर्स भरेगा।' उनके इस आत्मविश्वास पर मैं हँसता रहा। पर आज मेरी हँसी झूठी और उनका कहना सच साबित हो रहा है। विदिशा के लोग शिक्षा और संस्कृति में ऐतिहासिक योगदान करनेवाले तख्तमल जैन और बाबू राम सहायजी को भले ही न याद करें, पाठकजी तो हर साल आठ अप्रैल को याद किये जाते हैं। देश भर के गायक, संगीतज्ञ, कलाकार, कवि, लेखक और चित्रकार उनकी स्मृति में स्थापित पं. गंगा प्रसाद पाठक ललित कला न्यास के आमन्त्रण पर आते हैं और 'उर्स' भरता है। यह उनकी कला साधना का ही तो सम्मान है।

❐❐